365
HISTOIRES POUR LE SOIR
TOME 1

Disney

365
HISTOIRES
POUR LE SOIR

TOME 1

hachette
JEUNESSE

Disney
101 DALMATIENS

Une nouvelle année

En ce premier janvier, Pongo et Perdita se promenaient avec Roger et Anita. Le brouillard du matin se dissipait et l'air était vif.

– Oh, Pongo ! soupira Perdita, heureuse. C'est merveilleux ! Nous voilà parents de quinze adorables chiots.

– Oui, chérie, répondit Pongo. Et pense à tout ce qui nous attend encore !

– Peux-tu croire qu'ils soient restés debout jusqu'à minuit pour entendre les douze coups de l'horloge sonner ? Et déjà réveillés quand nous sommes sortis ! J'espère qu'ils ne fatigueront pas trop notre chère Nanny.

– Oui, on peut dire que la fête était complète, aquiesça Pongo. Lucky aurait bien passé la nuit entière devant la télévision, si nous le lui avions permis.

– Peut-être devrions-nous rentrer maintenant, dit Perdita. J'ai si peur que Cruella d'Enfer vienne rôder autour de la maison en notre absence. Je n'aime pas sa façon de regarder nos petits.

– Tu as raison, dit Pongo, mais je suis sûr que Nanny veille sur eux.

Pongo et Perdita tirèrent chacun sur leurs laisses pour inciter Roger et Anita à rentrer. Tous les quatre marchèrent jusqu'à la maison sous une averse de pluie fine.

– Nanny, les petits, nous sommes là ! cria Roger tandis qu'Anita et lui ôtaient leurs chaussures boueuses. Perdita et Pongo s'essuyaient les pattes sur le paillasson.

Mais personne ne répondit.

– Pongo ! s'écria Perdita, de plus en plus inquiète. Où sont les petits ?

Pongo grimpa les escaliers et se mit à chercher dans toutes les pièces. Perdita inspecta la cuisine. Échangeant des regards inquiets, Roger et Anita essayaient de garder leur sang-froid.

Pongo se précipita dans le salon, rejoint par Perdita, sur le point de pleurer.

– Oh, Pongo ! gémit-elle. Où peuvent-ils…

– Chut, chérie, dit Pongo, les oreilles dressées.

Les deux chiens firent silence. Ils entendirent alors un petit ronflement qui semblait venir du divan. Là, nichés sous un amoncellement de coussins, les chiots dormaient profondément.

– J'ai trouvé Nanny, prévint Roger. Elle s'est endormie sur sa chaise.

– Douze, treize, quatorze… comptait Perdita. Oh Pongo, il en manque un !

Mais Pongo était déjà en train de trotter dans la pièce voisine.

– Le voilà, chérie ! s'écria-t-il. Et qui regarde la célébration de la nouvelle année à la télévision ? C'est notre Lucky, pardi !

Trois souhaits bien faits, s'il vous plaît !

Longtemps, avant même la naissance d'Aladdin, de Jasmine ou même du sultan, la lampe magique était en route pour la Caverne aux merveilles.

Un marchand ambulant l'avait achetée sur l'étal d'un marché. Ignorant sa valeur, il l'échangea contre un repas auprès d'un fabricant de fromages.

Hassan, car il se nommait ainsi, regarda la lampe d'un air sceptique. Il soupira et se mit à l'astiquer. Dans un nuage de fumée, un génie apparut.

– Salut ! Je suis le seul et unique génie de la lampe, annonça-t-il.

– Pardon ? demanda Hassan.

– Enchanté de te connaître, dit le Génie. Que fais-tu de beau, ici, à Agrabah ?

– Je m'appelle Hassan, et je…

– Stop ! cria le génie. Laisse-moi deviner ! Le génie mit sa main en visière et en profita pour regarder la boutique à la dérobée.

– Tu vends du fromage ! Vrai ou faux ?

– Tu as raison, dit Hassan, mais c'était facile à deviner. Rien de magique, là-dedans.

– Tu es très observateur, Hassan, dit le génie. Aussi je vais exaucer trois de tes vœux.

– Trois souhaits ? Ho !

Hassan réfléchit quelques minutes.

– Il me faut plus de bon lait pour faire du meilleur fromage et je voudrais beaucoup de brebis et j'aurai alors le lait qu'il me faut.

Pouf ! En un éclair, un millier de brebis dévalaient les ruelles. Elles couraient partout, envahirent la petite boutique et renversèrent les étals du marché.

– Bonté divine ! cria Hassan, je devrais posséder le plus grand magasin de fromages du monde pour vendre le fromage de toutes ces brebis !

La boutique d'Hassan se mit à grandir, grandir.

– C'est terrible, cria Hassan. En bas, les gens paraissent aussi petits que des fourmis. Je ne peux pas vivre dans cette monstruosité. Tout ce que je souhaitais, c'était fabriquer le meilleur fromage de la cité d'Agrabah.

Hassan se tourna vers le Génie.

– Je fais le vœu de ne t'avoir jamais rencontré !

Pouf ! À ces mots, le génie disparut. Et tout redevint comme avant. L'échoppe et la place du marché s'étaient vidées. Toutes les brebis s'étaient envolées. Hassan chercha sa lampe partout, mais elle était déjà enfouie dans la poche d'un petit garçon. Où atterrirait-elle ensuite ?

– Ce n'était qu'un rêve fou, dit Hassan.

Depuis ce jour, chacun affirme qu'Hassan fait le meilleur fromage de toute la cité d'Agrabah.

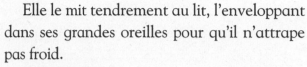

Une berceuse pour Dumbo

Madame Jumbo était très triste. Plus que tout autre chose au monde, elle voulait avoir un petit rien qu'à elle. Beaucoup d'autres animaux du cirque avaient eu des bébés. Et quand elle les regardait, cela la rendait plus triste encore. Mais un jour, une cigogne lui déposa un bébé.

Ce petit éléphant était la plus adorable créature qu'elle ait jamais vue. Elle était la plus heureuse du cirque. Mais voici ce qui arriva : le bébé éternua et ses oreilles enroulées se déplièrent. Elles étaient extrêmement larges et les éléphantes n'hésitérent pas à se moquer bien cruellement de cette infirmité.

– Au lieu de le baptiser Jumbo Junior, pourquoi ne pas l'appeler Dumbo ? dit l'une d'entre elles.

Les autres rirent de bon cœur.

Madame Jumbo ignora ses railleries et enlaça son bébé de sa trompe.

L'amour de Madame Jumbo pour son petit grandissait de jour en jour. Elle jouait à cache-cache avec lui, faisant semblant de ne pas le voir se cacher entre ses pattes. Elle lui chantait des berceuses pour l'endormir et dansait la farandole quand il se réveillait.

Un soir, Madame Jumbo trouva son petit au bord du désespoir. Elle devina que ses congénères s'en étaient encore prises à lui.

Elle le mit tendrement au lit, l'enveloppant dans ses grandes oreilles pour qu'il n'attrape pas froid.

– Ne t'occupe pas de ce que les autres disent, lui murmura-t-elle doucement. Tu vas grandir et devenir le plus beau des éléphants. Veux-tu une berceuse, mon chéri ?

Dumbo hocha la tête et Madame Jumbo entendit les autres éléphantes parler à voix basse dans les box voisins.

– Honnêtement, disait l'une d'elles, on croirait qu'il est le seul éléphant sur terre. Regardez comme elle le dorlote. Elle le gâte trop, beaucoup trop !

Mais Madame Jumbo s'en moquait et se mit à chanter :

Mon petit bébé, ne pleure pas,
Maman te chante une chanson,
Je sécherai tes larmes
Si quelqu'un rit de toi,
Et si tu n'es pas consolé
Sache que je trouve tes grandes oreilles
On ne peut plus distinguées.

Puis elle continua à fredonner et à bercer son fils jusqu'à ce qu'il s'endorme.

Quel silence, tout à coup ! Des box des éléphantes montait un léger ronflement. La berceuse de Madame Jumbo avait réussi à les endormir, elles aussi. Bon débarras et bonne nuit !

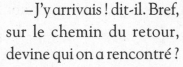

L'histoire de Marin

P. Sherman, 42, Wallaby Way, Sydney… Dory n'arrêtait pas de murmurer l'adresse. Elle était à la recherche, avec Marin, du fils perdu de Marin, Nemo. Venant juste d'échapper à une baudroie en colère, ils cherchaient à présent quelqu'un qui pouvait leur donner des indications pour aller à Sydney. Nemo y était probablement.

– P. Sherman, 42, Wallaby Way, Sydney… continuait à chantonner Dory.

Marin avait mémorisé l'adresse et pensait devenir fou s'il l'entendait encore.

– Dory ! soupira-t-il. Je sais que tu veux m'aider, mais es-tu obligée de parler ?

– J'adore parler, dit Dory. Je suis assez forte pour ça. Mmmh… on parlait de quoi ?

– Je veux juste retrouver Nemo, répondit Marin.

– C'est ça, Chico, dit Dory.

– Une fois, Nemo et moi… commença Marin.

– Vas-y, ajouta Dory. Est-ce que ça va être excitant ?

– Oui, passionnant, répliqua Marin, soulagé d'avoir réussi à la faire taire.

– Bon, commença Marin, une fois, j'ai emmené Nemo de l'autre côté du récif pour rendre visite à l'un de mes parents réputé, à son époque, être le poisson-clown le plus rapide de tous. Mais il a beaucoup vieilli. Dory bâilla.

– Ça devient intéressant après ? Marin soupira.

– J'y arrivais ! dit-il. Bref, sur le chemin du retour, devine qui on a rencontré ?

– Qui ? demanda Dory, perdue.

– Une énorme méduse ! Elle stagnait dans l'eau, bloquant le passage entre deux grosses touffes d'algues.

– Hmm, hmm, dit Dory, ayant l'air d'essayer de se rappeler quelque chose.

– P. Sherman… murmurait-elle doucement.

– Pendant un moment, j'ai cru qu'on était fichus, dit Marin. Et puis… une énorme tortue de mer est arrivée et a avalé la méduse d'un seul coup !

– Vous avez remercié la tortue ? demanda Dory, intéressée.

– Euh, non, répondit Marin. J'avais peur qu'elle nous mange aussi, Nemo et moi, alors on a filé. Depuis, je suis fasciné par les tortues de mer. Et j'espère ne plus jamais rencontrer de méduses !

– Dis donc, j'ai une histoire aussi ! s'excita Dory. Elle se déroule au 42, Wallaby Way, Sydney. Chez P. Sherman. C'est chez P. Sherman, que ce euh… poisson, euh… enfin…

Marin grogna et continua à nager.

Disney LE ROI LION

Les froussards

Nala ! chuchota Simba. Tu dors ?

– Non, chuchota Nala à son tour. Qu'est-ce que tu fais là ? On va avoir des ennuis… encore.

Un peu plus tôt, Simba et Nala étaient allés explorer le cimetière des Éléphants, où ils avaient été piégés par des hyènes. Le père de Simba, Mufasa, les avait sauvés.

– Viens, siffla Simba. Suis-moi.

Très vite, les deux petits se retrouvèrent dans la savane obscure.

– Tu veux quoi, au fait ? demanda Nala.

– Je veux juste m'assurer que tu n'as plus peur, dit Simba.

Nala se renfrogna.

– Peur ? s'écria-t-elle. Ce n'est pas moi qui avais peur !

– Quoi ? cria Simba. Tu ne dis pas que c'est moi qui avais peur ? Parce que ces hyènes stupides ne me font pas peur. Même face à dix hyènes, je n'aurais pas eu peur.

– Et bien, dit Nala, même si on avait rencontré vingt hyènes et un buffle en colère, je n'aurais pas eu peur.

– Ah ouais ? fit Simba. Et bien, je n'aurais pas eu peur de trente hyènes, un buffle en colère et un…

– CALAO FURIEUX ? brailla une voix.

– Ahhhhh ! crièrent Simba et Nala, en bondissant.

À ce moment-là, un oiseau aux couleurs vives sortit de l'ombre. C'était Zazu, le fidèle conseiller de Mufasa.

– Zazu ! cria Simba. Tu nous as fait peur !

– J'ai pas eu peur, dit Nala indignée.

– Moi non plus, ajouta Simba rapidement.

Zazu les fixa.

– Pas eu peur, dites-vous ? Ça explique sûrement le hurlement, dit-il sèchement.

– Tu nous as juste pris par surprise, marmonna Nala.

Zazu étoffa ses plumes.

– Écoutez, vous deux, dit-il. Il n'y a pas de honte à avouer sa peur. Même le roi Mufasa ne nierait pas avoir été terrifié quand il apprit que vous n'étiez pas là. Si ça vaut pour lui, ça vaut aussi pour deux gringalets comme vous.

– Je suppose, dit Simba alors que Nala haussait les épaules.

– Tout le monde a peur, continua Zazu. C'est la façon de réagir qui importe. C'est là que se trouve le vrai courage. Compris ?

– Compris, dirent Simba et Nala.

– Bien.

– Et maintenant, hâtons-nous de rentrer… ou je vous donne une véritable raison d'avoir peur !

Le chaton des cimes

Les chatons de Duchesse ont décidé d'aller jouer dans le jardin. Toulouse et Berlioz détalent par la porte de derrière, Marie, plus distinguée, trottine derrière eux.

Mais la féline Marie ne peut s'empêcher de fondre en attaque surprise sur Toulouse dès que celui-ci a le dos tourné.

– Me voilà ! crie Berlioz en sautant à son tour sur son frère et sa sœur.

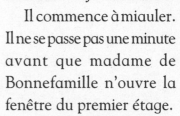

Marie s'échappe, mais Berlioz et Toulouse commencent à rouler dans l'herbe.

– Je vous ai eus tous les deux, dit Berlioz, je suis le meilleur !

– Ah oui ? Si tu es si fortiche, montre-nous comment tu grimpes au grand chêne ! dit Toulouse en montrant le tronc qui s'élève devant eux.

– Mais avec plaisir, dit Berlioz.

Il bondit agilement sur une branche basse et commence à escalader le grand arbre.

– Fais attention, dit Marie à Berlioz.

Mais le chaton est déjà perché sur la branche la plus élevée.

– Ne vous inquiétez pas pour moi ! dit-il.

Mais avec la distance, Marie et Toulouse l'entendent à peine.

Toulouse se lèche la patte et appelle :

– D'accord, tu es un excellent grimpeur, dit-il. Maintenant tu peux redescendre !

Mais Berlioz ne bouge pas d'un poil.

– J'ai dit que tu pouvais redescendre, répète Toulouse, impatient.

– Je ne peux pas, répond Berlioz, la voix tremblante. Je suis coincé.

Il commence à miauler. Il ne se passe pas une minute avant que madame de Bonnefamille n'ouvre la fenêtre du premier étage.

– Bonté divine ! s'écrie Duchesse en apercevant Berlioz. Que diable fais-tu là-haut ?

– Miiiiaaaaouououu ! répond le chaton.

– Ne t'inquiète pas, nous allons t'aider, dit madame de Bonnefamille.

Quelques minutes plus tard, elle arrive dans le jardin, suivi de son domestique portant une grande échelle.

– Il faut grimper et attraper ce petit, Edgar, demande madame de Bonnefamille.

Edgar se renfrogne et marmonne une réflexion sur les chats imprudents. Mais le domestique, bon bougre, appuie l'échelle contre le grand tronc et commence à grimper.

Il prend le chaton par le cou, redescend avec lui et le dépose près de sa maman.

– Edgar est aux petits soins pour vous mes chats chéris et cela me réchauffe le cœur !

– Miaou ! répondent Toulouse et Marie. Merci à Edgar et son échelle ! Presque aussi haute que la tour Eiffel !

Walt Disney Cendrillon

Un ami mini-mini !

Cela faisait bien une semaine que la belle-mère de Cendrillon l'avait chassée de sa chambre et reléguée dans les combles du château. Cendrillon avait bien du mal à s'adapter à ses nouveaux murs, froids et nus. La seule âme qui vivait en ces lieux et pouvait lui tenir compagnie était une minuscule souris que Cendrillon avait vue se faufiler dans un trou.

Elle avait toujours aimé les animaux, et les souris ne faisaient pas exception. Mais comment faire comprendre au petit animal qu'elle n'avait pas peur de lui ?

– Et bien, pour commencer, se dit-elle, il doit avoir froid… et faim.

Alors, un soir, à l'heure du repas, elle glissa un morceau de fromage dans sa poche. Puis, lorsqu'elle eut terminé toutes ses corvées, Cendrillon monta dans sa chambre et sortit son panier à couture. Elle se servit de bouts de tissus qu'elle avait récoltés pour coudre un costume à la petite créature : une chemise, un chapeau rouge, un manteau orange et deux pantoufles brunes.

– Une tenue pour mon petit ami ! dit-elle.

Cendrillon posa les vêtements devant le trou et s'agenouilla. Elle tira le fromage de sa poche et le posa, sur la paume de sa main. Puis elle la tendit à l'entrée du trou.

– Bonjour là-dedans ! dit-elle.

Une souris sortit prudemment la tête et huma l'air. Découvrant le fromage, elle trotta vers la main tendue de Cendrillon. Puis elle fit une halte et se tourna de tous les côtés, l'air interrogateur.

– Allons, dit doucement la jeune fille, c'est un cadeau pour toi !

Tremblante, la souris grimpa sur la main de Cendrillon, attrapa le fromage et les habits et rentra chez elle à toute vitesse.

Cendrillon pouffa de rire et attendit encore quelques minutes à genoux devant le trou.

– Bon, dit-elle après un moment, laisse-moi voir comment cela te va !

Timidement, la petite souris ressortit, vêtue de la tête aux pieds. Cendrillon applaudit.

– Parfait ! dit-elle. Ma couture est-elle à ton goût ?

La souris hocha la tête. Puis, elle disparut en un éclair dans le trou, comme si elle venait d'avoir une idée.

Cendrillon fronça les sourcils. L'aurait-elle effrayée ? Mais ses craintes s'envolèrent quand elle vit apparaître son nouvel ami avec d'autres souris, trottant derrière lui.

– Vous êtes les bienvenus ! s'écria Cendrillon.

Et elle courut chercher son panier. Quoi de mieux, pour réchauffer cette chambre froide et sombre, que la chaleur de l'amitié ?

Le pire cauchemar de Bob

Aaaaaaaahhh… Aaaahh !

Sulli s'assit dans son lit. Le cri effrayant venait de la chambre de son colocataire, Bob. Sulli se précipita hors de sa chambre et ouvrit la porte en grand.

– Salut ! fit Bob, la voix tremblante. Je crois que j'ai fait un mauvais rêve.

Il déglutit difficilement, puis s'assit sur son lit et sourit à Sulli d'un air penaud.

– Je n'en ai pas fait depuis longtemps.

Sulli hocha la tête.

– Très bien, bon et bien bonne nuit Bob.

– Euh, Sulli, je peux te raconter ? demanda Bob.

Sulli s'assit sur le bord du lit de son ami.

– D'accord, dit-il.

– J'ai rêvé qu'il y avait un enfant humain, dans mon placard là-bas ! Il pointa l'autre bout de la pièce et rit nerveusement.

– Allons, allons, fit Sulli doucement. C'est peut-être à cause du film que tu as regardé hier soir.

– Kidzilla ? se moqua Bob. Nan. Je l'ai vu dix mille fois et ça ne m'a jamais dérangé.

– Et bien, pourquoi ne te rendors-tu pas ? dit Sulli, étouffant un bâillement.

Bob s'éclaircit discrètement la voix.

– Quand j'étais petit, dit-il, ma maman m'apportait une sucette à la boue quand je faisais un cauchemar.

Patient, Sulli alla chercher une sucette.

– Elle me chantait aussi une berceuse, dit Bob.

De sa voix grave Sulli chantonna :

Bonne nuit, Bobby, Gloubinours,
Avec tes petites canines pointues et tes cheveux vert brillant !
Le matin naîtra quand le soleil se lèvera,
Tu te réveilleras et ouvriras tes gloubiyeux !

– Gloubi-œil, corrigea Bob sous la couverture. Euh, ma maman vérifiait aussi le placard.

Gardant son calme, Sulli ouvrit la porte du placard et y entra.

– Non, il n'y a rien ici ! annonça-t-il.

Soudain, il y a eut un fracas : un bric-à-brac se répandit hors du placard. Une serpillière jaune tomba. On aurait dit des cheveux blonds !

– Ahhhh ! hurla Bob en bondissant de sous les couvertures. Puis il se détendit.

– Oh, désolé. J'ai cru que cette serpillière était un enfant humain ! Il frissonna et sourit à nouveau d'un air penaud.

– Ne sois pas stupide, Bob, dit-il. Un enfant ne serait jamais libéré dans Monstropolis… Quelle catastrophe cela serait !

– Non, c'est vrai, lui accorda Bob, endormi. Bonne nuit, Sulli.

Disney **KUZCO** L'EMPEREUR MÉGALO

Le savoir-vivre selon Kuzco

Bonjour ! Écoutez-moi tous, bande de sous-fifres ! Je m'appelle Kuzco. L'Empereur Kuzco, pour les intimes ! Bienvenue au « Guide du savoir-vivre de Kuzco », également connu comme les règles à suivre, si vous étiez à ma place ! Moi, à votre place, je n'essayerais pas de les suivre à la maison ! Voyez-vous, je suis empereur, ce qui signifie que, outre que je suis riche, puissant, et plein de charisme, j'exige que chaque citoyen de mon royaume fasse exactement ce que je veux. Vous n'avez sans doute pas ce genre de pouvoir chez vous ! J'imagine que votre mère ou votre père, tante, oncle, baby-sitter ou… n'importe qui, vous dit que vous n'aurez droit qu'à une seule histoire, qu'il est l'heure d'aller au lit et d'éteindre la lumière. Et bien, si vous étiez moi, vous les auriez renvoyés pour vous avoir dit des choses pareilles ! Vous pourriez même les obliger à vous lire 365 histoires à la suite, si vous en aviez envie !

Voici donc mes règles de vie. Lisez-les et enviez-moi ! Et souhaitez-vous de devenir un empereur aussi riche et aussi puissant que moi !

Règle 1 : Ne laissez rien ni personne gâcher votre bien-être. Par « bien-être », j'entends votre rythme de vie. Par exemple, si j'ai envie de danser dans la salle du trône, je le fais. Croyez-moi, personne ne se permet de me déranger ! Mais, il m'est arrivé quelque chose de désagréable aujourd'hui quand je dansais. D'énormes statues de pierre se sont écroulées, manquant de m'écraser. Un accident bizarre…

Règle 2 : Faites toujours passer vos propres besoins en premier. Si vous avez faim, frappez des mains, et vos serviteurs vous apporteront de quoi manger. Si vous êtes fatigué, claquez des doigts, et ils vous apporteront un lit. Et si vous vous ennuyez, levez un doigt, et ils feront venir un cirque.

L'autre jour, lorsque mes serviteurs m'ont apporté des plats, j'en ai donné un peu à mon chien, et il s'est transformé en rhinocéros. Et pendant que je dormais dans mon lit royal, je suis certain d'avoir entendu quelqu'un qui sciait le plancher, autour de mon lit. Le jour où le cirque est venu me distraire, Yzma, ma conseillère royale, a laissé tomber « accidentellement » le cobra du charmeur de serpents sur mes genoux. Mais après tout, j'ai peut-être imaginé tout ça !

En effet, pensez-vous que les gens veuillent me jouer des mauvais tours ? C'est une idée complètement folle, n'est-ce pas ? Il ne peut rien m'arriver de mal !

Quelle que soit la personne qui te lit cette histoire, il est temps pour elle de te dire d'aller au lit. Bonne nuit !

La Belle et La Bête

Drôle de tarte !

Belle marche vers le village, songeant au merveilleux livre dont elle vient juste de terminer la lecture. Une histoire pleine de dragons crachant du feu, de magiciens enchanteurs et de courageuses princesses !

Elle soupire gaiement et retourne à de plus réalistes pensées. Belle veut rapporter quelque potiron ou tarte aux pommes à partager avec son papa pour le dîner de ce soir.

Soudain, elle est interrompue par un bruit tonitruant. Avant qu'il ne prononce un mot, Belle sait qui marche derrière elle. Elle reconnaîtrait ce pas n'importe où.

– Gaston, marmonne-t-elle, ennuyée.

– Belle, c'est toi ? dit Gaston. As-tu surgi d'un de tes livres ?

– Bonjour, Gaston, répond-elle, tentée de replonger aussitôt au cœur de ses pages chéries.

– En route pour le marché, n'est-ce pas ? annonce Gaston. Je peux t'accompagner ?

L'étourdissant d'un torrent de paroles vantant ses nombreux exploits, Gaston reste sur ses talons, échoppe après échoppe.

– Mon dieu, Gaston, tu as sans doute mieux à faire, dit Belle d'un ton flatteur.

– Oui, c'est vrai, merci ! répond Gaston réalisant qu'en fait la jeune fille ne lui adresse pas réellement un compliment. Son sourire disparaît quand il entre dans la boulangerie.

Belle le devance et demande une tarte aux pommes avant que Gaston ait rouvert la bouche. La tarte dans son panier, Belle salue Gaston et le commerçant.

– Au revoir, Messieurs ! dit-elle en partant en toute hâte.

– Belle, attends ! crie le prétendant en la retenant par le bras.

– Je ne peux pas traîner Gaston, répond la jeune fille. Je dois rentrer et préparer le dîner.

– Laisse-moi te raccompagner, dit Gaston, chevaleresque, j'insiste. Tu as besoin de protection. Le monde est plein de prédateurs, de voleurs et de monstres ! ajoute-t-il d'un ton dramatique.

Belle est prête à se résigner quand ils entendent quelqu'un arriver sur le chemin.

Quelqu'un de fort imposant. Gaston pousse Belle en lieu sûr. Il est si délicat qu'elle tombe à terre. Envolé le panier !

– Attention ! crie Belle.

Mais trop tard, le « monstre » surgit. Ce n'est que Philibert, le cheval de son père ! La tarte, elle, a atterri sur la figure du chevalier servant. C'est bien la première fois que Belle rit en le regardant !

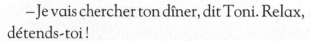

Spaghetti et boulettes

Clochard venait encore d'échapper au camion de la fourrière. Il espérait avoir donné une leçon à ce persécuteur de chiens !

Il huma l'odeur du feu de cheminée. C'était bientôt l'heure du dîner.

Son estomac gargouillait. Échapper à ce chasseur le mettait toujours en appétit !

Où pourrait-il aller dîner ce soir ? se demanda-t-il. Il s'arrêtait d'habitude chez Schultz pour quelques saucisses, le lundi. Du corned-beef et du chou l'attendaient chez O'Brien le mardi… Mais ce dont il avait vraiment envie ce soir, c'est de spaghetti et de boulettes !

Aussi, Clochard se dirigea-t-il vers le restaurant de Toni. Il gratta à la porte de derrière, comme à son habitude.

– J'arrive, j'arrive ! cria Toni.

Il apparut à la porte, s'essuyant les mains dans un torchon et fit semblant de ne pas voir Clochard, comme il le faisait toujours.

– Hé ! Il n'y a personne ! cria le chef. C'est un poisson d'avril ?

Il se gratta la tête.

– Mais non ! Ça n'est ni le premier, ni même le mois d'avril. Nous sommes en janvier !

Clochard ne pouvait plus se contenir. Il était affamé.

– Oh, c'est toi mon ami ! dit Toni. Clochard sauta de tous les côtés.

– Je vais chercher ton dîner, dit Toni. Relax, détends-toi !

Clochard s'assit et admira le fouillis de l'arrière-cour du restaurant songeant que, pour lui, la vraie vie était là.

Toni apparut avec une assiette de spaghetti. Il avait servi à Clochard non pas deux mais trois boulettes ! Quelle nuit spéciale !

Toni papota avec Clochard qui dégustait son menu. Il lui parla de sa journée, du poisson livré en retard, du client qui s'était plaint que la sauce tomate était trop aillée, du voyage qu'il comptait faire avec sa femme.

Clochard donna un dernier coup de langue à son plat. La porcelaine étincelait !

– Cela me fait penser à quelque chose, dit Toni. Ne crois-tu pas qu'il serait temps de te trouver une compagne et de t'installer ?

Clochard jeta un regard horrifié à son ami et commença à faire marche arrière.

Toni rit si fort que son ventre tressauta.

– Au revoir, Clochard ! s'écria-t-il. Et n'oublie pas ce que je t'ai dit. Un de ces jours, tu rencontreras la chienne de ta vie et tu ne pourras pas résister ! Ce jour-là, amène-la chez Toni, pour un bon petit dîner en amoureux.

Clochard aboya en songeant aussitôt :

– Moi, le marginal, libre comme l'air et sans collier, me ranger ? Cela n'arrivera jamais !

Une histoire du Pays Imaginaire

Un soir d'hiver assez froid, Jean et Michel n'arrivaient pas à dormir. Ils grimpèrent sur le lit de leur grande sœur, Wendy.

– Oh ! dit Michel. Raconte-nous une histoire de Peter Pan !

– Bien sûr, dit Wendy. Je vous ai déjà raconté comment Peter Pan piégea le diabolique Capitaine Crochet ?

– Oui ! dit Michel. Et on veut l'entendre à nouveau !

Wendy rit et commença son histoire.

– Et bien, une nuit, le Capitaine Crochet mouilla son navire dans une crique près de l'île du Pays Imaginaire. Ses hommes et lui voulaient découvrir la cachette secrète de Peter Pan et des Garçons Perdus.

Le Capitaine Crochet détestait Peter Pan parce que le garçon lui avait coupé la main lors d'un duel, et l'avait donnée à un gros crocodile, qui voulut dévorer le reste du capitaine. Par chance, le crocodile avait avalé un réveil. Ainsi le tic-tac avertirait toujours le pirate de la présence du crocodile.

– Heureusement pour Peter Pan, continua Wendy, son amie Clochette apprit le plan du méchant Capitaine Crochet à temps. Elle vola jusqu'à Peter pour le prévenir.

– Ah ah ! rigola Peter. Alors tenons-nous prêts à l'accueillir !

Il trouva une horloge exactement comme celle qu'avait avalée le crocodile. Il leva la tête vers les arbres et siffla. Un groupe de singes amis apparut.

– Voici un nouveau jouet ! cria Peter en leur jetant l'horloge. Disparaissez maintenant !

Puis Peter et les Garçons Perdus se précipitèrent dans leurs cachettes.

Quand Crochet arriva dans la clairière, il entendit immédiatement le tic-tac de l'horloge. Le son semblait venir de partout ! Les singes s'amusaient bien, ils se jetaient l'horloge et rampaient derrière Crochet. Saisis de terreur, Crochet et ses hommes se ruèrent vers leur bateau et ramèrent comme des fous jusqu'au navire.

À ce moment-là de l'histoire, les parents des enfants Darling firent irruption dans la chambre.

– Wendy, ne me dis pas que tu es encore en train de raconter des histoires abracadabrantes sur Peter Pan à tes frères, demanda leur père.

– Peter Pan est réel, Père ! crièrent les enfants. On le sait !

Comme les parents souhaitaient bonne nuit aux enfants, ils ne virent pas qu'un garçon en vert était accroupi sur le rebord de la fenêtre. Il avait écouté l'histoire, et il reviendrait… bientôt.

Disney
Les Aventures de
Bernard et Bianca

Un nouveau job pour Bernard

Bernard était une simple souris. Il aimait son travail de souris à tout faire. Il aimait déguster un bon fromage et s'endormir sur un bon livre chaque soir. Il n'aimait pas le chiffre 13, les chats noirs (les chats en général, en fait !) et la couleur verte.

Une autre chose lui déplaisait : c'était le danger. Sa sécurité avant tout !

Bernard avait peur de tout animal plus grand qu'une souris, de tout fromage qu'il n'aurait pas dégoté lui-même et de toute chose ressemblant même vaguement à un piège.

Aussi, lorsqu'on lui annonça le déménagement de son bureau pour le 1 313 de la rue, il sut qu'il était temps pour lui de changer de travail. Un 13 dans l'adresse passe encore, mais deux, c'était trop pour lui !

Cet après-midi-là, il acheta le journal et consulta les offres d'emploi.

– « Recherche souris acrobate », lut-il. Brr, frissonna Bernard. Trop dangereux.

Il en choisit une autre : « Steward pour les lignes aériennes Albatros. »

– Ce serait pire encore, soupira-t-il.

La tâche était ardue.

– « Goûteur de fromages », continua Bernard. Mmmh ! Cela promet…

Mais quand il lut en tout petit : « expérimental et hasardeux », il secoua la tête tristement. Jamais il ne trouverait un autre emploi ! Il posait le journal près de lui quand une annonce attira son attention :

« Recherche désespérément souris à tout faire. Expérience requise. Appeler siège des Nations-Unies, département : secours international. »

– C'est pour moi ! s'écria Bernard.

Il se présenta aussitôt à l'adresse indiquée et comme il était le plus expérimenté des candidats, il obtint le poste !

– Bravo, le félicita son camarade de la délégation française, et bonne chance !

Le soir même, Bernard fêtait la nouvelle avec son nouvel ami.

– Société internationale de Secours aux Souris, dit son compagnon. C'est excitant, vous ne trouvez pas ?

– Oh, pas tant que cela, rectifia Bernard. Je serai la souris à tout faire. Pas de danger, ni d'intrigues. Je laverai les planchers, réparerai les fuites… Pas d'extras, vous pouvez compter sur moi !

Son camarade leva son verre pour un toast :

– À votre nouveau job !

– À mon nouveau job ! dit Bernard. Puisse-t-il être tranquille, sans danger et surtout sans aventures ! En trois mots, un « job sur mesure » !

Disney
LA PETITE
SIRÈNE

Le grand jour de Sébastien

C'était un grand jour pour Sébastien, maître de musique à la cour du roi Triton. Il avait travaillé dur pour composer une nouvelle œuvre, et le soir même, il dirigerait l'orchestre royal qui l'interpréterait pour la première fois. Et il se disait que son génie allait enfin être reconnu.

L'après-midi, il avait vérifié le moindre détail afin de s'assurer que tout était parfait. Il avait rectifié la disposition des chaises destinées aux musiciens, préparé des partitions supplémentaires, au cas où quelqu'un aurait oublié la sienne, et même lavé et repassé son nœud papillon.

Le rideau allait se lever. Les musiciens avaient pris place sur la scène. Quelques notes s'élevèrent dans la salle de concert : le poisson trompette et la conque accordaient leurs instruments.

Benny la pieuvre, le tambour de l'orchestre, arriva en dernier.

– Sébastien ! s'exclama-t-il. Je ne peux pas jouer ce soir !

– Qu'est-ce que tu racontes ? Tu vas jouer ! gronda Sébastien, profondément irrité.

– Tu n'as pas compris ! répliqua Benny. Je ne peux pas ! Cet après-midi, j'ai fait une sieste, et je me suis endormi sur mes tentacules. Et ils sont tout engourdis ! Impossible de tenir mes baguettes !

Sébastien était hors de lui. Comment faire ? Son œuvre exigeait huit tambours ! Benny avait huit tentacules, un pour chaque instrument. Comment trouver un remplaçant ?

À l'instant, Ariel et ses six sœurs arrivèrent afin de souhaiter bonne chance au chef d'orchestre.

– Comme je suis heureux de te voir, Ariel ! s'écria Sébastien. Pourriez-vous m'aider, toi et tes sœurs ? Il vous suffirait de jouer du tambour pendant le concert.

– Bien entendu ! répondirent les sirènes.

– Parfait ! Nous avons donc sept tambours. Il nous en manque encore un !

L'orchestre regardait fixement son chef.

– Moi ? Mais je suis compositeur et chef d'orchestre ! C'est le jour où mon génie va être apprécié à sa juste valeur ! Il faut que je sois devant, et en plein milieu !

Tu ne me croiras peut-être pas mais quelques minutes plus tard, lorsque le rideau se leva, Sébastien était aux tambours ! Les feux de la rampe, ce sera pour une autre fois !

– Tu sais ce que l'on dit ? murmura-t-il à Ariel, qui jouait du tambour à côté de lui.

– Que le concert peut commencer ? supposa la Petite Sirène.

– Non ! Que les vrais génies ne sont jamais reconnus de leur vivant ! répondit Sébastien.

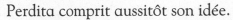

Pongo, directeur artistique

Je ne sais pas ce que nous allons faire, dit Roger Radcliff à sa femme, Anita. Tous ces chiots à nourrir et même pas une chanson à vendre !

– Ne t'inquiète pas, le rassure Anita. Je suis sûre que ton inspiration va revenir.

– Pourvu que tu dises vrai, dit Roger, en montrant la corbeille au pied du piano, car pour l'instant je n'ai qu'un tas de papier-musique à recycler !

– N'abandonne pas, dit Anita en sortant du bureau. Je suis persuadée que tu peux réussir.

Pongo regardait Roger penché sur son piano.

– Mon vieux Pongo, dit Roger, je devais composer dix mélodies en dix jours. Mais tout ce que j'ai écrit est horrible. Que faire ?

Pongo aurait tant aimé aider son fidèle compagnon Roger, mais il ne savait absolument pas comment.

La nuit venue, installé au salon, entouré des petits, Pongo discute avec Perdita.

– Roger a déjà composé dix chansons, explique-t-il à sa compagne. Mais il n'y croit pas assez pour les proposer. Moi, je sais qu'elles sont très valables, car je l'ai entendu les jouer. Je suis devenu un expert musical depuis le temps que je connais Roger. Les partitions sont dans la corbeille à papiers.

Perdita comprit aussitôt son idée.

– Connais-tu l'adresse de son éditeur de musique ? demanda-t-elle.

– Oui, affirme Pongo, Roger m'a promené des douzaines de fois jusque-là.

– Alors tu dois essayer, l'encourage Perdita.

Une fois Roger et Anita couchés, Pongo parvient à se faufiler dans le bureau pour récupérer les partitions froissées dans la corbeille. Il sort en cachette de la maison et file chez l'éditeur, les glisse sous sa porte et rentre en trottinant, content de lui.

Le lendemain matin, le téléphone sonne et Roger décroche, inquiet.

– Vous, quoi ? dit-il dans le combiné. Les partitions ? Mais comment… ? Oh, je vois ! Et bien alors, merci ! Merci beaucoup !

– Qui était-ce ? demande Anita.

– Mon éditeur, répond Roger. Il m'achète dix mélodies.

– Dix ? s'écrie Anita. Je croyais que tu n'en avais même pas une de prête.

– Moi aussi, dit Roger en se grattant la tête.

– Alors que s'est-il passé ? demande Anita.

Perdita regarde Pongo et aboie joyeusement. Il a sauvé la situation aussi facilement qu'on siffle une chanson…

Disney POCAHONTAS

Écoute avec ton cœur !

C'était une belle journée claire. Accompagnée de ses amis, le raton laveur Meiko et Flit le colibri, Pocahontas décida de gravir une montagne.

Ils arrivèrent soudain à un embranchement.

— Quelle direction faut-il prendre, Meiko ? demanda-t-elle. Le raton laveur indiqua le chemin le plus plat, ce qui fit rire Pocahontas.

— Choisissons plutôt celui-là ! dit-elle en désignant le plus étroit et le plus escarpé.

Ils grimpèrent et grimpèrent encore, tandis que le chemin se faisait de plus en plus étroit, de plus en plus escarpé. Meiko était nerveux, et Flit lui-même paraissait anxieux. Pocahontas reprenait son souffle ; quand le vent se mit soudain à souffler. Les nuages arrivèrent et la pluie commença à tomber.

— En route ! lança Pocahontas en sautant sur ses pieds. Nous ne pouvons rester ici, et le sentier est trop glissant pour redescendre. Il nous faut continuer !

Pocahontas ne le montrait pas mais, comme l'eau dévalait la pente à gros flots, elle commençait à avoir peur. On glissait à chaque pas et il faisait de plus en plus froid.

Alors elle se souvint de ce que lui avait dit grand-mère Feuillage.

— Je dois écouter les esprits qui nous entourent. Ils vont certainement nous aider.

Elle tendit l'oreille, mais il était difficile d'entendre quoi que ce soit avec le bruit de la pluie et du vent. Meiko poussa des petits cris nerveux et s'agrippa à Pocahontas.

— Je dois écouter avec mon cœur ! dit-elle.

Alors, elle les entendit. Les esprits lui parlaient. Ils lui disaient de grimper encore un peu plus haut. Là, elle trouverait un abri.

— Encore un effort, mes amis ! appela-t-elle, en dominant le vacarme du vent et de la pluie. Nous allons trouver un abri, un peu plus haut !

En effet, ils découvrirent bientôt une ouverture dans la roche. Elle donnait sur une petite grotte. Comme il faisait chaud à l'intérieur ! Les trois randonneurs s'installèrent au sec et restèrent là, à écouter la pluie et le vent.

L'orage se termina enfin et le soleil brilla de nouveau.

— En route ! cria Pocahontas à ses amis. Allons voir à quoi ressemble le sommet de cette montagne !

Ils gravirent à la hâte les derniers lacets du sentier et débouchèrent sur le rebord d'un large plateau. Au loin s'étendait la forêt et, au-delà, la mer étincelait sous le ciel bleu.

— Regardez, mes amis ! s'écria Pocahontas. N'est-ce pas une merveille ?

Un conte d'hiver

Un matin ensoleillé de janvier, Winnie l'Ourson traversait péniblement la Forêt des Rêves Bleus pour aller voir son ami Porcinet qui était au lit avec un rhume. Il avait neigé toute la nuit et la forêt était recouverte d'une belle neige moelleuse.

– Pauvre Porcinet. Quel dommage qu'il ne puisse pas venir jouer dans cette jolie neige !

Il fit quelques pas, puis eut une idée merveilleuse.

– Je sais ! Je vais lui apporter de la neige !

Il ramassa de la neige et forma une boule de neige. Il la mit dans sa poche, puis en fit une autre, et encore une autre. Il eut rapidement trois grosses boules de neige dans chaque poche, et une sur la tête, sous son bonnet. Il se dépêcha d'arriver chez Porcinet. Il passa à côté de Tigrou, Coco Lapin, Petit Gourou et Bourriquet, qui allaient en sens inverse.

– Salut, Winnie ! l'appela Petit Gourou. Tu viens faire un bonhomme de neige avec nous ?

– Désolé, je ne peux pas, dit Winnie avec mélancolie. Je vais apporter des boules de neige à Porcinet, qui est malade.

Porcinet n'allait effectivement pas bien, mais il était très content de voir son ami.

– Salut, Wibbie, dit-il en reniflant. Je suis content de te voir. Atchoum !

– Oh mon pauvre Porcinet, dit Winnie. Je vais nous faire un peu de thé.

Winnie venait de mettre l'eau à chauffer quand une grosse goutte d'eau glacée roula sur son nez. Ça lui rappela quelque chose.

– Je t'ai apporté un cadeau, Porcinet ! cria-t-il en retirant son bonnet.

Mais il n'y avait rien. Perplexe, Winnie courut à son manteau, qu'il avait accroché près de la porte. Ses poches étaient vides ! Mais il y avait une belle flaque d'eau par terre, sous son manteau.

– Je ne comprends pas ! remarqua Winnie en se grattant la tête. Je t'ai apporté des boules de neige, mais on dirait qu'elles ont disparu.

– Oh ! là, là ! soupira Porcinet. Et bien, berci d'avoir bensé à boi. J'aurais bien aibé bouvoir aller jouer dehors avec vous. Tu peux ouvrir les rideaux. Comme ça, je pourrai boir la neige ?

Winnie se leva d'un bond et s'exécuta. Tous deux soufflèrent en regardant dehors.

Là, sous la fenêtre de Porcinet, Tigrou, Coco Lapin, Bourriquet et Petit Gourou avaient fait un bonhomme de neige, rien que pour Porcinet !

– Oh, les abis sont berveilleux ! dit Porcinet joyeusement. Atchoum !

WALT DISNEY
Blanche Neige
et les Sept Nains

Une histoire pour les Sept Nains

C'était l'heure du coucher dans le petit chalet de la forêt. Blanche-Neige embrassait, bordait et souhaitait une bonne nuit à ses amis les Sept Nains.

– Attends, attends, cria Joyeux, avant qu'elle ne souffle la bougie. S'il te plaît, raconte-nous une histoire !

– Très bien, dit Blanche-Neige, souriante.

– Il était une fois, une princesse heureuse ou une petite princesse qui aurait été très heureuse si une personne n'avait pas existé : sa belle-mère, la méchante Reine.

– Bah ! grogna Grognon. Blanche-Neige soupira.

– Voyez-vous, la princesse avait beau travailler très dur et être aussi bonne qu'on peut l'être, la Reine faisait tout ce qui était en son pouvoir pour la rendre malheureuse.

– Pauvre princesse, murmura Timide.

– Oh, mais ne t'inquiète pas, lui assura Blanche-Neige. La princesse était une jeune fille très gaie. Elle avait découvert que siffler et chanter tout en travaillant ensoleillaient son cœur ! Et puis, elle rêvait tout éveillée et croyait fermement que si on le désire très fort, nos vœux deviennent réalité.

– Atchiiiii ! Et que désirait-elle ? éternua Atchoum.

– Eh bien, dit Blanche-Neige, elle désirait rencontrer un jeune et charmant prince qui l'emmènerait avec lui. Or, ce prince est arrivé !

– Vraiment ? s'exclamèrent les Sept Nains.

– Vraiment, répondit Blanche Neige. Il a galopé jusqu'au château et escaladé l'enceinte. La veille, le chasseur de la Reine avait conduit la princesse dans la forêt en lui conjurant de s'échapper et de ne jamais revenir.

– Et c'est ce qu'elle aaahh fait ? demanda Dormeur dans un bâillement.

– Oui, dit Blanche-Neige, elle a couru devant elle jusqu'au bout de ses forces. Regardant autour d'elle, la princesse s'est rendue à l'évidence. Elle était seule et égarée, sans ami pour la secourir et nul logis où s'abriter.

– Pauvre Princesse ! murmura Timide.

– C'était bien son avis, dit Blanche-Neige. Mais une minute seulement !

Elle découvrit bientôt qu'elle n'était pas seule. Blaireaux, écureuils, chevreuils, lapins et oiseaux : toutes les créatures de la forêt l'aidèrent et la guidèrent jusqu'au plus joli chalet que vous ayez jamais vu et auprès des plus loyaux amis qu'une princesse puisse avoir.

– Et alors ? ronchonna Grognon.

– Alors, répondit Blanche-Neige, ils y vivent heureux depuis. Sur ce, à vous sept, bonne nuit !

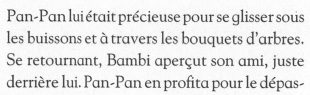

La course

Bonjour, jeune Prince ! dit Pan-Pan, en saluant son nouvel ami, par une belle journée d'hiver.

– Bonjour, Pan-Pan !

– J'ai une idée formidable, Bambi ! Si nous faisions la course ? Celui qui arrive le premier au pied du grand pin est vainqueur !

– Mais ce serait idiot de faire la course tous les deux ! protesta Bambi.

– Ah bon ? Pourquoi ? s'étonna Pan-Pan.

– Parce que je vais sûrement gagner !

– Qu'est-ce qui te fait dire ça ? le défia Pan-Pan, en bombant le torse.

– Je suis plus grand et plus fort que toi ! dit Bambi.

– Mais alors, puisque tu es certain de gagner, pourquoi ne pas faire la course ?

Bambi réfléchit quelques instants. Il ne voulait pas contrarier son meilleur ami.

– Et bien, allons-y ! lança-t-il enfin.

– Super ! s'exclama Pan-Pan. Prêt ?

– Prêt ! répéta Bambi.

– On y va ! dit Pan-Pan en s'accroupissant sur ses pattes de derrière.

Bambi l'imita aussitôt.

– À vos marques… Prêts… Partez ! cria Pan-Pan. Et ils s'élancèrent à toute vitesse.

Avec ses longues pattes, Bambi prit immédiatement la tête. Mais la petite taille de Pan-Pan lui était précieuse pour se glisser sous les buissons et à travers les bouquets d'arbres. Se retournant, Bambi aperçut son ami, juste derrière lui. Pan-Pan en profita pour le dépasser. Bambi dut sauter par-dessus un arbre tombé à terre qui entravait sa route, tandis que Pan-Pan se contenta de le franchir en se contorsionnant un peu. Et il se retrouva en tête de la course.

Bambi allongea ses foulées, courant de plus en plus vite. Et il dépassa bientôt son rival. Mais, dans sa hâte de courir aussi vite que possible, il se prit les pattes dans des broussailles. Et, tandis qu'il se démenait pour se libérer, Pan-Pan passa devant lui en faisant des petits bonds.

Le grand pin approchait. Bambi courait à toute vitesse, enjambant les souches et les buissons. Pour sa part, Pan-Pan faisait des bonds aussi rapides que le permettaient ses courtes pattes de lapin. Et, lorsqu'ils franchirent la ligne d'arrivée, ils étaient à égalité.

– Tu vois ! clama Pan-Pan, hors d'haleine. Les petits se débrouillent très bien !

– Tu as absolument raison ! approuva Bambi, à bout de souffle, lui aussi.

Les « deux vainqueurs » se laissèrent tomber sur l'herbe fraîche afin de reprendre leur respiration.

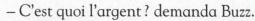

Problèmes d'argent

Salut, cochon fendu, dit Buzz.

— Salut, Buzz, dit Bayonne, le cochon tire-lire. Tu t'habitues bien à la vie ici dans la chambre d'Andy ?

— La vie sur cette planète est assez intéressante, répondit-il. J'ai hâte de donner un rapport complet à ma base.

Bayonne roula les yeux. D'après lui, Buzz était un peu cinglé ; il n'avait pas réalisé qu'il n'était pas réellement un ranger de l'espace.

— Alors, continua Buzz. Aujourd'hui, j'ai remarqué qu'Andy mettait des disques en argent dans la fente que tu as sur le dos. Et ensuite, ils résident dans ton estomac ?

— Et bien, oui, commença Bayonne, en caressant son ventre plein. Mais…

— Ah ha ! cria Buzz. J'ai déterminé ta source d'énergie ! Quelle forme de vie intéressante tu es ! Ça va carrément le faire dans mon rapport !

Bayonne secoua la tête alors que Woody et le reste de la bande les rejoignaient.

— Qu'est-ce qui se passe ? demanda Woody.

— Salut, le cow-boy, dit Buzz. Je m'informais juste sur la source d'énergie du cochon.

— Les pièces dans mon ventre, expliqua Bayonne.

— Non, Buzz, expliqua la Bergère. Ce n'est pas une source d'énergie. C'est de l'argent.

— C'est quoi l'argent ? demanda Buzz.

— C'est ce dont se servent les gens pour avoir ce dont ils ont besoin, dit Woody. Andy m'a déjà emmené au magasin de bonbons. Il donne quelques-uns de ces disques au marchand contre des bonbons. C'est un échange.

Buzz réfléchit un long moment.

— Je devrais peut-être me procurer un peu de cette source d'énergie… euh, je veux dire d'argent, suggéra Buzz, pensif.

Les autres jouets se mirent à jacasser avec agitation. Ils n'avaient jamais pensé à ce qu'ils feraient s'ils avaient vraiment de l'argent !

— Et bien moi, je m'achèterais un nouveau bâton, dit la Bergère. Le mien a vu des jours meilleurs.

— Je suppose que je pourrais m'offrir un nouveau chapeau et de nouvelles bottes, rêva Woody.

Puis il se mit à rire.

— Regardez-nous ! On est ridicules ! On est des jouets ! Les jouets ne peuvent pas aller dans un magasin comme ça et acheter des choses !

— Parle pour toi, cow-boy, dit Buzz. Tu as peut-être oublié… je ne suis pas un jouet !

Bayonne secoua la tête.

— J'abandonne !

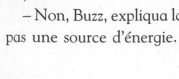

Walt Disney
La Belle au Bois Dormant

Aurore ne veut pas dormir !

Calme-toi, ma chérie, ma toute douce, roucoule Flora, essayant de calmer la petite princesse qui crie et pleure à chaudes larmes.

Flora et ses compagnes, Pâquerette et Pimprenelle, penchées sur le berceau, regardent anxieuses et impuissantes la précieuse enfant.

Mais Aurore se met à crier encore plus fort. En fait, elle n'a pas arrêté de pleurer depuis qu'elles sont arrivées dans leur maison retirée au cœur de la forêt.

– Oh, mon dieu ! crie Pâquerette. Dans quel pétrin nous sommes-nous fourrées ? Nous avons promis au Roi et à la Reine que nous cacherions leur fille ici, dans la forêt, et prendrions soin d'elle sans aucune magie. Mais nous sommes totalement novices dans les soins aux bébés humains !

Flora donne une gentille tape sur le dos de sa compagne.

– Pas de panique, Pâquerette, dit Flora. La tâche est plus difficile que prévu, mais c'est le seul moyen de sauver la princesse. Nous devons tenir notre promesse.

Pimprenelle et Pâquerette savent que Flora a raison. Aussi, l'une après l'autre, essayent-t-elles différentes choses pour calmer le bébé et l'endormir.

– Chez les fées, on calme les bébés en plaçant dans leur berceau un morceau de racine de pissenlit trouvé dans la forêt. Essayons donc !

Flora se rue dehors en un rien de temps et revient quelques minutes plus tard avec la racine. Elle la pose aux pieds de l'enfant.

Mais le bébé continue de pleurer.

– Peut-être faut-il la distraire ? suggère Pâquerette.

Aussitôt dit, aussitôt fait : elles commencent une petite gigue. Elles dansent un bon moment puis s'arrêtent essoufflées et pantelantes.

Cependant, leur danse n'a aucun effet sur la petite princesse. Pâquerette est désespérée.

– Allons, dit-elle à ses compagnes, un peu de magie est nécessaire. Juste pour l'aider à s'endormir. Je ne peux supporter de la voir dans cet état !

– Non, c'est trop dangereux ! crie Pimprenelle.

– Oh, sottises ! rétorque Pâquerette et elle tend sa baguette au-dessus du berceau.

À ce moment précis, elle donne un petit coup de coude sur la nacelle du berceau, le faisant se balancer doucement.

Apaisé par le bercement, le bébé pleure de moins en moins fort, puis finit par s'endormir.

– Alors ? murmure Pâquerette à ses amies. Ce n'est pas si difficile, finalement, d'endormir les petits enfants !

Rox et Rouky — Disney

Rox, comme chez lui !

Rox, un renardeau orphelin, a du mal à s'habituer à sa nouvelle vie chez la veuve Tartine. Il est si jeune qu'il ne sait se comporter qu'en petit renard qu'il est. Quelle confusion quand il arrive dans cette maison humaine, où tout lui est étranger !

Dans la cuisine, l'attention de Rox est attirée par une grande boîte dont la Veuve n'arrête pas d'ouvrir et refermer la porte. Chaque fois qu'elle l'ouvre, Rox voit de la lumière et aspire une bouffée des odeurs délicieuses enfermées dedans.

Puis il s'approche et saute dans la boîte au moment où sa maîtresse ferme la porte.

Brr… il y fait très froid et dès que la porte a claqué, voilà notre pauvre Rox plongé dans l'obscurité !

Par chance, la vieille femme entend ses gémissements et rouvre le réfrigérateur.

– Que diable fais-tu ici ? dit-elle.

Rox court se réfugier sur le bord de la fenêtre. À l'extérieur, il peut voir ses amis Big Maman la chouette et Dinky le moineau, discuter sur une branche. Rox prend son élan pour les rejoindre, mais il se cogne dans quelque chose ! Que se passe-t-il ? Il n'y a rien pourtant qui barre son chemin ! Il prend son élan à nouveau. Son museau se cogne derechef contre une surface lisse, dure, solide et pourtant transparente comme l'air. Rox peut voir au travers !

La veuve Tartine glousse de rire, en l'observant de la porte du salon.

– Tu découvres le verre, Rox ? dit-elle en souriant gentiment.

Peu importe ce qu'est le verre, pense Rox, cela veut dire en tout cas qu'il doit rester à la maison.

Il saute sur la table et étudie une autre petite boîte carrée ornée de quatre boutons. Il appuie sa patte sur l'un d'entre eux. Celui-ci fait un petit quart de tour. Rox retente l'expérience. Cette fois, le bouton roule sur lui-même et la boîte se met à beugler affreusement ! Rox, effrayé, se terre sous le canapé.

La Veuve se précipite sur la boîte et tourne le bouton. Le vacarme cesse aussitôt. Puis la bonne femme persuade Rox de sortir.

– Calme-toi… mon petit, le rassura-t-elle en le berçant dans ses bras et lui caressant la tête. Ce n'est que la radio. Tu as bien du mal à te faire à toutes ces nouveautés, n'est-ce pas ? Allez, un petit en-cas te fera du bien !

La matinée a été rude pour le bébé renard. Mais, à présent, dans les bras de la veuve Tartine, Rox éprouve un sentiment très proche du bonheur… Après tout, sa nouvelle maison n'est pas si étrange.

WALT DISNEY
ALICE
au PAYS des
MERVEILLES

Le rêve d'Alice

Par une belle journée d'été, Alice, installée sous un arbre, écoutait distraitement la leçon d'histoire que lui lisait sa grande sœur. Elle avait choisi un récit sur la Grèce antique, et Alice commençait à s'ennuyer. L'heure du thé n'arriverait-elle donc jamais ? L'odeur des petits pains sortis du four chatouillait ses narines, et son estomac gargouillait.

Je me demande quel effet cela fait d'être aussi petite ! se dit-elle en suivant des yeux une petite chenille occupée à grimper sur un brin d'herbe.

En un instant, Alice devint toute petite et le jardin se mit à grandir, à grandir, tant et si bien que les herbes, au-dessus de sa tête, paraissaient aussi hautes que des arbres. La chenille, qui avait maintenant la taille d'Alice, agita ses antennes dans sa direction et poursuivit son ascension.

– Oh ! là, là ! s'écria Alice, épouvantée. Je dois rentrer tout de suite à la maison, sinon, je serai en retard pour le thé !

Elle se fraya un passage à travers la forêt d'herbes pour atteindre l'allée. Hélas, cette allée, qui montait autrefois en pente douce, avait désormais des allures de montagne ! Et on ne voyait même plus la maison.

– Je n'arriverai jamais à temps pour… Hop !

Alice se sentit brusquement soulevée. Un petit coup d'œil en bas lui arracha un cri : trois fourmis la portaient sur leur dos !

– Posez-moi par terre immédiatement ! ordonna-t-elle d'une voix irritée. Mais les fourmis firent comme si de rien n'était. Se retournant brusquement, Alice parvint à basculer sur le sol. Sans paraître réaliser que leur fardeau avait disparu, les fourmis continuèrent leur chemin.

– Bien ! De toute façon, je ne suis pas loin de chez moi ! dit Alice, en apercevant le toit de la maison.

Elle se retrouva bientôt sur les bords d'une immense mare. Comment la traverser ? Soudain, une grande feuille se détacha d'une branche pour atterrir dans l'eau, juste à ses pieds. Vite, Alice grimpa sur la feuille et se laissa porter par la brise sur l'autre rive.

– Cette fois, je suis vraiment tout près ! s'exclama-t-elle, ravie.

Mais voici qu'un merle énorme piqua vers la mare et attrapa Alice par la manche de sa robe. Elle se sentit soulever dans les airs.

– Oh, c'est la barbe ! grogna-t-elle. Je ne serai jamais à la maison pour le thé.

– Réveille-toi, Alice ! Tu as assez dormi !

Et, avec un soupir d'agacement, sa sœur se leva en disant :

– De toute façon, la leçon d'aujourd'hui est terminée car il est l'heure de rentrer pour le thé.

La chasse à la mangue

Voici l'histoire de la rencontre de Bagheera et Baloo, bien avant que Mowgli ne se trouve dans la jungle.

Bagheera était plus jeune, mais pas moins sérieuse. Quand elle chassait, elle se déplaçait discrètement, avec élégance et rapidité. Elle ne trébuchait jamais. Quand elle dormait, elle gardait un œil ouvert. Quand elle parlait, elle choisissait ses mots. Et jamais, jamais, elle ne riait.

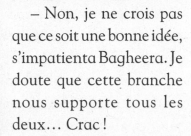

Un jour, Bagheera marchait le long d'une branche de manguier suspendue au-dessus d'une rivière. Il y avait une mangue parfaitement mûre au bout de la branche et elle adorait les mangues. Mais quand Bagheera approchait du bout, elle se courbait de façon alarmante. La dignité de Bagheera n'aurait jamais accepté qu'elle se retrouve dans la rivière sans l'avoir planifié.

Accroupie sur la branche, Bagheera venait d'avoir une brillante idée quand elle entendit un raclement de gorge.

— On dirait qu'un coup de main serait le bienvenu, dit le gros ours gris qui se trouvait là.

— Non merci, répondit Bagheera poliment. Je préfère travailler seule.

Mais l'ours grimpa malgré tout à l'arbre.

— Je vais vous dire, souffla-t-il. Je vais m'asseoir là et attraper votre queue. Vous pouvez aller chercher la mangue, je garde une prise sur vous au cas où la branche casserait. Ensuite on pourra partager la mangue !

— Non, je ne crois pas que ce soit une bonne idée, s'impatienta Bagheera. Je doute que cette branche nous supporte tous les deux… Crac !

L'ours avait bien sûr ignoré Bagheera et avancé sur la branche. Et la branche avait, bien sûr, cassé sous leur poids. Ainsi, une panthère trempée et furieuse était assise à côté d'un ours trempé et amusé.

— Oh, ah ah ah ! rigola Baloo. Oh ! là, là ! Quelle aventure ! Oh ! Allons, dit-il en voyant la colère de Bagheera. C'est pas la fin du monde, vous savez.

Et Baloo souleva la branche cassée, la mangue parfaite toujours accrochée au bout.

— Je vais vous dire, ajouta l'ours. Allons sur le rocher nous sécher au soleil en mangeant cette mangue. Je m'appelle Baloo. Et vous, quel est votre nom ?

— Bagheera, dit la panthère au moment où ils grimpaient tous les deux sur le rocher chaud et plat.

Et puis, presque malgré elle, elle sourit.

Et puis, tout à fait malgré elle, elle rigola. Et Baloo se mit à rire avec elle.

Lilo & Stitch

Un cours de danse mouvementé

Je t'en prie, Nani ! supplia Lilo.

– Pas question ! répliqua sa sœur.

– Il sera gentil, c'est promis !

– Bon, d'accord ! finit par dire Nani.

Lilo harcelait sa grande sœur depuis le matin pour qu'elle lui permette d'emmener son chien Stitch au cours de danse. Nani craignait qu'il ne fasse des bêtises. Les filles de son âge n'étaient pas gentilles avec Lilo, qui avait du mal à s'intégrer au groupe. Si bien qu'elle avait tendance à les agresser pour se défendre, ce qui la rendait malheureuse. Le problème, c'était que son petit chien se trouvait dans la même situation.

Nani était persuadée que cette créature horrible qu'elles avaient recueillie n'était pas un vrai chien. D'ailleurs, Stitch n'était pas plus sociable que Lilo : les autres chiens de la fourrière l'évitaient.

En arrivant au cours de danse, Nani donna un rapide baiser à sa sœur.

– Soyez sages, tous les deux ! dit-elle.

– Tu vas être raisonnable ! lança Lilo à Stitch. Tu en es capable, je le sais !

Lorsque Lilo et Stitch entrèrent dans la salle, quelques élèves chuchotèrent entre elles.

– Qu'est-ce que tu nous as apporté, Lilo ? demanda le professeur de danse.

– Mais c'est mon chien, madame ! Il s'appelle Stitch ! Je l'ai trouvé à la fourrière.

– Quelle horreur ! s'exclama Mertle.

– Silence, Mertle ! intervint le professeur.

– Il sait rapporter ? poursuivit Mertle, en lançant une bombe à eau en direction du chien.

Stitch l'attrapa au vol et la jeta à Mertle.

– Arrête ! cria Lilo. En voulant protéger Mertle, elle bouscula sa camarade, qui glissa sur le plancher et se retrouva par terre. Et Lilo reçut la bombe à eau sur la tête.

– Je crois que tu ferais mieux de rentrer chez toi, Lilo ! dit le professeur de danse un peu fâché.

Lilo prit son chien dans ses bras et s'en alla.

– Tu m'as causé des ennuis, dit-elle à Stitch. Mais pourquoi as-tu lancé la bombe à eau sur Mertle ?

Stitch se contenta d'un grognement.

– Bon, je sais. Toi, tu ne rapportes pas. Comment ai-je pu oublier ? On va jouer à se lancer le ballon. C'est aussi amusant que rapporter sauf que rapporter, c'est un jeu auquel on joue avec un animal, alors que se lancer la balle, ça se joue avec un ami. Et je pense que tu es plus mon ami que mon animal de compagnie, Stitch.

Stitch hocha la tête et prit un ballon. Lilo sourit et ils passèrent un merveilleux après-midi à jouer ensemble.

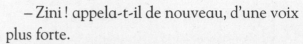

Course à travers la jungle

Aladar s'élançait à travers la jungle, progressant sur ses pattes puissantes. Son cœur battait très fort dans sa poitrine. Les branches des arbres et les lianes lui fouettaient le visage, mais il n'y prêtait pas attention.

– Plus vite ! lui criait à l'oreille Zini, juché sur son dos, en se cramponnant de son mieux avec ses pattes.

Ils jouaient à la course, l'un de leurs jeux préférés. Aladar courait d'un bout à l'autre de Lemur Island à la vitesse du vent.

– Attention ! cria Zini.

Trop tard ! Aladar n'avait pas vu la liane épaisse comme une corde qui barrait le sentier. Une seconde plus tard, il trébuchait et s'écroulait sur le sol, projetant Zini dans les airs.

Dans sa chute, Aladar avait heurté un tronc d'arbre. Reprenant son souffle, il se redressa lentement. Pendant quelques instants, tout lui sembla sens dessus dessous. Puis il reconnut le sentier familier qui courait à travers la jungle.

En revanche, pas la moindre trace de Zini ! Se remettant sur ses pattes, Aladar regarda autour de lui.

– Zini ! appela-t-il. Zini, où es-tu ?

L'inquiétude commença à gagner l'iguanodon. Où son ami avait-il bien pu passer ? Il pouvait être grièvement blessé !

– Zini ! appela-t-il de nouveau, d'une voix plus forte.

Puis il se mit à fouiller la jungle, écartant les branches et le feuillage. Zini était si petit à côté de lui ! Pour le débusquer, il fallait chercher méticuleusement.

Aladar avait fait quelques pas lorsqu'il aperçut Zini, accroché à une liane.

– C'est incroyable ! cria Zini, tout excité. D'abord, j'ai volé dans l'air comme un météore. Ensuite, j'ai parcouru presque toute la jungle juste suspendu à une liane ! Je suis presque allé jusqu'à l'océan !

Aladar poussa un soupir de soulagement. Il était si heureux de retrouver son ami !

– Je me suis inquiété ! avoua-t-il.

Zini sauta sur le dos d'Aladar et passa ses longs bras couverts de fourrure autour du cou de son ami.

– Je suis désolé, Aladar. Je n'ai pas pu résister à l'occasion de voler ! J'avais l'impression d'être un oiseau ! Si on recommençait ?

Aladar se frotta la tête. Il avait une petite bosse. Rien de grave, toutefois.

– Je suis fatigué ! Je vais me reposer, dit-il.

– Bon, comme tu voudras, admit Zini, avec un soupir de déception.

– Demain, c'est d'accord ! promit son ami.

– Super ! lança Zini, ravi.

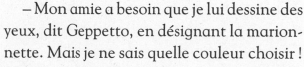

Le cadeau de Geppetto

Ce jour-là, Geppetto était occupé à peindre une horloge dans son atelier quand il eut une idée.

– Je sais ce que je vais faire de la bûche que j'ai trouvée ! dit-il à son chat Figaro. Une jolie marionnette !

Abandonnant son horloge, il se mit au travail. Lorsqu'il eut terminé la marionnette, il alla chercher ses boîtes de peinture et du tissu.

– Voyons, Figaro, les yeux de mon pantin seront-ils bleus ou verts ? Ses cheveux, blonds ou bruns ? Et sa robe ?

Tout à coup, il entendit du bruit. S'approchant de la fenêtre, il aperçut des enfants qui rentraient de l'école en riant aux éclats.

– J'aimerais avoir un enfant ! soupira-t-il.

Une petite fille s'avançait tranquillement avec sa maman, et lorsqu'un groupe de fillettes passa, elle les regarda d'un air timide.

– Elle doit venir d'emménager, pensa Geppetto. Elle aimerait avoir une amie.

Se penchant à la fenêtre, il cria à la petite fille :

– Excuse-moi… Je crois que j'ai besoin de tes conseils…

L'enfant pressa le pas vers la maison du sculpteur en tirant sa mère par la main. Une invitation à visiter l'atelier de Geppetto, quelle aubaine !

– Mon amie a besoin que je lui dessine des yeux, dit Geppetto, en désignant la marionnette. Mais je ne sais quelle couleur choisir !

– Vert ! répondit l'enfant, au bout de quelques instants de réflexion.

Geppetto prit son pot de peinture et peignit deux gros yeux verts sur le visage de bois.

– Et ses cheveux ?

– Bruns ! dit la petite fille avec un sourire.

Geppetto peignit délicatement des boucles brunes sur la tête du pantin.

– Il lui faut une robe ! Rouge ou violette ?

– Violette, dit l'enfant, après avoir jeté un coup d'œil à la robe qu'elle portait.

Geppetto confectionna une petite robe violette pour sa marionnette, puis lui ajouta une jolie bouche souriante.

– Une chose encore… dit-il. Je suis très occupé, toute la journée, dans mon atelier. Et je crains que cette petite demoiselle ne s'ennuie. Pourrais-tu me rendre un dernier service ? Voudrais-tu en prendre soin ?

– Bien sûr ! Merci ! s'écria l'enfant, le visage rayonnant de bonheur. Et, prenant le pantin dans ses bras, elle sortit de l'atelier.

– Je vous remercie ! dit sa mère. Vous feriez un excellent papa !

Geppetto sourit. Si seulement cela pouvait m'arriver ! pensa-t-il.

WALT DISNEY
ROBIN DES BOIS

Droit dans la cible !

Robin des Bois a offert son arc et ses flèches au fils de madame Lapin.

– Merci, Messire Robin ! dit Bobby en sautillant de joie. C'est le plus beau cadeau d'anniversaire du monde !

– Veux-tu que je te montre comment on s'en sert ? propose Robin.

– Avec plaisir ! s'écrie Bobby.

– Regarde, tu places ta flèche ici, puis tu bandes ton arc et tu lâches ton trait !

La flèche de Robin monte et vient se planter au centre d'une souche de l'autre côté du jardin.

– Waouh ! s'exclame Bobby.

– Oh, tu n'as encore rien vu ! ajoute Robin. Tiens pose cette pomme là, sur la tête de l'épouvantail !

– Tout de suite ! dit Bobby, empressé.

Aussitôt la pomme en place, Robin décoche une flèche. Elle fend l'air puis la pomme, en deux moitiés parfaites.

– Waouh ! exulte Bobby.

Robin ramasse une demi-pomme et la croque.

– Oh, c'est peu de chose…

– Je peux essayer ? demande Bobby.

– Bien sûr, dit Robin en plaçant une nouvelle pomme sur la tête de l'épouvantail.

Bobby bande son arc. Il libère sa flèche qui n'atterrit que quelques mètres devant lui.

– Pas de problème, dit Robin, cela arrive au meilleur d'entre nous !

– Même à vous ? demande Bobby.

– Non, pas à moi, rectifie Robin en se préparant à tirer. Je ne rate jamais ma cible !

Mais juste à ce moment, le carrosse de Marianne passe devant eux. Robin tourne la tête, sa main glisse et la flèche tombe sur le sol quelques mètres devant lui. Bobby glousse.

– Qu'y a-t-il de si drôle ? dit Robin.

– Rien, dit Bobby, dissimulant son sourire.

– Hum ! fait Robin. Même les archers très expérimentés ratent parfois leur cible. Je vais te donner un tuyau : pour te concentrer, choisis une idée. Personnellement, penser à mettre le feu aux trousses du shérif m'aide à viser juste !

– D'accord, dit Bobby. Je penserai au temps heureux où ma famille mangeait chaque jour à sa faim.

Bobby bande son arc, aussi fort qu'il peut. La flèche fuse, atteint sa cible dans un twang sonore et coupe la pomme en deux.

– Jeune lapin, avec des archers de ta trempe à mes côtés, le Prince Jean n'a aucune chance ! Bientôt ta famille ne connaîtra plus la faim. Et qui sait, peut-être mettrais-je aussi le feu aux trousses de cet abominable shérif !

DISNEY
LA PLANÈTE AU TRÉSOR

Le vœu de Jim

Jim Hawkins et sa mère avaient passé une longue nuit d'épouvante. Le vaisseau spatial d'un mystérieux alien nommé Billy Bones s'était écrasé près de leur auberge. Avant de mourir, Bones avait confié une étrange carte au trésor au garçon. Elle devrait lui permettre de retrouver le fabuleux trésor du célèbre Capitaine Flint, le butin dérobé à des centaines de planètes.

À peine Jim avait-il pris la carte des mains du mourant qu'une bande de redoutables pirates extraterrestres entra dans l'auberge à la recherche de la précieuse carte.

Jim, sa mère et le docteur Doppler, fidèle client de l'auberge, eurent juste le temps de prendre la fuite : déjà, les pirates incendiaient la maison.

Une fois en sécurité chez Doppler, Jim arracha à sa mère la permission d'accompagner le docteur à la recherche du trésor. Ce serait l'aventure de sa vie ! Ils partiraient dès le lendemain.

Ce voyage nécessitait des préparatifs minutieux. Mais, pour l'instant, Jim était couché, en sécurité chez Doppler. Et il se demandait ce qu'il ferait s'il possédait tout l'argent de la galaxie.

D'abord, se dit-il, je m'offrirais un nouveau surf solaire ! Tous mes copains me l'envieraient ! Surfeur accompli, le garçon savait que sa mère aurait préféré qu'il travaille aussi bien en classe qu'au surf… Ensuite, je m'achèterais une flotte de robots privés et je les programmerais afin qu'ils accomplissent toutes mes corvées !

Ainsi, il envisageait toutes les éventualités les plus extraordinaires…

Je n'irais plus à l'école, je m'achèterais un vaisseau spatial dernier cri et j'irais explorer la galaxie !

Jim s'assit sur son lit. Tirant la carte au trésor qui était sous son oreiller, il l'examina soigneusement et se mit à réfléchir longuement. Puis il la rangea délicatement à sa place.

— Après tout, je n'ai pas besoin de tout ça ! se dit-il avec calme. Si je trouve un trésor, au cours de ce voyage, je le donnerai à maman, et elle pourra faire reconstruire l'auberge.

Il sauta de son lit et se dirigea à pas de loup vers la chambre de sa mère. À la faveur de la faible lumière de la pièce, il vit que le beau visage de sa mère endormie était pâle. Le sommeil avait atténué son expression d'inquiétude.

Se penchant sur elle, il lui donna un baiser sur le front.

— Tu vas être fière de moi, maman ! murmura-t-il. J'en suis sûr !

Rompez le cercle !

En se réveillant, Mickey regarda dehors. Il avait neigé pendant la nuit !

– C'est un jour parfait pour aller patiner ! Je vais proposer à mes amis de venir.

Il passa prendre Dingo, Donald, Daisy, Riri, Fifi, Loulou et Minnie. En arrivant au lac, tous les amis lacèrent leurs patins, se dirigèrent vers la glace et se mirent à patiner ici et là.

– Eh, j'ai une idée ! cria Mickey. Si on faisait le jeu du cercle ?

Personne ne savait jouer, alors Mickey leur expliqua les règles.

– Je commencerai en étant le meneur. On se donne tous la main et on se met en file. Puis on patine en faisant un grand cercle. Une fois qu'on est bien partis, le patineur du bout lâche tout !

– Ça a l'air amusant ! dit Dingo.

– Cool ! s'écrièrent Riri, Fifi et Loulou.

Ils se donnèrent tous la main et commencèrent à patiner en cercle. Ils tournoyaient, encore et encore. Donald était au bout de la file.

– Ok, Donald. Vas-y ! cria Mickey à Donald qui lâcha et alla glisser sur le lac.

Le reste de la bande tournoyait, encore et encore.

– À toi, Daisy !

Daisy lâcha et s'envola sur la glace.

Ce fut le tour de Riri, puis de Fifi et enfin de Loulou. Dingo les suivit.

Il ne restait à présent que Mickey et Minnie, qui continuaient à tournoyer. Puis Mickey cria :

– Vas-y, Minnie !

Minnie le lâcha et fila en poussant un cri. Mickey passait un bon moment. Il se retrouva tout seul et continua à tournoyer, encore et encore. Quand il s'arrêta, il fallut un certain temps à sa tête pour arrêter de tourner.

– C'était amusant les amis, non ? On recommence ? Les amis ? Où êtes-vous ?

Mickey regarda autour de lui. Où étaient-ils passés ? Puis il les vit. Sept paires de patins, au bout de sept paires de jambes, dépassaient de sept congères différentes et gigotaient pour en sortir.

– Oh, oh ! fit Mickey qui fonça pour tirer ses amis, un par un, hors de la neige.

– Oups, désolé.

Dingo secoua joyeusement la tête et la neige vola partout.

– C'était amusant ! Mais je prendrais bien une tasse de…

– Eh oh ! fit la voix riante de grand-mère Donald se tenant sur le bord du lac et portant une thermos remplie de chocolat chaud !

– Hourra ! s'écrièrent tous les amis.

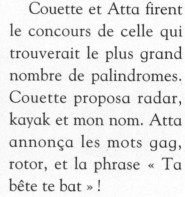

Palindrome mania!

A tta! appela Tilt. Sais-tu que ton nom est un palindrome ?

– C'est quoi un palindrome ? demanda Atta, l'air étonnée.

– C'est un mot qui se lit dans les deux sens ! Si tu épelles ton nom de gauche à droite, cela donne A-T-T-A. Et de droite à gauche, c'est également A-T-T-A. Tu comprends ?

– Oui ! Mais je n'avais jamais entendu parler de palindrome !

– Vraiment ? J'adore les palindromes ! dit Tilt. J'en connais beaucoup d'autres ! Bob, par exemple !

– Ou Anna ? proposa Atta.

– Exactement ! Il y a également Otto !

– Et le mot été ! ajouta Atta. Comme c'est drôle !

– Qu'est-ce qui est drôle ? demanda Princesse Couette, qui passait par là.

– Les palindromes ! répondit Atta.

– Il y en a, ici ? demanda Couette.

– Très juste ! dit Tilt. Ici est un palindrome. Atta et lui s'empressèrent d'expliquer à Couette ce qu'était un palindrome.

– Un instant ! dit Couette. Laissez-moi en trouver un autre !

Elle regarda autour d'elle, pour chercher une idée. Et elle aperçut la Reine, sa mère, au loin, qui se promenait à l'ombre.

– Mam ! cria Couette. C'est un palindrome, non ?

– Pas mal ! reconnut Atta tout en pouffant de rire.

Couette et Atta firent le concours de celle qui trouverait le plus grand nombre de palindromes. Couette proposa radar, kayak et mon nom. Atta annonça les mots gag, rotor, et la phrase « Ta bête te bat » !

– Super ! s'écria Tilt. Tu sais même faire des phrases ! C'est plus difficile ! Crois-moi, j'ai passé des heures à y réfléchir ! Il y a aussi la phrase « Esope reste ici et se repose » ! Et « Karine alla en Irak » !

Tilt énonça toutes les lettres de l'alphabet, pour former des palindromes, et il s'agissait souvent de mots dont Couette et Atta n'avaient jamais entendu parler, des mots compliqués dont elles ignoraient le sens. Il donna des chiffres aussi : 45 654, 2 002… Et les deux sœurs se mirent à songer à un mot, qui n'était même pas un palindrome : le mot E-N-N-U-I !

Lorsque Tilt en eut terminé avec sa liste de mots, il regarda Couette et Atta avec un sourire satisfait. Elles avaient un palindrome tout prêt pour lui.

– Oh ! s'exclama Atta, épuisée.

– Zzz ! fit Couette, à moitié endormie.

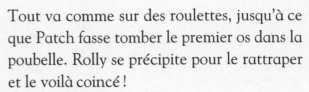

Petite faim de nuit

C'est l'heure d'aller au lit ! dit Pongo.

— Oh, papa ! On n'est pas fatigués, gémit Patch.

— Peu importe ! dit Pongo. Les chiots ont besoin de repos !

Patch rejoint en soupirant la file de chiots s'apprêtant à grimper l'escalier.

— J'ai faim ! dit Rolly en se couchant.

— Tu as TOUJOURS faim ! fait remarquer Patch.

— Et toi, tu ne veux jamais te coucher et tu ne penses qu'à partir à l'aventure !

— On n'a jamais ce qu'on veut ! conclut Patch, dépité.

Quelques heures plus tard, Rolly sent une patte lui tapoter le dos.

— C'est le matin ? demande-t-il dans un bâillement.

— Non, dit Patch, il est minuit ! Tu veux aller fouiner ? Je te promets à manger !

— À manger ! jappe Rolly, tout excité.

— Chhhuutt ! dit Patch. Suis-moi !

Rolly trottine derrière Patch jusque dans la cuisine. Patch rôde autour de la table.

— Après dîner, j'ai vu Nanny mettre de bons gros os de côté, pour la soupe de demain.

— De la soupe ! s'écrie Rolly, quel gâchis ! Les os sont faits pour qu'on les ronge !

Patch et Rolly mettent un plan au point.

Tout d'abord, Patch grimpe sur le dos de Rolly pour atteindre le plateau de la table.

Tout va comme sur des roulettes, jusqu'à ce que Patch fasse tomber le premier os dans la poubelle. Rolly se précipite pour le rattraper et le voilà coincé !

Patch essaie de garder son calme. Il réfléchit intensément et concocte un autre plan : opération récupération de Rolly !

Il court réveiller Lucky et Pepper pour les conduire sur les lieux du sauvetage. Puis il déniche la longue laisse de son père et décide de s'en servir comme d'un lasso.

— Attrape ça ! dit-il en la lançant à Rolly.

— D'accord !

Patch, Lucky et Pepper tirent de toutes leurs forces.

Rolly s'extirpe tant bien que mal et atterrit sur le plancher.

— Merci, les amis !

Les chiots retournent vite au lit.

Avant de se laisser glisser dans le sommeil, Rolly murmure à Patch :

— Finalement, tu l'as eue ton aventure !

— Ouais, dit Patch. Désolé que tu n'aies rien eu à manger !

— Détrompe-toi, dit Rolly en se léchant les babines. Que crois-tu que j'ai fait, en attendant ? J'ai rongé cet os délicieux ! Et il valait le détour, c'est Rolly qui te le dit !

Le Jour des Marmottes

Winnie l'Ourson frappa à la porte de Porcinet.

– Réveille-toi ! Réveille-toi ! C'est le Jour des Marmottes !

Porcinet s'habilla rapidement et les deux amis se précipitèrent chez leurs autres camarades qui vivaient dans la Forêt des Rêves Bleus.

– C'est le Jour des Marmottes ! criaient-ils en chœur en réveillant Tigrou, Coco Lapin, Maître Hibou, Bourriquet, Maman Gourou et Petit Gourou.

Puis toute la bande se dirigea vers la maison de Jean-Christophe pour le réveiller, lui aussi.

Mais où va-t-on trouver une marmotte ? se demanda Porcinet. Ils arrivèrent bientôt au Coin des Idées et s'y assirent pour attendre.

– Euh, qu'est-ce qu'on attend, exactement ? demanda Porcinet au bout d'un moment.

– Des marmottes, bien sûr ! dit Winnie.

– Mais qu'est-il supposé se passer, le Jour des Marmottes ? persista Porcinet.

Winnie ne savait pas très bien comment répondre. Il se tourna alors vers Jean-Christophe.

– Une vieille tradition, commença Jean-Christophe, raconte que le 2 février, la marmotte sort de son trou, après un très long sommeil pendant l'hiver, pour regarder son ombre. Si elle la voit, elle décide qu'il y aura encore six semaines d'hiver et retourne dans son trou. Si elle ne la voit pas, elle décide que le printemps ne va pas tarder et reste là pour l'attendre.

– Je comprends, dit Winnie qui, en vérité, ne comprenait pas vraiment.

Quelques instants passèrent, puis Coco Lapin s'éclaircit la voix.

– Winnie, tu penses que la marmotte va encore être longue à apparaître ?

– Oh, je n'en ai pas la moindre idée, vu que je ne connais pas de marmotte personnellement.

Cette nouvelle bouleversa toute la bande. Mais tout à coup, la tête de Gopher la marmotte sortit de terre juste devant eux.

– Aha ! cria Winnie triomphalement.

– Ce n'est que Gopher, dit Coco Lapin.

– Je crois que Gopher fera bien l'affaire aujourd'hui, dit Jean-Christophe. Gopher, est-ce que tu vois ton ombre ou pas ?

Gopher cligna des yeux puis regarda le sol.

– Je sssuppose que je vois mon ombre.

– Et bien, c'est tout alors, dit Jean-Christophe. Encore six semaines d'hiver. Merci beaucoup Gopher.

– Je t'en prie, répondit Gopher, qui avait l'air un peu perdu. Je vous souhaite un joyeux printemps à tousss !

Des princes à la pelle !

Ma chérie, je t'en supplie, dit le Sultan d'Agrabah, bouillant d'impatience. La loi exige que tu te maries avant ton seizième anniversaire et ce jour arrivera vite. Pourquoi es-tu si difficile ? Tant de princes brûlent de devenir ton époux.

— Ils sont tous si… pompeux, soupire Jasmine. Mais je vais essayer, Père. C'est promis.

Le lendemain, un prince, porté sur une litière, sonné par des trompettes, suivi par un troupeau de chameaux et une flopée de serviteurs, arrive au palais. Il se courbe devant Jasmine.

— Je sais que vous serez heureuse d'apprendre que je vous ai choisie pour épouse, dit-il, sur un ton qui hérisse la jeune fille. Pouvons-nous organiser le mariage ?

La jeune princesse lui cache son antipathie.

— J'allais justement promener Rajah dans le palais, dit-elle. Il a besoin d'exercice. Pourquoi ne pas discuter en marchant ?

Le prince accepte sans hésiter.

Avec un sourire rusé, Jasmine siffle. Son tigre Rajah surgit aussitôt et lorsqu'il pousse son rugissement de bienvenue, le prince prend ses jambes à son cou.

— Il n'a pas tenu bien longtemps, dit Jasmine joyeusement, tout en câlinant le gros fauve.

Bon travail, Rajah !

Le jour suivant, un autre prétendant arrive avec encore plus de serviteurs.

— Voici le prince Habibi, annonce un valet.

Jasmine sort la tête par la fenêtre de sa chambre et hèle le prince qui ouvre la marche.

— Je suis vraiment désolée, je ne peux pas descendre, les escaliers viennent d'être cirés, crie-t-elle. Pouvez-vous porter mon linge à la buanderie royale, s'il vous plaît ?

Le prince Habibi se tient au pied de la tour, les bras tendus.

Boum ! Le gros baluchon l'assomme à moitié et fâché, il s'en va sans demander son reste.

Le lendemain, un autre prétendant se présente, le prince Baklava.

— La princesse est au bord de l'étang, lui annonce le laquais.

— Venez me retrouver ! s'écrie Jasmine, au milieu de l'étang, sur une petite île entourée de crocodiles.

Le prince Baklava pousse un cri de terreur et fait aussitôt demi-tour, sa cape et ses serviteurs sur le dos ! Jasmine pouffe de rire. Puis elle rejoint la rive, en sautillant légèrement sur le dos des reptiles.

— Merci, les amis ! leur dit-elle, complice. Votre aide m'a été très utile !

À la soupe !

Mulan était dans la cuisine, occupée à remuer d'un air maussade une marmite de soupe pour le dîner. Assise à table, grand-mère Fa triait des grains de riz. Elles étaient silencieuses, perdues dans leurs pensées, après la nouvelle qu'elles venaient de recevoir : Fa Zhou, le père de Mulan, devait rejoindre l'armée chinoise afin de protéger l'Empire contre les invasions des Huns. Un homme de chaque famille se mettait ainsi à la disposition de l'Empereur. Comme Mulan n'avait pas de frère, son père avait été désigné. Mais s'il avait été jadis un soldat héroïque, Fa Zhou n'était plus très jeune, ni assez fort pour participer à de nouveaux combats. Mulan se sentait désespérée : si son père rejoignait l'armée, il serait sûrement tué.

— Pourquoi mon père doit-il aller se battre ? demanda-t-elle soudain à sa grand-mère. Ce n'est qu'un homme de plus, s'il n'y va pas, l'Empereur n'en saura rien ! En revanche, sa mort serait une grande perte pour notre famille ! poursuivit-elle en soupirant.

Sa grand-mère poussa elle aussi un profond soupir, et continua de trier son riz.

— Tu as parfaitement raison ! Un grain de riz, de la taille de celui qui est dans ma main, c'est vraiment petit et insignifiant.

Ensuite elle leva la main et le laissa tomber dans le grand bol de riz qu'elle venait de trier.

— En revanche, tous ces grains peuvent nourrir un grand nombre de personnes. L'Empereur a besoin d'une armée de beaucoup, beaucoup de gens, pour repousser les envahisseurs.

Mulan secoua la tête avec une grande tristesse ; si elle parlait, elle savait qu'elle se mettrait à pleurer. Elle était jeune, têtue et elle avait du mal à accepter le sacrifice que son père allait faire.

Grand-mère Fa était aussi malheureuse que Mulan, mais la vieille dame comprenait qu'il était inutile de lutter contre ce genre d'événements. Elle se leva et quitta la cuisine sans rien dire.

Mulan continua de remuer la soupe, même si ce n'était plus nécessaire. Près de la marmite se trouvait un bol qui contenait une épice de couleur rouge. Saisissant le petit bol, elle l'observa attentivement.

— Un grain de riz est petit et insignifiant, se dit-elle. Et pourtant, une minuscule pincée de cette épice peut changer la saveur de toute la soupe. De même, une personne peut peut-être changer les choses, si elle suit son cœur.

Mulan versa le petit bol d'épice dans la marmite.

— À la soupe ! cria-t-elle en souriant.

DUMBO

Cache-cache

Pendant un bon moment, Dumbo fut le seul bébé du cirque, mais un jour, la cigogne arriva avec un joli girafon dans son baluchon. C'était une fille !

– Tu sais, dit Timothée, je pense que nous devrions aller lui proposer de jouer avec nous.

Dumbo était d'accord. Il adorait se faire de nouveaux amis !

Timothée et Dumbo partirent donc pour le parc des girafes.

– Bonjour, Madame Girafe, dit Timothée. Votre petite fille peut-elle jouer avec nous ?

Dumbo fit un large sourire plein d'espoir à la maman au long cou.

– Eh bien, je suppose, dit-elle.

Elle donna un baiser à son bébé et le confia aux soins de Dumbo et du souriceau.

– Alors, dit Timothée, on joue à quoi ?

Dumbo et la petite girafe le regardèrent, aussi muets l'un que l'autre.

– Hum, je vois… dit Timothée. Vous ne connaissez pas de jeux ! Puis-je vous suggérer une partie de cache-cache ?

L'éléphanteau et sa petite camarade hochèrent joyeusement la tête. Timothée ferma les yeux et compta.

– Un, deux, trois, quatre, cinq… dix ! Prêt ou non, j'arrive ! cria-t-il.

Mais les deux petits étaient toujours devant lui, immobiles.

– Attendez une minute ! s'exclama Timothée. Vous étiez supposés vous cacher ! Bon. Je ferme les yeux. Vous vous cachez. Vous trouvez un coin d'où vous pouvez me voir, en restant invisible ! Comme ça !

Timothée se dissimule rapidement derrière un baquet de pop-corn.

Compris ?

Les deux joueurs hochèrent la tête à nouveau.

– Nouvel essai ! Un, deux, trois…

Il compta jusqu'à vingt et ouvrit les yeux.

– Non, non, non ! grogna-t-il. Vous ne pouvez pas vous cacher derrière le pop-corn. Vous êtes trop gros ! Allons, essayons encore !

Le jeu reprit et quand Timothée ouvrit à nouveau les yeux, il était étonné des progrès de ses partenaires. Il ne lui fallut pas longtemps pour voir Dumbo derrière un piquet de tente et le cou de la petite girafe dépasser de la malle des clowns, mais l'intention y était !

– Cette fois, dit le souriceau, essayez de cacher votre corps en entier ! Je compte !

Alors Dumbo et la girafe allèrent se cacher, l'une derrière le long et fin piquet, l'autre derrière la courte et massive malle.

Et le croirez-vous ? Ils étaient si bien cachés que le souriceau doit encore les chercher !

L'initiation

Nemo avait encore son sourire satisfait sur le visage, suite à la cérémonie d'initiation de la nuit précédente. Je fais partie du club ! pensa-t-il.

– Alors, Sushi, demanda Gill, qu'as-tu pensé de la cérémonie d'hier soir ?

– C'était génial ! s'exclama Nemo.

– Si seulement Flo participait aux cérémonies, songea Deb. On dirait qu'elle ne veut pas sortir la nuit.

– Alors, petit, voulut savoir Jacques, quel a été ton moment préféré ?

– La nage jusqu'au sommet du mont Wanna… wannaha… ha… Nemo essaya de prononcer le nom, en vain.

– Wannahockaloogie, dit Boule.

– Ouais, se rappela Astrid. J'ai un souvenir ému de ma première ascension, moi aussi.

– Qui a trouvé ce nom ? demanda Nemo. Bubulle pointa Gargouille, qui pointa Boule, qui pointa Astrid, qui pointa Deb, qui pointa Flo.

Deb haussa les épaules.

– Je suppose qu'on a eu l'idée en même temps, dit-elle.

– Pourquoi l'appelle-t-on l'Anneau de Feu s'il n'y a pas de feu ? demanda Nemo.

– Et bien, je ne sais pas, avoua Astrid.

– Mais qui l'a inventé, alors ? demanda Nemo, perdu.

– Je pense que c'est Bubulle qui a eu l'idée de l'Anneau de Feu, avança Gargouille.

– Ne sont-elles pas magnifiques ? songea Bubulle.

– Il est très malsain de nager à travers les bulles des autres, se plaignit Gargouille. C'est pour ça que j'ai eu l'idée de chanter. C'est très purifiant pour le corps et l'esprit, et ça libère le dioxyde de carbone par les branchies.

– C'est censé, leur accorda Nemo, sans le penser.

– N'oublie pas les feuilles de varech, dit Astrid.

– Oh, confia Deb, il n'y a pas de grand secret. C'est juste que, parfois, j'aime bien donner des grands coups avec les vieilles feuilles de varech. Et elle le montra en donnant un coup à Boule, qui gonfla immédiatement.

– C'était vraiment nécessaire ? demanda Boule qui s'éloignait en flottant.

– Qu'est-ce que je peux faire pendant la prochaine cérémonie ? demanda Nemo, enthousiaste.

– J'espère qu'il n'y en aura plus, lui répondit Gill. Surtout si on parvient à s'échapper d'ici, Sushi.

– Enfin, on ne sait jamais, dit Deb tristement. Peut-être que Flo se joindra à nous.

Tout le monde leva les yeux au ciel, même Nemo.

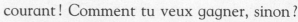

Disney
FRÈRE DES
OURS

Et ils sont partis !

Qu'est-ce que tu fais, eh ?

Kinaï leva les yeux et vit Truc et Muche, perplexes. Les deux élans un peu dingues essayaient de deviner ce que faisait Koda.

— Koda regarde ces mille-pattes, répondit Kinaï.

Koda leva les yeux.

— Ils font la course !

Truc eut l'air surpris.

— Eh ben, je ne savais pas que les mille-pattes savaient faire la course.

— Tout le monde sait faire la course, dit Muche à Truc. Même toi.

— C'est une idée géniale ! Vous devriez faire la course ! dit Koda.

— Ce sera chouette, dit Truc en étirant ses jambes dégingandées. La course des Élans du Grand Nord de… euh… quelle année, Muche ?

— Comment je le saurais ?

— Les gars, cria Koda. Concentrez-vous. Prêts… Feu… Partez !

Les deux élans le fixèrent, immobiles.

— On va où ? demanda Truc.

— Vous devez juste y aller ! cria Koda. C'est une course, vous vous rappelez ?

— Oh, mince, c'est vrai.

Muche fit un pas en avant.

— Allez, Truc. Vas-y !

— Non ! cria Koda. Tu n'es pas censé lui dire d'y aller ! Tu es censé t'éloigner de lui en courant ! Comment tu veux gagner, sinon ?

Alors Muche démarra au galop. Truc ne bougea pas.

— Alors ? dit Kinaï. Tu ne vas pas lui courir après ?

— Lui courir après ? Pour quoi faire ?

L'élan avait l'air perdu. Koda grogna, frustré.

— Parce que c'est une course !

— Oh !

Truc hocha la tête. Puis il marcha après Muche.

Les deux ours se regardèrent.

— Même les mille-pattes battraient ces deux-là, murmura Koda, ce qui fit rire Kinaï.

— Suivons-les.

Ils arrivèrent au niveau de Muche, arrêté pour manger des brindilles. Puis ils trouvèrent Truc se roulant dans la boue. Enfin Muche rattrapa Truc pour médire sur des écureuils qu'ils connaissaient.

Finalement, les ours abandonnèrent.

— Il y a peut-être des animaux qui ne sont pas faits pour la course, dit tristement Koda.

Kinaï voyait bien que l'ourson était déçu.

— J'ai une idée ! dit-il.

— Laquelle ? demanda Koda.

— Le premier à la rivière !

Il démarra, avec Koda, qui riait joyeusement, sur les talons.

Disney LE ROI LION

Touché !

Un matin, Simba se réveilla prêt à trouver Nala et continuer à jouer à chat. La nuit précédente, leurs mères les avaient stoppés car il était l'heure d'aller dormir. Simba avait été touché par Nala et avait hâte de prendre sa revanche. Mais au rendez-vous des lions, il ne trouva pas Nala.

– Où est Nala ? demanda-t-il à sa mère.

– Elle ne se sentait pas bien, répondit-elle. Elle se repose dans la grotte jusqu'à ce qu'elle aille mieux.

– Mais elle doit sortir, protesta Simba. Je suis le chat et je dois toucher quelqu'un !

Sa mère sourit.

– Tu vas devoir attendre, petit Simba, dit-elle.

– Mais c'est si ennuyeux ! grogna Simba.

– Tu peux jouer tout seul, Simba, lui rappela-t-elle.

– Bon, d'accord, soupira Simba.

D'abord, il essaya de chasser des sauterelles. Mais elles sautaient si haut, si loin et si vite qu'il fut vite fatigué et frustré.

Puis il essaya de grimper aux arbres. Mais les oiseaux n'aimaient pas qu'un petit lion s'amuse dans les branches et le chassèrent.

Finalement, il s'allongea et essaya de trouver des images dans les nuages. Mais c'était le jeu préféré de Nala, et elle lui manqua.

Il roula et écrasa une belle fleur sauvage avec sa patte.

– Touché, c'est toi le chat, dit-il mais c'était sans conviction.

Puis soudain, il eut une idée. Pourquoi ne cueillerait-il pas quelques fleurs pour les offrir à son amie ? Cela pourrait peut-être la guérir !

Fort de cette nouvelle énergie, Simba cueillit le plus de fleurs qui tenaient dans sa gueule et retourna vers la grotte des lions.

– Elles sont pour Nala, dit-il en laissant tomber les fleurs devant la mère de Nala.

– Oh, merci, Simba, dit la lionne. Mais pourquoi ne les lui donnes-tu pas ? Elle a l'air d'aller beaucoup mieux.

– Nala !

Et l'amie de Simba sortit, souriante et l'air ravie de le voir. Elle renifla les jolies fleurs.

– Elles sont pour moi ? Eh bien, merci, Simba, dit-elle en se tournant vers sa mère.

– Est-ce que je peux aller jouer avec Simba, maintenant, maman ?

– Oui, pourquoi pas, dit sa mère.

– Choueeeetttte ! s'écria Nala.

– Ouais, choueeeetttte ! dit Simba en tendant le bras et en la tapant doucement avec sa patte.

– Touché ! C'est toi le chat !

Walt Disney
Cendrillon

Mes très chères sœurs !

J'ai fait un rêve étrange, dit Cendrillon à ses amis souris, en se préparant à une nouvelle journée de corvées. Ma marraine, la fée, lançait de la poudre magique sur Anastasie et Javotte qui devenaient très gentilles avec moi.

– Attention ! Ce n'était qu'un rêve, dit Jaq.

– Je sais bien, répondit Cendrillon mais c'était si doux que je préfère y croire. Et peu importe les méchancetés qu'elles me disent aujourd'hui, je ferai semblant de les trouver douces.

– Pas moi, confia Jaq à Gus, alors qu'ils descendaient l'escalier, tous les trois.

– Lave mes robes ! ordonna Javotte en lançant son linge à Cendrillon.

– Et cire mes escarpins ! ajouta Anastasie en ouvrant la porte. Tous mes escarpins !

– Fais la vaisselle !

– Lave le plancher !

– Couds les rideaux !

– Bats les tapis !

– Tout de suite, mes sœurs, chantonnait Cendrillon, comme il vous plaira. Merci !

Tout le jour, Anatasia et Javotte aboyèrent leurs ordres. Mais quoi qu'elles lui demandaient de faire, Cendrillon répondait toujours en chantant : « tout de suite, mes sœurs » ou « avec grand plaisir ! »

Finalement, Anastasie tira Javotte de côté.

– Cendrillon prend nos ordres pour des faveurs… dit-elle. Cela me rend nerveuse !

– Elle est devenue folle ? demanda Javotte.

– C'est fort possible, répondit Anastasie, inquiète.

Cendrillon entra dans la pièce et s'arrêta, étonnée de voir ses demi-sœurs la regarder l'air effrayé.

– Et bien, mes sœurs chéries, quel est votre problème ? J'espère que vous n'êtes pas malades, au moins !

– Mes sœurs chéries ? bégaya Anastasie. Tu nous appelles tes sœurs chéries ?

– Bien sûr ! continua Cendrillon. Je vous adore. Quelle chance d'avoir deux sœurs aussi tendres et attentionnées que vous !

Convaincues que Cendrillon avait perdu l'esprit, les deux sœurs s'empressèrent de sortir. Cendrillon entendit claquer leurs portes.

– Elles n'en deviendront certainement pas meilleures ou plus justes, dit-elle à Gus et Jaq qui avaient assisté à toute la scène, mais elles ont eu peur et nous laisseront tranquilles au moins quelques heures. Qui est partant pour une partie de cache-cache pendant que je mets en ordre la maison ?

Les souris couinèrent de joie et les trois amis passèrent un excellent après-midi, pendant qu'Anastasie et Javotte tremblaient d'inquiétude dans leurs lits !

Détentopolis

Encore un jour froid et brumeux à Monstropolis ! Sulli et Bob étaient en route pour l'usine. Bob soupira très fort.

– Qu'est-ce qui ne va pas, petit pote ? demanda Sulli.

– J'en ai marre de l'hiver ! répondit Bob. Il fait froid, il y a du vent et il fait nuit tôt. Sulli, je crois que l'hiver me déprime !

– Mais, il ne reste plus qu'un mois environ, dit Sulli.

Bob soupira encore une fois. Les mois d'hiver semblaient une éternité ! Mais un grand sourire illumina son visage quand il vit un panneau. Il représentait un monstre rose assis dans un transat sur la plage, avec des lunettes de soleil buvant un cocktail glacé aux fruits. Il était écrit : « Chassez la déprime de l'hiver à Détentopolis ! »

Bob attrapa le bras plein de poils de Sulli et désigna le panneau, trop excité pour dire quoi que ce soit.

– C'est une idée géniale ! s'anima Sulli. Une semaine sur une île tropicale, c'est tout ce dont on a besoin !

Dès qu'ils furent arrivés à l'usine, Bob remplit les formulaires de vacances. Ils seraient sur la route de Détentopolis à la première heure samedi matin !

En arrivant, ils ne défirent même pas leurs bagages et filèrent à la plage, où ils prirent chacun un énorme cocktail glacé aux fruits, allongés sur leurs transats en plein soleil.

– C'est ça, la vie ! dit Bob.

– Carrément, ajouta Sulli. Tu veux un peu de crème solaire Monstres Tropiques ? Fais attention au soleil le premier jour !

– Je vais encore un peu lézarder au soleil, dit Bob joyeusement. Ma déprime de l'hiver commence juste à fondre.

Il glissa une grosse lentille de soleil sur son œil et mit ses bras derrière la tête. C'était le paradis !

Au bout d'un moment, Sulli en eu assez de bronzer et alla se baigner, puis se joignit à un match de beach volleymonstre et laissa des petits monstres l'enterrer dans le sable jusqu'au cou. Quelques heures plus tard, il retourna vers les transats, où Bob s'était endormi. Sulli vit que son ami vert n'avait pas bougé et, surtout, que le soleil l'avait brûlé !

Sulli le couvrit avec une serviette et courut lui chercher un cocktail rafraîchissant. Quand il revint aux transats, Bob se réveillait à peine.

– Eh, petit pote, dit Sulli. Tu as chassé tes idées noires, non ?

Bob jeta un regard endormi à Sulli.

– Tu as changé de couleur, expliqua Sulli. Tu es tout rouge maintenant !

La Belle et La Bête

Jour de neige

Par une froide journée de février, Belle, assise à la fenêtre, regarde les flocons tourbillonner au-dehors. Elle a accepté de vivre dans la demeure de la Bête pour que son père reste libre, mais sa maison et son cher papa lui manquent terriblement !

La Bête essaie bien d'être aimable, mais il faut reconnaître qu'elle n'a vraiment pas bon caractère !

Soudain, Belle sursaute. La Bête vient d'apparaître, marchant lourdement dans la neige, là, derrière les carreaux. A-t-il jeté un œil vers elle ? Belle n'en est pas certaine.

– Que fait-il dehors ? se demande-t-elle tout haut.

La Bête ramasse une brassée de neige et forme une boule entre ses pattes. Celle-ci se pulvérise en l'aspergeant au passage.

– Il veut construire un bonhomme de neige ! s'exclame Belle.

La Bête reforme une boule plus petite et cette fois réussit à la rouler dans le jardin. La boule grossit, grossit et la Bête, pourtant si puissante, ne parvient presque plus à la faire avancer. Belle observe toujours la scène. Tout à coup, la Bête tombe de tout son long sur la boule et ses pattes énormes battent l'air de façon très comique. Belle laisse échapper un rire clair.

C'est la première fois qu'elle rit depuis son arrivée dans cette prison-palais.

Quelques domestiques entendent la jeune fille et se risquent dans le couloir de sa chambre. Parmi eux, Mrs Samovar et Lumière mettent tout leur espoir dans le fait que leur maître tombe amoureux de Belle et qu'ainsi, le sort, dont ils sont victimes, eux aussi, se brise à jamais.

– Crois-tu qu'elle commence à l'aimer ? demande la théière.

– Je ne sais pas ! murmure Lumière, le chandelier. Mais, j'ose espérer. D'ailleurs, il faut que je leur organise un dîner en tête-à-tête ce soir !

Lumière se rue dans les cuisines, ne pensant déjà plus qu'au foie gras, au flambé, au soufflé et à la crème brûlée.

Belle regarde la Bête se remettre sur pieds. La gueule renfrognée, celle-ci reprend sa tâche, malheureusement elle glisse aussitôt et tombe sur le dos.

Avec un nouvel éclat de rire, Belle bondit de sa chaise, enfile sa capeline et court dehors rejoindre la Bête. Elle lui apprend même comment construire un bonhomme de neige ! Les domestiques réunis à la fenêtre regardent attendris les nouveaux amis jouer dans la neige. Ah, si seulement leur souhait pouvait se réaliser !

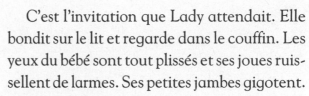

Walt Disney
La Belle et le CLOCHARD

Lady a du succès !

Il est tard, cette nuit-là. Les oreilles de Lady détectent un bruit suspect et la petite chienne ouvre les yeux en sursaut. Le bébé est en train de pleurer ! Lady aime beaucoup Junior et se montre très protectrice avec lui. S'il pleure, elle cherche à le consoler. Elle sort de son panier, pousse la porte du museau et monte à l'étage.

Dans leur chambre, les parents de Junior, Jim Chéri et Darling tentent de calmer le petit.

– Oh, Jim, dit Darling, ne sais-tu pas ce qui le fait pleurer ainsi ?

Elle tient le bébé dans ses bras, essaie de l'apaiser en le berçant mais son petit visage est tout rouge et couvert de larmes.

– Il ne peut pas avoir faim, dit Jim Chéri. Nous venons de lui donner son biberon.

Le papa de Junior masse ses tempes douloureuses. Puis il remarque Lady, qui s'est avancée timidement dans la pièce.

– Oh, bonsoir, Lady ! dit-il.

Lady fait quelques pas de plus vers le couffin, où Darling recouche doucement le petit. Il a les poings serrés et ses cris se sont mus en lourds sanglots.

– Nous ne savons pas ce qui le tracasse, lui dit Jim, avec lassitude. Nous l'avons changé et nourri. Je lui ai chanté une berceuse. Peut-être pourrais-tu nous aider ?

C'est l'invitation que Lady attendait. Elle bondit sur le lit et regarde dans le couffin. Les yeux du bébé sont tout plissés et ses joues ruissellent de larmes. Ses petites jambes gigotent.

Lady pose ses pattes sur le berceau et arrange les couvertures. Le bébé ouvre alors les yeux et la regarde. Maintenant, il râle et essaie de toucher Lady. Sa petite main attrape et tire l'oreille de la chienne. Lady tressaille mais se tient tranquille. Du menton, elle commence à pousser le berceau et elle bat la couverture de sa queue touffue sur un rythme doux, bom, bom, bom !

– Areuh ! dit le bébé en souriant de toutes ses gencives !

Ses yeux bleus ressemblent à deux myosotis sous la pluie. Puis tenant toujours l'oreille de Lady, le bébé gazouille et sourit.

– Oh, regarde, Jim, dit Darling, enchantée. Lady a réussi.

– Je ne sais pas ce que nous ferions sans toi ! dit Jim, reconnaissant.

Le berceau se balance. Bom ! bom ! bom ! La queue de Lady bat son doux tempo. Bientôt les paupières de Junior se font lourdes et ses yeux se ferment malgré lui.

Les larmes ont laissé des traces salées sur ses joues, mais enfin détendu, il lâche l'oreille de Lady, et sourit en s'endormant.

Un garçon en pleine croissance

Dès l'instant où ils le virent, Amphitryon et Alcmène, les parents adoptifs d'Hercule, comprirent qu'il n'était pas un enfant comme les autres. Il était seul dans une vaste étendue déserte, pleurant à chaudes larmes, une médaille portant le symbole des dieux autour du cou. Mais au fur et à mesure que le bébé grandit, ils constatèrent que sa force exceptionnelle croissait de jour en jour. Il fut bientôt capable de nouer des serpents venimeux entre eux et de projeter des enfants dans les airs.

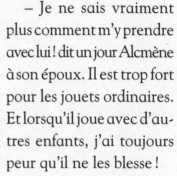

– Je m'ennuie ! dit un jour Hercule, alors qu'il avait cinq ans.

Alcmène lui donna un rouet. Hercule l'envoya voler dans la pièce, pour s'écraser sur des poteries qui se brisèrent en mille morceaux.

– Je suis désolé, m'man ! dit Hercule.

– Ce n'est pas grave, répondit sa mère. Tu ne l'as pas fait exprès ! Mais il vaudrait mieux que tu joues dehors, désormais !

Le lendemain, Alcmène confia des billes à son fils et lui montra comment utiliser son pouce pour que la bille en percute une autre.

Au début, Hercule fut mal assuré mais prit rapidement confiance en lui. Après avoir visé attentivement la bille à frapper, il donnait un coup de pouce précis et puissant à la fois. La bille jaillissait de sa main et projetait la cible au loin.

Heureusement que les voisins les plus proches se trouvaient à des kilomètres de là ! Et c'est ainsi qu'Hercule perdit toutes ses billes, l'une après l'autre.

– Je ne sais vraiment plus comment m'y prendre avec lui ! dit un jour Alcmène à son époux. Il est trop fort pour les jouets ordinaires. Et lorsqu'il joue avec d'autres enfants, j'ai toujours peur qu'il ne les blesse !

– Hum… C'est vrai, ce garçon ne sent pas sa force ! Il va devenir aussi fort qu'un bœuf !

En prononçant ces mots, Amphitryon eut une idée. L'après-midi, il se rendit à la foire aux bestiaux et acheta un bœuf.

– Hercule, voici ton nouveau compagnon de jeu ! dit-il en conduisant l'animal vers son fils.

Puis il déroula la corde passée autour du cou du bœuf, et en tendit une des extrémités à Hercule. Et il donna l'autre au bœuf.

Les deux compères entreprirent une lutte à la corde amicale.

Hercule riait aux éclats.

Le bœuf faisait tournoyer sa queue d'un air enjoué.

Heureux, les parents d'Hercule souriaient.

– C'est bien notre petit ! dit Alcmène avec une grande fierté.

Joyeuse Saint-Valentin!

Que fais-tu, Prof? demande Joyeux à son ami, occupé à sculpter un cœur dans un morceau de bois.

— Je fabrique un cadeau pour Blanche-Neige.

— Un cadeau pour Blanche-Neige! s'exclame Joyeux. Aurais-je oublié son anniversaire?

— Non, bêta, mais c'est la Saint-Valentin aujourd'hui.

— La Saint-Valentin? dit Joyeux, se tournant vers Simplet. As-tu déjà entendu parler de la Saint-Valentin?

Simplet hoche la tête. Prof se racle la gorge et déclare:

— Hum, hum! C'est une fête traditionnelle. La Saint-Valentin est l'occasion de dire à ceux qu'on aime combien ils sont importants pour nous.

— Moi, je lui offrirai ces mouchoirs, dit Atchoum avant d'éternuer dans l'un d'entre eux. Enfin, pas celui-là!

— C'est une bonne idée, dit Prof. Je suis sûre qu'elle en aura l'usage.

— S'il en reste un, ronchonne Grincheux.

Puis c'est au tour de Timide de montrer timidement une fleur de papier qu'il a découpée.

— Splendide! Et toi Simplet?

Simplet vient juste de fabriquer un petit avion en papier.

— Savez-vous ce que je vais faire? dit Joyeux. Je jonglerai pour Blanche-Neige!

— Elle adore ça! approuve Prof.

Dormeur a décoré une jolie carte et la déplie en bâillant.

— Et toi, Grincheux? demande Prof.

— Moi, j'ai écrit un poème, dit Grincheux en fronçant les sourcils.

— Un poème, vraiment? Peut-on l'entendre?

— N'y songe pas! râle le poète en herbe.

Mais juste à ce moment, la porte s'ouvre. Blanche-Neige est de retour.

— Joyeuse Saint-Valentin! chantent les Sept Nains, tendant leurs présents à bout de bras.

— Quelle merveilleuse surprise! s'écrie la jeune fille.

Elle offre à chacun un napperon de dentelle brodé de cœurs roses et rouges et les embrasse sur les deux joues. Quelle émotion, mes amis! Même Grincheux est ravi. Timide rougit comme jamais au baiser de Blanche-Neige. Dormeur bâille à qui mieux mieux en donnant sa carte. Atchoum éternue et la fait s'envoler. Joyeux éclate de rire et Simplet sourit aux anges.

Mais demandez-leur donc vous-même comment la fête s'est passée. Ils vous diront tous les sept, en chœur: cette Saint-Valentin était un vrai bonheur! C'était la plus belle fête de la Saint-Valentin qu'ils avaient connue!

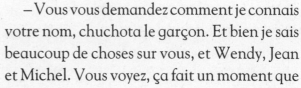

La visite de Peter Pan

Jean et Michel Darling écoutaient avec attention leur grande sœur, Wendy, leur raconter une histoire sur leur héros préféré, Peter Pan.

Pendant ce temps, leur chienne et nounou, Nana, sommeillait tranquillement sous la fenêtre ouverte de la chambre d'enfant.

— Et puis, disait Wendy, d'un mouvement d'épée rapide, Peter Pan coupa net la main du méchant Capitaine Crochet !

Michel et John soufflèrent. Nana aussi, puis elle se leva d'un bond. Mais ce n'était pas vraiment l'histoire de Wendy qui inquiétait Nana. Elle avait entendu un bruit étrange venant de l'extérieur. Nana se mit devant la fenêtre, en attendant que le bruit recommence.

Le voici à nouveau !

Discrètement, Nana se précipita à la fenêtre et passa la tête dehors.

Et là, accroupi sur le rebord étroit, se tenait un garçon roux, habillé en vert des pieds à la tête.

Nana se figea, puis elle grogna doucement.

— Tout doux, Nana, chuchota le garçon. S'il vous plaît, n'aboyez pas.

En entendant son nom, Nana se figea à nouveau et pencha la tête sur le côté, comme si elle essayait de comprendre quelque chose.

— Vous vous demandez comment je connais votre nom, chuchota le garçon. Et bien je sais beaucoup de choses sur vous, et Wendy, Jean et Michel. Vous voyez, ça fait un moment que je viens ici, de temps en temps, pour écouter les histoires de Wendy… des histoires sur moi !

Il se redressa et gonfla le torse fièrement.

— Je suis Peter Pan, vous savez !

Bon, Nana était loin d'être un mauvais chien. Mais il y avait une chose – plutôt trois choses, en réalité – qu'elle protégeait particulièrement, c'était les trois enfants dans la chambre d'enfant. Nana savait que son boulot était de veiller sur eux quoi qu'il arrive. Et elle ne pouvait tolérer les garçons étranges accroupis sur le rebord de la fenêtre, Peter Pan ou un autre.

Alors, en grognant à nouveau doucement, Nana se jeta par la fenêtre et essaya de mordre Peter Pan. Le garçon eut juste le temps de s'envoler, mais son ombre ne fut pas aussi rapide. Elle se débattit pour être libérée, mais en vain !

Surpris, Peter Pan s'envola dans l'obscurité et retourna au Pays Imaginaire. Mais il savait qu'il devrait récupérer son ombre. Il devrait retourner chez les Darling… et vite ! Et cette fois, il faudrait qu'il aille à l'intérieur…

Disney
LA PETITE SIRÈNE

Le poisson à ressort

Ariel ? appela timidement Polochon le poisson, en passant la tête dans la caverne secrète de son amie.

Elle lui avait donné rendez-vous ici. Mais comme elle ne semblait pas arrivée, le poisson décida de l'attendre à l'intérieur. Il se mit à nager lentement tout en admirant la collection d'objets humains qu'Ariel cachait dans la grotte. Trésors recueillis dans des épaves de navires ou à la surface : une montre, une boîte à musique, un casque de chevalier… C'était le refuge d'Ariel.

Mais en son absence, Polochon trouvait l'endroit… trop calme… et même un peu… effrayant.

Polochon sursauta. Il venait de voir un autre poisson. S'apercevant qu'il s'agissait en réalité de son propre reflet dans un morceau de miroir brisé, il poussa un soupir de soulagement.

– Ne sois donc pas aussi bête ! se dit-il.

Il passa devant un objet qu'il n'avait jamais remarqué : une boîte carrée, en métal, avec une manivelle sur le côté.

– Je me demande à quoi cela peut servir ? pensa Polochon, en regardant la manivelle. Après quelques instants d'hésitation, il rassembla tout son courage. Il donna des coups sur la manivelle avec sa nageoire, la poussa

avec son nez, si bien qu'elle fit un tour… Puis un second… Et un troisième. Polochon entamait le quatrième tour quand… Bing !

Le ressort qui maintenait le couvercle de la boîte venait de céder, et un visage bouffon surgit brutalement.

– Ahhhhhhhhh ! hurla le poisson en s'éloignant à toute vitesse de la boîte. Il heurta le couvercle d'une malle ouverte et sous la puissance du choc, le couvercle se referma brusquement sur lui. Il était prisonnier !

Quelques instants plus tard, Ariel franchit l'entrée de sa grotte secrète.

– Polochon ! appela-t-elle. Tu es déjà là ?

– Meuh… oui ! répondit le poisson de sa prison.

Ariel se dirigea vers l'endroit d'où provenait la voix et nagea au-dessus du coffre. Soulevant le couvercle, elle découvrit son ami, à l'intérieur.

– Qu'est-ce que tu fais, là-dedans ? demanda-t-elle en riant.

– J'essaie d'imiter ce machin ! répondit Polochon, en désignant le diable à ressort.

Et il surgit brusquement du coffre, se hâta vers l'entrée de la grotte et s'éloigna en nageant à toute vitesse.

La grotte secrète d'Ariel, cela suffisait pour aujourd'hui !

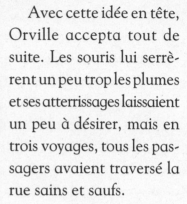

Compagnie de taxi Albatros

Orville, l'albatros, déprimait. Son boulot de maintenance au zoo de Central Park (9 h-15 h, salaire : pop corn, chips, restes de hot dog abandonnés par les enfants) venait juste de terminer. La saison tirait à sa fin. Qu'allait-il faire maintenant ?

L'oiseau soupira et s'appuya contre un réverbère à l'intersection de la quarante-cinquième et de Broadway. Il aimait regarder les allées et venues des voitures. Soudain, il sentit une tape sur son aile. Il baissa la tête et découvrit un couple de souris âgées.

– Excusez-nous, fiston, dit le grand-père souris. Pourriez-vous nous aider à traverser cette rue encombrée ?

– Vous voulez que je me mette au milieu du trafic et que j'arrête la circulation ? demanda Orville, ahuri.

– Peut-être qu'un envol au-dessus du trafic serait possible, suggéra la grand-mère. Nous vous offrirons un hot dog en paiement.

Mmmm ! Orville ne pouvait résister à la promesse d'un hot dog savoureux et ne se fit pas prier. De plus, donner un coup d'aile ne se refuse pas.

– Marché conclu ! dit-il.

La grand-mère siffla un groupe de souris attendant tout près : Harvey, Mildred, Polly, Carl ! Allons-y. Nous avons trouvé un vol !

– Une minute, dit Orville. Je ne peux pas vous embarquer tous !

– Réfléchissez, dit le grand-père. Plus de souris, plus de hot dogs !

Avec cette idée en tête, Orville accepta tout de suite. Les souris lui serrèrent un peu trop les plumes et ses atterrissages laissaient un peu à désirer, mais en trois voyages, tous les passagers avaient traversé la rue sains et saufs.

– Voilà votre salaire ! dirent les souris.

Orville fut désappointé de réaliser que les hot dogs promis étaient tout petits petits ! Mais, un marché est un marché et Orville n'était pas un mauvais bougre !

Par la suite, il se procura une boîte de sardines d'occasion, qu'il transforma en cabine. Ainsi naquit la Compagnie de taxi Albatros. Le bruit se répandit et bientôt Orville fut débordé ! Il était devenu un oiseau d'affaires plein d'avenir.

Puis il décréta qu'il végétait. Il était temps de s'agrandir. Il se dégota une écharpe et des lunettes et créa sa propre compagnie aérienne. Il abandonna le commerce du taxi pour une entreprise de haut vol et ouvrit boutique à l'aéroport.

Il ne lui restait plus qu'à prendre des leçons d'atterrissage pour voler vers le succès !

![Walt Disney Bambi]

Tout arrive à qui sait attendre

Ce matin-là, Bambi et Pan-Pan jouaient dans la prairie.

– Regarde, Bambi ! s'exclama le lapin.

Un troupeau de cerfs passait dans un grondement de tonnerre.

– J'ai hâte de devenir grand ! dit Bambi.

– Tu sais ce que dit toujours mon père, n'est-ce pas ? rappela Pan-Pan.

– Je le sais… Manger de l'herbe, ça fait grandir ! Cela donne de longues oreilles et des grandes pattes !

– Non, pas ça ! répliqua Pan-Pan. Il dit souvent : si tu veux être capable de sauter des obstacles, et que tu n'y parviens pas, il faut t'entraîner toute la journée !

– Je dois donc faire des sauts toute la journée ? demanda Bambi.

– Mais non ! Si tu veux devenir un cerf, il faut t'entraîner !

Se retournant, Bambi aperçut deux grands cerfs. Il les vit foncer l'un vers l'autre, et entrechoquer leurs cornes pour mesurer leur force. Ils avaient l'air puissant et noble. Bambi aurait tant aimé leur ressembler !

– C'est d'accord, on va s'entraîner ! dit-il.

– Très bien ! Suis-moi !

Pan-Pan atteignit le bord de la prairie en faisant des petits bonds, et s'arrêta près d'un gros chêne.

– Baisse la tête, Bambi ! ordonna-t-il.

– Comme ça ? demanda Bambi.

– Oui ! Et maintenant, cours droit devant ! Bambi courut en direction du chêne !

– Stop ! fit une voix, qui immobilisa le jeune faon à quelques centimètres du tronc de l'arbre.

Pan-Pan et Bambi levèrent les yeux. Leur ami le hibou les fixait, étonné.

– Bambi, pourquoi allais-tu heurter mon arbre avec ta tête ? demanda le hibou.

– Je m'entraîne pour devenir un grand cerf ! répondit Bambi. Les cerfs se frappent la tête l'une contre l'autre pour montrer leur force !

– Les cerfs ont des bois qui protégent leur tête ! répliqua le hibou, en riant. Et ce n'est pas en s'entraînant que l'on devient un cerf ! Cela vient avec le temps !

– Même moi ? interrogea Bambi.

– Bien entendu ! assura son ami le hibou. L'été prochain, tu verras… Tu seras plus grand, plus fort, tu auras une belle ramure ! Et, je l'espère, suffisamment de bon sens pour ne pas foncer dans un chêne !

– Promis ! dit Bambi.

– Maintenant, allez jouer ! ordonna le hibou. Et ne soyez pas trop pressés de grandir. Cela viendra en son temps !

Les deux amis prirent congé et allèrent jouer dans la prairie couverte de neige.

Shopping de fête

Jack Skellington, le roi des Citrouilles, tomba sur quatre portes, une décorée avec un trèfle, une autre avec un cœur, une troisième avec une dinde, et une dernière avec un œuf de Pâques. Il passa d'une porte à l'autre, en se demandant ce qu'elles signifiaient. Le chien fantôme de Jack, Zéro, se tenait derrière lui.

Finalement, Jack se tourna vers lui.

– Qu'est-ce qu'une porte, dit Jack, sinon une opportunité de quelque chose de plus ?

Zéro hocha la tête, alors Jack ouvrit la porte avec le trèfle. Elle était pleine de gens bruyants – tous en vert – qui découpaient des trèfles dans du papier vert. Zéro était prêt à plonger, mais Jack le rattrapa par son collier.

– Comme c'est bizarre ! s'exclama Jack. Ça n'a la forme ni d'un diamant, ni d'une étoile.

Zéro était un peu déçu, mais il retrouva son énergie quand Jack approcha de la porte avec un cœur.

À l'intérieur, tout était rouge. Il y avait des tas de boîtes de chocolats et des tonnes de roses dans des vases de toutes les tailles. Zéro allait croquer dans un chocolat au caramel quand Jack le tira en arrière.

– Oh, non !

Jack rougit.

– Tout ce romantisme est zone interdite !

Zéro s'éloigna, la queue entre les jambes. Malgré tout, il y avait de l'espoir.

Jack se tenait déjà devant la porte avec la dinde. Il l'ouvrit d'un grand geste. Il y avait des gens qui rôtissaient des dindes, écrasaient des pommes de terre, fouettaient de la crème pour les tartes à la citrouille. Ça sentait très bon, mais il faisait aussi chaud que dans un four. Jack referma vite la porte. Même Zéro fut soulagé.

Ils se postèrent devant la dernière porte. L'œuf sur la porte leur renvoyait sa gloire colorée. Jack regarda Zéro qui hocha la tête, puis il ouvrit la porte.

Il y avait des gens qui peignaient des œufs et remplissaient des paniers avec de la belle herbe verte, des dragées et des lapins en chocolat. Zéro aboya joyeusement. Il était sur le point de partir à la poursuite du lapin blanc qui sautillait là quand Jack l'attrapa par la queue.

– Méfie-toi de ce lapin, l'avertit Jack. Il a quelque chose de bizarre.

Zéro leva les yeux. Ils avaient essayé toutes les portes. Qu'allaient-ils pouvoir faire à présent ?

Jack le regarda d'un air entendu.

– Tu sais ce que ça signifie ? lui demanda Jack. Je crois qu'on va s'en tenir à Halloween !

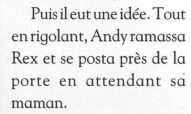

Rex fait peur !

Je suis un carnivore raté ! grogna Rex le dinosaure. Je ne fais pas peur, Woody !

– Allons, allons, dit doucement Woody. Rappelle-toi ce qui est vraiment important ici : le principal est qu'Andy joue avec toi, et tu dois en être heureux ! Pas comme ce nouveau gars, Buzz l'Éclair. Il ne réalise même pas que c'est un jouet !

– Alerte rouge ! Alerte rouge ! Andy arrive ! cria Sergent, le commandant des Petits Soldats verts.

Dans un désordre furieux, tous les jouets reprirent leur place. La porte s'ouvrit et Andy se précipita à l'intérieur. Il regarda rapidement l'ensemble de sa chambre puis attrapa Buzz sur le lit et récupéra Woody par terre.

– Shérif Woody, j'ai une mission spéciale pour toi, dit Andy, le regard sévère, en tenant Woody face à lui. Tu vas faire équipe avec Buzz l'Éclair, le ranger de l'espace !

Il souleva Buzz afin qu'il soit bien en face de Woody.

– On a une invasion de dinosaures d'une autre planète ! C'est énorme, Shérif.

Andy laissa tomber Buzz et Woody et se précipita vers Rex. Il le ramassa et le fit marcher lourdement à travers la pièce en rugissant de façon menaçante.

– Andy ! l'appela sa maman.

– Ouais, maman ? hurla Andy.

– Rassemble tes vêtements sales ! Je t'apporte un panier !

– D'accord, maman ! cria Andy.

Puis il eut une idée. Tout en rigolant, Andy ramassa Rex et se posta près de la porte en attendant sa maman.

– Raaah ! rugit Andy en lui sautant dessus alors qu'elle rentrait. Je suis un dinosaure étranger, et je suis ici pour t'enlever à ta planète !

– Bonté divine ! dit-elle en faisant un petit pas en arrière, feignant la terreur. Tu m'as vraiment fait peur !

Elle lui donna le panier.

Andy ramassa un gros tas de linge et le jeta dedans.

– Je reviens, dit-il aux jouets en titubant vers la porte, le panier dans les bras. N'oubliez pas de protéger l'univers pendant que je suis absent, compris ?

Dès que la porte fut close et la voie libre, les jouets se dispersèrent. Rex se précipita auprès de Woody.

– J'ai fait peur à la maman d'Andy, n'est-ce pas ? N'est-ce pas ? dit-il avec une grande excitation. Woody sourit :

– Je crois que tu lui as vraiment fait peur, Rex. Bien joué, mec.

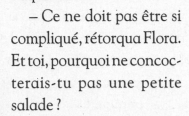

Chaos dans la cuisine

Voilà, voilà, ma chérie, dit tante Flora à la petite Aurore. C'est l'heure de ta sieste.

Flora vient de donner son biberon au bébé et l'installe dans son berceau.

Elle s'éloigne de la petite princesse qui s'endort et frappe dans ses mains, pleine de bonnes intentions.

— Pâquerette, Pimprenelle, il est temps de s'occuper du dîner !

Pâquerette et Pimprenelle se regardent gênées. C'est le premier repas qu'elles préparent dans leur nouveau logis des bois. Elles vont devoir vivre ici jusqu'aux seize ans de la princesse. Le Roi et la Reine leur ont confié la petite pour la protéger d'un sort maléfique jeté par une fée au service du mal. Pour s'assurer qu'Aurore ne soit pas repérée, les trois bonnes fées ont décidé de ne plus utiliser leurs pouvoirs magiques et de vivre comme de simples humaines. Aucune d'entre elles n'a jamais cuisiné, nettoyé ou pris soin d'un bébé de sa vie ! On peut dire que c'est une aventure !

— Souvenez-vous, mes amies, dit Flora fermement, pas de magie pour préparer ce repas.

Les trois fées poussent un soupir. Cela ne va pas être facile.

— Je vais faire un ragoût, dit Pimprenelle.

Les deux autres fées trouvent cette idée excellente. Quel plat revigorant et délicieux

pour leur toute première nuit dans la forêt !

— Je ferai des biscuits et j'écraserai les pommes de terre, dit Flora.

— Es-tu sûre de savoir le faire ? demanda Pâquerette.

— Ce ne doit pas être si compliqué, rétorqua Flora. Et toi, pourquoi ne concocterais-tu pas une petite salade ?

— Je vais essayer ! dit Pâquerette.

Pimprenelle émince la viande et épluche les légumes. Flora mélange la farine et l'eau pour ses biscuits et Pâquerette épluche, râpe et découpe en petits dés les légumes de la salade.

Pourtant, une heure plus tard, le dîner est loin d'être prêt. Le ragoût de Pimprenelle sent la vieille semelle. Les biscuits de Flora sont noirs comme du charbon. La purée est terriblement grumeleuse. Et la plupart des crudités sont tombées sur le plancher !

Les trois bonnes fées sont consternées.

— Retournons au travail, mes amies, dit Flora, encourageante. Et ne soyons pas trop dures envers nous-même. Après tout, nous avons seize ans, sans magie, pour faire des progrès !

— Cela prendra bien tout ce temps, affirme Pâquerette.

Pimprenelle éclate de rire. Pâquerette blague bien sûr ! Enfin, ce n'est pas si sûr…

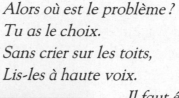

Si tu veux écrire un poème...

Dweedle Dee et Dweedle Dum décidèrent d'écrire un poème dont le sujet était l'écriture de la poésie. Ensemble, ils cherchèrent des rimes. Et ils eurent bientôt composé un poème amusant. Ils avaient même trouvé un titre : « Si tu veux écrire un poème... » Leur seule préoccupation était de savoir comment terminer leur œuvre.

– Lis ce que nous avons déjà écrit, veux-tu ? dit Dweedle Dee.

Et Dweedle Dum commença :

« Si tu veux écrire un poème
Toi-même,
Écrire pour te distraire
C'est facile à faire.
Soleil rime avec sommeil,
Écolier rime avec soulier,
Amitié avec entier,
Et d'autres mots encore.
Enjoué, lui,
Rime avec gaieté,
Comme agilité
Avec fragilité.
Pour faire rimer le mot jour,
Choisis amour
Toujours ou même
Troubadour.
Si tu veux t'amuser
Avec les mots
Tu peux jouer.

Alors où est le problème ?
Tu as le choix.
Sans crier sur les toits,
Lis-les à haute voix.

Il faut être fin
Et malin,
Pour que de beaux vers
Riment sous ta main.
On verra demain
Ce que tu sais faire.
Sois court et clair.
Ni bêtises,
Ni sottises.
Pour une belle poésie,
Garde bien à l'esprit
De choisir des mots
joyeux,

Tu verras ce sera mieux.
Le poème est écrit,
Le poème est fini,
Ne manque que la chute
Et c'est bien le... »

Dweedle Dum leva les yeux.

– J'ai trouvé ! dit-il.

– Une rime à « chute » ? demanda Dweedle Dee. « Azimut » ? Pour rimer avec le mot « chute ». Non, ce n'est pas terrible !

Dweedle Dee poussa un soupir.

– Nous ne trouverons jamais une bonne rime pour terminer ce poème, remarqua-t-il.

– Tu as raison, fit Dweedle Dum. Je crois que nous devrions le laisser comme ça... sans fin.

Et c'est ainsi que se termina le poème.

Disney
OLIVER
&
Compagnie

Le chemin du retour

Content de te revoir dans notre humble demeure, dit Roublard à Oliver. Ses amis et lui avaient « sauvé » le petit chaton de la maison dans laquelle il vivait avec sa nouvelle maîtresse, Jenny, et l'avaient ramené à la péniche où ils habitaient.

— Mais je veux retourner chez Jenny, expliqua Oliver.

— Jenny ? Alors, tout à coup, tu as une dent contre les chiens ? se vexa Roublard. Et après tout ce qu'on a fait pour toi ! Tu ne te souviens pas de ta vie avant de nous connaître ? Tu étais seul, frigorifié, mouillé et triste. Tu

étais un chaton sans amis dans un carton jusqu'à ce que tu nous rencontres. Et maintenant, tu es trop bien pour nous, les chiens ?

— Non, non, je n'ai rien contre les chiens, répliqua Oliver. Promis !

— Alors pourquoi tu choisis Jenny plutôt que les chiens les plus cool de New York ? demanda Roublard.

— C'est pas toi… commença Oliver.

— Oh, j'ai pigé, coupa Roublard, en tournant autour d'Oliver. C'est l'argent. Tu as goûté aux bonnes choses de la vie : tu ne veux plus être vu avec des canailles comme nous.

— C'est pas vrai… continua Oliver.

— Et bien, il y a une chose que l'argent ne peut pas acheter, aboya Roublard. La liberté !

— La liberté ? demanda Oliver.

— Ouais, dit Roublard. Dans la rue, tu fais ce que tu veux, quand tu veux. Et puis, si tu as simplement envie de traîner avec la bande chez Fagan, c'est cool aussi. Tu vois ce que je veux dire ? La liberté de choisir, au lieu d'être enfermé dans cette grande maison et faire ce que Jenny veut, quand elle veut.

— C'est pas comme ça, protesta Oliver.

— Tu aurais pu être libre, mais tu préfères nous quitter pour un meilleur morceau de viande, dit Roublard, accusateur.

— Non, ce n'est pas du tout comme ça, lui expliqua Oliver. Je suis bien chez Jenny. C'est confortable et on m'aime. Jenny a besoin de moi, et moi aussi j'ai besoin d'elle !

Roublard réfléchit un moment.

— Tu sais quoi, petit ? Je ne peux pas me battre contre ça. Reste avec Jenny si tu veux.

— Ok, dit Oliver, soudain un peu triste. Mais on peut quand même rester amis, non ? Même si on voit les choses différemment ?

— Bien sûr, fit Roublard.

— Et, tu viendras me voir ? demanda Oliver.

— Te voir ?

Roublard y pensa un moment… Absolument !

Oliver sourit. C'était le meilleur des mondes. Qu'est-ce qu'un chaton pourrait demander de plus ?

Le Livre de la Jungle

Allons pêcher !

« Bon, petit têtard, dit Baloo. Aujourd'hui, je vais t'apprendre à pêcher comme un ours !

Mowgli était ravi. Il adorait son nouvel ami. La seule préoccupation de Baloo était de prendre du bon temps dans la jungle, et Mowgli aussi.

– Regarde ça, petit, dit Baloo en arrivant au bord de la rivière. Tout ce que tu dois faire, c'est attendre qu'un poisson nage par là et ensuite…

Zoum !

Rapide comme l'éclair, Baloo attrapa un poisson frétillant.

– À ton tour !

Mowgli s'assit immobile, attendant qu'un poisson nage par là. Puis… splash ! il bascula la tête la première dans l'eau.

– Hum, dit Baloo après avoir pêché et reposé Mowgli, trempé. Je vais te montrer ma deuxième technique.

Baloo et Mowgli se dirigèrent vers un autre coin de la rivière. Cette fois-ci, ils verraient le poisson bondir hors de l'eau, tout en nageant vers une petite cascade. Baloo avança de quelques pas dans l'eau, attendit qu'un poisson saute, puis… zoum ! il balança un poisson droit dans les airs.

– À ton tour, petit.

Mowgli avança dans l'eau, comme Baloo.

Il attendit qu'un poisson saute, puis se jeta dessus. Splash !

– Bon, plan C, dit Baloo après avoir repêché Mowgli. Je t'emmène vers la grande cascade. À cet endroit les poissons te tombent littéralement dans les pattes. Tu n'as qu'à lever les bras et en attraper un !

Mowgli suivit Baloo à la grande cascade. Pas de doute, les poissons arrivaient droit de la cascade. Ça allait être facile !

En un clin d'œil, Baloo attrapa un poisson, ce qui ne manqua pas de forcer l'admiration de Mowgli.

– Je vais y arriver cette fois-ci. Regarde-moi, Baloo ! dit Mowgli, excité.

Il fit une grimace de concentration. Puis… flash ! Mowgli avait vraiment un poisson dans les mains. Mais une seconde plus tard, le poisson s'échappa et rebondit dans l'eau. Mowgli regarda ses mains vides et soupira bien fort.

– Tu sais quoi, petit ? dit Baloo en tapant les épaules maigrichonnes de Mowgli avec son énorme patte. Je pense que tu travailles trop dur. La vie dans la jungle ne devrait pas être comme ça ! Elle devrait être amusante, joyeuse et insouciante. Allons-y. Allons secouer un bananier à la place !

Et Mowgli accepta joyeusement.

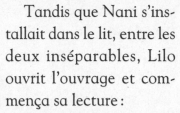

Il était une fois...

Installée dans son lit, Lilo commença à lire.

– Il était une fois…

– Attends ! coupa Stitch. Je vais chercher quelque chose à manger !

– Fais attention à ce que Nani ne t'entende pas ! le prévint Lilo.

Stitch se glissa dans le couloir et tendit l'oreille.

– Il n'y a personne, chuchota-t-il.

Il se précipita dans l'escalier et s'engouffra dans la cuisine.

– Voyons… fit-il en examinant l'intérieur du réfrigérateur. Et pourquoi pas un sandwich à l'ananas, aux cornichons et à la salade de chou cru ?

– Tu ne vas tout de même pas mettre tout ça dans un sandwich ! murmura Lilo, qui l'avait suivi sans se faire remarquer.

– Aaaaaah ! hurla Stitch.

– Je suis désolée, souffla Lilo. Je ne voulais pas te faire peur !

– Qu'est-ce qui se passe, là-dedans ? demanda Nani, en surgissant dans la cuisine.

– Stitch a une petite faim ! expliqua Lilo.

– Ce n'est pas le moment de manger ! dit Nani. Maintenant, au lit !

Stitch grimpa dans le lit et tendit le livre de contes à Lilo.

– C'est le moment de lire des histoires ! grommela-t-il.

– Tu veux bien, Nani ? implora Lilo.

Nani poussa un soupir…

– Bon, d'accord ! Mais une histoire courte !

– Super ! crièrent Lilo et Stitch.

Tandis que Nani s'installait dans le lit, entre les deux inséparables, Lilo ouvrit l'ouvrage et commença sa lecture :

– Il était une fois un petit chien très triste qui s'appelait… Stitch ! Il était triste car il était perdu.

– Perdu, répéta Stitch.

Lilo passa le livre à Nani en lui disant de poursuivre la lecture.

– Mais un jour, lut Nani, il rencontra une petite fille qui s'appelait…

– Lilo ! murmura Lilo.

– Il rencontra une petite fille qui s'appelait Lilo, reprit Nani.

Et elle lut toute l'histoire, jusqu'à la fin.

– Et ils vécurent heureux ensemble pour toujours ! dit Nani en refermant l'ouvrage.

– Pour toujours, murmura Stitch, en fermant les yeux.

– Pour toujours, répéta Lilo, en fermant les yeux à son tour.

Lorsque les deux amis furent endormis, Nani descendit à la cuisine pour manger quelque chose. Tiens, pourquoi pas un sandwich à l'ananas, aux cornichons et à la salade de chou cru ?

LE BOSSU DE NOTRE-DAME

Les chants les plus beaux

Pourquoi Quasimodo est-il si triste ? demanda Rocaille.

– Le juge Frollo lui a interdit de quitter la cathédrale Notre-Dame, répondit Muraille. Il n'a pas d'ami.

– Mais je suis son copain. Et toi aussi, dit Rocaille.

– Nous sommes en pierre, dit La Volière.

– Les gargouilles font de bons amis ! s'exclama Rocaille.

– Chut ! Il arrive ! dit La Volière.

– Bonjour, Quasimodo ! s'écria Rocaille. C'est un beau jour pour sonner les cloches !

– Tu peux le dire ! dit Quasimodo, en regardant la foule en bas.

– Allons, ne nous laissons pas abattre ! Qu'ont-ils de plus que nous, tous ces gens ? demanda Rocaille.

Quasimodo fronça les sourcils.

– Je l'ignore, je n'ai jamais quitté le clocher. Mais je les entends rire et chanter !

– Les plus beaux de tous les chants, on les entend ici, dans le clocher, dit Muraille au garçon. Suis mes conseils : il faut être patient.

– Je te le promets ! s'écria Quasimodo.

– Va chercher un morceau de bois et un couteau à la cuisine ! ordonna La Volière.

Quasimodo revint bientôt avec les deux objets.

– Je voudrais que tu sculptes une colombe, dit La Volière.

Quasimodo se mit au travail. Trois jours plus tard, il montra son œuvre à Rocaille.

– Parfait ! Cela ressemble vraiment à une colombe, dit Rocaille.

– Demain, je sculpterai un pinson, promit-il.

Pendant des semaines, il sculpta ainsi des centaines d'oiseaux en bois. Alouettes, grives, rouges-gorges, moineaux… Il travaillait tellement qu'il en oubliait sa solitude.

Un jour, il montra à Rocaille et Muraille le magnifique rossignol qu'il venait de finir.

– C'est le plus beau de tous ! assura Muraille.

Quasimodo, si fier, posa son oiseau en haut du clocher, afin que tout le monde puisse l'admirer.

Le lendemain matin, il aperçut, à sa grande surprise, deux oiseaux perchés près de sa statue. D'autres arrivèrent bientôt. Des centaines d'oiseaux peuplèrent ainsi le clocher de Notre-Dame. Le matin, ils réveillaient Quasimodo avec leurs chants joyeux. Et le soir, ils l'endormaient avec une berceuse.

Muraille avait raison. Les chants les plus beaux étaient ceux du clocher ! Depuis ce jour, les oiseaux n'ont jamais quitté Notre-Dame de Paris…

Walt Disney
Pinocchio

Suis ton étoile!

Jiminy Criquet était un vagabond. Il aimait l'indépendance, la variété et la simplicité de sa façon de vivre. Depuis des années, il errait dans la campagne, s'arrêtant pour se reposer dans les villages qu'il traversait, pour en repartir aussi vite qu'il était arrivé.

Mais il découvrit un jour qu'il manquait quelque chose à sa vie de vagabond: un but. Un soir, il s'était installé pour la nuit au bord d'une route dans la campagne…

— Je me demande ce que l'on doit ressentir lorsque l'on rend service à quelqu'un, se dit-il, les yeux fixés sur le feu qu'il avait allumé.

Puis il s'allongea pour admirer le ciel étoilé de cette belle nuit. Il observait les minuscules points lumineux quand une étoile se détacha du ciel et se mit à briller d'un éclat particulier.

— Et si c'était l'étoile des Vœux? se dit Jiminy.

Pour vraiment s'en assurer, il décida de faire un vœu:

— J'aimerais trouver un endroit où je pourrais me rendre utile! murmura-t-il.

À peine le criquet avait-il prononcé ces mots qu'il ressentit une étrange impression: le désir de se lever, celui de rassembler ses affaires et de suivre cette étoile… C'était comme si une force inconnue le poussait à agir ainsi.

Devine ce que fit Jiminy?

Il éteignit le feu, rassembla ses affaires et se mit en route. Il parcourut des routes et des chemins, traversa des champs et des collines. Et il ne s'arrêta qu'au lever du soleil, lorsque l'étoile disparut. Alors il s'étendit dans l'herbe et s'endormit profondément jusqu'au soir.

Et il recommença pendant des jours et des nuits…

Un soir, Jiminy parvint à l'entrée d'un village. L'étoile des Vœux se tenait juste au-dessus de sa tête.

Lorsque la nuit fut tombée, il se hasarda à travers les rues. Les fenêtres étaient toutes plongées dans l'obscurité, à l'exception de celle d'une échoppe, au bout d'une rue. Jiminy Criquet sauta sur le rebord de la fenêtre et jeta un coup d'œil à l'intérieur. C'était l'atelier d'un sculpteur sur bois, faiblement éclairé par les lueurs d'un feu qui se mourait dans l'âtre. L'endroit semblait chaud et agréable: Jiminy décida d'y passer la nuit.

Il apprit bientôt que c'était la maison de Geppetto, le vieux sculpteur sur bois qui venait de finir une marionnette appelée Pinocchio.

Et il comprit aussi bientôt qu'il venait de trouver un endroit où il serait très utile.

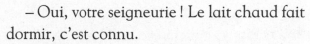

Un chagrin de roi

Triste Sire, réveille-toi ! RÉVEILLE-TOI ! crie le Prince Jean à son conseiller endormi.

Celui-ci se dresse et s'assoit droit dans son petit berceau installé au pied du lit royal.

– Que, que se passe-t-il, votre grandeur ? siffle-t-il, secoué de soubresauts. Est-ce que tout va bien ?

– Non, tout va mal ! répond le Prince Jean, les bras croisés et l'air boudeur. Je ne comprends pas comment tu peux ronfler pendant que je tourne et me retourne sans trouver le repos ! Je t'interdis de dormir !

L'heure est tardive. Tout Nottingham est endormi. Aucune autre chandelle ne luit dans le château. Le prince usurpateur prélève des tonnes de taxes au pauvre peuple de Nottingham et jouit d'un grand confort dans la suite royale. Pourtant, cette nuit, suite royale ou pas, le Prince Jean ne parvenait pas à fermer l'œil.

Triste Sire sait bien qu'il ne pourra pas passer la nuit tranquille tant que le prince ne dormira pas.

Aussi, il se démène comme un beau diable, tentant tout ce qu'il peut pour conduire le prince insomniaque au pays des rêves. Tout d'abord, il glisse jusqu'à la cuisine du château et rapporte de quoi boire à son altesse.

– Pouah ! Ce lait est chaud ! crache le Prince Jean, en colère.

– Oui, votre seigneurie ! Le lait chaud fait dormir, c'est connu.

– Remporte-moi ça !

Triste Sire obéit, puis tente une autre méthode. Une berceuse pourrait peut-être endormir le Prince.

– Sombrez dans le ssssommeil, gentil princcccce ! fredonne-t-il tout doucement.

Mais le prince fronce le museau, s'essuie le visage du dos de la patte et hurle soudainement :

– Tu ne chantes pas, tu postillonnes !

– Pourquoi ne pas compter les moutons ? suggère le conseiller.

Le Prince Jean fait donc l'expérience, mais il perd patience au bout d'une dizaine de moutons.

– Au diable les moutons ! tonne-t-il.

Triste Sire n'a plus d'idées en réserve. Puis il avise des sacs d'or empilés dans un coin de la pièce. Voilà la solution !

– Et si vous comptiez vos pièces d'or, votre richissime altesse ?

Le conseiller dénoue une bourse et fait sonner les écus un à un sur la table de nuit du Prince. Quelle douce musique !

Le prince Jean ferme les yeux et se met à compter doucement : une, deux, trois…

Il s'endort comme un bébé et Triste Sire en fait autant en sssss… soupirant.

Année bissextile rebondissante

C'était une journée ensoleillée et Mickey et Pluto jouaient à la balle. Mickey lança la balle à Pluto. Ce dernier prit une profonde respiration, fit une cabriole et bondit pour l'attraper.

– Bien joué, l'encouragea Mickey. Belle prise ! Joli bond !

Joli bond ? Ses mots résonnaient dans sa tête.

– Oh, mon Dieu. Tu sais quel jour on est ?

Pluto ne s'arrêtait pas de bondir. Il voulait que Mickey lui prenne la balle et la lui relance.

– J'ai failli oublier. C'est l'année bissextile aujourd'hui !

Pluto lâcha la balle aux pieds de Mickey.

– Enfin, aujourd'hui n'est pas vraiment une année… c'est un jour, continua Mickey, se parlant à lui-même.

Pluto n'était pas sûr que Mickey le comprenne. Il voulait jouer ! Alors il recommença à bondir, encore et encore.

Boing ! Boing ! Boing !

Boing ! Boing ! Boing !

– C'est exactement ça ! Une année bissextile est quelque chose qui doit être excitant ! Après tout, ça n'arrive que tous les quatre ans. Enfin, presque tous les quatre ans.

Mickey sortit un carnet et un crayon de sa poche arrière et commença à résoudre un problème.

– Il y a une équation mathématique qui permet de le résoudre si on veut être précis. Il griffonna des notes.

– Ça fait zéro divisé par… hum, voyons… je retiens… C'est pas vraiment mon truc, les maths, dit-il en rougissant.

– Disons une fois tous les quatre ans ! Imagine si ton anniversaire était le 29 février. Le 29 février ne tombe que tous les quatre ans. Alors, au lieu d'avoir douze ans, tu en aurais trois ! Je plaisante… je crois !

Pluto s'assit, haletant, alors que Mickey continuait ses explications.

– Tous les quatre ans, ça fait un jour de plus dans le calendrier – le 29 février – et c'est aujourd'hui !

– Tu sais pourquoi on a une année bissextile ? Parce qu'il y a 365 jours dans l'année, mais que la Terre met en fait un peu plus de temps pour faire le tour du Soleil. Alors on doit rattraper ce temps perdu !

L'excitation dans la voix de Mickey se transmit à Pluto. Il se remit sur ses pattes, la queue frétillante, la balle dans la bouche et sauta dans tous les sens.

– C'est ça, fit Mickey en rejoignant Pluto dans ses bondissements.

Boing ! Boing ! Boing !

Boing ! Boing ! Boing !

– Hourra ! C'est l'année bissextile !

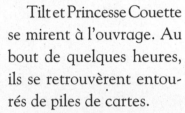

Cartes de vœux

Que fais-tu, Couette ? demanda Tilt. La petite princesse était assise par terre. Autour d'elle : des glands, des feuilles, des fleurs séchées, des cailloux, des tiges et des petits pots de jus de baies…

– Oh non ! Ne me dis pas que c'est l'anniversaire de Princesse Atta, aujourd'hui, et que je l'ai complètement oublié ! s'écria Tilt.

– Pas du tout ! répondit Couette. Je fabrique des cartes de vœux mensuelles pour tout le monde !

– Quelle bonne idée ! s'exclama Tilt. Des cartes de vœux mensuelles ! C'est quoi, une carte de vœux mensuelle, Couette ?

– Tu n'en as jamais fait ?

– Pas que je sache !

– Et bien, ce n'est pas grave ! Nous avons de la chance : aujourd'hui, nous sommes le premier du mois, et c'est justement ce jour-là que l'on envoie ce genre de cartes de vœux ! dit Couette.

– Vraiment ?

– Vraiment ! Prends donc quelques objets de ce genre et au travail ! fit Couette en tendant une poignée de feuilles, de l'encre de mûres et un morceau de crayon à son ami.

– Que dois-je faire ? dit Tilt inquiet.

– Prendre une feuille, la décorer et y inscrire quelque chose de gentil !

– À qui les envoies-tu ? interrogea Tilt.

– À tout le monde ! s'exclama Couette.

– Excellente idée ! dit Tilt. Je vais en faire une pour la Reine et une pour Atta et une pour toi, bien entendu…

Tilt et Princesse Couette se mirent à l'ouvrage. Au bout de quelques heures, ils se retrouvèrent entourés de piles de cartes.

– Il est tard, dit Couette. Nous devrions commencer la livraison !

À cet instant, deux fourmis ouvrières arrivèrent et se heurtèrent de plein fouet. Elles firent la culbute, dans une confusion de pattes et d'antennes emmêlées.

– Tu pourrais regarder où tu vas ? grognèrent-elles toutes deux.

– Offrons-leur une carte ! chuchota Couette. Les deux amis s'avancèrent vers les fourmis, les aidèrent à se remettre sur leurs pattes et leur offrirent des cartes de vœux.

– Joyeux mois de mars ! crièrent Couette et Tilt.

Les fourmis sourirent et s'embrassèrent. Elles embrassèrent Couette. Elles embrassèrent Tilt, puis s'éloignèrent sans se presser.

– Tu as vu ! Ça marche ! s'exclama Couette.

Tilt et Couette poursuivirent leur livraison. Ils offrirent une carte de vœux mensuelle à tout le monde, répandant joie et gaieté à travers toute l'île des Fourmis.

101 DALMATIENS

Super-héros d'un jour

Lucky, collé à l'écran de télévision, regarde sa série préférée : « Les aventures d'Ouragan. » Le chien, super-héros, trouve une solution dans chaque situation !

– Quand je serai grand, je ferai comme Ouragan ! annonce Lucky.

Patch se moque de son frère.

– Ouragan traverse une rivière d'un bond, tu arrives à peine à grimper les escaliers !

– Attends un peu, lui dit Lucky. Tu verras !

Pendant que les autres chiots sortent pour jouer dehors, Lucky s'entraîne. Il saute de l'accoudoir du sofa sur la chaise. Puis, il saute de la chaise… droit sur une lampe. Craac ! Nanny se précipite.

– Lucky, gronde-t-elle. Sors de là !

Dans le jardin, Lucky trouve Rolly, la tête fourrée dans un buisson.

– Ne t'inquiète pas, crie Lucky, je vais te sortir de là.

Il court vers Rolly, attrape sa patte et tire de toutes ses forces. Les deux chiots dégringolent et se cognent violemment.

– Ouille ! hurle Rolly. Mais qu'est-ce que tu fabriques ?

– J'essayais de te sauver, répond Lucky.

– Mais non ! se plaint Rolly. On joue à cache-cache, tu n'as rien compris !

Les frères et sœurs accourent, intrigués.

– Venez, dit Patch, rentrons avant qu'Ouragan junior n'essaie de sauver quelqu'un d'autre.

Lucky reste en arrière. Il lui montrera à Patch, qu'il peut être un super-héros. Il grimpe sur le toit de la niche pour s'entraîner à sauter. Dehors, pas de risque de casser une lampe !

Pendant ce temps, Penny cherche son os au pied de la niche. Mais c'est Bruno, le bouledogue des voisins, qui le lui a dérobé. Lucky le voit de l'autre côté, grognant et montrant ses crocs.

Maintenant, les chiots n'ont plus qu'une idée en tête : le récupérer. Mais, soudain, Lucky perd l'équilibre, roule du toit de la niche et atterrit de l'autre côté, sur le dos de Bruno.

– Ahh ! crie le voleur, lâchant l'os et courant se cacher.

Attirés par ce vacarme, les chiots ressortent de la maison.

– Qu'est-ce qui s'est passé ? demande Rolly.

– Lucky m'a sauvé la vie ! dit Penny. Vous auriez dû le voir voler à travers les airs pour chasser ce voleur de Bruno. Tout comme Ouragan ! Bravo !

Lucky gonfle fièrement sa poitrine.

– Wouaoh ! dit Patch. Puis-je demander un autographe au super-héros ?

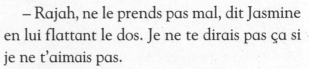

Rajah est grognon

Ce n'est pas toujours facile d'être fille de sultan. Jasmine pense parfois qu'elle serait la jeune fille la plus seule d'Agrabah s'il n'y avait Rajah, son tigre et meilleur ami.

Mais apparemment, ce n'est pas toujours facile d'être un tigre, non plus. Rajah est aujourd'hui de mauvaise humeur.

– Grr, grogne-t-il.

– Qu'est-ce qui t'arrive ? lui demande Jasmine.

Rajah la regarde, l'air de dire : ce ne sont pas tes affaires et il gronde à nouveau.

– Humm, dit Jasmine, pensive.

Elle est décidée à changer l'humeur du tigre parce qu'il est son seul ami et que la vie devient impossible quand votre seul ami est mal luné. Et aussi parce que Jasmine est toujours prête à tout et enchantée d'avoir un projet. Pour l'heure, son projet est de le faire ronronner.

– De quoi as-tu besoin ? demande Jasmine.

Le tigre va et vient devant elle.

– Essaie de te détendre ! insiste la jeune fille.

Le tigre hausse les sourcils.

– Comprends-tu ? Se relaxer, profiter du moment…

Le tigre feule tout bas.

– D'accord, renonce Jasmine. J'arrête !

Mais la jolie princesse n'abandonne pas. Elle veut vraiment consoler son tigre.

– Rajah, ne le prends pas mal, dit Jasmine en lui flattant le dos. Je ne te dirais pas ça si je ne t'aimais pas.

Rajah fait mine de s'allonger pour une petite sieste, mais Jasmine continue :

– Tu dois te réjouir ! Arrête de grogner. Regarde-moi, je perds mon temps à parler à des princes sans cervelle que mon père m'oblige à rencontrer, mais j'essaie de m'amuser, dès que je le peux !

Rajah se couche et se bouche les oreilles avec ses pattes.

– Oh, j'ai compris, s'écrie Jasmine. Tu es jaloux de tous ces princes !

Rajah lève les yeux au ciel. Jasmine a raison. Il est malade de voir tous ces princes tourner autour de sa maîtresse.

Jasmine lui gratte tendrement l'oreille.

– Ne sois pas jaloux, le taquine-t-elle. Je sais que j'ai passé beaucoup de temps loin de toi ces temps-ci, mais tu sais bien que j'y étais obligée. La loi exige que je trouve un prince à épouser.

Des princes, oui, songe Rajah. Arrk !

– Et puis, continue Jasmine, prenant son fauve par le cou, je t'aime plus que n'importe quel prince !

Le tigre se met à ronronner. Jasmine sourit. Bravo, mission accomplie !

Walt Disney
LE LIVRE DE LA JUNGLE

Le Repaire de la Mort

On va où, Baloo ? demanda Mowgli. Cela faisait maintenant un moment qu'ils marchaient à travers la forêt.

— Tu as déjà entendu parler du Repaire de la Mort ? répliqua Baloo à voix basse.

Mowgli souffla.

— Le Repaire de la Mort ? On dit que c'est une grotte géante pleine d'ours prêts à manger n'importe quoi… ou qui ! On dit que ces ours entendent à des kilomètres et voient dans le noir ! Et tu sais quoi ? On dit que même Shere Khan a peur d'eux !

— Mmmh, hmm, dit Baloo. C'est ce qu'on dit. On dit aussi que les ours du Repaire font plus de deux mètres, que leurs dents sont vertes et acérées et que leur cri de guerre est si fort que les baleines l'entendent et en ont peur.

— Et c'est là qu'on va ? piailla Mowgli. On ne peut pas ! Baloo, ces ours ne sont pas comme toi ! Ils sont dangereux !

— Trop tard, sourit Baloo. Nous sommes arrivés !

Il attrapa Mowgli, dont les genoux tremblaient si fort qu'il tenait à peine debout, fonça dans un fourré, esquiva une grande feuille de palmier et émergea dans une grande clairière ensoleillée, en face d'une grotte énorme.

Baloo reposa Mowgli. Le garçon regarda autour de lui, complètement surpris.

Mowgli s'attendait à voir des centaines d'ours féroces et furieux. Au lieu de cela, il vit des centaines d'ours détendus et joyeux. Ils nageaient dans l'étang, s'éclaboussant et rigolant, se reposaient dans l'ombre fraîche de la grotte, jouaient à chat dans la clairière et mastiquaient des tas de délicieux fruits mûrs. C'était, en bref, une fête d'ours.

— Je ne comprends pas, dit Mowgli. C'est ça, le Repaire de la Mort ?

— Ouais, c'est ça, répondit joyeusement Baloo. Avant, cela s'appelait le Repaire des Plaisirs, mais on a dû changer le nom. Tu vois, tout le monde savait que le Repaire des Plaisirs était l'endroit le plus chouette de la jungle. Nous, les ours, nous ne refusons jamais personne à nos fêtes. Mais il commençait à y avoir trop de monde et ce n'était plus amusant du tout. Alors on a répandu quelques rumeurs et changé le nom et le tour était joué… C'est le Repaire de la Mort, alors plus personne ne vient nous embêter.

— Mais, et moi ? s'inquiéta Mowgli. Je ne suis pas un ours.

— Tu es un ours honoraire, Mowgli, répondit Baloo en souriant à son ami. Tu es sans aucun doute suffisamment amusant pour en être un !

DUMBO
Walt Disney

Flotter comme un papillon

Ce jour-là, Timothée, le meilleur ami de Dumbo, trouve le petit éléphant, assis dans un coin, l'air tout triste.

— Qu'est-ce qui ne va pas ? demande le souriceau. Quelqu'un s'est encore moqué de tes oreilles ?

Dumbo hoche la tête. Il semble désespéré. Les deux amis se connaissent bien maintenant. Ils font tout ensemble ou presque. Et les oreilles de Dumbo n'ont jamais gêné Timothée. Il les trouve même géniales ! Cherchant un moyen de consoler son ami, Timothée regarde autour de lui et aperçoit quelque chose d'intéressant.

— Regarde Dumbo ! crie-t-il en désignant une barrière toute proche.

Il court et montre une sorte de boule grise accrochée.

— C'est un cocon de papillon ! dit Timothée, tout excité.

Dumbo approche pour l'examiner.

— Il va éclore et un papillon sortira ! ajoute le souriceau.

Il réfléchit un moment puis se tourne vers Dumbo.

— Tu ressembles à la chenille qui a fabriqué ce cocon.

Dumbo regarde Timothée, étonné.

— Oui, parfaitement ! dit celui-ci. Personne n'aime particulièrement les chenilles. Elles nous paraissent bien ordinaires et ne savent pas faire grand-chose.

— Mais le jour où elles deviennent papillons, alors là, c'est l'admiration ! Il en sera de même pour toi. Quand tu seras grand, plus personne ne se moquera de toi et même on t'admirera !

Dumbo sourit, reconnaissant, tout en essuyant ses larmes avec son oreille.

Soudain, la pluie se met à tomber.

— Oh, non ! s'écrie Timothée. Le cocon va s'abîmer. Le papillon ne pourra pas déplier ses ailes si elles sont trempées. Que faire ?

Pendant que le souriceau cherche un parapluie, Dumbo déploie ses grandes oreilles au-dessus de la barrière, créant un abri pour l'insecte.

— Grande idée ! dit le souriceau, admiratif.

La pluie continue et les deux amis assistent émerveillés à l'éclosion du papillon. Celui-ci émerge du cocon et défroisse ses ailes multicolores. Dès que la pluie cesse, il s'envole.

— Vois-tu mon ami, dit le souriceau à Dumbo, je suis persuadé qu'un jour tu obtiendras un grand succès. Tu seras comme ce papillon, joyeux, sans souci, flottant au gré du vent. Bon, flottant, c'est une façon de parler, bien sûr ! Imagine, mon vieux Dumbo, un éléphant volant, voilà qui serait stupéfiant !

Nostalgique

Nemo n'arrivait pas à croire à tout ce qui lui était arrivé. Être capturé par un plongeur, faire un long voyage dans une glacière, puis jeté dans un aquarium, chez un dentiste. Les autres poissons avaient l'air sympa, mais son papa et sa maison lui manquaient trop. Il voulait retourner dans l'océan : leurs plans d'évasion allaient-ils marcher ?

— Eh, petit !

Boule, le poisson-porc-épic, nagea vers lui.

— Tu as mauvaise mine.

— C'est ce que j'allais dire, ajouta Amiral, le pélican.

Astrid jeta un coup d'œil.

— Il est juste contrarié. C'est normal dit-elle en souriant à Nemo.

— T'en fais pas, chou. On comprend.

— Mais vous n'avez pas été arrachés à l'océan, loin de votre papa, répondit-il.

— Non, admit un poisson nommé Gargouille. Mais nos familles nous manquent.

— C'est vrai ? s'étonna Nemo.

— Bien sûr, dit Astrid. La dame qui m'a vendue gardait d'autres étoiles de mer dans sa cave.

— Je me demande encore où ont atterri mes frères et sœurs. Je donnerais deux ou trois de mes bras pour les revoir.

— Je te comprends, compatit Boule. Mon œuf a éclos dans un garage. Ils m'ont vendu, ainsi que tout un ban de frères, sœurs et cousins, à l'animalerie Chez Bob. Et juste quand on a commencé à bien s'entendre avec les autres poissons, le dentiste est arrivé et m'a acheté.

— Enfin, cela aurait pu être pire, continua Boule. Les gars, vous êtes mes meilleurs amis.

Un poisson nommé Deb hocha la tête.

— J'ai de la chance, il nous a achetées, ma sœur et moi, ensemble. Pas vrai, Flo ?

Elle sourit à son propre reflet dans le verre de l'aquarium. Et comme le reflet ne répondait pas, Deb haussa les épaules.

— Je suppose que pour l'instant Flo est trop choquée pour parler. Mais je peux vous dire à son sourire qu'elle est d'accord. On ne sait pas ce qu'on deviendrait l'une sans l'autre. Mais le reste de la famille nous manque.

— Oh ! s'exclama Nemo en regardant ses compagnons d'aquarium. Je suppose les gars que vous savez ce que je ressens.

Même s'il était triste que les autres poissons aient été arrachés à leurs familles, Nemo se sentit un peu moins seul. Au moins, ils comprenaient à quel point il voulait retrouver son père. À cet instant, se sentant plus courageux et déterminé que jamais, Nemo était prêt à s'évader de l'aquarium… quoi qu'il arrive.

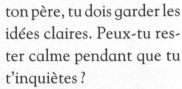

Une leçon de confiance

Olivia, la petite souris, est très inquiète. Assise avec le docteur Dawson devant la cheminée de Basil, le célèbre détective, elle commence à se lamenter.

– Qu'y-a-t-il ? demande le docteur.

– Ce qu'il y a ? répète Olivia, indignée. Mon père a été kidnappé par une chauve-souris boiteuse ! Avez-vous déjà oublié ?

– Non, non, ma pauvre chérie, la rassure-t-il. Bien sûr que non. Je sais que tu es très inquiète.

– Très inquiète ! s'écrie Olivia en colère. Je ne peux l'être plus, je crois !

– Mais nous avons trouvé Basil maintenant et c'est le meilleur. Tu l'as dit toi-même, répond le docteur.

– Mais que se passera-t-il s'il ne veut pas m'aider ? demande Olivia.

– Pourquoi ne le voudrait-il pas ?

– Vous l'avez entendu, continue la petite souris en imitant Basil : « je n'ai pas de temps pour les pères fugueurs. »

– Il ne le pensait pas vraiment, dit le docteur. Il a une enquête en cours. Peut-être tombons-nous au mauvais moment. Mais malgré les circonstances, petite, essaie de ne pas trop te tracasser.

– Je sais que vous essayez de m'aider, dit Olivia aussi poliment qu'elle peut. Mais je ne pense pas y arriver. Mon père est là, dehors, quelque part et je dois le retrouver !

– Tu as raison ! s'exclame le docteur. Il faut le faire. Et pour aider Basil à rechercher ton père, tu dois garder les idées claires. Peux-tu rester calme pendant que tu t'inquiètes ?

– Cela ne m'aide pas, c'est sûr, admet Olivia.

– Peux-tu réfléchir logiquement quand tu es contrariée ? continue Dawson.

– Probablement pas, répond Olivia.

– Peux-tu travailler, côte à côte avec Basil de Baker Street, le fameux détective, pour sauver ton père adoré, si tu ne cesses de t'inquiéter ? conclut le docteur.

– Non ! dit fortement Olivia. La vérité de ces propos venait de la convaincre. Je dois à mon père d'être équilibrée. Je serai triste et effrayée plus tard, pour l'heure je deviens détective, comme Basil ! termine-t-elle triomphante.

– Voilà, jeune fille, ce que tu as dit de plus sage. Et si tu conserves cette attitude, ton père ne tardera pas à être secouru, affirme Dawson.

À ce moment, Basil surgit dans la pièce et s'écrie :

– Bien sûr qu'il le sera ! Je n'ai jamais failli. Votre père est déjà sauvé, parole de Basil !

Olivia sourit sous cape, car elle sait, elle aussi, qu'elle ne faillira pas.

Exactement comme papa

Papa, quand je serai grand, je veux être comme toi, dit Simba à son père.

Mufasa poussa gentiment la tête de son fils.

– Chaque chose en son temps, mon fils.

À ce moment-là, Nala, l'amie de Simba, bondit vers eux.

– Viens, Simba, l'appela-t-elle. Allons jouer près de la rivière !

Sur le chemin, Simba s'arrêta net.

– Écoute ça, dit-il.

Il jeta la tête en arrière et rugit le plus fort possible.

– Est-ce que ça sonne comme mon papa ?

Nala essaya en vain de se retenir de rire.

– Pas vraiment, dit-elle.

Ils atteignirent la rivière. Les eaux étaient montées à cause des récentes pluies. Simba fixa son reflet dans une flaque.

– Tu crois que ma crinière est en train de pousser ? demanda-t-il à Nala.

Nala soupira.

– Peut-être un peu, répondit-elle. Mais, Simba, il n'y pas d'urgence.

Simba regardait une branche qui pendait au-dessus de la rivière déchaînée.

– Je ne suis peut-être pas aussi grand que mon papa, mais je suis au moins aussi courageux que lui ! cria-t-il.

Il courut vers l'arbre et commença à marcher sur la branche.

Nala se précipita vers lui. Elle entendit un grand craquement.

– Simba ! cria-t-elle. Reviens ici ! La branche va casser !

Mais Simba ne l'entendait pas avec le bruit de l'eau. Nala partit chercher de l'aide.

Simba sentit la branche commencer à faiblir.

Oh, oh, se dit-il. Soudain, elle céda et Simba tomba dans l'eau. Le courant était fort et il se battit pour nager vers la rive. Ses forces le lâchaient et il réalisa qu'il n'y arriverait peut-être pas.

Puis il se sentit soulevé hors de l'eau et posé sur le bord. Dégoulinant et toussant, il regarda en l'air… et vit les yeux furieux de son père.

– Simba ! tonna Mufasa. Il y a une grosse différence entre le courage et la stupidité ! Plus vite tu sauras cela, plus vite tu grandiras !

Simba baissa la tête.

– Je suis… désolé, papa, dit-il doucement. Je voulais juste être aussi courageux que toi.

Son père se radoucit.

– Bon, dit-il. Puisque nous sommes trempés, pourquoi n'allons-nous pas dans un coin plus tranquille pour nager ?

– Viens, Nala ! l'appela-t-il. Viens avec nous !

– Youpi ! s'écrièrent les petits. Et ils partirent tous ensemble.

Une journée bien remplie

Cendrillon regarde les bulles irisées flottant dans l'eau savonneuse de son seau.

– Comme c'est joli !

Les bulles s'élèvent dans l'air et éclatent avec un petit plop !

Gus, Jaq et tous les petits amis souris de Cendrillon admirent eux aussi le spectacle.

– Ce serait amusant de flotter comme une bulle. Je verrais des cités entières en un seul coup d'œil, je ferais des bonds sur les nuages, et je m'envolerais avec les oiseaux ! dit Cendrillon rêveuse.

Ses amis oiseaux trillent joyeusement à l'idée de partager le ciel avec la jeune fille.

– Mais je me disperse ! dit soudain Cendrillon. Il faut que je me concentre sur mes tâches ménagères. Les carreaux des fenêtres sont propres, mais il me reste à nettoyer le plancher.

Cendrillon plonge son balai à franges dans le seau d'eau savonneuse et se met à frotter. Au début, elle trouve ce travail épuisant, mais alors que le balai glisse sur le sol, elle songe :

– C'est un peu comme une danse ! Et j'adore danser !

Gus et Jaq lui emboîtent le pas alors qu'elle tourne et valse dans la pièce.

– Que c'est drôle ! s'exclame Cendrillon. Mon dieu ! pense-t-elle. Je parle tout haut ! Peut-être devrais-je oublier toutes ces bulles ?

Le repassage me fera redescendre sur terre !

Cendrillon poursuit sa journée de travail avec le repassage. Elle fredonne et ne se rend pas compte que le ciel s'est assombri.

– Il est déjà tard, s'exclame-t-elle. J'ai rêvassé tout le jour et le dîner n'est même pas prêt !

Cendrillon se précipite dans la cuisine. Là, elle épluche, coupe, râpe et mélange.

– Je n'ai pas vu le temps passer, se tracasse-t-elle en ajoutant les derniers ingrédients à la soupe. Je n'ai absolument rien fait !

Juste à ce moment, Anastasie et Javotte entrent dans la cuisine.

– Mon linge est-il prêt ? aboie Anastasie.

– Oui, dit Cendrillon.

– Mon repassage aussi ? ajoute Javotte.

– Oui, répond-elle encore.

– Et les planchers ?

– Et les carreaux ?

– Et le dîner ?

– Fait, fait, fait ! répète gaiement Cendrillon.

Les sœurs sortent de la cuisine, marmonnant leur mécontentement.

– J'ai fait beaucoup de choses, après tout ! réalise Cendrillon.

Alors, après avoir remué la soupe et pour fêter cette journée de rêve, elle reprend sa valse et ses amis souris la suivent en farandole. Que c'est drôle !

Le monstre qui rapporte

Alors que Bob et Sulli traversaient le hall de Monstres et Cie, pour se rendre au niveau Terreur, ils passèrent devant les photos de Sulli, l'Épouvanteur du mois, accrochées au mur.

Soudain, Bob se tourna vers son gros ami bleu.

– Sulli, dit-il, tu ne crois pas qu'on en mérite un peu plus ?

– Plus ? demanda Sulli.

– Oh, tu sais, continua Bob. C'est toi le meilleur Épouvanteur et ta seule récompense, c'est une photo minable sur les murs de la réception et moi, rien. On devrait être célèbres !

– C'est quoi ton idée ? demanda Sulli.

– Une campagne marketing, lui dit Bob.

– Et on ferait comment ? demanda Sulli.

– On ferait de nouveaux portraits de toi, mais des portraits signés. Et on n'en resterait pas là. On ferait des tasses, des posters, des t-shirts avec tes meilleures poses.

Bob montra à Sulli quelques poses d'Épouvanteur, notamment la préférée de Sulli, le Bond du Vieux Waternousse Grognant.

– On pourrait monter une boutique, ici dans l'usine, proposant les « Souvenirs de Sulli, le super Épouvanteur ».

– Et pourquoi on s'embêterait avec tout ça ? demanda Sulli.

– L'argent ! s'exclama Bob.

– Je ne sais pas, Bob, dit Sulli. Il y a quelque chose qui cloche… nous faire de l'argent avec ça. Mais… C'est ça !

Sulli bondit et renversa presque Bob.

– On fera don de l'argent à une œuvre de charité !

– Qui a parlé de dons ? demanda Bob.

– C'est une idée géniale ! dit Sulli en ignorant Bob.

– Comment deviendrons-nous célèbres si on donne l'argent ? demanda Bob.

– Et bien, on fera les dons au nom de Monstres et Cie, expliqua Sulli.

– Je ne sais pas, dit Bob.

– C'est une excellente idée ! répondit Sulli. Et en aidant la société avec ces dons généreux, M. Waternousse sera fier de nous !

Bob commençait à saisir l'idée.

– Et la presse parlera de nous ! ajouta-t-il.

– Oui, pourquoi pas ? dit Sulli en haussant les épaules.

– C'est une idée géniale ! s'anima Bob.

– Je suis d'accord ! dit Sulli.

– Je suis content d'y avoir pensé !

Bob fit un grand sourire à son meilleur ami.

– Tes idées sont toujours si bonnes, lui accorda Sulli en faisant un grand sourire.

– Comme je dis toujours, ajouta Bob, la Terreur, c'est important, mais c'est le cerveau derrière le monstre qui l'est encore plus !

Disney

La Belle et la Bête

Une coiffure bestiale !

Ce soir-là, la Bête était arrivé le premier dans la salle à manger. Mais Lumière l'empêcha d'entrer.

– Vous ne pouvez pas passer à table dans cet état ! dit-il à son maître.

– Pourquoi pas ? demanda la Bête. Je porte ma plus belle tenue !

– Les vêtements ne font pas tout, sonna Big-Ben.

– Vous me dites toujours que l'apparence ne compte pas, grogna la Bête.

– Il y a une différence entre l'apparence et le style, répliqua Lumière.

– Et si vous ne contrôlez pas votre apparence, ajouta Big-Ben, vous pouvez fort bien améliorer votre style !

– Qu'est-ce qui ne va pas dans mon style ? dit la Bête, légèrement vexée.

– Bon, commença Big-Ben. Parlons de vos cheveux.

– Quoi, mes cheveux ? cria la Bête vraiment offensée.

– Les femmes aiment les cheveux longs, mais… démêlés, expliqua Big-Ben. Depuis quand ne les avez-vous pas peignés ?

– Je… réfléchit la Bête.

– Vous faites erreur, les interrompit Lumière, brandissant une paire de ciseaux. Les femmes aiment les cheveux courts, les tempes bien dégagées.

– Je veux garder mes cheveux ! cria la Bête.

– On pourrait essayer des anglaises, proposa Big-Ben.

– Ou des nattes, suggéra Lumière.

À ces mots, la Bête bondit sur une étagère de la bibliothèque.

– Que diriez-vous d'un chignon à la française ? dit Big-Ben.

La bête gronda tout bas.

Soudain, Belle entra et interrompit la séance de coiffure. Devant elle, Lumière et Big-Ben, agitant peignes et brosses, essayaient de dompter la chevelure sauvage de la Bête, recroquevillée sur son étagère. Belle éclata de rire à ce spectacle.

– Que se passe-t-il ? demanda-t-elle.

– Nous arrangeons cette coiffure, dit Lumière, mais ça ne marche pas !

– Mais, elle est très bien ainsi, dit Belle. Bête, allez-vous rester là-haut toute la nuit ?

La Bête sauta à terre et la rejoignit à grands pas.

– Vous aimez vraiment mes cheveux ?

– Ils sont parfaits, assure Belle. Et maintenant, m'accompagnerez-vous à table ?

– C'est un honneur, répondit la Bête.

Big-Ben et Lumière, déconcertés, regardèrent les deux amis dîner en tête-à-tête.

– Ah, ces jeunes ! soupira Big-Ben.

Et Lumière, pour une fois, n'avait rien à ajouter !

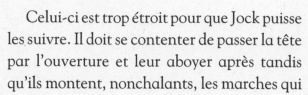

Walt Disney
La Belle et le CLOCHARD

Qui se moque de Jock ?

Tante Sarah vient d'arriver chez Jim et Darling pour s'occuper du bébé pendant leur absence. Et, bien sûr, ses deux siamois n'ont pas attendu pour faire des dégâts.

Ils ont mis un grand désordre dans le salon et tante Sarah a puni Lady de la manière la plus injuste, lui enfermant le museau dans une muselière !

Pendant ce temps, Si et Am ont découvert la porte qui donne sur le jardin.

Ils se faufilent tous les deux, en catimini. Ils creusent au pied des fleurs, effraient les oiseaux et pourchassent un écureuil jusque dans un arbre.

Puis ils découvrent un petit trou dans la barrière. Les deux curieux passent la tête par l'ouverture et épient Jock, le scottish des voisins, faisant un petit somme près de sa niche.

– L'heure du réveil a sonné ? dit Am.

Si sourit, narquois.

Ils se glissent par le trou et marchent à pas de chats jusqu'au chien endormi. Ils se postent chacun à une oreille et au même moment, poussent un horrible miaulement !

Jock se réveille en sursaut. Il a à peine le temps d'identifier les coupables que Si et Am courent vers le jardin voisin.

Jock aboie et se rue sur eux. Mais les fins félins se faufilent à nouveau par le trou, hors d'atteinte.

Celui-ci est trop étroit pour que Jock puisse les suivre. Il doit se contenter de passer la tête par l'ouverture et leur aboyer après tandis qu'ils montent, nonchalants, les marches qui les séparent de la petite porte pour disparaître.

Dans la cuisine, ils s'étalent de tout leur long en se tordant de rire.

– Les chiens sont si stupides ! caquète Si.

Ils restent tranquilles un moment puis se glissent à nouveau dans le jardin, prêts à renouveler leur mauvais tour.

Ils épient à nouveau Jock par le trou de la barrière. Il est couché devant sa niche. De nouveau, ils s'approchent…

Mais cette fois, Jock est prêt à les accueillir. Lorsque les chats sont à deux pas, ce comédien saute sur ses pattes et grogne. Les siamois se sauvent en toute hâte vers le trou mais trouvent… César, le vieil ami de Jock qui leur interdit tout espoir de fuite !

Les deux compagnons pourchassent les deux chats dans tout le jardin de Jock. Puis quand celui-ci juge que la leçon est suffisante, ils laissent s'échapper les matous.

Cette fois, Si et Am se ruent vers la porte et ne soufflent qu'une fois à l'intérieur, en sécurité. Inutile de dire que ce jour-là, ils s'y sont terrés tout le reste de la journée !

CIMENT FRAIS

Une histoire pour Duchesse

Allez, chatons chéris ! dit Duchesse. Il est l'heure d'aller au lit !

Toulouse, Berlioz et Marie ne sont pas ravis d'aller se coucher.

– Oh, maman ! gémit Toulouse.

– Mais, je ne suis pas fatiguée ! proteste Marie.

– Moi, je ne veux pas dormir, ajoute Berlioz. Pour nous autres les chats, les choses intéressantes commencent justement dès qu'il fait nuit ! dit-il, jouant à se battre contre un adversaire invisible.

– Qui donc pense-t-il convaincre ? soupire Toulouse à Marie qui roule des yeux suppliants à sa maman.

– Non non non ! La journée a été longue, dit Duchesse. Je ne veux plus entendre aucune protestation.

– Maman ! appelle Berlioz.

– Raconte-nous une histoire, insiste Marie.

– Une histoire ? Mes chéris, vous devriez dormir depuis longtemps et moi, je suis vraiment épuisée.

– Alors, pourquoi ne te raconterions-nous pas plutôt une histoire ? propose Toulouse.

– Quelle charmante idée, dit Duchesse.

– Il était une fois, commence Marie, un grand, méchant et féroce chat de gouttière…

– Berlioz ! le gronde Marie. Maman va faire des cauchemars avec ton histoire !

– Désolé, Maman, dit Berlioz.

– Pas de problème, dit Duchesse, continue.

– Euh… où en étions-nous ? demande Toulouse.

– Il était une fois, répète Marie.

– Ouais ! Il était une fois un chaton extraordinaire, qui peignait comme aucun autre.

– Et cela car son modèle était le plus joli des chatons que vous ayez jamais vu ! ajoute Marie.

– Fais-nous des vacances ! dit Berlioz dans ses moustaches.

Toulouse et son frère gloussent.

– Très drôle ! dit Marie, en fronçant le museau. Peut-on reprendre le fil de notre histoire ?

– Le chaton peignait le jour et s'amusait toute la nuit !

Toulouse donne une tape à Berlioz. Les trois chatons se regardent et découvrent que Duchesse s'est endormie !

Berlioz, Toulouse et Marie lui donnent un dernier baiser.

– Bonne nuit, Maman, dit Marie.

– Bonne nuit, Maman, dit Toulouse.

– Bonne nuit, Maman, dit Berlioz.

Et les trois chatons se blottissent près de Duchesse et s'endorment eux aussi.

Bonne nuit !

Walt Disney
Peter Pan

Jeu de fée

Qu'est-ce que tu en penses, Clochette ? demanda Peter Pan. Tu peux l'avoir ?

Peter et Clochette volaient au-dessus des rues de Londres, passant devant une fenêtre ouverte. À l'intérieur, trois enfants dormaient bruyamment.

Clochette tinta, confiante.

Elle fonça par la fenêtre, en laissant derrière elle une traînée de poussière de fée, puis elle voleta dans la chambre pour trouver l'ombre de Peter.

La dernière fois que Peter était venu, Nana, la nounou des enfants, l'avait aperçu. Elle avait essayé de l'attraper, mais elle n'avait eu que son ombre. Ce soir, Peter était venu la récupérer. Il savait que cela ne serait pas facile parce que Nana n'était pas facile à duper. C'est pourquoi il avait besoin de l'aide d'une fée.

Au début, Clochette vola au-dessus de Wendy Darling, puis de ses deux frères, Jean et Michel. Aucun d'eux ne se réveilla.

Mais quand Clochette passa au-dessus de Nana, le chien se réveilla en éternuant ! En effet, la poussière de fée lui avait chatouillé les narines.

– Ouaf ! Ouaf ! aboya Nana.

Tout à coup, les pieds du pauvre chien décollèrent du sol. La poussière de fée l'avait soulevée et Nana flottait dans la pièce !

Quand Peter entendit Nana aboyer, il fonça à l'intérieur. Puis il la vit flotter et il se mit à rire.

Soudain, la poussière de fée n'eut plus d'effet et Nana se retrouva sur le sol. Le chien chargea Peter Pan en grognant furieusement !

– Retour au Pays Imaginaire, Clochette ! cria Peter. On reviendra récupérer mon ombre demain soir.

Dans une traînée de lumière étincelante, Peter Pan et Clochette filèrent dans le ciel et disparurent.

Dans la chambre, Wendy finit tout de même par se réveiller.

– Qu'est-ce que c'est ? cria-t-elle en touchant la fenêtre et en voyant la poussière de fée brillait dans sa main.

– Peter Pan a dû revenir pour récupérer son ombre. Je suis désolée de l'avoir loupé, dit Wendy à Nana, déçue.

– Ouaf ! Ouaf ! fit Nana.

– Oui, je sais, répliqua Wendy. Il est temps de retourner au lit.

Mais alors que Nana léchait la joue de Wendy pour lui souhaiter une bonne nuit, cette dernière se fit la promesse de se tenir prête, pour faire la connaissance de ce remarquable Peter Pan, la prochaine fois qu'il leur rendrait visite !

Disney
LA PETITE
SIRÈNE

Le cadeau d'Ariel

Quelle animation, au palais de Triton ! Toutes les sirènes de l'océan s'étaient rassemblées afin de célébrer l'anniversaire d'Aquata, l'une des sœurs d'Ariel.

Mais la Petite Sirène n'avait toujours pas choisi de cadeau d'anniversaire. Elle s'éclipsa discrètement avec Polochon pour gagner sa grotte secrète.

Ils commencèrent à contempler ses trésors : des cloches, des réveils, des bijoux, et autres objets du « monde d'en haut » récupérés dans les épaves des navires.

– Que dirais-tu de ça ? demanda Polochon, en nageant autour d'un gouvernail.

– Trop gros ! répondit Ariel.

– Et ça ? fit le poisson en désignant une boucle d'oreille en or.

– Trop petit !

Ariel découvrit une boîte à musique.

– C'est le cadeau idéal ! s'écria-t-elle. Je l'ai écoutée des centaines de fois, elle joue un air très mélodieux !

Ariel s'empressa de regagner le palais. Aquata était assise sur une palourde et les invités défilaient devant elle pour lui offrir leur cadeau d'anniversaire.

La Petite Sirène attendit son tour.

– Bonjour, Ariel ! dit le crabe Sébastien. Qu'est-ce que tu vas offrir à Aquata ?

En apprenant qu'elle apportait une boîte à musique, Sébastien s'étouffa d'indignation.

– Tu es devenue folle ? s'écria-t-il.

Ariel avait oublié que Triton haïssait les humains. Et il ne se doutait pas qu'Ariel possédait des objets leur ayant appartenu.

– Ariel, c'est ton tour ! tonna soudain la voix du roi Triton. Quel cadeau as-tu apporté pour ta sœur ?

– Hum… balbutia Ariel, en cachant son cadeau derrière son dos.

– Une chanson ! annonça Sébastien.

Ariel chercha dans sa mémoire une chanson qu'elle pourrait interpréter. Et elle chanta la mélodie de la boîte à musique.

Quand Ariel eut terminé, Polochon lui donna discrètement une belle étoile de mer, pour orner la coiffure d'Aquata.

– Elle est magnifique ! s'exclama Aquata. De même que ta chanson, Ariel !

Le roi Triton approuva en souriant. Ariel fut soulagée. Elle aurait tant aimé que son père change d'avis à propos des humains !

– Je donnerais tout ce que j'ai pour voir à quoi ressemble le monde des humains ! confia-t-elle à Polochon. Crois-tu que mon père finira par le comprendre ?

– Peut-être… répondit Polochon. Le jour où il verra à quel point cela compte, pour toi !

Bagheera se détend

Mowgli tournoyait en chantonnant.

– Qu'est-ce que tu fais, Mowgli ? demanda Bagheera du haut de son arbre.

– Je m'entraîne à être un ours, lui dit Mowgli. Tu devrais essayer.

– Moi ? s'étonna Bagheera. Je ne pourrai jamais faire cela.

– Pourquoi pas ? voulut savoir Mowgli.

– Et bien, je suis une panthère et il se trouve que ça me plaît, répondit Bagheera. Pourquoi diable voudrais-je être un ours ?

– Tu rigoles ? s'écria Mowgli. Les ours profitent de la vie ! Ils traînent toute la journée et ils mangent des fourmis !

– Des fourmis ? demanda Bagheera. Et c'est bon ?

– Bien sûr ! dit Mowgli. Bon, en fait, au début, ça chatouille la gorge. Mais on s'y habitue assez vite.

– Tu as essayé ? demanda Bagheera.

– Pas encore, avoua Mowgli. Mais je vais le faire !

– Comme tu veux Mowgli, dit Bagheera.

Mowgli réfléchit un moment.

– Et si tu étais un ours, tu mangerais des fruits, boirais du jus de coco et tu te détendrais, comme nous !

– Si tu le dis, réplique Bagheera. Mais je ne vois vraiment aucun mal à être une panthère. En fait, ça me plaît énormément.

– Je pense que tu as peur, lui dit Mowgli.

– Pas du tout ! De quoi diable aurais-je peur ? protesta Bagheera qui se lève, s'étire et saute élégamment de l'arbre sur lequel elle était.

– Justement, dit Mowgli. Alors, pourquoi ne pas essayer ?

– Tu te moques de moi, n'est-ce pas ? dit Bagheera.

– Tu sais quel est ton problème ? Tu es comme une ruche. Tu travailles trop, dit Mowgli en fixant Bagheera.

– Allez, viens danser avec moi ! cria-t-il en attrapant la patte de la panthère.

Au bout d'un moment, Bagheera se mit à danser aussi, bougeant les pieds et remuant la queue.

– C'est ça ! fit Mowgli.

– Tu sais quoi ? avoua Bagheera. Ce n'est pas si mal après tout.

– Voilà, tu y arrives ! s'écria Mowgli. Voilà pourquoi c'est si chouette d'être un ours !

Le Petit d'Homme s'arrêta de danser et se jeta sur un tas de mousse confortable.

– C'est pas mal, n'est-ce pas ?

– En fait, dit Bagheera en se grattant le dos contre un rocher, c'est plutôt amusant !

– On recommence ! s'écria Mowgli.

Et ils se remirent à danser.

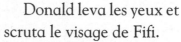

Une Saint-Patrick inattendue

Un matin, Riri, Fifi et Loulou étaient en train de s'habiller quand Loulou eut une idée.

– Eh, dit-il à ses frères, vous portez du vert pour la Saint-Patrick ?

– Oui, bien sûr, dit Fifi.

– Moi aussi, dit Riri.

– Bon, répondit Loulou en désignant le tee-shirt et le chapeau verts qu'il portait tous les jours, alors je parie qu'on peut vraiment embrouiller Onc' Donald !

Riri et Fifi sourirent tous les deux en considérant l'idée sournoise de Loulou.

– Il est tellement habitué à me voir en rouge… dit Riri.

– Et moi en bleu, dit Fifi.

– Et s'il ne fait pas attention, dit Loulou, il sera complètement perdu !

Tous les trois pouffèrent en se dirigeant vers la cuisine. Puis, pendant que Riri et Fifi se cachaient dans le couloir, Loulou entra et s'assit à côté de Donald, qui lisait le journal.

– 'Jour, Onc' Donald, dit Loulou.

– 'Jour, Loulou, répondit Donald. Tu vas chercher tes frères ? Le petit déjeuner est prêt.

– D'accord, répondit Loulou en quittant la pièce.

Fifi entra dans la cuisine et s'assit.

–'Jour, Onc' Donald.

Donald leva brièvement les yeux de son journal.

– Je croyais t'avoir demandé d'aller chercher tes frères, Loulou, dit-il.

– Non, tu ne l'as pas fait, répondit Fifi. Et je ne suis pas Loulou.

Donald leva les yeux et scruta le visage de Fifi.

– Oh ! Je suis désolé, Fifi. Va chercher tes frères, veux-tu ?

– Très bien, répondit Fifi.

Quelques minutes plus tard, Riri entra dans la cuisine et s'assit.

Donald leva les yeux de son journal.

– Et bien, où sont-ils ? s'impatienta-t-il.

– Où sont qui ? dit Riri.

– Tes frères, répondit Donald. Je t'ai demandé d'aller les chercher.

– Non, tu ne l'as pas fait, dit Riri.

– Si, je…

Donald fixa Riri.

– Oh ! Riri ! Je croyais que tu étais… eh ! dit Donald suspicieux. Est-ce que vous essayez de me piéger, tous les trois ? C'est pour cela que vous portez la même chose ?

Riri posa sur Donald un regard vide.

– Qu'est-ce que tu veux dire, Onc' Donald ?

– C'est la Saint-Patrick, dit Loulou en sortant du couloir.

– Ouais, dit Fifi en suivant Riri dans la cuisine. C'est pour ça qu'on porte tous du vert. Joyeuse Saint-Patrick, Onc' Donald !

Mars rugit comme un lion

Oh! là, là! dit Winnie l'Ourson. Il y a beaucoup de vent. Tu es sûr que c'est une bonne idée, Tigrou?

Ils avaient prévu de faire voler le cerf-volant de Winnie dans la clairière de la Forêt des Rêves Bleus.

– Ne sois pas stupide, répondit Tigrou. C'est le jour idéal pour le faire voler. Après tout, à quoi sert le vent, sinon?

– Oui, répliqua Winnie. Je suppose que tu as raison.

Il s'inclina face à une rafale particulièrement forte pour éviter qu'elle ne l'emporte. L'hiver se terminait et le printemps arrivait, et il semblait que le vent se dépêchait de combler l'espace entre les deux.

Finalement, Winnie et Tigrou parvinrent au milieu de la clairière et ils se préparèrent à faire décoller le cerf-volant. Winnie lâcha un peu de corde et Tigrou tint bien fort le cerf-volant.

– Très bien, dit Tigrou. Prépare-toi! Tu tiens la corde et je vais lancer le cerf-volant dans le vent. Un… deux… TROIS!

Sur ce, Tigrou lança le cerf-volant, qui fut immédiatement pris dans le vent et emporté haut dans le ciel, où il se mit à danser et filer ici et là.

Pendant ce temps, Winnie luttait pour se tenir à la corde.

– Lâche un peu plus de corde, suggéra Tigrou. Voyons à quelle hauteur il peut voler!

Alors Winnie lâcha un peu plus de corde. Le cerf-volant navigua plus haut dans le ciel et, emporté par des rafales de plus en plus fortes, il tirait de plus en plus sur la corde.

– Encore plus haut! s'écria Tigrou.

Alors Winnie lâcha encore plus de corde, jusqu'à ce qu'il n'y en ait plus. Il s'y accrocha fermement. Le cerf-volant s'élevait dans les airs, touchant presque les nuages.

Puis, tout à coup, une gigantesque rafale souffla dans la clairière. Au bout de la corde, Winnie sentit ses pieds quitter le sol alors que le vent accrochait le cerf-volant et l'emportait dangereusement vers le ciel.

– Mon Dieu! dit Winnie en réalisant qu'il était presque en train de voler.

Puis, avant qu'il ne soit emporté trop haut, il lâcha la corde et retomba doucement sur le sol.

Mais le cerf-volant continua à voler, jusqu'à ce qu'il aille se poser dans les branches d'un grand arbre. Winnie se demanda comment ils allaient bien pouvoir le récupérer.

– Et bien, dit Tigrou en tapotant gentiment le dos de son ami. Je crois que tu l'as fait voler un peu trop haut, Winnie.

Une potion originale

Yzma, la conseillère de l'empereur Kuzco, était occupée à préparer ses potions dans son laboratoire. Pour l'aider, elle avait engagé Kronk, une montagne de muscles à l'intelligence très moyenne.

– J'ai besoin de cuisses d'araignées, d'un œil de triton, et de jus de baies de sureau… Et que ça saute ! ordonna Yzma.

– Cuisses, œil, jus, répéta Kronk. C'est comme si c'était fait !

Il se hâta vers le placard qui renfermait tous les ingrédients. Il y avait là des centaines de bocaux et de fioles, certains remplis de liquides et de poudres de couleur, d'autres, de morceaux de corps d'insectes et de lézards.

– Voyons voir… Cuisses, œil, jus. Cuisses, œil, jus. Là, c'est le rayon « Cuisses ». « Cuisses de triton ! » se dit Kronk, mélangeant les instructions d'Yzma.

Puis il chercha au rayon « yeux ». « Œil d'araignée ».

– C'est ça ! s'exclama-t-il en saisissant le bocal. Et il apporta aussitôt les bocaux à Yzma.

– Kronk ! gronda Yzma. Je t'ai demandé des cuisses d'araignées et un œil de triton ! Et non pas des cuisses de triton et un œil d'araignée ! Et le jus de baies de sureau, il est où ? Allons, dépêche-toi !

Kronk se précipita de nouveau vers le placard en répétant : « Cuisses d'araignée… œil de triton… cuisses d'araignée… œil de triton… » Cette fois, il réussit à les trouver. Mais quel était le troisième produit ? Ah ! Du jus ! se dit-il enfin. Du jus de baies !

Après avoir découvert un petit flacon de jus de myrtille, il rapporta le tout à Yzma.

– Je ne t'ai pas demandé du jus de myrtille ! cria Yzma. Je veux du JUS DE BAIES DE SUREAU !

– Tout de suite ! dit Kronk.

Il courut vers le placard et repéra le rayon « jus ». « Jus de canneberge » « Jus de framboise » lut-il, en suivant l'ordre alphabétique.

– BAIE DE SUREAU ! hurla Yzma. Et que ça saute !

Kronk finit par découvrir le bon flacon.

– Le voilà ! s'écria-t-il.

Yzma tendit la main pour saisir la petite bouteille. Mais Kronk la posa sur le sol.

Puis il leva son pied droit et le laissa tomber lourdement sur le flacon, le brisant en mille morceaux, tandis que le jus éclaboussait partout.

– KRONK ! hurla Yzma, stupéfaite. Que fais-tu ?

– J'ai fait ce que vous m'avez ordonné, répondit Kronk, confus. Je suis allé chercher le jus de baies de sureau. Et j'ai sauté dessus !

Walt Disney
Bambi

Le printemps est là !

Le printemps était enfin arrivé dans la forêt. Sniff, Sniff… L'air embaumait, maintenant. Les jours devenaient de plus en plus longs. Et les nuits, de plus en plus courtes. La glace et la neige avaient fondu. Jonquilles et crocus commençaient à apparaître.

La forêt n'avait plus l'aspect solitaire qu'elle avait connu durant les longs mois d'hiver. Ces jours derniers, Bambi avait même remarqué qu'une multitude d'animaux se hasardaient hors de leur terrier.

En ce premier jour de printemps, Bambi alla faire une promenade matinale dans la forêt. Il rencontra Madame Opossum et ses petits, suspendus par la queue, la tête en bas, à la branche d'un arbre. Ils ne s'étaient pas vus depuis longtemps. Mais Madame Opossum le reconnut aussitôt.

– Bonjour, Bambi ! lança-t-elle.

– Bonjour, Madame Opossum ! répondit Bambi. Je ne vous ai pas vue depuis l'automne. Où avez-vous donc passé l'hiver, vos petits et vous ?

– Nous aimons bien passer la majeure partie de la saison froide à l'intérieur ! Mais le printemps est là, et nous adorons sortir pour respirer l'air frais de la campagne !

Madame Opossum et ses petits fermèrent les yeux et s'assoupirent très rapidement. En effet, ils adoraient passer des heures à dormir.

Poursuivant sa promenade dans la forêt, Bambi s'arrêta devant un arbre rempli d'oiseaux qui gazouillaient.

– Bonjour, Bambi ! dit l'un d'eux.

– Bonjour ! répondit Bambi. Où étiez-vous pendant l'hiver ?

– Nous avons volé vers le sud, pour y trouver chaleur et nourriture ! Mais nous sommes très heureux que le printemps soit revenu ! C'est si agréable d'être de retour dans la forêt !

Et l'oiseau se remit à chanter joyeusement avec ses compagnons. Après ces longs mois de silence, leurs gazouillis et leurs pépiements sonnaient comme une douce musique aux oreilles de Bambi.

Au cours de sa promenade, Bambi retrouva tous ses vieux amis. Il rencontra des souris quittant leurs quartiers d'hiver pour regagner leur nouveau terrier, des écureuils et des tamias croquant paisiblement des noisettes au lieu de les emmagasiner pour la saison froide. Il entendit un pic marteler un tronc d'arbre et admira les canards se baignant dans la mare.

Bambi reconnaissait que l'hiver avait été long, froid et éprouvant. Mais l'arrivée du printemps laissait deviner que tout irait mieux. La vie jaillissait de tous côtés, apportant l'espoir des beaux jours.

Walt Disney
Blanche Neige
et les Sept Nains

Home sweet home

Le soleil se levait à peine sur la maison des Sept Nains que Blanche-Neige songeait déjà au repas qu'elle préparerait pour ses petits compagnons. Elle était arrivée au chalet des Sept Nains la veille. Sa terrible belle-mère l'avait chassée du palais et avait ordonné au chasseur de la tuer dans la forêt.

Heureusement, petits oiseaux, faons, lapins et autres écureuils l'avaient secourue et conduite jusqu'à cette maison où elle se sentait en sécurité.

— Et si nous faisions une tarte aux groseilles pour ce soir ? dit-elle à ses amis de la forêt après que les Sept Nains soient partis au travail. Les petits hommes ont été si gentils avec moi. Je veux les gâter à mon tour !

Les petits animaux étaient d'accord avec la jeune fille. Ensemble, ils quittèrent la petite maison et s'en allèrent dans le bois faire leur cueillette. Avec leur aide, Blanche-Neige remplit bien vite son panier. Puis, assise au milieu d'un parterre de fleurs odorantes, elle soupira :

— Tout est différent ici, dit-elle à ses amis. La vie au château ne me manque pas du tout. J'adore vivre dans cette petite maison. Une maison n'a pas besoin d'être grande pour qu'on y vive heureux. Souvenez-vous de cela !

Les animaux échangèrent des regards malicieux. Puis ils commencèrent à tirer sur sa jupe.

— Qu'y-a-t-il, mes petits chéris ? les questionna-t-elle. Oh ! Vous voulez me montrer vos logis ? Avec plaisir !

Deux mésanges voletèrent et gazouillèrent gaiement en conduisant Blanche-Neige vers le nid qu'elles avaient construit dans un arbre près de là.

— Il est adorable, s'écria Blanche-Neige aux oiseaux ravis.

Puis vint le tour des faons. La tirant par son jupon, ils conduisirent la jeune fille jusqu'à une clairière ensoleillée.

— Quel endroit charmant ! s'exclama Blanche-Neige.

Les faons remuèrent la queue gaiement.

Puis, les écureuils lui firent visiter l'arbre creux où ils avaient élu domicile. Tandis que les lapins montraient fièrement l'entrée de leurs terriers.

— Vous avez de bien jolis logis, dit Blanche-Neige. Merci pour cette agréable visite. Nous avons tous beaucoup de chance de vivre ici, n'est-ce pas ?

Et Blanche-Neige se hâta de rejoindre la maison pour préparer sa tarte. Elle avait hâte que les nains soient de retour pour les accueillir dans la jolie petite maison qui sentait bon la simplicité et la joie de vivre !

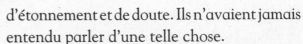

L'Élu

Les martiens verts à trois yeux levèrent les yeux vers ce qui se passait au-dessus d'eux. Était-ce la Pince ? La Pince était leur maître. Il descendait du ciel. Il décidait qui partait et qui restait. Tous les martiens attendaient avec impatience d'être choisis par la Pince.

Mais cette fois-ci, ce n'était pas la Pince. Une petite porte s'ouvrit et des douzaines de martiens à trois yeux furent déversés.

— Bienvenue à la Maison des Choix, lança l'un des martiens originaux aux nouveaux venus.

Un autre martien souffla.

— Regardez ! Un des nouveaux n'est pas comme nous. Il est… différent !

Les autres regardèrent et se mirent à crier de surprise et de confusion. Un des nouveaux n'avait que deux yeux sur sa tête verte !

— Quel est ton problème, étranger ? demanda l'un des martiens à trois yeux, méfiant. Tu ne nous ressembles pas.

— Je… je ne sais pas, hésita le martien à deux yeux. J'ai toujours été comme ça. Une Voix d'en haut a dit un jour que… que…

Sa voix s'estompa sous l'effet de la honte.

— J'ai entendu la Voix, dit un nouveau martien à trois yeux solennellement. Elle disait que c'était… un Défaut de Fabrication.

Les martiens à trois yeux murmurèrent d'étonnement et de doute. Ils n'avaient jamais entendu parler d'une telle chose.

Soudain, ils entendirent un bruit mécanique très fort.

— La Pince ! cria quelqu'un avec respect. La Pince… Elle bouge ! Elle descend !

— La Pince ! La Pince ! murmurèrent les autres.

Ils attendirent remplis d'espoir alors que la Pince s'approchait de plus en plus près. Finalement, ses serres se refermèrent sur une tête ronde et verte.

— La Pince a choisi ! crièrent-ils.

— Cool ! fit la voix sourde d'un enfant à l'extérieur. J'ai eu le meilleur !

Les martiens regardèrent alors que la Pince soulevait l'Élu. Ils soufflèrent en voyant qu'il s'agissait du nouveau martien étrange à deux yeux.

— Le différent a été choisi ! s'exclama l'un des martiens à trois yeux. La Pince l'a choisi malgré son Défaut de Fabrication !

— La Pince savait que le différent était spécial, ajouta un autre. On a des choses à apprendre de la Pince.

— Oui, conclut un autre. À partir de maintenant, on accueillera tous les nouveaux, quelles que soient leurs différences. La Pince nous a ouvert les yeux.

Les Aventures de
Bernard et Bianca

La première mission de Miss Bianca

Le quartier général de la société de Sauvetage des souris bourdonnait d'activité. Des souris du monde entier s'étaient réunies pour une séance urgente. Le président de la société dut crier pour se faire entendre par-dessus le brouhaha.

– Votre attention, Messieurs et Mesdames les délégués ! J'ai rassemblé nos membres pour venir en aide à un chien. Voici le toutou en détresse !

Deux souris conduisirent un teckel, la tête coincée dans une boîte de conserve au milieu de la pièce.

– Mama mia ! cria la déléguée italienne.

– Ouh ! Ouh ! hurla le chien.

Le délégué du Yémen suggéra qu'on l'aide en tirant sur la boîte. Quatre souris musclées se mirent au travail, tirant et retirant. Mais en vain !

Les souris décidèrent finalement de recourir aux outils mécaniques. Le délégué zambien proposa l'usage de l'ouvre-boîte.

Soudain la porte de la salle de réunion s'ouvrit à la volée. Une ravissante petite souris, en manteau élégant et parfum de qualité se présenta :

– Oh, veuillez m'excuser ! dit-elle. Je crois que je me suis trompée d'endroit. Je cherche le magasin de mon couturier.

– Ciel ! s'écria-t-elle en désignant le délégué et son ouvre-boîte, qu'allez-vous faire à ce pauvre chien ?

– Il est complètement coincé, j'en ai peur, lui répondit le président, mais la situation est sous contrôle.

La belle souris remonta ses manches et se dirigea vers le chien. Elle donna trois coups sur le fond, tourna d'un coup sec et rapide vers la gauche et le libéra de son collier de fer.

– Hourra ! crièrent alors toutes les souris.

L'inconnue sourit gentiment :

– C'est comme ça que j'ouvre les boîtes de cornichons, à la maison ! Bien, je reprends ma route, reprit-elle.

– Monsieur le Président ! s'exclama le délégué zambien. J'aimerais proposer Miss… euh, Miss…

Le délégué se tourna vers la jeune souris souriante.

– Miss Bianca, lui confia-t-elle.

– J'aimerais proposer Miss Bianca comme membre de notre secourable société.

Le président s'adressa à toute l'assemblée :

– Que tous ceux qui sont favorables disent : Oui !

– Oui ! crièrent toutes les souris.

– J'accepte, dit Miss Bianca, mon couturier peut attendre, je ferai mes emplettes une autre fois !

La Belle au Bois Dormant
Walt Disney

La cueillette

Il était une fois, dans une forêt lointaine, une ravissante princesse qui ne savait pas qu'elle en était une, et trois bonnes fées qui prétendaient être de simples villageoises (bien sûr, vous savez exactement de qui nous parlons… aussi passons directement à Aurore et à ses trois « tantes »).

Ce matin-là, Flora réunissait la maisonnée pour proposer une cueillette de mûres.

– Quelle merveilleuse idée ! s'exclama Aurore.

– Oui, vraiment, dit Pimprenelle. Si nous en rapportons assez, nous pourrons faire une tarte.

– Si nous en rapportons assez, déclara Pâquerette, nous aurons de quoi faire de la confiture pour toute une année !

– Bon, nous n'en aurons certainement pas assez si nous ne partons pas maintenant ! fit remarquer Flora.

Les quatre promeneuses suivirent un chemin ombragé dans la forêt et découvrirent un épais fourré plein à craquer de mûres. Sans délai, Pimprenelle, Aurore, Pâquerette et Flora se mirent au travail. Mais comme vous allez voir, le travail ne porta pas forcément ses fruits !

Pimprenelle, par exemple, eut beaucoup de mal à garder son panier stable sur son bras. Chaque fois qu'elle tendait la main pour

cueillir une mûre, il glissait et se renversait laissant tomber un fruit ou deux.

Pâquerette, elle, avait bien du mal à dévier le trajet des mûres de sa bouche vers le panier !

Quant à Aurore, son cœur et son esprit étaient à des lieux de la cueillette : elle s'imaginait danser dans les bras d'un bel étranger.

– Mes chéries, dit Flora, quand le soleil déclina. Il est temps de rentrer. Montrez-moi votre récolte.

– Euh… dit Pimprenelle. Je ne crois pas en avoir beaucoup.

Flora roula des yeux et s'approcha de Pâquerette :

– Laisse-moi deviner, dit-elle en regardant le panier vide de Pâquerette et sa bouche rougie par le jus de fruit.

– Ah oui, répondit Pâquerette, la bouche pleine. Ces mûres sont… délicieuses ! Vraiment, vraiment délicieuses.

Flora soupira.

– Et toi, Aurore ? s'enquit-elle, avec espoir.

Mais Aurore avait une mine honteuse.

– Je suis désolée, tante Flora, dit-elle, je crois que je suis un peu distraite.

– Alors, pas de tarte aux mûres pour nous cette semaine, dit tante Flora.

Puis elle ajouta en souriant :

– Heureusement nous pourrons nous faire un gâteau au chocolat !

La folle promenade de Meiko

C'est le jour idéal pour une balade en canoë, dit Pocahontas à Meiko, son fidèle raton laveur qui paressait à l'avant de l'embarcation, tandis qu'elle pagayait pour descendre le cours de la rivière. Flit le colibri voletait autour d'eux.

En ce début de printemps, le soleil était chaud. Les gros blocs de glace qui encombraient la rivière avaient fondu, et seules quelques plaques de neige étaient éparpillées sur les berges. La fonte des neiges avait augmenté le niveau de l'eau. Le courant était fort, mais Pocahontas guidait le canoë avec assurance.

Ils atteignirent bientôt un embranchement. À gauche, le courant paraissait rapide, mais régulier. En revanche, sur l'autre bras du fleuve, Pocahontas aperçut de l'écume.

– Chouette, des rapides ! s'écria-t-elle.

Elle engagea aussitôt le canoë à droite. Elle allait montrer ce qu'elle savait faire !

Meiko se leva aussitôt. Il savait que la traversée serait périlleuse. Se précipitant vers sa maîtresse, il se cacha derrière elle et se cramponna à elle, tandis que le canoë piquait du nez et plongeait dans les rapides.

– Meiko, n'aie pas peur ! dit Pocahontas avec un petit rire. Ce sont des petits rapides !

Une petite vague aspergea légèrement la tête du raton laveur. Il se mit à hurler, sauta sur l'épaule de Pocahontas, et fourra sa tête dans son cou.

Le canoë s'agitait dans les remous. Pocahontas riait aux éclats. Le malheureux Meiko ne partageait pas son enthousiasme : il se hissa sur la tête de son amie pour voir le plus loin possible.

Apercevant une petite chute d'eau, il ferma les yeux et s'agrippa fermement à la tête de Pocahontas.

– Eh ! Je ne vois plus rien, dit Pocahontas en riant.

Néanmoins, elle guida convenablement le canoë qui descendit la chute sans difficulté avant de retrouver des eaux plus calmes.

Toujours agrippé à la tête de Pocahontas, Meiko garda les yeux fermés tandis qu'elle guidait le canoë vers la rive.

– Allons, courageux Meiko, le taquina-t-elle, on est sauvés maintenant.

Le raton laveur ouvrit les yeux. Il était presque sur la terre ferme ! D'un bond, il quitta son refuge et se mit à courir le long du plat-bord du canoë. Mais dans sa hâte, il perdit l'équilibre, glissa et atterrit dans l'eau peu profonde avec un grand plouf.

– Tu étais trop impatient ! plaisanta Pocahontas.

La mine renfrognée, Meiko se dit qu'il ne quitterait plus la terre ferme avant longtemps !

Rox et Rouky

Une fête à trois !

La veuve Tartine chantonnait gaiement tout en décorant la maison. Elle venait d'adopter Rox et ils allaient fêter le premier anniversaire du renardeau dans son nouveau logis.

– Alors, Rox ! Qui allons-nous inviter ? dit la veuve.

Rox bondit sur le rebord de la fenêtre et scruta la ferme d'Amos Slade. La Veuve savait ce que cela signifiait : Rox voulait inviter Rouky, le jeune chien de chasse, à partager ce moment avec eux.

– Je sais que Rouky est ton ami, dit la vieille. Mais nous ne pouvons pas savoir ce qui se passera si Amos le découvre ici. Qui sait de quoi ce vieux grincheux est capable ?

Rox sauta sur les genoux de la Veuve et la regarda avec de grands yeux tristes.

– Oh, Rox, ne me regarde pas comme ça ! Bon, d'accord. Mais juste cette fois.

Rouky ne devait pas quitter la cour de la ferme.

– J'aurais des ennuis avec mon maître, expliqua le jeune chien à son ami.

– Ne t'inquiète pas, répliqua Rox. J'ai tout prévu. Écoute mon plan…

Peu de temps après, Rox montrait le bout de sa queue chez Amos. Il pourchassa les poules qui s'envolèrent paniquées, en caquetant bruyamment. C'était le signal ! Rouky aboya aussi fort qu'il put. Amos surgit de sa cabane et vit Rouky chasser Rox jusque dans les bois.

– Suis-moi ! glapit Rox.

Il entraîna Rouky au milieu des arbres creux, puis dans un long tunnel souterrain. Les deux amis débouchèrent à l'air libre au pied de la porte de derrière. La veuve Tartine les attendait.

– Ouste ! dit-elle en les poussant à l'intérieur.

Tandis qu'Amos errait dans les bois à la recherche de Rox et Rouky, la fête d'anniversaire commençait. Parties de cache-cache, concours de lancer, Rox gagna à tous les coups. Puis, on découpa le gâteau. Après la deuxième part, la veuve Tartine vit de sa fenêtre Amos sortir du bois. La vieille femme accompagna Rouky à la porte de derrière. Qui en arrivant à la ferme se mit à aboyer férocement.

– Bon chien, Rouky ! cria le fermier. As-tu chassé ce maudit renard au fond du bois ?

Rouky regarda son maître en remuant la queue.

– Qu'as-tu donc sur le museau ?

Rouky nettoya ses babines d'un vif coup de langue.

– Hum ! J'ai des visions, dit Slade. Rentrons.

Quel formidable anniversaire ! pensait Rox, ému. Partager ce moment avec Rouky était le plus beau des cadeaux !

La Reine réduite au silence

La reine de Cœur hurlait toujours ses ordres à ses royaux sujets. Elle criait tellement que personne ne fut surpris d'apprendre qu'elle avait attrapé une terrible laryngite.

— Reposez votre voix, et laissez-moi donner les ordres à votre place, ma chère ! proposa le minuscule Roi.

La Reine lui donnait rarement l'occasion de placer un mot, aussi attendait-il avec impatience de pouvoir exercer cette nouvelle charge.

En se promenant dans le parc du palais, la Reine remarqua que les palissades avaient été peintes en rose, alors qu'elle avait exigé du rouge.

— Pas ça ! cria-t-elle de sa voix enrouée. Elle exigea que le Roi punisse les jardiniers :

— Qu'on leur coupe le cou !

Mais le Roi s'écria :

— La Reine a décidé de vous donner toute la journée de congé !

Les jardiniers se mirent à applaudir, mais la Reine écumait de rage.

— Il faut vous détendre, mon cœur, prévint le Roi, sinon vous ne guérirez pas.

Le couple royal engagea une partie de croquet. La Reine frappa le hérisson qui servait de boule avec un flamant rose en guise de maillet. Les cartes à jouer servant d'arceaux préférèrent ne pas laisser la Reine perdre. Elles s'éparpillèrent dans l'herbe et se placèrent de sorte que la balle passe facilement sous elles.

— Je suis imbattable ! dit la Reine.

— Que dites-vous, ma chère ? demanda le Roi… La Reine vient de dire qu'elle a triché ! finit-il par annoncer.

Ceux qui se trouvaient là se baissèrent lorsque la Reine envoya un flamant rose à la tête du Roi.

— Nous avons assez joué au croquet pour aujourd'hui, dit le Roi avec douceur.

Il conduisit son épouse jusqu'à un banc où ils s'assirent. La Reine fit signe à ses servantes qu'elle voulait une tasse de thé.

Se levant aussitôt, le Roi annonça :

— Vous êtes tous invités à boire le thé avec la Reine !

Bien entendu, ce n'était pas du tout ce que la Reine souhaitait.

On dressa aussitôt une table couverte de tasses de thé, de gâteaux et de sandwiches. Chacun mangea et rit de bon cœur. Ignorée de tous, la Reine bouillait de colère.

Saisissant brusquement un des maillets, elle se dirigea vers la table. Malheureusement, elle ne vit pas une boule de croquet sur son chemin, elle trébucha et, emportée par son élan, fit un vol plané par-dessus la table et passa par la fenêtre de sa chambre.

— Excellente idée, ma chère ! fit le Roi. Une petite sieste vous fera le plus grand bien !

Le roi de la danse

Au fond de la jungle, dans les ruines du temple, les singes et leur maître, le roi Louie, cherchaient toujours un moment pour danser.

— Faisons un marathon de la danse ! suggéra un soir le roi Louie.

— Hourra ! répondirent les singes.

— C'est quoi ? demanda l'un d'eux.

— Tu sais bien, un concours, dit le roi. Une opportunité pour tous de se donner en spectacle, de se pavaner ! Et le vainqueur sera celui qui proposera les mouvements les plus rythmés !

— Hourra ! firent les singes.

Le roi Louie se gratta le menton.

— La première chose qu'il nous faut, c'est de la musique. Allez-y, les gars !

Les musiciens envoyèrent un son jazzy, soufflant dans leurs mains comme dans des saxos, frappant le rythme sur des noix de coco et faisant de la batterie sur un tronc creux. Très vite, tous les singes se regroupèrent autour d'eux, tapant des pieds et remuant la queue.

— Et maintenant, dit le roi, qui va danser ?

Tous les singes levèrent la main. Le roi Louie les regarda.

— Voyons. Je choisis… moi !

— Hourra ! firent les singes déçus, mais, après tout, le roi Louie était leur roi.

Alors le roi ondula les hanches. Il remua les bras dans les airs et ferma les yeux pour bien sentir le rythme.

— Vous êtes le roi de la danse, cria l'un des singes.

Le roi Louie dansa comme il n'avait jamais dansé. Puis, une fois la chanson terminée, il s'arrêta et se rua sur son trône.

— Et maintenant, il est temps de choisir le vainqueur !

— Mais, roi Louie… commença un singe. N'y a-t-il pas plusieurs danseurs dans un concours ?

— Oh ! Suis-je bête ! gloussa le roi Louie. Les singes se regardèrent et sourirent, s'attendant à ce que le roi réalise son erreur. Mais il enchaîna :

— Bien sûr, il faut un juge ! Qui veut juger ?

Tout le monde leva la main. Le roi regarda autour de lui, puis dit :

— Je choisis… moi !

— Hourra ! firent les singes.

— Et, en tant que juge, continua-t-il, je vais maintenant choisir le vainqueur du concours.

Il regarda les singes.

— Voyons. Je choisis… moi ! Un grand bravo pour le vainqueur !

— Hourra ! firent les singes.

Après tout, le roi Louie était leur roi… ainsi qu'un excellent danseur !

Walt Disney
DINOSAURE

L'amour du lémurien

Un matin, à l'aube, sur l'Île aux Lémuriens, Plio s'assit sur une branche afin de faire la toilette de sa fille, Suri, qui ne tenait pas en place. Elle brûlait d'impatience de rejoindre ses amis. Mais Plio ne voulait pas qu'elle parte avant que son pelage ne soit impeccablement coiffé et propre.

– Ne bouge pas ! ordonna Plio.

– Pourquoi faut-il que je fasse ma toilette tous les jours ? grogna Suri.

– Tu préférerais sortir avec un pelage tout sale ?

– Oui !

– Bon, ça ira pour aujourd'hui ! soupira Plio.

Suri bondit sur ses pattes et se hâta vers ses amis. Sa mère la suivit du regard.

– Tous les matins, c'est la même chose, se dit-elle en secouant la tête. J'ai un mal fou à lui faire sa toilette ! Mais si je renonçais, Suri me demanderait bientôt de le faire car elle en aurait vite assez d'être sale !

Mais après tout, pourquoi pas ?

Le lendemain, Plio ne parla pas de toilette. Suri s'apprêtait à quitter sa mère pour aller jouer quand elle demanda, d'une voix hésitante :

– Maman, j'imagine que tu dois faire ma toilette, d'abord, non ?

– C'est comme tu voudras ! répondit Plio.

– Vraiment ? s'étonna Suri. Youpi !

Et elle alla vite retrouver ses amis.

Le jour suivant, Suri demanda à sa mère si elle allait lui faire sa toilette. Son pelage était un peu poussiéreux…

– Si tu veux continuer à être négligée, cela ne me dérange pas ! répondit Plio.

– Génial ! s'écria Suri. Toutefois, elle paraissait moins excitée que la veille.

Le troisième jour, Plio remarqua que sa fille avait l'air préoccupée.

– Que se passe-t-il, Suri ?

Plio savait parfaitement ce qui se passait. Et, comme elle s'y attendait, Suri demanda bientôt :

– Maman, tu vas faire ma toilette ce matin ?

– Ta toilette ? répéta Plio, feignant la surprise. Je croyais que tu avais horreur de cela !

– Non ! répondit Suri en secouant la tête.

– Non ? répéta Plio, étonnée.

– Ce n'est pas cela ! fit Suri. Ce qui me manque, c'est que tu t'occupes de moi, maman !

Un peu honteuse, elle se jeta dans les bras de sa maman.

Un sourire illumina le visage de Plio, tandis qu'elle donnait un gros baiser à Suri.

Ce jour-là, elle lui fit une longue toilette minutieuse.

Devine ce qui se passa ? Suri ne bougea pas une seule fois !

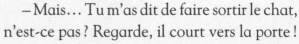
Pinocchio aide son père

Comme je suis heureux ! Je n'arrive pas à croire que ma marionnette est vivante ! s'écria Geppetto.

La veille, la Fée Bleue était venue chez lui, et avait donné la vie au pantin de bois.

– Pinocchio, il faut te préparer pour l'école, mon petit ! reprit Geppetto.

– Pourquoi dois-je aller à l'école, papa ? demanda Pinocchio.

– Pour étudier, répondit Geppetto. En attendant, tu vas être un gentil petit garçon et faire ton lit pendant que je lave la vaisselle.

Désireux d'aider son père, Pinocchio se leva de table et courut jusqu'à l'établi. Il saisit un marteau, un clou et un morceau de bois, et se mit à donner de grands coups de marteau.

– Pinocchio ! Qu'est-ce que tu fais ? cria Geppetto.

– Tu m'as bien dit de faire mon lit, n'est-ce pas ? Alors, j'essaie d'en fabriquer un !

Geppetto lui donna une tape affectueuse sur la tête.

– Allons, fais plutôt sortir le chat ! dit-il.

Pinocchio se précipita vers l'évier et remplit une carafe d'eau… qu'il déversa aussitôt sur le crâne de Figaro.

– MIAAAAOUOUOU !

– Pinocchio ! cria Geppetto. En voilà, des manières !

– Mais… Tu m'as dit de faire sortir le chat, n'est-ce pas ? Regarde, il court vers la porte !

– Mon enfant… Tu as beaucoup de choses à apprendre ! soupira Geppetto. Bon, pour te rendre utile, tu pourrais m'aider à ranger la maison, avant d'aller à l'école.

– Tout de suite, papa ! répondit Pinocchio en se précipitant au-dehors.

– Mais où va-t-il ? dit Geppetto à haute voix. Et il lui emboîta le pas.

Il trouva Pinocchio assis devant la maison, occupé à tenter de réparer l'escalier.

– Qu'est-ce que tu fais ?

– J'essaie d'arranger l'escalier, papa ! répondit Pinocchio.

Geppetto lui sourit tendrement et l'entraîna à l'intérieur de la maison.

– Mon enfant, il vaut mieux que tu ailles tout de suite à l'école ! Tu as tant de choses à apprendre !

Il prit le chapeau et le livre de Pinocchio, ainsi qu'une pomme pour le maître d'école, et l'accompagna jusqu'au seuil de la maison.

En suivant des yeux son enfant sur le chemin de l'école, Geppetto secoua la tête avec inquiétude.

J'espère qu'il ne fera pas de bêtises, aujourd'hui, se dit-il. Mon petit garçon a tant de choses à apprendre !

Walt Disney

ROBIN DES BOIS

Jouons à Robin des Bois !

Jouons à Robin des Bois ! s'écrie Bobby à ses amis. Aujourd'hui, comme tous les jours, il porte le bonnet et l'arc que Robin en personne lui a offerts pour son anniversaire.

– D'accord, dit le petit frère de Bobby. Je serai le meilleur ami de Robin, Petit Jean ! Toby fera le méchant shérif de Nottingham !

– Et moi, je serai Belle Marianne, dit la grande sœur de Bobby.

Les petits adoraient Robin des Bois. Le héros et sa bande de gais lurons vivaient dans la forêt de Sherwood, mais personne ne savait vraiment où. C'était bien sa veine, car le shérif de Nottingham s'était mis en tête de l'arrêter.

Robin était très populaire : il volait aux riches pour donner aux pauvres.

À cette époque, beaucoup de gens étaient dans le besoin, dépouillés de tout à cause des basses œuvres du shérif. Le Prince Jean utilisait l'argent des taxes à sa convenance. Richard, le frère du Prince Jean, était parti en croisade, mais lui seul était le véritable roi d'Angleterre.

– Mains en l'air ! cria Bobby, joyeux, faisant semblant d'attaquer le chariot de Toby avec l'aide de son petit frère. Nous allons alléger vos bourses et redistribuer l'argent aux honnêtes citoyens que vous taxez si durement !

– Rhaa ! Mes plans ont échoué encore une fois ! grogne Toby, en faisant mine de donner son argent. Un jour, je t'aurai Robin des Bois !

Bobby-Robin s'esclaffa :

– Tu ne me trouveras jamais, shérif ! Si tu entres dans la forêt de Sherwood, tu recevras une telle leçon que tu ne voudras plus jamais entendre parler de moi !

« Belle Marianne » glousse. Elle grimpe soudain sur une table.

– Oh Robin ! Robin ! Au secours, mon chéri, mon véritable amour ! Ce méchant Prince Jean m'a fait prisonnière dans la tour ! Il sait que nous nous aimons et s'est juré de tout faire pour nous séparer. L'horrible shérif a la clef !

Soudain, les petits sursautent. Quelqu'un glousse à la porte du jardin.

– Ho, ho, murmure Bobby. Nous sommes grillés. Ce doit être le vrai shérif de Nottingham !

– Il va fermer la porte et jeter la clef, dit Toby en tremblant.

Marianne saute de la table et rejoint les autres, tous terrifiés.

Soudain, le « shérif » surgit de derrière la porte. C'est Robin des Bois !

– N'ayez crainte, continuez les enfants, vous me plaisez ma foi ! dit-il avec un rire joyeux. Je vous débarrasserai bientôt de ce Roi de mauvais aloi !

Poisson d'avril !

Lilo, ton chien est vraiment impossible ! J'ai été renvoyée de mon travail à cause de lui ! se plaignit Nani, la grande sœur de Lilo. En effet, Stitch détruisait tout ce qu'il touchait.

Le jour du 1er avril, Lilo décida de lui faire des farces et de prendre ainsi sa revanche. Et elle commença dès le matin.

Tout d'abord, elle posa un coussin-péteur dans la corbeille de Stitch. Quand il s'assit sur le coussin pour manger, un bruit obscène retentit dans la cuisine !

– Poisson d'avril ! cria Lilo en riant.

Stitch la regarda d'un air étonné. Il avait l'habitude de faire ce genre de bruit, alors, une fois de plus, cela n'avait pas d'importance !

Après le déjeuner, Lilo lui offrit un cookie à la crème. Mais, elle avait pris soin de remplacer la crème par du dentifrice.

– Poisson d'avril ! lança Lilo, lorsque Stitch mordit dans le gâteau.

Mais Stitch prit une autre bouchée, puis une autre encore, si bien qu'il engloutit tout le cookie. Puis il se lécha les babines. Cet idiot mangerait n'importe quoi ! pensa Lilo.

Dans l'après-midi, elle emprunta le maquillage de sa sœur et souligna les verres de ses jumelles d'un trait noir.

– Stitch ! Il y a une vague gigantesque ! s'écria-t-elle en tendant les jumelles à Stitch.

Quand il les quitta, deux cercles noirs entouraient ses yeux.

– Poisson d'avril !

Stitch ne savait pas qu'il avait l'air ridicule, et même s'il l'avait su, cela ne l'aurait pas dérangé.

Au dîner, il ne sembla pas accorder d'importance au faux sang qui s'échappait de la bouche de Lilo, pas plus qu'aux balles de ping-pong qu'il reçut sur la tête en ouvrant la porte de la chambre. Et le chapeau transpercé d'une flèche que portait Lilo ne l'émut guère.

– Ce n'est pas drôle de te faire des farces ! lui dit la petite fille.

Puis elle souleva les couvertures de son lit et se coucha. Mais il lui fut impossible d'étendre ses jambes !

– Nani ! appela-t-elle. Mon lit a raccourci ! Nani !

Sa sœur passa la tête dans l'encadrement de la porte.

– Très drôle ! lança Lilo, à l'adresse de Nani.

– Qu'est-ce qui est drôle ?

À l'évidence, Nani n'avait pas l'air de savoir de quoi parlait Lilo.

Aucune importance ! se dit Lilo.

Assis sur la moquette, l'air détaché, Stitch remuait la queue. Ce n'était pas lui qui avait fait le lit de Lilo en portefeuille tout de même !

Mais après tout, qui sait ?

L'oiseau indésirable

Nous étions au plus fort de la saison des pluies et le toit de la colonie des fourmis commençait à prendre l'eau.

— Brigade des seaux ! cria Princesse Atta. Les fourmis se mirent immédiatement en ligne, remplirent des feuilles en forme de coupe avec l'eau du toit et firent la chaîne pour les vider dans le lit du ruisseau. C'était épuisant, mais les fourmis avaient l'habitude.

— Demain, je vais inventer un moyen de réparer la toiture ! annonça Tilt. Nous n'aurons plus tout ce travail à faire !

Le lendemain matin…

— Que fais-tu, Tilt ? demanda Princesse Couette.

Sur l'une des pentes du toit, Tilt avait fixé des douzaines de feuilles.

— Je répare la fuite, répondit-il. Ces feuilles vont agir comme des déflecteurs de pluie. Et l'eau coulera dans les tiges creuses de ces fleurs là, faisant office de gouttières.

— Génial ! s'exclama Princesse Couette, grande – et unique – admiratrice des inventions de Tilt.

— La seule chose qui me manque, c'est une protection pour l'entrée de la fourmilière, poursuivit Tilt. J'ai trouvé ! Cette fleur de bouton d'or conviendra parfaitement ! Viens m'aider, Couette ! Voilà une invention qui va impressionner Princesse Atta !

Tilt et Princesse Couette avaient hissé le bouton d'or au sommet de la fourmilière quand Princesse Atta passa par là.

— Qu'êtes-vous donc encore en train de faire, tous les deux ?

— Tilt a inventé un moyen de réparer la fuite ! cria Princesse Couette.

— En fait, c'est très simple, dit Tilt. Regarde ce que j'ai fait…

— Oiseau ! Oiseau ! cria soudain une fourmi guetteur.

Tilt, Atta et Couette se précipitèrent dans la fourmilière. Un colibri survolait la colonie.

L'oiseau introduisit son long bec dans le bouton d'or que Tilt avait hissé au-dessus de la fourmilière.

— Avalanche ! crièrent les fourmis, tandis que la construction commençait à s'effondrer. Affolées, elles se mirent à courir dans tous les sens. Et l'oiseau s'envola.

— Tu peux être fier de toi, Tilt ! dit Atta.

— Ne t'inquiète pas, Tilt ! chuchota Couette. Un jour, tu réaliseras de grandes choses !

— Merci, Couette. Tu es très gentille ! répliqua-t-il. J'aurais dû me douter qu'un oiseau aimerait la fleur ! Les oiseaux sont tellement prévisibles ! Je pourrai peut-être un jour l'utiliser à mon avantage. Tu imagines Couette ? Une fourmi qui utilise un oiseau pour réaliser un projet.

101 DALMATIENS

Les bons côtés de la pluie

Debout, les enfants, le soleil brille ! jappe Pongo, en donnant un petit coup de museau à chacun de ses quinze chiots.

Les petits bâillent et s'étirent. Rolly ouvre un œil, roule sur le côté et se rendort.

– Allez, réveille-toi, Rolly, murmure Pongo à son oreille. Il est l'heure. Tu n'as pas envie de mettre le nez dehors ?

À ces mots, Rolly saute aussitôt sur ses pattes. Il n'est pas le seul. La petite troupe endormie commence à s'ébrouer gaiement.

Les quinze chiots courent ensemble vers l'arrière-cuisine et se bousculent devant la porte.

– J'arrive ! dit Nanny en essayant de se frayer un passage parmi eux. Elle ouvre en grand et s'efface pour les laisser passer.

Mais les chiots ne bougent pas d'un poil. Il pleut !

– Allons, mes enfants ! les encourage Perdita, leur maman. Ce n'est que de l'eau !

Mais les petits ne l'entendent pas de cette oreille.

Le lendemain matin, Patch se réveille d'un bond. Avec de petits aboiements, il aide Pongo, son papa, à réveiller ses frères et sœurs. En quelques secondes, les chiots sont postés à la porte. Nanny se précipite pour leur ouvrir.

Mais une fois encore, c'est la déception. La pluie est de nouveau au rendez-vous.

– Bah, dit Pongo dans un soupir. Les douches d'avril feront les fleurs de mai !

Le lendemain, les petits ne se pressent pas du tout pour se lever. Après tout, il pleut sans doute, aujourd'hui aussi. Encore une longue journée à la maison en perspective !

Aussi, quand Nanny ouvre la porte sur un jardin ensoleillé, les chiots sont si étonnés qu'ils ne savent comment réagir.

Puis, ils se décident tous en même temps et se dispersent dans toutes les directions, prêts à flairer, creuser, rouler et explorer le jardin tout entier.

Mais, soudain, presque comme un seul, les quinze chiots s'immobilisent tout à coup. Ils se regardent avec la plus grande surprise.

Quelle est cette chose étrange qui souille leur belle robe tachetée ? C'est brun, ça mouille, ça colle… C'est de la boue, mais qu'est-ce qu'on rigole !

Du pas de la porte, Pongo et Perdita observent leurs petits et rient de bon cœur.

– Tu sais ce que cela signifie ? demande Pongo à Perdita.

– Quinze bains ! acquiesce Perdita.

Pongo sourit, regardant les petits batifoler dans la boue et ajoute, malicieux :

– Ne leur disons pas tout de suite, n'est-ce-pas, chérie ? Cela gâcherait leur plaisir.

Disney
LA PLANETE AU TRESOR

Des assiettes, encore des assiettes !

Ce n'est pas vraiment le genre d'aventure que j'espérais ! murmura Jim Hawkins, en regardant l'énorme pile d'assiettes qu'il devait laver.

Il saisit une assiette et la plongea dans la bassine d'eau. Il rêvait de voguer à travers les planètes, et de découvrir la Planète au Trésor. Un vieux rêve d'enfant. Et il l'avait presque réalisé ! Toutefois, se retrouver au service de cyborgs complètement fous n'était pas ce dont il avait vraiment rêvé.

Avec un soupir de résignation, le garçon rinça l'assiette qu'il venait de laver et en prit une autre. Il aurait aimé faire autre chose, laver le pont du trois-mâts, par exemple ! Il aurait été aussi efficace que Moron et Oxy, aux gréements, ou tout au moins aussi utile que Birdbrain Mary. Mais il avait été affecté aux cuisines, pour faire la vaisselle. Seul.

La solitude était ce que Jim redoutait le plus. Au point qu'il en venait à espérer la compagnie de Silver, le vieux cuisinier dont le bras était un robot d'acier, tout en rouages et engrenages ! Il connaissait des tas d'histoires sur les planètes, et après tout, c'était mieux que rien.

– Allez, au boulot ! Je veux que tout soit nickel ! dit Jim, à voix basse, en imitant Silver de son mieux.

Il se retourna brusquement pour s'assurer que le cuisinier ne l'avait pas entendu. Ouf, la corvée était presque terminée ! Prenant la dernière assiette, Jim la plongea dans le baquet, la lava, la rinça et l'essuya.

– Enfin ! lança le garçon. Mais il découvrit soudain une autre assiette sale, qui attendait près de la bassine.

– J'ai dû l'oublier ! dit-il en la saisissant pour la laver.

Et voilà, c'est terminé ! Il s'essuya les mains avec un torchon et jeta un coup d'œil au plan de travail. Ce qu'il découvrit le saisit de stupeur : une autre assiette attendait d'être lavée !

– Je suis certain d'avoir lavé la dernière ! lança Jim en se frottant les yeux. La fatigue, sans doute… Quand il rouvrit les yeux, l'assiette était toujours là.

– J'ai eu trop de travail, aujourd'hui ! murmura-t-il. Mais, pendant qu'il la lavait, une autre assiette apparut à sa place !

Jim devait absolument sortir de cette cuisine ! Il devenait fou ! Tout à coup, l'assiette qu'il était en train de récurer lui échappa. Et une étrange créature gélatineuse, de couleur rose, jaillit de l'eau savonneuse en crachotant.

– Morph ! s'écria Jim en souriant au protoplasme farceur. Merci de m'avoir aidé à faire la vaisselle !

Tel est pris qui croyait imiter !

Viens, Abu ! crie Aladdin à travers la place du Marché de la cité d'Agrabah.

Installé sur la charrette du vendeur de paniers, Abu entend à peine son appel. Il est captivé par le singe qu'il vient juste de remarquer et qui l'observe, sans bruit. Abu saute de son perchoir pour lui dire bonjour.

Mais l'autre singe se carapate et se dissimule derrière une roue, de la charrette du marchand de fruits, pour épier Abu.

Abu regarde aux alentours, essayant de trouver un moyen de le faire sortir de sa cachette. Le commerçant, distrait, parle avec un client. C'est alors qu'Abu saute de la charrette du vendeur de paniers et vole une pomme. Il la met en équilibre sur sa tête, puis se faufile sur le rebord de la charrette et essaie d'attirer l'attention du singe en contrebas.

Mais, le singe a disparu.

Abu entend un rire derrière lui. Il se retourne et découvre son petit congénère, perché sur la charrette de fruits, toute proche, une pomme en équilibre sur la tête, comme Abu.

Abu éclate de rire et attrape une poire et une orange. Il commence à jongler, espérant amuser le singe.

Mais celui-ci ne semble pas du tout amusé.

Il semble agacé. Il pense qu'Abu essaie de se vanter.

Pour ne pas être en reste, il dérobe lui aussi une poire et une orange et se met à jongler comme Abu.

Abu pose les fruits et fait une roue sur le rebord de la charrette. L'autre singe fit la même chose.

Abu s'amuse beaucoup à ce jeu. Mais il a surtout envie de surprendre ce singe avec un tour qu'il ne puisse imiter.

Abu scrute la place et remarque Aladdin qui s'approche.

Il lui vient alors une idée.

Il saute de la charrette, se précipite vers son ami, l'escalade et finit sa course confortablement installé sur la tête de son ami.

L'autre singe se fige de stupeur. Il ne savait pas qu'Abu connaissait Aladdin. Comment copier ce tour de force ?

Jetant un coup d'œil rapide autour de lui, le singe réalise alors que l'humain le plus proche est le marchand de fruits. N'écoutant que son courage, il s'élance d'un seul coup vers lui.

Mais à peine a-t-il atteint l'épaule de l'homme qu'il se fait chasser, sans ménagement.

Abu rit aux éclats. Mais, cette fois, le singe vexé, ne l'imite plus. Il peste et crache de dépit en maudissant ce farceur d'Abu ! Grrr ! Ce gredin l'a bien eu !

WALT DISNEY
DUMBO

Le Grand Dumbo!

Dumbo s'assoit dans un coin l'air préoccupé, la trompe froncée.

– Qu'y-a-t-il, petit? demande Timothée.

Dumbo secoue la tête.

– Tu n'as aucune raison d'être si triste, continue Timothée.

Dumbo ne dit rien.

– Bon, si tu ne veux pas me dire ce qui ne va pas, je suppose que je vais devoir deviner tout seul? Je sais! Tu as faim!

Dumbo secoue la tête.

– Tu as soif?

Dumbo secoue encore la tête.

– Cela concerne la population d'insectes au mois de juin au Saskatchewan? suggère Timothée.

Dumbo secoue la tête de plus belle.

– Alors, cela ne peut être qu'une chose, conclut le souriceau. Et cela me fait de la peine de le dire, mais je pense que tu es atteint d'Apitoyite aiguë.

Dumbo ébroue ses oreilles.

– Oui, continue Timothée. C'est une dangereuse maladie qui affecte nombre d'entre nous. Même le plus solide peut l'attraper.

Dumbo regarde à gauche puis à droite, puis se désigne de la trompe, incrédule.

– Oui, c'est bien toi! dit Timothée. Je crois deviner ce qui te mine le moral: ce sont tes oreilles plus grandes que la moyenne.

Dumbo fait signe que oui.

– Et aussi le fait qu'on se moque de toi. Dumbo dodeline de la tête.

– Et le pire, ajoute Timothée, c'est que tu es séparée de ta maman.

Une larme apparaît au coin de l'œil de son ami.

– Ne t'apitoie pas sur toi-même! ordonne Timothée.

Dumbo sursaute.

– Tu sais pourquoi? demande le souriceau. Parce qu'un jour, tu seras le Grand Dumbo!

Dumbo n'en croit pas ses oreilles.

– On te demandera des autographes. Ton nom éclatera en lettres d'or sur les affiches. Ils mangeront leurs chapeaux, ceux qui t'ont traité de la sorte! prédit Timothée.

Dumbo commence à s'inquiéter.

– C'est une image, bien sûr, ils ne mangeront pas réellement leurs chapeaux, explique le diseur de bonne aventure. Non pas que certains ne le méritent pas, mais ceci est une autre histoire. Ils vont bien se repentir de t'avoir maltraité, compris?

Dumbo hoche la tête.

– Alors, te sens-tu mieux maintenant? demande Timothée.

La vision du succès, du bonheur et des retrouvailles avec sa maman, a rasséréné le petit éléphant. Timothée est épatant!

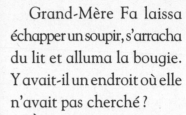

Un vrai porte-bonheur

Dans la Chine ancienne, on croyait que les criquets portaient bonheur. Il y a fort longtemps Grand-Mère Fa, la grand-mère de Mulan, avait du mal à le croire. Cette nuit-là, un criquet s'était égaré quelque part dans sa chambre et chaque fois qu'elle commençait à s'endormir…

– Cri-cri ! Cri-cri ! stridulait à grand bruit le criquet.

– Ce criquet apportera la bonne fortune à notre foyer, se dit Grand-Mère Fa, n'envisageant que le bon côté de la chose.

Le calme régna dans la chambre pendant quelques minutes. Grand-Mère Fa se détendit peu à peu. Après tout, le criquet avait peut-être fini par s'endormir…

– Cri-cri ! Cri-cri !

– Suffit ! s'exclama Grand-Mère Fa, en soulevant les couvertures pour quitter son lit. Il faut absolument que je trouve ce criquet !

Elle alluma une bougie et commença ses recherches. Elle regarda sous le lit, jeta un coup d'œil sous la commode…

Pas la moindre trace de criquet !

Grand-Mère Fa souffla la bougie, retourna dans son lit et tenta de s'endormir.

– Cri-cri ! Cri-cri !

Grand-Mère Fa sauta de nouveau du lit et ralluma la bougie. Elle chercha dans le placard, vérifia même à l'intérieur de ses pantoufles, sous son oreiller… Pas de criquet !

Et elle regagna son lit avec l'intention de s'endormir enfin.

– Cri-cri ! Cri-cri !

Grand-Mère Fa laissa échapper un soupir, s'arracha du lit et alluma la bougie. Y avait-il un endroit où elle n'avait pas cherché ?

À cet instant, un léger mouvement, sur le rebord de la fenêtre, attira le regard de Grand-Mère Fa. Là, sur le bord, se tenait un criquet minuscule. Elle le saisit délicatement et le mit dans le creux de sa main.

Grand-Mère Fa remarqua alors que la fenêtre était ouverte. Dehors, un violent orage approchait.

– Et bien, petit criquet, dit Grand-Mère Fa, c'est pour cela, que tu essayais d'attirer mon attention ?

Le criquet avait-il voulu lui éviter un réveil brutal ?

– Après tout, on dit que tu portes bonheur ! assura Grand-Mère Fa.

Elle décida de garder le criquet. Et elle l'enferma dans une petite cage de bambous qu'elle posa sur sa table de nuit.

Puis elle remonta dans le lit. Elle allait enfin pouvoir s'endormir.

– Cri-cri ! Cri-cri !

Le pourrait-elle vraiment ?

Changement de décor

Le docteur Sherman avait fini sa journée quand Gill rassembla tout le monde.

– On a besoin de changements par ici, commença Gill. Ça fait combien de temps qu'on vit dans cette boîte en verre ? Et tous les jours, on a le même paysage sous les yeux : le même volcan, la même épave, le même coffre au trésor et la même hutte hawaiienne. Bon, dans la mesure où on ne peut pas changer ce qu'il y a dans l'aquarium, on va arranger les choses autrement. Qui me suit ?

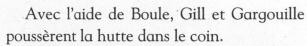

– Excellente idée ! s'écria Astrid, l'étoile de mer.

– Je vous suis, dit Deb. Et Flo aussi, ajouta-t-elle en pointant son reflet.

Tout le monde était d'accord.

– On peut complètement transformer cet endroit, dit Boule.

– D'accord ! dit Gill. On commence avec la hutte ? Boule, tu la soulèves. Gargouille et moi, on t'aide à la déplacer. Et vous, les gars, vous nous dites à quel endroit elle serait bien.

Gill, Boule et Gargouille nagèrent vers la hutte. Boule passa dessous et se gonfla, soulevant la hutte. Pendant ce temps, Gill et Gargouille se placèrent de chaque côté de la hutte et se préparèrent à pousser.

– Essayons par là, dit Astrid en pointant le coin opposé de l'aquarium.

Avec l'aide de Boule, Gill et Gargouille poussèrent la hutte dans le coin.

– Oh, non, dit Deb. Ça ne va pas du tout. On peut essayer par là-bas ? Elle désigna le coin opposé de l'aquarium.

Alors Gill, Gargouille et Boule redéplacèrent la hutte hawaiienne.

– C'est un désastre ! s'exclama Jacques.

– Oui, il a raison, ajouta Nemo.

Ce déménagement commençait à fatiguer Gill, Gargouille et Boule.

– Est-ce qu'on peut vraiment se mettre tous d'accord ? demanda Gill.

– Ooh ! Je sais ! dit Deb. Apportez-la par ici. Elle conduisit Gill, Gargouille et Boule vers un coin ombragé, à côté des plantes en plastique.

– Mettez-la ici, dit-elle.

– J'aime bien ! s'écria Astrid.

– L'endroit idéal ! dit Jacques.

– Mmm, hmm, ajouta Bubulle.

Gill recula et jeta un coup d'œil.

– Les gars, c'est là qu'elle était au départ !

– C'est vrai ? demanda Astrid.

Deb gloussa.

– Eh bien ! c'est pas étonnant ! Apparemment c'est sa place !

Les autres poissons hochèrent la tête, sauf Gill qui, frustré, soupira.

Des images dans les étoiles

Depuis la mort de Mufasa et le départ de Simba de la Terre des Lions, Timon et Pumbaa étaient les seuls amis de Simba ! Leur activité favorite après le dîner était de s'allonger dans les herbes hautes et fixer le ciel pour trouver des formes dans les étoiles.

– J'en ai une, dit Pumbaa en levant une patte pour désigner une zone dans le ciel. Voyez, là-bas, cette silhouette longue et fine ? C'est une grosse limace, juteuse et délicieuse ! Pumbaa se lécha les babines en imaginant le goût de sa limace.

– Mmmh, mmh !

Simba gloussa.

– Pumbaa, tu as encore faim ? On vient de manger !

Pumbaa haussa les épaules.

– C'est un don, dit-il.

Timon s'éclaircit la voix.

– Je déteste te contredire, mon cher Pumbaa, mais ce n'est pas une limace. C'est la trompe d'un éléphant. Si tu suis la ligne courbe des étoiles, tu peux voir la tête de l'éléphant.

– Et voici les oreilles, ajoute-t-il en les dessinant avec ses doigts. Et là, les défenses.

Simba gloussa de nouveau.

– Quelqu'un pense encore aux éléphants qui ont failli nous écraser cet après-midi,

– Eh… fit Timon sur la défensive. Qu'est-ce que tu veux dire ?

– Oh, ne te vexe pas, Timon, répondit Simba. Je trouve ça marrant que les choses que vous voyiez dans les étoiles, soient celles que vous avez à l'esprit au même moment.

– Ooh ! Ooh ! J'en ai une autre ! l'interrompit Pumbaa. Un gros tas de baies goûteuses juste là, dit-il en pointant un groupe d'étoiles. Elles ont l'air bonnes !

– Tu vois ce que je veux dire ? dit Simba à Timon en désignant Pumbaa.

– D'accord, monsieur le Malin, répondit Timon. Tu vois quoi dans les étoiles ?

– Et bien, euh, voyons dit Simba en fixant intensément les tonnes de tout petits points lumineux étincelants.

Il y en avait tellement qu'on pouvait y voir presque tout ce qu'on voulait. Tout dépendait de la façon dont on les regardait. Mais juste pour énerver Timon, il voulait trouver une forme vraiment nette, vraiment claire.

Juste à ce moment-là, une étoile filante traversa le ciel de tout son long comme un courant d'air.

– Je vois une étoile filante se propulsant à travers le ciel ! s'exclama Simba.

– Oh ! Moi aussi ! dit Pumbaa. Timon, tu la vois aussi ?

Timon dut admettre qu'il l'avait vue.

– Ouais, ouais, je l'ai vue, murmura-t-il, grognon. Ha ! ha ! Très drôle, Simba.

Les œufs roses de Porcinet

Winnie l'Ourson venait rendre visite à Porcinet, qui peignait des œufs car Pâques approchait.

Sur la table de la cuisine, il y avait six petites tasses. Winnie y jeta un coup d'œil. Il y avait une couleur différente dans chacune : bleu, vert, rouge, jaune, orange et rose.

Puis Winnie remarqua un panier rempli d'œufs que Porcinet avait déjà peints. Ils étaient tous roses.

– Tu veux peindre le dernier œuf ? demanda Porcinet.

– Oh, oui, répondit Winnie, ça me ferait très plaisir.

Alors Porcinet lui montra comment faire.

– De quelle couleur je devrais peindre mon œuf ? demanda Winnie.

Porcinet sourit.

– C'est ça qui est amusant, Winnie. Tu peux choisir la couleur que tu veux !

Winnie regarda le panier de Porcinet, rempli d'œufs roses. Puis il revint sur les tasses de peinture.

– On dirait que tu n'as pas encore d'œuf jaune, dit Winnie. Alors je crois que je vais peindre le mien en jaune.

– Bonne idée ! s'exclama Porcinet.

Winnie plongea son œuf dans la peinture jaune. Il l'y laissa quelques minutes, puis le retira.

– Ça a marché ! cria Winnie. Porcinet, regarde ! Que penses-tu de mon œuf jaune ?

– Oh, Winnie, c'est chouette. C'est lumineux… e-et ensoleillé… et t-très, très jaune, non ?

Porcinet se tut un moment. Puis il s'éclaircit la voix.

– T-tu crois… Je n'en suis pas sûr. Mais tu crois qu'on pourrait ajouter un peu de, voyons, rose ? dit Porcinet.

Winnie regarda à nouveau son œuf.

– Je crois que tu as raison. Alors il plongea son œuf dans la peinture rose. Il l'y laissa quelques secondes puis le retira. L'œuf était jaune-rosé.

– Mmh, dit Porcinet. C'est très joli. Mais, si je peux me permettre, je mettrais juste un peu plus de rose.

– D'accord, dit Winnie. Alors, il replongea l'œuf dans la peinture rose. Cette fois-ci, il l'y laissa cinq bonnes minutes. Le rose ajouté au jaune-rosé rendit l'œuf aussi rose que le rose peut l'être.

– Et bien, tu en penses quoi ? demanda Winnie.

– Parfait ! s'écria Porcinet.

Ils firent sécher l'œuf de Winnie. Puis Porcinet le mit dans le panier avec les autres œufs roses.

– Ça par exemple ! s'exclame Porcinet. Il va tellement bien avec les autres !

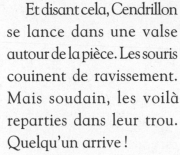

Cendrillon

Des souris et du riz

Cendrillon, viens nous aider ! crie Javotte.

— Et dépêche-toi ! hurle Anastasie.

Cendrillon laisse échapper son balai.

— Que se passe-t-il, mes sœurs ?

— Nous sommes coincées ! couine Anastasie.

Cendrillon se rue vers le salon. Et là, elle a bien du mal à étouffer un rire à la vue de ses deux vilaines sœurs.

Les deux affreuses sont coincées dans l'huisserie de la porte pour avoir chacune voulu de toute force passer la première ! Leurs grands jupons à cerceaux sont coincés dans l'embrasure. Tirant et poussant ça et là, Cendrillon parvient à les délivrer. Un sourire aux lèvres, elle retourne à sa cuisine.

— Miaouuuu !

— Quoi encore ? dit Cendrillon.

Lucifer, le chat, miaule à plein poumons.

— Que se passe-t-il, Lucifer ? demande Cendrillon au gros chat. Oh, que tu es sot ! Tu t'es coincé toi aussi !

Cendrillon éclate de rire et aide le gros matou à dégager sa patte du trou de souris. Le chat lui jette un regard hautain et s'en va.

— Oh, le vilain chat ! dit-elle. Il a encore voulu vous chasser, pauvres souris sans défense.

Les souris sortent prudemment de leur trou.

— Mes chéris, dit Cendrillon, savez-vous ce que je fais quand je me sens triste ou effrayée ?

Elle empoigne son balai.

— Vous voyez mon balai ? Et bien je m'imagine qu'il est un beau prince et que nous dansons ensemble.

Et disant cela, Cendrillon se lance dans une valse autour de la pièce. Les souris couinent de ravissement. Mais soudain, les voilà reparties dans leur trou. Quelqu'un arrive !

— Qu'est ce que tu fabriques, Cendrillon ? demande Javotte.

— Je balaie, répond Cendrillon tranquillement.

— Et bien, tu parais bien joyeuse de balayer ! ricane Anastasie, un sourire mauvais sur son visage.

Saisissant un bol de riz sur la table, elle le renverse sur le sol.

— Peut-être te manque-t-il un peu de travail ! dit-elle, avec un sourire entendu.

Sur ce, les deux sœurs quittent la pièce. Les petits amis de Cendrillon courent de tous côtés pour ramasser le riz. Cela donne une idée à la jeune fille.

— Pourquoi ne pas le garder pour vous ? propose-t-elle.

Les souris couinent de joie. Et Cendrillon conclut :

— Je pense que tout ira bien si nous continuons à nous aider ainsi. N'est-ce pas, mes petits amis ?

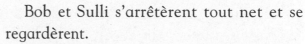

Une confusion monstrueuse

Un matin, à l'usine, Bob Razowsky ouvrit la porte de son vestiaire et trouva un mot scotché à l'intérieur. Il disait :

Bob,
Les roses sont rouges,
Les violettes sont bleues.
Je garde mon œil sur toi !
Scellé d'un baiser de…
Ton admiratrice secrète

Bob en resta bouche bée. Il montra ce mot à son meilleur ami, Sulli.

— Ça vient de qui, à ton avis ? demanda Sulli.

— Je n'en ai aucune idée ! répondit Bob. Eh ! Tu ne penses pas que ça pourrait être la minette à six bras au niveau Chasse ? Ou bien Célia, cette réceptionniste culottée à un œil, avec les beaux cheveux ?

— Ça pourrait être n'importe qui, dit Sulli. Allez au travail.

Sur le chemin du niveau Terreur, les idées de Bob s'emballaient. Puis Bob entendit la voix qu'il détestait le plus.

— Razowsky !

C'était Germaine, la responsable des Affectations de portes, sans humour et sévère.

— Tu me dois des rapports ! dit-elle.

— Oh… c'est vrai, dit Bob. Je te les apporte le plus vite possible, Germaine.

Sulli et lui tournèrent les talons en se pressant.

— D'accord, Razowsky, lui cria Germaine. Mais je garde mon œil sur toi.

Bob et Sulli s'arrêtèrent tout net et se regardèrent.

— Est-ce qu'elle a dit… ? commença Sulli.

— « Mon œil sur toi » ? dit Bob.

— Ton admiratrice secrète, dit Sulli, la gorge serrée, c'est Germaine ?

— Noooooooon !

Bob hurla au moment où Célia passait.

— Salut, Bob, dit-elle en faisant ciller son œil pour lui. Dure matinée ?

— Oh ! Salut, Célia, répondit Bob d'un ton maussade, encore traumatisé.

— Eh ben, fit Célia. Je pensais que mon mot embellirait ta journée.

Bob la regarda fixement.

— Ton mot ? dit-il, étonné. Célia, c'est toi, mon admiratrice secrète ?

— C'était pas évident ? soupira-t-elle. « Je garde mon œil sur toi », tu saisis, j'ai un œil, exactement comme toi.

Bob en fut soulagé.

— Je voulais te demander si tu voulais sortir, un soir, continua Célia. Mais si tu ne veux pas…

Sans un mot, Bob sauta dans les bras de Célia et la serra très fort contre lui.

— Merci, merci, MERCI ! s'écria-t-il.

Célia gloussa.

— Bon… je suppose que cela veut dire oui !

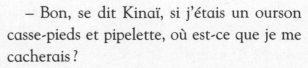
Cache-cache des ours

Cela faisait des heures que petit Koda parlait... encore et encore. Et, en fait, Kinaï ne l'écoutait plus.

– Alors ! dit Koda. Tu en penses quoi ?

– Mmh ? fit Kinaï paresseusement.

– J'ai dit, répéta Koda en faisant des bonds, tu en penses quoi ?

– Oh, je ne sais pas. Kinaï n'avait pas la moindre idée de ce dont parlait Koda.

– Comme tu veux.

– D'accord ! s'exclama Koda. Je savais que tu étais prêt à jouer. Touché ! C'est toi qui t'y colles. Ferme les yeux et compte jusqu'à vingt-sept – j'sais pas compter plus loin – et essaye de me trouver. Bonne chance ! Tu vas en avoir besoin... je trouve toujours d'excellentes cachettes !

Sur ce, Koda fila.

– Excuse-moi ? s'écria Kinaï.

Mais Koda était déjà loin.

– Une minute ! Reviens !

Jouer à cache-cache avec un ourson était la dernière chose que voulait faire Kinaï. Ils devaient se rendre là où les Lumières touchaient la Terre afin que Kinaï redevienne un garçon. Honnêtement, si Kinaï n'avait pas eu besoin de Koda, il l'aurait probablement laissé là et tout de suite. Mais il avait besoin de lui. Et ça signifiait donc que Kinaï devait le trouver.

– Bon, se dit Kinaï, si j'étais un ourson casse-pieds et pipelette, où est-ce que je me cacherais ?

Il se mit sur ses pattes arrière et scruta l'horizon. Hmm. Ça n'allait pas être facile. Il y avait des buissons partout, une forêt au sud et des grottes à l'est.

Par où commencer ? Il démarra par les buissons, mais ne trouva qu'un blaireau de mauvaise humeur.

– Désolé, dit Kinaï.

– Et qu'est-ce que tu fais à fourrer ton nez dans les affaires des autres ? demanda le blaireau. Vous, les vieux et gros ours, vous pensez que tout le pays vous appartient !

– J'ai dit que j'étais désolé, dit Kinaï. Ce n'est qu'un jeu. Tu n'aurais pas vu un ourson, pas très grand, caché par ici ?

– Un ourson ? Non ! répondit le blaireau. Mais j'en ai bien senti un par là-bas. Ouh ! là, là ! Tu le sens ?

Sentir ? Kinaï renifla profondément et se rendit compte que son odorat s'était développé depuis qu'il était ours. Et en effet, il pouvait sentir le petit ours.

– Touché ! beugla-t-il rapidement, passant sa tête touffue dans une grotte. Ce n'était pas très sage de ta part, Koda, de jouer à cache-cache avec un ours !

La Belle et la Bête

Nettoyage de printemps !

Par une belle et chaude matinée du mois d'avril, Belle et Zip admirent le ciel bleu, les bourgeons et les fleurs par une fenêtre du château.

– Zip, dit Belle. Le printemps s'installe enfin, on dirait. Et tu sais ce que cela signifie, n'est-ce pas ?

Zip sautille sur place, tout excité.

– On va jouer dehors, c'est ça ? crie-t-il.

– Et bien… oui, aussi ! rit la jeune fille. Mais avant, nous allons faire un nettoyage de printemps !

Belle réunit quelques ustensiles.

– Premièrement, la salle à manger, dit-elle.

Elle sort l'argenterie et commence à astiquer une fourchette.

– Ooh ! s'exclame la fourchette ensorcelée. Attention ! Ouille ! Je ne suis pas en fer !

– Pauvre petite, je suis désolée, dit Belle en polissant doucement le reste des couverts.

Puis elle entreprend la vaisselle du jour. Mais au moment où elle plonge les assiettes dans l'eau, l'une d'elles s'écrie :

– Ahh ! C'est trop froid ! Beaucoup trop froid !

Belle se précipite pour rajouter un peu d'eau chaude. Une fois la vaisselle terminée, elle se rend dans sa chambre et épousséte son armoire avec le plumeau.

À la seconde même où le plumeau touche l'armoire, les deux objets enchantés se mettent à glousser.

– Hi-hi ! Ha-ha ! rit l'armoire, ça chatouille !

– Je dirais même plus, ça chatouille ! ajoute le plumeau.

Belle fait une petite pause dans la bibliothèque et Zip la rejoint en sautillant.

– Oh, Zip ! soupire Belle avec lassitude. Le nettoyage de printemps se révèle très éprouvant. Je n'ai pas vraiment l'habitude de nettoyer des objets enchantés !

– Oh ! mais nous non plus ! glousse Zip. Nous nous sommes toujours lavés nous-mêmes…

– Laver vous-même ? s'exclame Belle.

Cela lui donne une idée. S'ils savent se laver eux-mêmes, ils peuvent se laver les uns les autres. Voilà la solution !

Bientôt, une petite armée d'objets enchantés suit Belle à travers tout le château, nettoyant tout sur son passage. En quelques petites heures, la demeure entière respire le propre et Belle et Zip vont se reposer dans la bibliothèque.

– Eh bien, dit Belle en se laissant tomber dans un fauteuil. Un petit sortilège n'a jamais fait de mal à personne ! Surtout si c'est un sortilège printanier !

WALT DISNEY
La Belle et le CLOCHARD

Toni et Clochard

Clochard lèche la dernière goutte de sauce tomate restée sur ses babines.

– Alors qu'en penses-tu, ma jolie ? demande-t-il à Lady.

– C'est le plus merveilleux des repas que j'aie jamais mangé, remercie la petite chienne.

– Qu'est ce que je t'avais dit ? se vante Clochard. Personne ne cuisine aussi bien que Toni !

– Je suis on ne peut plus d'accord avec toi, dit Lady. Puis-je te poser une question ?

– Pour sûr, dit Clochard. Que veux-tu savoir ?

– Je me demandais simplement, comment Toni et toi vous êtes-vous rencontrés ?

– Comment j'ai rencontré Toni ? rit Clochard. C'est toute une histoire !

– Je m'en doute, dit Lady.

– C'était une nuit froide. Il neigeait et faisait très froid. J'avais gravi des kilomètres et des kilomètres de côtes. Des glaçons s'étaient formés au bout de mon nez !

– Attends une minute, l'interrompt Lady. Des côtes dans cette ville ?

– Exact ! dit Clochard. Tu n'en as jamais vu de pareilles.

– Parfaitement ! dit Lady, tu sais pourquoi ? Clochard secoue la tête.

– Parce que c'est impossible, il n'y a pas la moindre colline, par ici.

– Pas possible ? s'exclame Clochard.

– Alors, quelle est la vérité ? demande Lady.

– La vérité, c'est que je n'ai pas toujours été le beau et fringant Clochard que tu as devant toi.

– Vraiment ? dit Lady, amusée.

– Et cet après-midi-là, j'avais été tourmenté par une bande de chiens galeux qui s'étaient mis à dix contre moi. Aussi, j'avais pris mes pattes à mon cou et tandis que ces lâches me poursuivaient, l'homme de la fourrière est arrivé !

– Oh, non ! s'exclame Lady.

– Mais si, continue Clochard. Les cabots se sont éparpillés dans la nature. Mais l'homme se rapprochait ! J'étais foutu !

– Que s'est-il passé ensuite ? demande Lady.

– Toni est sorti de son restaurant avec un grand bol de pâtes chaudes, explique Clochard. «C'est mon chien», a-t-il dit à l'homme. Celui-ci ne l'a pas cru, mais quand Toni a posé le bol devant moi, il n'avait plus le choix. J'ai cru mourir et entrer au paradis en même temps !

– Ça, je m'en doute, dit Lady.

– Le reste, dit Clochard, comme on dit, c'est une autre histoire.

– Celle-là m'a beaucoup plu, conclut Lady, sous le charme. Je sais maintenant que Toni est un véritable ami !

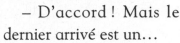

Peter Pan

Je reste ou je pars ?

Wendy regardait Michel et Jean jouer avec Peter Pan et les Garçons Perdus.

– Ils ont l'air tellement heureux. Et pourquoi ne le seraient-ils pas ? Le Pays Imaginaire est un endroit merveilleux et c'est tellement chouette de voler ! se dit Wendy.

Quand même, c'est aussi dangereux. Qui sait ce qui peut nous arriver, surtout avec le Capitaine Crochet dans le coin ? Et en plus, je crois que Clochette ne m'aime pas beaucoup.

Mais qu'est-ce que je raconte ? On dirait que c'est un endroit atroce, alors qu'en fait, le Pays Imaginaire est l'endroit le plus merveilleux au monde ! Ce qui explique peut-être cela ! Peut-être que j'ai vraiment envie de rester ici mais que, au plus profond de mon cœur, je sais que je ne devrais pas. Après tout, on doit terriblement manquer à Mère et Père. Et ils nous manquent aussi ! Oh ! Et Nana ? Wendy frémit. Elle doit sans cesse s'inquiéter pour nous ! C'est réglé ! On doit rentrer à la maison immédiatement. Mais si je reste, je ne grandirai jamais !

Wendy fit la liste des pour et des contre de l'enfance éternelle.

– Mais j'ai toujours eu envie d'être une adulte un jour, conclut-elle.

À cet instant, Peter Pan se glissa à côté d'elle.

– Qu'est-ce que tu fais, Wendy ?

– Oh, rien, lui dit Wendy.

– Tu nous rejoins, alors ? suggéra-t-il.

– J'arrive, répliqua Wendy. Dans une minute.

– D'accord ! Mais le dernier arrivé est un…

Peter s'envola avant d'avoir fini sa phrase.

– Comment pourrais-je quitter Peter et les Garçons Perdus ? se demanda Wendy. Ils ont tant besoin de moi. Mais nos parents aussi ont besoin de nous. Dois-je rester ? demanda-t-elle à voix haute. Ou dois-je partir ? Je ne sais pas quoi faire.

Les yeux de Wendy tombèrent sur une marguerite. Elle se pencha et la cueillit.

– Dois-je rester ? Ou dois-je partir ? se demandait-elle en retirant les pétales un à un. Laissons le sort en décider.

Wendy recommença encore et encore jusqu'à ce qu'il ne reste qu'un seul pétale sur la marguerite.

– Bien, dit-elle. Cette fleur me dit que je dois rentrer à la maison. Et je suppose qu'elle a raison. On va rentrer… mais peut-être dans une minute seulement. Je dois d'abord annoncer la nouvelle à Peter.

Wendy se leva.

– Eh ! Peter, attends-moi ! Sur ce, elle vola à la rencontre de Peter, l'esprit enfin tranquille.

La Petite Sirène

Le nouveau chant d'Ariel

Sébastien s'éclaircit la voix. Mais les sirènes continuèrent à parler. Déçu, il saisit un énorme coquillage et souffla dedans.

Le coquillage sonnait comme un cor géant. Étonnées, les princesses sirènes se turent aussitôt.

— Nous allons commencer ! annonça Sébastien.

Il était anxieux. Les filles du roi Triton avaient des voix merveilleuses, mais elles n'avaient pas encore choisi le chant qu'elles interprèteraient à l'anniversaire de leur père. Et il ne restait que quelques jours…

Sébastien leva sa pince pour commencer l'échauffement des voix lorsque Aquata remarqua :

— Ariel n'est pas là !

— Ariel ! appela aussitôt Sébastien.

La petite sirène s'aventurait toujours loin, à la recherche d'objets du « monde d'en haut ».

— Allons à sa recherche ! proposa Aquata.

— Non, répondit Sébastien. Vous risquez de vous perdre toutes et je me demande ce que je dirais alors à votre père !

— Nous ne nous perdrions pas ! protesta Attina.

— Nous rentrons toujours à temps ! assura Adella.

Ses sœurs l'approuvèrent d'un signe de tête.

— Pourquoi devrions-nous rester là à l'attendre ? se plaignit Alana.

Ses sœurs, en colère, répondirent d'un signe de tête.

— Du calme, les filles ! lança Sébastien. Bien sûr, ils auraient pu commencer sans Ariel mais la voix de la Petite Sirène était certainement la plus mélodieuse.

Tout à coup, Ariel arriva avec Polochon, le petit poisson qui ne la quittait jamais.

— J'espère que vous ne m'avez pas attendue, dit-elle d'une voix suave.

— Ariel ! cria Sébastien, partagé entre la colère et le soulagement.

— Où étais-tu encore passée ? interrogea Aquata.

— Nous n'avons toujours pas de chanson pour papa ! ajouta Attina.

— Nous allons en avoir une ! annonça Ariel avec fierté.

Elle ne pouvait l'avouer, mais elle était montée à la surface de l'océan. C'était interdit ! Et son amie Eurêka la mouette lui avait appris quelque chose d'original. Un chant inconnu ! Ariel entonna une chanson d'humains. Sébastien ferma les yeux et écouta la mélodie. Elle était parfaite !

— Où as-tu appris ce chant ? demanda-t-il à la fin.

— C'est un petit oiseau qui me l'a enseigné ! répondit Ariel avec un clin d'œil à Polochon.

La chasse aux œufs de Pâques

Les vacances de Pâques approchaient. Et avec elles, la chasse aux œufs de Pâques ! Lilo brûlait d'impatience de décorer des œufs. Elle demanda à sa sœur d'en faire cuire puis alla trouver Stitch, Jumba et Pikly et tout le monde se mit au travail.

– Je vais peindre celui-ci en rose, et je lui ferai des points violets, annonça Lilo.

– Sur le mien, je vais dessiner des moustiques, déclara Pikly.

– Je veux du bleu ! cria Stitch trempant son œuf dans le pot de peinture bleue, qui se renversa.

Quand les dégâts furent réparés, Nani alla cacher les œufs sur la plage, puis elle appela la petite bande d'amis.

– Il y a vingt-cinq œufs ! Celui qui en trouvera le plus, remportera le prix ! À vos marques… Prêts… Partez !

Lilo, Stitch, Jumba et Pikly s'élancèrent sur la plage. Ils découvrirent un œuf enterré sous un château de sable, un autre sous une serviette de plage, et un autre encore, sur le gros ventre d'un homme qui faisait une sieste !

Lorsque le soleil commença à descendre à l'horizon, tout le monde se réunit afin de compter les œufs. Jumba et Pikly en avaient trouvé six. Et Stitch aussi.

– quatre, cinq et six ! s'écria Lilo.

Ce qui faisait vingt-quatre œufs au total !

Il en restait donc encore un, caché quelque part sur la plage.

Le petit groupe se dispersa aussitôt pour chercher le dernier œuf. Quelques instants plus tard, Lilo remarqua quelque chose.

– Venez voir ! J'ai trouvé le dernier œuf ! cria-t-elle.

Ses compagnons la rejoignirent en courant.

– Regardez ! C'est le plus gros œuf en chocolat que j'aie jamais vu !

– Bravo ! dit Nani. Cet œuf, c'est la récompense, Lilo. Et puisque chacun de vous a découvert le même nombre d'œufs, vous allez tous vous partager ce gros œuf !

– Où est passé Stitch ? demanda Lilo.

À cet instant, l'œuf géant se mit à bouger, à faire du bruit, à se secouer. Et soudain…

La coquille se brisa, et Stitch apparut, tandis que des morceaux de chocolat s'éparpillaient.

– Super ! cria Lilo. Nani, c'est toi qui as eu cette idée ?

– Pas du tout ! répondit sa sœur. Je me demande comment Stitch a pu se fourrer là-dedans.

– C'est mon secret ! dit fièrement Stitch, en engloutissant un morceau de chocolat.

Nani et Lilo haussèrent les épaules, et tout le monde s'assit sur le sable pour déguster le gros œuf en chocolat.

Disney Hercule

Destructor

Hercule ! appela Amphitrion. Cette meule de foin va s'écrouler. Peux-tu la maintenir pendant que je vais chercher la charrette ?

– Bien sûr, pa' !

Hercule était le garçon le plus fort du village. D'une seule main, il soutint l'énorme tas de foin sans le moindre effort.

Un fermier voisin arriva bientôt, peinant pour faire tenir en place un attelage de six mules récalcitrantes.

– Vous avez besoin d'aide ? proposa Hercule.

– Si tu veux bien t'occuper de mes mules, j'irai vite chercher mes fils afin qu'ils m'aident à les rentrer à l'écurie !

– Tout de suite ! s'écria Hercule, saisissant les mules par la bride avec sa main libre.

Une femme arriva bientôt : éssoufflée, elle tirait un chariot plein de poteries.

– Bonjour, madame ! dit poliment Hercule. Voulez-vous que je vous donne un coup de main ?

– Ce ne serait pas de refus ! répondit la dame. Mais tu as tes deux mains occupées !

– J'en ai pour une minute ! Ensuite, je pourrai...

Il s'arrêta net. Une bande d'enfants de son âge dévalait la route en riant et en poussant des cris.

Hercule les regarda longuement. Pourquoi ne s'était-il jamais entendu avec les autres enfants du village ? Peut-être parce qu'ils ne le comprenaient pas. Ou parce qu'un jour, il les avait invités à disputer un cinquante mètres avec eux et les avait battus.

– Hé, les gars ! appela-t-il en se dirigeant vers le petit groupe. J'ai une idée !

Les brides des mules se mirent à voler, tandis que la meule de foin vacillait.

Hercule tenta de retenir à la fois le foin et les mules, mais l'une d'elles fit un faux pas et s'écrasa dans la meule, qui tomba sur le chariot de la potière, et termina sa course sur tous les autres enfants.

Le bruit de vaisselle cassée et les cris des enfants firent sursauter Hercule. Déjà, les mules disparaissaient à l'horizon.

– Mes pots ! se plaignit la femme.

– C'était ça, ton idée ? demanda l'un des garçons, en se remettant sur ses pieds. Je suis couvert de poussière !

– Désormais, tu as intérêt à ne pas te trouver sur notre chemin ! poursuivit un autre. Au revoir, Destructor !

Hercule était désespéré. Pourquoi lui arrivait-il toujours des incidents de ce genre ? Chaque fois qu'il voulait aider les autres, les choses allaient plus mal. Mais il savait qu'un jour, sa force l'aiderait à devenir un héros. Pourvu que ce jour arrive bientôt !

La plus jolie des fleurs

Ce matin-là, Timide s'était mis en quête de la plus jolie fleur qu'il puisse trouver. Soudain, il entendit un bruit provenant de l'autre côté de la colline.

Timide grimpa jusqu'au sommet et découvrit son ami Atchoum.

— Tout ce pollen me fait éternuer, expliqua celui-ci, mais cela ne fait rien car j'ai déniché la plus jolie des fleurs pour Blanche-Neige. Regarde, c'est une orchidée blanche !

— Elle est jolie, c'est sûr, fit remarquer Timide. Mais j'ai une fleur moi aussi. Et je crois qu'elle est plus belle encore.

Et disant ces mots, il rosit d'émotion et devint aussi rose que la rose qu'il avait cueilli.

— Atchiii ! Ta rose est jolie aussi, dit Atchoum. Rentrons à la maison et nous verrons laquelle préfère Blanche-Neige.

Sur le chemin du retour, les deux amis rencontrèrent Prof, Joyeux et Dormeur, en grande discussion, eux aussi.

— Blanche-Neige agore les piolettes, insistait Prof. Je veux dire : adore les violettes !

Joyeux riait :

— Mais, non, elle aime les marguerites !

— Je sais, moaaahhhh ! qu'elle préfère les boutons d'or, bâillait Dormeur.

— Ah tu crois cela, ronchonna une voix derrière eux.

C'était Grincheux, tenant une fleur ornée de petits boutons bleu pastel entre ses doigts.

— Oh ! Des gueules de loup ! dit Prof. C'est la parfaite fleur pour toi.

— Très drôle, ricana Grincheux.

Simplet les attendait sur le seuil de la maison.

— Que caches-tu derrière ton dos ? demanda Prof.

Simplet dissimulait avec difficulté une grande et belle tulipe jaune.

— Une autre fleur ! s'écria Joyeux.

Blanche-Neige s'affairait dans la cuisine.

— Nous voulons tous te remercier pour ta gentillesse, lui annonça Prof. Chacun de nous a cueilli une fleur pour orner tes cheveux.

— À toi de décider, maintenant, laquelle tu préfères, dit Grincheux.

Blanche-Neige, très embarrassée, aimait les Sept Nains et ne voulait en froisser aucun.

— J'ai une idée, dit-elle à ses amis. Posez toutes vos fleurs sur la table et sortez cinq minutes. Quand vous reviendrez, je porterai dans mes cheveux celle que j'aurai choisie.

Les Sept Nains sortirent à la queue leu leu. Puis Blanche-Neige les appela. Et quelle ne fut pas leur surprise ! Coiffée d'une couronne de fleurs, Blanche-Neige leur souriait, ravie.

— J'aime vos fleurs, comme j'aime chacun d'entre vous, dit-elle, de tout mon cœur.

Problèmes d'orthographe

Woody ! Bergère ! chuchota Bayonne. Vous avez remarqué quelque chose de… bizarre… chez la Dictée Magique ? Son orthographe n'est plus très précise ces derniers temps.

— C'est pas possible, dit Woody, incrédule. La Dictée Magique a été fabriquée pour épeler. Elle ne fait jamais de fautes.

Bayonne haussa les épaules.

— Et bien, va vérifier toi-même.

Ils se dirigèrent vers la Dictée Magique.

— Salut, Dictée, dit Bayonne. Je me demandais, euh, si tu pouvais nous aider. On a fait un pari avec Woody sur la façon dont on épelle le mot « rutabaga ». Peux-tu me l'épeler ?

— Bien sûr, Bayonne, répondit Dictée Magique. Rutabaga. C'est r… r… r… r… r…

Woody et la Bergère se regardèrent nerveusement. Bayonne leur jeta un regard complice qui disait « vous voyez ce que je veux dire ».

— Merci beaucoup, lui dit Bayonne, en essayant de paraître naturel. Oh, eh… Et pour « ornithorynque », peux-tu nous aider ?

— Ornithorynque, répéta la Dictée Magique, s'épelle o… o… o… o… o… o…

Woody et Bergère étaient inquiets. Pouvait-elle perdre son orthographe ? Cela semblait complètement impensable. Sinon, comment

expliquer ce qu'ils étaient en train d'entendre ?

— Très bien, dit Bayonne. Encore une question. Comment on épelle « colifichet » ?

— Colifichet, commença la Dictée Magique, s'épelle c… c… c… c… c…

Oh, non, pensa Woody. C'était sérieux. La Dictée Magique avait vraiment une très mauvaise orthographe !

— Dictée ? dit Woody amicalement. Tu te sens bien ?

— Oh, bien sûr, Woody, répondit-elle. Je me sens bien… bien… bien… bien…

Alors que la Dictée Magique continuait à répéter le mot, Woody comprit enfin le problème.

— Eh, Bayonne ! s'écria Woody. Elle n'épelle pas mal. Elle reste juste coincée. N'est-ce pas, Dictée ?

Mais la Dictée Magique était toujours coincée sur le « bien… bien… bien… bien… »

Woody donna une claque dans le dos de la Dictée Magique. Ça ne fit rien. Alors il prit son élan et la frappa d'un coup sec…

La Dictée Magique tomba sur le côté. Le couvercle des piles s'ouvrit. Deux piles usées tombèrent par terre.

— Eh, eh, eh ! pouffa Bayonne. Et bien, ce n'est rien de grave. La Dictée Magique a juste besoin de nouvelles piles !

Premières impressions

Bambi découvrait les merveilles de la forêt. Sa maman l'avait conduit dans une petite clairière enfouie au fond des bois, baignée de soleil et tapissée d'herbe tendre. Bambi était tout étonné. Il gambadait de ses pattes mal assurées, sentant la chaleur du soleil sur son dos et l'herbe douce sous ses petits sabots.

Découvrant un carré d'herbe et de trèfle bien verts, il se pencha pour brouter. Mais ce n'était pas facile d'atteindre le sol avec ses longues pattes et son petit cou !

Son museau était enfin à quelques centimètres de l'herbe quand, apeuré, il fit un bon en arrière. Une feuille avait surgi brusquement de l'herbe pour se poser à quelques pas de lui. Une feuille sautante ? se demanda-t-il. Il la suivit et, au fur et à mesure qu'il s'en approchait, la feuille s'éloignait d'un bond ! Bambi regarda autour de lui : maman paissait tranquillement. Elle n'avait pas l'air de penser qu'ils couraient un danger. Aussi suivit-il la feuille jusqu'au bord de la clairière, où un gros ruisseau babillait sur des rochers escarpés.

En s'approchant du ruisseau, Bambi sentit sa fascination pour l'étrange feuille diminuer. L'eau tombait doucement en cascade sur les rochers en faisant des bulles et formait des flaques couvertes d'écume. Il s'approcha davantage et posa un sabot sur une pierre, au bord de l'eau. Soudain, la pierre se mit à bouger ! Elle avança lentement en direction de l'eau et, flop ! elle sauta dans l'eau ! Bambi était sidéré ! Il vit la pierre s'enfoncer dans l'eau et disparaître. Le petit faon regarda longuement l'endroit où se tenait l'étrange gros caillou, quelques instants auparavant, puis se pencha pour boire.

Soudain, il fit un bon en arrière. Dans l'eau, le regardant fixement, se tenait un petit faon ! Non, il ne rêvait pas, c'était bien un faon !

– Maman ! Maman ! appela Bambi en se ruant vers sa mère. Tu ne devineras jamais ce qui m'arrive !

La biche leva la tête et le regarda de ses grands yeux clairs.

– D'abord, j'ai vu une feuille sautante ! dit-il. Ensuite, une pierre avec des pattes qui s'est approchée de l'eau et a plongé. Et enfin, poursuivit-il, l'air émerveillé, enfin, j'ai vu un petit faon dans l'eau ! Il est là-bas, maman !

La biche fourra son museau contre celui de son petit et lui sourit tendrement.

– Mon chéri, commença-t-elle, c'est sans doute ta première sauterelle que tu as vue ! Et ta première tortue ! Et enfin, ce petit faon qui te ressemble, c'est toi ! Car l'eau est comme un miroir, mon chéri !

Avril 23

Effrayant Père Noël

Sally et le docteur Finklestein travaillaient dans le labo quand un colis arriva. L'étiquette disait : « Un cadeau spécial pour une personne spéciale. »

— La personne la plus spéciale d'Halloween-ville est Jack Skellington, dit Sally. Ça doit être pour lui !

Quand Jack arriva, Sally et le docteur Finklestein lui montrèrent le colis.

— Ça alors, un cadeau ! s'écria Jack. Ouvrons-le ensemble.

Il souleva un fil de lumières scintillantes.

— Qu'est-ce que c'est ? dit Jack.

— C'est un collier, fit Sally.

— Et ça ? demanda Jack.

Il souleva une balle en verre. Un fantôme potelé avec une longue barbe blanche était peint dessus. Quand Jack la touchait, il faisait « Ho, ho, ho ! »

— Ah ! cria Sally. Ce fantôme me donne la chair de poule !

— Et bien, dit Jack, puisque c'est un cadeau, je suppose que je devrais le porter.

Il enfila le collier, puis y accrocha la balle. À chaque pas retentissait l'horrible cri du fantôme.

— Ho, ho, ho ! Ho, ho, ho !

— Ça donne quoi ? demanda Jack.

— Très effrayant, dit Sally en tremblant.

En rentrant chez lui, Jack rencontra le Maire.

— Ah ! hurla le Maire.

Ce sera parfait pour Halloween ! songea Jack.

Mais tout le monde avait peur du fantôme effrayant. Sa longue barbe blanche et ses joues très rouges faisaient fuir les habitants d'Halloween-ville !

Plus tard, Sally rendit visite à Jack.

— Je suis venue te dire que ton cadeau est trop effrayant, même pour Halloween-ville. Les enfants font des cauchemars : ils rêvent d'un homme avec une longue barbe !

— C'est terrible, dit Jack.

Il décida alors de rendre le colis au docteur Finklestein.

— Je vais le mettre dans un endroit où il n'effraiera personne, dit le docteur.

Plus tard, on frappa à la porte du château. Le docteur Finklestein répondit.

— C'est le fantôme effrayant ! hurla-t-il.

— Je ne suis pas un fantôme, dit le visiteur.

— Si ! cria le docteur Finklestein. Je te reconnais !

Le docteur Finklestein courut se cacher dans son château.

— Mais mon nom est Père Noël, insista l'inconnu. Je cherche un paquet de Noël qui a été livré ici par erreur !

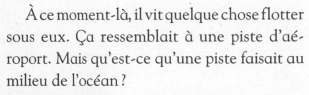
Donald s'envole

Daisy, j'ai une surprise pour toi, dit Donald un beau jour de printemps. J'ai pris des cours de vol.

– Ça, c'est une surprise, dit Daisy.

Donald emmena Daisy à l'aéroport. Sur la piste était posé un vieil avion. Ils y grimpèrent et Donald fit démarrer l'engin.

– Plus haut, plus haut, et on décolle ! cria-t-il.

– Tu peux faire des tours ? hurla Daisy.

– Bien sûr ! fit Donald qui fit faire un looping à l'avion.

– Tu es un très bon pilote, Donald, cria Daisy en applaudissant.

Donald était si fier de lui qu'il dit à Daisy qu'il l'emmènerait où elle voulait.

Daisy réfléchit un instant.

– Allons à Paris, en France !

Donald avait tellement envie d'impressionner Daisy qu'il ne se fit pas prier.

– À nous Paris ! cria-t-il.

Mais, l'engin se mit à tousser et à étouffer.

Oh, oh ! se dit Donald alors que l'avion dégringolait vers l'eau.

– Il y a un problème ? demanda Daisy.

Donald savait qu'ils n'avaient plus d'essence. Mais il ne voulait pas que Daisy s'en rende compte.

– Tout va bien, Daisy, dit Donald nerveusement.

À ce moment-là, il vit quelque chose flotter sous eux. Ça ressemblait à une piste d'aéroport. Mais qu'est-ce qu'une piste faisait au milieu de l'océan ?

En approchant de l'eau, Donald réalisa qu'il devait faire atterrir son avion sur la piste flottante.

Et là, les yeux de Donald lui sortirent presque de la tête. Ce n'était pas du tout une piste. C'était le pont d'un énorme paquebot !

– Canard ! cria un passager.

Donald frôla leurs têtes et atterrit sur le pont.

– Eh, c'est vraiment un canard ! cria un autre passager.

– Bonsoir mesdames et messieurs, retentit alors une voix dans les haut-parleurs. Le dîner est servi !

Donald aida Daisy à sortir de l'avion, certain qu'elle serait fâchée. Mais elle ne l'était pas.

– Un dîner sur un paquebot ! cria-t-elle. Donald, tu es plein de surprises !

– Oui, tout à fait, dit Donald avec un soupir de soulagement. Et il y a une autre surprise : je crois que ce bateau est en route pour la France !

– Oh, Donald ! Tu es le meilleur.

Oh non, pensa Donald alors que Daisy l'embrassait. Ce que je suis vraiment, c'est un canard chanceux !

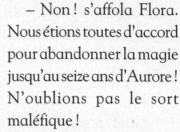

La médecine de fées

Les trois bonnes fées élevaient Aurore depuis bien des années déjà, lorsqu'un matin, la jeune fille se réveilla, avec un très mauvais rhume.

— Il faut absolument la soigner, dit Flora.

Aurore ne quitta pas son lit. Flora lui apporta un bol de soupe et Pâquerette lui servit une tasse de thé chaud. Pimprenelle lui présenta un médicament.

— Ohh ! dit Aurore en fronçant le nez, cela sent terriblement mauvais !

— La plupart des médicaments sentent mauvais, dit sa tante. Bois le vite !

— Désires-tu autre chose ? s'enquit Flora.

La princesse se moucha et courut ouvrir la fenêtre. C'était une belle journée de printemps.

— Ce que je voudrais vraiment, c'est me lever ! dit-elle. Atchoum !

— Oh, non, ma chérie, tu es trop enrhumée ! dit Flora.

Sur ce, les trois « tantes » de la jeune fille quittèrent la chambre de la jeune malade.

— La pauvre ! compatit Pâquerette. Rester au lit, quel ennui !

— Que pouvons-nous y faire ? interrogea Pimprenelle.

— J'ai une idée ! s'écria Flora. Nous allons la distraire !

— Splendide ! dit Pimprenelle. Je vais faire

apparaître des feux d'artifice, un théâtre de marionnettes et…

— Et peut-être quelque chien savant qui fera des galipettes ! ajouta Pâquerette.

— Non ! s'affola Flora. Nous étions toutes d'accord pour abandonner la magie jusqu'au seize ans d'Aurore ! N'oublions pas le sort maléfique !

— Même pas un seul petit tour ? insista Pâquerette. Une toute petite étincelle ?

— Non ! répéta Flora, en tapant du pied.

— Bon, alors, comment font les humains pour se distraire lorsqu'ils sont obligés de garder le lit ? dit la petite fée, de vert vêtue.

— Je sais ! cria Flora. Nous allons faire une partie de cartes !

Les trois bonnes fées jouèrent avec Aurore tout l'après-midi. La jeune fille était ravie. Non seulement elle ne s'ennuyait plus, mais elle gagna toutes les parties !

Lorsque Flora sortit au jardin, Pâquerette s'approcha de Pimprenelle.

— Dis-moi la vérité, murmura-t-elle, l'as-tu laissé gagner par un gentil petit sort ?

— J'ai juste utilisé une magie humaine, confia Pimprenelle à son amie. Il n'y a pas de mal à faire un petit tour de passe-passe ! Après tout, tu dois l'admettre, quand on est déprimé, le meilleur remède, c'est de gagner !

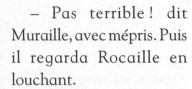

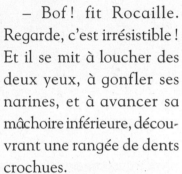

Concours de grimaces

Rocaille, Muraille et La Volière étaient des gargouilles de la cathédrale Notre-Dame de Paris. En présence de Quasimodo, le sonneur de Notre-Dame, ces gargouilles de pierre devenaient vivantes. Même si elles s'aimaient bien toutes les trois, Rocaille et Muraille trouvaient toujours un motif de querelle.

– C'est ridicule ! lança Rocaille à Muraille.

– Non, c'est toi qui es ridicule, lui rétorqua Muraille.

Muraille avait suggéré que Quasimodo dise au juge Frollo, maître de Quasimodo, qu'il désirait faire un tour en ville. Rocaille avait répliqué que Frollo n'accepterait jamais que Quasimodo quitte le clocher, même momentanément. La dispute avait alors débuté.

– C'est toi qui as commencé, dit Rocaille.

– J'ai commencé ? demanda Muraille.

– Exactement, face de pierre ! cria Rocaille.

– Qui appelles-tu face de pierre ? Espèce de crétin !

Brusquement, un sifflement les interrompit.

– Un peu d'attention, s'il vous plaît ! intervint La Volière. Je vais vous proposer un moyen de régler ce différend en véritables gentlemen.

– En quoi cela consiste-t-il ? demanda Quasimodo.

– Un concours de grimaces, dit La Volière. Voici les règles : chacun d'entre vous fait des grimaces à l'autre, et le premier qui réussit à faire rire son adversaire est le gagnant !

– Je commence ! annonça Rocaille en tirant la langue à Muraille.

– Pas terrible ! dit Muraille, avec mépris. Puis il regarda Rocaille en louchant.

– Bof ! fit Rocaille. Regarde, c'est irrésistible ! Et il se mit à loucher des deux yeux, à gonfler ses narines, et à avancer sa mâchoire inférieure, découvrant une rangée de dents crochues.

Muraille essaya de garder son sérieux mais Quasimodo riait.

– Chut ! souffla La Volière. Frollo arrive !

Rocaille et Muraille reprirent leur aspect de gargouilles de pierre.

– Quasimodo, que se passe-t-il, ici ? demanda Frollo, surgissant dans le clocher.

– Rien, Monsieur, répondit le garçon, en essayant de se retenir de rire.

Il avait du mal à garder son sérieux car derrière Frollo, Rocaille et Muraille continuaient à se faire des grimaces.

– Humm ! dit Frollo, l'air méfiant.

Enfin, Frollo redescendit du clocher. Et les quatre amis éclatèrent de rire.

– Vous savez, dit Quasimodo, je n'ai pas besoin d'aller ailleurs pour être heureux ! Je m'amuse bien, avec vous !

Walt Disney
ALICE
au PAYS des MERVEILLES

Pour ne pas se sentir triste

Un lapin blanc passa à toute vitesse devant Alice…

– Oh, pauvre de moi ! Pauvre de moi ! se lamentait-il.

– Que vous arrive-t-il, monsieur le Lapin ? demanda Alice.

Mais le Lapin Blanc était déjà loin.

Alice s'assit.

– Je ne sais comment sortir d'ici ! dit-elle, inquiète.

– Que se passe-t-il ? demanda une voix. Tu sembles préoccupée !

Alice regarda autour d'elle, mais ne vit personne.

– Où êtes-vous ? demanda-t-elle.

Le Chat du Chester surgit brusquement de nulle part.

– Tu as besoin d'aide ? demanda-t-il.

– Tu peux m'aider ?

– Bien sûr ! dit le Chat du Chester avec une grimace. Mais tu devras faire exactement ce que je dis.

– D'accord ! accepta Alice.

– D'abord, tu vas mettre ce manteau !

– Mais c'est le printemps ! protesta Alice.

– Tu as promis de faire tout ce que je dis, rappela le Chat.

– Oui ! affirma Alice, en commençant à passer le manteau.

– Devant derrière ! ordonna le Chat.

– Mais… commença Alice.

Le Chat du Chester commençait à disparaître.

– Ne pars pas ! Je le mets, s'écria Alice. Dès qu'elle eut passé le manteau, le Chat réapparut.

– Faisons une petite promenade, dit-il en souriant à Alice.

– Mais je me sens un peu ridicule ! protesta Alice.

– Ne t'inquiète pas, personne ne te verra.

– Maintenant, bois cette tasse de sauce à la pomme ! ordonna le Chat du Chester.

– Tu veux dire du jus de pomme ? demanda Alice.

– Non, de la sauce à la pomme ! Bois-la et décris un cercle en marchant. Trois fois de suite.

Alice hésita.

– Tu en es sûr ?

– Cela a toujours marché.

– Bon, d'accord !

Mais quand elle entama son deuxième cercle, ses doutes s'accentuèrent.

– Je pense que tu me fais une blague ! s'écria-t-elle. Tu cherches à me rendre ridicule !

– C'est vrai, reconnut le Chat du Chester. Mais il est plus difficile de se sentir triste quand on est ridicule !

Il eut un grand sourire avant de disparaître.

Alice réfléchit un moment et se dit que le Chat avait raison : si elle était toujours perdue, elle se sentait moins triste maintenant !

Yeux de serpent

Je sssuis affamé, siffla Kaa, ondulant entre les arbres de la jungle. Il me faut un en-casss…

Soudain, Kaa vit une silhouette se détendant par terre. C'était Mowgli. Kaa ondula jusqu'à lui.

– Tu as sssommeil ? siffla Kaa. Tu as l'air d'avoir sssommeil. Regarde mes yeuxsss…

Mowgli essaya de ne pas les regarder, mais en vain. Quand il se tournait, Kaa était là. Quand il se retournait, Kaa était aussi là !

– Glisssse dans le sssommeil, siffla Kaa. Sssommeil… sssommeil…

Sans s'en apercevoir, son corps devint tout mou. Kaa l'avait hypnotisé !

Heureusement, ses amis passèrent par là.

– Regarde ! cria Bagheera. Kaa s'en prend encore à Mowgli !

– Vas-y et fais quelque chose, lui dit Baloo.

– La dernière fois, c'est moi qu'il a hypnotisée, dit Bagheera. Toi, fais quelque chose.

Les canines de Kaa salivaient alors qu'il enroulait son long corps autour de Mowgli. Puis il ouvrit sa bouche géante et… eh ! Quelqu'un lui avait lancé un bâton dans la mâchoire, la maintenant écartée !

– Salut Kaa, dit Baloo.

La mâchoire puissante du python cassa le bâton.

– Tu ne devrais pas t'immissscer entre un ssserpent et ssson en-casss, siffla-t-il.

– Oh ! Pardon ! dit Baloo. Je ne faisais qu'admirer ton talent.

– Mon talent ? fit Kaa. À moi ?

– Bien sûr ! dit Baloo. Ta façon d'hypnotiser Mowgli est impressionnante. Je parie que tu pourrais hypnotiser presque tout dans la jungle. Presque…

– C'est-à-dire, presque ? dit Kaa.

Baloo se frotta les ongles contre sa fourrure.

– Voyons. Je parie que tu ne peux pas hypnotiser… un poisson. Baloo désigna le lac.

– Regarde-moi sssimplement, dit Kaa à Baloo en ondulant vers le lac.

En penchant sa tête au-dessus de l'eau, Kaa siffla :

– Regarde mes yeuxsss. Tu as sssommeil… sssommeil… sssommeil…

Soudain, Kaa arrêta de siffler. Et de bouger. Il ne faisait que fixer l'eau.

Bagheera se posa près de Baloo.

– Qu'est-ce qui lui prend ? chuchota-t-elle. Baloo se mit à rire.

– Kaa voulait tellement me prouver que j'avais tort, qu'il n'a même pas remarqué que l'eau lui renvoyait son propre reflet. Ce serpent fou s'est hypnotisé tout seul !

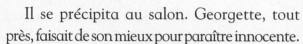

Oliver joue au piano

Il faut que je me débarrasse de ce chaton, marmonna Georgette le caniche.

Depuis que Georgette était un chiot, elle avait l'habitude d'être le seul animal dans la maison de Jenny. Il y avait à présent un petit chaton perdu appelé Oliver.

Tous les jours, Jenny le nourrissait dans le bol élégant de Georgette, brossait ses poils avec la brosse de Georgette et… jouait du piano pour Oliver !

Ce qui donna une idée à Georgette.

– Le piano ! Maintenant je sais comment me débarrasser de ce félin à poils !

Georgette attendit que tout le monde fut couché. Puis elle alla discrètement vers Oliver, attrapa le chaton endormi, le jeta dans le gros piano et ferma le couvercle. Bang !

Dans le piano, Oliver regarda autour de lui. Il fut surpris de se trouver dans une boîte en bois sombre. Il cherchait la sortie, mais à chaque mouvement, ses pattes cognaient les cordes du piano. Plic ! Ploc !

Il se mit à remuer plus vite.

– C'est amusant ! s'écria Oliver. Ploc ! Bing ! Plic ! Je joue du piano comme Jenny !

Plic ! Ploc ! Plic ! Pliquiti Ploc !

Le boucan réveilla vite toute la maison !

– Qu'est-ce que ce bruit horrible ? cria Winston, le majordome.

Il se précipita au salon. Georgette, tout près, faisait de son mieux pour paraître innocente.

– C'est ce chat ! siffla Winston. Cette créature bruyante doit partir !

C'est gagné ! se dit Georgette… jusqu'à ce que Jenny arrive, en robe de chambre, et alla rapidement ouvrir le couvercle du piano. Quand elle vit Oliver, elle cria :

– Qu'il est mignon !

Le majordome se gratta la tête.

– Oliver essaye de jouer au piano, dit Jenny. Quel chaton merveilleux !

Jenny embrassa Oliver, qui ronronnait.

Quand le majordome vit Jenny et Oliver, son cœur fondit.

– Oh, bon, je suppose qu'un peu de bruit n'est pas la fin du monde. C'est l'heure d'aller au lit, Jenny.

– Bonne nuit, dit Jenny. Puis elle embrassa Oliver sur la tête.

– Tu dois dormir toi aussi maintenant. Laisse-moi te border.

Avant de partir, Jenny caressa la tête de son caniche.

– Oh, Georgette, dit-elle, quelle chance d'avoir un nouvelle ami comme Oliver dans la maison !

Diable ! se dit Georgette. C'est cette boule de poils qui a de la chance !

Walt Disney
Pinocchio

Réveille-toi, Jiminy !

Jiminy Criquet se gratta la tête tout en bâillant. Il grimpa sur les bords de la petite boîte d'allumettes qui lui servait de lit et vit que Pinocchio dormait profondément.

Ce qui s'était passé cette nuit-là était si merveilleux, que Jiminy n'en croyait pas ses yeux ! Ou plutôt, ses antennes ! La Fée Bleue avait exaucé le vœu de Geppetto d'avoir un fils en donnant la vie à un simple pantin de bois ! Et elle avait fait de lui la conscience de Pinocchio !

Jiminy sauta de son lit : inutile d'essayer de se rendormir. Devenir la conscience de quelqu'un représentait une lourde tâche mais il s'en sentait capable.

Le bien et le mal, se dit-il en observant tour à tour sa patte droite et sa patte gauche. Je connais la différence. Tout ce que j'ai à faire, c'est de le dire à Pinocchio.

Jiminy prit sa veste toute neuve suspendue à son lit, et fit tournoyer dans les airs le beau chapeau qui lui était destiné. Comment résister plus longtemps ? Vite, il enfila sa chemise, sa veste, ses chaussures toutes neuves, et se coiffa du chapeau. Puis il se précipita vers le bocal du poisson rouge afin d'admirer son reflet.

– Quelle élégance ! murmura-t-il, radieux. Dommage qu'il y ait cette petite tâche, sur ma chaussure.

Jiminy souffla dessus et l'essuya avec sa manche. Maintenant, sa chaussure brillait et il se sentait beau comme un prince !

Soudain, Geppetto se mit à ronfler bruyamment. Dehors, le ciel commençait à devenir plus clair. Le criquet jugea préférable de se recoucher afin d'être en pleine forme pour la journée. En un instant, ses nouveaux habits furent rangés, et il se blottit dans son lit.

– Un grand jour m'attend ! Un très grand jour ! dit-il avec un bâillement.

Il fut réveillé par le bruit de centaines de coucous. Il s'assit dans son lit et se frotta les yeux, ne sachant plus où il était. Enfin, les événements de la veille lui revinrent à l'esprit. Vite, au travail !

– Réveille-toi, Pinocchio ! appela-t-il en direction du grand lit.

Mais Pinocchio n'était plus là. Le lit était fait. Geppetto et Figaro avaient aussi disparu !

Le poisson rouge s'agitait frénétiquement dans son bocal, pour s'arrêter dans la direction de la porte.

– Je ne me suis pas réveillé ! lança Jiminy en enfilant rapidement ses nouveaux habits. Je ne peux pas laisser Pinocchio pour son premier jour d'école ! Pas la peine d'être une conscience pour savoir que c'est mal !

Et il fila vers la porte en un éclair.

Walt Disney

ROBIN DES BOIS

Rendez-vous avec Belle Marianne !

Robin redressa son bonnet et lissa ses moustaches.

— Comment me trouves-tu, Petit Jean ? demanda-t-il.

— Tu es tel que toujours, dit Petit Jean, un véritable Casanova.

— Espérons que Belle Marianne sera de ton avis, soupira Robin. Si seulement elle se souvient de moi…

— Cesse de divaguer et mettons-nous en route, dit Petit Jean. Le temps nous est compté.

— D'accord, d'accord, acquiesça Robin.

Mais à la vérité, il était un peu nerveux. Belle Marianne était la plus intelligente et la plus jolie personne qui soit. Mais elle vivait à Londres depuis quelques années, maintenant. Se souvenait-elle seulement de son amour de jeunesse ?

— Allons-y, répéta Petit Jean.

Les deux compagnons se mirent en chemin. Robin devait se montrer très prudent car le Prince Jean l'avait déclaré hors-la-loi. Si lui-même ou l'un de ses hommes tombait entre ses mains, il serait jeté en prison, ou pire encore.

Bientôt Robin atteint l'enceinte du château. Derrière la porte, il pouvait entendre des voix féminines, rire et bavarder. Peut-être l'une d'entre elles appartenait-elle à Belle Marianne !

Le cœur de Robin battait à tout rompre. Il fallait qu'il sache !

D'un coup d'œil aux alentours, il remarqua un arbre dont les branches retombaient dans le parc du château. Parfait !

Robin commença à y grimper. Quand il fut assez haut, il glissa à califourchon sur une branche pour se retrouver à l'intérieur du mur d'enceinte. Puis, il écarta quelques bouquets de feuilles et se pencha pour voir qui parlait. C'était bien Marianne ! L'élue de son cœur jouait au badminton avec dame Gertrude, sa dame de compagnie. Belle Marianne était fort habile !

— Bien joué ! gloussa dame Gertrude, comme Belle Marianne marquait un point.

— Oups ! fit la belle alors que le volant sortait du cour.

Il tournoya tout près de la cachette de Robin. Déterminé à le rapporter à la dame de ses pensées, Robin bondit aussitôt pour l'intercepter mais le manqua de peu. Ils atterrirent tous les deux au pied de l'arbre.

Quelle entrée en scène imprévue !

— Qui était-ce ? demanda dame Gertrude, alors que l'amoureux s'échappait à toute vitesse.

— Un certain hors-la-loi, je crois, dit Belle Marianne en souriant. Il a pour nom Robin des Bois…

Abracadabra !

Manty n'était pas en forme. Gypsy pouvait en témoigner. Ce jour-là, il avait déjà marché sur son turban et perdu deux baguettes magiques.

Gypsy savait donc qu'elle devait être en pleine forme, d'autant que Manty proposait un nouveau tour : la Torture de la chambre de la mort.

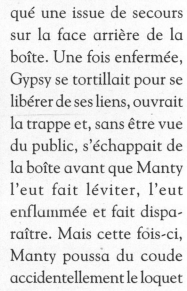

—Mesdames et Messieurs, annonça Manty, préparez-vous à être stupéfaits, par la Torture de la chambre de la mort ! Vous verrez Gypsy, ma jolie et talentueuse assistante, entrer dans cette boîte, les mains et les pieds attachés. Je remplirai la boîte d'eau, je la fermerai et je la ferai léviter à 20 cm du sol. Puis, j'y mettrai le feu et vous verrez la boîte disparaître sous vos yeux effarés !

Manty et Gypsy avaient répété la scène à fond. Tout était prévu dans les moindres détails. Mais le moindre pépin pouvait mettre Gypsy en grande difficulté.

Il n'y eu pas seulement un pépin, mais trois gros pépins ! Manty fit une première erreur lorsqu'il attacha les pieds et les mains de Gypsy. Il devait laisser les cordes desserrées pour que Gypsy puisse se délier une fois à l'intérieur.

Malheureusement, Manty avait serré trop fort sans le faire exprès !

Deuxième erreur, il mit trop d'eau dans la boîte. Lors de la répétition, il avait laissé un peu d'espace afin de permettre à Gypsy de respirer. Mais cette fois, il n'y avait pas pensé !

La troisième erreur de Manty fut d'avoir fermé la trappe. Gypsy et lui avaient pratiqué une issue de secours sur la face arrière de la boîte. Une fois enfermée, Gypsy se tortillait pour se libérer de ses liens, ouvrait la trappe et, sans être vue du public, s'échappait de la boîte avant que Manty l'eut fait léviter, l'eut enflammée et fait disparaître. Mais cette fois-ci, Manty poussa du coude accidentellement le loquet qui fermait la trappe de l'extérieur. Gypsy était enfermée.

Par chance, Gypsy n'avait rien laissé au hasard : elle avait mis un petit morceau de verre bien coupant à l'intérieur de la boîte de sardines. Elle avait aussi appris à retenir sa respiration pendant dix minutes. Et mit un bouton de déblocage en cas d'urgence, à l'intérieur de la trappe.

Si bien qu'elle se retrouva hors de la boîte, saine et sauve.

À la fin du tour, Manty fit venir Gypsy devant l'assistance.

—Comment as-tu fait, ma chère ? demanda-t-il d'un air théâtral.

— C'était magique ! répondit Gypsy avec un sourire et... un soupir de soulagement.

101 DALMATIENS

Patch et la panthère

Ce soir-là, les quinze chiots de Pongo et Perdita regardaient leur épisode préféré à la télévision. Ouragan, le héros, parcourait la jungle sauvage.

Soudain, ses oreilles se dressèrent. Les chiots retinrent leur respiration. Deux yeux jaunes apparurent dans les buissons. C'était une panthère !

— Ouragan, derrière toi ! cria Penny à la télévision.

— Ouragan échappera-t-il à cette terrible panthère ? dit la voix du présentateur. Ne manquez pas le prochain épisode !

— Grr ! grognèrent les petits, déçus.

— Je parie qu'Ouragan la mettra en pièces ! dit Patch.

— Oh, moi, j'ai peur des panthères ! lui dit son frère Lucky.

— Pas moi ! aboya Patch.

— Bon, allez les enfants, au lit ! dit Pongo en éteignant la télévision d'un coup de museau. Puis il s'assura que les petits montaient bien à l'étage et les installa dans leur panier.

— Bonne nuit ! dit Pongo.

— Bonne nuit, Papa !

Pongo éteignit la lumière. Peu de temps après, de petits ronflements se faisaient entendre. Tous les petits dormaient.

Tous sauf un. Patch, bien réveillé, pensait encore à Ouragan et à la panthère.

J'aimerais bien qu'une panthère vienne faire un tour par ici, se disait-il, je lui dirais une ou deux petites choses !

Le plancher craqua soudain. Patch dressa l'oreille, aux aguets. Puis il s'aventura hors du panier. Le plancher craqua de nouveau.

Et si c'était une panthère ? songea Patch, en frissonnant. Mais je n'ai pas peur des panthères, se rappela-t-il aussitôt.

Soudain, une ombre glissa dans le couloir. L'ombre avait une longue queue… comme les panthères… Puis, deux yeux jaunes apparurent dans l'obscurité.

— Aroou ! glapit Patch.

Il voulut courir mais il trébucha et en un bond, la panthère était sur lui. Patch pouvait sentir son souffle dans son cou. Il ferma les yeux…

— Patch, qu'est-ce que tu fais ici ? demanda la panthère.

Patch rouvrit les yeux. C'était Pongo !

— Je jetais juste un œil… pour les panthères ! expliqua le chiot, embarrassé.

— Pourquoi ne vas-tu pas te reposer ? suggéra son père. Je te remplacerai un moment… pour les panthères !

— D'accord, P'pa ! dit Patch en bâillant. Et Patch s'endormit presque aussitôt.

D'étranges loopings

Ce jour-là, la princesse Kida montrait les merveilles d'Atlantide à Milo et aux autres explorateurs. Vinny trouva un médaillon ancien en or. Impressionné, le groupe rechercha d'autres trésors.

Milo décida de poursuivre ses explorations en compagnie de Kida. Elle le conduisit en haut d'une pyramide sur laquelle était posé un engin en forme de requin.

– C'est un Aktirak, déclara la princesse.

– Le mot « aktirak » doit signifier requin dans la langue des Atlantes, dit Milo. Ce véhicule ressemble à un requin-marteau. Si on faisait un petit tour ?

– D'accord ! Mais tâche de ne pas tout détraquer, comme tu sais si bien le faire !

– Je suis vraiment désolé ! reconnut Milo.

Kida mit le moteur en marche à l'aide de son médaillon de cristal et monta à bord avec son compagnon.

À peine Milo eut-il appuyé sur un bouton que l'Aktirak fondit vers le ciel.

– Génial ! s'écria le garçon. Cet engin ressemble à un requin, mais il vole comme un aigle !

Soudain, ils furent entourés par un banc de poissons volants. L'un d'eux frappa le visage de Milo.

– Il vaut mieux rentrer ! s'exclama Milo. Mais l'Aktirak s'élança vers le ciel.

– Attention ! Les falaises, là-haut ! cria Kida.

Milo tenta de les éviter, mais l'Aktirak avait du mal à s'élever. D'un instant à l'autre, ils allaient s'écraser contre les rochers…

– La grotte ! hurla Kida, en désignant un trou, sur le flanc de la falaise.

Milo parvint à glisser son engin dans l'entrée d'une immense caverne. Il réussit à zigzaguer entre les stalactites quand il aperçut la tête d'un énorme poisson-pierre. Sa gueule grande ouverte laissait passer la lumière du jour. L'Aktirak s'engouffra dans la gueule du poisson.

– Et voilà ! Le tour est joué ! déclara Milo.

Mais, la queue de l'engin heurta le poisson-pierre et il devint ingouvernable.

– Tiens bon ! cria Milo.

L'engin frappa une face de la pyramide, puis rebondit pour aller se poser à l'endroit exact où Kida et Milo l'avaient trouvé.

Alertés par le vacarme, leurs compagnons se précipitèrent vers eux et les trouvèrent près de l'engin hors d'usage.

– Que s'est-il passé ? demanda Audrey. Tu as vraiment piloté cette épave ?

– Oui ! Mais je crois que je devrais m'inscrire pour obtenir le permis de conduire atlante ! plaisanta Milo.

Disney Aladdin

Le blues d'Abu

Abu ne peut pas le croire. Il y a encore une seconde, il était un singe et le voilà transformé en éléphant. Tout ça par la faute du génie qu'Aladdin avait trouvé dans la lampe !

Le pire, c'est que personne ne semble remarquer qu'il n'est pas ravi de sa nouvelle forme.

Aladdin, maintenant connu sous le nom de Prince Ali, bavarde avec le génie bleu sur son tapis volant.

Abu leur lance un regard furieux. Quelques heures auparavant, il était encore le seul ami d'Aladdin. Mais à présent, le jeune homme ne semble même plus s'apercevoir de sa présence.

Abu regarde le génie. Celui-ci tend ses bras et ouuuff ! des douzaines de singes blancs surgissent de nulle part. Puis il fait apparaître une troupe de charmeurs de serpents.

Abu a déjà failli se prendre les pieds dans sa trompe et il aimerait trouver un coin tranquille. Il s'assoit, rêvant à un jus de melon ou une banane. Pourra-t-il encore se promener au marché avec Aladdin en quête d'un casse-croûte gratuit ? Aladdin aura-t-il encore un peu de temps à lui accorder entre le géant bleu et la princesse Jasmine ?

Abu se renfrogne. C'est à cause de Jasmine. Depuis qu'Aladdin l'a rencontrée, c'est comme si le petit singe n'existait plus pour lui.

– Abu ! Abu !

Abu réalise tout à coup qu'on l'appelle. C'est Aladdin.

– Ah, te voilà ! crie le prince. Nous te cherchions partout !

Abu le regarde, suspicieux. Que veut-il ? En quoi le génie va-t-il le transformer cette fois-ci ? En vilain cobra pour les charmeurs de serpents du Prince, pourquoi pas ?

– Viens ! continue Aladdin, sans remarquer la mine d'Abu. C'est presque l'heure !

L'heure de quoi ? Abu n'a aucune idée de ce dont parle son ami. Il boude et continue de se plaindre.

– Ne sois pas bête, Abu ! s'exclame Aladdin. Tu es le personnage le plus important de la parade. Maintenant, je t'en prie, viens ici tout de suite !

– Prêt, petit singe ? demande le génie. Euh… je veux dire, éléphant d'honneur ?

Il agita les bras et un luxueux harnachement apparut sur le dos d'Abu. Le génie y déposa Aladdin.

Abu comprend tout maintenant. Il est à la première place de la grande parade ! Aladdin ne l'a pas oublié malgré ses nouveaux amis. Levant la trompe fièrement, il barrit aussi fort qu'il peut et ouvre la marche vers le palais du Sultan.

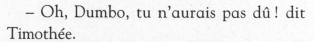

Le plus beau des cadeaux

A part sa maman, Madame Jumbo, tous les éléphants du cirque font comme si Dumbo n'existait pas. Ils se moquent de ses grandes oreilles et disent qu'il n'arrivera jamais à rien.

Seul Timothée le souriceau est différent. Depuis le jour où Dumbo l'a rencontré, Timothée n'a cessé de l'encourager. Dumbo est si heureux d'avoir un ami comme lui qu'il aimerait le remercier.

Alors, un après-midi, le petit éléphant décide de faire un cadeau au souriceau.

À l'heure du repas, Dumbo met de côté une balle de foin. Puis il traîne le foin jusqu'au grand mât et cherche Timothée. Il le trouve allongé à l'ombre de la cage aux lions et dépose son cadeau à ses pieds.

– Salut Dumbo ! dit Timothée. Qu'est-ce que tu fais avec ce ballot ?

D'un coup de trompe, Dumbo pousse le foin vers son ami,

– C'est pour moi ? dit Timothée. Merci… Je me demande ce que je vais faire de tout ça.

Le cœur de Dumbo se serre lorsqu'il réalise que les souris ne mangent pas de foin. Il veut offrir à Timothée un cadeau qui lui fera vraiment plaisir.

Le lendemain, Dumbo découvre un parterre de fleurs près de la tente des éléphants. Il cueille un joli bouquet et l'apporte à Timothée.

– Oh, Dumbo, tu n'aurais pas dû ! dit Timothée.

Le souriceau saisit le bouquet et tombe sous son poids. Les fleurs sont éparpillées.

– Oh, regarde ce que j'ai fait !

Mais Dumbo sait qu'il est le seul à devoir se sentir coupable. Son bouquet de fleurs était beaucoup trop lourd pour Timothée.

Le jour suivant, le jeune éléphant trouve des ballons oubliés par des enfants.

– Des ballons, pense Dumbo. Ceux-là ne seront pas trop lourds pour Timothée, ils flottent tout seuls !

Aussi, l'éléphanteau les dénoue-t-il et les apporte au pied du grand mât.

Mais quand Timothée les prend dans sa petite patte, il décolle avec les ballons.

Vite, Dumbo l'attrape par la ceinture et le dépose gentiment sur le sol.

Puis, avec un soupir déçu, Dumbo remporte son cadeau. Décidément, trouvera-il jamais le bon cadeau pour Timothée ?

– Dumbo ! dit le souriceau. Je voudrais te remercier pour m'avoir fait le plus beau cadeau qui soit.

L'éléphanteau le regarde, éberlué.

– Tu es mon meilleur ami, ajoute Timothée. Et c'est le meilleur cadeau que je puisse souhaiter !

Une leçon d'histoire

Ariel, que vais-je faire de toi ? s'impatienta le roi Triton, exaspéré, en regardant sa fille d'un air préoccupé. Tu sais bien que tu n'as pas le droit de monter à la surface de l'océan !

La Petite Sirène avait la mine renfrognée. Elle avait été surprise en train de se diriger vers la surface, une fois de plus, pour se rendre chez son amie Eurêka la mouette. Le roi ne comprenait pas l'intérêt de sa fille pour le monde des humains. Et la plupart des conversations qu'il avait avec elle tournaient aux cris et aux reproches, ce qui le consternait.

– Vois-tu, Ariel, commença-t-il, l'air songeur, tu cherches à en savoir le plus possible sur le monde des humains, mais je suppose que tu connais mal celui dans lequel tu vis !

– Que veux-tu dire, papa ? demanda Ariel, étonnée. Qu'y a-t-il à connaître, ici ?

– Que sais-tu sur la première Reine du peuple de la mer ? interrogea Triton.

– Pas grand-chose ! reconnut Ariel.

Quelques instants plus tard, la Petite Sirène et son père nageaient lentement dans le Royal Mersum (le musée du peuple de la mer, si tu préfères) et Ariel s'aperçut que l'histoire des siens était beaucoup plus passionnante qu'elle ne l'avait imaginé.

– Voici le portrait de la reine Fluidia, notre première reine. C'était mon arrière-arrière-arrière-arrière-arrière arrière-arrière-arrière-arrière-grand-mère ! dit le roi Triton. Il désigna le portrait en sable d'une sirène royale, un sceptre en perle à la main.

La reine Fluidia a rassemblé tout le peuple de la mer en un seul royaume, pour combattre une invasion de requins. L'Armée des Requins était l'armée la plus importante et la plus puissante que l'océan ait jamais connu, mais Fluidia ne se laissa pas faire ! Elle se servait de son sceptre en perle comme d'un gourdin !

– Oh ! là, là! s'exclama Ariel. Elle devait être redoutable !

– Oui ! Elle repoussa cette bande de requins en moins de temps qu'il ne faut pour le dire ! En signe de gratitude, le peuple de la mer la sacra reine. Ariel, tu viens d'une famille remarquable ! Et tu me fais souvent penser à Fluidia. Tu as sa volonté farouche ! Tu accompliras de grandes choses, même si nous ne sommes pas toujours d'accord sur la façon de le faire !

– Merci, papa ! dit la Petite Sirène, en embrassant son père.

Elle décida de ne pas lui faire remarquer que son trident ressemblait beaucoup au zirgouflex avec lequel les humains coiffent leurs cheveux. Elle le lui dirait peut-être une autre fois !

Joyeuse fête des Mères !

Un beau jour de mai, Petit Gourou passa chez Winnie l'Ourson.

— J'ai un problème, dit-il. C'est bientôt la fête des Mères et je ne sais pas quoi offrir à ma maman. Tu as des idées ?

— Laisse-moi y réfléchir dit Winnie. Voyons, voyons, voyons. Un cadeau pour la fête des Mères…

Par chance, Winnie aperçut un gros pot de miel.

— C'est ça ! Les mères aiment le miel !

— Ah bon ? demanda Petit Gourou.

— Tout le monde, non ? demanda Winnie.

Alors Winnie donna un petit pot de miel à Petit Gourou, qui rebondit ensuite jusqu'à la maison de Coco Lapin.

Comme toujours, Coco Lapin jardinait.

— Salut, Petit Gourou. Il y a quoi dans le pot ?

— Du miel, expliqua Petit Gourou. C'est pour la fête des Mères.

Coco Lapin fronça les sourcils.

— Non, non, non, dit-il. Les mères n'aiment pas le miel. S'il y a une chose qu'elles veulent pour la fête des Mères, c'est une botte de carottes bien fraîches.

— Ah bon ? douta Petit Gourou.

— Oh oui ! dit Coco Lapin. Il se pencha dans son tonneau et en sortit une botte de carottes fraîchement cueillies.

— Merci, Coco Lapin dit Petit Gourou. Puis il passa chez Bourriquet.

— Qu'est-ce que tu as là ? demanda Bourriquet.

— Des cadeaux pour la fête des Mères, dit Petit Gourou.

— Je suppose qu'il y a des mères qui aiment les carottes, dit Bourriquet. Et d'autres qui aiment le miel. Mais à mon avis, tu ne peux pas te tromper avec des chardons épineux.

— Des chardons épineux ? demanda Petit Gourou.

— Mais oui, répondit Bourriquet. Tiens, prends ceux-là. Maman Gourou sera sûre de passer une joyeuse fête des Mères. Si c'est ce qu'elle veut.

— Et bien merci, dit Petit Gourou, en mettant les chardons dans sa poche.

Il pensa à ses cadeaux toute la soirée.

Le lendemain matin, Petit Gourou bondit dans le salon.

— Bonne fête des Mères, maman !

— Oh, merci mon chéri, dit Maman Gourou.

— Je n'ai pas arrêté de penser à ton cadeau, expliqua Petit Gourou. Winnie disait du miel. Coco Lapin des carottes. Et Bourriquet des chardons. Mais j'ai décidé de te donner ça, dit-il en se jetant au cou de sa maman.

Maman Gourou sourit.

— Merci, Petit Gourou. C'est le plus beau cadeau de fête des Mères !

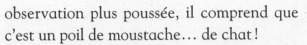

Disney
Basil
DÉTECTIVE
PRIVÉ

La première affaire de Dawson

Mon petit souriceau a disparu ! annonce en pleurant Madame Sourington à Basil, le célèbre détective privé. Pouvez-vous m'aider à le retrouver ?

Basil est occupé à observer à la loupe un mur de briques en quête d'indices.

– Désolé, dit-il. Je suis sur une affaire de la plus haute importance, il s'agit de la Reine et je n'ai pas une minute.

– Attendez, Madame, s'interpose le docteur Dawson, associé du détective. Basil est trop occupé, mais je peux vous offrir mes services.

– Merveilleuse idée ! dit Basil.

Avant que David Dawson ne sorte avec Madame Sourington, Basil l'arrête.

– N'oubliez pas ceci, dit-il en tendant un parapluie à son ami.

– Mais il fait beau, aujourd'hui, dit Dawson étonné, pourquoi en aurais-je besoin ?

– Un jour de soleil peut s'assombrir plus vite qu'on ne le pense, fait remarquer Basil. Souvenez-vous de cela et tout ira bien.

Dawson hausse les épaules, prend le parapluie et dit :

– Madame Sourington, où avez-vous vu votre fils pour la dernière fois ?

Madame Sourington le conduit devant un magasin. Dawson fouille le périmètre et découvre un cheveu blanc. Mais après une observation plus poussée, il comprend que c'est un poil de moustache… de chat !

Un oiseau perché dans l'arbre devant la boutique le dépose sur le toit. Là, Dawson découvre le matou endormi. Entre ses pattes, une minuscule queue de souris.

Comment dégager la petite créature du félin ? Il se souvient du parapluie.

Il l'utilise comme levier et voit apparaître le fils de Madame Sourington, pétrifié de peur.

– Le chat me gardait pour son dîner.

Dawson libère le souriceau. Soulagé, il fait signe à sa mère qui attend de l'autre côté de la rue. Mais avant que Dawson ait pu rappeler l'oiseau passeur, le chat se réveille.

Il n'y a plus qu'une solution. Le docteur ouvre son parapluie et saute dans le vide, avec le petit.

Madame Sourington pousse un cri perçant. Mais l'objet se gonfle d'air, ralentit leur chute et ils atterrissent en douceur sur le trottoir.

– Oh, merci docteur Dawson ! s'écrie la mère en serrant son fils dans ses bras.

Au retour du major, Basil est enchanté d'apprendre comment celui-ci a sauvé l'enfant.

– Et merci pour le parapluie, dit Dawson à Basil. C'est vous qui aviez raison, rien de tel pour se sortir d'une embarrassante situation !

Le Monde de Ne-qui ?

Le récif va s'écrouler, s'écrouler.

Nemo était en train de se frotter contre l'anémone, quand la pire chanson qu'il ait entendue dans sa vie lui fit peur. Il plongea au fond de l'anémone. La chanson continuait.

– Ma chère pieuvre.

Elle semblait familière… Recroquevillé, Nemo fit dépasser sa tête des tentacules pour voir qui faisait ce boucan épouvantable.

– Dory !

Nemo aurait dû le savoir. Comment oublier cette voix ? Nemo se précipita vers le poisson-chirurgien bleu.

– Dory ! Où étais-tu passée ?

Il avait l'impression que ça faisait des années qu'il n'avait pas vu le poisson qui avait aidé son papa à le sauver de l'aquarium du dentiste. Il était impatient de la serrer dans ses nageoires !

Quand Nemo s'approcha, Dory arrêta de chanter. Une bonne chose. Mais son visage resta inexpressif. Une mauvaise chose.

– Tu as parlé, petit ? demanda-t-elle.

– Dory, c'est moi, Nemo, répondit-il.

– Ne-qui ? demanda-t-elle, l'air ahuri. Désolée, petit, te connais pas. Je nageais par là, chantant. Eh ! Pourquoi je chantais ? Je suis connue ? C'est peut-être pour ça que tu me connais.

– Dory ! On est amis, tu te souviens ?

– Amis ? Je viens juste de sympathiser avec un bernard-l'ermite… je crois.

Dory nagea en rond pour chercher le crabe, mais elle fut distraite et commença à poursuivre sa queue.

– S'il te plaît Dory, essaye de te souvenir. Tu as participé à mon sauvetage. Tu m'as aidé à retrouver mon papa. Un gros gars orange ! Trois bandes blanches ! Il me ressemble pas mal.

– Mon papa ? Qui te ressemble ? Tu ne ressembles pas du tout à mon papa.

Dory regarda Nemo comme s'il était fou et commença à partir.

– Essaye d'y réfléchir un peu, supplia-t-il. Elle doit se souvenir.

– Je m'appelle Nemo !

Dory ralentit, revint en regardant Nemo sous toutes les coutures puis se mit à rire si fort que des bulles sortirent de son nez.

– Je t'ai eu, hein ? déclare-t-elle en le prenant dans ses nageoires.

– C'était juste une blague. Tu sais bien que je ne pourrais jamais t'oublier !

Nemo gloussa et fit des cercles autour de son amie.

– Elle était bonne, Dory ! lui sourit-il.

Dory lui sourit à son tour.

– Elle était bien bonne, qui ?

Nemo ronchonna. Ah ! Cette Dory !

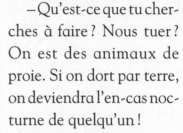

Les remerciements de Simba

Simba se prélassait dans la jungle : ça faisait longtemps qu'il ne s'était pas senti aussi heureux. Après la terrible défaite près du Rocher du Lion, il ne pensait pas être à nouveau heureux. Mais Timon et Pumbaa l'avaient aidé à se sentir mieux.

Je devrais faire quelque chose pour les remercier, se dit Simba. Quelque chose de vraiment spécial !

Il décida de leur faire un cadeau. Il aperçut un gros morceau d'écorce étalé par terre et eut une idée.

– Ta-da ! s'écria-t-il un peu plus tard en conduisant ses amis au cadeau.

Pumbaa cilla.

– Merci, dit-il. Euh, qu'est-ce que c'est ?

– Un grattoir, répondit Simba en sortant ses griffes.

Il avait utilisé des lianes pour l'attacher à un gros tronc d'arbre.

– Eh bien ! fit Timon, quelle belle attention, Simba. Mais c'est un peu haut pour moi.

Il s'étira de tout son long mais il l'atteignait à peine.

Pumbaa hocha la tête.

– Et je ne me gratte pas. J'ai mes sabots.

– Oh ! Je n'y avais pas pensé !

– Merci quand même, petit, dit Pumbaa.

Simba décida d'essayer encore en leur construisant un lit confortable. Il creusa un bon trou, puis le remplit de choses douces : des plumes, du sable et de la fourrure.

– Ta-da ! s'écria-t-il en le montrant à ses amis.

– Qu'est-ce que tu cherches à faire ? Nous tuer ? On est des animaux de proie. Si on dort par terre, on deviendra l'en-cas nocturne de quelqu'un !

Simba soupira. Pourquoi ne trouvait-il pas une idée qui leur plaise ?

– J'aurais adoré ce grattoir, dit-il. Le lit aussi.

Soudain, il réalisa ce qu'il venait de dire. Il ne pensait qu'aux cadeaux qu'il aimerait…

– Je dois penser comme eux, murmura-t-il. Un peu plus tard, il les fit venir.

– J'ai quelque chose pour vous.

Il désigna une pile de feuilles de palmier.

– Je pense que vous allez adorer. Ta-da !

Les feuilles cachaient des milliers de créatures se tortillant, gigotant, grimpant, rampant. Insectes, asticots et vers de terre de toutes les formes et tailles… et de tous les goûts.

– Simba ! cria Timon. Tu es un prince ! C'est exactement ce qu'on voulait !

– Ouais, merci, marmonna Pumbaa, la bouche pleine d'asticots. T'es un vrai pote !

Simba sourit.

– Non, dit-il. Merci à vous. Tous les deux. Hakuna matata !

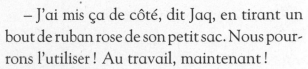

Un anniversaire surprise

– Lève-toi Jaq, lève-toi ! crie Gus.

– Va-t'en Gus ! marmonne Jaq.

– Non, non Jaq. Lève-toi, dit Gus en tirant son ami par la queue, c'est un jour spécial ! C'est l'anniversaire de Cendrillon !

Jaq s'assoit :

– Aujourd'hui ? demande-t-il les yeux grands ouverts.

Gus sourit et hoche la tête.

– Alors venez, s'écrie Jaq. Dépêchons-nous, il y a un tas de choses à préparer !

Bientôt, oiseaux et souris se réunissent en conseil sur le rebord de la fenêtre.

– Nous pouvons faire un gâteau, se portent volontaires Suzy et Perla.

– Gare à L-lu-luucifer, prévient Gus en bégayant. Faire un gâteau signifie aller voler de la farine et des œufs à la cuisine !

– Nous nous occuperons de ce chat, disent Mert et Bert, fièrement.

Les oiseaux veulent s'occuper de la décoration et le sifflent bien haut.

– Il nous manque un cadeau ! dit Jaq.

– Quelque chose de joli, crie Gus.

– Je sais ! dit Jaq. J'ai vu une paire de pantoufles à la poubelle la nuit dernière quand je cherchais à manger. Il y a un trou sur le dessus mais la semelle est bonne.

– Nous pourrons les réparer, disent en chœur les souris.

– J'ai mis ça de côté, dit Jaq, en tirant un bout de ruban rose de son petit sac. Nous pourrons l'utiliser ! Au travail, maintenant !

Tout le jour, souris et oiseaux s'affairent et lorsque le soir ses amis entendent Cendrillon monter l'escalier jusqu'à sa chambre, tout est fin prêt.

– La voilà ! murmure Gus.

Jaq saisit une allumette, et allume le petit bout de bougie planté dans le gâteau pas plus grand qu'une tasse de thé. Juste à côté, les pantoufles sont reprisées et enveloppées. Un ruban rose en forme de rose tournoie autour de chaque cheville.

La porte s'ouvre doucement.

– Surprise ! crient les souris.

Les oiseaux lancent des confettis.

– Oh, mon Dieu ! s'écrie Cendrillon.

– Joyeux anniversaire ! dit Gus timidement.

– Tout est si joli, dit Cendrillon. Mais j'ai bien peur que vous vous trompiez. Ce n'est pas mon anniversaire.

Le sourire de Gus s'évanouit :

– Ah bon ?

Le reste de la petite troupe fait silence.

– Mais c'est cela qui fait de la surprise une véritable surprise ! dit Cendrillon, ravie, en s'asseyant pour partager son minuscule gâteau avec ses amis.

Disney·PIXAR
MONSTRES & Cie

On ne gagne pas à tous les coups

Sulli et son assistant, Bob, étaient en course pour devenir la meilleure équipe des Épouvanteurs. Mais Léon et Fouine étaient juste derrière eux. Heureusement, Sully et Bob marquaient plus de points !

– Ça va être facile de battre Léon, dit Bob, en tapant dans la main de Sulli.

– Fais attention à garder les rapports à jour, le prévint Sulli. Tu sais à quel point Germaine déteste les retards !

Soudain, la panique explosa au niveau Terreur. Georges Sanderson revenait de son vestiaire avec un ballon collé au pied par un chewing-gum. Les forces spéciales du CDA, le centre de Détection Anti-Enfants, s'engouffrèrent immédiatement dans l'usine afin de le décontaminer.

Pendant l'agitation, Léon vola les rapports de Bob et les détruisit.

Une fois que Georges fut nettoyé, les Épouvanteurs se remirent au travail.

– Mes rapports ont disparu ! cria Bob.

– Oh, non ! s'écria Sulli. Sans eux, le travail d'aujourd'hui ne sera pas comptabilisé.

– Dommage, dit Léon, qui riait. Ça fait de moi le meilleur Épouvanteur du jour.

Bob était triste, mais Sulli n'était pas du tout contrarié.

– Haut les cœurs, dit Sulli. On ne gagne pas à tous les coups.

Mais Bob se sentait très mal. Il savait que Sulli aurait dû gagner. Et il savait aussi que Léon y était pour quelque chose. C'est pourquoi Bob décida de lui donner une leçon.

Quelques jours plus tard, Léon était loin devant tous les autres Épouvanteurs.

– Je n'ai jamais eu de si bonne journée ! se vanta Léon auprès des autres Épouvanteurs. Je vais bientôt devenir l'Épouvanteur du Mois !

Mais juste à ce moment-là, l'alarme sonna. Georges venait de sortir avec une sucette coincée dans l'oreille.

Alors que les forces spéciales décontaminaient Georges, personne ne regardait. Bob se précipita vers la zone de travail de Léon et Fouine et attrapa tous leurs rapports.

– Ça aussi, c'est contaminé ! cria Bob en jetant les papiers par terre.

– Brûlez-les ! ordonna le chef du CDA. En un instant, le lance-flamme réduisit tous les papiers en cendres.

– Où est la paperasse ? cria Léon en revenant au niveau Terreur.

– Argh ! glapit Fouine. Où est-elle ? Les papiers étaient juste là !

– Et voilà, c'est la meilleure, dit Léon. Maintenant mes points ne vont pas compter.

– On dirait que vous êtes cuits. Exactement comme vos rapports, dit Bob en gloussant.

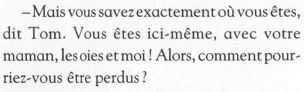

Où que tu ailles, tu t'y retrouveras !

Amélia et sa sœur jumelle, Amélie, se dandinent le long de la route vers Paris quand Amélia s'arrête tout à coup.

– Oh, ma chérie ! jacasse-t-elle, inquiète.

– Que se passe-t-il ? demande Amélie, en sautillant vers sa sœur.

– Regarde devant toi et tu verras, dit Amélia, en désignant la route.

Les deux oies inclinent leurs têtes l'une vers l'autre et commencent à discuter à voix basse.

Derrière elles, les petits, Tom O'Malley et Duchesse s'interrogent.

– Je me demande ce qui cloche, dit Duchesse.

– Je crois que je devrais m'en mêler, dit Tom. Que vous arrive-t-il, Mesdames ?

– Nous savons que c'est la route de Paris, explique Amélia. Mais, à partir de là, elle se divise en deux ! Je pense que nous devons prendre à droite, ajoute-t-elle.

– Je crois, moi, que nous devrions prendre à gauche, réplique sa jumelle, Amélie.

Les trois chatons commencent à s'affoler.

– Monsieur O'Malley, sommes-nous perdus ? demande Marie, apeurée.

– Perdus, kézako, perdus ? Je ne connais pas la signification de ce mot.

– Moi, je sais ce que cela veut dire, dit Berlioz. Quand on est perdu, c'est qu'on ne sait pas où on est.

– Mais vous savez exactement où vous êtes, dit Tom. Vous êtes ici-même, avec votre maman, les oies et moi ! Alors, comment pourriez-vous être perdus ?

Duchesse secoue la tête et dit :

– Tom, si nous voulons nous rendre à Paris et que nous ne connaissons pas le chemin, alors je crois que nous sommes bel et bien perdus.

– Mais Paris est une ville, dit Tom. Et les villes sont faciles à trouver !

– Regarde, maman, regarde ! crie Toulouse. C'est le sommet de la tour Eiffel !

– Tu as raison, Toulouse ! dit Duchesse.

– Bien, petit tigre ! dit O'Malley.

– Voyez, Mesdames, Paris n'est plus très loin !

Bientôt, la petite troupe entre dans la capitale.

Marie pousse un soupir, soulagée.

– Je suis contente que nous ne soyons plus perdus !

– Oh, ma chérie, dit Tom. Un jour, tu verras, tu comprendras. De ville en ville, où que tu sois, si tu es un esprit libre, tu ne te perdras jamais !

– Jamais ? demande Marie.

– Jamais, répond O'Malley. Car où que tu ailles tu t'y retrouveras !

La Belle et La Bête

Le livre mystérieux

Qu'est-ce que tu regardes, Belle ? demande Zip.

Belle sourit à la petite tasse à thé.

– Oh, tu me surprends à rêver éveillée, dit-elle. Je regardais juste ce livre rangé là-haut.

Elle désigne la plus haute étagère de la bibliothèque, sur laquelle trône un seul livre.

Belle s'interroge sur son contenu depuis sa visite à la bibliothèque avec La Bête. Mais aucune échelle n'est assez haute pour l'atteindre. Aussi le livre garde-t-il entièrement son mystère.

La curiosité de Belle ne fait que grandir : elle ne cesse de penser au livre. Que peut-il raconter ? C'est sûrement le plus magique, le plus étrange, le plus merveilleux livre du monde !

Elle explique cela à Zip qui court voir Mrs Samovar, sa maman.

La théière réunit tous les objets enchantés. Dès qu'elle leur parle du livre, ils décident d'aider la jeune fille.

– Nous avons besoin d'un plan, dit Big-Ben.

– Oui ! s'écrie Lumière, et j'en ai un !

Tout le personnel du château se retrouve à la bibliothèque. L'armoire se plante devant l'étagère. Le poêle saute sur ses épaules et porte à son tour le porte-manteau. Bientôt la tour des meubles-domestiques atteint le haut de l'étagère. Lumière n'a plus qu'à l'escalader.

Quand il arrive au but, le livre n'est plus qu'à quelques centimètres.

– Que faites-vous ? s'exclame Belle.

– Oh, Mademoiselle ! crie Lumière, vous arrivez à point !

Lumière réussit finalement à faire glisser le livre dans les mains de Belle. Une seconde plus tard, la tour dégringole.

Belle s'assure que personne n'a rien de cassé, puis impatiente, ouvre le livre.

– Oh ! s'exclame-t-elle en regardant la première page.

– Qu'est-ce qu'il y a ? demande Lumière hors d'haleine.

Belle sourit timidement :

– J'ai déjà lu ce livre.

La petite troupe est très déçue. Auraient-ils fait tout cela pour rien ?

– Mais merci, en tout cas, se reprend-elle très vite. C'est si gentil de votre part.

Elle serre le livre contre elle :

– C'est un de mes livres préférés, il est plein de contrées lointaines, de formules magiques et… Laissez-moi vous montrer !

C'est ainsi que Belle lit le livre à toute l'assemblée. À la fin de sa lecture, tous le veulent pour livre de chevet !

Walt Disney
La Belle et le CLOCHARD

Hurlons à la lune !

Lady avait passé une très mauvaise journée. La prise de bec avec les deux siamois, puis cette muselière imposée par tante Sarah ! Mais heureusement, Clochard avait tout arrangé.

— C'est incroyable comme un jour peut commencer de façon abominable et finir merveilleusement, dit Lady à son ami, alors qu'ils se promenaient dans le parc. Merci de m'avoir délivrée de cette muselière et merci pour ce délicieux dîner chez Tony.

— Oh, chou, n'en parlons plus, glisse Clochard, modeste. Veux-tu vraiment t'amuser ?

— Je ne sais pas, répond Lady, méfiante.

Bien qu'attirée par Clochard, Lady sait bien qu'il est un chien des rues. Son idée de l'amusement est peut-être différente de la sienne.

— Ne t'en fais pas, la taquine Clochard. Je suis sûre que ça te plaira !

— Qu'est-ce que c'est ? demande Lady.

— Pour commencer, lève la tête !

Lady obéit. Le ciel est constellé d'étoiles et la pleine lune brille.

— Que dois-je regarder ? demande-t-elle.

— La lune, pardi ! s'écrie Clochard. N'as-tu jamais hurlé à la lune ?

Lady rit aux éclats à cette idée.

— Qu'y a-t-il de drôle ? questionne Clochard.

— Je suis une chienne éduquée, explique Lady. J'aboie poliment selon la situation, mais pourquoi hurlerais-je à la lune ?

— Et pourquoi pas ? rétorque Clochard.

— Mais à quoi cela sert-il ? insiste Lady.

— Vois-tu, Lady, dit Clochard, une chose n'a pas besoin d'être utile pour être amusante. Tu aimes jouer à la balle, n'est-ce pas ?

— En effet, dit Lady.

— Parfois, cela fait du bien de courir après une balle, dit Clochard. Comme cela fait du bien de hurler à la lune, sans aucune raison.

— D'accord, annonce Lady, après réflexion. Que dois-je faire ?

— D'abord, assieds-toi confortablement, dit Clochard. Regarde la lune en inspirant bien fort et laisse s'en aller tous tes ennuis de la journée dans un gigantesque hurlement.

— Ow-ow-owwwwwww !

Et Lady hurle avec Clochard de toutes ses forces.

— Tu as raison, s'exclame-t-elle. Cela me fait un bien fou !

— Reste avec moi, ma belle, dit Clochard. Je connais beaucoup d'autres choses.

Mais Lady connaissait déjà la meilleure raison de rester aux côtés de Clochard. Il était décidément devenu le meilleur ami qu'elle ait jamais eu.

CIMENT FRAIS

Walt Disney
Peter Pan

Les Garçons Perdus se perdent

Les Garçons Perdus rentraient chez eux après un après-midi d'aventures, quand Plume, qui menait la troupe, s'arrêta sur la rive de la lagune aux Sirènes.

Les autres – Lapinot, les Jumeaux, le Frisé et la Guigne – stoppèrent brutalement derrière lui.

– Attendez une minute, dit Plume. On est déjà passé devant la lagune aux Sirènes. Qu'est-ce qu'on fait à nouveau ici ?

Derrière un buisson, Clochette gloussait en voyant le trouble des Garçons Perdus.

Clochette n'avait pas résisté à l'envie de leur jouer un tour. Alors, elle les devança et se servit de magie pour ensorceler quelques paysages qui se trouvaient sur leur chemin.

Elle avait fait en sorte que le rocher Chauve ressemble au rocher Pointu, et que les Garçons Perdus tournent à droite là où ils auraient dû tourner à gauche.

Ensuite, elle avait convaincu les moineaux de se déplacer de leur perchoir habituel dans la crique aux Moineaux, vers un autre bosquet d'arbres, ce qui entraîna rapidement un autre virage à droite.

Et, enfin, elle avait ensorcelé l'orme Imposant afin qu'il ressemble parfaitement au saule Pleureur, et les Garçons Perdus prirent encore un mauvais virage.

– Je crois qu'on tourne en rond ! proclama Plume. Les Garçons Perdus, je crois qu'on est… perdus !

Clochette entendit ces mots et essaya d'étouffer son rire. Mais en vain. Un gloussement explosa en un fou rire et…

– Eh ! dit le Frisé. Vous avez entendu ?

Il fonça vers un buisson et en écarta une branche. Clochette était là, flottant dans les airs, secouée par ses rires.

– Clochette ! cria la Guigne.

Ils comprirent vite que Clochette était la cause de leur trouble et qu'elle se moquait d'eux.

Sans s'arrêter de rire, Clochette rentra discrètement chez elle, dans la clairière féerique, par son chemin habituel : à gauche au saule Pleureur, à droite avant la crique aux Moineaux, encore à droite au rocher Pointu et tout droit vers la rivière Scintillante, qui menait aux cascades Lunaires puis à l'entrée de la clairière.

Mais… attendez !

Après avoir tourné à droite au rocher Pointu, Clochette ne vit plus aucun signe de la rivière Scintillante. Où se trouvait-elle donc ? Mais… Elle était revenue à son point de départ.

Vous savez pourquoi ?

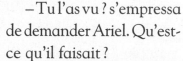

Zirgouflex et jibbermutts

Assise sur un rocher, Ariel bavardait avec ses amis, Eurêka la mouette et le poisson Polochon. Elle adorait monter à la surface de l'océan, même si elle savait qu'il était dangereux pour une sirène de s'y aventurer. Son père le lui interdisait, mais de toute façon, depuis quelques jours, il désapprouvait tout ce qu'elle aimait faire.

– C'est comment, sur la terre, Eurêka ? demanda Ariel.

– Sur la terre ? répéta Eurêka. Et bien… c'est très grand et étrange !

– Quoi, par exemple ?

– Et bien… Par exemple… tu sais qu'ils se coiffent avec un zirgouflex ? Et qu'ils font de la musique avec une bijette ?

– Oui ! dit Ariel.

– Sais-tu qu'ils ont des objets bizarres, de forme rectangulaire, avec des feuilles de papier à l'intérieur ? Ils les appellent des jibbermutts. Les humains aiment se les envoyer ! expliqua Eurêka.

– Je t'en prie, Eurêka ! lança Ariel, le souffle coupé. Voudrais-tu voler jusqu'à la fenêtre d'Éric et revenir me dire ce que tu as vu ?

Éric était le jeune prince qu'Ariel avait sauvé lorsque son navire avait fait naufrage, au cours d'une violente tempête. Même si elle ne l'avait vu qu'une seule fois, elle en était tombée follement amoureuse.

La mouette s'envola. Ariel s'étendit sur les rochers pour profiter de la chaleur du soleil, rêvant à ce que la vie devait être sur la terre. Eurêka fut bientôt de retour.

– Tu l'as vu ? s'empressa de demander Ariel. Qu'est-ce qu'il faisait ?

– Oui, je l'ai vu ! répondit Eurêka, d'un air important. Il essayait de manger avec un zirgouflex ! Il avait aussi une jibbermutts ! Mais il essayait de la lire, au lieu de souffler dedans, comme il aurait dû le faire ! Ariel, je ne pense pas que ton prince soit très malin…

La Petite Sirène se prit à rêver… Pourquoi son prince essayait-il de se servir d'un zirgouflex pour manger ? C'était étrange. Peut-être était-il tellement distrait, à force de penser à elle, qu'il ne savait plus ce qu'il faisait, se dit Ariel, folle d'espoir.

– Je suppose que tu voudrais compter son zirgouflex parmi tes trésors, n'est-ce pas ? demanda Eurêka, avec une lueur malicieuse dans le regard.

– Tu l'as rapporté ? cria Ariel.

– Oui ! Au moment où il l'a laissé tomber, j'ai volé dans la pièce par la fenêtre ouverte, et je l'ai prise ! Il a paru drôlement surpris !

– Je ne saurai peut-être jamais ce que c'est, que de vivre sur la terre ! Mais, quoi qu'il arrive, Eurêka, je garderai ce trésor à jamais !

L'arme secrète de Baloo

Cet après-midi-là, Mowgli et son copain Baloo flânaient dans la jungle, quand, soudain, Mowgli s'arrêta.

– Tu as entendu ? demanda-t-il. On aurait dit que des brindilles craquaient. Je crois qu'on est suivi !

– Ce n'était que l'estomac gargouillant de vieux Papa Ours, lui dit Baloo. C'est l'heure de déjeuner.

– Et je sais exactement où aller le chercher, annonça Mowgli.

Il grimpa à un arbre, décrocha un régime de bananes et les jeta à l'ours.

– Je te reconnais bien là ! cria fièrement Baloo.

Mais alors qu'il redescendait, Mowgli aperçut une tache orange et noir.

– Shere Khan ! murmura Mowgli. Il faut partir de là !

Les deux amis ne savaient pas du tout où aller. Maintenant que Shere Khan les avait flairés, il serait pratiquement impossible de le semer.

Puis ils entendirent un rythme entraînant traverser la jungle.

– Oh, non, dit Mowgli. Le roi Louie et sa folle bande de singes. Il manquait plus que ça !

Les yeux de Baloo s'animèrent tout à coup.

– C'est exactement ce qu'il nous manquait, petit !

Toujours cramponnés aux bananes, Baloo et Mowgli coururent vers le camp du roi Louie.

En arrivant, Baloo se déguisa en singe. Les orangs-outangs étaient si occupés à danser et chanter qu'ils ne remarquèrent rien. Puis, rapidement, l'ours trouva un tonneau vide et le remplit avec les bananes.

– Regardez ! cria Baloo en fixant le tonneau. Déjeuner !

Les singes coururent et sautèrent directement dans le tonneau pour engloutir le festin !

Baloo fit un signe à Mowgli, qui sortit de sa cachette.

– Viens me chercher, Shere Khan !

En quelques secondes, le tigre apparut dans la clairière, le regard féroce.

– Salut, le rayé, l'accueillit vivement Baloo.

Puis l'ours ramassa le tonneau, le souleva et envoya la troupe du roi Louie voler sur Shere Khan. Les orangs-outangs atterrirent sur le dos du tigre, sur lequel ils sautèrent comme des forcenés, en lui tirant les oreilles et la queue.

Mowgli et son compagnon, Baloo, regardèrent Shere Khan retourner précipitamment vers la jungle et essayer de se libérer de ses passagers hurlants.

– Comme je dis toujours, déclara Baloo en souriant à Mowgli, il n'y a rien de plus amusant qu'un tonneau de singes !

Le toboggan super rapide de Kuzcotopia

Kuzco monta jusqu'au sommet du toboggan super rapide de Kuzcotopia, son propre parc d'attraction aquatique, et se laissa glisser puis dévaler les virages du manège à toute vitesse, et terminer sa course dans une grande piscine avec un spash retentissant !

– Hé, là ! Pour qui me prenez-vous ? cria-t-il en s'asseyant, les mains sur les hanches. Je suis l'empereur du…

La voix de Kuzco s'éteignit. Il se passait quelque chose d'anormal. La piscine de rêve avait disparu. Kuzco s'agitait sur de l'herbe tout à fait ordinaire. Kuzcotopia avait également disparu. Et, à la place de ses mains, il avait des sabots ! Sans doute avait-il rêvé ! Le pire de tout fut de constater, lorsqu'il se réveilla de cet affreux cauchemar, qu'il était toujours un lama.

Kuzco retroussa ses grosses lèvres de lama en signe d'exaspération. Pacha, le paysan qui l'avait aidé à retrouver la route de son empire, mangeait tranquillement près du feu de camp.

– Qu'y a-t-il pour le petit déjeuner ? demanda-t-il, en reniflant le bol de Pacha.

– J'ai trouvé quelques noix et quelques baies, et c'est tout ! Tu peux aller en chercher !

– Pourquoi ne me donnerais-tu pas les tiennes ? demanda Kuzco.

– Et pourquoi n'irais-tu pas les chercher toi-même ? fit Pacha en rapprochant son bol.

– Tout ça, c'est bon pour les écureuils ! Pas pour les empereurs ! dit Zuzco.

– Parfait ! dit Pacha qui se remit à manger. Tu le regretteras ! Nous avons un long voyage à faire !

Lorsque les deux voyageurs quittèrent le campement, le soleil était brûlant. La langue de Kuzco ne tarda à pendre hors de sa bouche. Il était exténué.

– Pacha, porte-moi sur ton dos ! implora-t-il.

– Pas question ! répondit Pacha en continuant à descendre la pente escarpée du ravin. Tu aurais dû manger quelque chose, ce matin !

– On ne va pas commencer à jouer à « je te l'avais bien dit ! » s'emporta Kuzco.

Il était tellement occupé à se plaindre qu'il ne regardait pas où il mettait ses pieds. Tout à coup, il glissa. Et il essaya désespérément de s'agripper à quelque chose. Il finit par saisir une longue liane qui l'emporta vers le bas du ravin.

Le puissant empereur atterrit sur un bouquet de ronces épineuses. Mais, par chance, elles étaient couvertes de mûres ! Kuzco s'empressa de manger les baies juteuses. Là-haut, sur la pente, il entendait Pacha rire.

– Tu peux bien rire ! cria Kuzco. Tu n'as vu qu'une avant-première du toboggan super rapide de Kuzcotopia !

À la table des Sept Nains

Blanche-Neige va bientôt se marier. Ses amis, les Sept Nains, sont ravis pour elle. Pourtant sa présence va leur manquer, sans parler de sa cuisine délicieuse et de la tenue de la maison !

Blanche-Neige aussi est inquiète de laisser les petits hommes livrés à eux-mêmes. Elle a décidé qu'il était grand temps de leur apprendre à cuisiner et à se tenir propres.

– Tout d'abord, montrez-moi comment vous nettoyez la maison, demande-t-elle. Et souvenez-vous, poussez les saletés vers la porte et pas sous les tapis !

Chacun des nains s'arme d'un balai.

– Atchiii ! éternue Atchoum dans un nuage de poussière.

– Sans oublier d'ouvrir la porte, avant de commencer ! se moque Blanche-Neige. Leçon suivante : la vaisselle ! D'abord, tremper l'assiette, puis la frotter, la rincer et l'essuyer, explique-t-elle, joignant le geste à la parole.

Prof se saisit d'une assiette sale.

– Voyons, marmonne-t-il. Frotter, tremper, essuyer et rincer ! Euh, non. Tremper, rincer, frotter et essuyer ! Ou bien, est-ce… Oh !

La future princesse rit gentiment.

– Ce n'est pas grave ! dit-elle. Enchaînons sur la lessive ! Faites chauffer une grande bassine d'eau, plongez-y les vêtements et frottez-les avec un morceau de savon. Ensuite,

il vous reste à bien les rincer et les étendre.

Simplet veut être le premier. Il saute tout habillé dans le baquet, saisit un morceau de savon et se frotte énergiquement.

– Simplet, ce serait plus facile si tu ôtais d'abord tes vêtements !

Puis tous se rassemblent pour une leçon de cuisine.

– Aujourd'hui, nous allons préparer un ragoût, annonce Blanche-neige. Prenez les ingrédients que vous avez sous la main. Jetez-les dans une marmite et faites mijoter un bon moment.

Prof rassure la jeune fille :

– Pas de souci, Blanche-Neige, tout ira brès tien, euh… très bien !

Le lendemain, les Sept Nains convient Blanche-Neige et le Prince à dîner. Lorsqu'ils arrivent, Simplet soulève le couvercle de la marmite. Une vieille botte, des chaussettes, des fleurs et un morceau de savon flottent à la surface.

– Nous avons pris tout ce que nous avions sous la main, comme tu l'as dit, bâille Dormeur.

– Peut-être allons-nous devoir réviser cette recette ? dit Blanche-Neige, gentiment.

Puis sortant de son panier quatre tourtes aux groseilles, elle ajoute :

– D'ordinaire, je ne commence pas un dîner par le dessert mais aujourd'hui, je fais exception, car vous êtes vraiment extraordinaires !

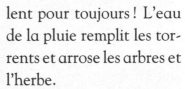

Bambi déteste l'orage !

BOOOOMMM ! Le claquement du tonnerre fit sursauter Bambi et ses amis.

– Je déteste les orages ! cria Pan-Pan, l'air effrayé.

– Moi aussi ! assura Fleur.

– Bambi ! appela sa mère, tandis que les nuages devenaient de plus en plus noirs. Les premières gouttes tombèrent bientôt. Bambi traversa la prairie et s'enfonça dans la forêt avec la biche. Enfin, bien au chaud et au sec dans un fourré, il regardait la pluie qui tombait à torrents.

– Je déteste les orages ! dit-il à sa maman, en répétant les mots de Pan-Pan. J'aimerais qu'ils s'en aillent au bout du monde, et ne reviennent jamais !

– Vraiment ? Tu veux donc dire que tu ne te désaltèrerais plus jamais avec l'eau fraîche du torrent ?

– Non, bien sûr !

– Tu veux que les grands arbres meurent de soif ? Que leurs feuilles se dessèchent, et que leurs branches deviennent fragiles et cassantes ?

– Non ! Bien sûr que non ! cria Bambi. Les arbres nous fournissent un abri, et les oiseaux ont besoin de leurs branches pour bâtir leurs nids !

– Tu veux que l'herbe si douce devienne toute roussie par le soleil ? poursuivit la biche.

– Non ! Nous mangeons de l'herbe ! Si cela arrivait, nous aurions très faim !

– Et bien, mon enfant, je crois qu'il vaut mieux ne pas souhaiter que les orages s'en aillent pour toujours ! L'eau de la pluie remplit les torrents et arrose les arbres et l'herbe.

– Mais les orages, cela fait très peur, maman ! dit Bambi.

La pluie cessa et les amis de Bambi se dispersèrent dans les sous-bois pour venir lui rendre visite.

– Regarde ! Une mare ! cria Fleur.

Bambi jeta un coup d'œil à travers le fourré. Une activité intense régnait dans la mare. Les grenouilles faisaient une compétition de sauts. Et une famille de canards s'ébrouait en pataugeant dans l'eau.

– Ce vieux crapaud va avoir une surprise ! dit Pan-Pan.

Bambi regarda le nénuphar sur lequel se tenait le crapaud et les canards qui approchaient à la queue leu leu. Le dernier caneton fonça dans le nénuphar, envoyant son locataire dans l'eau, avec un coa ! de surprise. Et le caneton, tout aussi surpris que le crapaud, fit un plongeon magnifique.

Bambi et ses amis éclatèrent de rire.

– Finalement, j'aime bien les orages ! dit Bambi à sa maman.

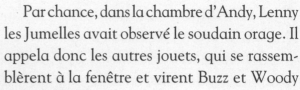

Les ressorts du printemps

C'était une belle journée de printemps et les jouets aidaient une fois de plus la Bergère à retrouver son mouton. Buzz prit Woody à part.

– Woody, dit-il. J'ai besoin d'air frais. Ça te dirait qu'on aille s'asseoir sur le toit quelques minutes pour profiter du printemps ?

– Ok, dit Woody. Allons s'asseoir au soleil. Andy et sa maman ne devraient pas rentrer tout de suite. Que pourrait-il arriver ?

S'ils savaient !

Dès qu'ils furent sur le toit, le ciel s'assombrit. Puis il y eut un éclair et le tonnerre gronda. Soudain, il se mit à pleuvoir à verse.

– À l'aide ! cria Woody.

La pluie battante le balança dans la gouttière !

– J'arrive ! cria Buzz.

Mais le ranger de l'espace n'arrivait pas pour l'aider. Il était aussi envoyé dans la gouttière !

Woody et Buzz tournoyèrent, la tête la première, dans l'eau jaillissante. Ils furent précipités dans le tuyau de descente. La puissance de l'eau les propulsa directement dans la margelle puis vers… l'égout !

Au dernier moment, ils attrapèrent une brindille qui en bloquait l'entrée. Mais ils n'arrivaient toujours pas à sortir de l'eau.

Par chance, dans la chambre d'Andy, Lenny les Jumelles avait observé le soudain orage. Il appela donc les autres jouets, qui se rassemblèrent à la fenêtre et virent Buzz et Woody lutter.

– Il faut les aider ! cria Bayonne.

Zig Zag bondit en avant. Rex lui attrapa la queue et Zig Zag se fit tomber par la fenêtre. Il tendit au maximum ses ressorts.

Les jouets retinrent leur souffle en regardant.

– Il ne peut pas l'atteindre ! cria Jessie. Nous devons former une grande chaîne de jouets !

Bayonne s'accrocha à la Bergère qui s'accrocha à Rex. Tous les petits soldats verts se greffèrent à la chaîne et Jessie s'accrocha au dernier. Zig Zag se pencha en avant, Buzz et Woody attrapèrent ses oreilles, lâchèrent la brindille et… Boing !

Buzz et Woody décollèrent et passèrent par la fenêtre d'Andy.

Saufs et secs, Buzz et Woody remercièrent les jouets de les avoir sauvés. Buzz se tourna vers Woody.

– On peut oublier le soleil printanier aujourd'hui, dit-il.

Woody sourit.

– Heureusement, on avait un chouette ressort pour sauver la journée !

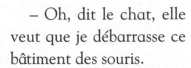

Naissance d'une amitié

Minou, Minou ! appelle Penny. Viens, je ne te ferai pas de mal !

La petite fille tend la main vers le vieux chat roux qu'elle a vu courir dans l'orphelinat et qui a disparu sous son lit. Mais le chat reste tapi à l'abri, trop effrayé pour bouger d'un poil.

Penny vit à l'orphelinat Clair Matin depuis bien des années et pourtant, elle ne connaît pas l'existence de l'animal.

— Que fais-tu ici ? lui demande-t-elle.

À sa grande surprise, le chat répond dans un murmure :

— Je me cache de la gouvernante. Est-elle dans les parages ?

Penny voit la gouvernante pointer sa tête dans le dortoir des filles, lancer un regard à la hâte et retourner dans le couloir.

La petite fille se penche à nouveau pour regarder sous le lit.

— Elle est partie, dit-elle au chat. La voie est libre !

Poussant un soupir de soulagement, le chat sort de sa cachette et s'approche calmement de Penny. Il saute sur le rebord de la fenêtre et la regarde. À présent, Penny peut l'observer à loisir. Il a une écharpe rouge autour du cou, une paire de lunettes sur le museau et de longues moustaches blanches.

L'air sympathique, en vérité.

— Merci ! dit-il à Penny. C'était moins une…

— Pourquoi la gouvernante te cherche-t-elle ?

— Oh, dit le chat, elle veut que je débarrasse ce bâtiment des souris.

Il s'étire, bâille et d'un bond, va s'allonger sur le plancher où darde un rayon de soleil.

— Mais ma carrière de chasseur est finie. Je ne suis plus jeune et vif comme autrefois. Je m'appelle Rufus, et toi ?

— Penny… répond la petite en souriant. Elle passe sa main sous l'oreiller et tire un ours en peluche.

— Et voilà Teddy !

— Alors, bonjour Penny et bonjour Teddy ! dit Rufus.

L'ours le regarde de ses yeux fixes.

— Gentil garçon, hein, dit Rufus à Penny. Quel est donc son problème ? Il a donné sa langue au chat ?

Penny rit de bon cœur.

— Teddy est très fort pour garder les secrets. Moi aussi. Tu pourras venir te cacher sous mon lit quand tu voudras. Nous ne dirons rien.

— Vraiment ? C'est très gentil de votre part, remercie le vieux matou.

Et, en sécurité près de ses nouveaux amis, il ferme les yeux pour sa sieste de l'après-midi !

Comment défaire ses valises

Un matin, Donald entendit quelqu'un frapper à la porte. Quand il l'ouvrit, il trouva son ami Mickey.

– C'est le grand jour ! s'exclama Mickey.

– Mais quel grand jour ? demanda Donald en bâillant.

– Tu ne te rappelles pas ? Tu nous emmènes, Minnie, Daisy et moi à la plage pour une semaine de vacances.

Mickey souleva sa valise.

– Je l'ai préparée hier soir. Et toi ?

– Non, dit Donald. Je pensais qu'on partait la semaine prochaine !

– Non, dit Mickey. On part aujourd'hui. Minnie et Daisy seront là dans une heure.

– Oh, non ! cria Donald.

– Calme-toi, fit Mickey. Tu as le temps de te préparer. Mais commence tout de suite.

Alors que Mickey se détendait sous le porche dans un fauteuil, Donald retourna à l'intérieur.

– De quoi ai-je besoin ? murmura Donald en courant partout. De mes jouets, bien sûr, au cas où je m'ennuierais.

Donald courut dans la salle de jeu et mit tous ses jouets dans des cartons.

– Quoi d'autre ? Des vêtements !

Il courut dans sa chambre. Puis il vida ses tiroirs et remplit ses valises.

Finalement, Donald se calma.

– Ça devrait aller, soupira-t-il.

Mickey n'en crut pas ses yeux quand Donald commença à remplir sa voiture. C'est alors qu'arrivèrent Minnie et Daisy. Elles avaient chacune une petite valise.

Elles jetèrent un coup d'œil à la voiture de Donald et soupirèrent. Des cartons et des paniers étaient entassés devant et derrière. Daisy ouvrit le coffre et vit qu'il débordait de sacs de voyage.

– Il n'y a plus de place pour nos valises ! cria Daisy.

– Tu peux oublier nos valises ! s'exclama Minnie. Parce qu'il n'y a même plus de place pour nous !

Mickey passa un bras autour de Donald.

– C'est bon, Donald, dit-il. C'est difficile de faire ses valises pour les vacances. Tu dois laisser des choses ici… même tes préférées. Mais elles seront là à notre retour. Je te le garantis !

– Et en plus, ajouta Daisy, tu ne veux pas garder de la place pour rapporter des coquillages, des tee-shirts et des bonbons au caramel ?

Le visage de Donald s'illumina.

– Coquillages, tee-shirts, bonbons ! Carrément !

– Bien, dit Mickey. Aidons tous Donald à défaire ses valises pour les vacances !

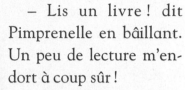

Aurore trouve le sommeil

La lune est haute dans le ciel et les étoiles scintillent tout autour. Il est tard et Aurore devrait dormir. Mais avec le hululement des hiboux et le coassement des grenouilles de la mare, qui pourrait fermer l'œil ? Aussi après s'être tournée et retournée dans son lit, Aurore réveille ses tantes. Elles vont sans doute l'aider !

– J'ai la solution, s'exclame Pâquerette. Tu dois compter les moutons !

– Recouche-toi, ma chérie, ajoute Flora. Et figure-toi une barrière. Puis imagine les moutons sautant par-dessus, et compte-les un par un ! Surtout, n'en oublie aucun !

Aurore lui obéit en tous points. Mais, arrivée au nombre de cinq-cents-quarante-quatre moutons, elle abandonne.

– Pas de chance, dit-elle en rejoignant ses tantes.

– Oh, ma chérie, dit Flora, nous allons trouver autre chose !

– Dormir, quel ennui ! intervient Pimprenelle. La nuit a sa beauté propre, toute de brillance, de scintillement ! C'est une honte de dormir sans en profiter.

– Vraiment ? demande Aurore.

– Absolument ! répond Pimprenelle. Les étoiles et la lune nous éclairent d'une lumière unique et…

– Tout cela est vrai, l'interrompt Flora. Mais si Aurore ne dort pas de la nuit, elle sera fatiguée tout le jour.

– Exact ! confirme Aurore.

– Lis un livre ! dit Pimprenelle en bâillant. Un peu de lecture m'endort à coup sûr !

– Mais, j'aime lire ! proteste Aurore. Je ne m'endormirai pas sur mon livre !

Les tantes-bonnes fées réfléchissent un moment.

– Je connais un moyen de t'aider à trouver le sommeil, dit Pâquerette, tout à coup. Tu n'as qu'à penser à tous les bons moments d'aujourd'hui et espérer tous ceux qui nous attendent dès demain !

– C'est vrai ? s'exclame Aurore.

– Absolument, répond Flora.

– Maintenant, ferme les yeux, termine Pimprenelle, et à tout de suite, dans tes rêves !

Aurore est incrédule tout d'abord, mais jamais ses tantes ne l'ont déçue. Aussi elle se couche et ferme les yeux. Et tout en songeant aux merveilleux moments qu'elle a passés aujourd'hui, elle imagine le bonheur qui l'attend encore et s'endort paisiblement.

– Bravo ! se félicitent les fées, avant d'aller elles-mêmes prendre un peu de repos. Une beauté pareille a besoin de son compte de sommeil !

ALICE
au PAYS des
MERVEILLES

TU Doo-Rs ?

Alice se promenait dans le Pays des Merveilles quand elle aperçut une chenille bleue, assise sur un champignon. Elle fumait une étrange pipe dont chaque bouffée de fumée formait une lettre différente.

– TU Doo-Rs ? écrivit la fumée.

– Est-ce que je dors ? se demanda Alice, en se grattant la tête. Je ne m'en étais pas aperçue ! Je suis tellement préoccupée par le fait de retrouver ma maison, qu'il m'est difficile de penser à autre chose. Je ne sais plus…

– TU saiS, écrivit la chenille, laissant échapper de son narguilé un U et S de fumée rouge et orange.

– Vraiment ? interrogea Alice.

– Ou-i ! dit la chenille. TU ouvres parfois la bOuche sanS parler !

– Ah, je vois ! Vous voulez dire que je bâille ? Non, je n'ai pas bâillé, assura Alice.

La chenille se mit à bâiller, puis demanda.

– TEs paupières de VIENNENT LOUrdes ?

– Mes paupières deviennent lourdes ? s'étonna Alice. Puis elle cligna des yeux, afin de vérifier. Non, elles sont comme d'habitude !

– Je vOis, répondit la chenille par des volutes de fumée jaunes et vertes.

Ses paupières commencèrent à battre, et elle dodelina du chef.

– C'est vous, qui avez sommeil, remarqua Alice, en regardant fixement la chenille.

– Moi ?

– Vous bâillez, vos paupières tombent, et vous dodelinez de la tête, expliqua Alice.

– Je ne peUx Pas dOrmir, car personne ne m'a chanté une berceuse.

– Je vais le faire, si vous voulez, dit Alice.

– D'Acco-R-d ! répondit la chenille.

– Humm ! Voyons… Depuis qu'elle était au Pays des Merveilles, Alice ne se souvenait pas parfaitement des poèmes et des chansons qu'elle connaissait.

– Je vais essayer juste une petite berceuse, dit-elle en haussant les épaules. Puis elle entonna :

« Fais dodo, Colin, mon p'tit frère
Fais dodo t'auras du lolo.
Maman est en haut
Qui fait des gâteaux
Papa est en bas
Qui fait du chocolat
Fais dodo, Colin, mon p'tit frère
Fais dodo t'auras du lolo. »

– Ma chanson vous a plu ? demanda Alice, quand elle eut terminé.

– Reviens plus T-ar-d ! balbutia la chenille. Je dors Déjà…

Et elle sombra rapidement dans un profond sommeil.

Un raton laveur facétieux

Meiko était d'une grande curiosité, ce qui lui attirait souvent des ennuis. Si Pocahontas faisait preuve d'indulgence à son égard, les autres membres de la tribu se montraient moins compréhensifs.

– Pocahontas tu devrais apprendre à ton animal à se comporter correctement ! s'exclama le chef Powhatan quand il surprit Meiko, occupé à jouer avec le calumet de la paix de la tribu.

– Ne t'inquiète pas, dit Pocahontas à son ami. Ils ne t'en voudront pas longtemps. Après tout, demain, c'est ton anniversaire !

Meiko se mit à s'agiter en poussant des petits cris. Il adorait les anniversaires, et en particulier ouvrir les cadeaux.

– En attendant, tiens-toi tranquille ! conseilla Pocahontas. Je serai vite de retour !

Le raton laveur s'assit devant la hutte que Pocahontas partageait avec son père. Quel cadeau son amie avait-elle choisi pour lui ? Incapable de résister plus longtemps à la tentation, il se glissa à l'intérieur et repéra un paquet. S'empressant de le défaire, il découvrit… une coiffe ornée de plumes à sa taille !

Meiko s'empressa de l'essayer. Mais comme il craignait d'être découvert, il prit son cadeau et détala en direction de la rivière. Là, il mit la coiffe sur sa tête et contempla son reflet dans l'eau. Hélas, la coiffe tomba dans l'eau.

Le raton laveur la repêcha, mais lorsqu'il la tira sur le bord, elle fut maculée de boue. Le cœur de Meiko cognait dans sa poitrine. Il lava les plumes de son mieux et reprit le chemin du village. En route, sa coiffe s'accrocha aux buissons. Si bien que, lorsqu'il arriva enfin au village, toutes les plumes étaient tombées, sauf une.

Meiko alla aussitôt trouver Pocahontas et lui montra ce qui restait de son cadeau. Elle regarda le raton laveur d'un air sévère, puis son visage s'adoucit.

– Meiko, je suis fière de toi ! Tu as eu le courage de reconnaître ton erreur ! dit-elle. Mais tu dois essayer d'améliorer ta conduite. Et ne plus jamais t'introduire dans les endroits qui te sont défendus !

Le jour de son anniversaire, Meiko se conduisit à la perfection. Le soir venu, Pocahontas lui montra son cadeau. C'était une coiffe, mais cette fois, elle n'avait que deux grandes plumes :

– Chaque jour où tu seras capable de ne pas toucher aux affaires des autres, nous ajouterons une nouvelle plume ! dit-elle.

Touché par l'indulgence de Pocahontas, Meiko décida de la rendre fière de lui. Il allait s'efforcer d'avoir beaucoup de plumes à sa coiffe, mais cela lui demanderait au moins une bonne année.

Histoire d'ours

Il était l'heure de dormir pour Mowgli, Bagheera et Baloo.

– Bonne nuit, Petit d'Homme, ronronna Bagheera.

– Mais je n'ai pas sommeil, protesta Mowgli. Il me faut une histoire.

– Une histoire ? dit Bagheera. Mais tu as vu l'heure ?

– S'il te plaît, Baloo ! dit Mowgli en se tournant vers l'ours.

– Une histoire, euh… fit Baloo. On commence comment ?

– Il était une fois… ronronna Bagheera.

– Ah, oui… Il était une fois… commença Baloo, dans une maison non loin de la jungle, un clan d'hommes.

– De vrais hommes ? demanda Mowgli.

– Ouais, fit Baloo. Un papa et une maman, et un petit, comme toi. Bon, dans ce clan, un jour, ils firent un énorme et délicieux ragoût… sauf que, quand ils s'assirent pour manger, c'était trop chaud. Alors la mère eut une idée. Ils allaient marcher dans la jungle, et à leur retour, le ragoût aurait refroidi. Mais la famille venait à peine de partir qu'un vieil ours passa par là et fourra son nez dans la maison d'homme.

– C'est vrai ? souffla Mowgli.

– Ce ragoût sentait si bon ! Ensuite, il voulut le goûter… mais le grand bol était trop

chaud. Alors il essaya celui du milieu, qui était trop froid. Alors… il essaya le plus petit bol et, tu sais quoi, c'était parfait ! Sans en avoir l'intention, le vieil ours engloutit tout d'un trait !

– Et ensuite ? demanda Mowgli.

– Et bien, après ça, il commença à être fatigué. Très fatigué. Et tu sais que, là, dans cette maison, il y avait trois matelas qui avaient l'air si doux et confortables… Je crois que les hommes appellent ça des « lits ». Bref, il fallait qu'il les essaye aussi. Il s'allongea d'abord sur le plus grand. Mais il était trop dur. Alors il essaya celui du milieu, qui était beaucoup trop mou. Alors il essaya le plus petit, et laisse-moi te dire qu'il était si confortable qu'il s'endormit immédiatement ! Et il aurait dormi jusqu'à la pleine lune suivante… si seulement la famille n'était pas revenue…

– Et ? demanda Mowgli, le souffle coupé.

– Et n'avait pas effrayé l'ours, qui se précipita dans la jungle… le ventre plein.

Mowgli sourit et essaya de cacher un gros bâillement.

– C'est une histoire vraie, Baloo ?

L'ours fit un grand sourire.

– Est-ce que je t'ai déjà raconté une histoire à dormir debout, graine de champion ?

Rox et Rouky

Chasse à la chasse !

Youpi ! cria Rox en roulant queue par-dessus tête vers la rivière.

Il atterrit dans l'eau claire. Splash ! Une seconde après, son ami Rouky le rejoignait.

– Belle journée, pas vrai ? dit Rouky.

– Pour sûr, belle journée, confirma Rox.

Les deux amis nagèrent jusqu'à la rive. Alors qu'ils se séchaient au soleil, un grand papillon bleu se posa sur la queue de Rouky.

– Tiens, tu t'es fait un ami ! dit Rox.

Mais le papillon s'envola, effrayé par une grosse voix.

– Rouky ! gronda la voix.

C'était Amos, le maître de Rouky. Il était toujours de mauvaise humeur mais, à cet instant, il était aussi très en colère.

– Où es-tu, crétin de cabot ? cria le fermier.

Rouky distingua, tout près d'eux, Amos et son vieux chien, Chef.

– Je ferais mieux de déguerpir ! Amos me paraît hors de lui.

– Pourquoi ne rentres-tu pas incognito dans ton tonneau ? suggéra Rox. Il ne dira rien s'il te trouve déjà là, en rentrant.

Rouky se gratta l'oreille :

– Mais il est sur mon chemin ! Et Chef est avec lui. Il va m'entendre ou me flairer, c'est sûr !

– Laisse-moi faire, dit Rox.

Il fit un signe d'adieu à son ami, grimpa sur la colline et se montra sur le chemin.

– Vermine de renard ! cria Amos, tandis que Chef se lançait à la poursuite de Rox.

Amos lui emboîta le pas et courut aussi vite qu'il pouvait. Rox sautait par-dessus les branches.

Plus d'une fois, Chef fut sur le point de le rattraper mais le renardeau était plutôt rusé. Il conduisit le chien jusqu'à un tas de pierres et se glissa dans une petite cavité. Chef y fourra son museau, malheureusement il était trop gros pour pouvoir y entrer !

– Ce n'est rien, Chef, dit Amos quand il l'eut enfin rejoint. Nous l'aurons plus tard.

Chef aboya encore une fois au-dessus des pierres, mais Rox s'était déjà frayé un chemin et avait filé.

Amos et Chef, épuisés, rentrèrent bredouilles à la maison. Rox se roulait déjà en boule devant le feu de cheminée tandis que Rouky, assis devant sa niche, attendait, la gamelle vide à ses pattes.

– Ah, te voilà ! grogna Amos en entrant dans la cour de la ferme. Tu es resté ici, assis tranquille, pendant que je te cherchais partout. Pourtant, tu nous aurais été bien utile pour attraper ce renard ! Mais on dirait presque que tu évites de le chasser ?

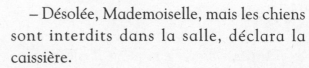

Tout ça vaut bien une glace !

Lilo était assise à la table de la cuisine, l'air renfrogné.

— Ce n'est pas juste ! grogna-t-elle. Parce que Nani et David sont allés au cinéma, nous sommes obligés de passer la nuit ici, chez cette vieille madame Kingsley !

Stitch approuva d'un signe de tête.

— D'abord, elle est complètement miro ! poursuivit Lilo. Comment pourrait-elle nous surveiller ? Et puis, tu sais quel film Nani et David vont voir ? « L'invasion des extraterrestres ! », sans nous !

Stitch poussa un gémissement outragé.

— Suis-moi, Stitch ! Madame Kingsley s'est endormie : allons voir le film, nous aussi !

Lilo et Stitch passèrent devant la vieille dame qui ronflait bruyamment. Lilo ouvrit et referma la porte avec grand bruit, et lança, en s'efforçant d'imiter la voix de Nani :

— Nous sommes de retour, madame Kingsley. Merci beaucoup d'avoir surveillé Lilo et Stitch !

La vieille dame se réveilla et s'approcha de la porte en titubant.

— C'est toi, Nani ? J'espère que tu t'es bien amusée ! dit-elle en levant ses yeux aveugles vers Lilo.

Et les deux compères prirent le chemin de la salle de cinéma. Mais en arrivant, ils durent affronter deux problèmes : l'argent, et...

— Désolée, Mademoiselle, mais les chiens sont interdits dans la salle, déclara la caissière.

— Ce n'est pas un chien ! s'empressa de répondre Lilo. C'est mon ours en peluche !

— Il ne ressemble pas vraiment à un animal en peluche, pourtant !

— Vous savez, de nos jours, les jouets sont plus vrais que nature, plaisanta Lilo. On peut entrer ? Maman m'attend et si elle ne me voit pas arriver, elle va s'inquiéter !

— Bon, d'accord ! finit par concéder la caissière.

Lorsque Lilo et Stitch entrèrent dans la salle : les cruels extraterrestres s'agitaient sur l'écran et les spectateurs poussaient des hurlements de terreur. L'enthousiasme de Lilo et Stitch retomba très vite : Nani et David venaient de les apercevoir !

Nani empoigna sa sœur par le bras et l'entraîna dans la rue. David et Stitch suivaient.

— Je suis très en colère contre toi ! Je vais te... te... gronda Nani.

— T'offrir une glace ! coupa David.

— Offrir une glace ? s'étonna Nani.

— Par cette merveilleuse nuit, rien n'est plus beau que de voir deux sœurs déguster une glace ensemble ! assura David. Vous êtes d'accord, n'est-ce pas ?

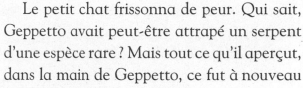

Walt Disney
Pinocchio

Figaro a faim

Figaro était épouvanté. Et il avait faim. Mais il savait qu'il n'aurait rien à manger : Geppetto, Cleo le poisson rouge et lui venaient d'être avalés par une baleine !

– Ne t'inquiète pas, le rassura Geppetto. Nous finirons par sortir d'ici ! Et nous nous mettrons à la recherche de Pinocchio. Jusqu'à ce que nous l'ayons trouvé !

Sacré Pinocchio ! grogna Figaro. Après tout, ce que Geppetto et la Fée Bleue avaient fait pour lui, il avait quitté la maison comme un malappris ! Et c'est en le cherchant qu'ils avaient été tous avalés par la baleine. Qu'allaient-ils devenir, maintenant ?

Figaro décida que s'ils retrouvaient Pinocchio, il se servirait des deux jambes en bois du pantin pour se faire les griffes.

Depuis un moment, Geppetto examinait soigneusement l'eau qui emplissait le fond de l'estomac de la baleine.

– J'ai l'impression qu'il y a quelque chose, là-dedans… murmura Geppetto en se penchant pour plonger sa main dans l'eau. Ahaa ! cria-t-il d'une voix joyeuse, en retirant de l'eau un bouquet d'algues dégoulinantes.

Des algues ? Figaro cligna des yeux.

Quelques instants plus tard, Geppetto se pencha de nouveau et se remit à crier joyeusement.

Le petit chat frissonna de peur. Qui sait, Geppetto avait peut-être attrapé un serpent d'une espèce rare ? Mais tout ce qu'il aperçut, dans la main de Geppetto, ce fut à nouveau des algues.

Les algues, c'est bon pour les poissons, se dit le chat, avec une grimace. Geppetto ne s'attendait tout de même pas à ce que lui, Figaro, s'en contente pour son dîner !

Geppetto fit trois parts avec les algues. Il mit la première dans le bocal du poisson rouge, posa la deuxième devant le chat, et se réserva la dernière.

– Bon appétit ! lança-t-il en souriant.

Figaro renifla ses algues, les remua avec une patte, mais ne se résolut pas à les goûter. Et il s'éloigna en agitant la queue.

En voyant le regard triste de Geppetto, le chat poussa un soupir. Il ne pouvait supporter l'idée de se montrer aussi ingrat envers son vieil ami.

Aussi fit-il demi-tour. Les algues étaient froides. Gluantes. Mais elles avaient le goût de… poisson !

Figaro engloutit sa ration. Le ventre plein, il se sentait mieux. Et il décida que s'ils retrouvaient Pinocchio, il n'utiliserait qu'une seule de ses jambes en bois pour aiguiser ses griffes !

Enfin peut-être…

Vite gagné, vite perdu !

Ce jour-là, Robin des Bois se vantait de ses exploits auprès de ses compagnons.

— Je peux prendre au riche pour donner au pauvre en tirant une seule flèche, disait-il. Et cette même flèche donnera une leçon au shérif.

— Une seule flèche ? s'étonna Petit Jean.

Il savait son ami talentueux mais cela semblait impossible.

— Une seule suffira, continua Robin, et elle ne touchera même pas la couenne de ce méchant gredin !

— Alors là, je ne peux y croire ! rit Petit Jean, persuadé que Robin lui faisait une farce.

Mais Robin ne plaisantait pas.

— Regarde, voilà le shérif qui vient taxer les pauvres villageois. Je vais te le prouver de ce pas.

Petit Jean et Robin suivirent le shérif jusqu'au village. Ils le virent frapper à la première porte.

— Collecte des impôts du Roi ! ronronna le sbire du Prince Jean. Payez ou vous serez jetés en prison !

Le villageois effrayé ouvre sa porte et donne une poignée de pièces.

— Tu es en dette ! vocifère le shérif, en regardant son livre de comptes. Je reviendrai le mois prochain et cette fois que toute la somme y soit, ou sinon…

Le shérif jeta les piécettes dans une bourse qui pendait à sa ceinture. Puis il continua son chemin et passa dans toutes les maisons. Sa bourse fut bientôt boursouflée de tous côtés.

Petit jean murmura :

— Robin, le shérif leur a tout pris, nous ne pouvons pas laisser faire.

— Non, nous ne pouvons pas, acquiesça Robin.

Tirant son arc de son carquois, Robin banda et visa.

— Tu vas tirer sur lui ? demanda Petit jean.

— Pas la peine, dit Robin.

Au lieu de cela, Robin pointa la bourse et la transperça en douceur. Le shérif ne s'aperçut de rien.

— Et ensuite ? demanda son compagnon.

— Ouvre tes yeux, dit Robin.

Comme le shérif enfourchait son cheval, les pièces tombèrent par le trou dans l'étoffe. Pendant qu'il trottait vers le château, toutes les pièces, sur le sol, furent récupérées et redistribuées aussitôt. Petit Jean frappa cordialement Robin dans le dos :

— Tu as réussi, mon ami ! applaudit-il. Tu as volé au riche pour donner au pauvre, en une seule flèche comme promis !

— Oui, s'exclama Robin, et puisse ce gredin retenir la leçon quand il s'apercevra de sa déveine. Vite gagné, vite perdu, et grâce à nous, vite rendu !

La nouvelle invention de Tilt

Tilt savait que Le Borgne, le chef des sauterelles, viendrait bientôt voler les provisions des paisibles fourmis de l'Île des Fourmis. Aussi décida-t-il de se rendre dans la grande ville afin d'y trouver des insectes qui pourraient les aider à repousser l'ennemi.

Chemin faisant, il rencontra une libellule qui voletait dans le ciel.

– J'aimerais tant voler comme elle ! s'exclama-t-il.

Soudain, il eut une idée…

– Pourquoi n'inventerais-je pas une machine volante ?

Et il se mit au travail. Il ramassa des brindilles, des lianes et des feuilles. En guise de siège, il cueillit le chapeau d'un champignon. Une longue plume rouge fit office de queue. Et il entreprit d'assembler toutes les pièces.

Au bout de longues heures de labeur, il observa soigneusement son invention.

– Si j'en crois ce que je vois, cet engin devrait voler ! finit-il par dire.

– C'est le moment de faire un essai ! décida Tilt.

Il s'installa et s'attacha avec des lianes qui lui servirent de ceinture de sécurité. Puis il posa les pieds sur les petites pédales et se mit à les lever et les abaisser tour à tour.

Les ailes vertes commencèrent à battre de plus en plus vite. L'engin volant vibra avant de s'élancer dans le ciel.

– Ça marche ! cria Tilt. Je vole !

Tandis que l'air sifflait entre ses antennes, Tilt regardait le sol défiler sous ses pieds. Il aperçut des grenouilles, des tortues et autres créatures occupées à dévorer des fourmis.

– Voler est bien plus sûr que marcher ! assura-t-il.

Hélas, il avait parlé trop vite ! Haut dans le ciel, plus haut que son engin, une maman oiseau apprenait à voler à ses trois petits. En apercevant l'étrange machine de Tilt, elle ne pensa plus qu'à une chose : son dîner !

Levant les yeux, Tilt vit maman oiseau et sa progéniture fondre sur lui !

– Vol d'essai terminé ! cria-t-il.

Il pédala à toute vitesse et parvint à diriger son engin dans les grosses branches d'un arbre. Mais l'un des oisillons se faufila dans le feuillage et parvint jusqu'à Tilt.

D'un rapide coup de bec, il arracha une brindille à l'avion. Désormais incontrôlable, la machine s'écrasa sur le sol.

Par chance, Tilt avait également inventé un parachute avec une toile d'araignée, ce qui lui assura un atterrissage en douceur au beau cœur d'une marguerite.

– Encore une invention ratée ! soupira Tilt. J'aurai peut-être un jour la chance de fabriquer une machine volante qui fonctionne !

Walt Disney
DINOSAURE

Les carnotaures attaquent !

Tout le monde debout ! dit Aladar. Des carnotaures rôdent dans les parages, et si vous voulez avoir la vie sauve, je vous conseille de rester en groupe !

– Mes vieux os me font souffrir ! gémit Eema en se hissant sur ses pattes. Kron ne nous a pas accordé assez de temps pour nous reposer !

– C'est vrai, reconnut Baylene. Mes pieds sont endoloris ! J'ai des ampoules ! Et je n'ai pas la force de marcher encore dans des sables mouvants.

– Vous êtes toutes très bien, Mesdemoiselles ! dit Aladar.

Il essayait de paraître enjoué, mais lui aussi était épuisé par le trajet à travers les marécages. Quelques jeunes dinosaures s'étaient aventurés trop près des points dangereux et avaient failli être engloutis dans les sables mouvants. Aladar avait réussi à leur porter secours, mais il était moins une !

Même s'il était jeune et bien portant, Aladar avait choisi de rester en queue du troupeau avec les dinosaures âgés et les jeunes, qui avaient besoin d'aide pour suivre le rythme. Le chef du groupe, Kron l'iguanodon, manifestait peu de sympathie à l'égard des vieux et des faibles. Les dinosaures redoutaient les attaques des carnotaures avides de sang qui se déplaçaient en hordes et n'hésitaient pas à attaquer les traînards. Kron voulait atteindre la Terre des Nids, au risque de perdre en route quelques éléments du troupeau.

– On se presse, les gars ! Personne ne reste derrière ! dit Aladar.

Tout à coup, il entendit un bruit de pas rapides, derrière lui. Se retournant, il aperçut trois carnotaures.

– Vite ! Rattrapez le gros du troupeau ! cria-t-il aux petits dinosaures. Je vais distraire leur attention !

Terrorisés, les jeunes obéirent aussitôt.

– Raaah ! rugit Aladar.

Mais les carnotaures, affamés, se tenaient prêts au combat.

Aladar se mit à réfléchir. Il n'y avait pas un instant à perdre ! Soudain, il eut une idée.

– Montrez-moi comme vous courez vite ! lança-t-il aux carnotaures. Et il se mit lui-même à courir à toute vitesse vers l'endroit que le troupeau venait de traverser. Les carnotaures entamèrent leur poursuite, gagnant bientôt du terrain.

Alors, subitement, il opéra un rapide demi-tour et revint sur ses pas. Emportés par leur élan, les carnotaures poursuivirent leur route et s'enfoncèrent dans les sables mouvants ! Aladar s'empressa de rejoindre le troupeau. Il vit que les carnotaures parvenaient avec peine à s'extraire du sable humide. Mais pour le moment, le troupeau était sain et sauf.

Encore une histoire avant de dormir !

Il était tard et pourtant les petits de Pongo et Perdita ne dormaient toujours pas. Non qu'ils rechignent à aller se coucher. Non, le problème venait qu'un seul chiot n'était pas décidé. Devinez qui ? Lucky évidemment !

— Et vous vous souvenez, les copains, au tout début, quand Ouragan traverse le canyon en un seul bond ? Wouch ! Comme une fusée ! Direct de l'autre côté ! s'exclame-t-il, excité.

— Oui, Lucky, grogne Penny. Tu nous l'as bien rappelé cent fois en une minute !

— Ouais ! C'était génial ! Et le moment où…

— Lucky ! gémit Rolly. Nous avons tous regardé l'épisode de ce soir. Pas besoin de nous le raconter encore !

— Je sais, mais je voulais juste dire quand Ouragan trouve la petite fille et qu'ils courent prévenir le shérif, et bien…

— Lucky, il est tard ! aboie Patch. On veut dormir !

Le chiot pose sa tête sur ses petites pattes et soupire :

— D'accord ! Je me tais.

Les petits chiens tachetés ferment enfin leurs yeux.

— Oh ! et quand le shérif a dit à Ouragan d'escalader la falaise, il l'a fait, a tiré la corde avec ses dents et il a remonté la petite fille…

— Lucky, jappe Pepper. On s'en moque d'Ouragan ! On veut dormir !

— C'est vrai, admet Lucky en se rallongeant. Mais, attends une seconde !

Il se rassoit.

— Comment peut-on se moquer d'Ouragan qui porte la petite fille sur le pont écroulé et la sauve de ces rapides déchaînés ?

— Tu n'as pas compris, On veut juste le silence pour s'endormir tranquille ! dit Freckles.

— Tu veux dire que vous ne voulez pas que je vous raconte la fin quand Ouragan retourne dans les montagnes et trouve cette chose incroyable dans la grotte ?

— C'est cela ! crient ses frères et sœurs en chœur.

— Vous auriez pu le dire avant ! conclut Lucky. Alors, bonne nuit !

Et sur ce, Lucky ferme les yeux. Tous les chiots goûtent au silence, pendant une minute. Puis Penny se rassoit.

— Hé ! Qu'est-ce qu'il a trouvé ? demande-t-elle.

— Oui, bâille Patch, j'ai raté ce passage.

— Moi aussi, dit Rolly. Qu'a-t-il exactement trouvé, Lucky ? Raconte.

Aucune réponse. Les autres chiots sont maintenant parfaitement éveillés… mais Lucky dort déjà, na !

Disney *Aladdin*

Le premier des souhaits

Splendide ! crie le Génie. Splendide !
Aladdin ajuste son turban et sourit au spectacle qui l'entoure. Ah, c'est sûr, les choses sont bien différentes, à dos d'éléphant. Même si cet éléphant n'est autre que votre singe ensorcelé !

Abu l'éléphant lève la trompe et barrit comme s'il pouvait lire dans l'esprit d'Aladdin. Il a l'air d'apprécier sa grande taille, à présent.

Aladdin ne réalise pas encore l'aventure qu'il est en train de vivre. Et les trois vœux… Il n'en a utilisé qu'un, mais quel vœu ! Il a souhaité devenir un prince et alors qu'il traverse Agrabah, vêtu de la soie la plus fine, le turban orné d'un joyau, et tout cela à dos d'éléphant, il se sent vraiment l'allure princière. Personne ne pourra plus l'appeler le « rat des rues » désormais.

— Princesse Jasmine, me voilà ! s'écrie Aladdin au-dessus de la foule.

Le jeune homme a voulu devenir un prince pour une seule et unique raison : faire la cour à la belle qui a conquis son cœur. La princesse Jasmine est maligne, drôle et ravissante. Ah ! Comme il aimerait se marier avec elle !

Abu barrit encore et les badauds du marché se retournent sur l'attelage princier. Aladdin gonfle fièrement la poitrine, mais il s'affaisse presque aussitôt, face au regard des petites gens qui l'envient.

Certains sont maigres. D'autres sales ou dépenaillés. Aladdin connaît la pauvreté. Combien de fois s'est-il rendu sur la place du Marché sans un sou vaillant pour manger ? Plus souvent qu'à son tour…

— Abu ! Génie ! dit Aladdin. Faisons une halte !

— Mais fiston, objecte le Génie, nous devons nous rendre au palais.

Un instant, Aladdin est tenté de suivre les conseils du Génie mais à la vue d'une petite fille affamée, louchant devant un marchand de brochettes, il se ravise.

— Stop, Abu ! dit-il à l'éléphant.

Aladdin descend de sa monture et achète aux marchands pains, viandes, fromages et fruits.

— Tiens, c'est pour toi, dit-il à la petite fille en lui tendant une tranche de pain et de viande rôtie.

La petite maigrichonne le regarde avec surprise, puis se saisit de l'offrande.

— Merci, mon prince, dit-elle, la bouche pleine.

Ainsi, Aladdin, avant d'aller rencontrer sa future fiancée, distribue de la nourriture à tous les affamés d'Agrabah. Car il ne les oubliera jamais, quoi qu'il puisse encore lui arriver !

LA PLANETE AU TRESOR

Une partie de surf mouvementée

Il y avait beaucoup à faire, à l'auberge Benbow, et B.E.N. n'était pas d'un grand secours ! Le robot maladroit avait déjà renversé du jus sur une famille, brisé les assiettes à soupe de madame Hawkin, l'aubergiste, et il était occupé à récupérer un plat de gelée de vers qu'il venait d'étaler sur le sol.

– Ne vous inquiétez pas, madame Hawkin, assura B.E.N. Dites à ces voyageurs que leur dîner sera servi dans une minute… Disons, deux minutes !

Madame Hawkin l'avait supplié de ne pas l'aider… Quel soulagement lorsqu'elle vit Jim arriver à la maison pour l'été. Bien entendu, il avait apporté son surf solaire.

– Jim ! s'écria-t-elle. Si tu fais du surf, emmène B.E.N. avec toi !

– Heu…

– Vous venez de parler de surf solaire ? demanda B.E.N. en levant les yeux. Je suis d'accord ! Sauf, bien entendu, si vous avez besoin de moi, madame Hawkin !

– Non, B.E.N. ! Va te distraire un peu ! Tu m'as déjà suffisamment aidée ! répondit la mère de Jim.

Jim se dirigea vers la porte, B.E.N. sur ses talons. Il n'avait pas la moindre envie de faire du surf avec un robot tout déglingué !

– Mon rêve se réalise ! dit le robot, tandis que Jim déployait la voile solaire. Où est le volant ? Où se trouve le bouton du démarreur ?

– Il n'y en a pas ! répliqua Jim. Tout ce que tu as à faire, c'est de te pencher ! Surtout, ne touche en aucun cas à ce bouton, là !

– Compris ! Ahhhhhhh !

À la grande consternation de Jim, B.E.N. appuya exactement sur le bouton interdit. La voile se replia immédiatement, et le surf solaire entama sa chute.

– Au secours ! À l'aide ! cria B.E.N. en sautant sur le dos de Jim pour se cramponner de toutes ses forces.

Jim, se maintenait en équilibre tandis que son engin, désormais incontrôlable, descendait en spirale. Heureusement que Jim Hawkins était le meilleur surfeur de toute la galaxie ! Au bout de quelques secondes d'horreur, il parvint à reprendre le contrôle de sa machine.

– Nous l'avons échappé belle, non ? soupira B.E.N., en essuyant son front en métal. Mais c'était très agréable, aussi ! s'exclama B.E.N.

Jim ébaucha un sourire.

– Oui ! répondit-il.

– On le refera ? demanda B.E.N.

– On le refera ! répondit Jim avec un large sourire.

Un travail pour Dumbo

La journée a été dure pour le petit Dumbo. Comme si cela ne suffisait pas que l'on se moque de lui à cause de ses oreilles, on a mis sa chère maman en cage. Ainsi, le voilà séparé de la seule personne qui l'aimait et le respectait.

Pourquoi les choses vont-elles de mal en pis ? Il semble être le seul animal du cirque à ne pas avoir de travail. Tout le monde a une mission à accomplir. Tous sauf Dumbo, qui n'a pour seul rôle qu'être la proie des quolibets.

Fatigué et un peu perdu, Dumbo se promène entre les tentes. Bientôt, il se retrouve près du stand des rafraîchissements. Ici aussi, tout le monde a un emploi. Certains pressent du citron pour faire de la limonade. D'autres font sauter les pop-corn ou griller des cacahuètes. De bonnes odeurs flottent dans l'air.

Finalement, Dumbo s'arrête devant la machine à barbe à papa. Tenté, Dumbo aimerait y goûter, mais il y a tant de visiteurs qu'il ne peut s'approcher.

Soudain, Dumbo entend un bourdonnement puissant. Tous les clients lèvent les bras et s'enfuient en courant.

L'odeur du sucre a attiré une armée de mouches !

– Allez-vous-en ! crie le marchand. Vous faites fuir mes clients !

Dumbo en profite pour glisser sa trompe vers le sucre rose.

– Ah, non, Dumbo ! proteste le vendeur. Cela me suffit de chasser les mouches, je ne veux pas en plus chasser l'éléphant !

Le pauvre Dumbo est tellement effrayé qu'il aspire un peu de barbe à papa avec sa trompe. Atchoum ! Les oreilles de Dumbo battent l'air.

– Remarquable ! crie le marchand. Toutes les mouches sont parties. Elles ont cru que tes oreilles étaient des tapettes géantes !

Il donne une gentille tape à Dumbo :

– Chasseur de mouches, ça te plairait comme boulot ?

Dumbo bat des oreilles avec enthousiasme. Bientôt le stand de barbe à papa devient le stand le plus rafraîchissant de tous et le plus protégé des mouches. Mais l'important c'est que Dumbo a enfin quelque chose à faire pour ne plus songer à ses ennuis. Il est toujours triste, mais les événements semblent prendre une tournure plus favorable. Qui sait, peut-être reverra-t-il bientôt sa maman ?

– Je me demande bien quelle merveille peuvent encore faire tes grandes oreilles, dit le marchand en souriant à l'éléphanteau. En tous les cas, elles te mèneront loin, ça c'est sûr !

Cache-toi, vieux !

Allez, viens, Squiz ! s'écria Nemo. On fait la course jusqu'à la barrière de corail !

Nemo démarra en pompant sur ses nageoires asymétriques le plus fort possible. La jeune tortue rit et le rejoignit.

Squiz était venu rendre visite à Nemo, chez lui, dans le récif.

– C'est par là, vieux ! cria Squiz, se lançant à travers l'eau.

– Il y a un courant terrible par ici !

Nemo hésita une seconde en voyant son ami faire des sauts périlleux à côté des coraux urticants. Squiz était tellement courageux ! Même après tout ce que Nemo avait traversé – sa capture par un plongeur et son évasion d'un aquarium – il lui arrivait encore parfois d'avoir peur.

Nemo prit une profonde respiration et se jeta dans le courant. Il ressortit à l'autre bout du courant et atterrit dans l'océan calme à côté de Squiz.

– Eh ! C'était marrant ! pouffa Nemo. On recommence, Squiz ? Squiz, tu as un problème ?

– Cache-toi, vieux ! cria Squiz.

Avant que Nemo n'ait le temps de répondre, Squiz rentra la tête et les pattes dans sa carapace et s'effondra sur le sol.

Nemo observa autour de lui, s'attendant à voir un requin ou quelque chose d'aussi effrayant. Mais il ne vit que quelques coraux

et une danseuse espagnole solitaire flottant au-dessus d'eux.

Il nagea vers le fond et tapota sur la carapace de Squiz.

– Eh ! dit-il. Qu'est-ce qu'il y a ? Il n'y a rien d'effrayant ici.

– Ouf ! soupira Squiz en ressortant la tête. Mais il se cacha à nouveau.

– C'est toujours là ! dit-il, la voix étouffée.

Nemo cligna des yeux et jeta à nouveau un coup d'œil. Et de nouveau, il ne vit que le corail et la danseuse espagnole.

– C'est la première fois que tu vois une danseuse espagnole ? dit-il, réalisant soudain.

– U-une danseuse quoi ? demanda Squiz, la voix toujours étouffée.

Nemo frappa une fois de plus la carapace.

– C'est un genre de mollusque, lui expliqua-t-il. Ne t'en fais pas, les danseuses espagnoles sont gentilles. Tu n'as pas à avoir peur.

Finalement, Squiz ressortit la tête et sourit à Nemo d'un air penaud.

– Désolé, vieux, dit-il. Je n'en avais jamais vu avant. J'ai complètement flippé.

– C'est bon, lui répondit Nemo en souriant à son tour. Il savait très bien que la nouveauté pouvait être effrayante… et maintenant il savait qu'il n'était pas le seul à le penser.

– Allez, viens, on va jouer.

Le meilleur pêcheur de tous

Simba et ses amis Timon et Pumbaa avaient faim. Ils errèrent dans la forêt jusqu'à ce qu'ils tombent sur un vieil arbre pourri. Timon frappa sur le tronc.

— Ça donne quoi ?
demanda Pumbaa.

— Notre petit déjeuner !
répondit Timon.

Il tira un coup sec sur l'écorce et des centaines d'asticots en sortirent.

— Non merci, soupira Simba. J'en ai assez des asticots.

— Et bien, les fourmis sont bonnes, dit Timon. Il y a deux goûts différents, rouge ou noir.

Simba secoua la tête.

— Vous ne mangez que des insectes ?

— Non, des poissons ! déclara Pumbaa.

— J'adore le poisson ! s'écria Simba.

— Pourquoi tu n'as rien dit ? demanda Timon. Il y a un étang au bout du chemin.

Les trois amis se mirent en route.

— Et maintenant ? demanda Simba en arrivant à l'étang.

— C'est le problème, dit Timon. On n'est pas les meilleurs pêcheurs du monde.

— Je vais vous apprendre ! fit Simba.

Le lion grimpa à un arbre et rampa sur une branche suspendue au-dessus de l'eau. Puis il arracha un poisson à l'eau.

— Vous voyez ! dit Simba en sautant par

terre avec agilité. La pêche, en fait, c'est facile.

— Pas pour moi ! cria Timon. Il se suspendit à la branche, mais ses bras étaient trop courts pour atteindre les poissons.

Simba rigola.

— Laisse Pumbaa essayer.

— Bonne blague ! cria Timon. Pumbaa ne peut même pas escalader cet arbre.

— Tu paries ? demanda Pumbaa.

— Reste où tu es, lui conseilla Timon. Je ne pense pas que la branche soit assez solide pour nous deux.

D'un bond, Pumbaa atterrit sur la branche à côté de Timon. Celle-ci commença à pencher.

— Attention ! cria Timon en bondissant sur un autre arbre.

Crac ! La branche cassa sous Pumbaa. Il atterrit dans l'étang. Le plouf était énorme !

Simba, assis sur la rive, était trempé. L'eau de l'étang tombait comme de la pluie autour de lui.

Simba ouvrit les yeux et se mit à rire. Et Timon en fit tout autant.

Pumbaa était assis dans une mare de boue, là où se trouvait l'étang. Il avait évacué tant d'eau que des douzaines de poissons se tortillaient sur le sol, prêts à être avalés.

— Ouah ! s'écria Timon. Je crois que Pumbaa est le meilleur pêcheur de tous !

Walt Disney
Cendrillon

Une robe épouvantable

Cendrillon travaille du soir au matin au service de sa belle-mère et de ses demi-sœurs. En retour, elles la traitent sans affection et l'obligent à porter de vieux vêtements. Heureusement, Cendrillon s'est fait beaucoup d'amis parmi les animaux du manoir, dont deux souris, Jaq et Mary.

– Pauvre Cendrillon, dit Jaq à Mary en observant la jeune fille frotter le plancher. Elle a besoin d'être réconfortée.

– Hum, dit Mary en entraînant Jaq dans la grange pour ne pas que Cendrillon entende. Cousons-lui une robe neuve ! suggère-t-elle.

– Bonne idée !

Jaq regarde autour de lui, tout en se demandant ce qu'ils pourraient bien utiliser pour coudre… Il s'approche d'un sac de nourriture.

– Jaq, non ! le gronde Mary. Tu mangeras plus tard !

– Mais non ! explique Jaq, nous allons récupérer la toile !

Les souris coupent la robe dans le tissu, rajoutent quelques morceaux d'étoffes et cousent le tout ensemble.

La petite troupe admire son travail.

– Trop simple ! annonce Gus.

– Oui, confirme Jaq, un peu déçu.

– Que pourrions-nous rajouter ?

Les oiseaux excités volètent et sifflent. Ils reviennent déjà dans la grange avec un ruban fait de baies et d'épis de blé. Ils aident les souris à l'accrocher sur les manches et le col de la robe.

– Ah, déclare, Perla, c'est beaucoup mieux !

Les petits couturiers enfilent alors la robe à un piquet du jardin où Cendrillon accroche toujours son chapeau de paille.

– Elle va l'adorer ! proclame Jaq, convaincu.

Les souris vont chercher Cendrillon, lui ferment les yeux et la conduisent dans le jardin.

– Ouvre les yeux ! demande Jaq.

– Surprise ! crient les souris.

Cendrillon regarde la robe puis le chapeau.

– Oh, merci ! s'exclame-t-elle. Je manquais d'un épouvantail pour le potager !

Jaq ouvre la bouche pour s'expliquer, mais Mary lui bouche le museau avec sa patte.

– Ce n'est rien, Cendrillon, répond gentiment Mary.

Une fois Cendrillon éloignée, Jaq se renfrogne, dépité.

– Nous avons raté la robe !

– Oui, dit Mary. Mais il faut voir le bon côté des choses, nous avons fabriqué le parfait épouvantail et Cendrillon est ravie !

– Youpi ! crient en chœur tous ses petits amis.

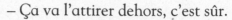

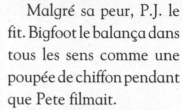

L'équipe gagnante

Max et son père, Dingo, prenaient leur petit déjeuner en feuilletant le journal.

– Écoute ça ! dit Dingo. La chaîne 10 sponsorise le Concours père et fils. Les père et fils qui prouvent qu'ils ont accompli quelque chose de vraiment incroyable ensemble passeront sur une chaîne nationale le jour de la fête des Pères pour recevoir un prix.

– Dommage que Bigfoot ait détruit le film qu'on avait fait de lui l'été dernier, dit Max. Le trouver et être vivant pour en parler… ça, c'était incroyable !

Max fit une pause.

– Eh, je sais ! Pourquoi on n'y retournerait pas ? Et cette fois-ci, on aura une preuve.

– D'accord, Maxou, dit Dingo. Compte sur moi ! Et on pourra aussi aller à la pêche.

Dingo et Max atteignirent le campement la nuit même, installèrent leur tente et se couchèrent. Rapidement, un grand fracas les réveilla.

– C'est lui ! cria Max. Prends la caméra !

Ils sortirent la tête et virent que ce n'était pas Bigfoot, mais Pete et P.J.

– Désolé, dit P.J. J'ai parlé de votre voyage à mon papa et il veut qu'on gagne ce prix. On est là pour Bigfoot, nous aussi.

Le lendemain, Pete fit un barbecue avec quelques steaks bien saignants.

– Ça va l'attirer dehors, c'est sûr.

La ruse marcha. Quelques minutes plus tard, Bigfoot fonçait sur la viande.

– Attaque-le, P.J. ! cria Pete.

Malgré sa peur, P.J. le fit. Bigfoot le balança dans tous les sens comme une poupée de chiffon pendant que Pete filmait.

– Les juges vont adorer ça ! cria Pete.

– À l'aide ! supplia P.J.

Dingo et Max entendirent les cris de P.J. et accoururent depuis le lac. Sans un mot, Dingo piqua le dos du monstre avec un hameçon pendant que Max lui jetait un filet de pêche sur la tête. Hurlant, le monstre laissa tomber P.J. par terre.

– Tu as été génial, dit Max à Dingo.

– Toi de même, fils, répliqua Dingo.

– C'est dans la boîte ! triompha Pete. Tiens, PJ., filme-moi un peu.

De retour chez lui, Pete envoya la vidéo à la chaîne 10. Mais après l'avoir regardée, les juges décidèrent que le prix revenait plutôt à Dingo et Max.

Pourtant, le jour de la fête des Pères – celui où ils devaient passer à la télé –, Dingo et Max décidèrent d'aller à la plage. Ils réalisèrent qu'ils n'avaient besoin de personne pour leur dire à quel point leur équipe père-fils était incroyable. Ils le savaient déjà !

Une bonne équipe

Allez, Khan, plus vite ! chuchota Mulan à son cheval.

Le cheval leva une oreille en direction de Mulan, mais il ne changea pas d'allure. Mulan haussa les épaules. Elle était heureuse d'avoir de la compagnie, même si Khan ne semblait pas vraiment apprécier la sienne. Elle pouvait à peine croire qu'elle était en train de chevaucher à travers bois pour rejoindre l'armée de l'Empereur. Mais qu'aurait-elle pu faire d'autre ? Si elle n'avait pas pris la place de son père très âgé, il aurait été forcé d'aller au combat.

– Tout se passera bien, dit-elle à Khan.

Le cheval s'ébroua. Pendant un instant, Mulan pensa qu'il lui répondait. Puis il s'arrêta brusquement, au risque de faire tomber la cavalière.

– Huh ! cria-t-elle. Qu'est-ce que tu fais ?

Elle lui donna des coups de pieds dans les flancs. Mais au lieu d'avancer, le puissant destrier recula de quelques pas, son corps massif tremblant de peur.

Mulan regarda devant elle. À quelques mètres, un fossé profond barrait le chemin.

– C'est ça, qui te fait peur ? demanda Mulan au cheval. Ne sois pas stupide ! Ce fossé n'est pas profond ! Saute par-dessus, gros froussard !

Elle lui donna de nouveau des coups de pied et alla même jusqu'à arracher un rameau sur une branche pour frapper son arrière-train. Mais le cheval ne fit pas un pas de plus.

Mulan ne voyait absolument pas ce qu'elle pourrait faire d'autre. Désespérée, elle s'affala sur le cou de Khan.

– Et maintenant, qu'allons-nous faire ? dit-elle.

Elle n'avait pas le choix. Se laissant glisser le long de l'échine du cheval, elle se dirigea vers le fossé. À sa grande surprise, Khan la suivait.

Mulan en avait le souffle coupé. Comment un destrier aussi gros, aussi puissant et fort, pouvait-il compter sur elle pour l'aider à franchir ce fossé dont il avait si peur ?

– Allons-y ! dit-elle, en saisissant la bride.

Le cheval accepta d'avancer avec Mulan et il se retrouva au bord du fossé.

– C'est le dernier pas qui coûte ! le prévint Mulan.

En tenant les rennes, elle sauta par-dessus le fossé. Pendant quelques instants, elle craignit qu'il refuse de la suivre. Mais il sauta. Mulan fut projetée en avant, tandis que Khan atterrissait à dix pas du fossé.

– Bravo ! dit Mulan, en donnant de petites tapes à son cheval. Nous devrions faire une bonne équipe, tous les deux !

Heures supplémentaires

La journée se terminait à peine au niveau Terreur chez Monstres et Cie quand Sulli prit Bob à part.

— Bob, dit-il, on rend toujours nos rapports en retard. J'ai peur qu'on finisse par avoir mauvaise réputation.

— Tu as raison, Sulli, répondit Bob. À partir d'aujourd'hui, je suis un nouveau monstre et pour te le prouver, je vais rester tard. Célia sera tellement fière de moi ! Oh, oh !

— Qu'est-ce qu'il y a, Bob ? demanda Sulli.

— Oh, rien ! sourit Bob. Sulli, je te rejoins plus tard. J'ai plein de choses à mettre à jour.

Sulli jeta un regard suspicieux à Bob, mais consentit à être mis à la porte.

Une fois que Sulli fut parti, le sourire de Bob s'évanouit : il avait un rendez-vous avec Célia et était déjà en retard !

Finalement, Bob prit une décision.

— Je rattraperai mon retard demain. Un jour de plus n'y changera rien.

Bob se dirigea vers les vestiaires en sifflotant. Il venait juste d'entrer dans la pièce quand il entendit un bruit.

— Baaaa, fit une toute petite voix. Bob sursauta droit dans les airs et glapit.

— Qui est là ? demanda-t-il nerveusement.

— Gagoooo, fit la voix.

C'était bel et bien un enfant ! Bob se retourna pour fuir mais il trébucha sur un vaporisateur odorant que quelqu'un avait oublié par terre. Les pas semblaient être derrière lui. Bob leva les yeux, s'attendant à voir un enfant humain. Mais c'est Sulli qu'il vit !

— Qu'est-ce qui se passe ? demanda-t-il, fort mécontent.

Sulli riait si fort qu'il ne pouvait pas parler. Finalement, le gros monstre bleu réussit à se calmer et s'expliqua.

— Je n'ai pas pu m'en empêcher ! dit Sulli en aidant Bob à se relever. Je suis tombé sur Célia qui m'a parlé de votre rendez-vous. Je savais que tu préférerais abandonner tes rapports plutôt que de la décevoir.

Bob hocha la tête, embarrassé.

— Mais je lui ai dit que tu étais vraiment plongé dans ton travail, continua Sulli, et je lui ai demandé si ça la dérangerait que vous sortiez ensemble plutôt demain soir.

— Et elle a accepté ? demanda Bob surpris.

— Bien sûr que oui, répondit Sulli. Et elle a aussi ajouté que comme j'étais ton partenaire, je devrais rester pour t'aider. Alors me voilà ! Maintenant, allons chercher des sucettes à la boue et mettons-nous au travail.

Et les deux monstres partirent montrer aux rapports de quoi ils étaient capables.

Disney
La Belle et la Bête

Un peu d'aide

Ça va mal ! se tracassait Big-Ben l'horloge, faisant les cent pas au sommet de l'escalier du château. Mal, mal, mal !

– Qu'est-ce qui cloche ? demanda Lumière, le chandelier.

– La Bête a contrarié Belle, répond Big-Ben. Belle a contrarié la Bête. Pour l'heure, ils boudent, chacun dans leur chambre.

– En effet, ça va mal, déclara Lumière. Nous ne récupèrerons jamais forme humaine si la Belle ne tombe pas amoureuse de la Bête.

– Et bien, c'est mal parti, gémit Big-Ben.

– Bêtises, rétorqua Lumière. L'amour a parfois besoin d'un peu d'aide.

Le chandelier exposa son plan à l'horloge et ils s'affairèrent un moment. Quand tout fut prêt, Lumière frappa à la porte de Belle.

– Mademoiselle, appela-t-il doucement, je suis ici pour vous dire que la Bête est vraiment désolée de ce qui s'est passé !

– Vraiment ? demanda Belle.

– Oh oui ! dit Lumière. Maintenant, voulez-vous voir votre surprise ?

Belle entrouvre la porte.

– Ma surprise ?

– Oui, suivez-moi, dit le chandelier.

Au même moment, Big-Ben, cliquetant des mécanismes, se planta devant la porte de la Bête.

– Grr, ce Lumière ! marmonna-t-il. Pourquoi diable suis-je tombé sur la Bête ?

Rassemblant son courage et ses aiguilles, Big-Ben frappa à la porte de son maître.

– Va-t-en ! rugit ce dernier.

– Maître, je suis juste ici pour vous dire que Belle est vraiment désolée de ce qui s'est passé.

Après un long silence, la Bête grogna :

– Vraiment ?

– Oh, tout à fait ! dit Big-Ben. Maintenant, suivez-moi, votre surprise vous attend.

– Ma surprise ? demanda la Bête, intriguée.

– Oui, Maître.

Belle et la Bête se retrouvèrent dans le vaste atelier du château, dans lequel se trouvait un bouquet de fleurs fraîches et la harpe enchantée qui jouait un air mélodieux.

– Ohhh ! s'exclamèrent en chœur Belle et la Bête en entendant la musique.

– Etes-vous désolé ? demanda Belle.

– Je le suis, avoua la Bête.

– Je le suis aussi, dit Belle.

La Belle et la Bête échangèrent un sourire complice.

– Tu vois, mon ami, murmura Lumière. Chacun était sincèrement désolé, il leur fallait seulement un peu d'aide pour l'admettre. Grâce à nous, voilà qui est fait !

Une niche trois étoiles !

Bonjour Clochard ! dit Lady en bâillant et en s'étirant. N'était-ce pas la plus merveilleuse des nuits ?

Mais la nuit de Clochard n'a pas été merveilleuse. Il n'a pas fermé l'œil. C'est la première fois qu'il dort dans la maison de Lady. La première nuit qu'il passe dans une maison, lui, le vagabond !

– Mais, comment fais-tu ? grogne-t-il. Ce lit est si doux que j'ai l'impression de m'enfoncer dans une piscine de plumes. Pour couronner le tout, entre les ronflements de Jim Chéri et les cris du bébé, je peux à peine entendre les criquets !

–Oh, mon chéri, dit Lady, réellement désolée pour son compagnon. Je sais ! s'exclame-t-elle, Jim Chéri et Darling t'aiment tant qu'ils te laisseront dormir sur leur lit, ce soir. Tu verras, il n'y a rien de meilleur !

Mais Clochard secoue la tête.

– J'ai besoin d'air, explique-t-il. Je sais que tu as été élevée ainsi mais je préfère dormir à la belle étoile. Rien qui me fasse hurler de bonheur dans cette chambre !

– Tu peux voir la lune par la fenêtre, réplique Lady.

– Ce n'est pas pareil. Nous avons cette bonne vieille niche dans le jardin. Que penserais-tu d'aller y passer la nuit prochaine ?

Ce serait en fait comme une lune de miel !

Lady a remarqué les yeux tirés de Clochard.

– D'accord, dit-elle, compatissante.

Ainsi, la nuit suivante, Clochard et Lady s'installent dans le jardin.

Enfin heureux, Clochard se laisse tomber sur le sol.

– Ah ! Comme j'aime sentir la terre fraîche contre mon ventre ! dit-il pendant que Lady jette un œil méfiant dans la hutte de planches obscure et humide.

Les étoiles ne sont pas encore de sortie que la petite chienne regrette déjà le confort de la maison de Jim Chéri et Darling.

Clochard regarde Lady essayer de s'étendre. Elle entre dans la niche, puis ressort, puis rentre de nouveau. Cela fait peine à voir. Elle ne peut décidément pas s'allonger sur ce sol si dur et si froid !

– Ne t'inquiète pas, dit Clochard, j'ai une idée !

Il court dans la maison et rapporte entre ses dents le coussin de Lady. Il balaie avec soin le sol de la niche de sa queue et installe le coussin comme Lady l'aurait fait pour elle-même.

Alors, vous devinez la suite ? Cette nuit-là, Lady et Clochard font les rêves les plus doux qu'ils aient jamais fait ! Dans une niche trois étoiles !

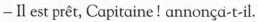

Un nouveau vaisseau hargneux

Mon vaisseau, mon beau vaisseau ! gémit le Capitaine Crochet. Peter Pan et les enfants Darling lui avaient volé son vaisseau. Et à présent, Crochet était coincé sur une île, leur bateau à rames ayant été déchiqueté par le croco.

— L'île est jolie, Capitaine, suggéra Mouche. Vous pourriez prendre des vacances.

Crochet jeta à Mouche un regard furieux.

— Les pirates ne prennent pas de vacances ! Les pirates se vengent ! Ce qu'on va faire, dès qu'on aura un nouveau vaisseau.

Mouche regarda autour de lui.

— Où va-t-on trouver un vaisseau par ici, Monsieur ?

— Ce n'est pas « on » qui va le trouver, répondit Crochet. Tu vas en construire un avec cette troupe minable ! Et pas un petit. Un énorme, menaçant, magnifique !

Pendant des semaines, les pirates abattirent des arbres et les coupèrent en planches. Ils taillèrent des milliers de clous et écrasèrent encore plus de baies pour faire de la peinture.

— Vous n'avancez pas assez vite ! se plaignit Crochet, assis à l'ombre sirotant le jus d'un ananas.

Enfin, Mouche, épuisé, alla chercher Crochet qui se réveillait de sa sieste.

— Il est prêt, Capitaine ! annonça-t-il.

Même Crochet dut admettre que le vaisseau était magnifique. Il avait la forme d'un crocodile et la couleur du reptile.

— Personne n'osera s'approcher de ce vaisseau, lui assura Mouche. Même pas ce maudit croco. Il ne voudra pas se battre contre une chose aussi terrifiante.

— On met les voiles demain ! dit Crochet, ravi.

Cette nuit-là, Mouche ne résista pas à l'envie de peindre des cils au croco.

Dès le lendemain, le Capitaine Crochet et tout l'équipage le mirent à l'eau. Le croco au tic-tac apparut rapidement.

— Mouche ! hurla le Capitaine Crochet. Je croyais qu'il ne s'approcherait pas de nous !

— Mais regardez comme il est calme, dit Mouche, surpris. Il sourit même !

Mouche se pencha par-dessus bord.

— Vous savez, je crois que ce sont les cils que j'ai peints. Le croco pense peut-être que c'est sa mère.

Crochet se jeta sur le pirate grassouillet.

— Tu as fait de mon bateau une maman crocodile ? Ce vaisseau était supposé être terrifiant !

— Les mères peuvent l'être, Monsieur, dit Mouche. Si vous aviez vu la mienne quand je lui ai dit que je voulais devenir pirate !

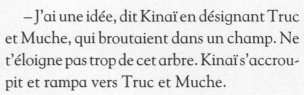

FRÈRE DES OURS
Déviés

Bon, dit Kinaï, plus de détours. On se dirige vers l'Endroit où les Lumières touchent la Terre, et vite !

Koda jeta un regard en biais à Kinaï.

– Je suppose que ça veut dire que tu ne veux pas goûter au miel le plus doux du monde.

– Quel est le rapport ? demanda Kinaï.

– Aucun, dit Koda, sauf que je sais où il se trouve et que ce n'est pas loin d'ici.

– Oh, non ! dit Kinaï. Je ne vais pas me faire avoir. Plus de détours !

– Si tu le dis.

En voyant Koda bouder, Kinaï culpabilisa.

– Le miel le plus doux du monde, tu dis ?

– C'est ça, dit Koda.

– Prouve-le ! fit Kinaï.

– C'est par là !

Et Koda se mit à courir pour conduire Kinaï à un arbre, auquel était suspendue une ruche.

– C'est ici ! Il n'y a qu'à la descendre.

Les abeilles rentraient et sortaient de la ruche.

– Ça a l'air un peu dangereux, dit Kinaï.

– Pas du tout, rétorqua Koda.

Puis il grimpa à l'arbre. Mais alors qu'il tendait la patte pour attraper la ruche, une nuée d'abeilles lui fonça dessus. Koda redescendit rapidement de l'arbre.

– On pourrait peut-être demander de l'aide.

– J'ai une idée, dit Kinaï en désignant Truc et Muche, qui broutaient dans un champ. Ne t'éloigne pas trop de cet arbre. Kinaï s'accroupit et rampa vers Truc et Muche.

– C'est ça la vie, eh ? dit Truc.

– Rien ne pourrait venir gâcher cette journée, répondit Muche.

Et là, Kinaï leur sauta dessus, en émettant son grognement d'ours le plus terrifiant.

– Aaarrrghhh !

– Cours ! cria Truc.

Kinaï les poursuivit, en les conduisant vers l'arbre. Truc leva les yeux juste à temps pour s'arrêter, mais Muche eut moins de chance. Il fonça droit dans l'arbre. Au dernier moment, il tourna et cogna l'arbre avec son épaule. La ruche vola et atterrit directement dans les pattes de Koda.

– C'était radical ! cria Truc.

– C'est ce que j'avais prévu, dit Muche, sûr de lui.

Puis ils repartirent d'un pas tranquille.

– Tu n'en veux pas ? demanda Koda à Kinaï, le visage barbouillé de miel.

Kinaï plongea sa patte dans le miel.

– Qu'est-ce que tu en penses ? demanda Koda.

Kinaï se lécha les babines.

– C'est le meilleur détour de tous !

La Petite Sirène
Lettres d'amour

Les yeux perdus dans le vide, Ariel poussa un long soupir.

– Pareil soupir ne signifie qu'une seule chose ! s'inquiéta Sébastien.

– Quoi ? interrogea Polochon.

– Elle est sans doute en train d'écrire une lettre pour cet humain dont elle s'est entichée !

En effet, Ariel écrivait avec application dans son carnet fait d'algues.

– Je vous aime tellement… dit-elle, à haute voix.

– Beurk ! fit Polochon.

– Tu peux le dire ! approuva Sébastien. C'est terriblement banal et éculé !

– Qu'est-ce que vous écririez, à ma place ? demanda Ariel.

– Moi ? annonça Sébastien.

– J'écrirais quelque chose comme :

« *Oh, mon joli crabe*

Oh, crabe adoré

Toi, la plus belle de toutes les demoiselles crabes

Puissent nos pinces ne jamais se séparer ! »

– Beurk et rebeurk ! s'exclama Polochon.

– Qu'est-ce que tu en sais ? protesta Sébastien.

– Mais il ne vit pas sous l'eau ! cria Polochon.

– Qu'est-ce que cela peut faire ? demanda Ariel, d'un air offensé.

– Comment peux-tu tomber amoureuse de

quelqu'un que tu ne connais même pas ? intervint Sébastien.

– Je le connais, protesta Ariel. Vous n'avez donc jamais entendu parler du coup de foudre ?

– Je t'en prie ! marmonna Polochon.

Ariel était hors d'elle. Rien ne pourrait la faire cesser d'aimer le beau jeune homme qu'elle avait aperçu sur le navire. Et elle poursuivit l'écriture de son poème d'amour. Et quand elle eut terminé, elle en commença la lecture à haute voix :

« *Je pense à vous*

Nuit et jour.

Même si je suis parfois distraite

Parce que j'aime faire la fête.

Vous souvenez-vous de moi ?

Pensez-vous encore à moi ?

J'étais juste venue voir

Le navire qui venait de sombrer

Et mon royaume j'ai regagné.

Je vous aime plus que tout

Et ne vous oublierai jamais,

J'aimerais tant vous l'avouer

Et brûle d'envie de vous retrouver. »

– Super ! s'exclama Sébastien.

– C'est nul ! déclara Polochon.

– L'amour véritable ! conclut Sébastien.

101 DALMATIENS

L'aboiement de nuit

Rolly, Patch, Lucky et le reste des chiots regardaient la fin de l'épisode d'Ouragan. Lorsque le générique de fin commença à défiler sur l'écran, Pongo éteignit la télévision.

– Oh, papa ! encore un peu, gémit Patch.

– Vous avez regardé l'épisode en entier, dit Pongo.

Lucky resta planté devant l'écran gris, espérant qu'il se remette miraculeusement en marche. Perdita lui donna un petit coup de langue encourageant.

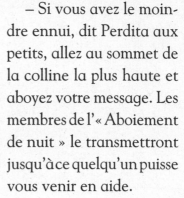

– Asseyez-vous, les enfants. Votre père et moi avons à vous parler.

– Ho, ho ! fit Penny, inquiète.

– Rien de grave, la rassura Pongo. Nous pensons juste qu'il est grand temps de vous parler de l'« aboiement de nuit ».

– Ça a l'air super ! se réjouit Pepper.

– Qu'est-ce que c'est l'aboiement de nuit ? demanda Freckles.

– C'est une méthode de communication qui n'appartient qu'à nous autres chiens. On peut envoyer des messages depuis l'autre bout de la ville jusqu'aux confins des campagnes.

– Wouaoh ! glapit Penny. Mais pour quoi faire ?

– Il arrive parfois qu'on doive donner une nouvelle très rapidement à un ami, sans pouvoir se rendre à l'endroit où il vit.

– Je n'ai pas besoin de l'aboiement de nuit, dit Patch. Je me débrouillerai bien tout seul.

– Ça m'étonnerait ! souffla Lucky entre ses babines.

– Qu'est-ce que tu en sais ? aboya Patch.

– Si vous avez le moindre ennui, dit Perdita aux petits, allez au sommet de la colline la plus haute et aboyez votre message. Les membres de l'« Aboiement de nuit » le transmettront jusqu'à ce quelqu'un puisse vous venir en aide.

– Oui, un peu comme une série de rots en écho ! pouffa Patch.

– Patch ! gronda Pongo. Ce n'est pas très poli !

À ce moment-là, Lucky hurla à pleins poumons.

– Que t'arrive-t-il ? demanda Perdita.

– J'essaie l'aboiement de nuit pour nous sauver de ce terrible Patch !

– Lucky, se fâcha Perdita, demande des excuses à ton frère !

– Pas la peine, Maman, dit Patch. J'avais raison de toute façon. Pas une seule réponse au hurlement de Lucky.

Driiiing ! Les chiots surpris regardèrent Patch, incrédules.

Perdita et Pongo se souriaient attendris. C'est Roger, leur fidèle compagnon, qui sonnait. Il était allé acheter du lait, pour le petit déjeuner !

Les petits sont souvent les plus forts

C'était le premier jour de l'été. Couette et ses amies Blueberries s'apprêtaient à vivre une grande aventure. Elles se rendaient à la Première Expédition Annuelle des Blueberries en pleine nature. Le voyage les conduirait jusqu'au fourré de hautes herbes qui se dressait à proximité de la fourmilière. L'endroit n'était distant que de quelques mètres seulement, mais pour une minuscule fourmi, cela représentait un voyage horriblement long.

Les filles se mettaient en route quand quelques garçons vinrent les taquiner.

– Comment voulez-vous faire une expédition sans emporter des provisions ?

– Pour ton information, dit-elle sur un ton supérieur, sache que nous avons l'intention de survivre grâce à notre intelligence ! Quels que soient nos besoins, nous y pourvoirons sur place !

Lorsque les Blueberries eurent parcouru quelques mètres, Couette consulta son guide de survie.

– Parfait, dit-elle. Nous devons commencer par construire un abri afin de nous protéger du soleil.

– Je sais faire ! se proposa Daisy. Nous allons bâtir une hutte. Il suffit de coller des brindilles côte à côte, avec de la boue, pour les murs. Et de poser des feuilles, au-dessus, pour le toit.

La troupe trouva l'idée géniale. Travail en équipe et détermination leur permirent de construire un abri confortable.

– Maintenant, dit Couette en consultant de nouveau son livre, il nous faut protéger notre campement.

Les filles se mirent à creuser une tranchée étroite devant la hutte, selon les instructions du guide.

Après avoir récolté quelques graines, elles entrèrent dans leur hutte pour déjeuner. Au bout d'un moment, elles entendirent un cri. Reed, Grub et Jordy se trouvaient au fond du fossé !

– Les filles, déclara Couette en désignant les garçons, vous avez devant vous vos ennemis les plus communs, et certainement pas les plus élégants !

Lorsque l'heure de lever le camp pour regagner la fourmilière arriva, les garçons étaient toujours bloqués dans le fossé.

– Prononcez la formule magique et je vous tirerai de là ! dit Couette.

– Les Blueberries sont des génies ! reconnurent les garçons.

Couette fit descendre dans le fossé l'échelle qu'elle avait fabriquée avec des brindilles.

– C'est bien vrai ! s'exclama-t-elle. Car si nous pouvons vous résister, nous pouvons faire face à n'importe quelle épreuve !

Disney
HERCULE

Les amis, c'est très utile !

Hercule s'efforçait de devenir un héros et il avait beaucoup à faire ! Phil, son entraîneur, lui attacha un jour les mains dans le dos et exigea qu'il coure dans cette position.

Sur la ligne d'arrivée, Phil avait placé une poupée : elle figurait une jeune demoiselle qu'Hercule devait sauver. Le « futur héros » fonça dans la première partie de la course, constituée d'une grotte obscure, et plongea dans une mare d'eau stagnante.

Il émergea en recrachant de l'eau putride. Son souhait le plus cher n'était-il pas de devenir un héros ? Cependant, les choses étaient bien difficiles.

Il progressait dans le noir, tâtant les parois de la grotte avec ses pieds, quand il sentit quelque chose de glissant s'enrouler autour de ses chevilles. Des serpents !

D'un coup de pied, il se dégagea de l'emprise des serpents d'eau et se hâta vers l'autre extrémité de la grotte pour se retrouver enfin au grand jour. Épuisé, il s'étendit sur l'herbe pour se reposer un peu.

– Tu te reposeras plus tard ! cria Phil.

Hercule se leva péniblement. La poupée devait se trouver dans les parages. Soudain, s'éleva un énorme bruit. C'était des sabots qui martelaient le sol. Hercule se retourna : un bœuf énorme fonçait sur lui !

D'un rapide mouvement, il évita l'animal, mais voici qu'un autre se présenta. Hercule sauta par-dessus le deuxième bœuf, et aperçut la poupée, à une vingtaine de mètres plus haut, à la cime d'une falaise abrupte.

Phil avait laissé une corde sur le sol. En fait, il en avait laissé deux. Serrant la première corde entre ses mâchoires, Hercule se hissa vers le haut. Il était presque à mi-chemin quand Phil mit le feu à l'extrémité de la deuxième corde, qui était imprégnée d'huile ! Le feu se propagea le long de la corde, en direction d'un tas de bois sec disposé sous la demoiselle en péril.

Hercule franchit rapidement les quelques mètres qui le séparaient de la poupée, la saisit, et roula loin du tas de bois enflammé.

Il s'arrêta pour reprendre son souffle.

– Une chose, encore…

L'écho de la voix de son entraîneur lui parvint, du bas de la falaise. Hercule retint sa respiration, mais ce n'était pas pour écouter Phil. Il venait d'apercevoir un scorpion, près de son pied. Un scorpion prêt à mordre !

Crack ! Pégase, le cheval ailé d'Hercule écrasa l'insecte sous son sabot.

Hercule lui sourit, tandis que les derniers mots de Phil parvenaient à son oreille :

– Les amis, c'est très utile !

WALT DISNEY
Blanche Neige
et les Sept Nains

Une danse avec la mariée

Pas de plus beau mariage que celui-là! Le soleil brille, les cloches de l'église sonnent à toute volée et la mariée est la plus belle qui soit. La population des environs est venue assister à la cérémonie. Les Sept Nains, assis au premier rang, essuient leurs larmes de joie avec de grands mouchoirs. Un gigantesque banquet suivi d'un grand bal sont organisés au château. Les invités sont annoncés au fur et à mesure de leur arrivée.

– Prof, Joyeux, Atchoum, Timide, Grincheux, Simplet et Dormeur, crie le page alors que les Sept Nains entrent dans le salon d'honneur, ébahis par tant de splendeur.

– Grrllp! fait Timide, en se cachant derrière Prof, impressionné par le marbre et les chandeliers qui ornent la pièce.

C'est alors qu'une sonnerie de trompes retentit. La Princesse entre aux bras de son époux. L'orchestre commence à jouer et le Prince l'invite à danser la première valse.

Les nains soupirent. Ils ne peuvent détacher leurs yeux de Blanche-Neige.

– Cela doit être merveilleux de danser avec elle, n'est-ce pas? dit Joyeux.

Cela donne une idée à Prof. Il entraîne ses compagnons vers le vestiaire et emprunte quelques effets.

– Atchoum, ne bouge pas! explique-t-il.

Timide, grimpe sur ses épaules! Toi, Simplet, tu feras la tête du danseur.

Alors que la pyramide de nains tangue dangereusement, Prof l'enveloppe d'un grand manteau et le boutonne jusqu'au cou de Simplet.

Le drôle de danseur tremble de tout son corps quand il s'avance dans la salle de bal vers Blanche-neige.

– M'accorderez-vous cette valse? demande la voix étouffée de Timide.

– Bien sûr! dit Blanche-Neige qui rit en voyant cette tour branlante.

Alors que la musique commence, Blanche-Neige et son partenaire font quelques pas sur la piste en essayant de garder l'équilibre.

– Ce manteau me chatouille! couine Atchoum.

Simplet, lui, vit le plus beau jour de sa vie. Mais soudain, les nains entendent un bruit qui leur glace les sangs.

– Ah… Ah… Ah…

– Accrochez-vous les gars! cria Prof.

– Atchooouououm!

Le danseur perd l'équilibre et vient voler au-dessus de la table du banquet.

– Je vous tiens! dit le Prince en attrapant le trio. Voulez-vous bien finir cette danse avec moi? ajoute-t-il à sa bien-aimée.

Blanche-neige répond en riant: avec joie!

Bambi

Une merveilleuse découverte

Bambi ! appela une voix douce. Le faon s'arrêta de brouter et leva les yeux. Son amie Fleur cessa de chercher des baies. Devant eux, se tenait la jolie petite biche que Bambi avait rencontrée au printemps.

– Bonjour, Faline ! dit Bambi. Quelle joie de te revoir !

– Moi aussi, je suis très heureuse de te revoir, avoua timidement Faline.

– Faline ! Viens jouer avec moi ! demanda un jeune faon, qui les observait, à l'autre bout de la prairie.

Faline allait jouer avec quelqu'un d'autre que lui ? Voilà qui n'était pas pour plaire à Bambi !

– Je peux y aller, Bambi ? demanda la biche.

– Non, reste ici ! répondit Bambi, en cherchant désespérément comment retenir son amie.

Tout à coup, il eut une idée.

– Je vais te montrer quelque chose de très rare, dit-il. Je sais où trouver le trèfle le plus tendre de la terre ! Tu n'en as jamais mangé d'aussi bon !

En effet, Pan-Pan lui avait montré un endroit couvert de trèfle.

– Où est-ce ? demanda Faline.

– Suis-moi et tu verras !

Il invita son amie à traverser la prairie avec lui afin d'atteindre le ruisseau. Ils le longèrent

jusqu'au versant d'une colline couverte d'herbe. Et ils arrivèrent devant une cascade gigantesque.

– Le trèfle est là-bas, près du saule pleureur, dit Bambi.

Mais lorsqu'il parvint au pied de l'arbre, il ne restait pas la moindre pousse de trèfle…

– Pan-Pan est passé par là ! se plaignit Bambi.

– Que se passe-t-il ? demanda Faline.

Bambi secoua la tête. Il était très ennuyé. Avoir conduit Faline jusqu'ici et ne rien partager avec elle !

Tout à coup, il leva les yeux.

– Regarde ! murmura-t-il. Là-haut ! Des bandes de couleurs chatoyantes formaient un arc au-dessus de la cascade.

– Quelle merveille ! chuchota Faline. Je n'ai jamais rien vu d'aussi beau !

– Moi non plus, dit Bambi. Mais maman m'en a souvent parlé. C'est un arc-en-ciel.

– C'est magnifique ! s'exclama Faline.

– Je suis content que cela te plaise, affirma Bambi, soulagé. Mais je suis désolé de t'avoir obligé à faire tout ce chemin pour ne pas trouver de trèfle !

– Mais non, Bambi. Si je suis venue, c'était pour être avec toi ! Et puis, un arc-en-ciel, c'est une surprise beaucoup plus agréable que quelques brins de trèfle !

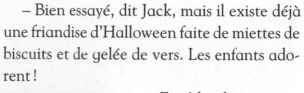
Tactiques d'effroi

Il restait encore quelques mois avant Halloween, mais Jack et son équipe organisaient déjà le grand jour.

– On doit inventer quelque chose de vraiment terrifiant, dit Jack. C'est de plus en plus dur d'effrayer les enfants.

L'année précédente, les enfants avaient adoré les citrouilles hurlantes… mais n'en avaient pas eu peur. Et quand ils virent de vrais fantômes tourbillonner dans le ciel, ils supposèrent qu'ils étaient créés par des projecteurs. Les vampires étaient particulièrement déçus. Allongés dans des cercueils, ils s'asseyaient pour effrayer les enfants quand ils passaient à côté. Mais au lieu de craindre pour leur vie, ils s'extasiaient.

– Nous devons mettre nos idées en commun, dit Jack. Je compte sur vous !

Les habitants d'Halloween-ville retirèrent leurs têtes et en firent une grande pile.

– Oh, mon Dieu ! soupira Jack. Ça va être plus difficile que je croyais !

Une semaine plus tard, les horribles créatures s'assemblèrent à nouveau et firent des suggestions. Un troupeau de sorcières les rejoignit, cacardant avec excitation.

– On a concocté une potion atroce de vers et de poussière pour nourrir les enfants. C'est terrifiant !

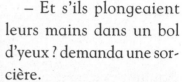

– Bien essayé, dit Jack, mais il existe déjà une friandise d'Halloween faite de miettes de biscuits et de gelée de vers. Les enfants adorent !

– Et s'ils plongeaient leurs mains dans un bol d'yeux ? demanda une sorcière.

– Ils penseront simplement que ce sont des raisins épluchés, soupira Jack.

– On sait ! On sait ! dirent Am, Stram et Gram en chœur. On va remplacer les bonbons par des devoirs de maths. Ça, c'est effrayant !

Jack se frotta le crâne.

– Intéressant… mais pas vraiment ce que j'avais à l'esprit.

Pendant que Jack réfléchissait, Sally se glissa juste derrière lui et hurla :

– Bouh !

– Ahhhh ! cria Jack en bondissant.

– Parfois, les choses les plus simples marchent le mieux, tu ne penses pas ? demanda Sally.

Un sourire illumina le visage de Jack.

– Sally, c'est génial ! Un « bouh ! » hurlé au bon moment effraie toujours la population diurne.

Jack regarda Sally avec admiration, en se disant qu'elle était peut-être une poupée de chiffon, mais que sa tête n'était pas que rembourrage !

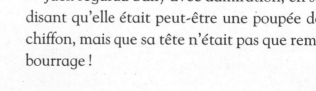

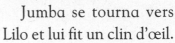

Une fête originale

Chaque année, l'une ou l'autre des camarades de classe de Lilo donnait une fête pour le dernier jour d'école. Cette année, Lilo demanda à sa sœur la permission d'organiser la fête à la maison. Elle voulait présenter ses nouveaux amis Jumba et Pikly à ses camarades et leur prouver que Stitch était un extra-terrestre hors du commun !

Lilo envoya des invitations à toute la classe, même à Mertle, car sa sœur avait insisté pour qu'elle l'invite. Mertle n'avait pas davantage envie de se rendre à la fête que Lilo n'avait envie de la voir, mais elle accepta tout de même.

Le grand jour arriva enfin !

Lilo conduisit ses invités jusqu'à la scène dressée dans le jardin. Puis elle tira le rideau et Stitch apparut dans un costume de chanteur de rock. Il se mit à chanter dans un micro en s'accompagnant à la guitare. À l'exception de Mertle, tous les enfants le trouvèrent génial. Entonnant une chanson d'amour, il voulut embrasser Mertle sur la joue.

—Ooooh ! s'écria-t-elle, indignée. Les chiens, c'est plein de microbes !

— C'est l'heure des travaux manuels ! cria Pikly. Chacun d'entre nous doit fabriquer son propre appareil de navigation intergalactique ! À vous de choisir avec quelle planète vous voulez entrer en contact !

— Jupiter ! lança un garçon.

— Et moi, Mars, annonça un autre.

— Ce truc ridicule ne fonctionne pas ! s'emporta Mertle, en frappant du pied.

Jumba se tourna vers Lilo et lui fit un clin d'œil.

— Qui veut jouer à épingler un sourire sur la Lune ?

— Moi ! Moi ! cria Mertle.

Jumba enferma sa camarade dans un vaisseau spatial en carton, dépourvu de fenêtres. Puis il lui tendit une feuille de papier sur laquelle il avait dessiné un grand sourire.

— Dans quelques heures, lorsque tu passeras à proximité de la Lune, lui dit-il, essaie de présenter ce sourire dans la bonne position. N'oublie pas que tu vas te déplacer à plusieurs milliers de kilomètres à l'heure ! Tu devras faire vite !

Et il ferma la porte du cockpit.

— Jumba, c'est un faux vaisseau spatial ! remarqua Lilo. Il ne bouge pas !

— À l'intérieur du vaisseau, elle aura l'impression de voler vers la Lune. Elle sera occupée pendant un bon moment et nous aurons la paix. Bon, et si nous songions au gâteau ?

Chacun se précipita vers la table, abandonnant le vaisseau spatial.

En passant, Lilo entendit Mertle grommeler, dans son engin :

—Je n'ai jamais joué à un jeu aussi ennuyeux !

Le jardin effrayant de Coco Lapin

Coco Lapin se réveilla de bon matin pour faire du jardinage. Il y avait des mauvaises herbes à retirer, des vignes à tailler et des tas de légumes mûrs à cueillir. Le seul problème était que Coco Lapin avait prêté ses outils à ses amis et ceux-ci ne les lui avaient pas rendus…

Pendant ce temps, Winnie et son ami Porcinet prenaient le petit déjeuner avec Maman Gourou quand Petit Gourou bondit avec un bouquet de fleurs sauvages pour sa maman.

– Merci beaucoup ! s'exclama Maman Gourou en l'embrassant. Je vais les tailler et les mettre dans l'eau.

En fouillant dans un tiroir, elle tomba sur les cisailles de Coco Lapin.

– Oh, non ! Je ne les ai jamais rendues à Coco Lapin.

– Ça me rappelle, dit Porcinet, que j'ai toujours son râteau. Et toi, Winnie, tu as toujours sa pelle.

Les amis décidèrent de rapporter ses outils à Coco Lapin. Quand ils arrivèrent chez lui, pourtant, il n'était pas là car… il se rendait chez eux pour récupérer ses outils.

– Son potager aurait besoin d'un peu de jardinage, dit Maman Gourou. Et si on s'en occupait pour lui montrer qu'on est désolés d'avoir gardé ses outils aussi longtemps ?

Tout le monde trouva que c'était une idée magnifique. Winnie désherba pendant que Porcinet ratissait. Maman Gourou cueillit tomates, poivrons et concombres mûrs. Petit Gourou les rassembla dans de grands paniers.

Une fois qu'ils eurent terminé, ils aperçurent des oiseaux qui regardaient avidement la récolte.

– Ce jardin a besoin d'un épouvantail ! cria Petit Gourou.

L'équipe se mit au travail et, rapidement, un grand épouvantail fut planté au milieu du jardin. Ils posèrent les outils contre l'épouvantail, mirent les paniers de nourriture devant et commencèrent à partir.

– Il va être surpris ! dit fièrement Porcinet.

Quand Coco Lapin rentra chez lui quelque temps plus tard, il n'en crut pas ses yeux. Les légumes étaient proprement cueillis, ses outils avaient mystérieusement réapparu. Puis il vit l'épouvantail, qui semblait le regarder droit dans les yeux !

– C'-c'-c'est toi qui as fait ça ?

Et là, un coup de vent renversa le râteau.

Convaincu que son jardin était hanté, Coco Lapin prit ses jambes à son cou.

– Ahhhhhhhhh !

– Je vous avais dit qu'il serait surpris, dit Porcinet.

Le lourd fardeau de Bayonne

Pauvre cochon-tirelire, dit tristement la Bergère.

Bayonne avait la tête basse. Il n'avait pas bougé de l'étagère depuis des jours. Il n'était plus lui-même ces derniers temps. Woody s'étala sur l'oreiller d'Andy.

– Il ne joue plus avec nous.

Woody se leva et glissa sur le côté du lit.

– Je crois qu'il a besoin d'un petit encouragement.

– Salut, Bayonne ! fit Woody.

– Oh ! Salut, Woody, fit-il tristement.

– Ça te dirait qu'on aille rendre visite aux Petits Soldats verts ? demanda Woody.

Le regard de Bayonne s'illumina, mais son visage se referma rapidement.

– Non merci, soupira-t-il.

Woody passa son bras autour de son ami. Quelque chose n'allait pas. Bayonne aimait toujours rendre visite aux Petits Soldats verts.

– Qu'est-ce qui ne va pas Bayonne ?

Bayonne regarda timidement ses sabots.

– C'est que… euh… j'ai l'air gros ?

Woody dut s'empêcher de rire.

– Bayonne, t'es un coch…

Il s'arrêta en voyant le regard plein d'espoir de Bayonne.

– Un cochon parfaitement proportionné, termina-t-il.

– Je me sens si lourd en ce moment. Mais je devrais être content, en fait. Andy glisse des pièces dans ma fente presque tous les soirs ! Je ne me souviens pas qu'il m'ait déjà prêté autant d'attention. Enfin, je ne suis pas toi, conclut-il.

Woody hocha la tête. Il savait qu'Andy s'occupait beaucoup plus de lui que des autres jouets. Mais il ne savait pas quoi dire à Bayonne pour qu'il se sente mieux.

Le lendemain, Andy se précipita dans la chambre, prit Bayonne sur l'étagère, retira le bouchon de son ventre et le secoua au-dessus du lit. Des tas de pièces tombèrent du ventre de Bayonne !

– Merci, dit Andy en caressant le ventre du cochon-tirelire.

Il rassembla ses gains et fila de la pièce en criant.

– J'arrive, Maman ! Je prenais mes économies.

– Wouah, je me sens mieux.

Bayonne fit quelques pas de danse.

– Mais maintenant, je suis un peu trop vide.

Woody et la Bergère sourirent.

– Tu es tout maigre ! dit la Bergère en tapotant le flanc de Bayonne avec son bâton.

– Haut les cœurs ! cria Woody en lui jetant une nouvelle pièce.

Disney
LE BOSSU DE NOTRE DAME

Le rire est le meilleur remède

J'espère que Quasimodo n'a pas de problèmes ! dit La Volière, l'air maussade.

Rocaille et Muraille, les deux autres gargouilles du clocher de Notre-Dame, approuvèrent. Leur ami Quasimodo venait de les quitter pour aider le jeune soldat Phœbus, à la recherche de la Cour des Miracles.

– Nous devons être forts et garder espoir, dit solennellement Muraille.

Rocaille eut un petit sourire narquois.

– Comment ne pas être forts puisque nous sommes en pierre ?

– Et pas n'importe quelle pierre ! C'est du solide ! dit La Volière en souriant.

– Ce n'est pas ce que je voulais dire ! lança Muraille à Rocaille, résigné. Vous n'avez donc aucun sens du sérieux de la situation, tous les deux ? Notre ami est quelque part dehors, affrontant le danger…

– Le danger ? répéta La Volière. Il faut être optimiste, voyons !

– Oh, oh ! cria Rocaille. Tu me fatigues vraiment !

Alors que les deux compères se roulaient sur le sol de la tour en poussant des petits cris, Muraille leur lança un regard furieux.

– Je vois ! dit-il d'une voix grave. Vous préférez vous moquer de moi plutôt que de partager mon inquiétude pour Quasimodo !

La Volière se releva et se secoua pour chasser la poussière.

– Pourquoi es-tu aussi catégorique, Muraille ? Nous pouvons rire. Cela ne signifie pas pour autant que nous ne sommes pas inquiets.

– Et ce n'est pas en prenant un air renfrogné que nous l'aiderons davantage ! dit La Volière.

Rocaille approuva de la tête.

– Si nous passons notre temps à penser qu'il peut lui arriver des choses horribles, nous deviendrons fous !

Comme il agitait les bras pour donner du poids à sa remarque, il heurta un nid d'oiseau blotti dans l'une des gouttières. Son occupant poussa un cri et s'envola. La Volière baissa la tête juste à temps pour éviter de prendre l'oiseau en pleine figure, mais elle trébucha et tomba sur le sol. L'oiseau survola Rocaille.

Rocaille recula brusquement et… atterrit sur la main de La Volière. Poussant des hurlements, La Volière retira sa main. Rocaille perdit l'équilibre et tomba sur La Volière.

Muraille regarda ses amis, puis il éclata de rire. Il riait, riait tellement, qu'il ne pouvait plus parler.

– Vous savez, finit-il par dire, je pense que vous aviez raison ! Je me sens déjà beaucoup mieux !

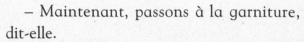

La Belle
au Bois
Dormant

Une surprise salée !

Aurore attrape un panier et ouvre la porte.
– Quel bel après-midi ! chantonne-t-elle gaiement en marchant sur le chemin.

Aurore a passé tant d'heures à se promener dans cette forêt qu'elle sait exactement où poussent les cerisiers. Elle pose son panier au pied de ses arbres préférés et commence à cueillir les fruits juteux. Un couple de mésanges vient se poser sur son épaule.

– Il y en aura bien assez pour un clafoutis, dit-elle aux oiseaux, au bout d'un moment.

La jeune fille veut préparer un dessert surprise à ses tantes. Elle regagne la maison en fredonnant.

Dans la cuisine, la tension monte. Aurore n'a jamais préparé de gâteau toute seule !

– Beurre, farine et sucre ne devraient pas être difficiles à dégoter, se rassure-t-elle.

Aurore fouille dans les placards et ne tarde pas à trouver ce qu'il lui faut. Elle découpe le beurre dans la farine. Après avoir ajouté de l'eau froide, elle pétrit doucement sa pâte et en fait une boule.

– Et maintenant la partie la plus délicate ! dit-elle aux oiseaux qui la regardent.

Elle met la pâte sur le plan de travail et commence à l'étaler.

Aurore installe ensuite la pâte dans le moule. Jusque-là, tout semble parfait !

– Maintenant, passons à la garniture, dit-elle.

Elle dispose grossièrement les cerises, lavées et dénoyautées, sur la pâte et les saupoudre de quelques cuillérées de sucre.

La tarte sort tout juste du four, lorsque ses tantes poussent la porte.

– Quelle est cette délicieuse odeur, ma chérie ? demande Flora en ôtant son chapeau.

– C'est une tarte aux cerises, et je l'ai faite toute seule ! répond Aurore, rayonnante.

– C'est merveilleux ! applaudit Pâquerette.

À la fin du repas, Aurore découpe quatre parts et chacune croque dans la sienne. Mais les sourires se transforment vite en grimaces. Et Aurore fond en larmes.

– Du sel ! crie-t-elle. J'ai mis du sel au lieu du sucre !

– Là, là, ma chérie, la console Flora. J'ai fait la même erreur avec une fournée de cakes aux fruits. Imagine : vingt cakes ! Il a fallu un moment avant que quelqu'un veuille regoûter à ma cuisine ! Mais ils s'en sont remis.

Aurore essuie ses larmes.

– Je m'en souviens, encore ! pouffe Pimprenelle.

La pâtissière en herbe, ragaillardie, rit aussi. Après tout, elle n'a jamais raté qu'un seul gâteau dans sa vie !

Un jardin extraordinaire

Autour d'Alice, tout était gigantesque. Les fleurs étaient aussi hautes que des lampadaires.

– La chenille m'a dit qu'un côté de ce champignon me rendrait plus grande, et l'autre, plus petite. Comment savoir où sont ses côtés, étant donné qu'il est rond ?

– Que veux-tu ? demanda un pissenlit. Devenir plus grande ou plus petite ?

– Plus grande !

– Plante tes racines dans la terre, et tourne tes feuilles vers le soleil, conseilla le pissenlit. Tu grandiras !

– Mais je ne suis pas une plante, remarqua Alice.

– Bien sûr qu'elle n'est pas une plante, dit une jonquille. C'est un insecte !

Tout à coup, Alice entendit une autre voix :

– Gentil petit insecte, je peux exaucer tous tes vœux ! Pose-toi sur mes pétales !

Alice mit le champignon dans sa poche et s'approcha de la plante. Ses fleurs étaient très étranges : elles ressemblaient à une gousse de haricots percée et recouverte de fins duvets.

– Entre ! ordonna la plante.

Alice s'introduisit dans une de ces fleurs étranges. Immédiatement, elle sentit qu'elle se refermait sur elle, la piégeant à l'intérieur.

– Quelle variété de plante êtes-vous ? cria Alice.

– Une vénus gobe-mouches, répondit la plante.

– Je ne suis pas une mouche, protesta Alice.

– Peu importe ! Je dévore toutes sortes d'insectes !

– Je ne suis pas un insecte ! rugit Alice. Laissez-moi sortir !

La vénus gobe-mouches éclata de rire.

– Je peux t'assurer que tu vas être un vrai festin pour moi, marmonna-t-elle.

– Il est très impoli de parler la bouche pleine ! dit Alice, en colère. Surtout quand c'est moi qui la remplis ! Ah ! si j'avais ma taille normale, je…

À ces mots, elle se souvint du champignon dans sa poche et décida de le couper en deux. Au hasard, elle mordit dans l'un d'eux.

Alors, Alice se mit à grandir, à grandir, si bien que la plante explosa.

Un dernier coup d'œil et la petite fille passa son chemin.

Les fleurs qui poussaient tout près la suivirent du regard.

– Je n'ai jamais vu d'insecte aussi gros ! dit une violette, d'une voix craintive.

– Je m'en veux de l'avoir laissée partir ! dit la vénus gobe-mouche, rêveuse. Grâce à cet insecte, j'aurais eu le petit déjeuner, le déjeuner et le dîner assurés pendant les cinquante prochaines années !

Walt Disney
La Belle et le **CLOCHARD**

Perdu... et retrouvé !

Lady s'étire et se retourne. Mmhh ! Il fait si bon sur le coussin derrière la fenêtre. Le soleil brille à travers les carreaux et fait étinceler sa médaille. La petite chienne soupire de contentement.

Cette médaille est ce qu'elle a de plus cher au monde. Après ses maîtres, bien sûr ! Jim Chéri et Darling sont si bons pour elle. Pas plus tard qu'hier au soir, ils lui ont donné, ainsi qu'à Clochard, des os à ronger. Il y en avait tellement qu'ils n'ont pas pu terminer.

Mon Dieu, les os ! Lady les avait presque oubliés. Sautant du coussin, elle se presse vers la cuisine. Par chance, les os sont toujours là, posés près de son écuelle.

Lady les transporte dans le jardin. Trois voyages et bientôt, tous les os sont là, entassés sur l'herbe. Il ne reste plus qu'une chose à faire : les enterrer !

Lady creuse, creuse, creuse. La terre s'amoncelle derrière elle. Après bien des efforts, elle dépose le dernier os dans le dernier trou et le recouvre prestement. Quelques piétinements de pattes pour dissimuler le tout et elle se laisse glisser sur le sol, épuisée.

Le soleil réchauffe son pelage. Ah ! Le jardin est vraiment l'endroit idéal pour la sieste de l'après-midi ! Lady commence à s'assoupir quand soudain, son cou la démange. Elle saute sur ses pattes et se gratte. Mais ? Il lui manque quelque chose...

Lady regarde son cou et comprend affolée : son collier s'est détaché ! Paniquée, elle cherche partout dans le jardin, en vain...

– J'ai dû l'enterrer avec les os, réalise-t-elle, après réflexion.

Elle regarde la terre fraîchement retournée. Il lui faudra la nuit entière pour tout vérifier. Mais il faut absolument retrouver le collier et la médaille !

Clochard m'aidera, se dit-elle.

Elle se précipite à l'intérieur. Clochard est en train de jouer avec les chiots. Dès qu'il la voit, il accourt aussitôt. Les deux chiens défont ensemble le travail si courageusement accompli par Lady.

– Je vois quelque chose qui brille ! s'écrie Clochard... Mais ce n'est qu'une capsule de bouteille, ajoute-t-il, tristement.

La recherche se poursuit. À la tombée de la nuit, Clochard déterre enfin un collier bleu, orné d'une jolie médaille dorée.

Lady aboie gaiement. Elle porte aussitôt le collier aux pieds de Jim Chéri, dans le salon.

– Ton collier s'est détaché ? dit celui-ci en le rattachant au cou de la petite chienne. Quelle chance de ne pas l'avoir enterré avec tes os, n'est-ce pas, Lady ?

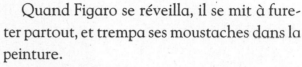

Une idée géniale

Je dois aller livrer des marionnettes, dit un jour Geppetto à Pinocchio. Je rentrerai dans une heure ou deux. Sois bien sage !

Mais à peine Geppetto avait-il quitté la maison que Pinocchio commença à s'ennuyer.

– Tu pourrais nettoyer l'atelier, proposa Jiminy Criquet.

– Ce n'est pas drôle ! répliqua Pinocchio. Je vais plutôt faire un tableau.

– Où prendras-tu la peinture ?

– Sur l'établi !

– Tu sais bien que tu n'as pas le droit d'y toucher ! rappela Jiminy.

Trop tard ! Pinocchio venait de renverser le pot de peinture rouge. Saisissant un chiffon, il tenta de réparer les dégâts, mais en vain : il ne réussit qu'à étaler davantage la peinture !

Que faire ? En voyant Figaro, le petit chat de Geppetto, dormir profondément, Pinocchio eut une idée.

– Je dirai que c'est lui, le coupable !

– C'est un mensonge ! corrigea Jiminy.

– Mais alors, qu'est-ce que je peux faire ? L'établi est tout taché et papa va être furieux !

– Si tu le peignais en rouge ? proposa Jiminy.

– C'est une idée géniale ! lança Pinocchio.

Et il se mit aussitôt au travail. Il peignit le plateau en rouge vif, puis les tiroirs en vert et en jaune.

Quand Figaro se réveilla, il se mit à fureter partout, et trempa ses moustaches dans la peinture.

– C'est magnifique ! s'exclama Jiminy, lorsque Pinocchio eut terminé.

– Pas mal… reconnut le peintre amateur. C'est plutôt réussi !

– Une véritable œuvre d'art ! s'écria Geppetto, en rentrant. Toute cette couleur rend mon atelier très gai !

Remarquant que les moustaches de Figaro étaient maculées de peinture, il demanda :

– Figaro a encore renversé le pot ? Ce ne serait pas pour cela que tu as repeint mon établi ?

– Non, répondit Pinocchio. C'est moi qui l'ai renversé. Et comme je ne suis pas arrivé à nettoyer, j'ai peint tout l'établi. Je suis vraiment désolé !

Au bout de quelques instants de silence, Geppetto déclara :

– Je suis très fier de toi, Pinocchio.

– Parce que j'ai repeint l'établi ?

– Non ! Parce que tu as dit la vérité et tu as demandé des excuses, au lieu de mentir. Tu as été très courageux ! Désormais, lorsque je regarderai mon bel établi, je me dirai que tu t'es bien comporté, et les couleurs me sembleront alors encore plus brillantes.

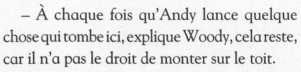

Le feu d'artifice

Il commence à faire nuit et Andy n'a pas du tout joué avec moi, se plaignit Buzz.

— Il est sorti avec sa famille, dit Bayonne.

— C'est vrai ! s'écria Woody. J'ai failli oublier, on est le 4 juillet aujourd'hui !

— Et qu'est-ce qui est si important le 4 juillet ? demanda Buzz, perplexe.

Récemment sorti de sa boîte, Buzz ne savait pas autant de choses sur le monde que les autres jouets. Alors Woody lui expliqua.

— Le 4 juillet est l'anniversaire des États-Unis, dit-il. Pour le fêter, les gens pique-niquent dans l'après-midi et regardent le feu d'artifice le soir. C'est sûrement ce qu'ont fait Andy et sa famille.

— C'est dommage qu'il ne nous ait pas emportés avec lui, dit Buzz. J'aimerais bien voir un feu d'artifice. Je me dis que ça doit ressembler aux fusées des rangers de l'espace !

— Et bien, dit Woody pensivement, l'année dernière, on a pu le voir depuis le toit. On pourrait y retourner ce soir.

Les jouets se servirent du lasso de Woody pour grimper sur le toit et voir le spectacle. De là, ils avaient les meilleures places.

— Dis donc ! dit Buzz. Il y a beaucoup de choses sur ce toit !

Il regarda autour de lui et vit un ballon de football, un frisbee, un hula hoop, un vieux pull et un autre ballon rouge fluo.

— À chaque fois qu'Andy lance quelque chose qui tombe ici, explique Woody, cela reste, car il n'a pas le droit de monter sur le toit.

Soudain, il y eut un tremblement et un grondement, et tous les jouets levèrent les yeux vers le feu d'artifice qui commençait. Les lumières explosèrent dans le ciel, les couleurs étincelèrent, puis il y eut un grondement.

— Pourquoi Andy et sa maman n'organisent pas leur propre feu d'artifice dans le jardin ? demanda Buzz. Comme ça, le feu d'artifice ne serait pas aussi loin !

— Les feux d'artifice sont très dangereux, dit l'un des Petits Soldats verts. À leur départ, ils provoquent une gigantesque explosion et un bruit énorme, et tu peux vraiment être blessé, si tu restes à côté.

Et là, il y eut un bruit énorme… qui venait du toit ! Tous les jouets bondirent de terreur.

Mais ce n'était pas une gigantesque explosion… juste Rex, gêné, un ballon dégonflé suspendu au bout de la queue.

— Désolé, dit-il. Je me suis accidentellement assis sur le ballon. Vous avez tous eu peur ?

Tous les jouets se mirent à rire. Ils admirent tous que, pour une fois, Rex leur avait vraiment fait peur, et qu'ils étaient contents que le feu d'artifice soit très, très loin.

Disney
OLIVER & Compagnie
L'orage

Jenny invita Roublard et sa bande pour un pique-nique à Central Park.

– Bonjour, Mademoiselle ! dit Fagan en soulevant son chapeau. Très gentil à vous d'inviter notre bande miteuse.

– Le plaisir est pour moi ! dit Jenny. Puis elle posa Oliver sur la pelouse.

– Va jouer avec tes amis.

Comme Jenny, Fagan et Winston, le majordome, défaisaient le panier, ils ne virent pas les animaux s'éloigner de plus en plus. Soudain, le tonnerre gronda et la pluie se mit à tomber.

– Vous devez rentrer ! insista Winston.

– Où est Oliver ? cria Jenny.

– Ne vous inquiétez pas, dit Fagan, Roublard s'occupe de lui.

Cette nuit-là, Jenny ne dormit pas. Elle était si inquiète pour Oliver !

Le matin, Roublard se réveilla sous un arbre. Oliver y avait grimpé quand l'orage avait commencé. Le reste de la bande courut pour trouver un abri mais Roublard était resté avec Oliver toute la nuit.

– Salut, petit ! lui fit Roublard. Prêt à rentrer à la maison ?

– Oui ! dit Oliver en redescendant. Et je me suis fait un nouvel ami. Il dit qu'il est perdu.

– Wouah ! dit Roublard. Je ne savais pas que les chats pouvaient grossir autant !

– Je ne suis pas un chat ! dit l'animal. Je suis un ourson.

– D'où viens-tu ? demanda Roublard. L'ours se mit à pleurer.

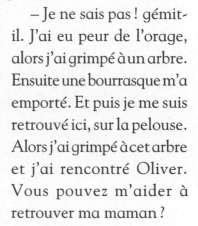

– Je ne sais pas ! gémit-il. J'ai eu peur de l'orage, alors j'ai grimpé à un arbre. Ensuite une bourrasque m'a emporté. Et puis je me suis retrouvé ici, sur la pelouse. Alors j'ai grimpé à cet arbre et j'ai rencontré Oliver. Vous pouvez m'aider à retrouver ma maman ?

Oliver secoua la tête tristement.

– Je ne sais pas où vivent les ours dans New York.

Le petit ours se remit à pleurer.

– Attends, dit Roublard. Je crois que je sais.

Il emmena Oliver et le petit vers une entrée élégante avec un gros portail en fer sur lequel était écrit « Zoo de Central Park ».

Quand le gardien du zoo vit l'ourson, il le conduisit précipitamment à sa mère.

– Maman ! cria le petit ours. La maman ours le serra fort et Roublard sourit à Oliver.

– Pour toi aussi, il est temps de rentrer.

Quand Jenny vit qu'Oliver était sain et sauf, elle l'embrassa et le serra dans ses bras.

– Roublard ! s'écria Jenny. Tu es mon héros !

– Le mien aussi, dit Oliver. Avec un ami comme toi, même l'orage le plus terrible est surmontable !

Walt Disney
ROBIN DES BOIS

Le petit pont de bois

C'était l'été dans la forêt de Sherwood. Les oiseaux chantaient, les abeilles butinaient, et les fleurs sauvages s'épanouissaient dans les champs. La journée était si belle que Robin et Petit Jean avaient décidé d'aller cueillir des framboises. Belle Marianne les accompagnait.

– Les plus belles sont de l'autre côté du ruisseau, déclara Petit Jean.

Un moment plus tard, les trois compagnons arrivaient au bord de l'eau. À cet endroit, le ruisseau était large et profond. Robin fronça les sourcils et secoua la tête quand il aperçut le vieux pont branlant au-dessus de l'eau.

– Ce pont ne me paraît pas très sûr ! dit-il.

Mais les yeux de Marianne s'agrandissaient à la vue d'un buisson couvert de baies.

– Je suis sûre que je peux l'atteindre, dit Belle Marianne.

Petit Jean posa sa grosse patte sur l'épaule de la filleule du roi Richard.

– Vous avez entendu, Madame, déclarat-il. Le pont est dangereux. Je suis plus grand et plus fort que vous, je traverserai le premier.

Petit Jean s'avança sur le pont. Le bois grinça sous son poids. Petit Jean marcha précautionneusement, mais cela ne servit à rien. À mi-chemin, une planche céda et Petit Jean atterrit dans le ruisseau dans un grand splash !

Il nagea jusqu'à l'autre rive.

– J'ai traversé, cria-t-il à ses amis.

– Tu n'étais pas supposé te tremper ! railla Robin. Heureusement, je suis plus malin que toi et je vais non seulement traverser mais rester sec !

– Oh, Robin, laissez-moi essayer ! supplia Marianne. Je suis sûre que je ne tomberai pas à l'eau !

Mais Robin secoua de nouveau la tête :

– C'est trop dangereux ! dit-il. Très doucement, Robin posa une patte sur le pont. Il testa chaque planche avant d'appuyer son pas. Mais avant qu'il n'atteigne le bout du pont, il y eut un grand craquement. Robin passa au travers des planches et plongea dans l'eau glacée. Il nagea jusqu'à la rive et appela Marianne en frissonnant :

– C'est impraticable ! Ne traversez pas ! Vous risqueriez de vous noyer !

Mais Marianne sourit. Elle marcha à petits pas prudents sur le pont et comme elle était plus légère que ses prédécesseurs, elle fit le trajet haut la main sans même recevoir une goutte d'eau.

– Comment avez-vous fait ? demanda Robin.

Belle Marianne sourit jusqu'aux oreilles.

– Force et grandeur ne suffisent pas toujours, Messires… Je suis là pour vous le rappeler !

Les Blueberries volent!

Toute la colonie des fourmis était de bonne humeur. Les sauterelles avaient été repoussées une bonne fois pour toutes et aucune fourmi n'avait été blessée. Mais l'extraordinaire oiseau mécanique construit par Tilt était en piteux état et les Blueberries voulaient le réparer.

— C'est un gros travail, dit Monsieur Soil, le professeur de Princesse Couette.

— Nous n'y arriverons jamais! se plaignit une amie de Couette.

—Nous y arriverons! assura Couette. Et il sera encore mieux qu'avant!

Un tonnerre d'applaudissements salua cette déclaration. Tout le monde se mit au travail.

Au bout de longues heures de travail acharné, l'oiseau fut enfin réparé.

— Allons à l'intérieur! proposa Couette.

Mais à l'instant où les Blueberries prenaient place, le vent se mit à souffler. La brise souleva les ailes et l'oiseau mécanique s'envola!

C'était à Couette de sauver la situation. Sautant sur le siège du pilote, elle prit le contrôle de l'engin. Les Blueberries survolèrent l'Île aux Fourmis.

— Regardez! cria Rose. De vrais oiseaux attaquent les fourmis ouvrières!

Couette actionna légèrement les commandes. L'oiseau mécanique piqua en direction des assaillants qui s'envolèrent aussitôt.

— Hourra! hurlèrent les Blueberries.

— Ne vous réjouissez pas trop vite! cria Couette. L'engin est devenu incontrôlable! Crack! Boum! L'oiseau mécanique heurta le sol et s'immobilisa en faisant un dérapage.

—Tout le monde dehors! ordonna Couette.

Les Blueberries sortirent l'une après l'autre.

— Il est de nouveau tout cassé! constata Rose. Et voilà Monsieur Soil qui arrive! Il ne va pas être content!

Mais bien au contraire, Monsieur Soil souriait!

— Vous êtes de vraies héroïnes! s'écria-t-il. Vous avez sauvé les ouvrières!

— Mais l'oiseau mécanique est de nouveau en miettes! dit Rose.

— Vous allez le réparer!

— Oui! s'exclama Couette. Et lorsque ce sera terminé, nous ferons un autre vol!

— Hourra! crièrent ses amies.

— Je t'ai apporté cet insigne, tu l'as bien mérité, Princesse! dit Monsieur Soil. En honneur de ton premier vol!

—J'avais déjà fait mon premier vol, dit-elle, en battant de ses ailes minuscules.

— Mais il s'agit d'un insigne particulier, répliqua le professeur. Il honore ton premier vol non pas grâce à tes ailes, mais grâce à ton intelligence!

Disney
ATLANTIDE
L'EMPIRE PERDU

Un été inoubliable

Milo Thatch aimait beaucoup sa nouvelle vie avec la princesse Kida dans la cité sous-marine d'Atlantide. Il y avait tant de choses merveilleuses à découvrir !

Mais il lui arrivait toutefois de songer à son ancienne vie sur la Terre.

– Je me demande quel temps il fait aujourd'hui, s'interrogea-t-il, un jour où il regardait sa photo préférée, le montrant sur les genoux de son grand-père. L'été, nous organisions parfois de grands pique-niques…

Kida redoutait toujours que le souvenir de son existence antérieure ne pousse Milo à quitter Atlantide. Pour l'aider à surmonter sa nostalgie, elle eut l'idée de recréer un peu de la vie terrestre, au-dessus de la surface de l'eau. Un soir, elle décida d'inviter leurs amis atlantes à un dîner.

– C'est vraiment une excellente idée ! dit-il en atlante, langue qu'il parlait désormais couramment.

Mais lorsqu'un des invités remercia leur hôtesse en mauvais anglais, Milo ne put s'empêcher de le corriger, malgré le regard embarrassé de Kida.

– Tu sais, nous n'avons pas beaucoup de temps à consacrer à l'étude des langues, poursuivit-elle en atlante. Et puis, je me disais que cela te ferait plaisir d'entendre parler anglais. Je pensais que tu te sentirais ainsi davantage chez toi !

Le lendemain, Milo fut réveillé par une lumière vive qui brillait directement devant ses yeux.

– Ahhh ! s'écria-t-il en essayant de protéger ses yeux.

– Je suis désolée ! fit Kida. C'est trop brillant ?

Milo lui jeta un coup d'œil.

– Qu'est-ce que c'est ?

– Un morceau de cristal, répondit Kida. C'est pour te rappeler le soleil ! Pour que tu te sentes davantage chez toi…

– En voilà, une idée ! Pourquoi ?

– Parce que je ne veux pas que tu partes ! Milo ouvrit de grands yeux étonnés.

– Partir ? Mais pourquoi partirais-je ?

– Parce que tu as le mal du pays, répondit Kida. Ne m'as-tu pas dit que les saisons te manquaient ?

– Oui, mais cela ne signifie pas que je veuille partir !

– Vraiment ? demanda Kida, incrédule.

– Vraiment ! Même si j'éprouve un peu de nostalgie, je n'échangerais pas ma nouvelle vie à Atlantide contre celle que j'avais auparavant, avoua Milo en riant. Mes souvenirs me suffisent. J'ai tellement à faire, ici ! Avec toi !

101 DALMATIENS

Lucky la chance

Où va-t-on ? demande Penny.

– Pourquoi doit-on monter en voiture ? On va rater Ouragan ! gémit Pepper.

Les chiots détestaient tous rater leur héros préféré à la télévision.

– Ce sera plus amusant encore, dit Perdita calmement, en les poussant dans la voiture. C'est promis.

Roger et Anita assis à l'avant du véhicule, s'éloignèrent de la ville et roulèrent bientôt sur un chemin sinueux de campagne. Les chiots humaient toutes sortes de bonnes choses : les fleurs, le foin et même les pêches sucrées à souhait.

– Nous y voilà, dit Anita en ouvrant la porte de la voiture.

– Où est-on ? demanda Freckles à Lucky.

– On dirait un verger ! jappa Lucky qui adorait manger des fruits.

Roger s'étira et annonça :

– Allez jouer, nous vous appellerons à l'heure du pique-nique.

– Ne mangez pas trop de pêches, aboya Pongo, mais les petits étaient déjà loin.

Ils gambadèrent et se roulèrent dans l'herbe verte toute la matinée.

– Venez manger ! appela Pongo.

– Je n'ai pas faim, dit Rolly.

– J'espère que tu n'as pas trop grignoté, le sermonna Perdita.

Les deux adultes rassemblèrent les petits sur la colline qui surplombait l'emplacement où Roger et Anita s'étaient installés.

– Attends une minute, s'inquiéta Perdita. Où est passé Lucky ?

La troupe tachetée s'immobilisa. Pongo compta les petits. Lucky manquait effectivement à l'appel. Perdita commença à gémir.

– Ne t'inquiète pas, maman, dit gentiment Pepper. J'ai une idée. Vous tous, nous allons jouer à Ouragan ! Il faut retrouver Lucky ! dit-elle en s'adressant à ses frères et sœurs.

Tous les chiots jappèrent d'excitation et se bousculèrent pour relever la piste. Bientôt les petites truffes flairaient toutes le sol. Penny huma tout autour d'un arbre et derrière une touffe de hautes herbes.

– J'ai trouvé sa trace ! Le voilà !

Le reste de la troupe accourut pour découvrir Lucky endormi dans l'herbe. Ses oreilles cachaient ses yeux mais on le reconnaissait tout de suite à sa tache en forme de fer à cheval sur le dos et… aux noyaux de pêches entassés devant son museau !

– Lucky a de la chance qu'on l'ait trouvé ! dit Perdita, soulagée.

– Oui, blagua Pepper. Et il aura encore plus de chance s'il n'a pas mal au ventre en se réveillant. N'est-ce pas, maman ?

Disney Aladdin

Jafar, ce fléau !

Si je deviens Sultan, je prendrai Jasmine pour épouse, dit Jafar.

— Utilise ta magie noire, dit Iago, le perroquet. Ou bien abandonne ! Yaaak !

Jafar hoche la tête.

Son cobra dans la main, il se met en quête de Jasmine et la trouve, jouant dans le jardin avec son tigre.

— Bon après-midi, princesse ! dit Jafar.

— Allez-vous en ! lui dit Jasmine. Vous n'êtes pas différent de mon père ou du prince Ali. Vous me traitez tous comme une sorte de prix à remporter.

Rajah le tigre grogne son accord.

— Bien, je pars, dit Jafar. Je voulais juste vous dire que je vous comprends. Vous vous sentez piégée ici, ajoute-t-il, mielleux. Ce que vous désirez vraiment, c'est découvrir le monde.

— C'est vrai, répond la princesse, mais je n'ai jamais caché que j'aimais la liberté et le voyage. Vous devrez trouver mieux.

— Je vous montrerai le monde entier, promet Jafar, après notre mariage, quand je serai Sultan.

Jasmine n'a aucune confiance en Jafar. Ni son tigre, d'ailleurs. Rajah gronde à nouveau.

— Ne voulez-vous pas voir les merveilles de notre Terre ? insiste Jafar.

— Lesquelles ? demande Jasmine.

— L'océan, répond le magicien. Vous ne connaissez que le désert. Je vous montrerai les vagues bleues qui ne s'arrêtent jamais.

— Vraiment ? dit Jasmine, les yeux écarquillés, envoûtée malgré elle. Et quoi d'autre ?

— Les montagnes, dit Jafar. La terre autour d'Agrabah est plate et brune. Mais je vous conduirai sur des cimes qui touchent les nuages.

Les yeux de Jasmine s'agrandissent encore.

— Aaaah ! Qu'attendez-vous ? murmure Iago. Elle est prête !

— Je... je... bégaie Jasmine, fixant les yeux ronds et ensorcelants du cobra de Jafar.

La princesse ne réalise pas que ce maudit magicien l'hypnotise !

Avec un énorme grognement, Rajah bondit entre Jasmine et le cobra. Jafar recule et les yeux du reptile s'arrêtent de tourner.

Jasmine secoue la tête et reprend ses esprits

— Je crois que vous devriez nous laisser.

Lorsque Rajah gronde à nouveau, le perroquet crie :

— Yaaak ! Vous avez entendu la princeeeessse !

Vexé, Jafar quitte la pièce.

— Ne le prenez pas mal, dit Iago à son maître. Votre plan a échoué mais, pour une raison de taille ! Elle pèse au moins deux cents kilos et possède des crocs acérés !

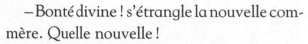

DUMBO

Téléphone !

Connaissez-vous la nouvelle, ma chère ? dit une éléphante à une de ses congénères.

– Laquelle ? demande le second pachyderme.

– Eh bien, dit la première regardant avec soin autour d'elle s'assurant de n'être pas entendue, vous connaissez certainement Dumbo, le fils de Madame Jumbo ?

– Bien sûr ! dit la seconde commère. Le petit avec ses grandes oreilles. Celui qui est devenu – elle frissonne de dégoût – clown !

– C'est cela, confirme la première. Et bien un petit oiseau m'a dit que la première était un succès ! Tout le monde a aimé le numéro de la tour infernale. Dumbo s'élance depuis une plate-forme de vingt pieds de haut. Et il paraît qu'ils vont l'accrocher encore plus haut !

– Mon Dieu ! répond la deuxième.

– Mais n'en soufflez mot à personne !

Aussitôt que sa compagne a le dos tourné, l'éléphante confidente se tourne vers une autre de ses amies.

– Ma chérie, vous ne croirez jamais ce que je viens d'apprendre !

– Dites-moi !

– C'est Dumbo, murmure la bavarde. Oh, vous ne le croirez jamais ! Il a fallu vingt clowns pour le hisser jusqu'à la plate-forme !

– Bonté divine ! s'étrangle la nouvelle commère. Quelle nouvelle !

– Mais, chut ! Pas un mot bien sûr !

Bientôt, la troisième commère se tourne vers une quatrième et celle-ci couine d'étonnement à ce qu'elle entend :

– Et Dumbo met le feu à la plate-forme et il faut pas moins de vingt clowns-pompiers pour l'éteindre !

La quatrième éléphante parle à une cinquième, la cinquième à une sixième et l'histoire du numéro de Dumbo se répand dans tout le cirque.

Un petit oiseau perché en haut du mât remarque les éléphantes qui papotent.

Il se pose sur la trompe de la première et siffle :

– Bonjour, Mesdames, que disent les ragots du jour ?

– Il s'agit de Dumbo, répond la deuxième, toute excitée. Il semblerait qu'il soit tombé de la plate-forme au dernier spectacle et qu'il a blessé vingt clowns. On parle de lui mettre le feu aux oreilles, la prochaine fois !

Le petit oiseau ne reste pas pour entendre la fin de la discussion :

– Je ne peux pas attendre pour diffuser l'information ! glousse-t-il, repartant impatient, à tire-d'aile. Et pourtant, qui pourrait croire une chose pareille ?

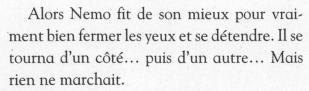

Fais de beaux rêves, Nemo !

Il était tard dans les fonds marins, mais petit Nemo était bien réveillé.

– Nemo, dit Marin en passant sa tête dans l'anémone, tu devrais dormir !

– Mais je n'ai pas sommeil, lui répondit Nemo. Lis-moi encore une histoire.

– C'est fini les histoires, répliqua Marin, je t'en ai déjà lu cinq.

– Alors peut-être un autre en-cas ? dit Nemo.

Mais Marin leva les yeux au ciel.

– Non, Nemo. Tu as déjà eu du plancton, il y a cinq minutes. Ce que tu dois faire maintenant, jeune poisson-clown, c'est aller dormir !

– D'accord, papa, dit Nemo.

Puis il fit ce que son papa lui dit et ferma les yeux. Mais quelques secondes plus tard, il les ouvrit à nouveau en grand.

– Papa ! appela Nemo. Papaaaaa !

– Nemo ! grogna Marin. Je vais perdre patience !

– Mais papa, dit Nemo, j'… j'… j'ai entendu un bruit.

– Quel genre de bruit ? lui demanda Marin.

– Un… un bruit bizarre, répondit Nemo.

– Mmmh… Marin s'arrêta et écouta… et écouta… et écouta.

– Je n'entends rien, Nemo, lui dit-il au bout d'un moment.

Alors Nemo fit de son mieux pour vraiment bien fermer les yeux et se détendre. Il se tourna d'un côté… puis d'un autre… Mais rien ne marchait.

– Papaaaa ! s'écria-t-il.

– Nemo, dit Marin. Pour la dernière fois, il est l'heure de dormir. Si tu m'appelles encore une fois, il vaut mieux que ce soit pour une bonne raison !

Nemo connaissait bien son père à présent et il savait quand Marin était juste un tout petit peu fâché contre lui. Mais Nemo savait aussi que quand on n'arrivait pas à dormir, on n'arrivait pas à dormir. Et peu importait le nombre de poissons-lunes, baudroies ou étoiles de mer qu'on comptait ; peu importait la force avec laquelle on fermait les yeux ; peu importait la colère de son papa ; on ne s'endormirait que quand on sera absolument, et sans aucun doute possible, prêt. Et ce n'était pas le cas de Nemo. Mais pourquoi ?

Soudain, Nemo se redressa.

– Papa ! cria-t-il. Papa ! Oh ! Papaaaaa !

– Bon, ça suffit, Nemo ! dit Marin.

– Mais, papa, répliqua Nemo. Il y a une dernière chose dont j'ai vraiment, vraiment, besoin. Après, je te promets d'aller dormir.

Après avoir dit ça, il se blottit dans les nageoires de Marin pour un super gros câlin.

– Je t'aime, papa, dit-il. À demain matin.

Un sourire, Cobra Bubbles

Lilo s'estimait la plus heureuse des petites filles. Elle avait beaucoup d'amis avec qui elle aimait rire.

Le rire de Stitch était curieux, métallique, en harmonie avec sa voix. Pikly gloussait et Jumba avait un gros rire bruyant. Quant à Cobra Bubbles, il ne riait jamais. Et Lilo mourait d'envie de savoir à quoi ressemblait son rire.

Elle essaya donc de le faire rire… D'abord, elle lui montra le dernier épisode des « Aventures du Homard le plus drôle du monde » mais il ne daigna pas sourire, même lorsque le homard dévora un pot de conserves au vinaigre. Elle fit mille grimaces amusantes mais il se contenta de la regarder avec des yeux dépourvus d'expression. Sur les conseils de Stitch, elle tenta même le coussin-péteur, sans plus de chance.

Il fallait à tout prix faire quelque chose ! D'ailleurs, ne jamais rire, ce n'est pas bon pour la santé ! Aussi se décida-t-elle à demander conseil à sa sœur.

—Nani, Cobra Bubbles est l'un de mes meilleurs amis ! C'est comme s'il faisait partie de la famille ! Mais il ne rit jamais. J'aimerais tellement pouvoir l'aider !

– Et bien, dit Nani, l'air pensif, qu'as-tu déjà essayé ?

– Le homard, les grimaces, le coussin-péteur… répondit Lilo en comptant sur ses doigts. Mais ça n'a pas marché ! Il n'a même pas souri !

– Hummm… Je vois où est le problème. Penses-tu que toutes ces choses soient drôles ?

– Non, admit Lilo. J'ai peur des homards, mon visage me fait mal lorsque je fais des grimaces et je trouve les coussins-péteurs ridicules.

– Cobbra Bubbles est peut-être de cet avis, lui aussi ! dit Nani. S'il s'amusait vraiment, il rirait peut-être ! Et si tu commençais par faire quelque chose de vraiment drôle ?

Le lendemain, Lilo emmena Cobra Bubbles à son cours de danse. Lorsque la musique commença, les danseurs montèrent sur la scène en ondulant des hanches, et en faisant tournoyer leur jupe hawaiienne. Cobra Bubbles se tenait au milieu du groupe, s'efforçant d'imiter les figures compliquées des danseurs. Lilo fit de son mieux pour garder son sérieux. Mais c'était impossible ! Cobbra Bubbles en jupe hawaiienne, c'était à mourir de rire. Ses camarades étaient de son avis, bien sûr ! Bientôt, tout le monde se mit à rire, et même le professeur !

Alors, à la grande surprise de Lilo, Cobra Bubbles se mit à sourire. Et il éclata bientôt de rire ! Son rire était à la fois calme et bruyant. Très agréable. Exactement comme lui !

Hippopotame en fuite !

Un matin, Simba, Timon et Pumbaa prenaient leur petit déjeuner.

— Mmh ! des insectes croustillants, dit Pumbaa.

— Essaye les gros rouges, lui dit Timon. Ils ont plein de pattes.

Soudain, ils entendirent des pleurs dans la jungle.

— On dirait que quelqu'un a des problèmes, dit Simba.

— Le bruit vient de là-bas, ajouta Pumbaa.

Il les conduisit à un étang au milieu duquel se trouvait un bébé hippopotame, emmêlé dans des lianes et à moitié enterré dans la boue.

— Au secours ! cria l'hippo en se débattant. Plus il se tortillait, plus il s'emmêlait et plus il s'enfonçait profondément.

Voyant Simba, l'hippopotame prit peur.

— Oh, un lion ! Il va me manger ! cria-t-il.

— Doucement, répliqua Simba. Ces deux-là m'ont mis au régime insectes.

Timon attrapa une liane et se balança vers l'hippopotame. Il commença à creuser dans la boue pour libérer le petit hippo.

Pendant ce temps, Simba bondit sur le dos de l'hippopotame et commença à déchirer les lianes épaisses avec ses dents.

Ce qui effraya encore plus l'hippo !

— Vous essayez vraiment de me manger ! hurla-t-il.

Finalement, Simba et Timon libérèrent l'hippopotame, qui se mit à pleurer.

— S'il te plaît, ne me mange pas ! dit-il à Simba.

— Je ne vais pas te manger, répondit Simba, je te le promets. Je veux juste savoir comment tu es arrivé là.

— J'étais en colère contre mon petit frère, je lui ai alors mordu la queue et je l'ai fait pleurer. J'ai eu peur que mes parents soient contrariés alors j'ai fui la maison, raconta le petit hippo.

— Je parie que tes parents sont contrariés, dit Simba. Parce que tu es parti et qu'ils sont inquiets pour toi.

— Ça leur est égal, dit l'hippo.

— Viens, fit Simba.

Il conduisit le petit hippo au bord de la rivière. En y arrivant, ils entendirent les autres hippopotames appeler.

— Oyo ! Oyo ! Oyo !

— Écoute, dit l'hippo. Oyo, c'est mon nom. Ils m'appellent ! Je leur manque !

— Bien sûr, répliqua Simba. Tu ne peux pas t'enfuir comme ça et ne pas leur manquer. Quand tu fais partie d'une famille, peu importe ce que tu fais, tu lui appartiens toujours.

— Et ta famille, Simba, demanda Timon alors que le petit hippo rejoignait sa famille. Tu ne crois pas que tu leur manques ?

— Je ne le croyais pas avant, répondit Simba, pensif, maintenant, je me demande…

Une couverture haute couture !

Cendrillon fredonne joyeusement en piquant adroitement l'aiguille dans le tissu coloré. Elle a travaillé depuis des semaines à la confection de cet édredon et il est presque terminé.

Bien que cousu de morceaux d'étoffes tirés des vieilles robes de ses sœurs et d'autres chiffons, Cendrillon trouve qu'il est digne du lit d'une princesse. Elle ne tremblera plus sous sa couverture élimée !

Gus est d'accord avec la jeune fille. Il grimpe sur le joli édredon en patchwork et se pelotonne dedans.

– C'est vraiment très doux, Cendrillon, dit-il du fond de la couette. Je vais l'essayer !

Suzy et Perla, qui ont participé à la couture avec Cendrillon, pouffent de rire.

– Va plutôt nous chercher plus de bourrage, feignant ! lui disent-elles.

Mais Gus s'est déjà assoupi. On entend ses petits ronflements à travers l'édredon.

– Gus ! appelle Jaq.

Les ronflements se font plus sonores.

– Ce paresseux n'a pas donné le moindre coup de main, soupire Jaq en allant chercher les bobines de fil lui-même.

Cendrillon, aidée de ses amis oiseaux et souris, travaille toute la soirée. Ils s'apprêtent à coudre la dernière pièce quand des pas lourds résonnent dans l'escalier.

– Cendrillon ! crie une voix en colère.

C'est Anastasie, sa demi-sœur.

Peu de temps après, elle entre comme une furie dans la chambre, une jolie robe bleue dans les bras.

– Tu n'as pas repassé correctement cette robe ! hurle-t-elle. Tu n'es qu'une incapable !

Puis elle remarque l'édredon.

– C'est beau ! s'exclame-t-elle. Il irait très bien sur mon lit !

Cendrillon, choquée, regarde Anastasie. La vilaine veut-elle lui voler son édredon ? Cendrillon sait de quoi Javotte et Anastasie sont capables !

Soudain, l'édredon commence à bouger. Un moment après, Gus pointe son museau par l'ouverture du tissu.

– Un rongeur ! hurle Anastasie.

De frayeur, elle retrousse sa robe et grimpe sur une toute petite chaise de bois.

– Cet édredon est un nid de souris !

Cendrillon essaie de ne pas rire quand la peureuse saute de sa chaise et descend quatre à quatre les escaliers.

Gus glisse le long du tissu et saute sur le sol.

– Merci Gus, dit Jaq, admiratif. Tu as fini par nous aider et dans le rôle du rongeur, tu as été absolument parfait !

Un jeu d'enfant !

Quel outrage ! s'écria Basil de Baker Street alors que Pilfer l'attachait solidement à une chaise.

Lui et sa bande de voleurs avaient eu une rude journée. Pour commencer, ils avaient dévalisé la Banque d'Angleterre. Puis ils avaient kidnappé Basil et le retenaient prisonnier dans une cabane en pleine forêt.

– Que signifie tout ceci ? demanda Basil.

– Tu vas moisir ici un bon bout de temps. Avant qu'on te déniche, nous aurons disparu sans laisser de traces. Et sans traces, le grand Basil ne pourra pas suivre notre piste, ricana Pilfer en se frottant les pattes.

– Quel outrage ! répéta Basil.

Pilfer sourit.

– Au revoir, Basil, au plaisir de ne pas te revoir ! dit-il.

Puis les voleurs rassemblèrent leur butin. Comme ils fermaient la porte de la cabane derrière eux, ils entendirent une nouvelle fois la voix de Basil :

– Que signifie tout ceci ?

Les bandits prirent bien soin d'effacer leurs traces jusqu'à l'orée de la forêt. Là, une voiture les attendait. Ils roulèrent vers un coin tranquille sur les quais. Pilfer alluma une torche et l'agita à trois reprises. C'était le signal !

Ils allaient s'enfuir en barque quand ils entendirent une voix forte crier :

– On ne bouge plus !

Soudain, des projecteurs les aveuglèrent de tous côtés. Une escouade de police au complet les avait encerclés. Basil était avec eux.

Pilfer et sa bande furent vite menottés. Comme le chef des voleurs passait devant Basil qui fumait sa pipe, content de lui, il lui posa une question.

– Comment as-tu fait pour t'en sortir ? Je ne comprends pas, nous avions fermé à clef. C'est impossible…

– Impossible ? dit Basil. Non, juste improbable. Vois-tu, j'avais le sentiment qu'un jour vous tenteriez ce tour de force. Aussi, j'ai demandé à Monsieur Flaversham de construire une souris automate à mon image. Elle pouvait même parler mais elle ne savait dire que « Quel outrage ! » et aussi « Que signifie tout ceci ? » Je te l'accorde, ce n'était pas le plan le plus génial, mais tu n'es pas très intelligent, n'est-ce pas ?

– Mmmoi ? bégaya Pilfer.

– C'était une idée brillante, Basil, protesta l'inspecteur de police, plein d'amiration.

– Absurde ! dit Basil. Remerciez plutôt le fabricant de jouets ; grâce à lui, résoudre cette énigme a été un jeu d'enfant !

La carte au trésor

Mickey, Minnie, Donald et Daisy allaient passer des vacances au bord de la mer. Dès leur arrivée, ils enfilèrent leur maillot de bain et coururent à la plage.

Ils tombèrent sur une jolie crique.

– Je vais me détendre ici ! déclara Minnie en étalant sa serviette.

– Moi aussi, dit Daisy en ouvrant le parasol.

– Ces vagues sont parfaites pour le surf, dit Donald.

– Vivez votre vie, les garçons, dit Minnie.

– On est très bien ici, ajouta Daisy.

Mickey et Donald surfèrent et nagèrent jusqu'à ce que le soleil se couche.

Le jour suivant était aussi très ensoleillé. En allant à la plage, Mickey et Donald aperçurent un bateau à louer.

– Allons pêcher ! cria Donald.

Mais Daisy et Minnie voulaient se détendre, aussi Donald et Mickey y allèrent-ils seuls.

Le troisième jour, Mickey et Donald voulaient aller nager.

– Non merci, dit Minnie. Je veux y aller doucement.

– Moi aussi, dit Daisy. On va à la crique pour se détendre.

Les garçons partirent nager. Daisy et Minnie se dirigèrent vers la crique. Pendant qu'elle se prélassait sous les palmiers avec Minnie,

Daisy aperçut un bateau sur l'eau. Il y avait une carte roulée à l'intérieur qu'elle attrapa.

– Une carte au trésor !

– Le trésor est sur une île ! cria Minnie en désignant une croix sur la carte.

Minnie et Daisy décidèrent de suivre la carte. Elles grimpèrent une colline, puis en descendirent une autre. Elles traversèrent une rivière puis atteignirent un pont auquel était attaché un bateau.

– Voici l'île, dit Daisy en désignant un point à l'horizon.

Elles sautèrent dans le bateau et se mirent à ramer.

En atteignant l'île, Minnie et Daisy étaient épuisées et affamées.

– Regarde ! cria Minnie. Un feu !

– Des pirates ! s'écria Daisy.

Mais ce n'était que Donald et Mickey qui les attendaient. Un feu de camp crépitait et du poisson cuisait sur le grill.

– On dirait qu'elles ont trouvé notre carte ! s'exclama Donald.

– Votre carte ? cria Minnie.

– C'était le seul moyen pour que vous partagiez une aventure avec nous ! répliqua Mickey.

– Et maintenant, asseyez-vous près du feu, dit Donald. Le déjeuner est servi !

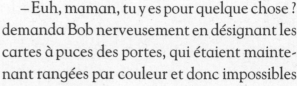

Une touche maternelle

Le travail s'accumulait dans les bureaux de Monstres et Cie. Célia était absente et personne ne pouvait la remplacer.

Sulli savait qu'il devait agir rapidement.

– Qui pourrait bien faire son travail ? demanda-t-il.

– Je sais ! répondit Bob. Je vais appeler ma maman. Elle adorerait nous aider.

Et c'est ainsi qu'arriva Madame Razowsky. Sulli et Bob partirent discuter des nouveaux plans de l'usine à rires et Madame Razowsky se mit à l'aise. Quand Sulli et Bob reparurent pour le déjeuner, ils reconnurent à peine l'accueil. La maman de Bob avait sus-pendu des rideaux et disposé des tapis.

– On changera à nouveau la déco quand elle partira, murmura Bob.

Plus tard, Bob répéta quelques nouveaux numéros comiques.

– Que mangent les monstres pour leur petit déjeuner ? demanda Bob. Tout ce qu'ils veu-lent !

Sulli et Bob piquèrent un fou rire.

– J'ai entendu, dit la maman de Bob. Ce serait plus drôle si tu portais un chapeau rigolo.

Sulli lança un regard à Bob.

– Merci, maman, fit Bob. Dis-moi, ce n'est pas le téléphone que j'entends sonner ?

Encore un peu plus tard, Sulli et Bob l'appelèrent.

– Euh, maman, tu y es pour quelque chose ? demanda Bob nerveusement en désignant les cartes à puces des portes, qui étaient mainte-nant rangées par couleur et donc impossibles à reconnaître.

– Bien sûr que oui ! répon-dit Madame Razowsky avec fierté. J'ai l'« œil » pour l'organisation, si j'ose dire.

Sulli dit à Bob :

– C'est ta mère. Fais quelque chose !

Avant la fin de la jour-née, Bob se rendit à la récep-tion, s'assit et prit la main de sa mère. La renvoyer, ça n'allait pas être facile !

– Maman, tu sais que je t'aime. Et tu es une super réceptionniste, mais…

C'est à ce moment-là que Célia passa la porte d'entrée.

– Bouille d'Amour ! l'interpella Bob.

– Gloubinours ! s'écria Célia.

– Qu'est-ce que tu fais là ? demanda Bob.

– Je ne supportais pas d'être loin de toi un jour de plus, s'anima Célia.

Madame Razowsky rayonnait.

– Il est irrésistible, n'est-ce pas ? Il tient de moi. Bien, je suppose que mon travail est fini !

Soudain, Madame Razowsky s'arrêta.

– Oh, Bobby, qu'est-ce que tu voulais me dire ?

– Rien du tout, Maman, répondit Bob en l'embrassant. Rien du tout !

Le petit déjeuner façon Tom O'Malley

Maman, j'ai faim ! dit la petite Marie.

– Nous aussi, gémissent ses frères.

– Je sais, mes chéris, dit Duchesse.

La veille, ils ont marché des heures pour rejoindre Paris. Et ce matin, leur estomac crie famine.

– J'espère que nous serons bientôt au manoir des Bonnefamille, dit Marie.

– Alors, comme ça, dit Tom, tu n'aimes pas ma chambre sous les toits ?

– Si, répond Marie. Mais à la maison, Edgar nous apporte le petit déjeuner.

– Sur un plateau doré, dit Toulouse.

– Avec le plus raffiné des thés, ajoute Berlioz.

– Je ne peux pas vous offrir le quatre-étoiles mais je peux vous dégoter un déjeuner pur style chat de gouttière ! dit Tom.

– D'accord, dit Marie, si nous ne devons pas fouiller dans une poubelle.

Tom éclate de rire :

– Ne t'inquiète pas, dit-il. Suivez-moi !

Duchesse et ses trois chatons prennent le pas d'O'Malley dans le matin parisien. Ils trottinent ainsi jusqu'à un petit café.

– J'ai un arrangement ici, dit Tom à Duchesse.

Il la conduit avec ses petits dans l'arrière-cour du café et saute sur le rebord d'une fenêtre.

– Miaou ! miaule-t-il doucement.

Une jeune femme vêtue d'un tablier blanc vient à la fenêtre et roucoule tout à coup :

– Bonjour, Monsieur !

Puis Tom saute à terre et rejoint la porte. La jeune femme ouvre et lui tend une soucoupe pleine de crème.

– Votre déjeuner est servi, Monsieur !

Tom O'Malley appelle Duchesse et ses chatons.

– Psst ! Venez !

– Tu es venu avec des amis ? dit la femme.

Et elle rapporte deux grandes soucoupes pour les nouveaux arrivants. Les chatons se ruent dessus.

– Mes enfants, mes enfants ! crie Duchesse. Où sont passées vos bonnes manières ?

Les chatons la regardent honteux, la crème dégoulinant sur leurs moustaches.

– Merci Monsieur O'Malley, disent les trois affamés.

Puis Marie l'embrasse sur la joue.

– Oh, ce n'est rien, dit Tom, embarrassé.

– Je vois que je fais erreur, dit la petite chatte. Ce ne sont pas des amis mais ta famille !

Oh, pense O'Malley, Duchesse va mal le prendre !

Mais il se ravise aussitôt. Il aime Duchesse et ses chatons. Et il sait qu'ils l'aiment eux aussi. Cela suffit à faire une famille !

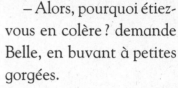

La Belle et la Bête

C'est mieux à deux !

La Bête fait les cent pas dans le long vestibule du château. Ses griffes cliquètent bruyamment contre le sol de marbre.

– Cela fait des heures, grogne-t-il. Qu'est ce qu'elle fabrique là-dedans, Lumière ?

– Elle lit, répond le chandelier. Après tout, Monsieur, c'est une bibliothèque.

– Je le sais que c'est une bibliothèque ! mugit la Bête. Je connais mon château !

Soudain, la porte s'ouvre brutalement. Belle surgit et les regarde, furieuse.

– Que se passe-t-il ? demande-t-elle. C'est un vrai vacarme par ici.

– Ce sont les domestiques, se plaint la Bête. Ils font beaucoup de bruit.

– Ne les accusez pas, dit Belle. C'est VOUS qui faites claquer vos griffes depuis des heures !

– Non, ce n'est pas moi ! dit la Bête, gênée.

– Si, insiste Belle, et cela me rend folle !

– Vous entendez des voix, dit la Bête.

– Et maintenant vous recommencez à beugler !

– Qu'est-ce que cela peut vous faire ? rugit la Bête. Ici, je suis chez moi !

– Quelqu'un désire du thé ? claironne Mrs Samovar.

– Pas moi, tousse Belle.

– Moi non plus, renchérit la Bête.

– Allons ! Juste une goutte, insiste Mrs Samovar, en remplissant d'office deux tasses.

Elle installe les deux querelleurs dans la bibliothèque.

– Alors, pourquoi étiez-vous en colère ? demande Belle, en buvant à petites gorgées.

– Je m'ennuyais, dit la Bête. Je suppose que… vous me manquiez.

– Pourquoi ne me l'avez-vous pas dit, tout simplement ? s'étonne la jeune fille.

– J'étais triste de ne pas vous manquer aussi.

– Je lisais, explique Belle, j'adore me plonger dans les livres.

Mais la Bête le sait bien.

– J'ai une idée, dit Belle après réflexion. Pourquoi ne pas lire ensemble ?

Belle choisit un livre. Une histoire de dragons et de princesses. Elle lit à voix haute pour son ami. Puis c'est au tour de la Bête.

– C'est amusant ! dit la Bête.

– Oui, répond Belle. Nous pourrions recommencer demain soir.

– Demain soir et tous les jours suivants, déclare la Bête.

Dans le vestibule, Lumière soupira.

– À deux, c'est mieux, se dit-il. Et si la lecture adoucit les mœurs, peut-être allons-nous pouvoir enfin dormir en paix !

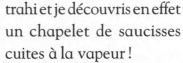

Walt Disney
La Belle et le
CLOCHARD

Clochard conteur

C'était une chaude soirée d'été. Les étoiles commençaient à briller dans le ciel et les petits de Lady et Clochard auraient du dormir depuis longtemps.

– Encore une histoire, p'pa ! supplie Scamp.

Clochard fait les gros yeux.

– Bon, dit-il, d'accord, mais juste une !

Les chiots, joyeux, se réinstallent sur leur coussin, Clochard à leurs côtés.

– Vous ai-je déjà raconté les enfants, le jour où j'ai volé ma première saucisse ?

– Clochard ! gronde Lady. Ce n'est pas une histoire pour les enfants !

– Oh, raconte-la, P'pa ! le presse Scamp.

– Et bien, voler n'est pas le terme exact, dit Clochard. Et puis il y a une morale !

Ainsi, il commence à conter :

– C'était il y a très longtemps, alors que je n'étais qu'un chiot errant seul dans les rues. J'espère que vous réalisez le bonheur de vivre dans une confortable maison avec Jim Chéri, Darling et Junior. J'avais des tas d'amis. Et je m'amusais beaucoup. Mais je mentirais si je disais que je mangeais à ma faim, tous les jours.

– Alors, voilà. Un jour que j'étais particulièrement affamé, ma truffe flaira des senteurs savoureuses. S'il y avait eu une tranche de bacon à griller un kilomètre plus loin, j'aurais pu dire quand elle serait cuite à point. Aussi, vous imaginez l'intérêt que procura ce parfum épicé venant droit de chez le boucher. Je fis confiance à mon flair qui ne m'avait jamais trahi et je découvris en effet un chapelet de saucisses cuites à la vapeur !

– Alors, tu as bondi et tu les as englouties ? l'interromp Scamp.

– Ah, je te reconnais bien là, mon garçon ! rit Clochard. Mais non, souviens-toi, je n'étais qu'un chiot ! Impossible d'atteindre les saucisses ! La seule chose que je pouvais faire c'était chercher un moyen de les croquer ! À cet instant, une femme est arrivée avec un enfant dans un landau. J'ai remarqué toutes les miettes aux roues de l'engin. Hé ! pensais-je ! Le petit n'est pas encore capable de tenir les objets en main. Si sa mère lui tend un morceau de saucisse, il le laissera choir et victoire, à moi la saucisse délicieuse ! C'est exactement ce qui s'est passé !

– Tu vois, Lady, ajoute Clochard, en souriant, il n'y pas eu vol !

– Et quelle est donc la morale de ton histoire ? demande Lady.

Clochard rit aux éclats :

– Mon Dieu, que tout arrive à point à qui sait attendre ! Si tu ne peux atteindre la saucisse, la saucisse viendra à toi !

CIMENT FRAIS

KUZCO
L'EMPEREUR MÉGALO

Le lama sauteur

Ainsi, Yzma et Kronk m'ont abandonné ! De drôles d'amis ! marmonnait Kuzco en trottinant dans la forêt. Les choses n'allaient pas très bien, pour l'empereur transformé en lama ! D'abord, il avait été changé en lama. Ensuite, en essayant de regagner son palais, il avait appris que la vieille Ysma, sa conseillère, avait tenté de l'assassiner !

Et maintenant, il était seul, sans un ami, même pas ce rustre de Pacha. En fait, Pacha avait sans doute été celui qui avait le plus compté pour lui en tant qu'ami, mais c'était terminé.

Kuzco poussa un soupir. Son souhait le plus cher était de rentrer dans son palais. Mais le problème était que toute sa vie les autres avaient agi à sa place. Et maintenant qu'il devait tout faire tout seul, il n'était pas certain de pouvoir y parvenir.

– Pourquoi moi ? gémit le lama en errant à travers les lianes et les buissons.

Il était sûr de se trouver dans la bonne direction, mais la forêt était si sombre… Il y avait peut-être quelque chose caché dans cet arbre, sous cette fougère, derrière ce rocher…

Derrière ce rocher, justement ! Kuzco fit un bond en arrière tandis qu'une panthère surgit de derrière un rocher. Les mâchoires du fauve se refermèrent à quelques centimètres seulement du museau de Kuzco.

– Au secouououours ! bêla le lama.

Il détala le plus vite possible, mais la panthère gagnait du terrain.

Soudain, Kuzco aperçut un ravin profond, devant lui. Il ne faisait que quelques mètres de large. C'était sa dernière chance ! Les lamas sont agiles ! Les lamas sont rapides… se dit-il. Les lamas peuvent sauter… très…

Loin !

Boum !

Kuzco secoua la tête et regarda autour de lui. Il avait franchi le ravin ! Sur l'autre rive, la panthère affamée allait et venait en feulant avec férocité.

Kuzco lui tira la langue et reprit sa route en trottinant. Il l'avait fait ! Il avait échappé au fauve ! Sans l'aide de personne !

Je sais toutefois que je pourrai faire encore mieux, avec un ami à mes côtés ! se dit-il.

La forêt s'ouvrit sur une vaste prairie ensoleillée. Kuzco entendit un faible bêlement. Des lamas ! Il y avait des lamas, et Pacha était berger d'un troupeau de lamas. Un large sourire illumina le visage de Kuzco. Il se dirigea vers le troupeau, certain d'y trouver Pacha. Et, pour la première fois depuis qu'il s'était réveillé sous l'apparence d'un lama, Kuzco commença à penser qu'il avait une chance de réussir. C'était bon d'avoir des amis !

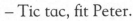

Peter Pan

La plume de Plume

Peter Pan et Clochette étaient partis à l'aventure et les Garçons Perdus s'ennuyaient.

– On s'ennuie ! se plaignit Plume.

– On peut jouer aux pirates ? dit Lapinot.

– Non, dit Plume. J'ai perdu la plume de mon chapeau de pirate.

– On pourrait en trouver une autre, suggéra la Guigne.

– Une plume extraordinaire, ajouta le Frisé. Comme celle du Capitaine Crochet.

– C'est ça ! s'écria Plume. Je vais voler la plume du Capitaine Crochet !

Peu après, les Garçons Perdus grimpaient discrètement à bord du vaisseau pirate de Crochet, qui faisait la sieste. Son chapeau était là, suspendu à un clou.

– Il est là, chuchota la Guigne à Plume. Attrape-le !

– M-m-m-moi ? frémit Plume.

Mouche se réveilla en sursaut. Il croyait avoir entendu son nom.

– Mouche, dites-vous ? Qui appelle Mouche ?

Il ouvrit les yeux et aperçut les Garçons Perdus. « Oh là ! » cria-t-il, réveillant les autres. En un rien de temps, les Garçons Perdus furent piégés.

Crochet jaillit de sa cabine.

– Attachez-les au mât ! On attrapera Peter Pan quand il viendra les sauver.

Depuis un petit nuage, Peter Pan et Clochette

regardèrent leurs chers amis se faire capturer.

Ils volèrent vers la crique des Pirates, atterrirent sur le mât du vaisseau et Peter émit un son très particulier.

– Tic tac, fit Peter.

En bas sur le pont, le Capitaine Crochet, terrifié, cria :

– C'est le crocodile qui a mangé mon horloge et ma main ! Et il est revenu pour me manger !

– Tic tac… Tic tac… continua Peter.

– Tous aux canons ! cria Crochet. Tuez ce crocodile !

Plus personne ne pensait aux Garçons Perdus, ligotés au mât. Alors Clochette commença à battre des ailes. De la poussière féerique tomba sur les Garçons Perdus, qui se libérèrent rapidement des cordes et s'envolèrent. En chemin, Plume saisit la plume du chapeau de Crochet et la planta dans le sien.

Peter Pan, Clochette et les Garçons Perdus se retrouvèrent sur un nuage à la dérive.

– Merci de nous avoir sauvés ! s'exclama la Guigne.

– Vous m'avez aidé à faire peur à ce vieux Crochet, s'écria Peter Pan. Ça vaut une plume sur tous vos chapeaux.

– Mais la plume la plus chouette de toutes est sur le mien, dit Plume en montrant la plume qu'il avait récupérée !

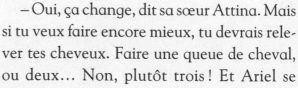

Une nouvelle coiffure

Ariel regardait ses cheveux dans le miroir. Elle les trouvait abominables. Et cette couleur rouge, quelle horreur ! D'ordinaire, cela ne la dérangeait pas. Un coup de zirgouflex, et le tour était joué ! Mais ce jour-là, elle avait envie de changement.

Elle se regardait toujours dans le miroir lorsque ses sœurs entrèrent dans sa chambre.

– Qu'est-ce que tu fais, Ariel ? lui demanda Aquata, sa sœur aînée.

– Rien… Je cherche une nouvelle coiffure…

– Tu devrais juste te faire une raie, dit Aquata. Tu veux que j'essaie ?

– Oh oui !

Aquata commença à séparer les cheveux de sa sœur quand sa sœur Andrina intervint :

– Cela ne suffit pas ! Il te faudrait quelques boucles !

– D'accord ! dit la Petite Sirène. Et elle resta patiemment assise tandis qu'Adrina roulait ses cheveux sur des rouleaux qu'elle retira une demi-heure plus tard.

– Cela ne suffit toujours pas ! lança Arista, une autre de ses sœurs. Imagine comme tu serais belle, si nous colorions tes cheveux en noir avec de l'encre de calmar !

– C'est vrai que ça me change vraiment ! reconnut Ariel en voyant sa nouvelle chevelure d'un noir d'encre.

– Oui, ça change, dit sa sœur Attina. Mais si tu veux faire encore mieux, tu devrais relever tes cheveux. Faire une queue de cheval, ou deux… Non, plutôt trois ! Et Ariel se retrouva bientôt coiffée non pas d'une, ni de deux mais de trois queues de cheval frisées sur la tête.

– Tu sais ce qu'il te faudrait ? demanda sa sœur Adella, en examinant la coiffure. Des nattes ! Oui, des nattes ! Venez m'aider, les filles ! Et en un temps record, les trois queues de cheval d'Ariel se trouvèrent divisées en quatre-vingt-dix-neuf nattes raides et tordues.

Ariel se regarda dans le miroir… Et s'empressa de détourner les yeux ! Quelle horreur !

– Et si nous lui faisions une bonne coupe ? proposa sa sœur Alana.

– Suffit ! cria Ariel. Vous ne me couperez pas les cheveux ! Je voulais un petit changement, pas une transformation totale !

– Comme tu voudras ! dirent ses sœurs, en l'aidant à effacer tout leur travail.

À son grand soulagement, Ariel retrouva bientôt son apparence normale. Mais elle trouvait l'expérience intéressante. Modifier sa coiffure n'avait pas été concluant, mais si elle changeait quelque chose d'autre ? Elle secoua la tête en soupirant. Elle était une sirène à la chevelure rouge, et c'était comme ça…

Disney
Winnie l'Ourson

Les hauts et les bas du baby-sitting

Petit Gourou, je dois sortir demain soir, dit Maman Gourou. Qui aimerais-tu comme baby-sitter ?

— Tigrou !

Maman Gourou ne fut pas surprise. Tigrou était le seul qui aimait encore plus rebondir qu'un bébé kangourou !

— Tigrou, dit Maman Gourou le lendemain, je sais que tu aimes rebondir avec Petit Gourou. Mais un bon baby-sitter doit savoir quand mettre le ressort au lit.

— Ne t'inquiète pas, Maman Gourou ! dit Tigrou.

Tigrou et Petit Gourou passèrent des heures à rebondir partout. Puis Tigrou regarda l'horloge et dit :

— Hop ! Au lit !

Petit Gourou bondit dans sa chambre.

— C'était facile, dit Tigrou. Je vais te border et… eh ! J'ai dit dans le lit. Pas sur le lit !

Mais comme Petit Gourou ne s'arrêtait pas, Tigrou se mit lui aussi à rebondir.

Puis Tigrou se rappela Maman Gourou.

— Attends une seconde ! Je suis le baby-sitter ! Je suis censé te border !

— Je ne veux pas être bordé ! dit Petit Gourou.

— Et si je te lis une histoire ? demanda Tigrou.

— Non, dit Petit Gourou. Je n'ai même pas sommeil. Je pourrais rebondir jusqu'à la maison de Winnie !

— Mais ce n'est plus l'heure de rebondir. Je vais te chercher du lait. Ça va t'endormir.

Mais quand Tigrou revint dans la chambre, Petit Gourou était parti !

— Oh, oh ! dit Tigrou. Puis il se précipita chez Winnie.

— Désolé, Tigrou, dit Winnie, Petit Gourou n'est pas ici.

Tigrou se précipita ensuite chez Porcinet, puis Maître Hibou, et enfin Coco Lapin, mais Petit Gourou n'y était pas non plus.

Finalement, Tigrou retourna chez Maman Gourou. Où pouvait-il être ? Et là, Tigrou passa devant la chambre de Petit Gourou… et le vit dans son lit !

— Tu étais où ? demanda Petit Gourou.

— Où j'étais ? dit Tigrou. Où étais-tu, toi ?

Petit Gourou expliqua à Tigrou qu'il avait finalement décidé qu'il voulait écouter une histoire. Mais son livre préféré était sous son lit.

— Tu étais sous ton lit ? cria Tigrou.

— Je suis rentrée ! appela Maman Gourou.

Tigrou poussa un soupir de soulagement.

— Comment ça s'est passé ? demanda-t-elle.

— Maman Gourou, fit Tigrou, ce que les tigres adorent, c'est rebondir… et à partir de maintenant, je ne ferai que ça. Il y a trop de hauts et de bas dans le baby-sitting !

MIEL

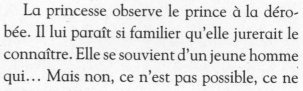

Une nouvelle vision du monde

Comme c'est beau, s'extasie Jasmine, sur le tapis volant d'Aladdin déguisé en prince Ali. Je n'ai jamais rien fait d'aussi excitant !

— Je suis heureux que cela vous plaise, Princesse, dit Aladdin.

— Je ne suis presque jamais sortie du palais, explique la jeune fille tristement. Et quand je l'ai fait, c'était en procession, du haut d'un éléphant. Ce n'est pas vraiment la même chose.

— Je vais vous montrer le monde !

Le tapis file au-dessus du désert, éclairé par la lune et les étoiles. Il frôle une grande montagne et plane tout près d'une cascade argentée.

Puis, le couple dépasse les montagnes et atteint la mer. Ils glissent sur les vagues faisant la course avec des dauphins. Puis traversent une prairie de fleurs dorées. Une brise flotte et Jasmine sent leur parfum délicieux venir jusqu'à ses narines.

Aladdin conduit le tapis au ras des fleurs. Il se penche, cueille quelques fleurs et tend un bouquet à Jasmine. Alors qu'ils s'élèvent à nouveau dans le ciel, une nuée de colombes les accompagne.

Le tapis enchanté danse et tourne avec elles, si près que Jasmine sent l'air vibrer lorsqu'elles battent des ailes ! Comme c'est agréable !

La princesse observe le prince à la dérobée. Il lui paraît si familier qu'elle jurerait le connaître. Elle se souvient d'un jeune homme qui... Mais non, ce n'est pas possible, ce ne peut être la même personne !

Aladdin la regarde aussi. Combien de temps croira-t-elle qu'il est un prince et non un vagabond déguisé ? Combien de temps sa supercherie fonctionnera ?

Il peut remercier le génie qui lui a permis de faire la cour à la jeune fille ! Mais si elle se rappelle leur rencontre sur la place du Marché, si elle reconnaît le garçon des rues avec lequel elle a parlé ce jour-là, alors tout son plan échouera !

Le soleil se lève à peine lorsqu'Aladdin et son tapis déposent Jasmine au palais et lui disent au revoir.

Dans sa chambre, Jasmine s'étend sur son lit, les yeux rêveurs. Rajah, son tigre de compagnie vient la saluer et elle caresse sa tête soyeuse, le regard absent.

— Oh, Rajah ! dit-elle. Ali m'a fait découvrir le monde, cette nuit et c'était merveilleux. Je pense que j'ai rencontré une personne plus qu'intéressante. Tout est si magnifique et confus à la fois dans mon esprit ! Je crois que je suis en train de tomber amoureuse ! murmura-t-elle.

Promenade de nuit

Bernard nettoyait le plancher des bureaux de la Société Internationale de Secours aux Souris, quand Miss Bianca entra.

– Je vais me promener, dit-elle. Voulez-vous m'accompagner ?

– Mon Dieu, je ne sais pas, dit Bernard. Il fait noir et en plus, il pleut !

– Oui, dit Bianca, en souriant, une nuit parfaite pour une promenade !

Dehors, Bernard ouvrit un grand parapluie.

– Allons jusqu'à Central Park, proposa Miss Bianca.

Bernard s'étrangla :

– Mais c'est au moins à treize rues de là ! Et le chiffre treize porte malheur !

– Ne dites pas de bêtises ! le gronda Bianca.

Plus ils marchaient, plus la pluie redoublait. Soudain Bernard s'arrêta net.

– Ecoutez ! souffla-t-il.

– Miaou !

– C'est un chaton, dit Miss Bianca. Il est en détresse.

– Arrière ! cria Bernard, affolé. Les chats sont dangereux. Ils peuvent nous manger !

– Il est là-haut ! dit Miss Bianca.

Sous une boîte aux lettres, un chaton orange se protégeait de la pluie. Son pelage était trempé et il paraissait bien triste.

– Nous devons l'aider ! insista Bianca.

– Je vais passer devant, répondit alors Bernard tout en rampant jusqu'au chaton.

– Euh… bonjour, chuchota-t-il. Es-tu perdu ?

– Je suis perdu et j'ai très faim, miaula-t-il.

– C'est bien ce que je craignais, dit Bernard, en regardant ses griffes et ses dents.

– Où sont tes parents ? demanda Miss Bianca.

– Je suis orphelin, répondit le chaton.

– Nous allons t'aider, dit la jolie souris.

– J'ai une idée, dit Bernard. Suis-nous !

Bernard prit le bras de Miss Bianca et ils marchèrent jusqu'à l'Orphelinat du soleil levant. Ils frappèrent et le vieux chat Rufus vint leur ouvrir.

– Content de vous revoir, leur dit-il. Présentez-moi votre ami !

– C'est un chaton orphelin, expliqua Bianca.

– Et il a faim, ajouta Bernard, inquiet.

– Voici un bon bol de lait, offrit Rufus.

Le chaton lapa avidement.

– Je pourrais avoir besoin d'aide dans le coin, dit-il. Voudrais-tu être adopté ?

Le chaton mit ses pattes autour du cou de Rufus et ronronna de joie.

Sur le chemin du retour, Miss Bianca prit Bernard par le bras.

– J'avais rrrraison, lui ronronna-t-elle, malicieuse. C'est une nuit parrrfaite pourrr la prrromenade !

WALT DISNEY
Blanche Neige
et les Sept Nains

Un pique-nique agréable

Quel jour idéal pour un pique-nique ! s'écrie Blanche-Neige en arrivant chez les Sept Nains pour une visite.

– Nous ne pouvons pas pique-niquer, grogne Grincheux. Nous devons creuser.

– Mais, bâille Dormeur, nous avons travaillé si dur à la mine. Ne pourrions-nous pas prendre un jour de congé ?

Les autres nains applaudissent à cette idée. Grincheux fronce les sourcils.

– Un peu de repos te fera du bien, dit Blanche-Neige à Grincheux.

– J'en doute, grince Grincheux.

– Alors, qu'emtorperons-nous, je veux dire qu'emporterons-nous ? dit Prof.

– Que pensez-vous d'un peu de bouillie ? suggère Dormeur, en s'étirant.

– Ce n'est pas très pratique pour un pique-nique, explique Blanche-Neige. Il nous faut de quoi manger sans cuillères ni fourchettes !

– Comme des s-s-sandwichs ? bégaie Timide.

– Exactement ! déclare Blanche-Neige.

– Des fruits ! propose Prof.

– Des biscuits ! suggère Joyeux.

– Et des œufs durs ! ajoute Atchoum.

– Merveilleux ! s'exclame la jeune princesse.

Les nains aident Blanche-Neige à préparer le panier.

– Emportons aussi de quoi jouer après le repas, dit Blanche-Neige.

Quand tout est prêt, la petite troupe marche vers la forêt et s'arrête dans une petite clairière au bord d'un ruisseau. Blanche-neige jette une couverture sur l'herbe et tous s'assoient pour manger.

Une fois qu'ils sont rassasiés, ils commencent les jeux. Prof et Joyeux entament une partie de dames, Timide et Atchoum jouent à la balle, Dormeur s'accorde une sieste et Simplet lance un cerf-volant.

Blanche-Neige l'observe tandis qu'il court dans la prairie. Elle applaudit à chaque fois que le vent fait s'envoler l'engin. Mais tout à coup, le cerf-volant emporte Simplet avec lui !

– À l'aide ! crie Blanche-Neige. Simplet s'envole !

Grincheux, qui boude au bord du ruisseau, se lève d'un bond et court à son secours. Fâché et essoufflé, il poursuit le cerf-volant qui monte et descend. Finalement, le nain grimpe sur un chêne et attrape Simplet au vol.

Blanche-Neige l'applaudit bien fort.

Haletant et grommelant, Grincheux vient se reposer auprès d'elle sur la couverture.

– Décidément, j'ai hâte de retourner à la mine, ronchonne-t-il. Les pique-niques des jours de repos ne sont pas de tout repos !

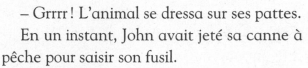

Un bon coin pour pêcher

Avance, paresseux ! plaisanta Pocahontas. John Smith la suivait, tandis qu'ils traversaient une prairie verdoyante avant de gravir la colline. Pocahontas progressait avec l'aisance d'une biche. Et John avait parfois du mal à ne pas se laisser distancer.

Une fois arrivée au sommet, Pocahontas attendit son ami. Au pied de la colline, un torrent se frayait un passage à travers un canyon.

– Regarde en bas, il y a un bon coin pour la pêche ! lança-t-elle.

Elle entama aussitôt la descente. John la suivit. Ils se retrouvèrent enfin au bord de l'eau.

Pocahontas se pencha doucement en avant et scruta le fond de l'eau. Puis elle dressa son harpon et splash ! elle le lança dans l'eau. Mais quand elle le retira, il était vide.

– Il vaudrait mieux nous servir des cannes à pêche, dit John en riant.

Il amorça son hameçon, lança la ligne et attendit. Mais le courant était si rapide que la ligne se déroula très rapidement.

– Je vois, dit Pocahontas.

John se prépara à relancer sa ligne. Soudain, un grognement sourd le fit sursauter.

– Ne bouge pas ! conseilla Pocahontas.

Tournant lentement la tête, John aperçut un gros ours gris sur un rocher, juste au-dessus d'eux.

– Grrrr ! L'animal se dressa sur ses pattes. En un instant, John avait jeté sa canne à pêche pour saisir son fusil.

– Non, John, dit Pocahontas. Suis-moi.

Sans cesser de regarder fixement l'ours, elle commença à se déplacer très lentement et avec d'infinies précautions.

– Grrrr ! grogna encore l'ours.

John leva son fusil une seconde fois.

– Il veut nous dire que c'est son territoire, murmura Pocahontas. Il ne veut pas nous faire du mal, mais seulement que nous le laissions pêcher.

John n'en était pas sûr. Il n'avait pas l'intention de tuer l'ours. Cette espèce d'ours énorme est difficile à tuer. Or un ours blessé est très dangereux.

Pocahontas continua à marcher le long de la rive afin de s'éloigner de l'ours. Quand ils furent à une cinquantaine de mètres, le grizzly sauta de son rocher, à l'endroit exact où John et Pocahontas étaient en train de pêcher.

– Grrrr ! grogna l'ours une fois encore, et il se mit à pêcher.

Pocahontas et John le virent attraper des saumons avec ses grosses pattes.

– Pour pêcher, je crois que la meilleure méthode est celle de l'ours ! s'exclama Pocahontas.

John ne put qu'approuver…

Walt Disney
Bambi

Façon de parler

Par une belle journée d'été, Bambi et sa maman faisaient une promenade. Ils s'arrêtèrent près du terrier de Pan-Pan.

– Tu vas bien, Pan-Pan ? demanda la biche.

– J'irais mieux si maman ne m'avait pas donné un bain ! C'est idiot !

– Pan-Pan ! En voilà des façons ! le gronda sa mère.

– Je suis désolé, maman ! dit Pan-Pan. Tout va bien ! lança-t-il à la maman de Bambi.

Comme ils avaient la permission d'aller jouer, Bambi et Pan-Pan prirent la direction de la forêt.

– À quoi veux-tu jouer ? demanda le faon à son ami.

– Si nous jouions à cache-cache ? proposa Pan-Pan. Je me cache le premier !

Bambi tourna le dos et ferma les yeux. Un… deux… trois… quatre… cinq…

– Au secours ! Au secours ! hurla soudain Pan-Pan.

Bambi regarda aux alentours : Pan-Pan, effrayé bondissait vers lui. Quelques instants plus tard, une ourse énorme surgit d'une caverne suivie de trois oursons.

– C'est la créature la plus laide, la plus méchante que j'ai vue ! dit Pan-Pan.

– Pardon ? demanda la mère ours. Tu t'es introduit dans ma tanière et tu as troublé mes petits ! Et tu te permets en plus de dire que je

suis laide et méchante ? J'exige des excuses !

– Fais-le ! Demande-lui pardon ! chuchota Bambi.

– Je suis dé-so-lé si vous êtes laide et méchante… balbutia Pan-Pan.

– Pan-Pan ! Tu n'es pas drôle ! cria Bambi.

– Je ne cherche pas à être drôle ! répondit Pan-Pan, l'air ennuyé.

– Recommence ! tonna l'ourse.

– Et bien… m'dam… Je suis, heu… désolé d'avoir dérangé vos oursons… et, heu… vous ressemblez à toutes les mamans ourses… grosses… gentilles ! Oui, vous avez l'air gentille.

– Je le répète toujours à mes petits : les bonnes manières, c'est important ! dit l'ourse, avant de laisser partir les deux amis. Aujourd'hui, mon garçon, elles t'ont sauvé la vie !

Bambi et Pan-Pan se hâtèrent de rentrer chez eux.

– Vous voilà juste à l'heure pour un bon repas de légumes ! annonça la maman de Pan-Pan, en les voyant arriver.

Le petit lapin fut sur le point de lui rappeler qu'il détestait les légumes, mais il renonça.

– Merci, maman ! C'est une excellente idée !

– Comme tu es poli ! remarqua sa maman, avec un large sourire. Je vois que tu as fini par écouter mes conseils !

Le match

Eh, les gars ! dit Woody à la fenêtre de la chambre. Venez voir !

Andy faisait un match de football avec ses amis dans le jardin.

– Alors ça sert à ça, dit Rex.

Il ramassa un petit ballon de football bleu.

– J'ai une idée, dit Woody. Si on y jouait ?

Tous les jouets acceptèrent avec joie. Le lit d'Andy serait le terrain, et Woody et Buzz les capitaines.

Woody était assez content de son équipe : Rex, Bayonne, Zig Zag et la Bergère.

Buzz, lui, se retrouva avec Sergent, Jessie et Pile Poil. Mais qui d'autre allait-il choisir ? Il regarda tous les jouets impatients… et il le vit ! Le footballeur qu'Andy avait rapporté l'autre jour. Un vrai footballeur, avec un maillot et tout !

– Je le choisis, lui ! déclara Buzz. Allez, viens numéro Trois. Tu vas me gagner le match !

– Bon, fit Buzz à son équipe. Jessie et Pile Poil, vous me protégerez ici. Puis, Sergent, je te feinterai. Numéro Trois… tu peux arrêter de hocher la tête, une seconde ? Je vais t'expliquer comment ça se passe : tu cours droit devant et tu attends que je t'envoie le ballon. Compris ?

Le footballeur hocha la tête avec entrain.

Mais dès que Buzz eut lancé le ballon, il réalisa que numéro Trois ne le rattraperait jamais. Sa tête remuait tellement qu'il ne pouvait pas voir le ballon, et encore moins les joueurs. Avant que Buzz ne l'arrête, il trébucha sur la queue de Rex. La Bergère récupéra le ballon et marqua un but.

– Hourra ! cria l'équipe de Woody.

– Bon, dit Buzz alors qu'ils se réunissaient à nouveau. Cette fois-ci, on va vraiment leur montrer de quoi on est capables. Sergent, tu bloques Rex et Bayonne. Jessie et Pile Poil, vous bloquez la Bergère et Zig Zag. Ne vous inquiétez pas de Woody ! Je m'occupe de lui. Quant à toi numéro Trois, je te passerai le ballon. Tu n'auras plus qu'à courir.

Et à nouveau, le footballeur hocha la tête comme un fou.

– D'accord ! fit Buzz en serrant le poing. Allons-y !

Mais au lieu de récupérer le ballon que Buzz lui passa, le footballeur ne fit que hocher la tête, encore et encore. Et il aurait sûrement continué toute la journée si Zig Zag ne lui avait pas accidentellement foncé dessus et frappé la tête.

Buzz baissa les yeux vers le joueur décevant et dit en soupirant :

– Quelqu'un veut jouer aux dames ?

La Belle
au Bois
Dormant

La laverie de la forêt

La, la, la, la, la, la, la, la, chante Aurore en accrochant les draps sur le fil à linge.

Elle sent la chaleur du soleil dans son dos et cela lui fait du bien. Il pleut depuis des jours et le changement de temps est une bonne surprise.

Elle peut enfin sortir et étendre le linge à l'air libre.

– C'est le soleil qui te fait chanter ainsi ? demande-t-elle à une mésange qui gazouille autour d'elle.

L'oiseau lance une nouvelle trille en réponse et Aurore éclate de rire en saisissant la robe rouge de tante Flora dans le panier de linge propre. Sa tâche achevée, elle aimerait bien faire une promenade en forêt.

Aurore étend alors la robe bleue de tante Pimprenelle. Elle attache l'épaule sur le fil, quand soudain un couple d'écureuils saute depuis une branche d'arbre, sur l'étendoir et salit le linge de leurs empreintes boueuses.

– Qu'avez-vous fait, vilains coquins ? les gronde Aurore, faisant le signe de les corriger avec la main. Faire la lessive m'a pris deux bonnes heures !

Sur une branche, les petites bêtes couinent et fuient, l'air coupable. Puis elles disparaissent dans la forêt avec leurs queues rayées en panache.

Aurore décroche les draps et les robes en poussant moult soupirs. Elle remplit de nouveau son seau au puits. Puis saisissant la planche à laver et un morceau de savon, elle commence à frotter les taches. On dirait finalement qu'elle ne pourra pas se promener aujourd'hui.

Soudain, un bourdonnement attire son attention.

Elle aperçoit deux couples d'écureuils, dont celui qui vient de tacher le linge, suivi de nombreux autres animaux. Il y a, en effet, deux lapins, trois mésanges, un daim, une moufette et un hibou.

– Diable, vous amenez tous vos amis ? demanda Aurore en éclatant de rire.

Les écureuils bavardent avec excitation tandis que tous se mettent au travail. Les mésanges tiennent les coins des draps dans leur bec, ainsi ils ne se salissent pas pendant qu'Aurore les frotte. Le daim, la moufette et les lapins apportent chacun de l'eau propre du puits.

Les écureuils, eux, se nettoient les pattes avec du savon. Et bientôt chacun aide à étendre la lessive, pour la seconde fois.

Aurore sourit à ses amis et donne une petite tape aux écureuils :

– Enfin, je vais pouvoir aller me promener en forêt ! Si vous voulez bien me guider, on pourrait y aller tous ensemble !

Walt Disney
ALICE
au PAYS des
MERVEILLES

Les mauvaises manières d'Alice

Pousse-toi un peu !

Le Chapelier fou bouscula Alice, au risque de lui faire renverser son thé. La malheureuse n'avait pas encore pu boire la moindre gorgée. Drôle de façon d'inviter des amis à prendre le thé !

Alice alla s'asseoir plus loin et attendit, tandis que le Chapelier et le Lièvre de Mars offraient de nouveau du thé à leurs invités. Alice essaya de se rappeler comment se déroulaient les réceptions organisées par sa mère. Il lui sembla se souvenir que les invités s'asseyaient autour de la table et bavardaient.

Elle se dit que c'était ce qu'elle devait faire.

– Pardonnez-moi, dit Alice, en s'adressant au Lièvre de Mars car le Chapelier lui paraissait trop occupé à beurrer sa soucoupe. Votre voisin a acheté un nouveau chien. C'est un…

– Un chien ? Un chien ? cria le Lièvre. Où est-il ? Et il sauta sur la table.

– Oh, je suis désolée ! dit Alice. J'aurais dû penser que vous n'aimiez pas les chiens. Dinah les déteste également, vous savez.

Le Lièvre de Mars se mit à courir autour de la table et Alice entreprit de le poursuivre afin de terminer la conversation.

– Quand Dinah voit un chien, elle est figée de peur !

– C'est absolument raisonnable ! dit le Chapelier en agitant son couteau à beurre. Mais qui est cette Dinah si astucieuse ?

– Ma…

Alice n'en dit pas plus. Quelques instants plus tôt, elle avait semé le trouble en parlant de son chat. Le Loir était parti en courant, le Chapelier et le Lièvre à ses trousses. Elle ne voulait pas faire une nouvelle gaffe.

– C'est mon chaton ! murmura-t-elle à l'oreille du Chapelier.

– C'est donc un petit chat ! cria le Chapelier.

En entendant le mot « chat », le Loir détala. Le Lièvre de Mars se mit à sautiller de tous côtés. Le Chapelier partit à la poursuite du Loir et posa son chapeau sur la petite créature.

– Vraiment, ma chère, quelle idée de nous faire peur le jour de nos non-anniversaires ! cria le Chapelier.

– Désolée, soupira Alice.

Se tournant vers le Chapelier, elle déclara :

– Cette assemblée n'est pas très amusante, et vous-même, vous êtes peu aimable !

– Merci beaucoup, chère petite demoiselle ! s'exclama le Chapelier en souriant. Voulez-vous du thé ?

– Merci beaucoup ! répondit Alice. Elle commençait à comprendre comment il fallait se comporter ici !

Délire de singes

Eh! Laissez-moi! cria Mowgli. Baloo!
Mais Baloo ne pouvait pas l'aider.
Mowgli était trimballé dans les arbres par une
bande de singes!

Les singes riaient et jacas-
saient en balançant Mowgli
d'un arbre à un autre. Un
singe le lâcha et Mowgli
hurla. Mais un autre le rattrapa juste à temps par les
chevilles. Puis un autre le
tira par le bras, en se balançant vers un arbre avec une
liane, où d'autres singes
l'attrapèrent.

Rapidement, Mowgli fut
essoufflé et perdu.

– Eh! Lâchez-moi! Je veux retourner avec
Baloo!

Les singes rirent.

– Désolé, Petit d'Homme! cria l'un d'eux.
On ne peut pas te laisser partir. Il faut que tu
oublies cet ours!

– Ouais! cria un autre singe en attrapant
Mowgli par le bras. Tu es avec nous maintenant. On vaut mieux qu'un vieil ours! Tu vas
faire un saut pour nous.

Il balança Mowgli dans les airs. Mowgli se
sentit faire un saut périlleux.

Une seconde après, deux singes l'attrapèrent par les jambes.

– Tu vois, Petit d'Homme? dit l'un d'eux.
Les singes savent s'amuser!

Mowgli rigola, il avait le tournis.

– C'était assez amusant! Recommencez!
Les singes hurlèrent de rire. Il jetèrent
Mowgli dans les airs, encore et encore. Mowgli
fit des sauts périlleux entre les arbres jusqu'à
ce qu'il n'en puisse plus.

Après ça, les singes lui appri-
rent à se balancer de branche en branche, puis à
secouer les arbres pour faire
tomber les bananes dans
ses mains.

– C'est drôle d'être un
singe! s'écria Mowgli.

C'était peut-être une
bonne chose que les singes
l'aient trouvé, pensa Mowgli.
Être un singe était peut-
être plus amusant que d'être un loup ou un
ours. Et c'était de toute façon plus amusant
que d'aller au village d'Homme.

Mowgli regarda ses nouveaux amis.

– Qu'est-ce que vous allez faire maintenant?

Un singe pouffa.

– On va voir le roi Louie.

– Ouais! dit un autre singe joyeusement.
C'est le plus amusant de tous!

– Le roi Louie? dit Mowgli, sceptique.

Il n'aimait pas le sourire des singes.

– Qui est-ce?

– Tu verras, Petit d'Homme! s'écrièrent
les singes.

Mowgli haussa les épaules. Ce roi Louie ne
devait pas être si terrible, pensa-t-il.

Disney
Rox et Rouky

En retard pour le dîner

La veuve Tartine remplit le grand plat de viande et de légumes puis, avant de le mettre au four, étala la pâte feuilletée sur le dessus, la pinçant tout autour, comme pour en faire un couvercle.

– Tourte au poulet, dit-elle. La préférée de Rox !

Tout en fredonnant, elle lava la vaisselle et mit un peu d'ordre dans la maison. Puis elle dressa la table, avec la plus belle nappe et les plus belles assiettes. Elle ajouta une soucoupe de lait pour Rox.

La Veuve regarda par la fenêtre et admira le soleil couchant.

– Je me demande où peut être ce diablotin de Rox, pensa-t-elle à voix haute.

Le soleil descendait derrière les collines boisées tandis qu'elle reprenait son tricot. Elle avait une pièce à finir. De plus, la tourte serait bientôt cuite et Rox n'allait pas tarder.

Une maille à l'endroit, une maille à l'envers, se récitait-elle tranquillement.

Elle tricotait une couverture pour son petit protégé. Bien sûr, le renardeau avait sa fourrure, mais chacun aime avoir un nid douillet où se lover et s'endormir.

Le fumet de la tourte lui parvint aux narines et la vieille femme alla vers le four. La croûte était brun-doré ; la sauce crémeuse l'avait crevée et bouillonnait tout autour.

Elle sortait le plat du four quand elle entendit un grattement à la porte.

– Bien à l'heure, comme d'habitude, annonça-t-elle gentiment en ouvrant la porte. Le dîner est prêt, Rox !

Mais Rox n'était pas là. Ce n'était qu'une brindille, soufflée par le vent, qui avait heurté la porte.

– Rox ! appela la Veuve, scrutant l'obscurité. Il n'est plus temps de blaguer !

Mais le petit renard restait invisible.

Le ciel était très sombre. Une flopée de nuages passa devant la lune. La Veuve frissonna.

– Rox ! Où es-tu ?

Puis elle alla prendre de quoi se couvrir. Il ne lui restait plus qu'à partir le chercher. Une vieille lampe à la main, elle rouvrit la porte et se trouva nez à museau avec le renardeau. Il se tenait assis sur le perron, un bouquet de fleurs sauvages posé à ses pattes.

– Oh, Rox ! s'écria-t-elle. Mon petit pâté en croûte !

Rox fourra son museau dans le cou de la Veuve tandis qu'elle le portait à sa place. Ils dégustèrent ensemble la tourte au poulet, délicieuse ! Après dîner, la veuve Tartine admira son bouquet posé sur la cheminée et Rox s'enroula dans sa jolie couverture toute neuve !

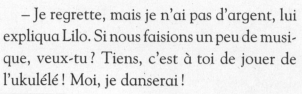

Les trésors de Lilo

Stitch étendit ses bras d'un beau bleu et les replia derrière sa tête.

Flash ! Lilo appuya sur le déclencheur de son appareil photo. Flash ! Elle fit une photo de Nani et David.

Stitch bondit et prit l'appareil. Lilo posa et… Flash !

– Allons prendre d'autres photos ! dit Lilo en pouffant de rire tandis qu'elle courait vers la mer.

Stitch sur ses talons, Lilo faisait photo sur photo. Flash ! Deux enfants en train de s'éclabousser. Flash ! Un gros bonhomme tenant une glace à la main se trouva momentanément aveuglé par l'éclair lumineux…

L'homme regarda Stitch d'un air stupéfait. Lilo avait déjà vu cette expression, sur le visage des gens qui avaient affaire à Stitch. Tandis que l'homme le fixait, sa glace dégringola du cornet et s'étala sur le sable.

– Je suis désolée, murmura Lilo.

Elle prit la main de Stitch et l'entraîna mais le chien n'était pas de cet avis. Il tira sur son bras afin de se rapprocher de la grosse tache verte. Flap ! Flap ! Il se mit à laper la glace, en projetant des petits morceaux sur les pieds du monsieur. Décidément, il y avait trop de sable ! Flap ! Flap ! Il continua de projeter du sable tandis que Lilo tentait de l'emmener.

Quand il s'arrêta enfin, Stitch pointa son nez dans la direction du kiosque à glace.

– Je regrette, mais je n'ai pas d'argent, lui expliqua Lilo. Si nous faisions un peu de musique, veux-tu ? Tiens, c'est à toi de jouer de l'ukulélé ! Moi, je danserai !

Stitch joua d'abord quelques notes discordantes. Puis il prit le rythme et il joua alors comme une vedette de rock.

Lilo aimait tant danser qu'elle ne remarqua pas que les touristes leur lançaient des pièces.

Stitch prenait de grands airs, secouant la tête pour marquer le ton. Lilo faisait des ondulations avec ses bras. Enfin, ils saluèrent tous deux, et Lilo s'empressa de ramasser les pièces.

– Nous avons assez d'argent ! Viens ! cria-t-elle en se précipitant chez le marchand de glaces. Trois cornets aux pépites de chocolat, s'il vous plaît !

Et elle tendit un cornet à Stitch. Elle se mit à donner des coups de langue gourmands sur le deuxième. Et, lorsqu'elle aperçut le gros bonhomme, elle courut vers lui et lui offrit le troisième cornet.

– Encore toutes nos excuses pour tout à l'heure, Monsieur !

L'homme saisit la glace en souriant. Alors Lilo lui tendit son appareil photo, et… Flash ! Il prit une photo de Lilo et Stitch en train de déguster une délicieuse glace.

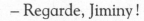

Figaro est un génie !

Pinocchio dormait profondément dans son lit quand un grand bruit le tira de son sommeil. Il dévala l'escalier qui menait à l'atelier de Geppetto.

– Il y a quelqu'un ? demanda-t-il inquiet.

– Miaou ! Miaou !

– Ah, c'est toi, Figaro ! Où te caches-tu ?

Soudain, les pantins suspendus au-dessus de l'établi de Geppetto se mirent à bouger. Le chat s'était emmêlé les pattes dans les ficelles destinées à les actionner.

– Comme tu es drôle ! s'exclama Pinocchio, en éclatant de rire.

– Miaou ! Miaou !

À l'évidence, Figaro ne trouvait pas cela très drôle… Plus il cherchait à se dégager, et plus il devenait prisonnier des ficelles !

Réveillé par le bruit, Jiminy Criquet jaillit de la cheminée en se frottant les yeux.

– Que se passe-t-il ?

Pinocchio, moqueur, désigna le chaton.

– Tu ferais mieux de l'aider, au lieu de te moquer de lui ! lança Jiminy.

– J'ai envie de le laisser, dit Pinocchio. Ainsi, Geppetto verra ses bêtises !

– Miaou ! implora le malheureux Figaro.

– Ce n'est pas très gentil, déclara Jiminy. Qu'est-ce que tu dirais, si tu étais tout empêtré comme lui ?

Pinocchio poussa un soupir.

– Je n'aimerais pas beaucoup ça !

Il s'apprêtait à libérer le petit chat quand il s'exclama :

– Regarde, Jiminy !

Les ficelles étaient entortillées autour des pattes de Figaro, et lorsqu'il se débattait, les pantins se mettaient à danser !

– C'est formidable ! s'écria Pinocchio. Figaro sait actionner les marionnettes !

Le chat remua de nouveau ses pattes, et toutes les marionnettes se mirent à danser.

– J'ai une idée ! dit Jiminy.

Pinocchio et Figaro lui prêtèrent une oreille attentive…

Le lendemain à son réveil, une surprise attendait Geppetto.

– Regarde, papa ! s'écria Pinocchio. Figaro sait faire danser les marionnettes !

Il fit un clin d'œil à Figaro, et le chat bondit dans les ficelles.

– C'est magnifique ! cria Geppetto. Nous allons donner un spectacle pour les enfants !

Devant la joie de Geppetto, Pinocchio se sentit tout ému.

– Quand as-tu découvert les talents de Figaro ? demanda son père.

– Cette nuit, répondit Pinocchio. Je l'ai vu errer dans ton atelier…

Les amis, c'est très précieux

Les dinosaures avaient à peine atteint la Terre des Nids que deux bébés vinrent au monde. Parmi les heureux parents, figuraient Aladar et Neera.

Pour fêter l'heureux événement, Zini voulait leur faire un cadeau original. Il décida de gagner les régions les plus éloignées de la Terre des Nids, où poussaient des melons grimpants, et d'en rapporter un fruit juteux. Lorsqu'il fit part de son plan à ses compagnons, ils voulurent l'accompagner.

– Pas question ! cria Zini. C'est mon idée et c'est moi qui cueillerai le melon !

– Tu auras besoin d'aide ! Ce n'est pas une tâche facile ! intervint Yar.

– Les lémuriens ne savent pas cueillir les melons ! lança Zini en éclatant de rire.

Et il se mit en route pour un long voyage. Lorsqu'il arriva enfin, Zini était trop fatigué pour grimper dans l'épais feuillage des plantes… Mais il le fit tout de même car tous les lémuriens savent que les meilleurs melons poussent sous les plus grosses feuilles de la plante.

Pour rendre les choses plus difficiles, ces feuilles étaient glissantes ! Chaque fois que Zini atteignait une feuille, elle lui glissait des mains à l'instant où il s'apprêtait à saisir le melon qu'elle abritait.

Comment vais-je faire ? se demanda-t-il. Soudain, il aperçut un dinosaure qui s'avançait vers lui. C'était Baylene, l'énorme femelle brachiosaure. Suivait Eema, sa vieille amie styracosaure.

– Tu as un problème ? demanda Baylene, en inclinant son long cou.

– Je n'arrive pas à cueillir un melon ! Je veux l'offrir à Aladar et à Neera, répondit Zini. Et je me demande si je serai assez fort pour leur en rapporter un !

– C'est pour cela que Yar nous a envoyées, expliqua Baylene. Il nous a dit que tu étais trop têtu pour demander de l'aide mais que tu en aurais besoin.

– Tu vas m'aider ? demanda Zini.

– Les amis, c'est fait pour ça, n'est-ce pas ? Baylene détacha un énorme melon bien mûr avec ses dents.

– C'est moi qui le porterai, Zini, dit Eema. Je ne marche pas vite, mais je ne suis pas trop vieille pour porter un melon. Même un melon aussi gros et aussi mûr que celui-ci !

Le trio regagna la Terre des Nids avant le coucher du soleil.

– Tu y es arrivé tout seul ? demanda Yar.

– On m'a aidé, reconnut Zini. Je m'étais trompé : les choses sont plus faciles, quand on a des amis !

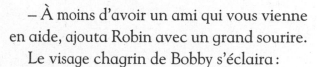

Robin donne un coup de main

C'était une journée torride. Si torride que ce jour-là, le shérif avait décidé de ne pas faire sa collecte de peur que l'argent ne lui brûle les pattes !

Quant à Robin, il restait abrité à l'ombre, dans la forêt de Sherwood. Il ôta son chapeau, s'assit sous le plus grand et gros chêne, ferma les yeux et attendit la brise

— Halte ! Qui va là ? criat-il soudain. Oh !

Son regard tomba sur un lapereau effrayé, un fagot de brindilles éparpillé à ses pattes.

— Bobby, mon pauvre ami, pardonne-moi. Je ne voulais pas te faire peur !

Robin aida prestement le petit lapin à reconstituer son fagot et lui donna une tape amicale.

— C'est mieux comme cela, n'est-ce pas ?

Mais Bobby ne semblait pas de cet avis. Robin ne l'avait jamais vu aussi triste.

— Qu'est-ce qui ne va pas, petit ? demanda Robin pour le soulager.

— Oh, Robin ! soupira Bobby. Il fait chaud et tous les autres petits sont allés se baigner à la mare. Mais maman m'a donné tant de travail que je crois ne jamais pouvoir les rejoindre.

— Je vois, dit Robin. Cela démoraliserait n'importe qui, n'est-ce pas ?

Bobby hocha la tête.

— À moins d'avoir un ami qui vous vienne en aide, ajouta Robin avec un grand sourire.

Le visage chagrin de Bobby s'éclaira :

— Vous voulez dire…

— C'est bien ça ! répondit Robin, en se baissant pour ramasser d'autre petit bois. Je n'ai pas d'affaires urgentes à régler en un jour si chaud. Laisse-moi te donner un coup de main et je te parie que nous mettrons deux fois moins de temps à nous acquitter de ces corvées.

— Hourra ! exulta Bobby, laissant tomber une nouvelle fois son fagot. Merci Robin, merci !

C'est ainsi que Robin et Bobby renouvelèrent la réserve de bois pour la cheminée. Ils essorèrent le linge et l'étendirent. Ils cueillirent des prunes juteuses et un plein panier de laitues, ils désherbèrent le jardin et confectionnèrent un épouvantail. Mais ils ne se contentèrent pas de cela et nettoyèrent aussi les vitres et le plancher de la maison.

— Comment pourrais-je vous remercier, Robin ? Je serais encore au travail sans votre aide ! dit Bobby quand ils eurent terminé.

Robin se gratta la tête et réfléchit.

— Je sais, déclara-t-il. Emmène-moi nager avec vous !

— Chouette ! s'écria Bobby, joyeux. Allons-y ! Le dernier à l'eau est un vilain shérif !

L'organisation de Princesse Couette

Atta était épuisée ! Depuis qu'elle avait été couronnée reine, elle n'avait pas eu un instant de tranquillité. Décisions à prendre, conflits à résoudre, discours à préparer… Princesse Couette avait hor-reur de voir sa sœur fati-guée et de mauvaise humeur.

– Tu devrais prendre des vacances ! lui proposa-t-elle.

– Et qui gouvernera ? rétorqua Atta, irritée.

– Moi ! Je suis une prin-cesse, après tout !

– D'accord ! Tu com-mences demain !

– Vraiment ? Tu le pen-ses vraiment ?

Atta sourit. Elle était persuadée que sa sœur ne tarderait pas à reconnaître que gou-verner était une lourde tâche.

Le lendemain, Couette entama son pre-mier jour de règne. Survint bientôt le premier problème à régler. Aphie, l'animal de compa-gnie de sa mère, dévora des feuilles destinées à la construction d'un abri pour la pluie.

– Tu mérites une punition ! le réprimanda Couette qui mit Aphie au cachot pendant dix minutes pour qu'il devienne un puceron modèle.

Ensuite, elle trouva Chivap et Chichi se disputant sur le meilleur transport de graines.

– Trouvez une solution ensemble ! décréta Couette.

Quelques instants plus tard, ils parvinrent à un compromis.

Tilt fut le troisième à recevoir de l'aide.

– Je n'arrive pas à faire fonctionner ce nou-veau transporteur de fourmis, se plaignit-il.

– Depuis quand y travailles-tu ? demanda Couette.

– Depuis mon réveil ! répondit-il. J'ai travaillé pendant le petit déjeuner et le déjeuner, me conten-tant de quelques miettes de graines.

– Tilt, si ton organisme manque d'énergie, tu ne peux pas réfléchir avec effi-cacité ! Mange quelque chose. Et fais une petite sieste dans la foulée.

Toute la journée, Couette eut de nom-breuses consultations avec ses royaux sujets. Elle rappela à la classe de défense de l'envi-ronnement de Monsieur Soil que chacun devait parler à son tour, insista pour que les enfants fourmis ne laissent pas leurs jouets traîner par terre. Et elle informa sa mère qu'elle n'avait pas le droit de se plaindre, même si elle était contrariée par la punition d'Aphie.

Le soir, Atta et sa mère durent convenir toutes deux que tout avait marché comme sur des roulettes, sous le commandement de Couette.

– Quel est ton secret ? demanda Atta.

– C'est simple ! expliqua Couette. Cachot, coopération, petites siestes et chacun son tour ! J'ai appris tout ça chez mes amis scouts !

Peter Pan

Lili la Tigresse

C'était une chaude nuit d'été au Pays Imaginaire et il fut décidé qu'au lieu de rester dans l'Arbre du Pendu, Peter Pan et les Garçons Perdus iraient passer la nuit dans la nature.

Ils pensaient que les bois seraient frais et ombragés et qu'ils profiteraient des petites brises qui soufflaient par là.

Mais savaient-ils à quel point une forêt pouvait devenir mystérieuse et effrayante, une fois le soleil couché ?

– C'est sombre ici, dit le Frisé.

– Et terriblement calme, ajouta la Guigne.

– Tu nous racontes une histoire, s'il te plaît, Peter ? demanda Plume, qui frissonnait malgré la chaleur.

– Très bien, dit Peter. Je vais vous raconter l'histoire de la première fois que j'ai campé dans la nature – qui était d'ailleurs ma première rencontre avec Lili la Tigresse…

– J'avais allumé un grand feu, parce que c'était l'automne et que les nuits étaient fraîches. Je venais de poser ma tête sur un tas de mousse confortable quand, soudain, j'ai entendu un bruit. C'était une bagarre dans l'obscurité.

– Des Indiens ? soufflèrent les Garçons Perdus.

Mais Peter secoua la tête.

– Pas des Indiens. C'est aussi ce que je pensais au début. Non, c'était plus gros. Savez-vous ce que c'était ? Un ours ! Il se jetait des arbres, grognant férocement, grondant et agitant ses grosses pattes dans les airs, comme lorsque le Capitaine Crochet essaie de chasser les mouches.

– Qu-qu-qu'est-ce que tu as fait ? demandèrent les Garçons Perdus.

– Je lui ai dit d'aller voir ailleurs, bien sûr. De déguerpir ! Apparemment, il ne comprenait pas ma langue, puisqu'il a continué à charger. Bon, je ne vais pas vous mentir plus longtemps ; j'ai vraiment commencé à paniquer. Et puis, Lili la Tigresse est apparue, aussi calme qu'une souris. Sans un « salut », ni un « ça va », elle a attrapé un bâton dans le feu et l'a jeté sur l'ours. Et, tout ce dont je me souviens ensuite, c'est de l'ours qui s'est retourné et fuyait en hurlant ! Je suppose que Lili la Tigresse m'a sauvé la vie cette nuit-là. Fin. Bonne nuit.

– Hum… Peter, dit le Frisé, en observant l'obscurité, tu sais ce qui est arrivé à cet ours ?

Peter réfléchit un moment.

– Non. Il est sûrement toujours par là-bas, errant çà et là, je suppose.

Il émit un gros et malicieux bâillement.

– Maintenant, arrêtez de jacasser, fermez les yeux et dormez ! Bonne nuit !

Disney
LA PLANÈTE AU TRÉSOR

Docteur Doppler, terrible casse-cou

Le docteur Doppler ignorait comment il avait pu se mettre dans une situation pareille ! En effet, il se trouvait au sommet d'une falaise, sur un surf solaire avec un garçon de quinze ans, nommé Jim Hawkins, et l'engin allait les lancer dans le ciel sur une étroite plaque de métal actionnée par des ailes à énergie solaire…

– On y va, Docteur ! dit Jim.

La machine s'éleva au-dessus de la falaise et ils se retrouvèrent bientôt en train de voler dans le ciel. À cet instant, Doppler regretta sa décision de devenir un casse-cou. Depuis leur retour de la Planète au Trésor, Jim et lui étaient inséparables.

Rien dans l'existence calme de Doppler, ne laissait supposer qu'il se mettrait un jour au surf solaire. Lorsque l'engin survola le port de Benbow, il étouffa un cri. Mais Jim, expert en surf solaire, contrôlait parfaitement sa machine. S'il avait été seul, il se serait amusé à faire des piqués ou des loopings. Mais il ne voulait pas que Doppler ait peur.

Cependant, le docteur Doppler n'était pas très rassuré ! Ses mains serraient si fort la barre transversale que les articulations de ses doigts étaient blanches. Et Jim sentait le surf trembler sous ses pieds, tout simplement parce que les genoux de Doppler s'entrechoquaient. Mais le Docteur voulait cacher sa terrible peur.

– C'est horrible ! lança-t-il en claquant des dents. Non, je voulais dire… C'est… génial !

– Vraiment ? Vous aimez ça ? répliqua le garçon. Dans ce cas, nous pourrions faire quelques figures plus compliquées ! Un tonneau, par exemple !

– Non ! Non ! cria Doppler, d'une voix angoissée. Pas… Enfin, pas aujourd'hui… Peut-être jamais… ou… la prochaine fois !

– D'accord ! dit Jim, avec un haussement d'épaules. Il dirigea le surf solaire vers l'auberge de sa mère, où vivait Doppler. Et cinq minutes plus tard, il posa l'engin sur la piste aménagée derrière l'établissement.

Le Docteur se dit qu'il était temps ! Sautant du surf, il se pencha pour embrasser le sol. Comme Jim le regardait d'un air amusé, il se redressa et se racla la gorge.

– Je te remercie, Jim ! dit-il avec un léger tremblement dans la voix. C'était vraiment terrifiant ! Non, grisant !

– Nous recommencerons, un de ces jours ! proposa le garçon en riant.

Doppler n'avait pas prévu cette invitation…

– Heu… C'est une idée terrible… lança-t-il en rougissant un peu. Non, je veux dire… terrifiante !

Disney *Aladdin*

Autour du monde

Incroyable ! s'écria le Génie en quittant la cité d'Agrabah. Je suis liiiiiibre !

Il n'était plus prisonnier de la lampe à présent, ni le valet d'un maître dont il devrait exaucer les souhaits. Et c'était fantastique ! Il se sentait si bien !

Le Génie était impatient de parcourir le monde. Il avait encore quelques pouvoirs ; aussi, il se transporta tout droit vers la Grande Muraille de Chine.

— Ah ! s'exclama-t-il devant la célèbre enceinte. Voilà ce que j'appelle un mur ! Pas vrai, Al ?

Il regarda tout autour de lui puis éclata de rire. Aladdin ne pouvait pas répondre. Il était resté à Agrabah.

— Bon, dit le Génie en se grattant la tête. Où aller, maintenant ? Oui, je sais.

Une seconde plus tard, il était en Inde, admirant un magnifique palais. Un palais gigantesque, tout blanc, qui ressemblait beaucoup au Palais d'Agrabah.

Le Génie haussa les épaules. Aucun endroit n'était totalement nouveau et différent. Mais pour sa prochaine destination, il voulait un réel dépaysement.

— Prochain arrêt : l'Amazonie !

Après avoir parcouru la forêt amazonienne, il revint vers les déserts. Il s'arrêta dans le Sahara puis s'offrit la visite des pyramides, du Rio Grande, des jardins suspendus de Babylone, du Colosse de Rhodes, du mont Olympe. La liste était longue…

Pourtant, accoudé à une colonne du Parthénon, il ne pouvait s'empêcher de penser que ces voyages n'avaient pas été à la hauteur de ses espérances.

— Il manque quelque chose, vous ne croyez pas ? demanda-t-il à un aigle de passage. Il semble qu'être libre ne soit pas la solution à tout, qu'en pensez-vous ?

L'aigle s'élança dans le ciel, sans donner aucune réponse.

Le Génie soupira. Quelque chose clochait. Pourquoi n'arrivait-il pas à se réjouir ?

— Al saurait probablement pourquoi, lui, murmura le géant bleu. Il a toujours le chic pour s'en sortir. Lui et son petit singe fou et bien sûr, la princesse Jasmine qui est un véritable chou !

Il fut surpris de sentir la réponse à sa question se dessiner dans son esprit aussi rapidement.

— Mais bien sûr ! cria-t-il. Mes amis me manquent ! Être libre et voyager, d'accord, mais aucune vue exotique ne peut remplacer ce que m'offre Agrabah : mes meilleurs amis !

Alors, c'est à Agrabah que le Génie tendit les bras !

Une journée avec oncle Mickey

Michou et Jojo Mouse étaient tellement excités. Ils allaient passer une journée avec oncle Mickey ! C'était ce qu'ils appelaient la « journée oncle Mickey ». Cela signifiait que leur oncle préféré allait les emmener faire plein de choses spéciales et surprenantes.

— Oncle Mickey ! crièrent les jumeaux quand il arriva pour les emmener. Qu'est-ce qu'on fait aujourd'hui ?

— Qu'est-ce qu'on ne fait pas aujourd'hui, vous voulez dire, dit Mickey. Si on commençait par le bowling ?

— Hourra ! s'écrièrent Michou et Jojo.

Au bowling, Michou et Jojo découvrirent qu'en faisant rouler la boule ensemble, ils faisaient tomber au moins quatre ou cinq quilles à chaque fois.

Puis ils se rendirent au parc pour jouer à cache-cache et au ballon. Oncle Mickey était d'accord pour chercher ses neveux à chaque partie de cache-cache. Et il était d'accord pour poursuivre les ballons que Jojo jetait parfois loin, loin au-dessus de sa tête.

— J'ai faim, dit Michou quand ils s'arrêtèrent enfin pour se reposer.

— Moi aussi, dit Jojo.

— Que pensez-vous d'une pizza ? suggéra Mickey.

— D'accord ! crièrent les jumeaux en chœur.

À la pizzeria, Mickey laissa Michou et Jojo choisir leurs garnitures préférées. Michou prit des poivrons et Jojo des olives noires.

— C'est terminé ? demanda Mickey. On doit se dépêcher si on veut aller à la fête foraine.

— D'accord ! crièrent les garçons.

Après la fête foraine, où ils gagnèrent chacun un lot, les garçons dirent à Mickey à quel point la journée avait été chouette.

— Et bien, ce n'est pas encore fini, leur dit Mickey.

— Vraiment ? dit Michou.

— On fait quoi après ? demanda Jojo.

C'est là que Mickey tendit trois tickets et un gant. Un match de base-ball ! Ça alors !

Il n'y avait rien au monde que Michou et Jojo préféraient aux matchs de base-ball… et au pop-corn… et aux cacahuètes… et aux glaces. Et pour que tout soit encore plus parfait, oncle Mickey attrapa une balle perdue et leur équipe favorite gagna. Il y eut même des feux d'artifice à la fin du match.

— Wouah, oncle Mickey ! Merci infiniment ! dirent les jumeaux quand ils rentrèrent enfin chez eux, fatigués, rassasiés et très, très heureux. C'était une des meilleurs journées avec oncle Mickey !

— Oh, ce n'était rien, dit oncle Mickey. Attendez la prochaine !

Mulan

Ne te fie pas aux apparences !

Yao, Ling et Chien-Po regrettaient l'absence de Mulan. Ils étaient devenus amis à l'armée même si, lorsqu'ils l'avaient rencontrée la première fois, Mulan était déguisée en homme. Ils lui pardonnaient sa supercherie. Mais Mulan avait bravement contribué à sauver la Chine, après avoir vaincu Shan-Yu, ainsi que les Huns. L'Empereur en personne s'était incliné devant elle.

Ses trois amis avaient décidé de rejoindre le village de Mulan et de l'accompagner dans toutes ses aventures.

– Mais que se passera-t-il si Shan-Yu veut sa revanche ? s'inquiéta Ling. Il nous fera peut-être rechercher ! Après tout, nous avons aidé Mulan à le vaincre.

Yao pensa qu'ils devaient se déguiser. Ils revêtirent kimonos et perruques et se maquillèrent. Trois fausses jeunes femmes se mirent en route pour le village de Mulan.

Dès leur arrivée, la Marieuse s'approcha.

– Qui êtes-vous, charmantes demoiselles ? demanda-t-elle.

La Marieuse, désespérée, n'avait plus beaucoup de femmes célibataires au village et une liste interminable de candidats au mariage !

– Nous venons de loin, répondit Chien-Po.

– Et vous êtes célibataires ?

– Oui, c'est vrai ! dit Ling.

– Bien, laissez-moi vous accueillir dans notre village, dit la Marieuse en les précédant vers sa maison. Une tasse de thé ?

Les trois hommes avaient faim et soif. Ils ne se doutaient pas que la Marieuse voulait vérifier s'ils feraient des épouses convenables.

– Vous allez servir le thé, mademoiselle ! demanda-t-elle à Yao.

Le garçon essaya de se souvenir comment sa mère servait le thé à la maison. Il disposa les tasses et versa délicatement le thé.

– Un petit gâteau ? proposa la Marieuse.

Chien-Po résista et n'en prit qu'un seul, le mangeant en le coupant en petits morceaux.

La Marieuse était aux anges ! Elle demanda à Ling quel était son passe-temps favori.

– Le catch, répondit-il.

Face à l'air réprobateur de la Marieuse, Ling s'empressa d'ajouter :

– J'ai voulu dire « me cacher » quelques heures dans ma chambre, pour avoir un joli teint.

La Marieuse sortait avec les trois amis lorsque Mulan arriva au village à cheval.

– Arrête ! Tu ne pourras jamais les marier ! cria-t-elle en les voyant

– Bien sûr que oui ! lança la Marieuse. Contrairement à toi, Mulan, elles sont de vraies femmes, elles !

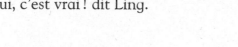

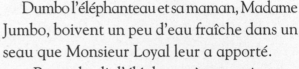

Prête-moi tes oreilles !

Che crois que j'peux ! Che crois que j'peux ! souffle Casey, le petit train chargé de transporter le cirque de ville en ville.

Il prend lentement le virage.

— Che crois que j'peux ! Che crois qu'Atchououm ! Je n'y arriverai pas ! finit-il par admettre, essouflé.

Hommes et animaux sortent leur tête des wagons, se demandant la raison de cet arrêt.

— Ta loco a des ratés, constate le machiniste. Tu as besoin de repos avant de pouvoir repartir.

Monsieur Loyal fronce les sourcils :

— Nous devons être sur le champ de foire dans quelques heures. Qu'allons-nous faire ? Le spectacle doit absolument se jouer !

Le chauffeur hausse les épaules et examine le petit train, haletant et crachotant.

Monsieur Loyal parcourt le train de bout en bout, ouvrant les portes des cages et des wagons.

— Venez tous ! crie-t-il. Autant se dégourdir les pattes et les jambes !

Les animaux vont s'ébattre dans les champs. Puis c'est au tour des clowns, des acrobates et des dompteurs. Certains déroulent des couvertures sur l'herbe et jouent aux cartes, les autres répètent leurs numéros, et d'autres encore s'installent pour manger.

Dumbo l'éléphanteau et sa maman, Madame Jumbo, boivent un peu d'eau fraîche dans un seau que Monsieur Loyal leur a apporté.

— Regarde, dit l'éléphante à son petit, nous sommes au milieu de nulle part. J'espère que ce pauvre Casey se remettra vite.

— Moi aussi, dit Timothée, le souriceau.

Juste à ce moment, un coup de tonnerre éclate. La pluie commence à tomber. La troupe se met vite à l'abri dans les wagons. Dumbo saisit la queue de sa maman mais à l'instant même où ils montent à bord de leur wagon, le vent redouble. Une rafale s'engouffre dans les oreilles de Dumbo et le retient en arrière.

— Voilà la solution, crie Monsieur Loyal, par-dessus la tempête. Dumbo, suis-moi !

L'homme conduit Dumbo à la tête du train, monte dans la cabine et fait signe à l'éléphanteau de le suivre.

— Ouvre-moi ces grandes oreilles ! dit-il.

Prenant le vent comme de vraies voiles de bateau, les oreilles de Dumbo se gonflent et entraînent Casey sur les rails.

— Le spectacle aura bien lieu ce soir ! crie Monsieur Loyal.

— Che sais que j'peux ! Che sais que j'peux ! chante Casey, entre deux tchou-tchou. Bravo, Dumbo, merci pour tout !

LE MONDE DE NEMO

Le meilleur coup de Nemo

Allez, papa, s'écria Nemo, on va être en retard !

Nemo et Marin se dépêchaient dans les voies de navigation emboutteillées de la Grande Barrière de Corail.

– Tu es sûr de vouloir jouer au volley-perle ? demanda Marin nerveusement. Il y a des tas d'autres choses que tu peux faire. Du trampoline sur les éponges, de la danse corallienne…

– De la danse corallienne ? cria Nemo, horrifié. Pas question ! C'est pour les bébés ! Je veux jouer au volley-perle !

Quand ils arrivèrent au Stade des Oursins, Monsieur Raie faisait les annonces d'ouverture.

– Bonjour et bienvenue à tous ! Avant de commencer, remercions chaleureusement Madame Esther Huître qui nous offre la balle du jour.

Tout le monde applaudit alors qu'Esther ouvrait sa coquille et crachait la perle.

– Jouons au volley-perle ! s'exclama Monsieur Raie.

– Bonne chance, mon fils, dit Marin. Et n'oublie pas ce que je t'ai dit…

– Je sais ! Je sais ! dit Nemo en roulant les yeux. Si tu donnes le meilleur de toi-même, même si tu perds, tu gagnes.

Les joueurs s'alignèrent de part et d'autre du filet. Le Commando des Raies d'un côté, et l'équipe de Nemo, les Planctons Combatifs, de l'autre.

Marin observait avec angoisse. Il avait peur que Nemo ne joue pas aussi bien que les autres poissons à cause de sa petite nageoire.

Marin n'était pas le seul à avoir des doutes. Turbot Truite se glissa vers Nemo.

– L'entraîneur va peut-être te laisser jouer aujourd'hui, dit-il d'un ton sec. Mais tu as intérêt à ne pas gâcher la partie.

Turbot ne savait pas que Nemo avait passé des heures à taper dans les cailloux de l'aquarium du dentiste.

Soudain, la perle arriva droit sur Nemo qui, avec sa bonne nageoire, l'envoya voler au-dessus du filet, si vite que l'autre équipe ne put la renvoyer. Nemo marqua son premier point !

Nemo joua comme un champion. Il marqua à nouveau avec sa bonne nageoire, puis avec sa queue. Et, juste pour faire voir à son père et à Turbot Truite, il marqua le point gagnant avec sa petite nageoire.

– Avec un joueur comme toi, on va directement à la Coupe des Homards, s'écria Turbot Truite !

– Wouah, Nemo, dit Marin après le jeu. C'était incroyable.

– Merci, papa, répondit Nemo. J'ai fait de mon mieux, et on a vraiment gagné !

Disney LE ROI LION

Le hoc-hoc-hoquet

Quelle journée ! dit Pumbaa en conduisant Simba et Timon à travers la forêt.

— Quelle journée, en effet, accorda Timon.

— Hic ! fit Simba.

— C'était quoi, ça ? cria Timon.

— N'aie pas peur. C'est juste que j'ai le… hic ! J'ai le hoquet, expliqua Simba.

— Écoute-moi bien, dit Timon. Oublie-le ! Il va partir… normalement.

— Que je l'oublie ? Hic ! Mais je ne peux pas rugir, dit Simba.

Et pour le prouver, il ouvrit très grand sa gueule. Mais juste au moment où il allait rugir, il hoqueta !

— Tu vois ? dit-il tristement.

— Tu as essayé de lécher un arbre ? demanda Pumbaa.

— Lécher un arbre ? s'étonna Simba.

— Ça marche toujours pour moi, expliqua Pumbaa. Ça, ou fermer les yeux, te boucher le nez et sauter à cloche-pied en disant ton nom cinq fois de suite, très vite… et à l'envers.

Timon regarda Simba sauter à cloche-pied, en se bouchant le nez et les yeux fermés.

— Abmis, Abmis, Abmis… hic ! Ça ne marche pas ! s'écria Simba.

— Il a peut-être quelque chose coincé dans la gorge, proposa Timon.

— Il n'a rien dans la gorge, dit Pumbaa.

— Comment tu sais ? demanda Timon.

— Je sais ce genre de choses, répondit Pumbaa.

Soudain, à point nommé, Simba interrompit leur dispute avec un hoquet gigantesque.

"HIC !"

Et vous savez quoi, c'est là que la plus grosse mouche que vous ayez jamais vue s'envola de la bouche de Simba. Elle vola droit dans un arbre et s'écrasa par terre. La mouche se releva faiblement et se secoua.

— Il était temps, mon pote, dit la mouche à Simba.

Simba allait répondre, mais il fut interrompu par deux voix, hurlant à l'unisson…

« DÎNER ! »

La mouche poussa un petit cri apeuré et s'envola, alors que Timon et Pumbaa bondirent à l'endroit où elle se trouvait quelques secondes auparavant.

WALT DISNEY
Cendrillon

Le bain de Lucifer

Les deux vilaines sœurs de Cendrillon n'apprécient pas du tout l'idée que la jeune fille se rende au bal, elle aussi.

– Votre mère m'a permis d'y aller, dit Cendrillon.

– Seulement après avoir terminé tes corvées, grince Javotte. Ce qui inclut de donner son bain à Lucifer, notre chat.

– Cela me fait penser, ajoute Anastasie, que j'ai envie d'un bain, moi aussi.

– Moi également, continue Javotte.

– Tu as entendu mes filles, Cendrillon ? dit sa belle-mère. Occupe-toi d'elles en premier !

Cendrillon ne proteste pas.

Anastasie et Javotte barbotent dans leur bain et les corvées consistent à repriser leurs effets, nettoyer la maison, laver les draps et donner le bain à Lucifer. Ensuite, Cendrillon pourra se préparer pour aller au bal.

Malheureusement, ses sœurs ne la laissent pas tranquille.

– Cendrillon, passe-moi de la crème ! Cendrillon, mes sels de bain ! exigent-elles.

Chaque fois que ses deux sœurs l'appellent, Cendrillon doit quitter sa tâche et se mettre à leur service.

Lorsque Anastasie lui commande une tasse de thé, Cendrillon descend à la cuisine et met la bouilloire sur le feu. Puis, elle fait entrer

son chien, Pataud, et lui donne à manger.

– Oh, Pataud ! se confie-t-elle. Si mes sœurs ne sortent pas de leurs baignoires, je n'aurai jamais fini mon travail à temps !

Pataud plisse ses yeux. Ces deux affreuses sont les plus méchantes et les plus égoïstes filles qu'il ait jamais rencontrées. Et leur chat ne vaut pas mieux. Il aimerait tant aider la pauvre Cendrillon. Aussi, lorsque le thé est prêt, Pataud suit la jeune fille dans l'escalier, jusqu'au premier étage.

Juste au moment où Cendrillon entre dans la salle de bains, le vieux chien remarque Lucifer, endormi non loin de là.

– Wouaf ! Wouaf ! aboie Pataud.

Poussant un miaulement perçant, Lucifer se sauve et court se réfugier près de Javotte.

– Wouah !

Le chien poursuit le matou qui saute dans la baignoire. Pataud l'imite, illico.

– Sortez de l'eau, immédiatement ! crie la belle-mère de Cendrillon. Les deux sœurs dégoulinantes jaillissent de la baignoire en même temps et râlent à qui mieux mieux.

Pourtant, Cendrillon soupire de soulagement. Bien qu'elle ait encore beaucoup de choses à faire avant le bal, en voilà déjà une de moins !

– Merci Pataud, Lucifer a eu son bain !

FRÈRE DES OURS
Relax, l'élan !

Deux élans, Truc et Muche, broutaient quand Truc leva la tête et s'étira le cou.

– Muche, dit-il, il faut que tu essayes ces étirements. Ils te permettent de rééquilibrer tes idées, ton corps et ton esprit, eh.

– La paix, eh, répondit Muche, la bouche pleine d'herbe. Mon équilibre est bien comme il est.

– Oh, allez ! dit Truc. On a cavalé toute la journée. Ne me dis pas que ton dos ne te tiraille pas.

Muche ne répondit pas immédiatement.

– Et bien…

– Aha ! Je le savais, dit Truc. Je te promets qu'ils te remettront d'aplomb.

Muche hésita, puis accepta.

– Oh, d'accord ! Mais rien de trop énergique.

– Excellent ! s'exclama Truc.

Il lui montra la première position.

– Essaye celle-là : le chat-vache. Cambre le dos comme un chat. Et inspire. Maintenant, relâche le dos, en le laissant se courber dans le sens inverse. Et expire.

Au départ, Muche se trouvait ridicule, mais après avoir fait plusieurs fois le chat-vache, il se prit vraiment au jeu.

– Eh, dit-il, c'est pas mal !

– Tu fais du bon travail, eh, répondit Truc. Essayons maintenant le chien dessus-dessous.

Truc rapprocha ses sabots avant et arrière et souleva le derrière. Muche l'imita.

– Tu te sens comment ? demanda Truc en gardant la pose.

– Bien, répondit Muche. Vraiment bien.

Truc sourit.

– Muche, tu as ça dans le sang, eh !

Muche ne put s'empêcher de sourire aussi.

– Je crois que tu as raison, eh.

– Essayons une pose plus difficile, suggéra Truc. Le repos du lézard.

Truc passa sa jambe arrière droite par-dessus sa jambe arrière gauche, plus ou moins comme un bretzel. Puis il rejoignit ses deux sabots avant. Il ferma les yeux pour se concentrer, puis inspira et expira profondément.

Muche l'imita. Il se débrouilla bien les premières secondes. Puis il perdit l'équilibre, tomba sur le côté puis roula sur le dos, se retrouvant les pattes en l'air.

Truc se concentrait tellement qu'il ne remarqua rien… jusqu'à ce qu'il ouvre les yeux.

– Ah, d'accord. Ça y est, tu inventes tes propres positions, eh ? Comment s'appelle celle-là ?

Muche se renfrogna.

– Elle s'appelle élan fâché. Et maintenant aide-moi à me relever !

La garderie des monstres

Bob arrivait toujours chez Monstres et Cie à 8 heures 30, allait ranger son déjeuner dans son vestiaire et se présentait à son poste au niveau Rires. Mais un matin, alors qu'il sortait du vestiaire, il tomba sur Célia.

– On a un petit problème, Bob. La maîtresse de la garderie est malade aujourd'hui, on a besoin d'un remplaçant, je me disais que ça pourrait être toi…

– La garderie ! cria Bob. Attends un…

Juste à ce moment-là, Sulli entra dans la pièce.

– Ravi de le faire, Célia, l'interrompit-il. À nous la garderie.

– Tu es fou ? grogna Bob.

– C'est quoi le problème ? répondit Sulli. On s'est occupés de Bouh, non ? On mangera quelques goûters, regardera quelques vidéos, jouera un peu à cache-cache. C'est comme si on avait des vacances payées !

Mais à la minute où ils ouvrirent la porte de la garderie, ils surent tous les deux que Sulli avait tort…

Il y avait des petits monstres partout ! Se balançant au plafond, grimpant aux murs. Se jetant d'un coin de la pièce à un autre. Bob et Sulli en restèrent bouche bée. Sulli prit une profonde respiration.

– Il faut simplement qu'ils sachent qui commande, c'est tout, dit-il à Bob. Bon, les enfants !

Oncle Sulli et oncle Bob sont là. On se calme.

Mais au lieu de se calmer, ils plongèrent tous sur Sulli et Bob en criant youpi !

– Je pense qu'ils savent qui commande, dit Bob alors qu'un énorme petit monstre à six bras le jetait à son frère jumeau.

– À l'aide !

Sulli intercepta Bob et le remit sur ses pieds.

– Des « vacances payées », mon œil, marmona Bob.

– Tout ce qu'on doit faire, fit Sulli calmement, c'est attirer leur attention.

Une vidéo ? Mais la télé était trop couverte de bave et de traces de doigts pour être regardée.

Un goûter ? Non. Biscuits et bonbons ont déjà été engloutis depuis longtemps.

Une histoire ? Bien sûr ! Sauf qu'un bébé à quatre yeux prenait grand plaisir à déchirer les pages de tous les livres, sans exception.

– Et pourquoi pas une chanson ? dit finalement Bob, désespéré.

– Génial ! dit Sulli.

Et vous savez quoi ? Ça l'était ! Ils chantèrent « L'Énorme Araignée géante » et « Le Bus des Monstres ».

– Qu'est-ce que j'avais dit, Sulli ? dit Bob. J'avais dit que ce serait comme des vacances payées, non ?

– Comme tu voudras Bob, lui répondit Sulli en levant les yeux au ciel.

Disney

La Belle et la Bête

La disparition des légumes

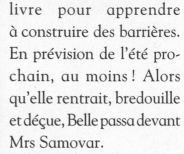

L'endroit préféré de Belle dans la demeure de la Bête, était le jardin. Elle avait lu tous les livres de jardinage de la bibliothèque et expérimentait de nouvelles plantations à chaque saison. Cet été-là, elle décida de faire pousser des légumes. Et pour l'heure, il était temps de les cueillir.

— Ne le dites pas à la Bête, murmura-t-elle à Mrs Samovar, mais aujourd'hui pour le déjeuner, je vais lui préparer une salade.

— Oh, vraiment ? dit la théière joufflue.

— Oui, oui, confirma Belle, fièrement. Hier, j'ai vu beaucoup de légumes prêts à être récoltés. Laitues, carottes, concombres, pois et même tomates ! Pouvez-vous le croire ? C'est la Bête qui va être surprise !

— En effet, sourit Mrs Samovar. Le déjeuner va être surprenant.

Belle sautilla jusqu'à ses parterres, son chapeau sur la tête, un gros panier sous le bras.

— Je vais d'abord cueillir quelques laitues, dit-elle à voix haute.

Mais arrivée au pied de ses plantations, elle ne trouva qu'un lit de terre retournée.

— Mes laitues ! cria-t-elle.

Des lapins, un daim ? Peut-être… Belle, déroutée, alla vérifier son carré de carottes.

— Oh, non ! Il n'y a plus rien ici non plus ! Tout son potager avait disparu.

— Je ne comprends pas, dit-elle, ahurie. Mais les faits étaient là. Les allées étaient vides et il n'y avait rien à faire, à part rentrer au château et trouver dans la bibliothèque un livre pour apprendre à construire des barrières. En prévision de l'été prochain, au moins ! Alors qu'elle rentrait, bredouille et déçue, Belle passa devant Mrs Samovar.

— Qu'est-ce qui vous tracasse ? demanda celle-ci.

— Tout, soupira Belle. Ma récolte entière a été dérobée. Plus question de salade !

— Ne sois pas triste, Belle, dit Zip, le fils de la théière. Et viens donc manger.

— Je n'ai pas très faim, répondit Belle, un sourire triste aux lèvres.

— Oh, c'est dommage dit la théière en la poussant vers la salle à manger, vous pourriez bien être…

— Surprise ! s'exclama la Bête.

Sur la table, dressée de main de maître, un festin de salades, juliennes et gratins de légumes de toutes sortes, attendait la jeune fille. Belle n'en crut pas ses yeux.

— Vous avez travaillé si dur au potager, expliqua la Bête, que j'ai pensé que ce serait gentil de vous faire moi aussi un cadeau. J'espère que vous vous régalerez !

Belle fut enchantée, vous l'avez deviné !

Bourriquet surmonte la chaleur

Un jour, alors que le soleil semblait briller plus que jamais sur la Forêt des Rêves Bleus, Bourriquet soupira et souhaita que l'automne – s'il ne lui causait pas trop de soucis – arrive vite.

– Ça ne va pas ? demanda Petit Gourou.

– Oh, c'est juste qu'il fait terriblement chaud, répondit Bourriquet. Je crois que si je n'étais pas rembourré de sciure, je fondrais.

– Et bien, viens avec moi ! fit Petit Gourou. Je vais me rafraîchir à la piscine.

Mais Bourriquet secoua la tête.

– Je ne peux pas. Pas avec la sciure et tout le reste… Je coulerais sûrement. Si j'ai de la chance…

Alors Petit Gourou, qui était désolé pour Bourriquet, mais avait hâte de nager, continua son chemin.

Puis Winnie l'Ourson passa par là.

– Tu as l'air d'avoir chaud, dit Winnie.

– Toi aussi, dit Bourriquet. Toi aussi.

– Ah, dit Winnie. Mais je vais attraper une brise – et rendre visite aux abeilles – avec mes ballons. Tu veux venir avec moi ?

– Non merci, dit Bourriquet. Je n'ai jamais aimé ne plus sentir le sol. Et… avec ma chance, mon ballon crèverait probablement.

– Bon, je te comprends. Souhaite-moi bonne chance alors, répondit Winnie.

– Bonne chance, dit Bourriquet. Comme si ce que je souhaitais pouvait arriver…

Puis ce fut Porcinet qui passa chez Bourriquet.

– Salut, dit Porcinet. Oh ! Est-ce que tu as aussi désagréablement chaud que moi ?

– Oh non, dit Bourriquet. J'étouffe. Je brûle. Je fume. Je suis torride. Oui… « désagréablement chaud » est une façon de le dire.

– Pauvre Bourriquet, dit Porcinet. Pourquoi ne viens-tu pas jouer dans la boue fraîche avec moi ?

Mais, une fois de plus, Bourriquet secoua la tête.

– J'ai peur que la boue ne soit pas une solution. Après m'être sali, je ne peux pas me laver. Non. Va t'amuser comme tous les autres. Tous sauf moi. Comme toujours. Je vais juste souffrir.

Et Bourriquet souffrit… jusqu'à ce que tous ses amis reviennent un peu plus tard avec quelque chose qui rafraîchirait sans aucun doute Bourriquet.

– Devine ce qu'on t'a rapporté, Bourriquet ! piailla Petit Gourou, ravi.

– De la glace, chuchota Winnie.

– De la glace, hein ? soupira Bourriquet. Je suppose qu'il faut que je la mange avant qu'elle fonde.

Et vous savez quoi ?

Il le fit !

Des vacances mouvementées

Aucun doute là-dessus ! Hercule avait vraiment besoin de vacances !

– Et ton entraînement ? protesta Phil. Tu ne vas pas laisser tomber maintenant ! Si tu veux devenir un dieu, il faut continuer à t'entraîner !

– Si je ne m'arrête pas un peu, répliqua Hercule, je ne deviendrai jamais un dieu. Je suis épuisé. Désolé, Phil, mais il faut que j'y aille !

Et il laissa tomber ses haltères et ses javelots, effaça la publicité de la Boisson du sportif Hercule, et enfourcha son cheval Pégase.

– En route pour les îles grecques, mon ami ! Châteaux de sable, draps de plage et boissons sous les parasols !

En moins de temps qu'il ne faut pour le dire, ils se retrouvèrent dans le meilleur complexe hôtelier de l'Antiquité, à profiter du soleil sans rien faire.

– Tout héros devrait goûter à cela ! dit Hercule en sautillant dans l'eau. C'est vraiment très agréable !

Soudain, un cri retentit, sur la plage.

– Requin ! Alerte au requin !

– Un requin ? s'étonna Hercule. Dans la mer Égée ?

En effet, une énorme nageoire dorsale grise faisait route à toute vitesse vers la plage, noire de monde !

– Au secours ! crièrent les gens, dans l'eau.

– Au secours ! appela Hercule.

Mais il réalisa bientôt que lui seul pouvait sauver tout le monde.

Il s'empressa de nager en direction du requin, le saisit et l'envoya voler dans le ciel. Direction : l'Atlantique !

Un tonnerre d'applaudissements salua son exploit.

Hélas, cinq minutes plus tard, un autre appel de détresse retentit. Cette fois, il venait des collines.

– Le volcan !

Une épaisse fumée noire s'élevait de la montagne, tandis que de la lave en fusion coulait sur ses flancs.

– Au secours ! crièrent les gens.

Hercule n'hésita pas une seconde. Il chercha une pierre énorme, la fit rouler jusqu'au sommet de la montagne et, d'un grand coup, la poussa dans le cratère bouillonnant du volcan. Bien joué ! L'éruption cessa aussitôt.

– Bravo ! Bravo ! hurla la foule, ravie.

Mais, avant qu'une autre catastrophe naturelle ne survienne, Hercule décida qu'il était temps de rassembler ses affaires et de rentrer à la maison.

– Déjà de retour ? s'étonna Phil, agréablement surpris.

– Je crois que pour un héros, il est parfois plus facile de travailler que d'être en vacances ! répondit Hercule.

Walt Disney
La Belle et le CLOCHARD

Le flair de César

Clochard ! crie Lady un matin, il manque un de nos petits !

– Ne t'inquiète pas, dit Clochard endormi. Scamp est toujours en vadrouille !

– Ce n'est pas lui, c'est notre petite Fluffy ! s'affole Lady. Elle est d'habitude si sage ! Clochard, que faire ?

– Tu cherches dedans et moi dehors, répond Clochard, inquiet.

Clochard fouille le jardin de la maison et des maisons environnantes. Sous un porche voisin, César, le vieux limier, le hèle :

– Comment va ? Qu'est-ce qui t'amène ?

– Ma fille, Fluffy, a disparu.

Les longues oreilles de César frémissent.

– Un chiot perdu, voilà du sérieux ! J'aidais mon grand-père à retrouver les personnes perdues dans les marais !

– Je sais, dit Clochard.

– As-tu trouvé une piste ? demande César.

– Non, dit Clochard.

– Laisse-moi essayer, dit le limier. Je te suis.

Dans le jardin de Clochard, César colle sa truffe au sol et flaire. Sniff, sniff, sniff…

– Clochard, l'as-tu trouvé ? demande Lady affolée.

– Non, répond Clochard. Mais César nous offre ses… services.

– Il n'a plus de flair, murmure Lady. Je sais

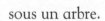

qu'il a retrouvé le camion-fourrière et t'a sauvé, mais il n'a plus suivi de pistes depuis.

– Il nous a aidé une fois, dit Clochard, je crois que nous pouvons lui faire confiance.

À cet instant, César aboie :

– Regardez ça ! Une plume sur la fenêtre !

– C'est celle qu'empruntent les petits ! dit Lady.

– Et voici une touffe de poils ! dit César. Et des empreintes !

Le limier suit les traces de pas jusque derrière une remise. Il découvre Fluffy profondément endormie sous un arbre.

– Fluffy ! Que t'est-il arrivé ? crie Lady.

– Je me suis réveillée et j'ai vu un oiseau, dit Fluffy. Je ne voulais pas que Scamp aboie et le fasse s'envoler ! Alors, je n'ai réveillé personne et j'ai suivi l'oiseau jusqu'à cet arbre. Et puis, je crois que je me suis rendormie.

Lady se retourne et fait la bise à César.

– Merci ! dit-elle au vieux limier.

– Oh, pensez-vous ! répond César, en rougissant. Ce n'était pas grand-chose.

Alors que le chien au flair encore vert s'en retourne chez lui, Clochard lance à Lady, moqueur :

– Tu vois, ma chérie, j'avais raison. Pour trouver Fluffy, il faut être un fin limier comme lui !

CIMENT FRAIS

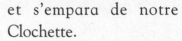

Où est Clochette ?

Aujourd'hui, Peter Pan avait rendez-vous avec Clochette pour jouer à chat.

– Clochette ! appela-t-il en arrivant dans sa cachette.

Il ôta son chapeau et le posa sur la table.

– Je suis là !

Mais pas de réponse.

Étrange, pensa Peter. Clochette n'était jamais en retard. Il cria son nom encore une fois. Mais toujours pas de réponse. Il commença à s'inquiéter.

– Debout ! Debout ! cria-t-il aux Garçons Perdus qui se reposaient. Clochette a disparu !

– Clochette ? bâilla le Frisé. Je l'ai vue ce matin.

– Ouais, dit Lapinot. Elle m'a aidé à réparer mon lance-pierre.

– Et bien, elle n'est plus là, dit Peter.

– Où a-t-elle pu aller ? demanda la Guigne.

Peter réfléchit un moment. Il savait que Clochette aimait se promener dans le Pays Imaginaire. Et qu'elle aimait rendre visite aux autres fées. Mais pas quand elle devait jouer avec Peter. Non, ça ne ressemblait pas du tout à Clochette.

– La question, déclara finalement Peter, n'est pas où elle a pu aller mais qui a pu la capturer !

– Oooh… frémirent les Garçons Perdus.

– Tu veux dire… commencèrent les Jumeaux.

– Des Indiens ? finit Peter. C'est ce que je pense. Je l'imagine tout à fait. Pendant que vous dormiez, toute une bande rampa jusqu'ici et s'empara de notre Clochette.

– Et si c'était… fit Plume.

– Des pirates ! s'écria Peter. Bien sûr ! Ces sales vauriens pourris ! Ça leur ressemblerait d'attirer Clochette dehors, de lui tendre un piège, de la kidnapper et de la garder dans une cale sombre contre une rançon !

– Les garçons, cria Peter, on ne peut pas rester là, pendant que Clochette souffre entre les mains de ces pirates assoiffés de sang… en danger de mort ! Je déclare qu'une mission de sauvetage doit être formée immédiatement. Qui me suit ?

– Hourra ! Hourra ! crièrent les garçons.

– Alors allons-y ! dit Peter.

Et sur ce, il attrapa son chapeau et…

Ding-ding-dong ! Ding ! Ding ! Diiing !

– Clochette ! s'exclama Peter alors que son amie disparue – et furieuse ! – jaillit dans les airs. Où étais-tu ? On était terriblement inquiets !

Clochette tinta simplement de colère. Elle n'avait pas été kidnappée. Pendant tout ce temps, elle était coincée sous le chapeau de Peter !

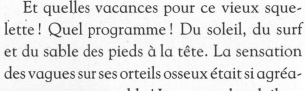
Le voyage de Jack Skellington

C'était une chaude nuit d'été à Halloween-ville et ce vieux Jack Skellington ne put s'empêcher de froncer les sourcils.

Il savait qu'Halloween arrivait dans deux mois. La peur passait avant la fête. Son impatience s'éveillait. Les fantômes de la ville commençaient à se troubler.

– Je crois, déclara Jack très déterminé, qu'il est temps que je prenne des vacances d'été !

Mais où peut donc aller un squelette quand il a besoin de lâcher la pression et de se reposer un peu ?

Vous le savez, vous ?

– Je sais ! cria Jack sans même hésiter. Je vais appeler mon vieil ami le Père Noël !

Et la seconde qui suivit cette idée, il appela son ami au pôle Nord.

– Jack ! dit le Père Noël chaleureusement. Je peux te dire où aller très certainement : dans ma maison de vacances, à Soleil-ville. J'en reviens et je peux te garantir que le soleil brille ! Cela m'a fait un bien fou. Je suis complètement reposé !

– Ça a l'air parfait, dit Jack. Si tu es sûr que ça t'est égal…

– Bien sûr ! fit le Père Noël. Vas-y, tu verras, c'est un régal !

Jack fit donc sa valise et accrocha un écriteau sur sa porte :

« En vacances » !

Et quelles vacances pour ce vieux squelette ! Quel programme ! Du soleil, du surf et du sable des pieds à la tête. La sensation des vagues sur ses orteils osseux était si agréable ! Les coups de soleil sur son nez cartilagineux ne lui faisaient même pas mal.

Et le plus incroyable, c'est qu'allongé sur le sable, s'étalant de la crème solaire sur tout le corps, Jack parvint à oublier presque tout d'Halloween.

Tous les jours, il se levait dès que l'aube se pointait car il aimait participer à un jeu de croquet, qui se déroulait dans les prés.

Tous les soirs, à l'apparition de la première étoile, il faisait un vœu, puis il poursuivait des lucioles et les mettait en bocal.

Parfois, il appelait ses nouveaux amis, et les invitait à dîner dans le jardin.

Mais les bonnes choses ont une fin, tout le monde le sait. Et ses vieux amis lui manquaient. De même que le vieux cimetière et les nuits froides et effrayantes. Tout comme les gros monstres et leur épouvante.

Finalement Jack fut guéri d'Halloween !

Ses vacances d'été étaient une vraie réussite !

Ainsi, les batteries rechargées et la grimace abandonnée, Jack, souriant, s'en est retourné à Halloween-ville.

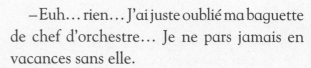

Des vacances laborieuses

Sébastien le crabe adorait sa fonction de musicien royal à la cour du roi Triton. Il écrivait des chansons, organisait des répétitions, consultait le souverain. Et surveillait également Ariel. Quelle existence laborieuse !

Un jour, Triton fit irruption dans la salle de répétition.

– Sébastien, annonça-t-il, tu as besoin de vacances. Je veux que tu te reposes sans penser au travail pendant quelques jours. C'est un ordre !

– Oui, sire ! répondit sans enthousiasme Sébastien, qui n'aimait guère l'inaction…

Après son départ, le Roi rassembla ses filles et les musiciens de la cour.

– Sébastien est mon compositeur depuis des années, commença-t-il, et je veux donner un grand concert en son honneur. Nous allons lui préparer une surprise merveilleuse !

Sébastien se reposait au Corail Hôtel…

C'est l'endroit le plus beau de l'océan ! se disait-il. Mais je m'ennuie !

Et il ne put résister plus longtemps à l'envie d'aller jeter un coup d'œil au palais, histoire de voir si tout se passait bien. Entrant dans la salle de concert, il surprit l'orchestre et les filles de Triton en train de répéter.

– Sébastien ! cria Ariel. Mais qu'est-ce que tu fais là ?

– Euh… rien… J'ai juste oublié ma baguette de chef d'orchestre… Je ne pars jamais en vacances sans elle.

Et il ajouta, en regardant Ariel :

– Et toi, que fais-tu ici ?

Ariel eut la présence d'esprit de lui dire qu'ils préparaient un concert pour son père. C'était justement ce qu'espérait entendre Sébastien ! Et il se mit à faire répéter les musiciens. Il travailla d'arrache-pied pendant des semaines. Pour son plus grand plaisir !

Trois semaines plus tard, l'air de rien, Sébastien fit une entrée remarquée au palais.

– Je suis en pleine forme ! annonça-t-il au Roi.

– J'en suis ravi ! dit le Roi. Maintenant, suis-moi !

Triton conduisit Sébastien jusqu'à la salle de concert, fit un discours élogieux sur les nombreuses interventions du crabe durant des années. Et le programme musical commença. L'orchestra joua merveilleusement bien, Ariel et ses sœurs chantèrent de façon exquise. Le Roi rayonnait de joie et de fierté.

– Sébastien, comment as-tu trouvé le concert ? demanda le souverain.

– C'était parfait ! Je n'aurais pas pu faire mieux ! répondit Sébastien.

Le rodéo

Yi-ah ! cria Jessie en faisant tourner son lasso. Je vais montrer à Woody qu'il n'est pas le seul cow-boy à faire des tours compliqués ! Il me faut simplement quelque chose à attraper.

Pile Poil marcha jusqu'à la fenêtre ouverte d'Andy et passa son museau.

– Bonne idée, partenaire ! dit Jessie. Je vais prendre au lasso des glands de cet arbre.

Jessie se dressa sur le bord de la fenêtre et aperçut un gland isolé sur une branche.

– La prochaine fois que Woody frimera, on verra bien qui manie le mieux le lasso ! cria Jessie en faisant tourner la corde au-dessus de sa tête.

Le lasso s'envola quand un écureuil affamé allait atteindre le gland.

– Oups ! cria Jessie.

Elle avait attrapé l'écureuil à la place du gland !

L'écureuil prit la fuite, traînant Jessie derrière lui ! Quand il grimpa dans l'arbre, Jessie tint bon. Quand il sauta sur le toit, Jessie fut traînée sur les tuiles.

– Ça suffit ! cria-t-elle.

Elle se releva et tira d'un coup sec sur la corde.

– Wow, ordonna la cow-girl.

L'écureuil s'arrêta brutalement. Il allait redémarrer pour se libérer quand Jessie agit.

– Désolée, Monsieur l'Écureuil, mais je n'ai pas envie de perdre une bonne corde !

Et, en un éclair, elle se retrouva assise sur son dos.

– C'est l'heure de dresser ce cheval sauvage ! cria-t-elle.

L'écureuil se mit à ruer.

– Yi-ah ! fit Jessie.

Finalement, l'écureuil fatigué s'assit pour reprendre son souffle. Jessie sauta à terre et retira le lasso du cou de l'animal.

– D'acord, dit Jessie. Maintenant que j'ai récupéré ma corde, tu peux me reconduire jusqu'à la chambre d'Andy ?

Mais l'écureuil, furieux et libre, s'enfuit précipitamment.

– Mince ! dit Jessie.

Elle était coincée ! Il lui fallait un animal au pied sûr pour la sortir de là. Elle réfléchit un moment, puis siffla bruyamment.

Quelques minutes plus tard, Pile Poil sortit par la fenêtre du grenier et trotta jusqu'à elle.

– Bon cheval, dit Jessie en se mettant en selle. Je viens de dresser un cheval sauvage.

Pile Poil hennit.

– C'est ça, Pile Poil, pouffa Jessie. Woody peut frimer avec ses tours de lasso, mais je parie qu'il n'a jamais remporté un rodéo d'écureuil !

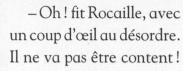

Quel désordre !

Tout là-haut, dans le clocher de Notre-Dame, Rocaille, Muraille et La Volière, les trois gargouilles, entamaient leur quarante-cinquième partie de cache-cache de la journée.

— J'arrive ! cria Muraille. Et j'espère que personne n'est caché dans le tiroir des sous-vêtements de Quasimodo ! Ce n'est ni drôle, ni convenable !

Il enjamba une pile de vêtements chiffonnés et se mit à chercher parmi des monceaux de livres, de jeux et une foule d'autres objets.

Quel désordre, dans le clocher ! Quasimodo ne s'était absenté que quelques jours seulement et il semblait qu'un ouragan était passé par là. Et pourquoi ? Simplement parce que les gargouilles et le ménage, ça ne faisait pas... bon ménage !

Cependant, Quasimodo leur demandait toujours de prendre soin de ses affaires et en particulier de ses sculptures et de ses précieuses cloches, en son absence. Mais autant parler à une... pierre !

Durant leur partie de cache-cache, les trois gargouilles avaient fouillé dans ses vêtements ; feuilleté tous ses livres ; joué avec tous ses jeux, sans jamais rien remettre à sa place. Et même fait des batailles de polochons !

— Savez-vous quel jour on est ? demanda subitement Muraille, horrifié.

— Pardon ? fit Rocaille, en émergeant de dessous un oreiller.

— Nous sommes vendredi, dit Muraille. Le jour où Quasimodo rentre !

— Oh ! fit Rocaille, avec un coup d'œil au désordre. Il ne va pas être content !

— Nous allons ranger tout ça ! dit Rocaille. Sinon, il ne nous fera plus jamais confiance.

— Il aurait peut-être raison, murmura Muraille.

— Où est La Volière ? La Volière, où es-tu ? cria Rocaille. Viens vite !

Et ils se mirent au travail. Ils plièrent les vêtements, firent le lit, rangèrent les livres sur les étagères, lavèrent la vaisselle et nettoyèrent le sol. Ils époussetèrent les statuettes de Quasimodo et les mirent à leur place. Et ils lustrèrent les cloches.

— Rocaille, tu as laissé une tache sur le bourdon ! fit remarquer Muraille, à l'instant où arrivait Quasimodo.

— Mes amis, me revoilà ! s'écria le garçon.

— Comme tu nous as manqué ! Tes vacances se sont bien passées ? demandèrent les gargouilles.

— Très bien ! répondit Quasimodo. Vous devriez en prendre, vous aussi.

Après tout le travail qu'elles venaient de faire, les gargouilles avaient vraiment besoin de vacances !

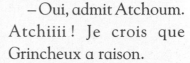

Ah, la belle saison !

Les Sept Nains rentraient de leur journée de labeur à la mine, une pelle et un seau dans chaque main. Alors qu'ils traversaient la forêt, Joyeux, ravi par les chants d'oiseaux et par la caresse du soleil sur son visage, s'exclama :

– L'été est la plus belle saison de l'année !

– Ah oui ? grogna Grincheux. Et qu'a-t-elle de si merveilleux ?

– Et bien... réfléchit Joyeux. Les jours sont plus longs.

– Plus longs et plus chauds aussi, grommela Grincheux.

– J'aime l'été, moi aussi, ajouta Prof. C'est une saison très saine !

– Saine ? dit Grincheux. Avec cette chaleur !

– Pense à tous ces beaux fruits et légumes que tu peux manger tout au long de l'été !

– Lesquels ? demanda Grincheux.

– Les pêches ! bâilla Dormeur. J'adore en manger avec de la crème avant d'aller me coucher.

– Et regarde ces melons, ajouta Prof. Ils sont aussi gros que la tête de Simplet !

Simplet sourit et dodelina de la tête.

Grincheux leva les yeux au ciel :

– Simplet a une tête de melon, c'est vrai !

– Ne sois pas si grincheux, Grincheux, le gronda Prof.

– Oui, réjouis-toi, plutôt, s'écria Joyeux, l'été est une saison vraiment formidable !

– Moi, je dis qu'il fait trop chaud, insista le nain grognon. Et toutes ces fleurs font éternuer Atchoum encore plus que d'habitude !

– Oui, admit Atchoum. Atchiiii ! Je crois que Grincheux a raison.

– Ce n'est pas vrai ! renchérit Joyeux. L'été est le meilleur moment de l'année.

– Trop chaud, te dis-je, répéta Grincheux.

Tout en discutant, les Sept Nains atteignirent le petit pont au-dessus du ruisseau.

– Bon ! dit Prof tout à coup en s'arrêtant au milieu du pont. S'il fait trop chaud pour toi, Grincheux, je connais un remède !

Prof rassembla les autres nains autour de lui. Il se dissimula derrière eux et descendit remplir son seau dans le courant.

– Alors, râla Grincheux, vas-tu me le donner ton remède ?

– Bien sûr ! dit Prof. Ho ! hisse !

Il leva le seau bien haut et le renversa d'un seul coup sur la tête de Grincheux.

Splash !

– Avec ça, tout ira bien mieux ! rit Joyeux.

Grincheux toussa et s'ébroua, plus grognon que jamais. Mais il dut bien admettre que cette petite douche d'été lui avait rafraîchi la tête et les idées !

Le pouvoir de Fleur

C'était un après-midi d'été bien chaud, et Fleur, la petite mouffette timide, jouait à cache-cache avec son ami Pan-Pan. Elle le cherchait depuis un moment quand elle s'écria :

— Tu peux sortir ! J'abandonne !

— Coucou ! fit Pan-Pan, en surgissant d'un fourré. Je suis là ! Sniff, Sniff ! D'où vient cette odeur ?

Fleur rougit un peu.

— Je suis désolée, avoua-t-elle. J'ai projeté une sécrétion qui sent mauvais : cela m'arrive lorsque j'ai peur !

— Quelle horreur ! s'exclama Pan-Pan, en mettant une patte devant son nez. Tu devrais prévenir avant de laisser échapper une puanteur pareille !

— Et toi, tu devrais prévenir avant de bondir comme ça ! rétorqua Fleur. De toute façon, vous savez, c'est seulement une histoire d'un jour ou deux…

Un jour ou deux, c'est long ! Cette mauvaise odeur était vraiment tenace !

— Je suis désolé, Fleur ! dit Bambi. Je… Je crois que maman m'appelle !

— Moi… Moi aussi, souffla Faline. À plus tard, Fleur ! Dans un jour ou deux…

Pauvre Fleur ! Comme elle aurait aimé ne pas être une mouffette ! Si elle ne sentait pas aussi mauvais lorsqu'elle avait peur, cela ne ferait pas partir ses amis ! Peu importait

ce que lui disaient son père et sa mère, Fleur était affligée d'être une mouffette puante !

Et c'est ainsi que Fleur n'aurait pas été étonnée si, deux jours plus tard, ses amis n'étaient pas revenus. Mais le lendemain matin, elle aperçut avec une joie teintée de honte Bambi et Faline, et Pan-Pan, derrière eux.

— Tu veux jouer ? lui demanda Bambi.

— Tout sauf une partie de cache-cache ! répondit Fleur.

— On joue à chat ? proposa Pan-Pan. C'est toi le chat !

Ils n'avaient pas encore commencé à jouer quand s'éleva le bruit d'un craquement de feuilles. Les trois amis se retournèrent.

— Que… Qu'est-ce que c'est ? demanda Bambi, se trouvant face à face avec une tête rousse à l'air affamé.

— C'est un renard ! dit Pan-Pan.

— Un renard ? cria Fleur. Oh non !

Elle se mit à tournoyer, levant la queue et enterrant sa tête, en proie à une véritable panique. Et les trois amis virent bientôt le renard affamé prendre la poudre d'escampette en poussant des gémissements et en se frottant le nez.

— Désolée, soupira Fleur, en rougissant.

— Surtout pas ! dirent Bambi et Pan-Pan. Tu sais quoi ? Fleur était toute fière !

101 DALMATIENS

Le plan de Patch

Wouaouh ! dit Patch. Regardez tous ces autres chiots !

Ses frères et sœurs étaient encore tout tremblant de frayeur. Ils avaient tous été kidnappés et après un long et cahoteux voyage en voiture, étaient arrivés dans cette grande maison délabrée. Patch pensait déjà à un plan pour s'échapper. Il regarda la vaste pièce décrépie où ils se trouvaient enfermés.

– Hé ! demanda-t-il au chiot le plus proche, où sommes-nous ?

Le petit chien lui sourit :

– Oh toi, tu dois être nouveau. De quelle animalerie viens-tu ?

Patch se renfrogna :

– Nous ne venons pas d'un magasin, nous avons été kidnappés chez nos parents.

Des chiots curieux se rapprochèrent.

– Kidnappés, vraiment ?

– Bah, achetés ou volés, nous sommes tous coincés ici maintenant, dit le premier.

– VOUS êtes peut-être coincés ici, dit Patch effrontément. Mais nos parents et leurs fidèles compagnons vont nous sauver !

– J'espère, dit Pepper, la sœur de Patch. Je me demande pourquoi quelqu'un voudrait nous voler, de toute façon ?

Patch se le demandait aussi. Il était sûr que ses parents connaissaient la réponse.

Dans le même temps, il s'assura que ses frères et sœurs et lui-même restent à l'écart des chiots de chenil. Sinon, il allait y avoir confusion.

– Nous ne savons pas pourquoi nous sommes tant de petits dalmatiens réunis ici, dit le chiot à Pepper. Je suppose que Cruella aime beaucoup les chiots.

Patch souffla :

– Cruella ? Tu veux dire Cruella d'Enfer ?

Les enfants de Pongo et Perdita frémirent. Leurs parents racontaient des histoires effrayantes sur cette méchante femme. Était-ce la vérité ?

– C'est elle qui nous a achetés, jappa un petit chiot. Les autres hochèrent la tête.

– Cela change tout ! déclara Patch. Il faut partir !

– On sait, soupira Rolly. Papa et Maman seront bientôt là. J'espère seulement qu'on rentrera à temps pour le déjeuner…

– Tu ne comprends pas, dit Patch. Cruella est dangereuse, c'est ce que papa a toujours dit. Il faut partir d'ici. Maintenant. Tous !

Il fit signe à tous les chiots. D'où qu'ils viennent, ils étaient tous dans le même pétrin.

– Nous allons travailler en équipe, dit-il.

– Je suis dans la tienne, jappa son nouveau copain. Quand nous en aurons fini avec Cruella, elle verra des taches partout !

Premier jour d'école

C'était le premier jour d'école d'une toute nouvelle année pour Nemo et ses amis.

– Eh ! Titouan ! Eh ! Perle ! appela Nemo. Vous ne trouvez pas que c'est chouette de se retrouver à l'école ?

– Et bien, dit Titouan, je n'irais pas jusque-là.

– Que veux-tu dire ? demanda Nemo. Ça va être génial ! Cette année, on va apprendre à soustraire et à parler crevette.

– Ouais, dit Titouan. Mais tu sais qui va nous enseigner tout ça ?

– Qui ? répondit Nemo.

À ce moment-là, Hippo, Joe et Jibus arrivèrent.

– Eh ! Hippo, lança Titouan, tu devrais parler à Nemo de notre nouvelle maîtresse, Madame Langouste.

– Madame Langouste ? dit Nemo.

– Ouais, répliqua Hippo. Il paraît que c'est la pire !

– Qui dit que c'est la pire ? demanda Nemo.

– Jimmy Planqueton. Son cousin, Krill, l'a eue l'année dernière. Il a dit qu'elle était si méchante qu'il n'irait plus jamais à l'école !

– Et tu sais ce qu'il m'a dit, à moi ? ajouta Titouan. Il m'a dit qu'elle a des espèces d'énormes pinces et qu'elle s'en sert contre les élèves s'ils donnent une mauvaise réponse !

– Oh ! dit Perle. Ne dites pas ça. Vous allez me faire lâcher de l'encre !

– Ça a l'air horrible ! s'exclama Nemo.

– Carrément, dit Joe. Jimmy dit que Madame Langouste ne fait jamais de voyages d'exploration, comme Monsieur Raie. Elle donne des tonnes de devoirs et elle nous garde après la classe si on oublie de les apporter !

Nemo frissonna. Il avait attendu ce jour avec impatience tout l'été. Et maintenant, l'école n'avait même pas encore commencé qu'il espérait déjà qu'elle se termine !

– Ne regardez pas, murmura Hippo, mais je crois qu'elle arrive !

– Je vais lâcher de l'encre ! gémit Perle.

Nemo ferma ses yeux très fort et souhaita de tout son cœur que son papa arrive et le ramène à la maison…

– Bonjour ! fit une voix chaleureuse. Vous êtes mes nouveaux élèves.

Hein ? pensa Nemo. Ce n'était sûrement pas la Madame Langouste dont ils parlaient. Et pourtant, quand il ouvrit les yeux, il la vit.

– Jibus, Joe, Nemo, Perle, Hippo, Titouan… J'espère vraiment que nous allons nous amuser les enfants. Je suis Madame Langouste.

Nemo soupira. Cet imbécile de Jimmy Planqueton il ne faut jamais croire ce qu'il dit. Parce que Nemo en était à présent certain : ça allait être une chouette année, après tout !

Walt Disney
La Belle au Bois Dormant

Un peu de douceur !

Calme, Samson, dit Philippe préoccupé, en resserrant les rennes de son cheval. Pas besoin de se presser. Nous y serons bien assez tôt et j'ai besoin de temps pour réfléchir.

En effet, le prince a matière à penser. Son père, le roi Hubert, l'envoie rencontrer le roi Stéphane. Philippe doit bientôt épouser sa fille, la princesse Aurore.

La première fois qu'il a entendu parler d'elle, c'était à sa naissance, il y a seize ans. Leurs parents les ont promis l'un à l'autre depuis longtemps. Mais Aurore a été maudite par une méchante fée et doit vivre cachée jusqu'au jour de son seizième anniversaire, où le sort sera enfin conjuré.

Philippe n'a donc jamais parlé avec sa fiancée, ni même posé l'œil sur elle. Il s'est toujours demandé à quoi elle ressemblait.

– J'espère que je l'aimerai, murmure-t-il à sa monture… Et qu'elle m'aimera, ajoute-t-il. Pour cela, il faut lui faire grande impression, mais comment ?

– Je sais, s'exclame-t-il. Je ferai une entrée théâtrale. Nous galoperons et déraperons pour nous arrêter juste devant elle. Elle sera impressionnée, c'est sûr !

Le prince siffle et donne une petite tape à son cheval.

– Allez, Samson, on va s'entraîner !

Le cheval sursaute et lance un regard mauvais à son cavalier. Il plante ses sabots et reste immobile.

Philippe râle, impatient.

– Allons, enfin, Samson, avance ! dit-il en serrant les flancs de sa monture.

Mais Samson refuse de bouger.

– C'est comme si tu ne voulais pas m'aider, marmonne Philippe. Attends une minute ! réagit-il encore. Pourquoi m'aiderais-tu si je te hurle dessus ?

Le prince tapote l'épaule de son cheval :

– Désolé, mon beau !

Il sort une carotte de sa poche tout en continuant à le flatter.

Samson finit la carotte et renâcle. Soudain, il part au galop, saute et rue. Philippe s'accroche, surpris. Le cheval s'arrête après un dérapage, narines et sabots fumants.

– Wouaouh ! s'exclame le prince, éclatant de rire. Merci, Samson. C'était parfait. Je crois qu'il suffisait de te parler gentiment. Alors, si nous pouvions répéter encore une fois pour la princesse…

Soudain le prince s'interrompt. Il entend une voix mélodieuse dans le lointain. Qui peut bien chanter de la sorte en pleine forêt ?

– Viens Samson, allons voir… si cela ne t'ennuie pas bien sûr !

Disney
OLIVER & Compagnie

Une nuit dehors

Oliver était impatient.

— On est arrivés ? demandait-il en regardant par la fenêtre de la limousine.

— Ne t'inquiète pas, Oliver, lui dit Jenny. On y est presque.

Enfin, la limousine de Jenny se gara sur les docks. Avant même que le chauffeur n'ouvre la porte, Oliver sauta par la fenêtre et courut vers la péniche. Puis, se souvenant de Jenny, il s'arrêta, et secoua la patte dans sa direction.

— Au revoir, Oliver ! criat-elle. Amuse-toi bien !

C'était la première fois, voyez-vous, qu'Oliver retournait à la péniche depuis qu'il était parti vivre chez Jenny. Et même s'il l'adorait, ses amis lui manquaient !

— Tito ! Einstein ! Francis ! Rita ! cria Oliver en courant retrouver ses amis.

— Et moi, alors ? aboya une voix à l'arrière de la péniche.

— Roublard ! s'écria Oliver. Il sauta sur le chien touffu et lui donna un coup de langue amical.

— Ça fait tellement plaisir de te voir !

— Alors, comment se passe la vie là-bas ? demanda Roublard.

— Je n'ai pas à me plaindre, dit Oliver. Il raconta à ses amis sa dernière croisière sur le yacht de Jenny.

— Tous ces poissons ! dit-il, rêveur. Vous devriez venir avec nous, un de ces jours !

— Eh ! dit Roublard. Regardez ce qu'a trouvé Einstein pour ce soir.

Il sortit un sac à dos bleu miteux et le secoua jusqu'à ce qu'une cassette en tombe.

— « Les Aristochats » ! cria Oliver. Mon préféré !

À ce moment-là, Fagan arriva avec un très grand plateau.

— Oliver, mon ami ! Content de te revoir ! J'espère que tu as faim !

Les yeux d'Oliver s'agrandissaient à mesure qu'il découvrait les tas de hot dogs, de morceaux de poulet et de poisson.

Oliver et les chiens se servirent et mangèrent… mangèrent… jusqu'à ce qu'ils n'en puissent plus. Puis ce fut l'heure de jouer !

— Je vais rester debout toute la nuit ! cria Oliver.

— Comme tu veux, petit pote, dit Roublard. C'est ta nuit.

Alors ils jouèrent un peu à cache-cache, puis à chat. Puis Fagan leur raconta quelques-unes des histoires d'horreur préférées d'Oliver.

Quand il eut fini, Roublard se tourna vers Oliver.

— Tu veux faire quoi, maintenant, petit pote ? demanda-t-il.

Mais Oliver ne répondit pas… Il s'était endormi !

Vive la diversité !

Qu'est-ce que c'est que ça ?
La Reine de Cœur s'arrêta brusquement.

— Que se passe-t-il, Majesté ? demandèrent aussitôt plusieurs serviteurs.

La Reine pointa du doigt un arbre.

— Regardez ! Cette feuille, là ! Elle est rouge ! Je n'ai jamais vu une horreur pareille ! Les feuilles doivent être vertes.

— Oui, ma chère, dit le Roi. Mais nous sommes en automne, les feuilles changent de couleur !

Les serviteurs frissonnèrent de peur, d'un moment à l'autre, allait retentir le cri habituel de la Reine : « Qu'on leur coupe le cou ! »

— Rouge, murmura-t-elle, regardant sa robe. Le rouge est une si belle couleur ! À partir de maintenant, je veux que tout soit rouge !

— Oui, Majesté ! Tout de suite, Majesté !

Chacun s'activa pour peindre tout le palais et les jardins en rouge.

Plus tard, la Reine de Cœur et le Roi firent une nouvelle promenade dans le parc.

— Regardez, ma chère, tout est rouge, exactement comme vous le souhaitiez !

La Reine parcourut les jardins du regard. Les feuilles étaient rouges. Les troncs des arbres étaient rouges. L'herbe était rouge. Et même le palais !

La Reine fronça les sourcils. Finalement, tout ce rouge n'était pas aussi beau qu'elle l'espérait.

— Humm ! fit-elle. Cela ne me plaît pas ! Trop de rouge !

Elle lança un regard furieux à ses serviteurs qui tenaient encore leurs pinceaux à la main.

— Jaune ! Repeignez-moi tout ça en jaune ! hurla-t-elle.

Les serviteurs se précipitèrent dans le palais en criant :

— Peinture jaune ! Il nous faut de la peinture jaune !

Et ils se mirent tous à repeindre tout en jaune.

— Attendez ! tonna la Reine. J'ai changé d'avis ! Vert ! Plus de jaune, mais du vert ! Non, Pourpre ! Non, orange ! Non, marron ! Non, gris ! Magenta ! Lavande ! Bleu marine ! Rose ! Bleu ciel ! Ocre ! Argent ! Noir ! Doré ! Crème ! Vert olive ! Blanc ! Bleuuuuu !

La Reine s'arrêta pour reprendre son souffle. Puis elle regarda autour d'elle et sourit satisfaite.

— C'est parfait ! J'adore la diversité !

Le Roi cligna des yeux. Les feuilles étaient pourpres, les troncs des arbres jaunes, et le gazon rose.

— Bien sûr, ma chère, dit-il. C'est absolument parfait !

Walt Disney
LE **LIVRE** DE LA **JUNGLE**

La sieste de Mowgli

Mowgli se pencha pour avoir une meilleure vue. Quand Baloo bâillait, on voyait presque ses amygdales. Le gros ours ferma sa bouche béante et cligna ses yeux endormis.

— Comme j'ai sommeil !

Baloo s'étira, s'allongea contre le tronc d'un arbre et se gratta le dos en glissant vers le sol. Il est l'heure de la sieste.

— Bonne idée, mon ami.

Au-dessus d'eux, allongée sur une branche, Bagheera balançait une patte molle. Ses yeux dorés étaient à moitié fermés, alourdis par la chaleur.

— Une sieste ? Pas pour moi ! dit Mowgli en secouant sa tignasse foncée. Je ne suis pas fatigué. J'ai envie de m'amuser.

— Attends une seconde, toi, dit Baloo. Tu ne veux pas venir chasser avec nous quand il fera plus frais ? Tu vas avoir besoin d'énergie.

— J'ai plein d'énergie, insista Mowgli. J'ai de l'énergie maintenant !

Il commença à s'éloigner, mais Baloo lui attrapa la cheville.

— Pas si vite, dit Baloo.

— Tu as peut-être de l'énergie, mais si tu t'en sers maintenant, tu n'en auras plus tout à l'heure, dit Bagheera sagement.

— Écoute le chat, bâilla Baloo. Il sait de quoi il parle. Sur ce, Baloo tira Mowgli sur un tas de feuilles et le retint avec sa grosse patte.

— J'ai de l'énergie pour maintenant et plus tard, grommela Mowgli. Il se débattit pour se libérer de la patte de Baloo. Mais il ne pouvait pas faire bouger l'ours.

— Bonne sieste, ronronna Bagheera à Mowgli, boudeur.

Dès que Mowgli entendit les ronflements sonores de ses amis, il souleva le bras de Baloo.

— Bonne sieste vous-mêmes, chuchota Mowgli.

Puis il s'éloigna sur la pointe des pieds pour aller jouer dans les arbres.

Les ronflements de Baloo secouèrent la jungle pendant une heure ou deux avant que Mowgli ne revienne auprès de ses amis dans le coin ombragé de la sieste. Il s'était bien amusé dans les arbres mais le soleil et ses jeux l'avaient fatigué. Baloo semblait si paisible allongé sous cet arbre que Mowgli ne put résister. Il se pelotonna contre son ami et ferma les yeux.

Deux minutes plus tard, Bagheera se réveilla et étira ses pattes noires. La panthère donna un petit coup de queue sur le nez de Baloo.

— Je suis réveillé. Et prêt à partir !

Baloo s'assit bien droit, puis secoua Mowgli.

— Et toi, Petit d'Homme ? Réveillé ?

Mais le seul son qui sortit de la bouche de Mowgli fut un ronflement bruyant.

Le pouvoir de la lecture

La princesse Kida et Milo aidaient les pêcheurs à tirer leurs filets sur la plage.

– C'est un travail difficile, dit Milo.

– Mais cela en vaut la peine, répliqua Kida. Le tuyeb est une spécialité de chez nous !

Le filet de Milo était plein d'étranges créatures à longs tentacules gluants et queues de homard.

– Vous mangez vraiment ces choses horribles ? demanda le garçon.

– C'est délicieux ! Leur chair est tendre. Frits, les tentacules sont excellents ! Il y en aura au dîner ce soir.

Milo et la princesse continuèrent à ramener les filets pendant de longues heures. Malheureusement, les tuyebs passaient au travers des mailles.

– Il doit y avoir une autre façon de faire, soupira Milo en essuyant la sueur qui perlait sur son front.

– C'est possible, mais nous l'ignorons, remarqua Kida.

Harassé de fatigue, Milo proposa à sa compagne de prendre un peu de repos auprès d'une grande statue représentant un tuyeb aux longs tentacules de métal.

– À quoi sert cette statue ? demanda le garçon.

– Je ne sais pas, répondit Kida. Il y en a plusieurs, le long de la plage, mais personne ne peut expliquer leur présence, car personne ne sait lire ce qui est écrit dessus.

– Si j'essayais ? proposa Milo en ajustant ses lunettes. C'est stupéfiant ! s'écria-t-il bientôt. En fait, il s'agit d'une machine.

– Une machine ? Pour quoi faire ?

– Tu vas voir ! Pour fonctionner, elle a besoin de l'énergie de ton pendentif en cristal.

Kida glissa le pendentif dans une fente de la tête de la statue et Milo se mit à presser plusieurs boutons : la statue s'anima.

– Elle remue ! cria Kida.

– Attention ! hurla Milo.

Les pêcheurs se dispersèrent en voyant les tentacules mécaniques passer sur leur tête pour saisir les filets remplis de tuyebs frétillants, et les ramener sur le rivage.

– C'est incroyable ! s'écria Kida en applaudissant. Cette machine va nous faciliter la tâche !

À la grande surprise de Milo, la princesse lui donna un baiser.

– Merci pour ce merveilleux cadeau ! lança-t-elle, radieuse.

– Oh, ce n'est rien, répliqua le garçon en rougissant. Je n'ai fait que suivre ce qui était écrit. C'est le pouvoir de la lecture : celui qui sait lire peut faire tout ce qu'il veut !

La rentrée des classes

Le vent tournait légèrement, les feuilles devenaient rouges ou jaunes, selon leur humeur, et les jours raccourcissaient. Il était à présent temps pour Jean-Christophe de retourner à l'école, de même qu'il était temps pour ses amis de la Forêt de se rendre compte qu'ils devaient en faire de même.

Mais jouer à l'école, vous vous en doutez, était bien différent que d'aller à l'école. Il n'y avait pas d'instituteur pour leur dire ce qu'il fallait faire. Et après être restés assis pendant ce qui leur parut trois-quarts d'heure (en fait environ cinq minutes), Winnie l'Ourson et ses amis conclurent que quelque chose d'assez important manquait à leur jeu.

– C'est peut-être l'heure du goûter, suggéra Winnie.

– Je ne pense pas que ce soit ça, dit Porcinet.

– Notre problème, annonça Maître Hibou, c'est que nous n'avons pas d'instituteur. Une classe n'est pas complète, c'est bien connu, sans instituteur. C'est pourquoi je vous offre ma grande expérience avec plaisir.

– Une minute, l'interrompit Coco Lapin. Et pourquoi ça serait toi l'instituteur ? Certains diraient, et moi le premier, que je conviens mieux à ce travail.

– Toi ? se renfrogna Maître Hibou.

– On devrait peut-être voter, dit Porcinet.

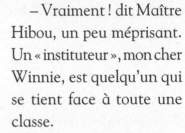

J'aimerais élire Winnie comme instituteur.

– Moi ? dit Winnie. Merci, Porcinet. J'accepte volontiers. Mais… c'est quoi un « instituteur » déjà ?

– Vraiment ! dit Maître Hibou, un peu méprisant. Un « instituteur », mon cher Winnie, est quelqu'un qui se tient face à toute une classe.

– Pour distribuer les goûters ? demanda Winnie, plein d'espoir.

– Non, dit Maître Hibou. Pour transmettre un savoir.

– Oh ! dit Winnie. Je ne crois pas que ça me plairait vraiment.

– Et bien, si ça ne te fait rien, et si tout le monde est d'accord, je serai l'instituteur, dit Bourriquet d'un air morose. Je n'aurais probablement pas été un bon élève de toute façon.

– Pas question ! s'exclama Coco Lapin.

– Eh, oh ! dit Jean-Christophe qui rentrait d'une journée agréable et instructive à l'école. Qu'est-ce que vous faites ?

– On joue à l'école… je crois, dit Winnie.

– Mais on n'a pas d'instituteur, expliqua Porcinet.

– Je pourrais le faire, dit Jean-Christophe. J'ai appris tellement de choses aujourd'hui à l'école.

– Hourra ! s'écria Petit Gourou. Commençons tout de suite !

Un excellent répétiteur

Depuis que Lilo avait repris l'école, Stitch n'aimait guère les jours de la semaine. Il passait son temps à attendre que Lilo rentre à la maison.

Aussi, tu peux imaginer avec quelle excitation il entendait sonner les trois coups de l'horloge, l'après-midi, et voyait Lilo descendre de l'autobus scolaire.

Le moment de jouer était enfin arrivé.

En général, Lilo jetait son sac à dos devant la porte et sautait sur son tricycle.

Mais un jour, Lilo ne jeta pas son sac à dos.

– Je suis désolée, Stitch, déclara-t-elle. La maîtresse m'a dit que si je ne faisais pas mes devoirs, elle convoquerait Nani !

Lilo entra dans la maison, sortit ses livres et s'installa à la table de la salle à manger afin de travailler.

Stitch n'y comprenait rien.

– Des devoirs ? répétait-il. Qu'est-ce que c'est ?

– Des devoirs, expliqua Lilo, ce sont des problèmes de math, un compte-rendu de lecture et un tas de mots dont je dois apprendre l'orthographe pour demain ! Maintenant, Stitch, sois gentil, ouste, dehors !

Mais Stitch n'avait pas du tout l'intention de laisser tomber. Une minute plus tard, il revint avec un énorme panier rempli de toutes les figurines préférées de son amie Lilo.

– Tu plaisantes ! dit Lilo. Je n'ai pas envie de jouer aux super-héros ! Je suis vraiment très occupée.

Tout cela était déprimant, à la fin ! Mais Stitch aimait les défis. Et il sortit en courant. Cette fois, il revint habillé en attrapeur de base-ball, tenant une batte, une balle, ainsi que le gant de Lilo.

– Lancement de la balle ! cria-t-il.

Tout d'abord, Lilo ne bougea pas. Puis elle secoua la tête.

– Non, Stitch, soupira-t-elle. Si je ne commence pas à apprendre mes mots, je n'arriverai pas à terminer tout ça ce soir !

Stitch réfléchit quelques instants, puis quitta de nouveau la pièce en courant. Lilo entendit de grands coups et des bruits de porte dans sa chambre. Stitch avait l'air de faire un sacré remue-ménage ! Mais il la laissait tout de même un peu tranquille !

Et voici qu'à la grande surprise de Lilo, Stitch apparut une fois encore devant elle, un livre de mots croisés sous le bras.

– Lilo, tu vas pouvoir apprendre en jouant ! annonça joyeusement Stitch.

– Comment n'y avais-je pas pensé ? dit Lilo. Désormais, Stitch, tu m'aideras à faire mes devoirs !

Walt Disney
Pinocchio

Le meilleur ami de Pinocchio

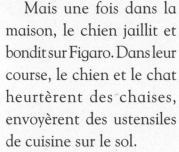

Comme tous les petits garçons, Pinocchio voulait un chiot. Et comme tous les petits garçons, il promettait de s'occuper de ses repas, de sa promenade et de tous ses soins.

— Les petits chiens donnent beaucoup de travail, lui dit Geppetto. Et ils adorent mâchonner des objets, comme les pantoufles ou un morceau de bois.

Le vieux fabricant de jouets considéra les rangées de jouets qui entouraient son établi.

— Non, vraiment, je ne pense pas qu'avoir un chien serait une bonne idée !

Lorsque Pinocchio revint de l'école, un cadeau l'attendait.

— Un chien ! s'exclama-t-il, en essayant de dissimuler sa déception. Un chien en bois ! Merci, papa, dit-il.

Quelques jours plus tard, comme Pinocchio rentrait de l'école, il entendit gémir un chien dans une ruelle. L'animal s'avança vers lui pour se faire caresser.

— Tu ressembles vraiment au chien en bois que mon père a sculpté pour moi ! lui dit Pinocchio. Je ne vais tout de même pas te laisser ici tout seul ! ajouta-t-il.

Le garçon se dirigea vers sa maison et attacha le chiot à un arbre, juste en haut de la rue. Puis, il lui apporta discrètement un bol de nourriture et revint ensuite chez Geppetto.

Lorsque son père s'endormit, il se glissa dehors et saisit le chiot.

— Surtout, ne fais pas de bruit ! lui recommanda-t-il.

Mais une fois dans la maison, le chien jaillit et bondit sur Figaro. Dans leur course, le chien et le chat heurtèrent des chaises, envoyèrent des ustensiles de cuisine sur le sol.

— Que se passe-t-il ? demanda Geppetto, tiré de son sommeil par le vacarme.

— Rien, papa ! assura Pinocchio.

Soudain, le chiot sauta sur le lit du garçon et, d'un coup de patte, envoya le chien en bois atterrir sous un meuble. Geppetto plissa les yeux. Le petit chien ressemblait étrangement au jouet qu'il avait fabriqué pour son fils !

— Comme c'est étrange ! souffla le vieil homme. Pinocchio, tu désirais tellement un petit chien que la Fée Bleue a dû changer ton jouet en un vrai chien !

Le lendemain Pinocchio trouva enfin le courage de dire la vérité à son papa. Et il fut surpris de sa réaction :

— Je pense que nous avons assez de place pour deux chiens, dit Geppetto en voyant le chiot promener le chien en bois à travers toute la maison. Surtout si l'un d'eux transporte l'autre !

Walt Disney
ROBIN DES BOIS

À l'école de Robin des bois

Robin se réjouissait à l'idée d'une journée bien remplie à donner aux pauvres (et à voler aux riches, qui sait ?), quand il se trouva encerclé par une joyeuse troupe.

– Salut, les enfants ! s'écria-t-il.

– Venez jouer avec nous ! crièrent les petits.

– Ah, j'aimerais bien, dit Robin. Hélas, j'ai encore du travail. Amusez-vous, c'est la chance de l'enfance… Mais… ne devriez-vous pas être à l'école ?

– L'école ? s'exclama Bobby. Nous n'y sommes pas allés depuis des lustres !

– Et pourquoi cela ? demanda Robin.

– Aucun professeur ne veut enseigner dans la forêt de Sherwood. Ils ont trop peur du Prince Jean, de ses taxes et de la prison ! ajouta sa grande sœur.

– Les enfants de Sherwood auront un instituteur, parole de Robin ! déclara-t-il.

– Est-ce que tu vas nous faire la classe ? demanda Bobby.

– Euh… et bien… je ne crois pas, dit Robin.

Le temps avait passé et il avait oublié quelque peu ses tables et son alphabet.

– Mais qui alors ? demanda la grande sœur de Bobby.

– N'aie crainte, répliqua Robin. Je vous trouverai un professeur.

Robin marcha jusqu'au village.

– Je cherche un professeur, annonça-t-il à la ronde.

– Chacun de nous pourrait faire l'affaire, dit le meunier, mais nous avons bien du travail pour payer les taxes de ce maudit Prince Jean !

Robin rejoignit ses camarades dans la forêt.

– Petit Jean, tu feras instituteur !

– Mon pauvre ami, répondit Petit Jean. Je vais aider le boulanger et le forgeron.

Décidément, tous les compagnons de Robin avaient une occupation.

– N'y aura-t-il personne pour enseigner à ces enfants ? soupira Robin.

Soudain, il aperçut Frère Tuck assoupi dans la clairière.

– Réveillez-vous Frère Tuck, j'ai un travail pour vous !

Mis au courant de la situation, le moine accepta avec joie. Robin se remit aussitôt en chemin. Il avait encore quelque chose à faire…

Plus tard dans la journée, alors que Frère Tuck finissait sa leçon d'alphabet, il réapparut, un lourd sac sur l'épaule.

– Qu'est-ce que c'est ? interrogèrent les petits.

– Des livres, répond Robin. Un cadeau de la bibliothèque du prince pour votre petite école ! Mais chut ! ajouta le renard, il ne l'a pas encore appris ! Hi, hi, hi !

Les joyeux campeurs

C'était un jour chaud et ensoleillé sur l'Île des Fourmis. Le temps idéal pour camper pour Princesse Couette et ses amies Blueberries ! Tilt se proposa d'être leur guide.

— En avant, marche ! cria-t-il. Suivez-moi les Blueberries. Attention à ces brindilles !

— Ça promet d'être très amusant, dit Couette, qui marchait derrière Tilt. Monter les tentes ! Faire un feu de camp ! Raconter des histoires de fantômes toute la nuit !

— Nous devons d'abord chercher un emplacement pour le camp, lui rappela Tilt. Le site parfait pour un camping parfait !

— Où se trouve-t-il ? demanda Couette.

— Je ne le sais pas exactement, avoua Tilt. Mais, dès que je le verrai, je le reconnaîtrai !

Ils atteignirent enfin un tapis de mousse, sur le bord d'un ruisseau paisible.

— C'est là ? demanda Daisy, toute excitée. Tilt fit non de la tête. Trop dégagé.

— Nous sommes fatiguées, se plaignit Couette.

— Courage ! lança Tilt. Nous trouverons le site idéal. Juste de l'autre côté du ruisseau.

Tilt fit monter les Blueberries sur une grande feuille, et ils ramèrent tous pour atteindre l'autre berge. Mais l'endroit n'était pas idéal, selon Tilt.

— Ne vous inquiétez pas, dit-il. Vous voyez cette butte, là-haut ? Je suis persuadé que le site parfait se trouve juste au-delà.

Les Blueberries le suivirent sur la colline couverte d'herbe, pour redescendre de l'autre côté.

— Nous y sommes ! se réjouirent les Blueberries.

— Un instant, dit Tilt, en fronçant les sourcils. Le sol est trop humide ici. Nous devons continuer à chercher.

— Mais Tilt ! Nous ne pouvons pas aller plus loin, se plaignirent les Blueberries.

— Allons ! s'exclama Tilt. Vous êtes des Blueberries, tout de même ! En route !

Ainsi, Tilt reprit sa longue quête avec les Blueberries qui traînaient leurs pieds fatigués. Il regarda derrière un gros rocher : trop poussiéreux ! Près d'une bûche creuse : déjà occupée par une troupe de scarabées ! À l'intérieur d'une vieille chaussure perdue : trop puante !

Alors, à l'instant où les Blueberries pensaient ne plus pouvoir avancer d'un centimètre, Tilt s'immobilisa subitement.

— L'endroit idéal pour camper ! Nous l'avons trouvé ! Plantez vos tentes les Blueberries et allumez le feu !

Mais, en guise d'acclamations, Tilt n'entendit que le silence. Se retournant, il découvrit que ces pauvres Blueberries, sans avoir posé leur sac à dos, dormaient déjà.

L'invincible Mushu

Après avoir apporté son aide à Mulan pour abattre les Huns et restituer l'honneur de la famille Fa, Mushu avait repris ses fonctions de gardien du temple. Il devait protéger les ancêtres de la famille Fa.

Un jour, il se dorait au soleil, sur le toit du temple, lorsqu'un gros lézard surgit en le regardant fixement.

– Qui regardes-tu ainsi ? demanda Mushu.

Le lézard tira la langue.

Mushu se sentit offensé.

– Tu oses me tirer la langue ? s'indigna-t-il.

Mushu gonfla la poitrine, et une minuscule langue de feu jaillit de sa gueule.

Le lézard se contenta de cligner des yeux.

– Ce n'est pas assez pour toi, n'est-ce pas ? dit Mushu. Et bien, mon gars, tu vas voir !

Mushu s'éclaircit la voix avec panache et ouvrit largement la gueule projetant une flamme plus importante en direction du lézard.

Celui-ci se ramassa sur lui-même, plaqua sa poitrine au sol, se redressa sur ses pattes et se coucha à nouveau. Il faisait des pompes !

– Oh, oh ! cria Mushu. Tu veux que j'emploie la manière forte ? Et bien, petite tête, je n'ai pas perdu du temps au sein de l'Armée Impériale pour des prunes !

Il se coucha sur le ventre et commença à faire des pompes.

– Quatre-vingt-dix-sept… Quatre-vingt-dix-huit… Quatre-vingt-dix-neuf… Cent !

Mushu comptait en haletant. Se redressant, il se mit à tourner autour du lézard.

– Tu peux te renseigner ! dit-il. Je suis le dragon qui a battu des centaines de Huns. Je pourrais t'avaler pour mon petit déjeuner !

Le lézard resta là, immobile.

Soufflant, Mushu s'arrêta devant lui, se mit à donner des coups de poings dans l'air, tout en bondissant sur ses pattes arrière.

– Tu crois que tu peux me battre ? Réfléchis ! Je suis trois fois champion dans la catégorie poids léger. Voletant comme une libellule, piquant comme une abeille, c'est tout moi…

Tout à coup, le lézard goba une mouche qui venait de se poser sur le nez de Mushu.

– Ahhhhh ! cria Mushu, si effrayé, qu'il fit un bon en arrière et tomba du toit, pour atterrir sur le sol.

– Ha, ha, ha, ha !

Un rire énorme remplit l'air. Les ancêtres avaient tout vu.

– Bravo, Mushu ! dit l'un des ancêtres. J'ai l'impression que tu t'es fait un nouvel ami.

En effet, le lézard avait suivi à son tour Mushu en bas du toit.

– Oui, répondit Mushu. J'ai toujours eu envie d'un animal de compagnie.

101 DALMATIENS

Cruella voit des taches partout !

Cruella regarda le salon du vieux Manoir d'Enfer et se frotta les mains. La pièce était remplie de dalmatiens. Où qu'elle pose son regard, Cruella pouvait voir des taches, des taches, ses taches adorées. Son rêve s'était réalisé !

Caquetant de joie, Cruella se souvint du jour « béni » où tout avait commencé…

C'était un jour misérable entre tous. Cruella avait cherché une fourrure toute la matinée dans les boutiques et elle n'avait rien trouvé qui lui plaise.

– Trop long ! Trop court ! Trop blanc ! Trop noir ! hurla-t-elle en jetant les manteaux à la figure du vendeur. Je veux quelque chose d'original, quelque chose qu'on n'ait encore jamais porté !

Cruella sortit en trombe du magasin. La porte vitrée se brisa sous le choc. Il lui fallait absolument trouver quelque chose pour se consoler. À ce moment-là, elle se souvint de son ancienne camarade de classe, Anita, qui vivait non loin de là.

Cruella se planta devant sa porte et sonna, impatiente. On entendait un air de piano, par la fenêtre. Quelques secondes après, une jeune femme vient ouvrir. Elle écarquilla les yeux de surprise en découvrant la squelettique Cruella dans un manteau d'hermine.

– Oh, Cruella ! s'écria-t-elle. Quelle surprise !

– Anita chérie ! couina Cruella, en entrant.

À ce moment-là, un homme grand et mince descendit l'escalier. La voyant, il fit demi-tour, avec effroi.

– Ah, voici le fameux prince charmant, grinça Cruella, au mari de son amie.

Roger Radcliff se renfrogna. Soudain, l'œil de la visiteuse fut attiré par deux chiens dalmatiens, tachetés noir et blanc, assis dans un coin de la pièce.

– Mais qu'avez-vous là ? demanda Cruella d'Enfer.

– Oh, ce sont Pongo et Perdita, expliqua Anita. Deux formidables compagnons !

Mais Cruella se moquait des chiens. Elle regardait leur pelage : ni trop long, ni trop court, ni trop blanc, ni trop noir, parfait !

– Et bientôt, continua Anita, Perdita va être maman !

– Des chiooots ! hurla Cruella.

Une idée soudaine lui dessinait un sourire diabolique.

– Oh, Anita, tu as sauvé ma journée, tu sais. Appelle-moi dès que les petits seront nés, je ne veux pas rater çaaaaa !

Pongo gronda. Cruella ne le remarqua pas.

– Oui, décidément, une journée parfaite ! ricana-t-elle, en tournant les talons.

C'est ainsi que tout avait commencé…

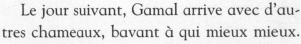
Jour de marché

Ça ne va pas, Abu ? demande Aladdin. Le petit singe d'habitude si vivant, ne se ressemble plus ces temps-ci. Il ne cesse de regarder, nostalgique, vers le village.

– Tu as raison, dit Aladdin. Une balade sur la place du Marché, voilà ce qu'il nous faut. Allons-y tout de suite !

Aladdin et Abu passent un merveilleux après-midi en compagnie de leurs vieux amis. Abu joue avec Salim la chèvre, blague avec le bœuf Khalil et taquine Gamal le chameau.

Ils s'arrêtent à chaque échoppe pour dire bonjour.

– Tu sais, Abu, dit Aladdin. Tu peux inviter tes amis du marché quand tu veux.

Le singe bondit de joie, fait des cabrioles, saute dans les bras d'Aladdin.

– D'accord, d'accord, rit Aladdin. Merci !

Le lendemain, Abu disparaît dès l'aube. Quand il revient, Salim et Khalil l'accompagnent.

– Bienvenue ! leur dit Jasmine. Faites ici comme chez vous !

C'est ce qu'ils font déjà ! La chèvre mâche les rideaux, le bœuf broute dans le jardin, se régalant des boutons de fleurs.

– Nous pourrons toujours acheter de nouveaux rideaux et de nouvelles fleurs. L'important c'est qu'Abu soit heureux de nouveau, dit Aladdin à Jasmine, incrédule.

Le jour suivant, Gamal arrive avec d'autres chameaux, bavant à qui mieux mieux.

– Pense à Abu, intercède Aladdin.

Le lendemain, charettes de fruits, de poissons, de poteries roulent dans les couloirs sans arrêt… Le palais ne désemplit pas.

– N'est-ce pas merveilleux qu'Abu ait autant d'amis ? dit Aladdin.

– Si, admet Jasmine. Mais as-tu remarqué que ses amis entrent au palais, mais n'en ressortent pas ?

– Maintenant que tu le dis… songe Aladdin, curieux. Voyons où ils se cachent !

Aladdin et Jasmine suivent Abu qui conduit ses invités. Et ils découvrent, époustouflés, la place du Marché entièrement déménagée dans le jardin du palais !

Aladdin éclate de rire :

– La prochaine fois qu'Abu sera nostalgique, il n'aura pas bien loin à marcher !

– Aladdin ! dit Jasmine. Ces animaux ne peuvent pas rester.

Mais quand la jolie princesse voit la mine triste de son amoureux, elle ajoute :

– Peut-être qu'ils pourraient revenir le mois prochain ?

Ainsi naît une tradition. Désormais, dans la cité d'Agrabah, s'ouvre une fois par mois, et avec quel succès, le marché du Palais !

Walt Disney
DUMBO

La Grande Parade

Quand le cirque de Dumbo arrivait en ville, hommes et animaux participaient tous à la Grande Parade. Le public adorait cette impressionnante procession.

C'est sans aucun doute un grand bonheur pour les spectateurs mais pas du tout une partie de plaisir pour Dumbo. Il avait mal aux pattes et il avait faim !

– Tiens, il y a une cacahuète par terre !

Dumbo la ramassa avec sa trompe et l'avala.

Il en aperçut une seconde, puis une troisième. Quittant la parade, Dumbo suivit la piste des cacahuètes jusqu'à un square.

– Regardez ! dit une petite fille. Ça a marché ! On a notre propre éléphant pour jouer !

La fillette et ses amis entourèrent Dumbo et lui caressèrent la tête. Il était superbe avec ses grandes oreilles et sa toute petite trompe.

– Faisons comme si nous possédions un vrai cirque ! dit un gamin.

– Je serai dompteuse, cria la petite fille. Elle entraîna Dumbo au milieu du square.

– Mesdames et Messieurs, je vous présente notre numéro vedette : le petit éléphant !

Dumbo savait exactement ce qu'il devait faire. Il se dressa sur ses pattes arrière et jongla à trois balles avec sa trompe. Les enfants applaudirent.

Soudain, Timothée, le souriceau apparut.

– Ah, te voilà, dit-il à Dumbo. Il faut rentrer maintenant, tu dois te préparer pour le spectacle !

Dumbo hocha la tête et dit au revoir à ses nouveaux amis. Les enfants paraissaient terriblement déçus.

– J'espérais pouvoir venir au cirque ce soir, dit l'un d'entre eux, mais je n'ai pas assez d'argent pour acheter mon entrée.

– Moi non plus, dit un autre.

Dumbo était affreusement désolé. Ces gentils enfants ne pourraient pas venir le voir. Ce soir-là, le cœur n'y était pas pour se maquiller et s'échauffer. Il monta sur la plate-forme sans conviction.

– Mesdames et Messieurs ! cria Monsieur Loyal. Voici Dumbo, l'éléphant volant !

Dumbo sauta dans le vide et déploya ses oreilles. La foule était en délire.

Soudain, Dumbo aperçut ses amis ! Il vola vers eux et leur donna un petit coup de trompe sur la tête. La fillette aux frisettes lui fit signe :

– Ton ami souris nous a fait rentrer gratuitement !

Dumbo sourit et tendit sa trompe jusqu'à Timothée, installé dans son chapeau. Il lui donna une petite tape sur la tête à lui aussi. Il était l'éléphant le plus chanceux du monde. Il avait tant de merveilleux amis !

Quel crabe !

Nemo avait un problème à l'école, et son nom était Rudy. Ce gros crabe était méchant avec Nemo et les autres enfants dès qu'il en avait l'occasion. Mais il était rusé et il ne le faisait jamais quand les profs regardaient.

Un jour, il poussa Nemo dans un bassin de marée, ce qui le mit en retard pour le cours de corail. Une autre fois, il se moqua de Nemo :

– Mon père est plus gros et plus fort que le tien !

– Ignore-le, dit Marin à son fils. Son papa est peut-être plus gros et plus fort que moi mais il n'est certainement pas aussi intelligent et beau.

– On a tout essayé avec mes copains, se plaignit Nemo auprès de ses amis les requins, Bruce, Chumy et Enclume. Mais il ne nous laisse pas tranquilles.

– Laisse-nous faire ! répondit Bruce.

Le jour suivant, trois énormes ombres passèrent au-dessus des élèves pendant qu'ils jouaient dans la cour.

– Salut, dit Bruce en passant une nageoire autour du crabe. Tu dois être le nouveau petit camarade de Nemo.

Rudy tremblant, Bruce grogna :

– On voulait juste que tu saches que tous les amis de Nemo sont aussi nos amis. Tu es un ami de Nemo, non ?

Tout le monde regarda Rudy.

– Oh ! ouais ! bafouilla-t-il. Carrément ! Nemo et moi, on est potes.

– Bien, ajouta Enclume. Parce que tu ne voudrais pas savoir ce qui arrive à ceux qui ne sont pas gentils avec notre petit copain.

Chumy retira un morceau d'algue coincé entre ses dents acérées avec une épine d'oursin.

– Tu devrais venir déjeuner avec nous un de ces jours proposa-t-il à Rudy, avec un clin d'œil.

Quand Mme Langouste arriva, les requins saluèrent et partirent.

Rudy se glissa jusqu'à Nemo.

– Tu es copain avec trois requins ? demanda-t-il. C'est chouette ! J'aimerais avoir des amis comme ça. En fait, j'aimerais juste des amis.

– Comment espères-tu avoir des amis avec ton comportement ? dit Nemo.

Rudy avoua qu'il détestait être le petit nouveau. Il avait décidé de tous les embêter avant qu'ils aient l'opportunité de le faire.

– Si tu promets d'être plus gentil, je te promets d'être ton ami, lui dit Nemo.

– Marché conclu, dit Rudy. En plus, je ferais mieux d'être ton pote si je ne veux pas que tes copains requins me mangent.

Nemo ne dit rien. Bruce, Chumy et Enclume étaient végétariens mais Rudy n'avait pas besoin de le savoir, en tout cas pas aujourd'hui !

Une journée merveilleuse ou terrible ?

Quelle journée merveilleuse ! dit Mickey. Il chantonnait en flânant dans le marché. L'air était vif. Les feuilles avaient de jolies couleurs. Et le morceau de fromage parfait se trouvait devant lui.

– Je vais prendre ce fromage et un morceau de pain, dit-il au marchand.

– Vous arrivez juste à temps, répondit le marchand. J'allais fermer.

Pendant ce temps, Donald sortait juste de chez lui.

– Quelle journée terrible ! maugréa-t-il.

Il avait trop dormi et s'était réveillé avec un torticolis. Il se dépêcha pour traverser la rue, mais il dut s'arrêter au feu rouge. Quand le feu passa au vert, il fit un pas sur la rue.

T-u-u-u-t ! Un gros camion vrombit en passant, manquant Donald de peu.

– Regarde où tu vas ! cria Donald fonçant vers le marché.

– Je vais prendre un morceau de pain, dit-il au marchand.

– Désolé, répondit le marchand, j'ai tout vendu.

– Tout vendu ?

– Tout vendu !

Plus loin, Mickey discutait avec Dingo.

– Comment vas-tu, Dingo ?

– Bien, dit Dingo en épluchant une banane. Il l'engloutit puis jeta la peau par terre.

Au marché, Donald boudait. Il avait faim !

– C'est trop injuste !

Les épaules baissées, il se dirigea vers le parc qui se trouvait à l'autre bout de la rue.

Mais une seconde plus tard, il glissa sur une peau de banane. Zouif !

Il se releva en faisant la grimace.

Pas très loin, dans le parc, Mickey étalait son piquenique. Autour de lui, les enfants riaient et jouaient.

– Salut, les enfants ! dit-il mordant dans son sandwich et le mâchant joyeusement. Quelle journée merveilleuse, répéta-t-il.

Donald, dont l'estomac gargouillait, donna un coup de pied dans un caillou. Et là, tout à coup – bing ! – un ballon le frappa à la tête.

– Attention, les enfants !

Il frotta sa tête endolorie.

– Quelle journée terrible !

C'est à ce moment que Donald entendit une voix familière l'appeler.

– Eh, Donald ! Viens manger un sandwich au fromage avec moi !

Donald vit Mickey lui faire un signe. Donald voulait continuer à bouder. Mais la vérité, c'est qu'aucun canard ne peut résister à un sandwich au fromage. Il sourit puis le rejoignit sans se presser. Ce n'était peut-être pas une journée si terrible, après tout !

Basil DÉTECTIVE PRIVÉ

La gaffe de Basil

Je lisais au coin du feu, quand j'entendis un coup sec à la porte.

– Qui diable frappe à la porte, Dawson ? aboya Basil levant un œil de son microscope.

Le détective détestait être interrompu dans son travail. Je me levai pour répondre mais Basil me devança.

– Oui, oui, qu'est-ce que c'est ? demanda-t-il, en passant la tête dehors.

Là, sur la marche du perron, se tenait un jeune souriceau, trempé et dépenaillé. Les gouttes glissaient de ses moustaches. Il n'avait ni parapluie, ni chapeau pour se protéger de la pluie londonienne. Il portait un cartable sur l'épaule et un paquet détrempé dans les bras.

– Je cherche…

– Laisse-moi deviner, dit Basil.

Il commença à faire les cent pas dans la pièce. C'était une habitude que j'avais déjà observée. Basil déteste les interruptions mais il adore les mystères !

– Entre, mon garçon, dit-il au souriceau.

Et l'ayant débarrassé de son manteau mouillé, de son paquet et de son cartable :

– Réchauffe-toi au coin du feu !

– Merci, euh… dit le petit en me saluant.

– Je te présente le docteur Dawson. Et toi, tu es étudiant !

– Ou-oui, bégaya le garçon. Êtes-vous…

– Et un étudiant méritant, apparemment. Tu as l'air fatigué de t'être trop penché sur tes livres. Alors ! Que cherches-tu ?

– Je cherche un…

Basil l'interrompit.

– Tu as un perdu un parent ? Non ! Un professeur, peut-être. Attends. Tu es arrivé avec un paquet.

Basil eut un regard circulaire et pointa le paquet posé sur le plancher.

– Oui, Monsieur, c'est pour…

– Pas un mot, je t'en prie ! cria Basil.

– Vraiment, Basil, laissez donc ce jeune garçon parler, lui dis-je.

Parfois, les raisonnements des détectives me fatiguent un peu.

– C'est pour… grrr… l'adresse est complètement effacée, fulmina Basil. Quel mystère !

Je m'approchai de l'étudiant tremblant et murmurai à son oreille. Basil, occupé à marcher, n'entendit pas le souriceau me répondre.

– J'ai résolu l'énigme, Basil ! annonçai-je. Le paquet vous est adressé !

Basil me regarda, pris de doutes.

– Comment le savez-vous ? haleta-t-il.

– Élémentaire, mon cher Basil, répondis-je. Ce souriceau est livreur pour payer ses études. Pas besoin de le deviner… je n'ai eu qu'à le lui demander !

LE ROI LION

La rencontre de Timon et Pumbaa

C'était une journée très chaude dans la savane. Simba, Timon et Pumbaa étaient étendus à l'ombre. Pumbaa finissait juste son histoire sur la plus grosse limace qu'il avait mangée (à l'entendre, elle faisait la taille d'une autruche) et le silence retomba.

– Je sais, dit Simba. Timon, pourquoi ne me racontes-tu pas ta rencontre avec Pumbaa ?

Timon regarda Pumbaa.

– Tu crois qu'il est prêt à l'entendre ? demanda-t-il.

– Vas-y, raconte, dit Pumbaa.

– Tout a commencé dans un petit village de mangoustes, très loin d'ici, commença Timon.

– Non, l'interrompit Pumbaa. Tu as tout faux. Ça a commencé près d'un point d'eau pour phacochères, très loin d'ici.

– Si je me rappelle bien, Simba m'a demandé de raconter l'histoire, dit Timon. Et c'est l'histoire racontée de mon point de vue.

– D'accord, dit Pumbaa en boudant.

– Et dans ce petit village, continua Timon, il y avait une mangouste marginale. Toutes les autres se bornaient à creuser, creuser, toute la journée. C'était moi, cette mangouste isolée. Ce que je détestais creuser ! Je savais que je devais m'en aller, trouver ma propre maison, un endroit qui me correspondrait. Alors je suis parti. En chemin, je suis tombé sur un vieux babouin qui m'a dit ce que je cherchais – hakuna matata – et m'a montré le Rocher des Lions. Alors je me suis dirigé vers ce rocher. Et c'est sur le chemin que je fis la rencontre de…

– Moi ! interrompit Pumbaa.

Timon lui jeta un regard méchant et continua.

– J'entendis un grondement bizarre dans les buissons. J'avais peur. C'était quoi ? Une hyène ? Un lion ? Et puis je me suis retrouvé face à un gros phacochère

– Eh ! dit Pumbaa, l'air vexé.

– On a vite réalisé qu'on avait beaucoup de points communs : notre amour des insectes, la recherche d'un foyer bien à nous. Alors on s'est mis en route pour le Rocher des Lions ensemble. Plein de choses affreuses nous sont arrivées. Mais, rapidement, on a trouvé l'endroit idéal. Et puis on t'a rencontré, Simba !

– C'est une belle histoire, dit Simba en bâillant. Maintenant je crois que je vais faire une sieste…

Pumbaa s'éclaircit la voix.

– Tout a commencé près d'un petit point d'eau pour phacochères, commença-t-il.

– Il faut toujours que tu aies le dernier mot, n'est-ce pas ? dit Timon.

– Pas toujours, dit Pumbaa.

Puis il continua avec sa version de l'histoire.

Walt Disney
Cendrillon

Le rêve du prince

Le grand duc, conseiller du prince, est inquiet. Hier soir, au bal, le jeune homme a finalement rencontré la jeune fille de ses rêves. Mais au dernier coup de minuit, la belle inconnue s'est enfuie. Et maintenant, il est impossible de raisonner le prince.

– Vous devez la retrouver ! ordonne le jeune homme.

– Bien sûr, votre Altesse ! répond le duc. J'ai envoyé la garde royale sur les traces de son carrosse. Comme je vous l'ai déjà dit, quatre fois au moins, marmonne-t-il entre ses dents.

Mais les soldats sont revenus bredouilles. Leur capitaine salue le prince.

– Je suis désolé, votre Majesté, lui dit-il, je ne comprends pas. Son carrosse était juste devant nous. Et quel carrosse ! Il brillait d'une lumière si étrange !

Le prince se souvient de la robe et du diadème chatoyants de lumière. Son conseiller soupire en voyant les yeux du jeune homme partir dans le vague.

Le prince ne trouvera pas de repos, se dit-il, tant qu'il n'aura pas retrouvé cette mystérieuse jeune fille.

– Que s'est-il passé ensuite ? demande le duc.

– Nous avons pris le tournant et le carrosse s'est tout simplement évanoui.

– Je ne connais même pas son nom, se lamente le prince dépité. Quel étourdi je suis !

– Eh bien, vous devriez vous consacrer à vos hôtes, dit le duc. La salle de bal fourmille de jeunes filles qui rêvent d'être votre épouse.

Le prince secoue la tête.

– Il n'y a pas d'autre femme que celle-là. Si seulement elle m'avait laissé un indice ! s'écrie le prince désespéré.

Le duc roule de grands yeux.

– Votre Altesse devrait regarder dans sa poche droite, dans ce cas.

Le prince tend sa main vers la poche droite de sa veste et en retire une pantoufle de verre. Si distrait par son coup de foudre pour la mystérieuse inconnue, qu'il en a oublié la pantoufle qu'elle a perdue sur les marches des escaliers.

Il regarde le soulier, puis le duc, sans voix.

– Je… Je… bégaie le prince.

– Je vous suggère de me confier les recherches, dit le duc avec ménagement.

Le prince acquiesce avec reconnaissance puis se tourne vers la fenêtre. Quelque part là, dehors, sa princesse l'attend.

– Les rêves peuvent se réaliser, murmure-t-il. Depuis ce soir, j'en suis sûr.

Il est loin de se douter que de l'autre côté de son royaume, Cendrillon, à sa fenêtre, tenant son unique pantoufle entre les mains, se dit la même chose.

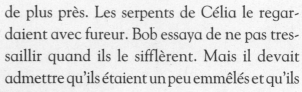
Les cheveux de Célia

Le plus beau pour aller danser. Bob chantait et dansait dans sa salle de bains en se préparant. Il était impatient de voir sa fiancée, Célia. Bob était d'humeur amoureuse.

Après avoir garé sa voiture dans le parking du restaurant, Bob se précipita à l'intérieur.

– Me voilà, ma Bouille d'Amour, chuchota-t-il.

Quand Bob aperçut sa chérie aux cheveux de serpents, son cœur s'arrêta de battre. L'étonnante cyclope était assise, seule, à une table pour deux. Ses écailles vertes étincelaient à la lueur des chandeliers. Elle était monstrueusement belle.

Quand Célia se tourna vers Bob, il remarqua qu'au lieu d'onduler joyeusement, ses cheveux-serpents se tordaient furieusement !

– Comment vas-tu, ma Bouille d'Amour ?

Bob décida d'ignorer les serpents à l'air grognon. Il s'étira pour embrasser Célia, mais le serpent le plus proche lui donna un coup.

– Ouille, s'exclama Bob en reculant. Tes cheveux sont de mauvaise humeur ?

– Oh, Gloubinours. Célia soupira et passa ses doigts dans ses tresses serpentines. C'est affreux. Je n'ai plus de démêlant, la douche était froide et mes cheveux n'ont jamais été aussi emmêlés. Ils sont horribles ?

En choisissant une chaise suffisamment éloignée pour éviter d'être mordu, Bob regarda de plus près. Les serpents de Célia le regardaient avec fureur. Bob essaya de ne pas tressaillir quand ils le sifflèrent. Mais il devait admettre qu'ils étaient un peu emmêlés et qu'ils n'avaient ni le volume ni l'éclat habituel.

– Ils ne sont pas si mal, mentit Bob. Il envoya un baiser à Célia mais ce n'était pas la soirée romantique qu'il espérait.

À la table d'à côté, un couple de monstres multi-bras se prenait les mains. Ils se frottaient leur nez plein de verrues et se susurraient des mots doux à l'oreille. Bob soupira. Ils semblaient si bien. Puis il eut une idée.

– Excuse-moi, ma chérie.

Bob se leva, s'approcha du couple et revint avec un grand chapeau violet.

– Amélie, Ophélie, Octelie, Bobelie et Madge, dit Bob en s'adressant aux serpents de Célia. Que diriez-vous de vous reposer là-dessous en attendant qu'on vous démêle ?

Les serpents de Célia gloussèrent de plaisir.

– Oh, Gloubinours ! s'écria Célia. Elle enroula ses cheveux-serpents et les fourra dans le chapeau.

– Tu sais même quoi faire quand mes cheveux sont de mauvaise humeur !

Célia serra fort Bob dans ses bras et lui fit un bisou bien mérité.

La Belle et La Bête

Comment gagner à cache-cache ?

Belle, appelle Mrs Samovar. Oh, oh ! Belle ! La jeune fille était assise dans la bibliothèque, dissimulée par une pile de livres.

– Ah, vous voilà ! s'écria la théière.

– Bonjour, Belle ! claironna Zip, à son tour.

– Bonjour, vous deux. Vous me cherchiez ?

– En effet, dit Mrs Samovar. Je voulais vous proposer du thé.

– Merci, dit Belle. Volontiers.

Mrs Samovar lui versa une tasse de thé très chaud. Belle la but et la remercia.

– À votre service, dit la théière. Viens, Zip, laissons Belle lire tranquille, à présent.

– Mais, maman, pleurnicha Zip. Je veux rester ici avec elle !

– Belle est occupée, lui expliqua sa maman. Tu la gênerais.

– Laissez, dit Belle. J'ai fait ce que j'avais à faire. Je veux bien passer un peu de temps avec Zip.

– D'accord, dit Mrs Samovar. Mais tu reviens à la cuisine dès que Belle te le dit.

– Promis, dit Zip.

– Alors Zip, commença Belle après le départ de la théière, que dirais-tu d'une partie de cache-cache ?

– Comment on y joue ? demande Zip.

– C'est très simple, expliqua Belle. Une per-

sonne se cache et l'autre essaie de la trouver.

– Tu crois que je saurais ?

– Bien sûr ! affirma Belle. Préfères-tu te cacher ou me trouver ?

– Je veux me cacher, répondit la petite tasse.

– D'accord, dit Belle. Je ferme les yeux et je compte jusqu'à dix. Un, deux, trois…

Zip réfléchit et fonça comme une flèche se cacher derrière les rideaux de velours.

– Neuf… dix ! Prêt ou non, j'arrive ! s'écria Belle. Alors, où peut-il bien être ?

Belle regarda sous la table.

– Il n'est pas ici.

Puis elle inspecta un recoin.

– Là non plus.

Elle scruta en haut, en bas, mais fit mine de ne le trouver nulle part.

– J'abandonne, dit-elle. Allez, Zip, sors de ta cachette !

La petite tasse gloussa silencieusement. Surtout ne pas faire de bruit, c'est si amusant !

– On dirait que tu ne veux pas sortir de ta cachette, dit Belle. Je suppose que je vais devoir manger toute seule le cake au chocolat de ta maman !

À ces mots, Zip surgit de derrière le rideau :

– Je suis là, Belle, attends-moi ! Moi aussi, je veux du gâteau !

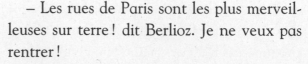

Chats des rues

Oh, maman ! dit Marie, rêveuse. Paris est si joli au petit matin. Pouvons-nous nous promener un peu ?

Les chatons et leur mère ont passé la nuit dernière dans l'appartement de célibataire de Tom O'Malley. Ils rentrent chez Madame de Bonnefamille en traversant Paris.

– D'accord, mes chéris, répond Duchesse. Mais juste quelques minutes. Madame doit se languir de nous. Soyez prudents et restez groupés !

À la sortie de l'immeuble de Monsieur O'Malley, ils passent leur tête par l'embrasure d'une porte et découvrent un hall animé où la fête de la veille bat encore son plein. Quel swing !

– Oh yeah ! dit Toulouse en se déhanchant sur la musique.

– Viens Toulouse ! dit Berlioz, j'ai faim !

Quelques pas plus loin, au détour du pâté de maison, un poissonnier installe sa marchandise. Les trois chatons posent leurs pattes sur la vitrine et se lèchent les babines. Ils ne quittent pas des yeux les poissons luisants sur l'étal. Le marchand les regarde en souriant derrière la vitre, puis il sort et leur jette à chacun une sardine.

Mmmh ! Les trois gourmands miaulent un merci et avalent le poisson comme de véritables gloutons !

– Les rues de Paris sont les plus merveilleuses sur terre ! dit Berlioz. Je ne veux pas rentrer !

– Berlioz ! Tu ne devrais pas parler comme ça, dit Marie. Tu sais comme Madame a besoin de nous…

Soudain, elle s'interrompt. Ses yeux sont attirés par la jolie vitrine d'une animalerie.

– Berlioz, Toulouse, regardez ! s'écrie-t-elle enchantée.

Un panneau présente de très beaux colliers de cuir fin, sertis de bijoux, dans un joli éventail de couleurs. Marie les trouve magnifiques.

– Tu as raison, Berlioz, Paris est merveilleux !

Juste à ce moment, ils entendent de gros aboiements. Une seconde plus tard, un énorme chien surgit au coin de la rue. Les chatons tremblent de peur. Tous trois font demi-tour et s'enfuient à toutes pattes vers Tom et leur maman, le chien sur leurs talons.

– Paris est une belle ville, dit Berlioz, haletant, en courant le long des allées.

Les chatons se précipitent derrière de grandes poubelles et réussissent à semer le cabot.

– Oui, Paris est une belle ville, répète Marie. Mais je ne suis pas sûre de pouvoir dire la même chose des Parisiens… Particulièrement, des chiens !

Voyager à la vitesse Stitch !

Stitch s'ennuyait. Tout le monde avait un endroit où aller et quelque chose à faire, sauf lui. Lilo allait à l'école, Nani, à son travail. Jumba et Pikly, s'occupaient des baigneurs qui fréquentaient leur nouveau stand de casse-croûtes, le Galactic Burger.

Il lui fallait une occupation ! Lilo et lui consultèrent la rubrique « offres d'emplois » dans le journal, à la recherche d'un poste pour le petit extraterrestre bleu.

— Écoute ! dit Lilo. « Recherchons guide touristique ayant forte personnalité et beaucoup d'énergie ». C'est pour toi !

Le lendemain, Stitch arriva au bureau de tourisme vêtu de sa belle chemise hawaiienne, le sourire aux lèvres. La dame s'occupant du recrutement lui trouva un physique agréable. Elle attendait un groupe de touristes. Personne d'autre ne s'était présenté pour postuler.

— Je vous embauche ! déclara-t-elle.

— Hello ! s'exclama Stitch en voyant les touristes. Bienvenue sur la galaxie d'Hawaii !

Et il se mit à leur serrer la main avec enthousiasme. Puis il les fit monter dans un bus et appuya sur l'accélérateur.

— Palmiers ! cria-t-il, tandis que le véhicule traversait un endroit planté d'arbres.

— Ananas ! hurla-t-il lorsqu'ils dépassèrent un bel étalage de fruits. Le bus s'arrêta enfin sur une plage dans un crissement de freins.

— Et maintenant, place au surf ! annonça Stitch en invitant les touristes à monter sur les planches mises à leur disposition.

Ballottés par les vagues, ils finirent par s'échouer sur la plage.

Stitch les accompagna jusqu'au barbecue.

— Je n'en peux plus ! lança une vieille dame, en se laissant tomber sur un banc.

— Je meurs de faim ! se plaignit un homme, un homard accroché à son bermuda.

Mais au lieu de leur apporter à manger, Stitch alla chercher des torches enflammées ! David, l'ami de Nani, lui avait appris à jongler avec le feu. Ces gens auraient certainement envie d'apprendre ! Heureusement qu'il avait également apporté un extincteur !

Le dernier arrêt concerna les vingt-quatre heures de danse du Marathon de Hula. Stitch offrit des jupes hawaiiennes à ses touristes, et les fit danser, tandis qu'il jouait de l'ukulélé.

Le soir, les passagers descendirent du bus complètement fourbus. Couverts de bleus, et l'esprit confus.

« Hawaii : l'endroit le plus reposant de la terre », annonçait le panneau qui surmontait le bureau de tourisme ! À condition que le guide ne vienne pas de la planète Turo, bien entendu !

Disney
KUZCO
L'EMPEREUR MÉGALO

Les montagnes russes

Le chef Kronk voulait récompenser ses scouts pour avoir appris la langue écureuil. Il décida de réparer les montagnes russes cachées à l'intérieur du palais de Kuzco afin qu'ils puissent faire un tour après leur examen final. Kronk se dirigea vers l'entrée. Soudain, une ombre glissant sur le sol le fit sursauter. C'était Yzma, la vieille Yzma, à l'humeur de chien proverbiale.

– Tu sais où tu es ? lui demanda-t-elle, d'un air suffisant.

– De l'autre côté de la trappe qui conduit aux montagnes russes, répondit Kronk.

– Ce n'est pas dangereux ? interrogea Yzma, en enroulant sa queue autour de la jambe de Kronk.

– Tant que personne n'actionne le levier, il n'y a aucun danger.

– Quel levier ?

– Celui-ci !

Hop ! Ils passèrent tous deux à travers la trappe.

– Ouille ! hurla Kronk en finissant sa course dans la voiture des montagnes russes.

À sa grande surprise, Yzma atterrit juste à côté de lui.

La voiture, incontrôlable, s'engagea dans un tunnel sombre.

– Cramponne-toi bien ! Nous allons être secoués ! prévint Kronk.

– Les freins ne fonctionnent pas ! Et les rails sont en mauvais état ! cria Yzma.

– Cramponne-toi ! dit Kronk.

– Impossible : j'ai des pattes et non des mains ! hurla Yzma.

– Je vais te tenir, la rassura Kronk. Mais ne me griffe pas !

Il saisit Yzma et ils plongèrent à une allure vertigineuse.

– AAAHH ! cria Kronk.

– MIIIAAAOUOUOU ! hurla Yzma.

– En écureuil, cela se dit « chit-chit-chitter-chit », précisa Kronk.

– Je m'en fiche ! lança Yzma.

C'est alors qu'ils aperçurent les rails abîmés. Kronk sauta de son siège et atterrit devant la montagne russe.

Il utilisa ses pieds en guise de freins. La voiture ralentit et s'immobilisa. Il était temps ! À quelques centimètres de là, la voie présentait un trou béant.

– Aïe, aïe, aïe ! cria Kronk, en dansant sur ses pieds qui fumaient encore sous l'effet du freinage.

– Tout ça parce que tu as poussé ce fameux levier ! dit Yzma.

– Oui, répondit Kronk, avec un sourire un peu niais. Mais lorsque j'aurai réparé les freins et les rails, ce sera le circuit le plus riche en émotions de tous les temps !

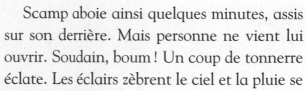

Walt Disney
La Belle et le CLOCHARD

Une nuit sous la pluie

Scamp s'ennuie. Ses sœurs font la sieste sous le grand chêne et il n'y a personne pour jouer avec lui.

Wouf ! Wouf ! Il aboie sur un écureuil grignotant.

Wouf ! Scamp jappe de nouveau et l'écureuil traverse le chemin en flèche, poursuivi par le chiot. La petite bête vive grimpe en un éclair sur un réverbère et atteint la branche d'un arbre voisin.

Scamp s'assoit au pied de l'arbre. C'est vexant ! Les écureuils s'enfuient toujours très facilement.

Déçu, Scamp s'éloigne en trottant le long du trottoir.

Il atteint bientôt un grand terrain vague. L'herbe y est haute et les papillons volètent de fleurs en fleurs. Wouf ! Scamp gambade dans l'herbe et chasse les papillons d'un bout à l'autre du terrain abandonné.

À la nuit tombée, Scamp décide de rentrer chez lui. Il n'a pas attrappé un seul papillon mais il s'est amusé comme un fou. Il est impatient de raconter à son frère et ses sœurs le nouveau jeu qu'il a inventé.

Scamp rejoint le porche d'entrée et tente d'ouvrir la porte réservée aux chiens, mais il se cogne la truffe. La porte est fermée.

— Wouf, wouf ! Je suis de retour, jappe-t-il, laissez-moi entrer !

Scamp aboie ainsi quelques minutes, assis sur son derrière. Mais personne ne vient lui ouvrir. Soudain, boum ! Un coup de tonnerre éclate. Les éclairs zèbrent le ciel et la pluie se met à tomber. Scamp court s'abriter sous le grand chêne et enfouit sa tête sous ses pattes. Il a peur des orages !

— Je ne vais pas pleurer, dit-il, les yeux embués de larmes.

Le chiot frissonne dans l'obscurité. Il va sûrement attraper un rhume s'il reste là jusqu'au matin !

Geignant tout doucement, il se serre un peu plus contre le tronc de l'arbre et cache son museau humide entre ses pattes trempées avant de fermer les yeux.

Scamp vient juste de s'endormir quand un bruit le réveille en sursaut. Une voiture roule sur l'allée ! Quand il reconnaît Jim Chéri et Darling sortant de l'auto, Scamp galope sur le chemin aussi vite qu'il peut. Il s'engouffre dans la maison, juste avant que la porte ne se referme.

— Scamp ! Tu es trempé ! s'écrie Darling.

Scamp rejoint son frère et ses sœurs près du feu de cheminée et Jim Chéri apporte une serviette chaude pour le sécher.

Réchauffé, dorloté, prêt à plonger dans ses rêves, Scamp se fait cette réflexion : qu'on soit écureuil, chiot ou papillon, quel bonheur d'avoir une maison !

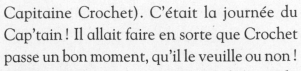

Le pique-nique

Cap'tain ? Mouche frappa doucement à la porte du Capitaine Crochet. Pas de réponse. Il entra.

– C'est le petit déjeuner, Cap'tain.

– J'ai pas faim ! répliqua Crochet. Va-t-en !

– Mais, Cap'tain, vous devez manger.

Mouche était inquiet. Ça faisait des jours que le Capitaine n'avait pas mangé. En fait, il n'était pas sorti de son lit !

– Je sais que vous vous sentez mal à cause de Pe… Mouche s'arrêta à temps.

– Ce garçon volant. Et du croco…, du reptile qui fait tic tac.

Le Capitaine Crochet était furieux, Peter l'avait encore battu et, en plus, avait envoyé le crocodile sur ses traces.

– Mais on n'a pas eu de nouvelles d'eux depuis une semaine. Je pense que la côte est libre.

Le Capitaine Crochet garda le silence. Mouche réfléchit une minute.

– Je sais comment vous remonter le moral ! On va faire un bon vieux pique-nique !

À nouveau, silence du Capitaine Crochet.

– Ah, ah, ah ! On ne refuse pas !

Mouche sortit et se précipita dans la cambuse. Un pique-nique sur la lagune aux Sirènes serait parfait ! Mouche sifflotait en préparant des sandwiches aux harengs (les préférés du Capitaine Crochet). C'était la journée du Cap'tain ! Il allait faire en sorte que Crochet passe un bon moment, qu'il le veuille ou non !

Dès que tout fut prêt, Mouche appela Crochet :

– Il est l'heure d'y aller, Cap'tain !

Un moment plus tard, le Capitaine Crochet apparut enfin sur le pont.

– C'est bon, grogna-t-il. Mais je sais que je ne vais pas m'amuser !

Mouche mit le bateau à l'eau et Crochet s'y installa. Quand il y fut en sécurité, Mouche attrapa le panier de pique-nique. Soudain, un bruit se fit entendre.

Tic tac, tic tac, tic tac, tic tac, tic tac…
– Mouche ! cria Crochet. Aide-moi !

Mouche jeta un coup d'œil sur le côté du bateau. Le croco était sur le point de le mordre !

Dans la panique, il jeta la seule chose qu'il avait dans les mains : le pique-nique. Il atterrit droit dans la gueule ouverte du croco, qui fixa Mouche, surpris. Puis, sans un bruit, il retourna sous l'eau.

– Mon pique-nique ! cria Mouche. Mon sifflet !

– La prochaine fois que tu as des idées pour me remonter le moral, dit le Capitaine, garde-les pour toi !

Disney
Les Aventures de
Bernard et Bianca

Le voyage commence

Bernard ne pouvait y croire : bien qu'étant concierge, il avait été choisi pour venir en aide à une petite fille nommée Penny qui se trouvait en très grand danger. De plus, lui, Bernard, avait été nommé parmi toutes les autres souris pour être le partenaire de la ravissante et intelligente Miss Bianca. C'était la première mission de Bernard et malgré sa nervosité, il était impatient.

Bernard avait préparé ses bagages en une minute et il passa prendre Miss Bianca sur le chemin.

— Encore quelques instants et j'arrive, lui dit-elle, alors qu'il attendait devant sa porte.

— Euh, d'accord, Miss Bianca ! répondit-il en jetant un coup d'œil à sa montre.

Dès que Miss Bianca serait prête, ils se mettraient en route…

— Euh, Miss Bianca ? appela Bernard. Nous devrions partir, je crois. Nous ne voulons pas manquer notre vol !

— D'accord ! dit Miss Bianca. Venez me donnez un coup de main pour cette valise !

Bernard trouva la jolie souris essayant vainement de fermer une valise bourrée de vêtements. Sept gros paquets étaient déjà prêts.

— Êtes-vous vraiment sûre d'avoir besoin de toutes ces robes du soir, Miss Bianca ? haleta Bernard.

Assis sur la valise, il essayait tant bien que mal de fermer le bagage.

— Et ce service à thé, et ces… ces quarante paires de souliers ? dit-il.

— Une lady doit se tenir prête à toute éventualité, chéri, minauda Miss Bianca. Je mets mon chapeau et nous partons.

Bernard fit une dernière tentative. Un dernier bond sur la valise et crissssss ! Elle fut close !

Après des heures, parut-il à Bernard, Miss Bianca, en magnifique cape de voyage et petit chapeau très seyant, apparut enfin dans un étourdissant nuage de parfum.

— Je prends la valise ! dit Bernard.

On l'aurait dit remplie de briques, mais Bernard réussit à la transporter dehors et attrapa son sac poids plume dans l'autre main.

— Chéri, dit doucement Miss Bianca, alors qu'ils se dirigeaient vers l'aéroport, ne vous inquiétez pas. Chacun sait que ces vols sont toujours retardés !

Même lorsque l'avion est un albatros ? songeait Bernard.

Certes, Miss Bianca et lui formaient une équipe insolite, mais il était certain maintenant qu'ils rempliraient à bien leur mission. Pourvu que cette valise ne lui tombe pas sur les orteils !

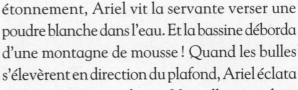

Un bain inattendu

Ariel avait du mal à croire que son plan se déroulait à merveille. Elle avait réussi à convaincre Ursula, la sorcière des mers, de la changer en un être humain. Même si le prix en était d'avoir perdu sa voix. Et elle avait déjà retrouvé son bien-aimé, le prince Éric. Le problème, c'était qu'il ne l'avait pas reconnue. Bien entendu, Ariel ne pouvait parler pour lui expliquer qui elle était.

Cependant, elle avait confiance : de toute façon, son prince tomberait amoureux d'elle. Et ils seraient heureux à jamais.

— Si vous voulez bien me suivre ! dit une servante en conduisant Ariel dans une vaste chambre aux murs bleu ciel.

Ariel faillit se prendre les pieds dans un tapis. C'est qu'elle n'avait pas encore l'habitude de se servir de ses jambes toutes neuves !

Elle passa une main dans la poche de sa robe afin de s'assurer que Sébastien était toujours là. Sa présence la rassurait.

— Vous pouvez faire un brin de toilette ! Le dîner sera servi un peu plus tard ! annonça la servante.

Ariel examina la pièce. De grandes fenêtres s'ouvraient sur l'un des murs et un lustre richement décoré pendait du plafond. Il y avait aussi une large bassine en forme de coquillage remplie d'eau. À son grand étonnement, Ariel vit la servante verser une poudre blanche dans l'eau. Et la bassine déborda d'une montagne de mousse ! Quand les bulles s'élevèrent en direction du plafond, Ariel éclata de rire. Vite, elle sauta dans la bassine, faisant éclabousser de l'eau et de la mousse de tous côtés !

Soudain, elle mit la tête sous l'eau, mais la retira bientôt en toussant. Ses yeux piquaient. Elle avait oublié que, désormais, elle ne pouvait plus respirer sous l'eau…

Sébastien surgit de sa poche en rejetant une bouchée de bulles.

— Qu'est-ce que les humains font-ils à l'eau propre ? marmonna-t-il.

Ariel secoua la tête et s'empressa de remettre Sébastien dans sa poche.

— Vous ne pouvez pas prendre un bain avec cette robe ! remarqua la servante. Quittez-la, et nous la mettrons à sécher.

Ariel était un peu inquiète au sujet de Sébastien. Mais elle obéit tout de même.

Après tout, Sébastien était parfaitement capable de se débrouiller tout seul ! Le connaissant, Ariel se dit qu'il trouverait sans doute la cuisine.

Allez savoir à quoi ressemblait la nourriture, ici ! Pourvu que l'on ne serve pas des fruits de mer !

Disney
LE
ROI LION

Les lions ont eu chaud !

Par ici ! dit Simba en reniflant le chemin.

– Ouais, par ici, dit Nala en reniflant un bâton. Et il est pas très loin.

– J'ai vu le bâton le premier, dit Simba.

Nala était une bonne traqueuse mais Simba avait appris avec une experte, sa maman, une des meilleures chasseuses du royaume.

– Mmh, dit Nala en faisant la moue. Alors on suit quoi, Monsieur le Traqueur ? Tu peux me le dire ?

Simba était silencieux. Ils avaient vu des empreintes mais elles n'étaient pas très claires. Ils avaient aussi vu des poils foncés et rêches sur une branche mais ils pouvaient appartenir à beaucoup d'animaux différents.

– Quelque chose au pas très léger, dit Simba, voyant l'herbe écrasée et du bois cassé.

– Mmmh, hmm, fit Nala, impatiente.

– Un rhinocéros ! dit Simba, confiant.

– Un rhinocéros ? dit Nala en se roulant de rire. Simba, tu me fais marcher !

– Quoi ? demanda Simba, blessé. Ça pourrait être un rhinocéros !

– Les empreintes ne sont pas assez grosses, dit Nala. C'est Rafiki, le babouin.

C'est au tour de Simba de rigoler.

– Rafiki aime les arbres. Il ne se déplace pas sur les chemins comme une hyène ! Le rire s'arrêta dans la gorge de Simba et il sentit ses poils se dresser dans son cou. Les hyènes étaient maladroites et avaient des poils foncés et rêches…

Nala ne dit rien mais elle avait aussi un peu la chair de poule.

Les deux lions marchaient en silence. Ils entendirent des bruits… des battements et des grondements.

– Simba, murmura Nala, on devrait faire demi-tour.

– Encore un peu, chuchota Simba. On y est presque !

Les jeunes lions rampèrent sur le ventre le plus discrètement possible. Les grondements et les battements étaient de plus en plus fort. Simba grogna. Quelque chose dans l'odeur et le bruit lui était familier mais Simba n'arrivait pas à mettre la patte dessus.

Alors qu'ils s'approchaient en rampant, ils aperçurent deux corps à côté d'une termitière. Simba bondit !

– Pumbaa ! Timon ! cria-t-il en atterrissant entre ses amis.

– Simba ! dit le phacochère, souriant. Les termites dégoulinaient de sa bouche boueuse.

– T'en veux ? dit Timon en tendant une patte pleine d'insectes frétillants à Nala.

– Euh, non merci, dit Nala en gloussant alors qu'elle s'éloignait.

– Je crois que je vais attendre que Monsieur le Traqueur me chasse mon déjeuner !

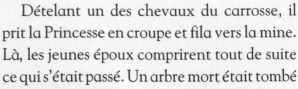

Le cadeau de Blanche-Neige

Blanche-Neige et son mari, le Prince, étaient en chemin pour la petite maison des nains. Les cuisiniers du château avaient concocté un repas spécial pour les sept amis.

– Je ne sais comment les remercier davantage, dit Blanche-Neige, regardant les paniers remplis de nourriture. Cela me paraît peu pour m'avoir sauvé la vie !

– Ta présence sera le plus beau des remerciements, dit le Prince en l'enlaçant. Tes petits compagnons n'ont que faire des richesses et semblent très heureux ainsi.

Blanche-Neige acquiesça. La petite maison était en vue et son inquiétude s'était envolée.

– Ouh, ouh ! cria-t-elle en sautant du carrosse. Prof, Joyeux, Timide ? Où êtes-vous ?

Blanche-Neige frappa à la porte, mais personne ne répondit.

– Ils ne devraient pas tarder, dit-elle à son mari. Nous avons le temps de tout installer.

Blanche-Neige entra dans la petite maison et se mit au travail. Elle fit de l'ordre et dressa la table. Elle était si enthousiaste à l'idée de revoir ses gentils sauveurs. Quand le soleil fut bas, Blanche-Neige commença à s'inquiéter.

– Ils sont vraiment en retard, gémit-elle.

– Nous devrions peut-être aller à leur rencontre, suggéra le Prince.

Détellant un des chevaux du carrosse, il prit la Princesse en croupe et fila vers la mine. Là, les jeunes époux comprirent tout de suite ce qui s'était passé. Un arbre mort était tombé juste devant l'entrée. Les Sept Nains étaient prisonniers dans la galerie.

– Blanche-Neige, c'est toi ? appela Prof par l'ouverture encombrée.

– Vous allez bien ? s'inquiéta la Princesse.

– Oui, tout va bien, répondit Prof.

– Non, tout va mal, grogna Grincheux. Nous sommes coincés !

– Pas de souci, dit le Prince. Nous allons vous sortir de là très vite.

Attachant son cheval au tronc de l'arbre, il dégagea l'entrée de la mine en un instant. Les nains sortirent poussiéreux mais contents. Blanche-Neige les embrassa tour à tour et fit même une double bise à Simplet.

De retour à la maison, les nains découvrirent, enchantés, le repas qu'elle avait apporté.

– Comment pouvons-nous te remercier ? s'exclama Prof. Tu nous as sauvé la vie !

– Ne dis pas de bêtises, Prof, dit Blanche-Neige en jetant un regard malicieux vers le Prince. Votre présence est le meilleur remerciement qui soit !

Et le Prince conclut :

– Voilà qui est dit. À table, mes amis !

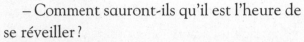

Sommeil hivernal

Bambi fouilla les feuilles mortes, à la recherche d'un peu d'herbe fraîche. En vain. Il leva les yeux vers les arbres, mais ils n'avaient plus la moindre feuille verte. La nourriture se faisait rare, dans la forêt.

– Ne t'en fais pas, Bambi ! dit Pan-Pan. Nous passerons l'automne et l'hiver sans problème ! Papa assure que c'est ainsi : nous nous contenterons de ce que nous trouverons et le printemps sera bientôt là !

Bambi poussa un soupir. Pan-Pan avait un papa extraordinaire : il connaissait la forêt comme personne !

– En plus, il vaut mieux rester éveillé que dormir tout l'hiver, ajouta Pan-Pan, qui avait horreur d'aller au lit, même quand il était l'heure.

– Dormir tout l'hiver ? s'étonna Bambi, ignorant que certains animaux dormaient durant de longs mois.

– Bien sûr ! Comme Fleur la mouffette, par exemple. Ou les écureuils et les ours. Ils ne quittent pas leur terrier. Tu n'as pas vu des tamias occupés à faire des réserves de glands, ces deux derniers mois ? demanda Pan-Pan en désignant un grand chêne.

Bambi fit signe que oui.

– C'est leur nourriture pour l'hiver, expliqua Pan-Pan. Dès qu'il va faire très froid, ils entreront dans leur terrier et s'endormiront.

– Comment sauront-ils qu'il est l'heure de se réveiller ?

Bonne question ! Pan-Pan réfléchit. Étant donné qu'il ne s'était jamais endormi tout un hiver, il n'était pas certain de la réponse.

– Allons poser la question à Fleur ! proposa-t-il.

Et ils se mirent en route vers la petite tanière de la mouffette.

– Salut ! dit Fleur.

– Fleur, tu dors tout l'hiver, n'est-ce pas ? demanda Pan-Pan.

– Ce sommeil s'appelle l'hibernation, répondit Fleur.

– Qui va te réveiller, au printemps ?

– Tu vas te réveiller, n'est-ce pas ? demanda Bambi, l'air inquiet.

– Bien entendu ! Comme la nature toute entière, les fleurs, les feuilles, l'herbe… Mais je ne me suis jamais demandée qui nous réveille. Le soleil, peut-être…

Bambi sourit. Il ignorait que les feuilles et l'herbe réapparaissaient au printemps, elles aussi !

Soudain, Pan-Pan éclata de rire. Il se roula sur le dos en frappant le sol de sa patte.

– Pan-Pan ! Mais enfin, que t'arrive-t-il ? demandèrent Bambi et Fleur, d'une seule voix.

– Tu portes bien ton nom, Fleur ! Tu es une fleur ! Puisque tu reviens au printemps !

Mission accomplie !

Flit laissa échapper un gros soupir. Pocahontas passait tellement de temps avec John Smith qu'elle n'en avait plus pour les autres ! Il avait beau les suivre en bourdonnant, Pocahontas ne lui prêtait pas la moindre attention. Il aurait tant aimé jouer avec elle !

Buzzz, buzzz. Flit le colibri était heureux que ses battements d'ailes fassent du bruit quand il volait. Pocahontas finirait bien par l'entendre ! espérait-il.

— Regarde, John ! dit-elle, en s'accroupissant dans le chemin. Des empreintes de cerf toutes fraîches !

John s'inclina pour examiner les traces, dans la boue. Flit vola plus bas et agita ses ailes de plus belle. Il y avait deux sortes d'empreintes, des grandes et des petites.

— Une mère et son faon, dit John, en se penchant pour mieux observer les traces, écartant ainsi le colibri de sa route.

— Ils doivent rechercher de la nourriture avant que la neige ne tombe. Ainsi, ils auront suffisamment de graisse pour l'hiver, expliqua Pocahontas.

John se redressa :

— J'espère qu'ils vont en trouver !

Pocahontas lui sourit, puis se leva à son tour. Flit battit des ailes pour faire du bruit, mais John leva la main afin de chasser une mèche de cheveux qui tombait sur le visage de Pocahontas. Une fois encore, Flit fut écarté. Buzzzzzzz ! Buzzzzzzzz !

Il battit des ailes de plus en plus vite. De plus en plus fort. Puis il fit un cercle autour de John et de Pocahontas. Zzzzzzzzzz !

— Tu penses qu'il veut nous dire quelque chose ? demanda John.

— Je ne sais pas, répondit-elle en se rapprochant de son amoureux.

Maintenant, ils se regardaient dans les yeux.

Flit renonça à se faire remarquer. Complètement épuisé, il se laissa tomber sur le sol et atterrit sur l'une des empreintes de cerf. Il était à bout de forces.

— Que voulais-tu, Flit ? demanda Pocahontas, en s'emparant du colibri.

Flit haletait toujours. Il n'était pas sûr de pouvoir encore voler. Il regarda fixement Pocahontas, les grands yeux grands ouverts et le corps complètement affaissé.

— Ce colibri est exténué, dit John.

Pocahontas caressa les plumes bleues de l'oiseau et embrassa la pointe de son bec. Puis elle le posa délicatement sur son épaule.

— Viens te promener avec nous, dit-elle à l'oiseau.

Lorsque John et Pocahontas s'enfoncèrent dans la forêt, le cœur de Flit se remplit de joie. Mission accomplie !

Sors de là, qui que tu sois !

Dans la chambre d'Andy, les jouets étaient paniqués. Il y avait quelque chose de vivant dans le placard !

En passant devant la porte entrebâillée, Rex avait vu des lumières rouges qui clignaient dans l'obscurité.

– Buzz, Woody, venez vite ! les appela-t-il, terrifié.

Ils approchèrent, avec les autres jouets qui se pressaient derrière eux.

– C'est quoi, à votre avis ? demanda Jessie en ramassant Lenny et en pointant les jumelles vers le placard, mais c'était trop sombre.

– Salut, dit Woody. Bienvenue dans la chambre d'Andy. Sors de là. Tu n'as pas à avoir peur.

Mais la chose aux lumières rouges ne bougea pas.

– J'ai compris ! Il est timide, devina Bayonne. Il fit tinter les pièces dans son corps.

– Montre-toi et tu seras récompensé.

Puisqu'il n'y avait pas de réponse, Jessie attrapa son lasso.

– Je n'ai pas envie de te tirer de là, mon pote, mais tu ne me laisses pas le choix.

La cow-girl envoya sa corde dans l'obscurité. Mais quand elle essaya de la récupérer, elle resta coincée.

Buzz essaya à son tour.

– Au nom du Commandement des Étoiles, moi, Buzz l'Éclair, ranger de l'espace, te demande de te montrer ! J'ai un laser et je n'ai pas peur de m'en servir, dit-il.

L'étranger du placard ne bougea pas. Buzz se tourna vers Rex.

– Clairement, l'intrus ne se sent menacé ni par le shérif, ni par moi. C'est à toi, en tant que prédateur dominant, d'aller le chercher.

– Moi ? demanda Rex, les genoux tremblants.

– Oui, toi, insista Buzz. Tu peux être très intimidant si tu te concentres.

– Vas-y, gros lézard ! cria Bayonne.

– Bon, d'accord, dit Rex. J'y vais.

Il osa entrer dans le placard et émit un rugissement à donner la chair de poule.

– Je l'ai eu ! cria Rex sortant du placard, avec un lacet de chaussure.

Tous le fixèrent, incrédules.

– C'est… une basket, dit Buzz.

– Avec des lumières sur le talon, ajouta Woody.

Rex fondit en larmes.

– Mon grand moment, gâché pour une chaussure !

– Regarde le bon côté des choses, dit Bayonne.

– Il y a un bon côté ? demanda Rex, plein d'espoir.

– Ouais, lui assura le cochon. Au moins, il ne t'a pas tiré la languette !

WALT DISNEP
La Belle au Bois Dormant

Une idée de génie !

Je suis si impatient de la revoir ! confia le prince Philippe à son cheval, Samson.

Le jeune homme venait juste de rencontrer la femme de ses rêves dans la forêt. Et elle l'avait même invité à lui rendre visite.

Soudain, le Prince tira sur ses rennes. Samson pila et s'ébroua, en colère.

– Désolé, dit le Prince, mais je viens juste de réaliser que je dois lui apporter un cadeau. Poussons jusqu'au village le plus proche !

Samson secoua la crinière et refusa de faire un pas. Il n'avait aucune envie de faire du shopping. Il était fatigué et aurait aimé rentrer au château pour s'installer devant une bonne balle d'avoine.

– Oh, s'il te plaît ! implora le Prince. Je te donnerai des pommes à croquer !

Des pommes ! Les yeux de Samson s'écarquillèrent. Sa fatigue s'envola tout à coup. Il fit volte-face et partit au galop.

Sur la place du village, le Prince resta perplexe. Il y avait vraiment beaucoup de boutiques.

– Quel présent puis-je lui offrir, à ton avis ?

En tant que cheval, Samson n'en pensait pas grand-chose. Mais il fit de son mieux pour répondre.

– Des roses rouges ? l'interrogea le Prince, en passant devant un fleuriste.

Samson secoua vigoureusement l'échine.

– Oui, tu as raison ! réalisa le jeune homme. Elle vit dans la forêt. Elle voit des fleurs chaque jour.

Il jeta un coup d'œil par la fenêtre d'un tailleur :

– Une robe, peut-être ?

Samson hérissa sa crinière.

– Oui ? Non ? Euh ! Les jeunes filles préfèrent choisir leurs robes elles-mêmes, n'est-ce pas ?

Ils passèrent devant les boutiques d'un boulanger, d'un chapelier et d'un forgeron.

Samson soupira. S'il n'aidait pas le Prince, ils seraient coincés ici tout le jour.

Tout à coup, le cheval hennit et descendit la ruelle au galop. Il s'arrêta net devant l'échoppe d'un bijoutier avant que Philippe n'ait repris le contrôle des rennes.

– Samson, tu es un génie ! cria le Prince en découvrant la devanture étincelante. Ce saphir scintille aussi joliment que ses yeux bleus !

Le Prince acheta la bague, la glissa dans sa poche et remonta en selle.

– Au château ! ordonna le Prince. Je dois annoncer à mon père que j'ai trouvé la femme de mes rêves.

Samson souffla et partit au galop. Il ne savait pas ce que le Roi dirait à son fils, mais lui, il avait bien mérité ses pommes.

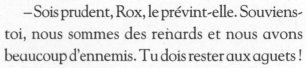

La vie sauvage

Rox vient juste d'arriver dans la réserve animalière, une vaste et belle forêt où les animaux sont protégés des chasseurs. La veuve Tartine l'a placé là pour le sauver des griffes de son voisin, Amos Slade. Depuis que son vieux chien, Chef, s'est blessé en chassant le jeune renard, celui-ci s'est juré de lui régler son compte.

Les premiers temps, Rox se demande pourquoi la vieille femme, semblant aussi triste de le quitter que lui d'être abandonné, l'a laissé là au milieu de cette forêt étrange, seul et effrayé.

La première nuit fut épouvantable. La pluie n'avait cessé de tomber et lorsqu'il avait pensé trouver refuge dans quelques terriers, ils étaient déjà occupés par d'autres animaux sauvages. N'y avait-il donc de place nulle part pour un pauvre renard trempé ? Mais le lendemain, les événements prirent une tournure plus sympathique. Rox rencontra une jeune et jolie renarde prénommée Vixy. Elle le guida dans la forêt qui regorgeait de cascades et de ruisseaux pleins de poissons.

– Je crois que je vais me plaire ici, dit Rox.

Ayant passé toute son enfance avec la veuve Tartine, il n'avait jamais rencontré de renard et encore moins un aussi joli que Vixy.

Mais Vixy était un renard sauvage et elle avait beaucoup plus d'expérience.

– Sois prudent, Rox, le prévint-elle. Souviens-toi, nous sommes des renards et nous avons beaucoup d'ennemis. Tu dois rester aux aguets !

– Allons, Vixy, nous sommes dans une réserve ! répliqua Rox. J'ai entendu la veuve Tartine dire que les chasseurs n'entraient pas dans cette forêt. Il n'y a aucun souci à se faire !

Soudain, une ombre gigantesque s'éleva sur les deux renards. Un éclair d'effroi traversa le regard de la jeune renarde. Se retournant au ralenti, Rox comprit. Un ours énorme se tenait derrière eux et les fixait d'un œil féroce.

– Grrrr ! fit l'ours.

– Courons ! glapit Vixy.

Rox n'eut pas besoin qu'elle le répète. Les deux renards filèrent devant l'ours, dévalèrent les collines, glissèrent dans les troncs creux et bondirent par-dessus les ruisseaux.

Quand ils furent loin, très loin de l'ours, ils s'arrêtèrent et s'appuyèrent contre un rocher, hors d'haleine.

– D'accord, dit Rox, quand il eut repris son souffle. Je vois ce que tu veux dire quand tu parles de danger, Vixy. À partir de maintenant, je serai très prudent.

– Tu feras bien, répondit la renarde.

Puis elle sourit et ajouta :

– Une partie de pêche, ça te dirait ?

Un rêve gourmand

Winnie l'Ourson rentra chez lui et s'assit en soupirant. Il avait fait une longue promenade dans la forêt avec Porcinet, il était fatigué. Et, surtout, il avait faim.

— Mon ventre gargouille, dit Winnie tout haut.

Winnie se releva et se dirigea vers son étagère à miel. Il ne restait plus qu'un seul pot.

Un pot de miel, ce n'était vraiment pas beaucoup. Mais il s'assit et se mit à manger. Il ne laissa pas la moindre goutte de miel dans le petit pot.

Mais son ventre gargouillait encore un peu.

— Je suppose qu'il ne me reste qu'à aller au lit, dit-il tristement.

Il enfila son pyjama et son bonnet de nuit et grimpa dans son petit lit douillet. La minute suivante, ses ronflements remplirent toute la pièce. Et il se mit à rêver de pots de miel, bien sûr.

Winnie se tenait devant un grand arbre à miel tellement plein que le miel débordait du tronc !

— Miam, miam, dit Winnie en commençant à remplir ses pots avec le liquide sucré.

Puis, soudain, un éfélant violet apparut derrière lui.

— Mmmm, dit l'éfélant en se léchant les babines. La créature colla sa longue trompe dans un des pots de miel et engloutit tout le miel d'un seul coup.

— Ce sont mes pots de miel ! cria Winnie.

Il essaya d'avoir l'air courageux, même s'il avait un peu peur. L'éfélant semblait très gros et très affamé. Il allait tout dévorer.

Winnie regarda les pots de miel. Certains étaient pleins mais la plupart étaient vides. Il regarda l'arbre à miel qui débordait toujours.

— J'ai une idée, dit Winnie. On remplit les pots de miel ensemble et puis on se partage un petit goûter.

L'éfélant hocha la tête. Il ramassa un pot de miel avec sa trompe et l'apporta jusqu'à l'arbre. Winnie fit la même chose et le miel doux et sucré coula dans les pots.

Quand tous les pots furent remplis, Winnie et l'éfélant s'assirent. Ils mangèrent et mangèrent, jusqu'à ce que les pots soient vides et leur ventre plein.

— Merci, Winnie, dit l'éfélant. C'était amusant. On devrait recommencer bientôt.

Winnie hocha la tête et regarda l'éphélant partir. Il se tapota le ventre et s'en alla.

Quand Winnie se réveilla le lendemain, à sa grande surprise, son ventre ne gargouillait plus du tout. Puis il se rappela son rêve étrange de la nuit. C'était un rêve, n'est-ce pas ?

ALICE
au PAYS des
MERVEILLES

Une tasse de thé rafraîchissante

*V*oletez ! *petites chauves-souris,*
voletez !
Sans cesser de m'étonner !
Au-dessus du monde vous volez,
Aussi belles qu'un
plateau à thé.

En entendant cette petite chanson, Alice tourna le regard en direction du grand arbre dont les feuilles avaient la curieuse forme de gants. Une seule personne pouvait la chanter : le Chapelier fou !

– Oh non ! Quel ennui ! soupira Alice.

En effet, elle n'avait pas la moindre envie de voir le Chapelier et ses amis ! Ils étaient tellement fous !

– Tout de même, je prendrais bien une tasse de thé ! dit-elle. Cela me rafraîchirait !

Mais qui, au Pays des Merveilles, pourrait dire où trouver du thé ?

Dans la clairière, le Chapelier, le Lièvre de Mars et le Loir étaient assis autour de leur grande table, comme lors de la dernière visite d'Alice. Ils buvaient du thé, chantaient, déclamaient ou faisaient tout simplement la sieste.

– Hummm ! Pour manifester sa présence, Alice se racla la gorge. Elle mourait de soif !

– Oh ! Mais c'est notre chère, très chère vieille amie ! s'exclama le Lièvre. Rappelez-moi votre nom, chère vieille amie ? s'exclama le Chapelier.

– Alice !

– Asseyez-vous donc, chère Alice !

– Merci ! Je ne peux rester que quelques minutes, le temps de me servir du thé.

– Et comment voulez-vous vous le servir ?

– Avec grand soin, assura Alice.

– C'est très bien ! Mais c'est mal, aussi !

– Mal ? s'étonna Alice.

– Mais nous n'avons pas de thé ! s'emporta le Lièvre de Mars.

– Pas de thé ? s'étonna Alice en regardant la table, couverte de tasses vides.

– Pas de thé ? gémit le Loir, en se réveillant. Pas de thé ?

– Vous l'avez encore vexé ! cria le Lièvre.

– Je n'ai pas... commença Alice.

Puis elle se souvint qu'il fallait discuter d'une façon particulière avec un lièvre fou. Elle abandonna le Lièvre de Mars à ses cris, le Loir à ses plaintes, et le Chapelier à ses... à ce qu'il voulait ! Et elle se dirigea vers le poêle, où la bouilloire bouillait joyeusement. Puis elle ouvrit une boîte pleine de feuilles de thé parfumé, en jeta quelques-unes dans la théière, et versa l'eau chaude. Ensuite, elle chercha la tasse la plus propre et versa le thé.

Alice fut tentée d'offrir une tasse à ses hôtes mais après réflexion, elle décida qu'il était préférable de passer... son chemin.

Tes manières, Mowgli !

Une odeur étrange mais délicieuse chatouilla les narines de Mowgli. Il se tourna et aperçut de la nourriture. Un peu plus tard, les gens arrivèrent et s'assirent en cercle. Mowgli était excité. Il venait d'arriver au village d'Homme et il allait prendre son premier repas !

Mowgli se jeta en avant et attrapa un morceau de viande. Il le flanqua dans sa bouche et le mâcha. Il n'avait jamais goûté à la viande cuisinée, et c'était délicieux ! Le jus dégoulinant sur le menton, il sourit aux humains qui l'entouraient.

Mais eux le regardaient avec dégoût. Surpris, Mowgli resta bouche bée. Un morceau de viande à moitié mâché tomba de sa bouche. Pourquoi tout le monde le fixait ?

– Eh bien, il mange comme un animal ! dit une fille.

Mowgli ne comprenait rien. Mais il se rendit soudain compte qu'il ne vivait plus dans la jungle. Les humains ne faisaient pas les choses comme les animaux. Il soupira. Allait-il un jour s'y adapter ?

D'un air penaud, Mowgli se rassit et regarda les autres manger.

Ils utilisaient d'étranges bâtons pointus pour couper, et d'autres plats comme des pagaies pour mettre la nourriture dans leur

bouche. Ils prenaient de petits morceaux qu'ils mâchaient la bouche fermée. Ils n'avaient même pas l'air d'apprécier ! C'était bizarre !

Mowgli essaya de les imiter, avec peu de succès. Le bâton pointu ne coupait pas aussi bien que ses dents et la moitié de la nourriture tombait de sa pagaie.

– C'est peut-être vraiment un animal, dit la fille.

Au repas suivant, Mowgli observa avant de commencer à manger. La nourriture lui paraissait étrange : un liquide chaud avec des légumes. Tenant son bol dans une main, il essaya de mettre le bouillon dans sa bouche avec la pagaie. Mais il ne cessait de couler, ne lui laissant presque rien.

Mowgli reposa son bol et sa pagaie en soupirant, frustré. Puis, tout doucement, il ramassa le bol et le porta à sa bouche. Il prit une grosse gorgée de soupe, l'avala et se lécha les babines.

Les autres s'arrêtèrent et le fixèrent à nouveau. Puis le doyen du village hocha la tête, porta son bol à sa bouche, prit une grande gorgée et finit par se lécher les babines. Il sourit à Mowgli. Très vite, tout le monde se mit à avaler le bouillon bruyamment et à se lécher les babines.

Mowgli sourit. Peut-être qu'il s'adapterait, après tout !

Toc, toc ! Qui est-là ?

Assise dans sa nouvelle chambre, Lilo était heureuse. Les murs étaient presque terminés. Et elle imaginait la pièce, une fois finie. Elle mettrait son lit contre le mur, et le petit lit de Stitch à droite du sien. Le placard ne se trouvait peut-être pas à la bonne place, mais tant pis !

– Lilo, je préférerais que tu ne déranges pas les ouvriers ! dit Nani. Va plutôt surveiller Stitch ! Il donne des coups de langue sur nos belles fenêtres !

Nani était inquiète. Cobbra Bubbles, l'assistant social, devait passer afin de vérifier que tout se passait bien.

– Il n'y aura pas de problème, la rassura Lilo. Stitch ! Stitch ! Où es-tu ? appela-t-elle.

Justement, il y avait un problème ! Une trousse à outils passée autour de la taille, Stitch avait la gueule remplie de clous… Et il donnait de grands coups de marteaux aux clous qu'il enfonçait dans le parquet. Si bien qu'il finit par clouer l'extrémité de la trousse à outils.

– Au moins, tu seras tranquille ! dit Lilo.

Soudain, on frappa à la porte.

– J'y vais ! cria Lilo.

La porte de leur nouvelle maison s'ouvrit sur l'énorme Cobbra Bubbles.

– Bonjour ! dit-il, sans enlever ses lunettes.

– Entrez ! Venez voir nos travaux ! lança Lilo, heureuse de voir son ami.

Cobbra Bubbles enjamba un câble électrique et se fraya un chemin à travers un tas de lattes destinées au parquet.

– Vous ne vivez pas ici, pour le moment ? demanda-t-il.

– Non, pas encore ! gazouilla Lilo. Tout sera terminé le mois prochain !

– Et… Où est Stitch ? voulut savoir Cobbra Bubbles. Je ne le vois pas !

– Lilo ? appela Nani, avec un sourire crispé.

Lilo fronça les sourcils : Stitch était toujours cloué au plancher !

Tout à coup, un grand bruit retentit. Lilo et Nani échangèrent un coup d'œil. Le bruit ne provenait pas de la porte d'entrée mais plutôt de l'un des murs de la chambre de Lilo.

Et Stitch surgit bientôt à travers le mur.

– Le voilà ! s'écria Lilo.

– Je le vois bien, dit Cobbra Bubbles, en essayant en vain de garder son sérieux.

– C'est que… commença Nani. Il… Il nous aide, pour les travaux ! Il a trouvé une autre place pour le placard de Lilo. Regardez !

Nani adressa un petit sourire à Cobbra Bubbles puis se retourna pour examiner l'œuvre de Stitch.

– C'est l'emplacement idéal pour un placard ! déclara-t-elle avec un vrai sourire. Merci beaucoup, Stitch !

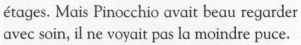

Un peu d'imagination !

La ville était en fête. Pinocchio et son ami Jiminy Criquet, sortirent dans la rue. Quel spectacle ! Il y avait des jongleurs, un éléphant qui faisait des tours !

– Cet éléphant est fantastique ! s'exclama Pinocchio.

– Sans doute, répondit poliment Jiminy.

Ils arrivèrent devant la cage d'un lion qui ouvrit sa gueule immense et rugit.

– Tu as vu ses dents ? s'émerveilla Pinocchio.

– C'est vrai qu'elles sont très grosses, reconnut Jiminy.

Ils virent ensuite une girafe.

– Quel long cou ! fit Pinocchio, ravi.

– Toutes les girafes sont comme ça ! dit Jiminy en haussant les épaules.

Pinocchio était déconcerté par l'attitude de son ami.

– Si tu n'aimes ni les éléphants, ni les lions, ni les girafes, quels animaux de cirque aimes-tu ? demanda-t-il à Jiminy.

– Les puces !

– Les puces ?

– Oui ! Suis-moi, je vais t'en montrer !

Jiminy conduisit Pinocchio devant une tente. Une affiche indiquait « Cirque des Puces ».

À l'intérieur, Pinocchio découvrit un minuscule manège et des petites balançoires. Il y avait aussi des petites cages et des petits trapèzes. Et un minuscule grand-huit à trois étages. Mais Pinocchio avait beau regarder avec soin, il ne voyait pas la moindre puce.

– C'est tout simplement parce qu'il n'y a pas de puces ! expliqua Jiminy.

– Mais alors, à quoi bon ? répliqua Pinocchio.

– C'est une question d'imagination. Avec un peu d'imagination, on peut faire l'impossible ! Voir des puces au Cirque des Puces !

– Je ne vois rien ! assura Pinocchio, confus.

– Fais semblant de voir les puces, et tu les verras, conseilla son ami. Regarde cette puce, en train de jongler, là-bas !

Pinocchio éclata de rire et se mit à jouer le jeu.

– Cette puce s'apprête à sauter dans un cerceau de feu ! dit-il.

– Maintenant, les puces font des acrobaties, déclara Jiminy.

– Elles font une pyramide, ajouta Pinocchio. Et la puce d'en haut se tient sur les mains !

Hélas, l'heure de rentrer à la maison arriva bientôt.

– Que penses-tu du Cirque des Puces ? demanda Jiminy.

– C'est le cirque le plus merveilleux que j'aie vu ! répondit Pinocchio.

– Enfin… Disons que tu l'as imaginé, corrigea Jiminy.

Walt Disney
DINOSAURE

Un baby-sitting mouvementé

Être parents comblait Aladar et Neera. Leur bébé était adorable, gentil, drôle… et très actif ! En effet, à partir du moment où il se réveillait, de bon matin, jusqu'au moment où il allait dormir, il n'arrêtait pas de remuer.

Zini venait souvent leur rendre visite.

– J'adore les enfants et les enfants m'adorent ! disait-il souvent. Si vous avez besoin d'un baby-sitter, oncle Zini sera là !

Un jour, Aladar et Neera acceptèrent son offre.

– Nous allons juste faire une promenade, lui dit Neera.

Et ils partirent. Neera n'arrêtait pas de se retourner…

Zini regarda le bébé dinosaure, bien plus grand que lui.

– Que dirais-tu d'un petit casse-croûte ?

Mais le bébé était trop occupé à creuser la mare dans laquelle il pataugeait.

– Et si c'était trop profond ? Et s'il ne savait pas nager ? dit Zini. Et s'il était englouti par les sables mouvants ?

Le lémurien fit un bond en avant et atterrit sur le ventre. Il essaya de saisir le bébé dinosaure mais sa peau était glissante. Le petit profita de la confusion pour sortir de la mare et s'aventurer dans la végétation environnante.

– Tu peux commencer à manger sans moi

si tu le souhaites ! cria Zini. J'arrive bientôt !

Pendant qu'il s'efforçait de s'extraire de la boue, le petit avait déjà mangé la moitié de l'intérieur d'un tronc d'arbre…

Libéré, Zini s'installa à l'ombre de l'arbre, un gros bouquet de feuilles entre les pattes. Et ils se mirent tous deux à mastiquer bruyamment avec satisfaction. Soudain, Zini entendit un bruit. Le tronc de l'arbre qu'avait dévoré le bébé venait de céder !

Zini était soulagé. Faire du baby-sitting était plus difficile qu'il ne le pensait !

– Tu sais quoi, bébé ? Après un bain rafraîchissant et un bon repas, j'ai l'habitude de faire une petite sieste. Toi aussi, n'est-ce pas ?

La lèvre inférieure du bébé dinosaure trembla. Puis il tapa du pied le plus fort possible.

– Waaaaaah ! Waaaaaah ! hurla-t-il.

Zini fit tout son possible pour le calmer. Le bébé finit par s'épuiser et s'écroula sur le sol en ronflant.

À leur retour, Aladar et Neera trouvèrent leur petit profondément endormi.

– Comment as-tu fait, Zini, pour lui faire faire la sieste ? demanda Aladar. C'est incroyable !

– Rien de spécial, répondit le lémurien, à bout de force. Je sais m'y prendre, avec les enfants, moi !

WALT DISNEY
ROBIN DES BOIS

Une boue providentielle

Presse-toi, Robin ! s'écrie Petit Jean en sautant par-dessus une souche.

Les deux amis étaient partis en promenade par ce petit matin pluvieux mais Robin traînait la patte.

– Chut ! dit-il. J'entends un bruit !

– Allons jeter un œil ! propose Petit Jean.

Une minute plus tard, ils s'arrêtent à l'orée de la forêt et, cachés derrière un buisson, observent un carrosse, embourbé dans un fossé.

– Je reconnais cet attelage, murmure Robin. Il appartient au Prince Jean.

– Ce couard pleurnicheur ! grogne Petit Jean. Bien fait pour lui !

– Sortez-nous de là tout de suite ! geint une voix dans le carrosse.

C'est le Prince Jean bien sûr.

Le cocher hausse les épaules.

– Mais Sire, le carrosse est chargé d'or, je ne pourrai jamais le dégager seul ! Si votre seigneurie descendait, le poids serait amoindri. Juste le temps de libérer les roues.

– Sortir du carrosse ? beugle le Prince Jean. Et rester sous la pluie ? Certainement pas ! Sortez-nous de là !

Le cocher essuie son front trempé de pluie et se dirige vers l'arrière de la voiture.

– J'ai une idée pour aider le prince, son cocher et les pauvres, dit Robin.

Petit Jean sourit, complice. Il sait quelle sorte de plan a germé dans la tête de son ami. Robin fouille dans sa besace et en sort quelques effets pour se déguiser. Petit Jean en fait autant. Ils ressemblent maintenant à deux chasseurs ordinaires. Petit Jean surgit sur le chemin.

– Besoin d'un coup de main ? demande-t-il. Je serais ravi de vous aider !

Pendant ce temps, Robin fait le tour du carrosse et au moment où il ouvre la porte, le Prince Jean se penche par la fenêtre du côté opposé.

– Dépêchez-vous, bande d'incapables ! hurle-t-il.

Petit Jean s'approche du prince.

– Vous serez reparti en un clin d'œil ! assure-t-il.

Robin saisit sa chance. Il subtilise autant de sacs d'or qu'il peut pendant que son compagnon fait diversion.

– Poussez maintenant ! aboie le Prince Jean.

– Avec plaisir, glousse Petit Jean.

Le faux chasseur se dirige nonchalamment vers l'arrière de la voiture en compagnie du cocher. D'une seule poussée, il dégage le carrosse. Le Prince Jean roule de nouveau vers Nottingham, son chargement allégé par vos serviteurs ! Robin et Petit Jean sont vraiment les meilleurs !

Un rendez-vous mémorable

Tilt aimait très fort la reine Atta. Il l'adorait ! Aussi imagina-t-il l'événement le plus romantique que puissent concevoir deux fourmis.

– Je passe te prendre ce soir à 8 heures ! dit-il à Atta, qu'il rencontra tôt le matin, dans la fourmilière.

Et il commença les préparatifs du rendez-vous.

D'abord, il s'occupa du dîner : germes de blé aux graines de tournesol et truffes sauvages ; millet sur feuilles de pissenlit. Enfin, le dessert favori de la reine Atta : mousse de groseilles.

– Le menu idéal ! dit Tilt, certain d'impressionner la Reine.

Puis il descendit vers la crique afin de chercher la feuille parfaite pour une croisière romantique au clair de lune.

– Cette feuille d'aulne conviendra, assura-t-il, en attachant la feuille à une racine, près de la rive. Et cette brindille fera office de rame.

Mais les préparatifs n'étaient pas terminés.

– Comment cela se présente ? demanda-t-il au cirque des insectes qui répétait sur la butte surplombant la crique.

– Super ! répondit Slim. Vraiment super ! Ne t'inquiète pas, nous avons tout prévu. D'ici demain soir, nous saurons la chanson préférée d'Atta par cœur !

– Mais notre rendez-vous est pour ce soir !

– Oh ! s'étonna Slim.

– Je te l'avais dit, déclara Tilt.

– Pas de problème, fit Slim. Nous sommes des professionnels. Si tu veux aussi un orchestre de danse, tu l'auras.

– N'aimerais-tu pas un peu de magie ? demanda Manty le Magicien. J'ai remarqué que rien ne rend une dame plus romantique que lorsqu'on la coupe en deux.

– Hum ! Je vais choisir la danse, dit Tilt.

Mais, en parlant de romance, il pensa qu'il allait oublier les lucioles ! En effet, il avait loué une bonne douzaine de lucioles pour la soirée.

– Venez vite ! appela-t-il en les disposant dans les arbres, au bord de l'eau et autour de la nappe du pique-nique. Parfait ! dit-il, tandis que le thorax des insectes éclairait la nuit qui tombait rapidement.

– Le dîner est prêt. Le bateau et la musique aussi. Tout est sur les rails !

Brusquement, Tilt jeta un regard à sa montre et son cœur se mit à battre très fort.

– Oh, non ! Il est déjà 8 heures ! hurla-t-il. Il faut que j'y aille !

C'était incroyable ! Tilt était tellement occupé à faire en sorte que tout soit prêt qu'il avait presque oublié d'aller chercher Atta pour leur rendez-vous !

DISNEY
LA PLANETE
AU TRESOR

La limite du ciel

Le capitaine Amélia et le docteur Delbert Doppler formaient un couple brillant. Amélia avait participé à de nombreux voyages vers de lointaines galaxies. Delbert était un astrophysicien reconnu par la profession.

Malgré leur jeune âge, leurs quadruplés, trois filles prénommées Matey, Jib et Tillie, et leur garçon Sunny, semblaient avoir hérité de l'intelligence de leurs parents.

À leur insu, les quadruplés avaient utilisé leurs dons pour opérer petit à petit quelques changements dans la maison.

— Jib ! appela Amélia, par un après-midi de grand vent. Qu'est-ce que c'est que ces grandes ailes sur le toit ?

— Je pensais qu'elles seraient jolies ici ! répondit Jib.

— Et toi, Tillie, peux-tu me dire ce que tu es en train de construire dans ta chambre ?

— Un lanceur de fusée ! dit Tillie.

— Fais attention ! prévint son père. La propulsion à réaction pose parfois des problèmes !

Lorsqu'elle vit Matey occupée à installer un immense volant devant la fenêtre du grenier, Amélia se méfia.

— Et ça, c'est quoi ? demanda-t-elle à sa fille.

— Quelque chose d'amusant à tourner ! déclara Matey, l'air innocent.

Bizarre… se dit Amélia.

Et puis une nuit, alors que les enfants étaient couchés, la maison se mit à trembler.

Amélia et Delbert se précipitèrent dans la chambre des enfants. Elle était vide ! Un instant plus tard, la maison commençait à se soulever ! Que se passait-il ?

— Nous avons réussi ! cria Sunny, d'une voix triomphante, en provenance du grenier.

Amélia et Delbert montèrent les marches

— Je conduis ! s'exclama Matey, derrière son volant géant.

— Et moi, je contrôle les voiles ! assura Jib, en tirant sur des manettes.

— J'ai réussi la mise à feu ! dit Tillie.

— Et c'est moi qui ai conçu tout ça ! se vanta Sunny.

— Qu'est-ce que c'est que cet engin ? interrogea leur mère.

— Papa et maman, bienvenue dans notre nouveau mobil-home ! annonça Jib.

Interdits, Amelia et Delbert regardèrent leurs enfants.

— Alors, qu'est-ce que vous en pensez ? demanda Matey avec impatience. Vous aimez ?

Leurs parents avaient l'air très fiers.

— Oh oui, capitaine ! répondit Amélia d'une voix tonitruante.

MICKEY MOUSE

Camping chez Picsou

Regarde ça ! dit Riri montrant la photo d'un Castor Junior se détendant dans un hamac, pendant qu'un autre pêchait.

— Et ça ! dit Fifi en désignant la photo d'un ciel étoilé.

— Ça a vraiment l'air sympa, dit Loulou. Vous croyez qu'oncle Picsou voudrait...

— On ne sait jamais. Il pourrait nous le payer, dit Riri.

Les trois garçons se regardèrent.

— Nan ! Oncle Picsou est peut-être le canard le plus riche du monde, mais il ne se sépare pas si facilement de son argent.

— On peut quand même lui montrer, dit Riri. Ça vaut le coup.

Les trois garçons allèrent dans le bureau de leur oncle.

Fifi encouragea Riri.

— Regarde ça, oncle Picsou.

Riri posa la brochure sur ses genoux.

— Humph, grimaça oncle Picsou.

— C'est un camp éducatif, bégaya Riri.

— On dirait plutôt le gaspillage de mon argent durement gagné, dit le vieux canard.

— Mais... mais on pourrait dormir à la belle étoile, dit Fifi.

— Et faire un feu de camp, insista Loulou.

— Et voir la nature, ajouta Riri.

Oncle Picsou plissa les yeux. Son regard passait de la brochure aux visages pleins d'espoir de ses neveux. En savoir plus sur la nature, hein ?

— Tenez, les garçons, dit oncle Picsou souriant derrière la vitre de sécurité de la véranda.

— Vous avez des tentes...

Il désigna trois tentes minuscules dans le jardin.

— Vous voyez les étoiles... En fait, on ne voyait qu'une ou deux étoiles à travers les branches des arbres.

— Et vous pouvez cuisiner sur un feu de camp, termina Picsou en désignant une toute petite flamme.

Riri écrasa un moustique sur son bras. Fifi secoua la tête pour chasser un nuage de moucherons. Loulou cria alors qu'il était attaqué par une chauve-souris. Qui aurait cru qu'un jardin avait une telle faune !

— C'est beaucoup mieux que cette stupidité de Castors Juniors, n'est-ce pas, les garçons ? demanda oncle Picsou, avec le sourire du canard qui vient d'économiser un centime.

— Oui, oncle Picsou.

Puis ils retournèrent auprès du feu.

— Je crois... dit Riri.

— Que la prochaine fois... continua Fifi.

— On demandera à oncle Donald ! termina Loulou.

101
DALMATIENS

Un coup de patte bienvenu !

Installés très confortablement dans une grange chaude et douillette, quatre-vingt-dix-neuf chiots épuisés et affamés buvaient, chacun leur tour, le lait crémeux de vaches généreuses.

– Nous avions presque abandonné l'espoir de vous voir ici, dit le gentil Collie, le colley, à Pongo et Perdita, qui venaient juste d'arriver avec les petits.

– Nous vous sommes très reconnaissants de votre hospitalité, murmura Perdita, très lasse.

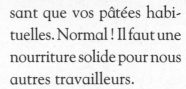

– Regardez-moi ces petits chéris, dit une des vaches. Je n'ai jamais vu autant de chiots en un seul et même endroit.

Pongo, Perdita et les chiots revenaient tout juste d'une longue et épuisante marche dans le froid. Il était très tard et ceux qui n'avaient pas encore bu avaient bien du mal à garder les yeux ouverts.

Kidnappés par Horace et Jasper, les deux affreux acolytes de Cruella, sauvés de justesse par Pongo et Perdita, ils ne finiraient pas en manteau de fourrure, désormais. Cela était sûr.

Les chiots rassasiés entouraient le chien de la ferme, jappant merci sur merci.

– De rien, les enfants, de rien, vraiment, répondit le grand chien maigre en leur souriant.

– Avez-vous du lait chaque soir pour souper, ici ? se renseigna Rolly.

– Non, mais nous mangeons des produits du terroir et je suis sûr que c'est plus nourrissant que vos pâtées habituelles. Normal ! Il faut une nourriture solide pour nous autres travailleurs.

– Mais est-ce qu'il fait toujours aussi froid à la campagne ? demanda Patch.

– Non, pas toujours ! répondit le colley. Je suppose que beaucoup d'entre vous viennent de la ville. Il y a beaucoup de différences entre la vie à la campagne et la vie dans les cités. Prenez la laisse, par exemple. Ici, les chiens n'en portent pas. Il y a de l'espace pour courir et vagabonder. Il n'y a pas autant de chiens ici que chez vous, en ville mais beaucoup d'autres animaux – qu'on ne verra jamais dans vos rues – vivent ici en liberté. Les vaches, les moutons, les chevaux, les oies, les…

Soudain, le colley s'arrêta. Il avait entendu un minuscule ronflement. Il regarda les chiens à la ronde et réalisa que tous, y compris Pongo et Perdita, étaient tombés dans un profond sommeil.

– Les pauvres, murmura-t-il, le voyage a été si éprouvant. Puissent-ils vraiment très vite retrouver leur maison et leurs fidèles compagnons !

Un nouvel ami

Imagine la surprise de Mulan ! Elle cueillait des fleurs pour sa grand-mère dans une prairie quand elle aperçut un minuscule chaton gris, sur les branches d'un vieux cyprès.

– Oh, la pauvre petite chose ! Tu as peur de redescendre ? s'écria Mulan.

– Miaou ! répondit le chaton.

En s'aidant des branches basses, Mulan grimpa aussitôt dans l'arbre. Au prix de gros efforts, elle réussit finalement à atteindre le chaton et redescendit en le serrant contre elle avec un bras.

– Voilà ! dit Mulan, en reprenant sa respiration. Maintenant tu peux rentrer chez toi.

Elle posa doucement le chaton sur le sol. Après une rapide caresse derrière les oreilles, elle le poussa sur le chemin.

Mais le petit chat reconnaissant ne bougea pas d'un pouce. Au contraire, il s'assit et la regarda en ronronnant.

– Va-t-en ! dit Mulan en souriant. Ta maîtresse a dû te préparer un bol de lait !

Mais le chaton ne bougea pas.

– Très bien ! Débrouille-toi, dit Mulan, en ramassant ses fleurs. Je suis déjà en retard et dois rentrer à la maison. Tâche d'éviter les arbres, minet !

Et elle fit demi-tour pour rentrer chez elle.

– Miaou ! Miaou ! Miaou !

Imagine la surprise de Mulan ! Son nouvel ami trottinait à ses côtés !

– Parfait ! s'exclama-t-elle en riant. Les Fa vont avoir un petit invité à la maison !

Mais tout le monde n'apprécia pas d'avoir de la compagnie ! Entre autres, Petit Frère, le chien de Mulan. Surtout lorsque le chaton marcha sur son coussin de soie et osa s'y étendre !

– Wouf ! Wouf ! Wouf ! aboyait-il.

– Suffit ! dit Mulan. Notre ami a déjà été très éprouvé. Reçois-le comme il se doit, et laisse-le se reposer !

Mais le chaton fit alors une chose difficilement pardonnable. Il se dirigea droit sur la gamelle du chien et but toute l'eau qu'elle contenait.

– Grrrrr ! Grrrr ! Grrrr ! protesta Petit Frère.

– Allons ! Il doit avoir aussi très soif, dit Mulan en présentant une assiette de lait au petit chat.

Maintenant, imagine la surprise de Petit Frère quand le chaton poussa l'assiette vers lui, d'un coup de petit nez rose.

– Miaou ! miaula le chaton, en poussant de nouveau l'assiette.

– Regarde, Petit Frère ! s'exclama Mulan. Il veut être ton ami.

Et c'est ainsi qu'ils devinrent amis.

Disney *Aladdin*

Mystère au jardin

Pour la première fois depuis des années, le Sultan d'Agrabah a un peu de temps. Jasmine et Aladdin l'aident à régler les affaires courantes et il peut enfin passer ses après-midis dans son potager. Il y fait pousser aubergines, pois chiches, persil, concombres, tomates et laitues.

— Des légumes, berk ! crie le perroquet Iago, perché sur un tuteur. Donnez-moi une figue à la rigueur ! Mais des légumes, non merci !

Un jour, le Sultan descend dans son jardin et c'est la consternation ! Les pois chiches ont disparu, les laitues se sont envolées et les tomates évanouies !

Le Sultan, Jasmine, Aladdin et Rajah cherchent les indices de cette mystérieuse disparition. Et les trouvent ! Des empreintes de griffes de… perroquet ! Iago ! Voilà le coupable !

— Je ne peux pas le croire, s'écrie le Sultan. Cet oiseau doit vraiment haïr les légumes pour les avoir tous arrachés de la sorte !

Les enquêteurs suivent les traces du perroquet jusque dans la ville. Ils s'éloignent de plus en plus du palais et Aladdin commence à reconnaître les ruelles de son ancien quartier.

— Je me demande où Iago a bien pu cacher ces légumes, dit-il. S'il veut les vendre, pas de chance, personne n'a d'argent, ici.

Aladdin a bientôt sa réponse. Au détour du chemin, Rajah a trouvé une famille de pauvres gens en plein pique-nique. Les bavardages sont joyeux, les assiettes pleines passent de main en main. Au milieu de la petite assemblée, se tient Iago !

— Iago ! crie Jasmine. La récolte de papa !

Le père de famille s'approche.

— Mes excuses, votre Altesse, dit-il. Nous ne savions pas que ces légumes vous appartenaient. Ce perroquet nous a vus affamés et nous a proposé à manger. Nous vous les rendrions de suite, si nous n'avions cuisiné ces beignets avec les pois chiches et cette purée avec les aubergines ! Cependant, il y en a assez pour nous tous, voulez-vous vous joindre à nous ?

Jasmine n'a jamais entendu aussi plaisante invitation. Aussi, tous s'assoient pour partager ce repas. Les plats sont délicieux et se marient très bien avec les salades de crudités.

— Je suis ravi, dit le Sultan, que mon potager ait autant de succès. Le mieux serait de le transporter ici dans la cité, et que tout le monde en profite. Pourquoi pas, ici-même, qu'en pensez-vous ?

Les convives applaudissent à cette merveilleuse idée. Tous, sauf Iago, bien sûr !

— Des légumes, berk, quelle drôle d'idée !

Walt Disney
DUMBO

Un sauvetage audacieux

Dumbo se tient sur la plate-forme bien au-dessus de la piste de cirque. En dessous, les clowns paraissent aussi petits que des cacahuètes. Il entend leurs appels.

– Allons mon garçon, dit Timothée le souriceau, installé sur le bord du chapeau de Dumbo. Es-tu prêt ?

Dumbo est prêt. Il sait ce qu'il a à faire, car il le fait chaque soir. Lorsque les clowns-pompiers l'appellent, Dumbo doit sauter de la plate-forme dans le vide. Puis au dernier moment, il doit déplier ses oreilles et s'envoler. Le public applaudit toujours à tout rompre et le spectacle est terminé.

– Eh, petit ! C'est à toi ! couine Timothée dans l'oreille du petit éléphant.

Un pas en avant et Dumbo tombe. Il descend de plus en plus vite vers le sol du chapiteau. Les spectateurs écarquillent les yeux. Mais soudain, Dumbo voit une petite fille en larmes assise au premier rang, une barbe à papa à la main.

En un instant, le petit éléphant oublie son numéro. Déployant ses oreilles, il plane au-dessus des clowns éberlués. Dumbo scrute les gradins. Pourquoi la petite fille est-elle toute seule ? Où sont donc ses parents ?

– Dumbo, que fais-tu ? Ce n'est pas le moment de manger, crie Timothée tandis que l'éléphant se dirige vers le marchand de pop-corn.

Mais Dumbo n'entend pas son ami. La petite fille a besoin de lui.

Il trouve enfin ce qu'il cherchait. Là, juste à côté de la machine à barbe à papa, un couple ! Ils ont l'air affolé.

– Clara, où es-tu ? crie le père.

Mais sa voix se perd dans le brouhaha de la foule. La petite ne pourra jamais l'entendre ! Que peut-il donc faire ?

Dumbo fait le tour du chapiteau, une nouvelle fois et rejoint le banc où la petite fille est assise, en pleurs. Comment lui dire que ses parents la cherchent ? Il faut la conduire jusqu'à eux. Dumbo pique lentement, étire sa trompe et attrape la fillette par la taille et la soulève dans les airs.

– Dumbo ! Qu'est-ce que tu fabriques ? crie Timothée.

Dumbo descend et dépose l'enfant juste devant ses parents. Elle se réfugie aussitôt dans leurs bras et ses larmes sèchent comme par enchantement.

La foule est déchaînée quand Dumbo fait son dernier vol autour de la piste. Même les clowns ont le sourire.

– Bon travail, petit ! dit Timothée à Dumbo. Très beau numéro !

Histoire de baleine

Embarquez, les explorateurs ! appela M. Raie. Nemo, Titouan et le reste de la classe sautèrent sur le dos de la grosse raie manta. C'était la semaine des invités d'honneur et ils allaient sur la Grande Falaise.

Quand ils atteignirent le bord du récif, un poisson-chirurgien bleu nagea à leur rencontre.

– Et voici notre invitée d'honneur, annonça M. Raie.

– Salut, tout le monde. Je m'appelle Dory et je suis très contente d'être là !

– Dory, demanda M. Raie, peux-tu nous apprendre quelque chose sur les baleines ?

– Bien, voyons… Les baleines sont très grosses mais elles mangent des petites créatures appelées krill. Et que sais-je ? Une baleine a failli me manger…

– C'est faux ! lâcha Titouan.

– Qu'est-ce qui est faux ? demanda Dory.

– Jimmy Planqueton dit que Nemo a inventé l'histoire de la baleine qui vous a mangés, le papa de Nemo et toi, répliqua Titouan.

– Je ne l'ai pas inventée ! cria Nemo.

– Bon, dit Dory, techniquement, Jimmy Planqueton a raison. On n'a pas vraiment été mangés par la baleine…

Titouan sourit bêtement :

– On était juste dans la bouche de la baleine pendant un long moment ! ajouta Dory.

– Wouah ! s'écria la classe.

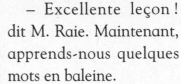

– En fait, expliqua Dory, la baleine nous a transportés jusqu'à Sydney. Je pense que si vous commencez par parler à la baleine, ça clarifie la plupart des problèmes d'ingestion.

– Excellente leçon ! dit M. Raie. Maintenant, apprends-nous quelques mots en baleine.

– Bon d'accord, dit Dory. Répétez après moi : « Paaasseeezzz uuuunnne booonnnnne joooouuurnééééée ! »

– Paaasseeezzz uuuunnne booonnnne joooouurnééééée ! répétèrent les élèves.

– Très bien ! dit Dory.

– C'est stupide, dit Titouan. Tu n'as pas vraiment…

Soudain, Titouan se tut. Tout le monde fixait Dory avec terreur.

Dory se retourna. Une baleine bleue se tenait juste derrière elle ! Elle haussa les épaules et dit à la baleine :

– Ooooon neeeee faaaiiisaaaiiit queeee s'eeennntraaaîîîîneeerrr !

D'un braillement sonore, la baleine lui souhaita de passer quand même une bonne journée, puis elle partit.

– Alors, Titouan, demanda Nemo, tu crois Dory maintenant ?

– C'était trop cool ! J'ai hâte de dire à Jimmy Planqueton de quelle façon j'ai failli être mangé par une baleine ! s'exclama Titouan.

Disney
FRÈRE DES OURS
Le bon coin

Je suis fatigué. On s'arrête où pour la nuit ? gémit Koda.

– C'est toi qui es supposé savoir où on va grogna Kinaï.

Leur voyage jusqu'à la Fête du Saumon était plus long que prévu, et son « guide » le rendait fou. Kinaï souhaitait pouvoir s'en défaire, même pour quelques heures.

– Eh, c'est pas une grotte devant ? demanda-t-il.

Koda alla vérifier en trottinant.

– C'est une grotte ! criat-il, à nouveau énergique. Il entra, puis sortit de la grotte en courant et trébucha dans les pattes de Kinaï, le faisant presque tomber.

– Et elle est vide. On peut s'arrêter là ? Dis, on peut ?

Kinaï entra dans la grotte d'un pas lourd et s'effondra contre le mur du fond, sans prendre la peine de lui répondre. Mais le petit ours n'avait pas l'air d'avoir remarqué. Il continuait à parler.

– Elle est petite, n'est-ce pas ? Ma maman et moi, on avait une grotte énorme. On dormait toujours au fond, nous aussi. Il y fait plus chaud. Ma maman l'appelait le « bon coin ». Est-ce qu'on va dormir dans le bon coin, Kinaï ?

Koda grimpa sur le dos de Kinaï et se mit à l'aise.

– Moi oui, grogna Kinaï en poussant Koda. Tu vas dormir là-bas. Il désigna l'entrée de la grotte.

Koda, pour une fois, resta silencieux. Il s'y dirigea lentement, sans se retourner, et se coucha.

– Hmph, grogna Kinaï. Il ferma les yeux puis les rouvrit une seconde plus tard. Il entendit quelque chose claquer. C'était les dents de Koda. L'ourson tremblait à l'entrée de la grotte.

– Bon, tu dors ici et moi là-bas. Kinaï se leva et poussa Koda vers le fond de la grotte avec sa patte.

– Tu me donnes le bon coin ? Merci !

Koda sourit et se pelotonna là où Kinaï était couché.

Kinaï grommela et se coucha. Il ferma les yeux et cala son nez froid sous ses pattes. Mais il n'arrivait pas à dormir. Le vent entrait dans ses oreilles et le froid remontait du sol.

Dans le fond de la grotte, Koda ronflait paisiblement.

Kinaï frissonna. Koda paraissait si bien que le gros ours rampa jusqu'à lui. Sans le réveiller, Kinaï se coucha à côté de l'ourson confortable.

– Je suppose que tu as parfois raison, petit ours, chuchota Kinaï à Koda. C'est le bon coin.

LE ROI LION

Moitié hakuna, moitié matata

Pourquoi es-tu si triste ? demanda Pumbaa à Nala.

— Je ne suis pas triste, dit Nala. Je suis juste un peu plus sérieuse que vous.

— Je crois que tu devrais pratiquer un petit hakuna matata, dit Pumbaa.

— Un awana mawatta ? demanda Nala.

— Tu es sûr qu'elle peut y arriver ? murmura Timon à Pumbaa du coin.

— Bien sûr que oui ! dit Nala en haussant la voix. Il faut juste que je sache ce que c'est.

— Aaaah, hakuna matata, rêva Pumbaa. C'est le moyen de se libérer de tous les problèmes de la vie.

— Ça signifie « pas de soucis », expliqua Timon.

— Oh, je comprends, fit Nala. Au lieu de résoudre les problèmes, vous faites comme s'ils n'existaient pas.

— Hakuna matata t'aide à te détendre, dit Pumbaa.

— On dirait que votre hakuna matata est juste une autre façon de dire « manque d'inspiration et paresse », continua Nala.

— Je crois qu'elle vient de nous insulter, souffla Timon à Pumbaa.

— Vous voilà ! Qu'est-ce que vous faites ? dit Simba.

— J'étais juste en train d'apprendre la

signification du concept étrange d'hakuna matata, expliqua Nala.

— C'est pas génial ! dit Simba en souriant.

— Oui, c'est sûr, dit Nala. Si tu veux que rien ne soit jamais fait.

Simba fronça les yeux.

— C'est pas ça. Hakuna matata t'aide à avancer.

— Bien sûr, continua Nala. Hakuna matata… Je ne dois pas m'inquiéter. Je ne dois pas essayer.

— Je suppose que tu peux voir ça comme ça, dit Simba. Mais pour moi, ça signifie « ne t'en fais pas. C'est bon ». Ça me donne la force de traverser les épreuves.

— Whouah, je n'y avais pas pensé comme ça, dit Nala.

— Alors, tu es prête à te joindre à nous ? demanda Timon.

— Absolument ! sourit Nala.

— Apportez les scarabées croustillants ! cria Pumbaa.

— Allons embêter les éléphants ! cria Timon.

— Tous au marais pour une bataille de boue ! s'écria Simba.

Et tous les trois se mirent en route.

— Ce n'est pas vrai, murmura Nala. Ce n'est pas à ça que je pensais.

Mais elle sourit et courut après ses amis.

— Le dernier au marais est un œuf pourri ! cria-t-elle.

Walt Disney
Cendrillon

Le mystère de la pantoufle

Oh, quelle belle matinée ! s'écrie Cendrillon, en s'asseyant sur son lit, ce matin-là.

Le soleil brille. Les oiseaux chantent. Une délicieuse odeur de petits pains frais à la cannelle s'élève de la cuisine royale.

— Mmmh, le petit déjeuner est prêt ! dit Cendrillon.

Au pied du couvre-lit, ses amies les souris, réveillées elles aussi, lui sourient.

Cendrillon se lève et glisse sur le peignoir jeté au pied de son lit.

— Où sont mes pantoufles ?

— En voilà une ! dit Jaq, qui bondit sur le sol et rapproche la pantoufle du pied de la jeune fille.

— Merci, Jaq chéri, dit Cendrillon en l'enfilant. Mais où est la seconde ?

— Je ne la vois pas, dit Jaq.

Il se penche et regarde sous le lit. Rien.

— Bert, Mert ! crie Jaq à ses amis. Avez-vous vu la pantoufle de Cendrillon ?

Bert et Mert secouent la tête.

— Ne me dites pas que je l'ai encore perdue, dit la jeune fille en soupirant.

— Ne t'inquiète pas, Cendrillon, lui dit une souris, nommée Suzy. Nous la retrouverons.

Cendrillon et ses amis fouillent la chambre du sol au plafond.

Ils regardent sous les tables, derrière les étagères de livres, dans les armoires et sur les coiffeuses, bref, partout où l'on pourrait trouver une pantoufle égarée.

— Je commence à croire qu'elle a disparu ! dit Cendrillon tristement.

— Hmm, dit Jaq. Cette pantoufle était là hier soir…

Il s'arrête au beau milieu de sa phrase.

— Mais bien sûr ! s'écrie le souriceau.

— Que veux-tu dire par « bien sûr » ? demande Cendrillon.

— Suis-moi, lui dit Jaq, d'un air entendu.

Il s'arrête devant un petit trou de souris.

Chaussée de son unique pantoufle, Cendrillon le suit.

— Regarde par ici ! lui dit Jaq.

Curieuse, Cendrillon jette un œil par la minuscule ouverture.

Oui, c'est bien sa pantoufle qui est là. À l'intérieur, confortablement niché, Gus est profondément endormi.

— Oh, dit Cendrillon, qu'il est mignon !

— Réveille-le ! s'exclame Jaq.

— Oh, non, laisse-le dormir !

— Mais tu as besoin de ta pantoufle, Cendrillon !

La jeune fille réfléchit un moment.

— En fait, non ! dit-elle en ôtant prestement la deuxième. Je viens juste de changer d'avis. Je pense que c'est le jour parfait pour un petit déjeuner au lit !

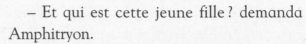

Une réunion de famille

Qu'est-ce qui te préoccupe, Meg ? demanda Hercule à sa petite amie.

– Nous allons rendre visite à tes parents, et je veux leur faire bonne impression !

– Tu vas certainement leur faire une excellente impression !

– Suffit ! s'emporta Phil. J'en ai assez de vos conversations à l'eau de rose ! Y a-t-il moyen de sortir d'ici ?

– Pas de problème ! s'exclama Hercule.

Pégase les prit sur son dos et ils quittèrent la maison à toute allure.

Pendant ce temps, Amphitryon et Alcmène, les parents d'Hercule, se préparaient à recevoir leur fils et ses amis.

– Tout est prêt ? s'inquiéta Alcmène.

– Bien entendu ! la rassura son époux.

– Je suis sans doute inquiète parce que je n'ai pas vu notre fils depuis longtemps, dit Alcmène.

Amphitryon n'eut pas le loisir de répondre, un bruit se fit entendre, au-dehors.

– C'est lui ! C'est Hercule !

Hercule se trouva bientôt devant la porte. Il sauta de son cheval et embrassa tendrement ses parents. Puis il leur présenta Phil.

– Heureux de faire votre connaissance ! dit Phil en leur tendant sa carte de visite. Vous avez un fils extraordinaire ! Contactez-moi, si vous en connaissez d'autres comme lui !

– Et qui est cette jeune fille ? demanda Amphitryon.

– C'est Meg, mon amie, répondit Hercule, en rougissant un peu.

À cet instant, Pégase poussa un hennissement.

– Ah ! Comment ai-je pu oublier mon vieil ami Pégase ? s'écria Hercule.

– Parfait, parfait ! coupa Phil. Assez de mondanités ! Nous avons fait un long voyage et je meurs de faim. On passe à table ?

– Un instant ! fit Hercule. Je sais qu'un repas succulent nous attend, mais je veux d'abord raconter à mes parents ce qui m'est arrivé depuis ma dernière visite !

Prenant une profonde respiration, il commença :

– J'ai appris que je suis le fils de Zeus et d'Hera. De là, je tiens ma force physique. Mais à côté de ce que vous m'avez apporté, vous, mes parents adoptifs, cela n'est rien !

Amphitryon et Alcmène rayonnaient de joie.

Ils prirent place pour un festin de roi. Amphitryon et Alcmène étaient heureux d'avoir leur fils à la maison. Hercule était content de se retrouver chez lui. Meg était honorée d'être leur invitée. Quant à Phil, il appréciait de se retrouver dans une vraie famille…

Disney
La Belle et La Bête

Un thé enchanté

Belle fredonnait en se promenant dans le château. Elle vivait ici depuis des mois maintenant et commençait à se sentir un peu chez elle. Les habitants des lieux, transformés en objets enchantés, avaient été très bons pour elle et même la Bête semblait vouloir s'adoucir.

Tout en chantonnant, Belle entra dans la cuisine pour aller rendre visite à Mrs Samovar et au poêle. Belle adorait discuter avec eux tout en apprenant de nouvelles recettes.

– Bonjour Belle, l'accueillirent-ils gentiment.

– Bonjour ! répondit Belle.

L'odeur de viande rôtie et de légumes alléchait la jeune fille. Le dîner allait être délicieux, comme d'habitude.

– Vous êtes juste à l'heure pour une tasse de thé, déclara Mrs Samovar.

Zip sauta sur le comptoir, et se posa juste devant la jeune fille.

– Je serai ta tasse, dit-il. Pas de farces, pas de bulles, c'est promis !

– Alors, d'accord, dit Belle.

La théière versa du thé chaud dans sa tasse de fils et ajouta un morceau de sucre.

– Comment s'est passée votre matinée à la bibliothèque ? demanda-t-elle.

– C'était merveilleux, s'exclama Belle.

– J'ai terminé mon livre sur les chevaliers en armure et j'en ai commencé un autre qui parle d'un prince transformé en grenouille.

– En grenouille ! s'écria le poêle.

Soudain, une fumée noire s'éleva au-dessus du four et envahit la pièce. Quand elle se dissipa enfin, Belle découvrit le rôti séché et les légumes carbonisés.

– Oh, mon dieu ! s'affola le poêle.

– Que va-t-on faire pour le dîner de la Bête ? se tracassait Mrs Samovar.

À ce moment-là, Lumière entra dans la cuisine.

– Quelle est cette affreuse odeur ? dit-il avant de comprendre ce qui s'était passé. Nous ne pouvons servir ce rôti brûlé à la Bête ! Qu'allons-nous faire ?

– Un ragoût enchanté ! répondit Belle en prenant les choses en main.

Elle rassembla quelques légumes, les éplucha, les coupa et les jeta dans un faitout. Elle y déposa le rôti.

– Cela donnera un goût de fumé très subtil, expliqua-t-elle.

La Bête entra dans la cuisine au même moment.

– D'où vient ce délicieux fumet ?

– C'est le souper, répondit Belle en faisant un clin d'œil à Mrs Samovar et au poêle. Un ragoût enchanté que nous avons cuisiné tous ensemble !

Walt Disney
La Belle et le CLOCHARD

Tel père, tel fils !

La vie de Clochard a changé. Il n'est plus un vagabond et habite dans une maison. Cependant, l'ancien chien des rues trouve difficile de changer ses vieilles habitudes.

– Clochard, lui dit Lady, tu dois être un exemple pour les enfants, spécialement pour Scamp !

Le chiot est aventureux comme son papa. Il n'est pas surprenant de voir le père et le fils chassés dehors pour avoir joué ensemble comme des fous. Car un de leurs jeux favoris consiste à se rouler dans la boue et à glisser sur le carrelage propre de la cuisine !

Tante Sarah et ses deux affreux siamois, Si et Am, viendront bientôt en visite et Lady s'inquiète. Quelle catastrophe peut-il encore arriver ?

– Ne te fais pas de souci, dit Clochard. Je promets de tenir Scamp loin de ces matous.

– Et ? demande Lady.

– Et je promets de ne pas les approcher moi-même, ajoute son compagnon.

Le jour de la fameuse visite arrive. Clochard et Lady demandent aux chiots de ne pas apparaître. Mais Scamp est très curieux. Il se faufile en dehors de la chambre, rampe dans le dos des chats et essaie d'attraper leur queue. Les siamois se retournent aussitôt et le poursuivent alors sur le canapé, sous la table et vont même jusque dans un placard.

Bon, pense Clochard, il faut passer à l'action !

Il bondit à la rescousse de son fiston. Quelques secondes plus tard, Clochard et Scamp ressortent du placard comme si de rien n'était et se font un clin d'œil complice.

Plus tard, on trouve Si et Am, dans le réduit, attachés solidement ensemble avec une écharpe.

Clochard et Scamp sont envoyés dans le jardin, comme prédit.

Lorsque Lady les retrouve en fin d'après-midi, elle découvre qu'ils ont creusé partout à la recherche d'os !

Au regard outré de Lady, les deux coupables attendent le sermon

Clochard dit à Lady, innocent :

– Tu voulais qu'il prenne de l'exercice, non ?

– Essaie, maman, s'écrie Scamp, c'est si amusant !

– Qu'est-ce que je vais bien pouvoir faire avec vous deux ? dit-elle en riant finalement.

Clochard et son fils extirpent un gros os de la niche.

– Dîner ! répond Clochard, espiègle.

– D'accord, dit Lady, mais dès que nous aurons fini, il faut remettre le jardin en ordre !

– Oui, maman ! répondent-ils en chœur, ravis de leur victoire.

CIME
FRA

Walt Disney
Peter Pan

La leçon de Clochette

Clochette était fâchée. Elle devait explorer la grotte du Crâne avec Peter Pan, mais il était encore en train de jouer avec les Garçons Perdus. Quand elle tinta impatiemment à son oreille pour lui faire savoir qu'il était l'heure, il lui dit d'attendre. Alors elle décida de lui donner une leçon. Elle se cacha dans un arbre creux.

– À l'aide ! tinta-t-elle aussi fort qu'elle pouvait. Je suis coincée !

Un moment plus tard, Peter apparut. Il était essoufflé d'avoir volé aussi vite.

– Qu'est-ce qu'il y a, Clochette ? souffla-t-il. Tu as un problème ?

Clochette ne put s'empêcher de rire en voyant son visage inquiet. Elle ria si fort qu'elle en tomba de l'arbre.

Peter Pan fronça les sourcils.

– Ce n'est pas drôle, Clochette. J'ai vraiment cru que tu étais en danger ! Et tu as interrompu mon jeu pour rien !

Il repartit. Clochette arrêta de rire. Manifestement, Peter n'avait pas encore appris la leçon.

Elle vola vers la lagune et se cacha dans les roseaux.

– À l'aide ! tinta-t-elle. Je suis mouillée !

Peter se précipita à la lagune. Il savait qu'il était dangereux que les ailes de Clochette soient mouillées.

– Où es-tu, Clochette ?

Il avait l'air si inquiet que Clochette se mit à rire, jusqu'à ce qu'elle roule hors des roseaux. Peter prit un air très sérieux.

– Clochette, ce n'est pas drôle. Tu m'as fait peur ! Je sais que tu veux que je termine mon jeu, mais plus tu m'interromps, moins ça ira vite !

Il repartit. Clochette arrêta de rire. Peter mettait sa patience à rude épreuve !

Clochette s'assit sous un champignon et réfléchit. Elle voulait faire à Peter une dernière frayeur dont il se souviendrait…

Mais alors qu'elle réfléchissait, elle eut de plus en plus sommeil. Elle s'adossa contre le pied du champignon et ferma les yeux…

Quand Clochette rouvrit les yeux, elle se trouva nez à nez avec un faucon affamé qui essaya de l'avaler ! Elle tinta, tinta… mais Peter ne venait pas !

– Je ne plaisante pas, Peter ! Je vais être mangée ! Je suis désolée d'avoir essayé de te piéger. Cette fois-ci, c'est bien réel !

Puis Clochette se réveilla. Elle était soulagée de voir qu'elle était saine et sauve, à l'ombre du champignon.

Clochette prit une profonde respiration.

– C'était vraiment effrayant. Je suppose que j'ai bien appris ma leçon…

Que la peur domine !

Non, non, non ! cria Jack Skellington à une petite goule qui taillait un visage sinistre dans une citrouille. C'est trop effrayant ! Le Perce-Oreilles vient aujourd'hui !

– Désolée, Jack.

La goule se mit à tailler le visage d'un chaton dans une nouvelle citrouille.

– C'est mieux.

Jack lui sourit, puis partit. Il traversa Halloween-ville en surveillant les préparatifs du prochain jour d'Halloween.

L'année précédente, Jack avait essayé de s'emparer de Noël. Mais il avait compris qu'il valait mieux se concentrer sur ce qu'il savait vraiment faire.

Jack jeta un coup d'œil au cimetière et souffla. Des habitants habillaient les fantômes avec des chaînes et des chiffons en lambeaux.

– Oh, ça ne va pas aller du tout ! s'écriat-il. Le pauvre Perce-Oreilles a eu assez peur l'année dernière !

– Désolés, Jack.

Ils se dépêchèrent de troquer les chaînes contre des guirlandes de fleurs.

– Beaucoup mieux !

Enfin, le Perce-Oreilles arriva.

– Bienvenue à Halloween-ville, Perce-Oreilles ! s'exclama le Maire.

– Merci, répondit-il. J'adorerais vraiment voir ce que vous avez préparé cette année.

– Bien sûr !

Jack tapa dans ses mains et les habitants montrèrent au Perce-Oreilles leur jolies citrouilles, leurs fantômes en fleurs et tout le reste.

Le Perce-Oreilles parut un peu déçu.

– Que se passe-t-il ? demanda Jack, anxieux. C'était trop effrayant ? On a fait en sorte que vous n'ayez pas peur…

– C'est ça qui ne va pas, fit le Perce-Oreilles. Ne soyez pas stupides ! Vous ne pouvez pas dé-effrayer Halloween.

– Mais on pensait que vous n'aviez pas aimé ce qu'on avait fait pour Noël, l'an dernier, ajouta Jack.

– En effet, expliqua le Perce-Oreilles. Mais c'était Noël, les enfants attendaient des sucres d'orge et des peluches, pas des goules et des gobelins. Pour Halloween, c'est l'inverse ! Vous ne pouvez pas les décevoir !

– Il a raison… songea Jack. Tout le monde au travail !

Les habitants produisirent immédiatement une collection de farces et de friandises terrifiantes.

– Ho, ho, ho ! cria le Perce-Oreilles alors qu'une bande de bannies hurlantes le chassaient d'Halloween-ville.

– C'est ça ! Joyeux Halloween à tous !

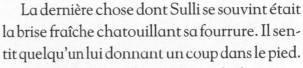

Joyeux Halloween !

Bouh ? chuchota Jacques Sullivent en passant sa tête par la porte. Eh, Bouh, tu es là ? Je suis venu te souhaiter un joyeux Halloween. Bouh ?

Pas de réponse. Le gros monstre bleu à fourrure fit un pas dans la pièce, puis un autre. Il vit le mobile familier pendu au plafond. Jouets, livres et jeux étaient rangés soigneusement sur les étagères et le lit était fait. Mais aucun signe de son amie humaine.

Sulli soupira.

– Oh, bon, je suppose que tu n'es pas là, murmura-t-il.

Il ne put s'empêcher d'être déçu. Il avait attendu impatiemment toute la journée le moment de rendre visite à son enfant humain préféré. Halloween n'existait pas à Monstropolis mais Sulli savait que c'était le seul jour de l'année où les enfants aimaient vraiment avoir peur. C'était donc le bon jour pour recevoir la visite d'un monstre… surtout d'un monstre ami.

Sulli bâilla. La journée avait été longue et il était fatigué.

– Je suppose que je pourrais simplement m'asseoir ici et attendre, murmura-t-il en s'asseyant au bord du lit de Bouh.

Ses paupières tombèrent. Il s'allongea sur le lit et bâilla à nouveau. Sulli marmonna alors qu'il s'assoupissait.

La dernière chose dont Sulli se souvint était la brise fraîche chatouillant sa fourrure. Il sentit quelqu'un lui donnant un coup dans le pied.

– Pas encore, Bob, grogna-t-il. Il est trop tôt pour aller travailler, je… Ahhhh !

Il ouvrait tout juste les yeux. Au lieu de voir le corps familier vert et rond de Bob, il vit…

« Un fantôme ! » frissonna-t-il. Il bondit et commença à courir hors de la pièce pour fuir cette créature blanche et terrifiante qui se tenait au bout du lit.

– Oh, nooooon !

Le fantôme gloussa.

– Minou ? dit-il joyeusement.

Sulli s'arrêta.

– Euh, qu'est-ce que tu as dit ?

– Minou ! cria à nouveau le fantôme.

Il leva les bras, attrapa sa cagoule blanche de fantôme et la retira de son visage.

Quand Sulli vit ce qu'il y avait sous la cagoule, il se mit à sourire.

Mais soudain, il se sentit ridicule. Il avait complètement oublié que pour Halloween, les enfants humains se déguisaient pour essayer de se faire peur. Ça avait bien marché avec lui !

– Bouh ! s'exclama-t-il avec joie en tendant les bras pour l'embrasser. C'est toi ! Joyeux Halloween, petit monstre !

La Petite Sirène
Le Stackblackbadminton

Après le dîner le prince Éric, Ariel et Grimsby, l'intendant du palais, allèrent s'installer dans le salon.

– Voulez-vous faire une partie, ma chère ? demanda Grimsby à Ariel, en désignant une table sur laquelle était posé un plateau à damiers rouges et noirs.

Ariel ne put lui répondre : elle avait échangé sa voix contre des jambes. Mais elle fit signe que oui.

– Je commence ! lança Éric, en faisant glisser un disque noir d'un carré à un autre.

Ariel se dit que ce n'était pas compliqué. Ce jeu ressemblait à la « conque », un jeu très apprécié du peuple de la mer. Et elle poussa le même disque noir jusqu'au carré suivant.

– Mais non ! s'écria Éric, en éclatant de rire. Je suis noir. Tu es rouge ! Tu dois donc déplacer le rouge ! Tu as compris ?

Ariel regarda Éric et poussa un soupir.

– Mademoiselle veut peut-être que je lui montre ? proposa Grimsby.

Il s'assit à la place d'Ariel et les deux joueurs se mirent à déplacer les disques sur le damier. Mais la Petite Sirène ne comprenait toujours pas ce qu'ils faisaient.

Tout à coup, elle entendit un battement d'ailes sur le rebord de la fenêtre. C'était Eurêka !

Désignant les deux hommes, Ariel demanda du bout des lèvres :

– Qu'est-ce qu'ils font ?

– Ils jouent au Stackblackbadminton, un jeu très populaire chez les humains, répondit Eurêka.

– Tu vois ces disques ? demanda Eurêka. Ce sont des jetons. À la fin de la partie, les joueurs comptent leurs jetons. Ensuite, la personne qui n'a pas joué…

– C'est-à-dire moi ? murmura Ariel.

– Oui. C'est toi qui dois ramasser tous les jetons !

Ariel montrerait à Éric qu'elle savait jouer ! Elle se dirigea aussitôt vers les deux hommes. Ils paraissaient avoir terminé la partie. Ils regardaient fixement le damier où ne restaient que quelques jetons. Se penchant, elle les balaya du revers de la main.

Éric et Grimsby poussèrent un cri.

Toute joyeuse, Ariel sourit et commença à disposer les jetons comme s'il s'agissait des coquillages du jeu de la « conque ». Le Stackblackbadminton était intéressant mais elle brûlait d'envie d'apprendre à Éric et Grimsby à jouer à un jeu vraiment amusant. Saisissant le premier « coquillage », elle montra au prince comment il fallait le déplacer. Il lui sourit, et son cœur se mit à battre très fort. Finalement, tout s'arrangeait.

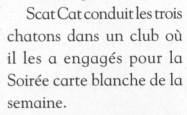

Le meilleur des chatons-sitter !

Duchesse et Thomas ont prévu de dîner dans le meilleur restaurant parisien. Il n'y a qu'un seul problème : ils n'ont personne pour garder les chatons.

Tom soupire :

– Bon, il ne reste qu'à reporter notre sortie en amoureux. Dommage !

– Oh, chéri, ne sois pas si triste ! dit Duchesse.

– Ai-je bien entendu ? demande une voix, dans l'entrée. Désolé, la porte était ouverte ! dit Scat Cat qui passait par là.

– Entre, dit Tom à son vieil ami.

– Vous ne trouvez pas de baby-sitter ? Oubliez vos tracas ! Me voilà !

Duchesse et Thomas recommandent à Marie, Toulouse et Berlioz d'être sages. Après leur départ, Scat Cat dit aux trois chatons :

– Écoutez moi. Je ne suis pas un garde-chatons comme les autres. Nous n'allons pas passer une soirée comme les autres !

– Yeah ! crient les trois chatons.

Scat Cat a apporté avec lui trois instruments : une contrebasse, une trompette et un petit piano.

– Venez autour de moi, les p'tits !

Il montre à Toulouse comment placer ses doigts sur la basse, donne la trompette à Marie et met Berlioz au piano. Ils jouent ensemble pendant plus d'une heure.

– Très bien ! On y va ! annonce Scat Cat.

– Où ça ?

– Nous avons une audition, il ne faut pas être en retard. Ce soir est un grand soir !

Scat Cat conduit les trois chatons dans un club où il les a engagés pour la Soirée carte blanche de la semaine.

– Nous ne pouvons pas jouer ! dit Berlioz. Nous ne sommes pas assez bons.

– Vous n'avez qu'à jouer avec votre cœur, dit-il. Vous avez une âme, et cela ne s'apprend pas. Si vous ratez une note, continuez.

Les chatons sourient.

– D'accord ! Scat Cat ! Le feeling !

Alors qu'ils montent sur scène, les visages familiers de Duchesse et Tom les accueillent au milieu de la foule.

Ils étaient sur le point de rentrer quand ils ont aperçu Scat Cat accompagner le trio.

– Un, deux, et un, deux, trois !

Le chaton-sitter donne le tempo. Têtes et pattes battent la mesure. La foule est hypnotisée par la musique.

– C'est le meilleur groupe de jazz que j'aie jamais entendu, murmure Tom à Duchesse en rentrant à la maison.

La musique ne s'arrêtera qu'au petit matin. Mais le trio est déjà programmé pour un festival jazzy le mois prochain !

Walt Disney
Blanche Neige
et les Sept Nains

Debout, Dormeur !

Allons mes amis, s'écria Prof, ce matin-là. Êtes-vous tous prêts à partir au travail ? Voyons… Joyeux ? Simplet ? Atchoum ? Timide ? Grincheux ? Dormeur ?

Prof regarde autour de lui.

– Dormeur ? répéta-t-il.

Aucune réponse. Dormeur était absent à l'appel.

Prof monta jusqu'à la chambre, suivi de tous ses amis. Là, ils découvrirent Dormeur, encore dans son lit, toujours endormi.

– Oh non ! souffla Prof. Pas encore !

Il s'approcha du petit lit et tira la couverture.

– Allez, Dormeur, debout !

Mais le nain se tourna juste de l'autre côté et continua à ronfler.

– C'est ridicule, grommela Grincheux. Chaque matin, c'est la même histoire, il faut toujours tirer Dormeur de son lit ! Moi, j'en ai assez !

– Moi, aussi ! dit Simplet.

– Je suis le troisième, dit Atchoum. Atchiii !

Les nains entourèrent Dormeur, le regardèrent dormir tout en se demandant comment le réveiller.

– J'ai une idée, dit Prof. Il nous faudra la journée pour mettre mon plan au point, mais le problème sera résolu, une bonne fois pour toutes !

Les nains encerclèrent leur chef et Prof leur exposa les détails de son projet. Puis les nains empoignèrent leurs outils et se mirent au travail. Il y eut bientôt un vacarme assourdissant dans la pièce. Coups de marteaux, crissements de scies et au milieu de tout ce bruit, Dormeur, toujours endormi !

Il dormit tout le matin, tout l'après-midi, jusqu'au soir. Il dormit la nuit entière.

Au matin, un réveil, perché au-dessus de son lit, se mit en marche. La sonnerie retentit bruyamment, faisant bouger l'horloge. Le réveil tomba et tendit la corde à laquelle il était attaché. À l'autre bout de la corde, un balai fit levier et souleva brutalement la tête du lit. Dormeur glissa hors des couvertures puis atterrit sur un toboggan de bois qui descendait par la fenêtre jusqu'au rez-de-chaussée.

Splash ! Il tomba dans une barrique remplie d'eau glacée.

Bien éveillé, Dormeur s'assit dans la barrique, clignant des yeux et se demandant ce qui s'était passé.

Les nains le regardèrent par la fenêtre en riant, sauf Grincheux bien sûr !

– Bonjour, Dormeur ! s'écria Prof. Il fait grand soleil ! Comment trouves-tu ton nouveau réveil ?

Disney
LE BOSSU DE NOTRE-DAME

La fête des animaux

Quasimodo avait le cœur sur la main, toujours prêt à venir en aide aux nécessiteux. Et plus spécialement, à ceux qui étaient seuls au monde. Des années passées enfermé dans le clocher de la cathédrale lui avaient appris ce qu'était la solitude.

Il n'était donc pas étonnant qu'il se retrouve à la tête d'un groupe de plus en plus important d'animaux orphelins. Il recueillit d'abord un chaton égaré, puis un chiot abandonné. Ensuite, il adopta un agneau, un vieil âne, un jeune oiseau et un bœuf. Esméralda et Phoebus

l'aidèrent à construire un enclos. Mais ils se demandaient comment le garçon trouverait le moyen de nourrir autant d'animaux.

– Ne vous inquiétez pas ! J'y arriverai ! les rassurait-il. Ils comptent sur moi !

La Fête des Fous approchait. Quasimodo s'inquiétait de savoir comment ses animaux réagiraient à tous ces bruits et cette agitation.

– Pendant que tu aideras Clopin, le montreur de marionnettes, Djali, ma chèvre, surveillera tes animaux ! dit Esméralda.

Djali dansait souvent avec Esméralda, pour le plus grand plaisir des spectateurs.

– Pourquoi pas ! s'exclama Quasimodo.

Le jour de la fête arriva. Esméralda conduisit Djali dans l'enclos avec les autres animaux. La place se remplit rapidement de monde, chacun portant un costume ou un masque. De délicieux fumets s'échappaient des étalages. Pressés contre les barrières de leur enclos, les animaux humaient ces nouvelles odeurs, écoutaient ces bruits inconnus. Djali mourait d'envie de participer à la fête. Elle mordilla le loquet : la porte s'ouvrit.

De l'autre côté de la place retentissait le tambourin d'Esméralda… La petite chèvre s'empressa d'aller la rejoindre. Les autres animaux la suivirent, même lorsque Djali s'étala au milieu de l'étalage d'un vendeur de masques ! À la stupéfaction des badauds, les animaux se retrouvèrent ainsi déguisés en bouffon du roi, en oiseau chanteur, en reine… Les animaux masqués passèrent en dansant devant la petite voiture du montreur de marionnettes afin d'aller rejoindre Esméralda. Stupéfait, Quasimodo les vit entrer dans la danse avec toute la troupe de bohémiens. La foule en délire lançait des pièces de monnaie aux danseurs.

Quand le spectacle prit fin, Esméralda courut retrouver Quasimodo.

– Tiens, c'est pour toi ! Tu pourras acheter de quoi nourrir tous tes protégés ! dit-elle d'une voix enjouée, en lui tendant la recette.

Quasimodo aurait aimé danser de joie, mais il préféra laisser faire ses animaux !

Walt Disney
Bambi

Premier givre

Bambi ouvrit lentement les yeux. Blotti contre sa maman, il goûtait à la douce chaleur du fourré. Puis, il hasarda un coup d'œil entre les branches. Il y avait quelque chose de différent, ce matin-là… La forêt n'avait pas son aspect habituel. L'air était froid, mordant.

– Monsieur Givre est arrivé ! lui dit sa maman. Il a recouvert toute la forêt de cristaux de glace.

Bambi s'apprêtait à demander à sa mère qui était ce monsieur Givre, lorsqu'il entendit une voix teintée d'impatience l'appeler.

– Lève-toi ! Viens avec moi ! Nous allons admirer la forêt !

C'était la voix de Pan-Pan.

Bambi bondit hors du fourré. Le sol était jonché de feuilles desséchées couvertes d'une dentelle de givre. Le petit faon effleura du nez une grosse feuille de chêne.

– Je trouve que c'est froid ! s'écria-t-il.

– Bien entendu ! dit Pan-Pan en riant.

– C'est magnifique, s'exclama la jeune biche Faline, en s'avançant dans la clairière.

– Oh oui ! reconnut Bambi.

– Venez voir ! appela Pan-Pan, en bondissant sur le givre. Ses amis lui emboîtèrent le pas, admirant les arbres et l'herbe couverts de givre qui étincelaient au soleil.

Pan-Pan disparut dans un taillis d'où s'éleva bientôt un craquement. Suivie de Bambi, Faline se glissa à son tour dans les buissons. C'était Pan-Pan qui faisait craquer la glace d'une petite flaque avec ses pattes.

Bambi voyait de la glace pour la première fois ! Il donna un petit coup de sabot sur la fine couche qui recouvrait la flaque. Elle parut s'enfoncer, puis se brisa.

Les trois amis jouèrent ainsi à briser la glace de toutes les flaques et, lorsqu'il n'en resta plus, Faline annonça :

– Allons dans la prairie !

Bambi trouva l'idée merveilleuse. L'herbe devait briller de mille feux !

Mais, lorsqu'ils atteignirent le bord de la prairie, ils s'arrêtèrent, interdits.

Ils se mirent à observer le paysage, à flairer l'air, et écouter attentivement. Avaient-ils détecté quelque danger ? Pas du tout ! Ce qui les troublait, c'était que la prairie avait son aspect habituel. Pas la moindre trace de givre !

– Que s'est-il passé ? demanda Bambi.

– Le givre ne dure pas longtemps, expliqua Pan-Pan. Les premiers rayons de soleil le font fondre. Mais ne t'inquiète pas ! L'hiver arrive, et nous aurons bientôt quelque chose de plus beau que le givre ! De la neige !

Maître Hibou l'orateur

Un après-midi d'automne froid et venteux, Winnie, Coco Lapin, Porcinet et Bourriquet passèrent à côté de chez Maître Hibou. Ils remarquèrent la lumière qui brillait aux fenêtres, une lumière si chaude et si accueillante que le groupe frigorifié semblait se réchauffer rien qu'en la regardant.

Et c'est ainsi qu'ils se retrouvèrent tous au chaud et bien installés chez Maître Hibou.

– Merci, dit Winnie. Il fait terriblement froid dehors aujourd'hui.

– Et bien, l'hiver arrive effectivement, répondit Maître Hibou. Naturellement, ça signifie que le temps se refroidira encore avant de se réchauffer.

Il leur expliqua, dans les moindres détails, la différence entre les rafales froides de l'automne et le froid de l'hiver. Il utilisait des mots comme gelé, givré et glacial. C'était très long. Maître Hibou allait parler des gelures quand Coco Lapin l'interrompit, espérant que les autres le suivraient.

– Oui, dit-il. Porcinet était ravi d'avoir mis son écharpe, aujourd'hui, n'est-ce pas, Porcinet ?

– Oh oui, dit Porcinet. Maman Gourou l'a tricotée pour moi.

Maître Hibou s'éclaircit la voix.

– Ah oui ! Le tricot, une passion admirable. Saviez-vous que l'on tricotait avec des aiguilles à tricoter ? Mais elles ne sont pas pointues, on s'en doute. Pas autant que des aiguilles à coudre, par exemple. Ou des aiguilles de cactus…

Il énuméra un très grand nombre d'aiguilles et se mit à les comparer.

Une heure plus tard, quand Maître Hibou allait parler des épingles, Coco Lapin essaya encore de changer de sujet.

– À propos d'épingles, fit Coco Lapin, comment va ta queue aujourd'hui, Bourriquet ? Elle est bien attachée ?

– Elle a l'air, répondit Bourriquet. Mais elle tombe toujours quand je ne m'y attends pas. Et comme je ne m'attends pas à ce qu'elle tombe maintenant, je suppose qu'elle va bientôt tomber.

Coco Lapin vit Maître Hibou assis sur sa chaise prendre une grande respiration – signe qu'il préparait un autre discours sur les queues, les attentes, ou n'importe quoi – alors Coco Lapin décida qu'il était temps de partir.

Les quatre visiteurs dirent merci et au revoir, puis rentrèrent chez eux au milieu des feuilles tourbillonnantes.

Et sur le chemin, Coco Lapin se demanda ce qui était le plus terrible : les rafales d'automne… ou bien les discours interminables de Maître Hibou.

Les grands esprits se rencontrent

Tito, le chihuahua, s'arrêta soudain dans l'allée et renifla l'air.

– Pourquoi tu t'arrêtes, p'tit ? se plaignit Einstein, le grand danois.

– Je localisais notre prochain repas, dit Tito.

Einstein avait l'air confus.

– Tu faisais quoi ?

– Regarde, amigo. Tito désigna la fenêtre d'un appartement au deuxième étage.

– Là-haut !

Einstein leva le nez et renifla.

– De la viande ! s'écriat-il, affamé.

Pas de doute, un morceau de viande refroidissait sur le rebord de la fenêtre.

– Mais comment on va y arriver ? C'est très haut !

– Laisse-moi faire, dit Tito.

Einstein parut vexé.

– Je pourrais attraper ce morceau de viande si je voulais.

– Ah, ouais ? dit Tito. Prouve-le ! Allez… le premier arrivé à la viande mord dedans.

Tito se précipita dans l'allée et grimpa sur une pile de cageots. Son plan était d'atteindre une corde à linge tendue entre deux immeubles et s'en servir jusqu'au rebord de la fenêtre. Un gros gaillard comme Einstein ne pourrait jamais faire ça !

Pendant ce temps, Einstein avait aperçu une benne à ordures appuyée contre le mur de l'immeuble. S'il grimpait dessus et se mettait debout sur ses pattes arrière, il serait assez grand pour atteindre la fenêtre. Un minus comme Tito n'aurait aucune chance !

– Ha ! dit Einstein. Je vais te montrer que les grands sont les meilleurs, mon petit pote.

– Ah, ouais ? dit Tito en fixant Einstein.

Il attrapa la corde à linge et commença à avancer en se tortillant.

Einstein sauta sur la benne et s'étira.

Les deux chiens atteignirent la fenêtre en même temps.

– Hey ! brailla Tito. Où est passé le dîner ? Quelqu'un avait rentré la viande.

– Mince, dit Tito. Mais, eh ! Einstein : pas mal le truc avec la benne. Tu pourrais faire pareil avec moi sur ta tête ? Parce qu'il y a plein de cordes à linge trop hautes pour moi.

– Bien sûr ! dit Einstein. Je pourrais te soulever et… Eh ! je sens un poulet rôti !

Pas de doute, il y avait là, sur un rebord de fenêtre, une cocotte. Et juste en dessous, une corde à linge qui semblait trop haute pour Tito. Il regarda Einstein.

– Tu penses à la même chose que moi ? Einstein sourit.

– Les grands esprits se rencontrent !

Hors des sentiers battus

Jouets perdus ! annonça M. Mike le micro.

— Les Petits Soldats verts ! cria Bayonne depuis le bord de la fenêtre. Andy les a laissés dehors et il pleut. Et maintenant ils sont coincés dans la boue !

Buzz et Woody se précipitèrent à la fenêtre et jetèrent un coup d'œil par la vitre.

— Comment on va faire pour les aider ? cria Woody.

— Utilisez Karting, suggéra Bayonne.

— Bonne idée ! s'exclama Woody.

Il grimpa à l'intérieur avec Buzz et la voiture de course démarra.

Karting se propulsa dans le couloir. En haut de l'escalier, Buzz et Woody retinrent leur souffle.

— On y vaaaa ! cria Buzz.

Boum ! Boum ! Boum ! Ils rebondirent sur les marches.

— Ouille ! Ouh ! Oh ! glapirent Buzz et Woody.

Karting se précipita vers la cuisine et à travers la chatière.

— Ils sont là ! cria Woody.

— Situation critique ! hurlèrent les Petits Soldats verts. À l'aide !

— On arrive, les gars ! hurla Buzz.

Karting vira dans la boue.

Ils se garèrent à côté des soldats. Avec un

« Yi-ah ! » Woody balança son lasso et enroula la corde autour des Petits Soldats. Ils attachèrent l'autre bout au pare-choc de Karting et tirèrent les Petits Soldats verts à l'abri.

Ils se ruèrent tous dans la voiture.

— Tous là ? demanda Woody.

— Affirmatif, dit le sergent en saluant.

Karting fit le chemin inverse. Mais quand il arriva au niveau de l'escalier, tout le monde grogna.

— Comment on va remonter là-haut ? demanda Woody.

— Ne t'inquiète pas, cria Bayonne depuis le haut des marches. On y travaille.

Cela prit un moment mais les jouets rassemblèrent toutes les pièces d'un chemin de fer ultra long, les menant directement en haut.

Karting arriva à destination au moment où la maman d'Andy rentra la voiture dans l'allée.

Les jouets rapportèrent les rails dans la chambre d'Andy, les désassemblèrent et les jetèrent dans la boîte à jouets.

— Il était moins une ! dit Woody. Mais je crois qu'on y est arrivé.

— Bien sûr, dit Buzz. La maman d'Andy n'y verra que du feu.

En bas, la maman d'Andy se gratta la tête.

— Je me demande d'où vient cette boue ?

Petites fées mais grandes idées !

Le mariage du prince Philippe et de la princesse Aurore aura bientôt lieu. Les bonnes fées, Flora, Pâquerette et Pimprenelle veulent offrir le parfait cadeau pour cette occasion. Voletant devant une énorme boîte en carton, elles sont en grande discussion : il faut prendre une décision.

– Que pensez-vous d'une belle robe rose pour sa lune de miel ? dit Flora, sûre d'elle.

– Et pourquoi pas un carrosse ? suggère Pâquerette.

– Le roi Stéphane leur en a déjà commandé un, proteste Flora. Offrons-lui une robe, vous dis-je !

– J'ai une idée ! crie Pâquerette. Un envol de colombes, juste à la sortie de l'église ! Voilà qui sera parfait !

– Non, elle a besoin d'un diadème assorti à sa robe de mariée, intervient Pimprenelle. Il sera serti de trois joyaux : un rouge pour Flora, un vert pour Pâquerette et un bleu pour moi. Cela rappellera à notre « petite » Aurore l'amour éternel que nous lui portons.

– Une robe est plus pratique qu'une volée de colombes, dit Flora, avec fermeté.

– Mais les colombes sont bien plus romantiques ! gémit Pâquerette.

– Que faites-vous de mon diadème ? râle Pimprenelle, les mains sur les hanches.

Mais ni Flora, ni Pâquerette ne font cas de sa proposition.

– Allez, c'est dit, nous lui offrirons une robe, déclare Flora.

– Des colombes ! insiste Pâquerette.

Pimprenelle fait de grands signes désespérés pour attirer l'attention de ses compagnes :

– Si nous choisissions plutôt le… dit-elle.

Ce faisant, elle perd l'équilibre et tombe dans la boîte. Encore une fois, ni Flora, ni Pâquerette ne le remarquent.

– Va pour les deux, s'écrie la petite fée de rouge vêtue.

Pâquerette et Flora pointent leurs baguettes vers la boîte et l'aspergent d'étincelles magiques. Un long ruban de satin apparaît, enveloppe la boîte, dessine une boucle et clôt le paquet d'un nœud élégant.

Les voilà prêtes à se rendre au château. Mais où est passée Pimprenelle ?

– Elle a dû partir en tête, dit Flora.

Arrivées au palais, les deux fées déposent le paquet devant la princesse. Lorsque Aurore tire le ruban, Pimprenelle jaillit de la boîte.

Elle tend à la jeune fille un splendide diadème, scintillant de rouge, de vert et de bleu.

– Oh, merci, mes tendres amies ! dit Aurore. Ce bijou est parfait !

Pimprenelle regarde Flora et Pâquerette et dit avec un grand sourire :

– C'est exactement ce que je pensais !

C'est la loi !

Comment une reine pouvait-elle crier aussi fort ? Alice fit quelques pas en arrière et s'arrêta. Elle était toute excitée de rencontrer la Reine de Cœur mais celle-ci ne cessait de crier :

– Qu'on lui coupe le cou !

– J'imagine que puisqu'elle est la Reine, elle fait ce qu'elle veut, dit Alice au flamant rose qu'elle tenait fermement par les pattes en guise de maillet de croquet.

Le flamant approuva de la tête.

– Peut-être sera-t-elle plus gentille quand nous commencerons la partie ? soupira Alice.

– À condition qu'elle gagne ! répliqua le flamant.

Alice ne se préoccupa pas de savoir si la Reine gagnait. Elle trouvait que le jeu comportait d'étranges règles. Le hérisson qui faisait office de balle ne s'efforçait pas toujours de passer sous les arceaux constitués de cartes à jouer. Se tenant en arrière, Alice attendait que la Reine joue à son tour.

Son altesse s'inclina légèrement au-dessus de sa balle hérisson, leva son maillet flamant rose très haut et frappa violemment le hérisson. La petite créature couverte de piquants roula sur le gazon, passa sous tous les arceaux en faisant la culbute. Il était tout près du but quand l'un des arceaux n'eut pas le temps de se mettre sur sa trajectoire. Le hérisson passa à côté.

– Qu'on lui coupe le cou ! rugit la Reine, en pointant son flamant rose à demi-mort de peur en direction de la carte à jouer.

– C'est vraiment injuste ! confia Alice. Ce n'était pas de sa faute si le hérisson n'a pas fait attention !

– C'est la loi, soupira son maillet, l'air terrifié.

Malheureusement, la Reine avait entendu Alice. Elle se tourna vers elle, le visage plus rouge qu'une tomate. Alice savait ce qui allait se passer.

– Qu'on lui...

– Ma chère... commença le petit Roi. Les arceaux n'étaient pas alignés.

Et il montra du doigt les cartes éparpillées sur l'aire de jeu.

– Venez ! hurla la Reine. J'aurai vos têtes ! Elle se dirigea vers les cartes.

– Elle veut que tout le monde perde la tête, chuchota-t-elle soulagée. Mais en vérité, c'est elle qui a perdu la tête !

En entendant ces mots, le flamant rose d'Alice se mit à rire si fort qu'elle faillit le lâcher. Alice sourit. La Reine pouvait semer la terreur mais en fin de compte, Alice avait trouvé un ami dans cette cour de fous, même si cet ami était un maillet de croquet !

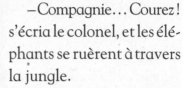

La Patrouille des Éléphants

Un jour, Mowgli alla rendre visite à son vieil ami Baloo.

– Pourquoi es-tu triste ? demanda Baloo.

– C'est la saison sèche, dit Mowgli, et la rivière baisse. Mes amis dans le village ont peur d'être à court d'eau.

– Oh, fit Baloo. Et la source, dans la jungle ? Elle ne se tarit jamais.

Mowgli secoua la tête.

– Elle est au fin fond de la jungle. Ça prendrait toute la journée pour y arriver depuis le village.

À ce moment-là, Bagheera arriva.

– Mowgli, j'ai une idée : la Patrouille des Éléphants.

Le lendemain, Bagheera, Baloo et Mowgli attendirent près de la source. Rapidement, le sol trembla à l'approche du Colonel Hathi et de ses éléphants.

– Et un, deux, trois, quatre. Un, deux, trois, quatre, chantait le colonel.

– Voilà la Patrouille des Éléphants, dit Bagheera.

Bagheera, Baloo et Mowgli se cachèrent vite dans les buissons et attendirent que les éléphants s'arrêtent à la source.

– Prêts ? murmura Bagheera à Mowgli.

Le garçon hocha la tête, puis tous deux jaillirent des buissons en criant :

– À la rivière ! Vite ! Tout le monde, vite !

– Q… qu'est ce que ça veut d… dire ? bégaya le colonel.

– Shere Khan arrive ! Courez à la rivière ! cria Mowgli.

– Compagnie… Courez ! s'écria le colonel, et les éléphants se ruèrent à travers la jungle.

Bagheera et Mowgli regardèrent la troupe abattre tous les arbres placés entre la source et la rivière. Quand Mowgli l'atteignit, il se retourna et vit un chemin tout tracé qui allait directement à la source !

C'était au tour de Baloo.

– Hé ! Oh ! cria Baloo. Fausse alerte !

– C'est-à-dire ? demanda Colonel Hathi.

– En fait, Shere Khan n'arrive pas, dit Baloo. Les chasseurs humains sont à sa poursuite, alors il est parti loin. On est en sécurité !

La Patrouille des Éléphants soupira de soulagement. Puis le Colonel Hathi cria :

– En avant, marche !

Alors que les éléphants s'éloignaient, Mowgli sourit.

– Mes amis ne seront plus jamais à court d'eau.

Bagheera hocha la tête.

– Bon travail, dit-elle.

– Oui, en effet, dit Baloo en rigolant. Et vous savez ce qui est bien ? Quelqu'un d'autre a fait le travail pour nous !

Walt Disney
Pinocchio

La partie de base-ball

Tu sais certainement qu'à l'origine, Pinocchio n'était pas un vrai enfant mais un pantin. Et avant, il n'était qu'un morceau de bois. Et encore avant, le tronc d'un grand arbre couvert de feuilles. Mais cela n'a pas grande importance pour notre histoire… C'est juste pour rappeler que le petit garçon était l'aboutissement d'un rêve.

Un jour où Pinocchio rentrait de l'école, il réfléchissait à quel jeu de petit garçon il allait bien pouvoir jouer : grimper dans les arbres, sauter sur des pierres, ou simplement marcher dans la boue, lorsqu'il aperçut un groupe de vrais petits garçons, dans un champ bordant la route.

– Que faites-vous ? leur demanda-t-il.

– Nous jouons au base-ball, répondit un rouquin.

– Au base-ball ? demanda Pinocchio qui n'avait jamais entendu parler de ce jeu. Je peux jouer avec vous ?

– D'accord ! firent les garçons.

– Tu as un gant ? demanda l'un d'eux.

– Un gant ? s'étonna Pinocchio.

– Je vais te prêter le mien, dit le garçon. Tu vas jouer première base.

Pinocchio sourit. Première base ! Cela devait être important ! Et le jeu promettait d'être très drôle. Le problème, c'était de savoir quelle base était la première…

Par chance, les autres garçons coururent vers leur base respective, n'en laissant qu'une vide. Pinocchio se hâta de rejoindre sa base. Et il attendit afin de voir ce qui allait se passer.

« Prochain batteur ! »

Bing ! Crac !

Ce ne fut pas long. Un rapide coup de batte et une balle siffla au-dessus de la tête de Pinocchio, tandis qu'un grand garçon courait à toute vitesse vers lui.

– Aaahhhhhh ! cria Pinocchio en se cachant le visage derrière son gant.

Le garçon avait atteint sa base et restait dans le jeu. Au lancer suivant, la balle vola, haut… très haut… Cette fois, Pinocchio essaya de l'attraper, mais flop ! la balle atterrit dans l'herbe, derrière lui.

Mais Pinocchio n'abandonna pas la partie. Et quand ce fut son tour d'être à la batte, il entra dans le rectangle du batteur et tint sa tête bien droit. Et à sa grande surprise, la batte se cala entre ses mains d'une façon étrangement naturelle. Comme si c'était une partie de son vieux corps en bois ! Il observa le lanceur avec attention, et au premier coup, crac ! il envoya la balle très haut dans le ciel.

– Bravo ! crièrent les garçons en applaudissant.

Un champion était né ! Et un vrai petit garçon venait d'apprendre un nouveau jeu.

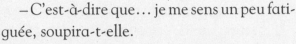

La surprise de Kida

Même si Kida fêtait son 8 500ème anniversaire, elle ne voulait pas que les siens accordent beaucoup d'importance à l'événement. Les Atlantes avaient des préoccupations autrement plus graves. En priorité, il fallait reconstruire la ville ! Cependant, comme la journée s'écoulait sans que Milo ne lui ait souhaité un joyeux anniversaire, Kida se sentait un peu triste.

N'avait-elle pas organisé une grande réception pour l'anniversaire de son ami, quelques mois plus tôt ? Elle lui avait même offert un animal de compagnie, pour ses trente ans ! Un joli petit ugobe ! Sans doute avait-il complètement oublié qu'aujourd'hui, c'était son anniversaire.

Si Milo avait probablement oublié cette date, il n'était pas le seul. Pour la première fois de sa vie, Kida constata avec amertume que personne ne s'en était souvenu. À l'évidence, les Atlantes devaient s'occuper de choses plus sérieuses. Toutefois, un simple petit gâteau aux algues et quelques bougies, ce n'était pas trop demander, n'est-ce pas ?

Kida essaya de ne pas s'apitoyer sur son sort. Mais lorsque Milo vint lui demander de bien vouloir l'accompagner à la promenade de son ugobe, elle eut du mal à cacher sa déception.

– C'est-à-dire que… je me sens un peu fatiguée, soupira-t-elle.

– Tu devrais venir ! J'ai pensé que cela nous divertirait, à l'occasion de ce jour particulier !

– Particulier ? répéta Kida, le cœur joyeux.

Après tout, Milo n'avait peut-être pas oublié son anniversaire…

– J'ai bien dit « particulier » ! insista le garçon. Il y a exactement huit mois et demi que nous nous sommes rencontrés !

– Ah bon ?

– Alors, tu viens ?

– Pourquoi pas ?

Milo passa une laisse à son animal de compagnie et prit Kida par la main. Ils traversèrent le parc du palais et sortirent dans la rue. Mais au lieu de tourner à droite, Milo prit la direction du centre ville.

– Où allons-nous ? demanda Kida. Drôle d'endroit pour promener un ugobe !

– Tu en es sûre ?

– Bien entendu ! Là-bas, il n'y a que des…

– Surprise ! coupa Milo.

Kida n'en croyait pas ses yeux ! Des milliers d'Atlantes se mirent à l'acclamer. Un énorme gâteau l'attendait. Le royaume tout entier s'était rassemblé afin de lui faire une bonne surprise.

– Joyeux anniversaire, Kida ! dit Milo. Tu ne pensais pas que nous avions oublié ?

Walt Disney
ROBIN
DES BOIS

Nostalgie, nostalgie !

Le roi Richard est enfin revenu à Nottingham et a condamné le Prince Jean et ses sbires, le shérif et Triste Sire, à une lourde peine.

Il convoque Robin dès le lendemain de son arrivée.

– Messire Robin des Bois, déclare-t-il. Le Prince Jean a persécuté et dépouillé sans vergogne le bon peuple de ce royaume ! Aussi, au regard de tout ce que vous avez mis en œuvre pour le défendre et le protéger en mon absence, il vous revient d'aller redistribuer ces richesses à leurs véritables propriétaires !

– C'est un honneur, votre Majesté ! rayonne Robin.

Le lendemain, ponctuel, Robin se présente au château, prêt à s'acquitter de sa tâche. Petit Jean l'accompagne. Le roi Richard les attend dans l'enceinte, au pied d'un chariot chargé de sacs.

– Mon garçon, dit le Roi à Robin, voici l'argent du peuple. Je vous fais confiance pour le restituer équitablement.

Robin sourit et regarde le chariot, puis Petit Jean. Il regarde le Roi et le chariot encore. Puis son sourire s'efface.

– Il y a quelque chose qui cloche, dit-il en se tournant vers Petit Jean. Il manque quelque chose, en fait…

– Il manque quelque chose ? répond Petit Jean, surpris.

– Bien sûr ! s'écrie Robin.

Depuis toutes ces années, sous l'autorité du Prince Jean, il avait volé aux riches, pour donner aux pauvres. C'était sa devise et ce qu'il faisait de mieux. Donner aux pauvres sans voler aux riches lui semblait pour le moins incomplet ! Maintenant que le généreux roi Richard était de retour, il était désormais nul besoin de dérober aux fortunés.

Naturellement, pense Robin, c'est une bonne chose. Et l'époque a beaucoup changé.

– Votre Majesté, déclare Robin, ne pourrait-on mettre un peu de piquant à cette opération ?

– Du piquant ? s'étonne le Roi, intrigué.

Robin se tourne vers Petit Jean, étonné, lui aussi.

– Qu'en dis-tu, vieux frère ? Un dernier hold-up, comme au bon vieux temps ! Tu es partant ?

Un grand sourire éclaire la figure de Petit Jean.

Le roi Richard, compréhensif, laisse Robin agir à sa guise et c'est ainsi que dans l'après-midi, un chariot de pièces d'or disparaît du château.

Et croyez-moi, si vous le voulez, le roi Richard n'en prit pas ombrage ! Sage souverain !

Ne jouez pas dans le silo !

Tilt recula d'un pas afin d'admirer le silo géant que sa troupe de fourmis et lui venaient de construire. Depuis que la colonie utilisait sa moissonneuse, elle avait un excédent de blé, qu'elle emmagasinait dans le silo.

— Tu as fait du bon travail, Tilt ! dit Atta, la nouvelle reine de la colonie.

Tilt rougit. Il en était toujours ainsi lorsque Atta lui faisait un compliment. Elle était la fourmi la plus belle et depuis peu, sa reine.

— Je te remercie, parvint à articuler Tilt. Ainsi, notre blé sera au sec tout l'hiver.

Soudain, une voix les appela du sommet du silo.

— Saluuuuut !

Tilt et Atta levèrent les yeux. C'était Couette, la petite sœur d'Atta, assise avec ses amies Blueberries à la cime du silo.

— La vue est magnifique ! s'exclama Couette.

— Fais attention ! cria Atta, soucieuse.

— Ne t'inquiète pas ! intervint Tilt. C'est du solide !

— J'ai un rendez-vous ! dit soudain Atta à Tilt. Pas de bêtises ! Pendant quelques instants, Tilt pensa qu'elle s'adressait à lui. Puis il s'aperçut qu'elle parlait aux Blueberries.

— Je les surveillerai, promit-il.

— Monte vite, Tilt ! appela Couette. Il faut que tu voies cette vue !

— J'arrive !

Si Tilt avait envie d'admirer la vue, il voulait également avoir un œil sur les Blueberries. Quand il arriva en haut du silo, une Blueberries plongea dans le tas de blé.

— Youpi ! cria-elle.

— Un silo n'est pas une cour de récréation ! dit Tilt. C'est un réservoir où l'on entrepose le blé, et je l'ai construit en respectant toutes les consignes de sécurité…

— Pas besoin de consignes de sécurité ! intervint Couette. Allons-y, Tilt !

D'un bond, elle sauta dans le silo et glissa vers le bas du tas en riant. Deux autres Blueberries lui emboîtèrent le pas. Soudain, une autre Blueberry abaissa un levier par accident. Une énorme quantité de blé dégringola, filant droit sur les deux filles !

Pris de panique, Tilt actionna un bouton. Le blé se trouva interrompu dans sa chute par un clapet « immobilisateur de blé » faisant partie des consignes de sécurité dont il avait doté le silo.

Les Blueberries regardèrent fixement Tilt.

— Couette, que fais-tu là ? demanda Atta, qui revenait.

— Euh… Tilt était en train de nous montrer combien il a respecté les consignes de sécurité ! répondit Couette d'un air penaud.

— Et ça marche ! ajouta Tilt.

101 DALMATIENS
Livraison spéciale !

Maintenant que la famille s'est agrandie, Roger, Anita, Nany et les dalmatiens ont déménagé à la campagne. Chaque semaine, un camion vient livrer la nourriture pour les chiens. Il arrive le jeudi, à 15 heures et Rolly le guette depuis bien longtemps déjà.

Ce jeudi-là, Rolly et Pepper remarquent que le camion est resté ouvert.

– Penses-tu à la même chose que moi ? demande Pepper à Rolly.

– À table ! Voilà ma réponse !

Les deux gourmands se précipitent vers le camion et sautent à l'arrière. Pepper escalade une pile de sacs et flaire alentour. Un des sacs est mal fermé.

– Bingo ! jappe Pepper. Rolly, par ici !

Rolly le rejoint en un instant.

Slurp ! Slurp ! Crunch ! Les chiots s'empiffrent à qui mieux mieux et ne voient même pas le livreur sortir de la maison.

Vlam ! Il claque la porte. Une seconde plus tard, le camion s'engage sur la route.

– Oh, oh ! murmure Rolly.

Finalement, après un temps qui leur paraît infini, le véhicule fait une halte. Le chauffeur descend et commence à décharger des sacs de nourriture.

Dès qu'il a le dos tourné, Pepper et Rolly courent se cacher derrière la maison.

– Que faites-vous donc ici, tous les deux ? lance une voix bourrue.

Les chiots se retournent. Un grand bouledogue les regarde.

– Propriété privée ! dit-il. Fichez-moi le camp !

Les deux petits le fixent, étonnés.

– Maintenant ! aboie le grand chien.

– Tu ne me fais pas peur ! dit Pepper, plein d'audace. Cruella est deux fois plus méchante que toi.

– Tu veux dire Cruella d'Enfer ? halète le bouledogue. Vous êtes les petits de Pongo et Perdita ? J'ai entendu parler de vos aventures par l'aboiement de nuit. Vrai ?

– Vrai ! s'écrie Rolly. Pouvez-vous nous raccompagner à la maison ?

– Et comment, mon petit ! En avant ! dit le grand chien.

Par chance, Pongo et Perdita sont de sortie ce jour-là et ils n'apprendront pas ce que les petits ont risqué. Les quatre-vingt-dix-sept autres dalmatiens attendent dans la cour quand Rolly et Pepper arrivent sous bonne escorte.

– Wouaoh ! dit Lucky, après que ses frères lui aient raconté leur aventure. Et vous n'avez pas eu peur de ce gros bouledogue ?

– Penses-tu ! claironne Pepper. Il aboie fort, mais il ne mord même pas !

Disney *Aladdin*

Vol de nuit !

Il était minuit à Agrabah et tout le royaume était endormi, à part le petit Abu. Peut-être avait-il fait une trop longue sieste, ce jour-là. Ou bien était-ce la grosse part de gâteau au chocolat qu'il avait mangée ce soir. Peu importait pour quelle raison mais Abu n'arrivait pas à fermer l'œil. Alors que le silence régnait dans le palais, le petit singe cherchait quelque chose à faire pour s'occuper.

Bien sûr, il pouvait se faire un petit sandwich mais il n'avait pas vraiment faim. Ou bien il pouvait essayer les jouets de Rajah. Oh, non, ils étaient couverts de bave de tigre. Berk ! Il n'y avait apparemment rien à faire dans ce palais pour un petit singe bien réveillé. Mais là, dans un coin de la pièce, Abu aperçut soudain, à la lueur de la lune, un morceau de tissu vif et épais, flottant au-dessus du sol. Le tapis volant d'Aladdin !

Il l'avait trouvée son activité ! Et avec un petit cri perçant, Abu sauta à bord de l'engin enchanté.

Woouusch ! Avant qu'Abu n'ait pu faire un geste, le tapis monta vers le plafond puis fit un piqué vers le plancher. Héééé ! Abu se cramponna aux franges, il tenait à la vie, malgré son insomnie ! Mais finalement, c'était très amusant !

Le tapis magique n'était pas endormi mais il agissait un peu comme s'il avait mangé trop de gâteau, lui aussi !

Le petit singe parcourut les couloirs du palais, passant à toute vitesse par les portes, tournant autour des colonnes, dérapant dans les marches d'escalier, aussi vite qu'il put et finissant par prendre son envol par une fenêtre ouverte.

Oh, oh ! pensa Abu. Cela n'augure rien de bon. Où le tapis magique va-t-il l'emporter ? Bientôt le palais n'était plus qu'une minuscule tache blanche derrière eux. Où allaient-ils atterrir ?

– Woah, hé, les amis ! gronda une voix forte. Descente de tapis !

C'était le Génie. Abu soupira, soulagé.

– Vous preniez le frais, pas vrai ? dit-il, indulgent.

Le tapis confirma et s'il est possible pour un tapis d'être penaud, il paraissait l'être vraiment.

– Allez, il est temps de rentrer à la maison, Carpette à poils doux ! dit le Génie en donnant une petite tapette au tapis. Je ne peux pas te blâmer, Abu ! Moi-même, j'ai toujours voulu conduire un de ces engins. Pourquoi ne pas rentrer tous les trois ? Demi-tour ! Et, je ne dirai rien à Aladdin, de votre petite promenade nocturne, c'est promis !

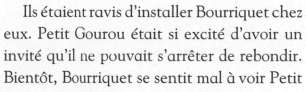

La maison de Bourriquet

Un jour froid et venteux de novembre, le vent souffla si violemment qu'il renversa la maison de Bourriquet !

Alors Bourriquet alla chez Winnie.

– Et bien, dit Bourriquet, je crois que novembre ne nous aime pas, ma maison et moi. Je crains devoir rester chez toi. Enfin, si tu veux bien.

Winnie rassura Bourriquet et lui offrit du miel.

– Je préférerais des chardons, si tu en as, ce qui n'est probablement pas le cas, dit Bourriquet. Coco Lapin en a peut-être.

Coco Lapin avait bien des chardons, alors Bourriquet s'installa chez lui. Mais la maison de Coco Lapin était tellement pleine de légumes et d'outils – des râteaux, des pelles, des paniers et de la ficelle – qu'il n'y avait presque pas de place pour Bourriquet.

– Je suppose que Porcinet aura plus de place, bien que j'en doute, dit Bourriquet à Coco Lapin.

Porcinet lui dit qu'il était le bienvenu, et lui fit même un lit près du garde-manger, rempli de foin. Mais Bourriquet était allergique au foin et ses éternuements renversèrent presque la maison de Porcinet.

– Une maison renversée aujourd'hui – atchoum ! – suffit, dit Bourriquet. Je vais essayer chez Maman et Petit Gourou.

Ils étaient ravis d'installer Bourriquet chez eux. Petit Gourou était si excité d'avoir un invité qu'il ne pouvait s'arrêter de rebondir. Bientôt, Bourriquet se sentit mal à voir Petit Gourou s'agiter de la sorte.

Mais au moment où il voulut aller chez Maître Hibou, Porcinet, Coco Lapin et Winnie arrivèrent.

– Bourriquet, on t'a trouvé la maison idéale ! cria Porcinet.

– J'en doute, dit Bourriquet en se laissant conduire à travers la Forêt. La maison idéale aurait des chardons, de la place, pas de foin et, surtout, pas de rebonds. Mais où trouver une telle maison ?

Après quelques minutes de marche, ils arrivèrent devant une petite maison douillette, un tas de chardons à l'intérieur.

– La voici, dit Porcinet.

– C'est ma maison, dit Bourriquet, n'en croyant pas ses yeux. Mais ma maison a été renversée ce matin par le vent. Comment avez-vous fait ?

– On l'a remise debout avec Porcinet, dit Winnie. Et Coco Lapin a donné ses chardons, donc tu as une maison avec des chardons, de la place, pas de foin et, surtout, pas de rebonds.

Bourriquet regarda sa maison, puis ses amis.

– On dirait que novembre ne me déteste pas tant que ça, après tout. Enfin, peut-être.

La signification de Thanksgiving

Stitch ne comprenait pas pourquoi Lilo était si occupée à décorer la maison. Que se passait-il ?

— Stitch, viens ici ! appela-t-elle. Tiens-moi ce père pèlerin pendant que j'accroche sa femme sur le mur !

— J'ai faim ! grogna le chien.

— Arrête de te plaindre, Stitch ! Aujourd'hui, c'est Thanksgiving. Lorsque nous passerons à table, il faudra que tu sois complètement affamé. Comme les pèlerins.

Stitch allait d'étonnement en étonnement. Il ne voyait pas de quoi Lilo voulait parler.

— C'est de là que vient Thanksgiving, expliqua enfin la petite fille. Les pèlerins mouraient de faim, aussi les Indiens leur préparèrent-ils un bon repas.

— Les pèlerins ? répéta Stitch.

— Oui, les pèlerins ! insista Lilo. Ce sont des gens qui sont venus d'Europe, traversant l'océan sur de grands bateaux pour atteindre l'Amérique et…

Face à l'air vraiment confus de son compagnon, elle poussa un soupir. Comment lui expliquer ce qui s'était passé ?

— J'ai trouvé ! Vois-tu, Stitch, les pèlerins, c'est un peu comme toi ! Tu te souviens que tu es arrivé sur la Terre, dans un vaisseau spatial ? Très loin de la planète où tu es né ?

Stitch approuva d'un signe de tête.

— Bien ! dit Lilo. Et tu te souviens aussi combien tu te sentais seul, perdu… Tout te paraissait étrange, hostile… Et c'est alors que tu es entré dans notre famille !

Stitch approuva de nouveau.

— Et bien, c'est la même chose pour les pèlerins, reprit Lilo. Toi aussi, tu es reconnaissant de te trouver ici, n'est-ce pas ?

— Oh oui ! fit Stitch.

— Et bien, nous fêtons Thanksgiving en l'honneur de ce qui s'est passé pour les pèlerins.

Certes, Stitch éprouvait une grande reconnaissance à l'égard de Lilo et de Nani mais il ne voyait toujours pas vraiment pourquoi Lilo suspendait toutes ces décorations. Et il ne comprenait pas pourquoi il fallait attendre si longtemps avant de déguster la dinde qui cuisait dans le four. Mais il décida de ne pas poser de question… Lorsque Lilo quitta la pièce pour aller chercher d'autres décorations, Stitch donna un petit coup de dent au pèlerin en carton. C'était mangeable !

Quand Lilo revint, la figurine avait entièrement disparu !

— Où est passé le pèlerin ? demanda-t-elle.

Stitch lui sourit. Un petit morceau de carton noir était resté coincé entre ses dents.

— Joyeux Thanksgiving ! s'écria Stitch.

DUMBO

Un souriceau plein de talent!

Regarde, Dumbo, dit Timothée, en désignant le journal. Encore un article sur nous!

Depuis que Dumbo est devenu célèbre pour ses talents aériens, chacun s'intéresse à lui.

Madame Jumbo, sa maman, regarde par-dessus l'épaule du souriceau.

– Quel bel article! roucoule-t-elle. Dommage que la photo ne soit pas très bonne. Je te vois à peine, Timothée!

Timothée regarde de plus près.

– Hé, mais c'est vrai! On ne parle même pas de moi!

– Ce n'est pas grave! dit Madame Jumbo, apaisante. Tout le monde sait combien tu es important.

Timothée gonfle fièrement sa poitrine. Après tout, c'est lui qui a appris à voler au jeune éléphant!

Puis il s'affaisse de nouveau.

– Suis-je réellement important? murmure-t-il. C'est Dumbo qui a du talent, pas moi.

Madame Jumbo et son fils essaient de le consoler mais Timothée s'en va, tristement. Un souriceau aussi élégant et doué que lui mériterait d'être célèbre aussi!

– Je dois trouver un moyen pour y arriver tout seul! marmonne-t-il. Mais comment?

Soudain, il claque des doigts.

– Je sais! crie-t-il. Je vais apprendre à voler moi aussi. Comme cela, nous pourrons être célèbres ensemble!

Il grimpe à toute vitesse au sommet de la plus grande tente de tout le cirque. Dumbo a fait cet exercice des centaines de fois. Timothée espère qu'il réussira, comme son ami. Il se frotte les mains et saute.

– Oh! que la terre est basse! dit-il, la gorge nouée, en voyant le sol se rapprocher de plus en plus.

Timothée ferme les yeux et sent soudain une grosse secousse. Il a atterri à califourchon sur la trompe de Dumbo.

– Pffiou! Merci, mon ami!

Dumbo sourit et lui remet sa casquette sur la tête. Timothée rejoint sa place habituelle, sur le chapeau de l'éléphanteau. Ah, il n'y a pas à dire, voler est bien plus amusant quand les oreilles de Dumbo font tout le boulot!

Dumbo dépose son ami sur le sol.

– Oh, Timothée, tu es sain et sauf! s'écrie Madame Jumbo. J'étais si inquiète quand tu es tombé… Que ferions-nous, sans toi?

Timothée lui fait un clin d'œil.

– Je ne suis pas à la une aujourd'hui, mais peu importe, dit-il sagement. Je sais que je suis important et mes amis le savent aussi. Alors je ne me fais plus de souci! Du talent, j'en ai bien assez, sans compter mes talents cachés!

Disney
MICKEY
MOUSE

Nettoyage de printemps

Mickey chantonnait en faisant le ménage chez lui. Il ramassait de vieux magazines quand l'un d'entre eux attira son attention.

– « Prenez un nouveau départ grâce au nettoyage de printemps », lut Mickey à voix haute. Hmm… Nettoyage de printemps, n'est-ce pas ?

Mais, ce n'était pas le printemps… c'était l'automne ! Pourquoi faisait-il le ménage ?

– Ah ! s'exclama-t-il en s'affalant sur le canapé. J'ai la journée pour moi, maintenant. Je vais voir si Minnie veut venir !

Un peu plus tard, Minnie arriva chez Mickey et sonna à la porte.

– Salut, Mickey ! Qu'est-ce que tu veux faire auj…

Elle soupira. Quel désordre ! Il y avait de la boue par terre, de la poussière sur les étagères, des assiettes sales sur la table, des tas de linge, des livres et des magazines partout…

– Qu'est-ce qui ne va pas ? demanda Mickey.

– Mickey, dit Minnie, euh, quand as-tu fait le ménage pour la dernière fois ?

Mickey rigola.

– Ne sois pas stupide, Minnie ! Je n'ai pas besoin de faire le ménage avant des mois.

– Des m-m-mois ?

Minnie ne pouvait pas le croire. Si cela continuait ainsi, sa maison serait entièrement enterrée sous le désordre en quelques mois !

– Bien sûr ! dit Mickey en haussant les épaules. Tu n'as jamais entendu parler du nettoyage de printemps ?

Minnie ne voulait pas être grossière mais devait convaincre Mickey de faire le ménage… et ça ne pouvait pas attendre le printemps !

– Tu sais, dit-elle nonchalamment, je viens de lire quelque chose d'amusant sur une nouvelle mode.

– Vraiment ? sourit Mickey. Qu'est-ce que c'est ? On peut le faire aujourd'hui ?

– Oh ! fit Minnie en feignant la surprise. Je suppose. Je n'y avais pas pensé.

– Alors, c'est quoi la mode ? demanda Mickey, impatient. Le ski nautique ? L'escalade ? La fondue ?

– Non, dit Minnie avec entrain. Le nettoyage d'automne. Ça fait fureur !

– Le nettoyage d'automne ? dit Mickey qui cligna des yeux, puis sourit.

– Tu sais, c'est tellement fou, ça a l'air marrant ! On devrait essayer !

Minnie sourit et ramassa le magazine avec l'article sur le nettoyage de printemps.

– Bien, dit-elle en fourrant le magazine dans la poubelle, je crois que vais commencer ici même !

Un vrai somnifère !

Il est l'heure d'aller au lit, Nemo, dit Marin. Il y a école demain.

– D'accord, papa, répondit Nemo. Mais est-ce que tu peux me raconter une histoire ?

– Bon, alors juste une, dit Marin.

Il réfléchit un moment, puis fit un grand sourire.

– Savais-tu que quand j'étais plus jeune, je voulais être comédien ?

Les yeux de Nemo s'ouvrirent très grands, de surprise.

– Toi ? Comédien ? Les comédiens ne sont-ils pas supposés être… drôles ?

– Et bien, tu sais, mon fils, dit Marin, la vie d'un poisson-clown n'est pas facile. C'est d'ailleurs maintenant que tu dois le réaliser. Tu vois, quand tu es un poisson-clown, tous les gens que tu rencontres partent du principe que tu es drôle. C'est une erreur courante. Bref, il y a des années, je me suis dit que tant que tout le monde s'attendait à ce que je sois drôle, j'essaierais de l'être pour gagner ma vie.

– Mais, papa, dit Nemo, tu n'es pas drôle du tout.

– Eh, là ! Attends un peu ! se vexa Marin. À mon époque, j'avais la réputation d'être un boute-en-train ! Laisse-moi réfléchir. Si je me concentre un peu, je suis sûr que je peux me souvenir d'un de mes anciens numéros. Il se concentra une minute.

– Bon, ça me revient ! Il s'éclaircit la voix.

– Bonsoir, Mesdames et Méduses ! Dites-moi, il y a houle ce soir. Vous voulez que je vous fasse le récif des dernières infos de la barrière ? Tu vois, j'ai fait un jeu de mots entre récit et récif. Tu comprends ?

Nemo jeta un regard peiné à son père.

– Enfin, continua Marin, est-ce que tu connais le comble pour des sardines ?

– Papa, tes blagues ne sont pas si drôles que ça, dit-il en bâillant.

– D'être mises en boîte. Tu piges ? Des sardines en boîte ? Marin soupira et continua son numéro.

– Il s'est passé quelque chose de marrant sur la route ce soir. J'ai rencontré un gars, un poisson sympa, mais il me dit qu'il n'était pas très en forme.

Alors je lui ai demandé :

– Tu as un sushi ?

Les yeux de Nemo commençaient à se fermer tout doucement.

– Sais-tu ce que disent les baleines quand on les agace ? continua Marin. N'essaie pas de deviner. Je vais te le dire : c'est assez ! Cétacé ! Les yeux de Nemo étaient à présent complètement fermés, et un tout petit ronflement lui échappa. Marin sourit à son fils endormi.

– Ça marche à tous les coups, dit-il avec un petit rire.

Disney
Basil DÉTECTIVE PRIVÉ

Surprise !

Basil de Baker Street leva le museau de son journal. Une étrange odeur flottait dans la pièce. Des bruits étranges lui parvenaient de l'entrée et la porte s'était ouverte et refermée un nombre incalculable de fois.

– Ce thé ne sent pas comme d'habitude. Il se trame quelque chose, j'en suis sûr, dit Basil.

Il se rua vers la cuisine. Miss Judson, sa gouvernante, était près du four.

– Qu'y a-t-il, Basil ? s'enquit-elle.

Basil plissa les yeux. Était-ce son imagination ou Miss Judson avait-elle l'air coupable ? Puis, il remarqua une mystérieuse tache bleue sur le comptoir.

– Rien du tout, répondit-il à la gouvernante, en recueillant la substance.

Il rejoignit son bureau, tout retourné. Un mystère se jouait-il, dans sa propre maison ?

Il installa en quelques secondes un étalage de fioles et de tubes à essai et y contrôla son échantillon. Au bout de l'alambic, un petit cadran se mit à vibrer. L'aiguille tremblait sous l'inscription : « substance inconnue – comestible. »

– Hum, fit Basil, cela ne me dit pas grand-chose !

Il décida de chercher d'autres indices, se faufila dans le hall et se dirigea vers la cuisine.

L'oreille collée à la porte, il entendit distinctement :

– Oh, mon Dieu, je ne serai jamais prête !

– Balivernes, ma chère, tout ira très bien, répondait-on.

– Mais c'est la voix de mon ami, Dawson, murmura Basil. Pitié, ne me dites pas qu'il fait partie de cette lâche conspiration.

Un instant plus tard, Dawson ouvrit la porte et surprit Basil.

– Oh, vous êtes là, mon vieux, dit Dawson. Juste un mot, si vous le permettez.

– Dites, répondit Basil, soupçonneux.

Dawson gloussa :

– Oh, nous serons plus tranquilles dans l'atelier.

Ah, ah, se dit Basil. Peut-être vais-je accéder aux sources du mystère !

Dawson ouvrit en grand les portes de l'atelier et surprise !

Basil fut sous le choc. Sa famille, ses amis, tous étaient là. Même Olivia Flaversham et ses parents s'étaient déplacés. Et Miss Judson tendait un magnifique gâteau recouvert de crème bleue, garni de bougies !

Basile éclata de rire.

Quel genre de détective suis-je donc, pensa-t-il, qui ne résout pas le mystère du jour de son propre anniversaire ?

LE ROI LION

Pourquoi s'en faire ?

Zazu ne savait pas quoi faire de Timon et Pumbaa ! Depuis leur arrivée sur la Terre des Lions, il avait essayé de leur trouver le boulot idéal.

– Zazu, dit Simba. Tu devrais laisser tomber. Timon et Pumbaa ont l'habitude de prendre leur vie comme elle vient. Hakuna matata, c'est leur philosophie.

– Et bien, ce n'est pas la mienne ! dit Zazu.

Cet après-midi-là, le calao dit à Timon et Pumbaa qu'ils surveilleraient les petits pendant que les lionnes seraient à la chasse.

– Pas de problème ! dit Timon.

– On peut aller au point d'eau tout seuls ? demanda Kiara, la fille de Simba.

– Bien sûr, dit Timon. Amusez-vous bien !

– On fait la sieste ? demanda un petit.

– Pas si vous ne le voulez pas, répondit Pumbaa.

Les petits pensaient que Timon et Pumbaa étaient les meilleurs baby-sitters au monde. Mais pas Zazu. Il était furieux.

– Oh, Zazu, dit Timon. Détends-toi !

– Les choses sont assez détendues par ici comme ça, renifla Zazu. Trop détendues.

Le lendemain, Timon et Pumbaa étaient en charge du nettoyage des broussailles autour du point d'eau. Alors qu'ils déracinaient chaque plante, ils trouvèrent un festin d'insectes dans le sol. Ils furent vite rassasiés. Puis, ce fut l'heure de la sieste.

– Qu'est-ce que ça veut dire ? cria Zazu. On dort au travail ?

– Qu'est-ce qui te dérange ? Tu as toujours l'air tendu, répliqua Timon.

– Tendu ? Bien sûr que je suis tendu ! cria Zazu. Je suis le bras droit de Simba. C'est à moi de voir si le royaume est parfaitement en ordre !

Pumbaa prit la parole.

– Et tu fais du très bon boulot.

– Merci, dit Zazu.

– Mais, ajouta Timon, un royaume en ordre n'est-il pas meilleur si on s'arrête un peu pour en profiter ?

Zazu dut admettre que Timon avait raison. Les autres membres du royaume partaient toujours dans la direction opposée quand ils voyaient Zazu approcher. Il était peut-être trop dur avec tout le monde, lui y compris.

– Messieurs, dit Zazu, je vous ai trouvé le boulot parfait. Je vous nomme ministres hakuna matata. Vous avez la charge d'éviter que les choses ne deviennent trop sérieuses.

Simba était ravi.

– Zazu, tu es un génie ! dit-il.

– Merci, Sire, répondit Zazu. J'ai toujours dit que ces deux-là avaient quelque chose de spécial !

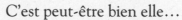

Cendrillon

Le bal masqué

Cendrillon et son mari le Prince donnent un bal masqué au château. Cendrillon a envoyé une invitation spéciale à sa marraine-fée qui a promis qu'elle viendrait.

– Où peut-elle être ? se demande Cendrillon.

La princesse parcourt la salle des yeux. Des centaines de sujets y sont rassemblés, vêtus de splendides costumes.

Mais le bal a commencé il y a une heure maintenant et Cendrillon n'a eu aucune nouvelle de sa présence. La joyeuse petite femme reste invisible.

– Ne t'inquiète pas, mon amour, dit le Prince. Je suis sûr qu'elle va…

Un messager interrompt leur discussion et tend un message à Cendrillon.

« Pas de crainte,
je suis là, ma chérie.
Cherche bien et tu trouveras
derrière quel masque, je me cache ! »

– Je la trouverai ! murmure sa filleule.

Est-ce sa marraine qui se cache sous ce magnifique costume de licorne ? Ou bien est-elle cette princesse au masque rose ? L'arlequin ? À regarder de tous côtés, la tête lui tourne et Cendrillon commence à douter de retrouver sa marraine dans cette foule si chamarrée.

Cendrillon remarque une laitière aux yeux pétillants, debout devant une fontaine.

C'est peut-être bien elle…

La princesse, détourne un instant son regard et quand elle se retourne vers la fontaine, la laitière a disparu ! À sa place, une silhouette au masque en forme de papillon.

– Vous cherchez quelqu'un, Princesse ? demande le papillon.

– Oh, non, ce n'est rien, répond la jeune altesse.

Poursuivant ses recherches, elle repense aux yeux pétillants derrière le masque de papillon. La laitière avait les mêmes ! Elle fait demi-tour et retourne à la fontaine. Plus de traces de la laitière, ni du papillon. La seule personne à la place porte un magnifique costume de cygne blanc.

– Oh, quelle splendeur ! murmure Cendrillon.

Deux yeux espiègles pétillent derrière son masque.

Alors, Cendrillon éclate d'un rire joyeux.

– C'est vous ! Je vous ai trouvée ! dit-elle en ôtant son masque à sa marraine.

– Tu as gagné, dit-celle-ci. Comment m'as-tu démasquée ?

– Vous avez changé si vite de costume que vous avez failli me confondre, répond Cendrillon. Mais je me suis souvenue comment vous m'aviez magiquement transformée, il n'y a pas si longtemps que ça et j'ai compris ! Venez maintenant, marraine, rejoignons nos amis !

Walt Disney
LES ARISTOCHATS

Une soirée très animée !

Voilà ce que j'appelle du rythme ! crie Tom O'Malley en battant le tempo sur la chanson de Marie.

Les chatons apprennent à improviser.

– Ça balance ! ronronne Scat Cat quand Marie termine sa chanson. Continue comme ça et tu feras swinguer la maison entière lors de ton récital, la semaine prochaine.

Marie sourit, heureuse. Tom et ses amis sont si drôles ! C'est vraiment chouette qu'il soit venu vivre avec eux, dans la grande maison de Madame de Bonnefamille, à Paris.

Et le concert qui arrive la comble également de joie. Tous les amis de Madame de Bonnefamille seront là, et quelques-uns de sa maman et de Tom aussi. Il y aura du thé, des crêpes, du saumon et de la crème fraîche.

Et ce n'est pas tout ! Aucun des invités ne connaît le programme. Ce sera une totale surprise, quelque chose de vraiment insolite.

D'habitude, Marie interprète une pièce classique de Brahms ou de Mozart, quelque chose de délicat et distingué. Pas cette fois ! Le jour du récital arrive enfin. Marie jette un œil derrière le rideau de velours et sent son cœur battre très fort. Le salon est rempli d'hommes, de femmes et de chats mélomanes, venus de tout Paris.

J'espère qu'ils vont aimer, se dit-elle en entrant en scène.

Scat Cat lui fait un clin d'œil avant de frapper les premières notes au piano. Quelques uns des invitées ont le souffle coupé, d'autres s'éventent avec leur mouchoir.

Trop tard pour reculer, se dit Marie.

Elle tape le tempo du pied, prend une grande inspiration et commence sa chanson.

Sa voix est forte et claire. Les notes coulent comme du miel. Madame de Bonnefamille et les chats sourient et dodelinent de la tête en rythme.

Cependant, la plupart des humains ne semblent pas apprécier.

Scat Cat se déchaîne sur les touches d'ivoire du piano. La musique endiablée résonne entre les murs du salon.

Marie donne toute sa voix dans le refrain. Elle ferme les yeux et laisse la musique l'emporter. Quand elle les rouvre, c'est son tour d'être surprise. Toute l'audience bat la mesure, tapant du pied ou secouant la tête.

Quelle ambiance !

Marie fait un petit signe à Scat Cat pour lui indiquer le break final. Aussitôt qu'elle a fini de chanter, les invités sont à ses pieds et réservent une formidable ovation à Marie, la plus jazzie des chatons !

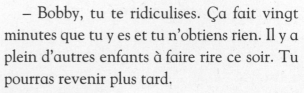

Public difficile

L'autocollant sur la porte disait : « Entrez à vos risques et périls. » Mais Bob n'avait pas peur. Il n'avait jamais rencontré d'enfant qu'il n'avait pas fait hurler… de rire. Passant son micro d'une main à l'autre, Bob traversa la porte du placard nonchalamment.

– Eh, ça boume ce soir ? fit Bob en saluant l'enfant.

Le garçon en pyjama le regarda, furieux.

– Tu connais l'histoire du monstre qui voulait entrer dans le show business ? Il adorait se monstrer.

Bob fit une pause, mais l'enfant resta silencieux.

– D'accord. Je vois que tu es un public difficile.

Passons aux choses sérieuses. Bob remua ciel et terre. Il raconta ses meilleures blagues. Il se mit sur le tabouret, sous le tabouret, debout sur les montants du lit, s'accrocha aux rideaux. Mais l'enfant n'ébaucha pas un sourire.

Bob était prêt à raconter l'histoire du monstre marin à sept jambes qui volait, quand il entendit frapper à la porte du placard.

– Tu sais que tu devrais vraiment le vérifier, dit Bob en désignant le placard. Il pourrait y avoir des squelettes à l'intérieur.

L'enfant ne cilla pas.

Bob ouvrit à peine la porte.

– Je travaille, là, chuchota-t-il.

Sulli passa sa tête.

– Bobby, tu te ridiculises. Ça fait vingt minutes que tu y es et tu n'obtiens rien. Il y a plein d'autres enfants à faire rire ce soir. Tu pourras revenir plus tard.

– Pas question, souffla Bob. Cet enfant m'adore. Quand il rira, il rira à en pleurer. Je le sens.

Un ours en peluche traversa la pièce et vint atterrir dans l'œil de Bob.

– Tu vois ? Il m'envoie des cadeaux.

– Arrête les dégâts, Bobby.

Sulli posa une grande patte poilue sur la tête de Bob et tenta de l'attirer de l'autre côté de la porte.

– Je te répète que j'y étais presque, fit Bob entre ses dents.

Il broncha à peine quand le garçon lui jeta une peau de banane.

– Et moi, je te dis de… laisser… tomber.

Sulli tira plus fort sur Bob. Bob attrapa l'encadrement de la porte et s'y accrocha. Soudain, Sulli lâcha prise et Bob vola en arrière, dérapa sur la peau de banane et fit un vol plané.

Bob se remit sur ses pieds, prêt à foncer sur Sulli, mais il fut interrompu par un rire. En fait, l'enfant riait si fort que des larmes coulaient sur son visage.

– Tu sais, il y a des enfants qui préfèrent le comique visuel, dit Bob à Sulli en haussant les épaules.

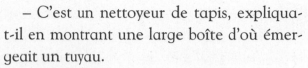

Un sacré inventeur !

On ne s'ennuyait pas une seconde dans le château du Prince et de Belle. Les amis arrivaient et repartaient, Mrs Samovar et les autres domestiques assuraient un remue-ménage permanent et Maurice, le père de Belle, travaillait toujours à une nouvelle invention.

Un matin, Maurice plaça une machine dans la cuisine et la présenta à la gouvernante.

– Une petit rien qui va vous faciliter la vie, dit-il.

– Merci, mon cher Maurice, mais… Qu'est-ce que c'est ? demanda Mrs Samovar.

– Je l'ai appelé range-assiettes, répondit l'inventeur.

Il s'empara d'une pile d'assiettes propres et les déposa sur le bras mécanique de sa machine. Il pressa un bouton et attendit. Avec un bruit de casserole, la machine se mit en marche.

Le range-assiettes commença à lancer les assiettes en tous sens, contre les murs et sur le plancher. Craacc ! Criic ! Craac !

– Attention ! cria Maurice, alors qu'une soucoupe lui rasait la tête.

Le père de Belle se jeta par terre, rampa jusqu'à la machine et l'éteint.

– Direction à réviser, dit-il, embarrassé.

Le lendemain, Maurice revenait avec une autre surprise.

– C'est un nettoyeur de tapis, expliqua-t-il en montrant une large boîte d'où émergeait un tuyau.

– Bien, cela a l'air sans danger, décida Mrs Samovar. Et bien, comment ça marche ?

– Comme ça !

Il tourna un bouton. Instantanément, rideaux, oreillers et lampes furent aspirés et Maurice faillit l'être avec !

Heureusement, Mrs Samovar vint à son secours.

– Je l'ai peut-être fait un peu trop puissant ? admit Maurice.

Le jour suivant, Maurice eut encore une autre idée. Cette fois, c'était une machine à laver qui inonda le premier étage du château.

– Maurice, dit gentiment Mrs Samovar. C'est très gentil à vous de vouloir alléger ma tâche. Mais j'aime mon travail. En prenant soin de ce château, je prends soin des gens que j'aime.

Elle resta songeuse un instant et ajouta :

– La seule chose que je dois avouer, c'est que j'aimerais qu'on m'apporte une bonne tasse de thé, à la fin de ma journée.

– J'ai ce qu'il vous faut, répondit Maurice.

– Oh, vraiment ? dit Mrs Samovar.

– Oui, répondit l'inventeur en s'inclinant devant la gouvernante. Je me présente, Maurice, votre serviteur !

La fête de Kronk

Encore une fois ! cria Kronk. Les Tamias Juniors regardèrent leur chef, prirent une respiration profonde, et entamèrent « Nous ne sommes pas des marmottes » pour la quatrième fois. « Nous sommes des ta-ta-tamias. Nous ne sommes pas des mar-mar-mottes », chantaient-ils.

Épuisés, les chanteurs se laissèrent tomber sur les bûches éparpillées dans la clairière. Près d'eux, Bucky l'écureuil et trois de ses amis continuaient de chanter : « Cric-cr-cr-cric ! Cric-cr-cric ! Cric, cric, et recric ! » entonnaient-ils.

– J'ai faim ! chuchota Tipo, à l'adresse de sa sœur Chaca.

– Continue de chanter ! lança Chaca, derrière sa patte. C'est bientôt fini.

Pendant que les jeunes entamaient un nouveau couplet, Kronk se tenait près du feu, très affairé à mélanger, faire sauter et assaisonner. Il cuisinait depuis des heures, et de délicieuses odeurs venaient chatouiller le nez des chanteurs fatigués.

– C'est… presque… prêt ! annonça Kronk Voilà ! Bon appétit ! lança le colosse.

Les jeunes se précipitèrent vers lui. Les plats avaient l'air aussi bon que le fumet qu'ils dégageaient. Et ils commencèrent à se servir.

– Je reconnais que je suis un vrai gourmet ! déclara modestement Kronk.

Tout le monde était content. Tout le monde, sauf Bucky et ses amis écureuils. Où était donc leur plat préféré ?

– Cric, cric, et recric ! marmonna Bucky. Il fit un rapide signe de tête, et les écureuils se précipitèrent dans la tente de Kronk. C'était un outrage ! Les écureuils faisaient partie de la chorale, eux aussi !

Bucky souleva l'auvent et ils sautèrent dans la tente.

– Cric ! ordonna Bucky en désignant l'oreiller de Kronk. Ses compagnons savaient ce que cela signifiait, ils allaient mâchonner la literie afin d'y faire des trous. À l'instant où ils s'apprêtaient à entrer en action, ils furent brusquement interrompus.

– Cric-cr-cr-cric, fit la voix grave de Kronk. Cric, cric, et recric !

Kronk arrivait avec un plateau. En équilibre sur son bras, il y avait un soufflé aux glands doré à souhait, accompagné d'un bol de sauce aux baies sauvages tout fumant.

Bucky haussa les épaules d'un air penaud.

– Tu croyais que je vous avais oubliés ? Que Kronk ferait une chose pareille ? dit le chef scout en posant le plateau.

Les quatre écureuils se blottirent contre les grosses jambes de Kronk. Tout était oublié. Tous les Tamias Juniors pouvaient entamer leur joyeux festin.

Les vautours auditionnent

Jamais rien d'excitant n'arrive par ici, se plaignit Buzzie à ses amis les vautours chanteurs.

— Ce n'est pas vrai, dit Flap. Tu fais quoi de la bagarre qu'on a eue avec Shere Khan la semaine dernière ?

— Ça alors, tu as raison, dit Ziggy. C'était plutôt excitant.

— Mais qu'est-ce qu'on va faire maintenant ? demanda Buzzie.

— On peut chanter, proposa Ziggy.

— Y'a un problème, fit Dizzy. Il nous faut un ténor.

— Oh, c'est vrai, dit Ziggy. Le Petit d'Homme, Mowgli, aurait été un chouette ténor. Dommage qu'il ait quitté la jungle.

— Alors, on fait quoi ? demanda Buzzie.

— Et si on faisait passer une audition ? proposa Ziggy.

Alors les vautours firent passer le mot dans la jungle et, une semaine plus tard, les animaux faisaient la queue, prêts à faire un bout d'essai avec le groupe.

— Nom ? demanda Buzzie au premier candidat.

— Coco, répondit le singe.

— Très bien, Coco, tu peux chanter, dit Flap.

Coco brailla quelques minutes, puis les quatre vautours délibérèrent.

— Il n'est pas très bon ! dit Buzzie.

— Et c'est un singe, ajouta Flap.

— Suivant ! cria Dizzie.

Les vautours auditionnèrent un lémurien, deux paresseux, un loup, un hippopotame, un crapaud et un éléphant. Personne ne convenait. Finalement, le dernier animal approcha.

— Nom ? demanda Buzzie.

— Chanceux, dit le vautour. Eh ! C'est pas vous les quatre gars qui ont aidé le Petit d'Homme à faire fuir ce tigre, Shere Khan ?

— Ouais, dit Buzzie, c'est nous.

— Alors je suppose que vous devez vous trouver « chanceux » ! s'écria Chanceux.

Puis il se mit à rire de sa blague.

— Vas-y, chante dit Ziggy en roulant les yeux.

Chanceux chanta quelques minutes puis les quatre vautours délibérèrent.

— Il est pas mal, dit Dizzy.

— Et puis c'est un vautour, ajouta Ziggy.

— Et le dernier candidat, dit Flap.

— Tu es engagé ! chantèrent les vautours.

— J'vous avais dit que j'étais Chanceux ! s'écria le vautour.

— Mais que pour les auditions, dit Dizzy.

— Ouais, finit Buzzie. Quand tu rencontreras, Shere Khan, on verra si tu es vraiment chanceux !

Peter Pan
Walt Disney

L'histoire de Clochette

Pousse-toi !

– Non, toi, pousse-toi.

Peter Pan savait que les chamailleries des Jumeaux ne s'arrêteraient que lorsque l'un des deux aurait poussé l'autre du hamac.

– Eh ! cria le Frisé. Ils étaient tombés sur le garçon en costume d'ours.

Peter soupira. Tous les soirs avaient fini ainsi depuis que Wendy était partie.

Alors Peter eut une idée. Il alla chercher Clochette.

– Dis-moi, Clochette. Ça te dirait d'être notre nouvelle maman ?

Clochette regarda Peter comme s'il était fou.

– Allez, quoi ! dit Peter. Les garçons n'arrêtent pas de se battre depuis que Wendy est partie. Ils ont besoin de quelqu'un pour les border le soir et leur raconter une histoire.

Clochette resta silencieuse un moment.

– Je suppose que Wendy pourrait revenir, dit sournoisement Peter.

La ruse marcha. La dernière chose que Clochette souhaitait était le retour de Wendy !

La petite fée vola vers la cachette des Garçons Perdus et secoua un doigt vers eux.

– Clochette va nous raconter une histoire, dit Peter aux garçons qui se calmèrent. Vas-y, Clochette.

Peter sourit. Son plan marchait à merveille !

Clochette s'assit, croisa les bras, puis commença à tinter.

– Il était une fois, traduisit Peter, une jolie fée qui vivait avec des garçons sales, mal élevés et idiots. Et le plus sale, le plus mal élevé et le plus idiot de tous était Peter Pa… eh ! C'est pas très gentil !

Clochette tinta.

– D'accord, soupira Peter. C'est ton histoire. Vas-y.

Clochette continua et Peter traduisit.

– Un jour, le très odorant et désagréable Peter Pan lui demanda de raconter une histoire. Clochette n'en connaissant aucune, elle alla donc chercher le Capitaine Crochet pour qu'il en raconte une aux vilains garçons.

Sur ce, Clochette s'envola par la fenêtre.

– Clochette ! Reviens ! cria Peter.

Clochette fit demi-tour et voltigea à la fenêtre, tintant de rire.

– C'était un sale coup ! rouspéta Peter. Et en plus, tu ne sais vraiment pas raconter les histoires. Tu dois le faire comme Wendy. Comme ça.

C'était au tour de Clochette de sourire. Pendant que Peter racontait une histoire et que les Garçons Perdus s'assoupissaient, Clochette se pelotonna dans son lit et ferma les yeux. Son plan avait marché à merveille !

Ariel déménage de nouveau

Le prince Éric arrêta l'attelage. Ariel, qui avait pris place à côté du Prince, eut un mal fou à ne pas glisser de son siège. Elle n'était un être humain que depuis peu et n'avait pas encore vraiment l'habitude de se servir de ses jambes.

— As-tu faim ? lui demanda le Prince, en désignant une hostellerie.

Ariel fit signe que oui. Elle ne pouvait pas parler et, en matière de nourriture, elle restait prudente. Les humains consommaient du poisson, et à chaque fois, elle ne pouvait s'empêcher de songer à son meilleur ami, Polochon le poisson. Mais elle voulait faire plaisir au Prince.

Le restaurant était presque vide. Éric et Ariel s'installèrent à une table.

— Qu'est-ce qui vous ferait plaisir, Mademoiselle ? demanda la propriétaire.

— Ce sera… Une soupe ? dit Éric, en cherchant confirmation dans le regard d'Ariel. Moi, je prendrai la spécialité de la maison.

Ariel était heureuse de constater qu'Éric n'avait pas l'air contrarié de devoir parler à sa place. Mais elle aurait tant aimé parler elle-même et lui dire combien elle était heureuse de se trouver avec lui !

Lorsque la vieille dame regagna la cuisine, le silence emplit la salle. Ariel essaya de communiquer par gestes mais Éric ne parut pas comprendre et, au bout de quelques minutes, la malheureuse commença à se sentir ridicule.

Par chance, la propriétaire du restaurant revint les servir. Éric parut soulagé, lui aussi.

Après avoir posé leurs assiettes sur la table, la dame aux cheveux blancs se dirigea vers un grand meuble en bois, adossé à un mur. Elle s'assit devant, et posa ses mains sur les touches blanches et noires.

Ariel n'avait jamais vu de piano. Elle n'en avait pas davantage entendu jouer. Cette musique la ravit, au point qu'elle laissa tomber sa cuillère dans son bol. La mélodie était très belle, à la fois joyeuse et triste. Comme elle aurait aimé chanter ! Mais, bien entendu, c'était impossible… La musique lui rappelait le bercement des vagues de l'océan. Se mettant debout, elle esquissa un pas, mais ses nouvelles jambes étaient si gauches qu'elle trébucha.

Soudain, Ariel sentit le bras solide d'Éric, autour de sa taille.

— Sais-tu danser ? lui demanda le Prince.

Ariel secoua la tête d'un air honteux.

— Je vais t'apprendre ! dit le Prince en lui souriant. Et il l'entraîna dans une valse. La Petite Sirène rayonnait : le Prince et elle avaient trouvé le moyen de communiquer sans avoir besoin de mots !

TIC ET TAC

Tac défie la mort

Un matin, Tic et Tac trouvèrent une tente rouge et blanche géante devant leur arbre.

Les écureuils trottinèrent jusqu'à la tente et y jetèrent un coup d'œil. À l'intérieur, un homme criait dans un mégaphone.

« Mesdames et Messieurs ! Bienvenue dans le plus grand cirque du monde ! »

Les écureuils entrèrent sans faire de bruit. Ils virent un clown aux cheveux orange et au gros nez rouge faisant des sauts périlleux. À côté, un dresseur de lions faisait claquer son fouet. Et, loin au-dessus des têtes, des trapézistes se balançaient.

C'est là que Tac sentit une odeur délicieuse. Là, par terre, pile au centre de l'arène, il y avait un sac plein de cacahuètes !

Tic et Tac se précipitèrent vers les cacahuètes.

Tic était sur le point d'en croquer une quand il réalisa que quelqu'un se tenait derrière lui. Il se retourna et ses yeux s'ouvrirent en grand. C'était une éléphante énorme ! Tic hurla de surprise mais Tac avait la tête dans le sac de cacahuètes… et ne l'entendit pas.

L'éléphante approcha sa trompe du sac pour prendre une cacahuète. Mais elle n'attrapa pas une cacahuète. Elle attrapa Tac !

– Rrrrrrr ! barrit l'éléphante.

D'un mouvement de trompe, elle lança Tac.

– Iiiick ! Tac piailla alors qu'il planait dans les airs. Il se dirigeait droit vers la gueule ouverte du lion ! Tac ferma les yeux.

Zoum ! Soudain, quelque chose intercepta Tac. Il ouvrit les yeux. Un des trapézistes l'avait accidentellement attrapé alors qu'il tournoyait dans le vide. Tac soupira de soulagement.

Mais le trapéziste le laissa tomber.

– Iiiick ! cria Tac en tombant.

Et là, un clown se posta sous lui. Boing ! Tac rebondit sur son nez rouge en caoutchouc et s'envola dans le public.

Scrash ! Tac atterrit dans du pop-corn. Soudain, il fut éclairé par un spot.

– Mesdames et Messieurs, annonça Monsieur Loyal. Applaudissez fort notre invité surprise, l'Écureuil qui défie la Mort !

Le public se mit à applaudir. Tac regarda autour de lui, surpris. Puis il salua.

– Et pour récompenser le courage de cet écureuil, j'aimerais lui faire un cadeau spécial, continua Monsieur Loyal.

Un clown se dirigea vers Tac, un énorme sac de cacahuètes dans les bras.

– Iiiick ! cria Tac.

C'était fini les cacahuètes pour lui ! Et il fila hors de la tente, aussi vite que ses petites jambes pouvaient le porter.

Disney
Les Aventures de
Bernard et Bianca

Le piège de Penny

Madame Médusa mit un seau dans la main de Penny.

– Je veux les plus grosses et les plus juteuses baies, hurla-t-elle. Et ne reviens pas avant que le seau soit rempli !

– Oui, Médusa, répondit Penny.

Portant Teddy dans une main et le seau dans l'autre, elle s'enfonça dans les marécages. Cueillir des baies était une corvée habituelle qui ne l'ennuyait pas, pourvu qu'elle s'éloigne du bateau et de Médusa !

Penny écarta un roseau et regarda par-dessus son épaule. Ils étaient là ! Médusa ne laissait jamais Penny partir sans Neron et Brutus, ses horribles crocodiles, pour la surveiller.

Penny regarda alentour. Ce n'était pas facile d'évoluer dans le marais car tout y poussait à profusion. Mais elle savait où aller.

Quelques minutes plus tard, Penny installait Teddy à califourchon sur une branche d'un buisson chargé de baies bien mûres.

– Tu seras à ton aise ici, lui expliqua-t-elle.

Penny cueillait le premier fruit lorsque Brutus attrapa Teddy entre ses énormes mâchoires et le jeta dans l'eau sombre.

– Teddy ! cria Penny.

Elle récupéra l'ourson, le serra contre sa poitrine et jeta un regard noir au crocodile qui s'empiffrait.

– Gros vilain ! dit-elle. Tu aurais pu blesser Teddy ! Et les fruits sont pour Médusa !

Néron rejoignit Brutus et bientôt, il n'y eut plus une seule baie dans le buisson.

Penny était furieuse. Elle n'arriverait jamais à remplir son seau si Néron et Brutus continuaient ainsi. Autant manger quelques fruits, elle aussi !

Elle découvrit un autre buisson de baies rouge brillant quelques mètres plus loin. Elle les reconnut et eut une idée.

– Neron, Brutus ! appela-t-elle joyeusement. Il y en a aussi par ici !

Tournant leur énorme tête, les deux crocos regardèrent dans la direction indiquée. Une seconde plus tard, ils se goinfraient.

Penny étouffa un rire. Les yeux écarquillés et la gueule en feu, les deux gourmands buvaient avidement des litres d'eau croupie du marais. Les fruits étaient en réalité des piments, très piquants !

– Vous devriez manger moins vite, dit Penny, doucereuse, alors qu'ils se tortillaient dans l'eau.

Puis, ayant rempli son seau, elle reprit Teddy sous son bras et rentra au bateau :

– Qu'en penses-tu ? lui dit-elle, malicieuse. Ne faut-il pas toujours un peu de piment dans la vie ?

Une visite au palais

Les Sept Nains se tenaient devant l'entrée du château où vivait maintenant Blanche-Neige. Il y avait tant de travail à la mine que c'était la première fois qu'ils rendaient visite à la jeune mariée.

– Croyez-vous qu'elle sera contente de nous voir ? demanda Timide, en rougissant.

– Bien sûr ! gloussa Joyeux.

– Bon ! dit Prof. Nous y sommes. Maintenant il faut praffer à la torpe. Je veux dire, frapper à la porte !

Atchoum leva le nez vers la belle demeure.

– Atchii ! Waouh ! Quelle splendeur !

– Pas de temps à perdre ! grogna Grincheux en frappant un coup sec sur la porte.

Un moment plus tard, un garde vint ouvrir.

– Hum, bonjour, dit-il, les nouveaux domestiques, faites le tour, s'il vous plaît.

– Nous ne sommes pas de douveaux nomestiques ! rectifia Prof. Nous sommes venus voir la Princesse.

– Oui, la Princesse ! ajoutèrent ses amis.

Simplet hochait la tête, impatient. Le garde les regarda, méfiant :

– Voir la Princesse ? Vous ?

Il regarda les visiteurs attentivement. Les nains se tenaient bien droits, fiers d'avoir pensé à faire leur toilette du matin.

– Je suis désolé, dit le garde. Je ne pense pas que la Princesse s'intéresse à des visiteurs tels que vous !

– Oh, mais, au contraiiire ! bâilla Dormeur. Elle s'intéresse beaucoup à nous.

– Désolé, reprit le garde. Vous devez vous en aller.

Mais Grincheux bloqua la porte :

– Écoutez-moi bien. Si vous ne nous annoncez pas, vous le regretterez !

– Qui est là ? demanda une douce voix qui venait de l'intérieur du château. Qui frappe à la porte ?

– Ce n'est rien, Princesse, répondit le garde. Juste quelques étranges petits hommes qui disent vous connaître et vous réclament.

– De petits hommes ? s'écria Blanche-Neige. Soudain un sourire éclaira son visage.

– Oh, Prof, Grincheux, Dormeur, Simplet, Joyeux, Atchoum, et même toi Timide !

– Euh… oui, bonjour Princesse, dit Timide, rouge comme une pivoine.

Le garde parut surpris.

– Vous connaissez ces personnes ? Je pensais qu'il s'agissait d'une bande de canailles !

– Canailles ! s'écria Blanche-Neige. Oh que non ! Ils sont différents, c'est vrai, mais ce sont de bonnes âmes et mes meilleurs amis !

Le garde fit ses excuses aux Sept Nains et ils entrèrent enfin au château pour une longue et délicieuse visite à leur jeune amie.

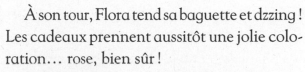

Walt Disney

La Belle au Bois Dormant

Rose ou bleu ?

Le jour du mariage du prince Philippe et de la princesse Aurore, personne n'était aussi heureux pour eux que les trois fées.

– Quel jour merveilleux, s'exclama Flora du balcon qui surplombait la salle de bal. N'est-ce pas, Pâquerette ?

Comme Pâquerette ne répondait pas, Flora se retourna et la vit en larmes.

– Pourquoi pleures-tu, Pâquerette ?

Tamponnant ses yeux, la fée vêtue de vert répondit :

– J'adore les mariages et les histoires qui finissent bien. Mais les deux ensemble me font pleurer de joie !

– Quel bonheur, dit Pimprenelle. Tout le royaume est là. Regardez tous ces cadeaux !

– Mon Dieu, il faudra des jours et des jours aux mariés pour tous les ouvrir !

– Compte-les encore une fois, demande Pâquerette. Moi, j'ai les larmes aux yeux.

Sans y penser, Pimprenelle tend sa baguette pour compter et dzzing ! transforme tous les paquets blancs en paquets bleus, sa couleur préférée.

– Pimprenelle ! la gronde Flora. Rends-leur leur couleur !

– Je ne sais pas… dit Pimprenelle en se tâtant le menton. Je les aime bien comme ça !

– Ah, tu ne peux pas ? dit Flora. Et bien, regarde !

À son tour, Flora tend sa baguette et dzzing ! Les cadeaux prennent aussitôt une jolie coloration… rose, bien sûr !

– Allons, mes amies, dit Pâquerette pour rétablir la paix. Ce n'est pas le jour. Arrêtez de vous chamailler !

– J'arrêterai si Flora arrête aussi, dit Pimprenelle, après avoir donné un nouveau coup de baguette et transformé la couleur des paquets en bleu.

– Tu appelles ça arrêter ? grogne Flora.

Dzzing !

Pâquerette en a vraiment assez de cette bataille de baguettes. Se saisissant de la sienne, elle dessine un cercle et chante bien fort :

« Cadeaux roses, cadeaux bleus,
Mariez vos couleurs et ne bougez plus !
Et dzzing ! »

Sa formule prononcée, les cadeaux se transforment pour la dernière fois.

– Qu'as-tu fait ? crient Flora et Pimprenelle.

– J'ai mélangé vos couleurs ! dit Pâquerette fièrement. Le seul papier d'emballage à la mode cette année est rayé rose et bleu, figurez-vous ! Maintenant, allons prendre une part de ce magnifique gâteau de mariage et régalons-nous !

– Le gâteau ! s'écrie Pimprenelle, malicieuse. De quelle couleur est-il ? Rose ou bleu ?

Percy prend part à l'histoire

Tu sais sans doute comment Pocahontas et John Smith réussirent à sceller la paix entre leurs peuples. Et bien, j'ai une histoire beaucoup plus intéressante à te raconter ! La mienne.

Mon nom est Percival mais mes amis m'appellent Percy. Jadis, j'étais le roquet de compagnie d'une personne très importante, le gouverneur Ratcliffe. Je vivais dans le luxe. Mes repas étaient servis dans des plats en argent. J'avais plus de dix sortes d'os au choix. On me parfumait, la vie s'écoulait, même si je m'ennuyais un peu.

Tout cela changea le jour de notre arrivée sur les côtes d'Amérique. Radcliffe n'avait plus qu'une idée en tête, trouver de l'or ! Il ne s'intéressait pas aux gens qui vivaient sur cette terre inconnue. John Smith, au contraire, s'en préoccupait, mais moi, je faisais peu cas de John Smith. Il essayait toujours de me caresser la tête. Et moi, je grognais d'être ferme, avec ce genre de personne. S'assurer qu'elles restent à leur place.

Peu de temps après notre arrivée, je prenais un bain mousseux quand soudain un raton laveur atterrit dans ma bassine !

S'il est une chose que ma mère m'a apprise, c'est d'éviter les animaux sans pedigree. Cette créature sauvage était peut-être enragée ? Le raton laveur dévora mes cerises puis détala. Dès lors, je n'eus qu'une idée : me venger.

Lorsque je revis le raton laveur, il mangeait les os de ma collection personnelle. Il fallait que je le chasse ! Et bien l'effronté petit diable m'attira dans un piège fait d'une bûche creuse ! J'avançais ainsi en trébuchant dans le bois, un rondin sur la tête. Il me fallut des heures pour m'en débarrasser.

C'est ainsi que je fonçai sur John Smith et Pocahontas. Devine qui était avec eux ? Le maudit raton laveur voleur d'os ! Il saisit le petit colibri de Pocahontas et l'agita devant moi comme une épée. Cela aurait pu être drôle, dans d'autres circonstances !

Alors survint une chose étrange ! Un arbre se mit à me parler ! Grand-mère Feuillage me dit de ne pas poursuivre Meiko. Sinon, j'allais faire surgir des problèmes. Bien entendu, j'ai tout de suite compris.

Les humains ont mis du temps à comprendre et John Smith fut blessé. Mais tout se termina bien. Je renonçai à mon existence fastueuse et devins un immigrant, comme mes nouveaux amis

John, cependant, fut obligé de regagner l'Angleterre. Je savais que j'allais lui manquer. Aussi, quand il tendit la main pour me caresser la tête, je le laissai faire.

Il le méritait bien, n'est-ce pas ?

WALT DISNEY
ALICE
au PAYS des
MERVEILLES

Une souris dans la maison

Alice adorait rêvasser… lorsque sa grande sœur lui lisait ses leçons. Un jour, elle bâilla et s'assoupit, et se retrouva bientôt dans un endroit étrange, le Pays des Merveilles.

Quand Alice se réveilla, sa sœur abandonna la leçon et proposa de prendre le thé.

Assise à la table de la salle à manger, Alice commença à évoquer le Pays des Merveilles devant sa sœur.

– Je sais que ce n'était qu'un rêve, dit-elle, mais tout semblait si vrai !

– Que s'est-il passé ? demanda sa sœur.

– J'ai été invitée à prendre le thé ! commença Alice. Mais mes hôtes, le Chapelier fou et le Lièvre de Mars, refusaient de me servir. Tu ne le croiras pas mais dans la théière vivait une petite…

Le couvercle de la théière qu'Alice tenait dans la main s'ouvrit brusquement et une petite tête moustachue apparut.

– Berk ! hurla Alice, en rabattant brusquement le couvercle. Son esprit se mit à galoper. Comment le Loir rencontré dans son rêve avait-il pu devenir bien réel ?

Lorsque sa sœur lui demanda encore du thé, elle déclara :

– Je suis désolée, mais il n'y en a plus !

– Ce n'est pas possible ! s'écria sa sœur. Maintenant, tu fais comme le Chapelier fou et le Lièvre de Mars !

Dès qu'elle put, Alice se glissa dehors avec la théière, son petit chat Dinah sur les talons. Et elle rejoignit l'arbre sous lequel elle s'était souvent assoupie l'après-midi.

– Si je m'endors, je pourrai peut-être ramener ce petit être à l'endroit où il était dans mon rêve, confia-t-elle à Dinah.

Mais Alice ne réussit pas à s'endormir. Elle eut beau compter des moutons, lire l'ouvrage ennuyeux que sa sœur avait abandonné au pied de l'arbre, rien n'y fit. Finalement, elle souleva le couvercle de la théière.

– Je suis désolée, dit-elle au Loir. Je ne sais plus que faire !

Il bondit hors de la théière et le petit chat se mit immédiatement à le poursuivre. Le Loir s'engouffra dans le terrier du Lapin blanc qu'Alice avait rencontré dans son rêve. Mais Dinah n'osa pas le suivre. Il faisait beaucoup trop noir, là-dedans ! Alice attendit, mais le Loir ne réapparut pas.

Cette nuit-là, Alice rêva de nouveau du Pays des Merveilles. Elle assistait à un anniversaire, attendant qu'on lui serve une tasse de thé. Le Loir jaillit de la théière et, tout ensommeillé, dit à Alice :

– Merci beaucoup, Mademoiselle ! Mais ne rêvez surtout pas de votre chat, je vous en supplie !

La luge, quel bonheur !

Lady regarde Jim Chéri et Darling rentrer de promenade. Jim Chéri tire une luge et Darling porte Junior.

Tous les trois sont couverts de neige, les joues rosies et le sourire jusqu'aux oreilles !

– Nous nous sommes bien amusés, n'est-ce pas, Darling ? demande Jim.

– Je ne me souviens pas avoir autant ri qu'aujourd'hui ! répond Darling

– Ôtons ces vêtements trempés avant que l'un d'entre nous ne s'enrhume ! dit Jim.

– Je suis bien d'accord, dit Darling.

Et les trois humains courent se réchauffer. Clochard arrive sur ces entrefaites.

– Que dirais-tu d'emprunter ce vieux clou pour faire un petit tour ? dit-il à Lady.

– Qu'est-ce que c'est au fait ? demande Lady, curieuse.

– Une luge ! répond Clochard.

– À quoi cela sert-il ?

– À glisser le long des collines !

– Oh, cela me paraît dangereux, dit la petite chienne, hésitante.

– Peuh ! Mais non ! s'écrie Clochard.

– Il fait affreusement froid, déclare Lady, peu partante à cette idée de glissade.

– Allons, viens ! insiste Clochard. Ce sera super ! Jim Chéri et Darling avaient l'air ravi !

Clochard saisit la corde et tire la luge sur les marches jusqu'au pied du porche.

Lady le suit, anxieuse.

– Attends-moi, Clochard !

– Grimpe, dit le chien à sa compagne.

Lady saute sur la luge et Clochard tire l'engin le long de la rue enneigée jusqu'au sommet d'une colline voisine.

– Quelle vue, n'est-ce pas ? s'exclame Clochard, une fois sur les hauteurs.

– Effectivement ! dit Lady. Et maintenant ?

– La glissade !

D'un coup de patte, il fait prendre de l'élan à la luge, saute dessus au dernier moment et…

– Oh, mon chéri ! glapit Lady.

Les deux chiens plongent au bas de la colline, les oreilles rabattues par le vent.

– Cramponne-toi ! ordonne Clochard.

Lady ferme les yeux tandis que Clochard jappe d'excitation. Soudain, ils heurtent un amas de glace, la luge fait un looping et ils atterrissent dans un tas de neige.

Clochard se remet sur pattes rapidement.

– Lady ! Tout va bien ? demande-t-il inquiet.

– Si je vais bien ? s'écrie Lady.

Elle remonte la colline aussi vite qu'elle peut en tirant la luge entre ses dents.

– Allez Clochard, dépêche-toi ! Je veux le faire encore une fois !

Disney
Winnie l'Ourson

Les joies de Hanoukkah

Joyeux Hanoukkah, Winnie ! s'écria Petit Gourou en ouvrant la porte. C'était le premier soir de Hanoukkah, et Maman Gourou et Petit Gourou avaient invité tous leurs amis à participer à la fête traditionnelle.

– Joyeux Hanoukkah ! répondit Winnie.

Et là, une odeur succulente chatouilla ses narines.

– Quelle odeur délicieuse ! cria Winnie.

Maman Gourou préparait des petites crêpes de pommes de terre appelées latkès, une gourmandise de Hanoukkah.

– Sois patient, sourit Maman Gourou. On les mangera un peu plus tard.

Porcinet, Bourriquet, Coco Lapin, Tigrou et Maître Hibou arrivèrent dans la foulée, et ce fut l'heure d'allumer la Menorah, le chandelier à neuf branches.

– D'abord, expliqua Maman Gourou, on allume la bougie du milieu, le chamache. Puis on s'en sert pour allumer une autre bougie, pour le premier soir de Hanoukkah.

Tigrou remarqua que les sept autres bougies étaient absentes.

– Quand allume-t-on les autres bougies ? demanda-t-il à Maman Gourou.

– Et bien, dit-elle, Hanoukkah dure huit jours. Donc demain, le deuxième soir, on allumera deux bougies avec le chamache. Et le troisième, on en allumera trois, et ainsi de suite… jusqu'au huitième soir, où on les allumera toutes !

Tout le monde regarda les bougies brûler. Puis Winnie dit :

– Euh ! Est-ce qu'on est un peu plus tard… maintenant ?

Maman Gourou comprit : Winnie voulait manger les latkès ! Elle les apporta à table et tout le monde s'en délecta.

Quand ils eurent mangé, Petit Gourou proposa de jouer au dreidel. Il sortit une toupie à quatre côtés. Maman Gourou mit un tas de bonbons et de pièces au milieu et donna un petit tas de friandises à chacun.

Petit Gourou expliqua les règles, puis chaque joueur fit tourner le dreidel. Suivant le côté sur lequel tombait le dreidel, le joueur gagnait des bonbons du milieu ou en perdait de son propre petit tas.

– C'est amusant ! s'écria Porcinet. Et en plus, il y a encore sept soirs !

– Maman, dit Petit Gourou, on est huit, et il y a huit soirs. Est-ce que nos amis peuvent venir tous les soirs et allumer chacun à leur tour la Menorah ?

Tout le monde trouva que c'était une idée merveilleuse.

Alors c'est exactement ce qu'ils firent.

MIEL

Un merveilleux cadeau

Pinocchio était le garçon le plus heureux du monde et il le savait. Désormais, il n'était plus un pantin de bois, mais un vrai petit garçon, bien vivant ! Et il savait aussi qu'il devait cela à Geppetto, qui l'avait tant désiré.

– J'aimerais offrir quelque chose à papa, pour le remercier, se dit-il un jour.

Comme il n'avait pas d'argent, il décida de lui fabriquer un cadeau.

– J'emprunterai les outils de papa, et je lui sculpterai un cadeau en bois !

Un après-midi, comme Geppetto était sorti, Pinocchio s'installa devant son établi. Le problème, c'est qu'il ne connaissait absolument rien à l'art de sculpter le bois.

– Cela me paraît dangereux, pensa-t-il, en examinant un ciseau. Papa m'interdirait de m'en servir tout seul !

Aussi décida-t-il de choisir une autre idée de cadeau.

– Je vais lui préparer un bon petit plat !

Mais il ne tarda pas à s'apercevoir qu'il ne savait pas davantage cuisiner.

– D'ailleurs, papa me recommande toujours de ne pas m'approcher du feu ! se dit-il.

En voyant l'accordéon de Geppetto, posé sur la table, Pinocchio eut une idée.

– J'ai trouvé ! s'écria-t-il. Papa adore la musique. Je vais lui composer une chanson et je la chanterai pour lui ! Quel merveilleux cadeau !

Saisissant l'instrument, Pinocchio se mit à jouer. Mais les sons qui en sortirent étaient absolument… discordants !

– Hum… Je ne sais pas jouer de l'accordéon et pas davantage écrire une chanson…

Posant l'instrument sur le sol, Pinocchio resta là, debout au milieu de la pièce. Lorsque Geppetto entra dans la maison, il remarqua que l'enfant avait les yeux baignés de larmes.

– Qu'as-tu, mon petit ? demanda-t-il, en s'approchant de lui.

À travers ses larmes, Pinocchio expliqua à son père qu'il aurait voulu lui faire un cadeau mais qu'il ne savait rien faire.

En entendant ces mots, l'inquiétude qui se lisait sur le visage de Geppetto se transforma en un sourire radieux et ses propres yeux s'emplirent de larmes.

– Mon fils, déclara-t-il, ne sais-tu pas que toi, et toi seul, tu es le plus beau cadeau qu'un père puisse recevoir ?

– Moi ? s'étonna Pinocchio.

– Oui, toi ! assura Geppetto.

Pinocchio fit claquer un gros baiser sur la joue de son père. Ce dernier prit son accordéon et ils chantèrent et dansèrent jusqu'au soir.

Robin des Bois

Un emploi de roi !

Le Prince Jean et Triste Sire ont payé leur dette envers la société et rentrent du bagne. Ils découvrent alors que Robin des Bois a rendu aux citoyens de Nottingham, l'argent qu'ils leur avaient volé.

Cela signifie que le Prince Jean n'a plus un sou vaillant et plus personne à mener à la baguette, à part son persifleur de conseiller, bien sûr !

– Bijoux, carrosses et domestiques coûtent cher, dit le prince. Tu dois trouver un travail !

– Moi, Ss-ssi-sssire ? s'étonne Triste Sire.

– Bien sûr toi, triple sot ! Tu ne crois tout de même pas que c'est moi qui vais travailler ? Les princes ne travaillent pas, ils restent assis sur leur trône et prennent un air noble.

Triste Sire part donc en ville et passe l'après-midi à chercher un emploi.

Il s'arrête d'abord chez Frère Tuck, à l'église.

– Tout le monde a droit à une seconde chance, dit le moine. Et j'ai justement besoin d'un nouveau sonneur, ajoute-t-il en désignant la grosse cloche de la tour.

Ainsi, Triste Sire, s'accroche à la corde et tire de toutes ses forces. Quel travail assourdissant ! À une heure, cela va encore. À deux heures, aussi. Mais à six heures, un terrible mal de tête le prend. À minuit, il déclare forfait et s'en va chercher ailleurs.

Il propose ses services au boulanger. Mais celui-ci lui dit qu'il faut des mains ou au moins des pattes, pour pétrir la pâte.

Puis, il va chez le forgeron et s'essaie à ferrer les chevaux. Mais ces animaux ont la terreur des serpents et Triste Sire a peur de recevoir un coup de sabot !

Découragé, il abandonne.

– Et maintenant, que sommes-nous supposés faire pour obtenir quelques sous ? crie le Prince Jean, hors de lui. Je refuse de demander l'aumône ! Ces coquins seraient trop contents de l'humiliation.

– Vous avez raison, Sire, ils seraient très contents, s'exclame Triste Sire. Suivez-moi !

Avant que le prince ait pu protester, Triste Sire l'enchaîne au beau milieu de la place du village.

– Une petite pièce pour lancer une tomate sur la figure de ce noble prince ! siffle le serpent, très à l'aise dans son nouvel emploi.

En une minute, une longue file de villageois et d'enfants se forme devant eux. La plupart d'entre eux sont de bons tireurs…

– Baaah ! Ouin, ouin ! pleure le prince, dégoulinant de jus de tomate.

– Mais Sire, siffle le sinistre serpent, regardez toutes ces piècccessss, vous nous avez ssssauvés !

Disney
Rox et Rouky

Le retour de Rouky

Rox voulait montrer à son amie renarde l'endroit où il avait grandi. Il la conduisit au sommet de la colline, d'où ils pouvaient voir tout le paysage.

— J'ai grandi chez la veuve Tartine, expliqua-t-il, pointant de sa patte la petite ferme nichée dans la vallée. Elle m'a recueilli quand je n'étais qu'un bébé.

— Et voici, mon meilleur ami Rouky, ajouta-t-il en désignant le jeune chien sympathique. Rouky vit dans la ferme d'Amos Slade. Juste à côté.

Ils aperçurent Amos, la veuve Tartine et le vieux chien Chef grimper dans l'automobile du fermier. Le vieux clou démarra dans un nuage de fumée.

Rouky était donc seul à la ferme.

— Allons rendre visite à mon ami ! proposa Rox.

— Sans moi ! déclara la petite renarde. Je n'apprécie pas les chiens. Je vais aller pêcher mon dîner. À plus tard !

Rox descendit donc seul à la rencontre de son compagnon. Mais, à peine arrivé dans la cour, il aperçut un homme furetant près du poulailler d'Amos.

— Réveille-toi, Rouky ! glapit le renardeau. Un voleur emporte tes poules !

Rouky se réveilla en sursaut et voulut bondir.

Mais la corde autour de son cou le retint.

— Tu vas devoir l'arrêter toi-même ! cria Rouky.

— Je n'y arriverais pas tout seul, protesta Rox.

— On est là ! gazouilla une voix.

Rox leva la tête et vit Dinky le moineau et Piqueur le pivert, posés sur la barrière.

— On y va ! s'écria Rox.

Il fonça le premier dans le poulailler. Le voleur était là, une poule sous chaque bras. Rox le fit reculer dans un coin, pendant que Piqueur volait en piqué par la fenêtre et lui chipait son chapeau. Le brigand lâcha les poules et cacha son visage prestement.

Pendant ce temps, Dinky déliait le nœud de la corde et délivrait Rouky. Libre et très en colère, il fonça sur le cambrioleur !

Les plumes et les œufs volèrent tandis que le voleur s'enfuyait en hurlant. Les becs rageurs de Dinky et Piqueur le poursuivirent jusque sur la route.

Quand il fut hors de vue, Rox et Rouky trottinèrent de concert vers la ferme

— Content de te voir ! dit Rouky, en remuant la queue. Qu'est-ce qui t'amène par ici ?

— J'avais besoin d'un peu de repos, blagua Rox.

— Alors, aboya Rouky, tu as été servi !

Alerte rouge !

Ma moissonneuse-batteuse fait de l'excellent travail ! s'écria Tilt, avec un sourire de satisfaction. C'est épatant pour retirer l'enveloppe des grains !

– Et ton pressoir à baies, il fonctionne ? fit une voix.

C'était Atta, la reine de la colonie.

– J'allais justement jeter un coup d'œil, dit Tilt. Tu m'accompagnes ?

– D'accord ! répondit la reine en se dirigeant vers l'aire réservée au broyeur.

Réduire les baies en bouillie était un travail salissant, aussi les fourmis l'accomplissaient-elles dans un endroit de la fourmilière réservé à cet effet.

– Cawabunga ! appela une grosse fourmi.

Dix douzaines de fourmis jetèrent un caillou sur un levier géant : l'engin s'abaissa, pressant une pierre plate sur un tas de baies. Un jus rouge jaillit de tous côtés et coula dans des coupes taillées dans du bois.

Lorsque toutes les baies furent pressées, Atta plongea un doigt dans le jus.

– Délicieux ! s'exclama-t-elle, la bouche et le menton tachés de rouge.

– Cette année, les baies sont particulièrement sucrées, remarqua Tilt avec modestie.

– Grâce à ta toute nouvelle invention, nous aurons beaucoup de jus pour la fête ! À condition que la gourmande Couette et les Blueberries n'aient pas tout bu auparavant !

Tilt éclata de rire. Couette et ses amies adoraient le jus de baies. La semaine dernière, elles avaient été chassées plus d'une fois du pressoir. Trois fois, pour être précis !

– Bon travail, les fourmis broyeuses ! lança Tilt à l'équipe qui prenait place près du levier géant, tandis qu'un autre groupe s'activait à amonceler de nouvelles baies.

Elles avaient quasiment terminé leur tas de baies quand l'alarme retentit.

– Alerte ! Alerte ! cria une fourmi soldat à travers un mégaphone fait d'une feuille enroulée. Les fourmis rouges déferlent sur la colonie !

Tilt, Atta et les fourmis broyeuses s'enfuirent aussi vite que leurs petites pattes le permettaient et se retrouvèrent face à une demi-douzaine de fourmis rouges. Tilt s'apprêtait à charger quand il entendit une voix familière.

– C'est moi, Tilt ! fit la voix. On aurait dit la voix de… Princesse Couette !

– Arrêtez ! cria Tilt.

Les fourmis s'immobilisèrent. Tilt essuya aussitôt la tête poisseuse de la première fourmi. Ce ne sont pas des fourmis rouges mais les Blueberries, couvertes de jus de baies ! On pourrait peut-être les appeler les Baies rouges, à la place ! Qu'en penses-tu, Atta ?

101 DALMATIENS

Oh, la belle balle !

Plus que dix jours avant Noël ! aboient les chiots tachetés, tout excités.

— Plus que dix jours avant les cadeaux, jappe Penny.

— Plus que dix jours avant le dîner du réveillon ! ajoute Rolly.

— Dix jours de calme avant la tempête ! sourit Pongo.

— Et savez-vous, mes enfants, ce qui vient avant tout ça ? demande Perdita.

— Les chaussettes dans la cheminée ? tente Lucky.

— Non, avant cela, répond Perdita.

Patch, intrigué, s'assoit sur le tapis du salon pour réfléchir.

— Nous allons décorer et chanter des chants de Noël ! conclut Perdita.

À ce moment-là, Roger et Anita ouvrent la porte du bureau et invitent la petite famille à entrer.

Patch n'en croit pas ses yeux. Que fait cet arbre dans la maison ?

— On ne touche pas ! le prévint Perdita, en lui donnant un petit coup de langue.

Roger et Anita décorent le sapin devant les chiots ébahis. Patch ne peut détacher ses yeux des boules scintillantes, ses décorations préférées. Quand l'arbre est enfin prêt, Anita apporte du chocolat chaud pour Roger et des biscuits pour les chiots. Patch ne pouvait pas imaginer meilleure soirée. Roger s'assoit au piano et chacun commence à… chanter.

Patch donne de la voix lui aussi mais son regard est sans cesse attiré par une grosse boule rouge accrochée au ras du plancher.

Il donne un léger coup de la patte sur la sphère. Elle se balance… Patch éclate de rire en découvrant son reflet dans la sphère. Sa truffe paraît énorme !

Puis, Penny s'arrête de chanter :

— Qu'est-ce que tu fais ? demande-t-elle.

Freckles et Lucky les rejoignent. Les chiots tapent dans la boule, à tour de rôle. Mais, à force, celle-ci se détache et se brise sur le sol. La musique cesse tout à coup.

Anita éloigne gentiment les petits du sapin.

— Attention, ces boules ne sont pas faites pour jouer !

Patch se fait tout petit tandis que Roger balaie les éclats épars.

— Peut-être pourrais-je leur donner un cadeau avant l'heure, lui dit Anita.

Cette fois, Patch n'en croit pas ses oreilles ! À la place d'un sermon, chaque chiot reçoit un petit paquet.

Patch déchire l'emballage aussitôt et découvre une balle de caoutchouc toute neuve. Rouge, bien sûr, comme il se doit. Merci, Anita ! Ouah !

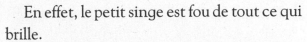

Le bijou de Jasmine

Jasmine et Aladdin volent au-dessus des dunes sur leur tapis volant favori.

— C'est tellement amusant ! s'écrie Jasmine.

La Princesse se cache derrière Aladdin pour s'abriter du vent, essayant tant bien que mal de retenir ses cheveux. Mais alors que ses doigts passent derrière son oreille, elle remarque qu'il lui manque une de ses boucles d'oreilles dorées.

— Qu'y a-t-il ? demande Aladdin, en la voyant chercher dans les fils du tapis.

— Rien, juste une boucle d'oreilles, dit Jasmine.

— Juste une boucle d'oreilles, répète Aladdin. Un cadeau de ton père ?

— Oui, avoue Jasmine. Ce sont mes préférées. Enfin, elles l'étaient.

— Elles le seront toujours, dit Aladdin, fermement. Nous allons la retrouver. Tapis, au palais ! ordonne-t-il.

De retour dans la vaste demeure, Aladdin et Jasmine cherchent la boucle partout. Ils fouillent les chambres, les jardins et même les fontaines ! Ils s'apprêtent à vérifier aussi les cuisines lorsqu'ils rencontrent Abu.

Aladdin le regarde avec soupçon.

— N'aurais-tu pas vu une boucle d'oreille en or, Abu ?

Abu hausse les épaules mais ne regarde pas son ami dans les yeux. Aladdin comprend qu'il n'est pas étranger à l'affaire.

En effet, le petit singe est fou de tout ce qui brille.

— En es-tu bien sûr ? demande Aladdin.

Abu fait signe à son maître de le suivre.

Lorsqu'il découvre le lit d'Abu, Aladdin commence à rire. Comment n'a-t-il pas remarqué plus tôt que ce lit était plutôt… gonflé ?

Le petit singe tire les draps, Aladdin n'en croit pas ses yeux. Le lit est parsemé d'objets insolites, tous brillants de mille feux.

Il y a là des cuillères en argent, des timbales, des pièces. Et Abu tire de dessous son oreiller, la boucle d'oreilles dorée.

— Tu n'as plus besoin de récupérer tout ce que tu trouves, lui dit Aladdin en riant. Nous ne manquerons plus de rien !

Ils rapportent la boucle à Jasmine.

— Vous l'avez trouvée ! se réjouit-elle.

Elle se penche et donne un baiser au petit singe. Abu rougit jusqu'aux oreilles.

— Tiens, Abu, dit Jasmine. Prends cet anneau en récompense !

Elle fait glisser une bague de son doigt et la tend à Abu qui la met sous son chapeau.

— Abu ne l'a pas vraiment mérité… proteste Aladdin.

Le petit singe lui lance un regard furieux.

— Quoique… il a protégé ton trésor aussi efficacement qu'un coffre-fort !

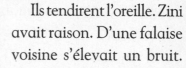

Une bonne équipe

Aladar sourit à son bébé dinosaure. Le jeune iguanodon grandissait rapidement.

– Viens, papa ! appela le petit, en se mettant sur ses pattes afin de gravir une colline.

– Nous sommes restés dehors toute la matinée ! dit Aladar. J'ai besoin de me reposer un peu !

Mais son fils se mit à escalader de gros rochers.

– Sois prudent ! s'écria Neera, la maman.

– Promis ! répondit le bébé dinosaure. Je veux juste voir ce qu'il y a de l'autre côté de la colline !

– Ne vous inquiétez pas, fit le lémurien Zini, à l'intention d'Aladar et de Neera. Il s'est déjà débrouillé tout seul des dizaines de fois !

– Je sais, reconnut Neera, avec un soupir. C'est juste parce qu'il est... mon bébé.

En attendant le retour du petit iguanodon, Aladar s'étendit au soleil. Et il attendit, attendit...

– Où es-tu ? appela-t-il, après un moment. Zini regarda autour de lui.

– Je ne le vois pas ! dit-il.

– Allons à sa recherche ! décida Neera. Tandis qu'ils cherchaient le bébé iguanodon, ses parents et leur ami sentaient l'inquiétude grandir en eux. Ils inspectèrent le lit du lac asséché, près de la Terre des Nids, et gravirent colline après colline. Sans succès...

– Où es-tu, mon bébé ? appela Neera, les yeux remplis d'effroi.

– Chut ! lança Zini. Je crois avoir entendu quelque chose...

Ils tendirent l'oreille. Zini avait raison. D'une falaise voisine s'élevait un bruit.

– Il y a une caverne, là-haut, dit-il. L'entrée a l'air bouchée par des pierres.

Le lémurien escalada la paroi rocheuse et s'engouffra dans la caverne.

– Il est là ! cria-t-il de l'intérieur.

– Tout va bien ! ajouta le jeune iguanodon.

Aladar et Neera s'élançaient déjà sur la falaise abrupte. Ils progressaient lentement, butant sur des cailloux. Et lorsque le trio se trouva devant l'entrée de la grotte, ils poussèrent les rochers qui en gênaient l'accès.

– Maman ! Papa !

Le bébé iguanodon se jeta dans les bras de ses parents et leur donna un gros baiser. Et ils prirent le chemin du retour.

– Je ne partirai plus jamais explorer la campagne, assura le jeune dinosaure. Ou juste un petit peu. Regardez le lit de la rivière est asséché ! Si j'allais l'explorer ?

Aladar et Neera échangèrent un sourire.

– Demain, peut-être, fiston ! dit Aladar. Mais à condition que l'un de nous t'accompagne !

DUMBO

Le spectacle doit continuer !

Le vent tourbillonne autour du grand mât, s'engouffrant sous le chapiteau.

Tout à coup, Dumbo lâche le pan de tente qu'il serrait dans sa petite trompe.

– Je l'ai ! dit sa maman, alors que la toile flotte au-dessus de leur tête.

Si le temps n'avait pas été aussi mauvais, pense Dumbo, j'aurai pu voler pour aller l'attacher tout là-haut !

Mais le vent est bien trop fort, même pour les oreilles de Dumbo.

Sa maman, debout sur ses pattes arrière tient le bord de l'immense tente dans sa trompe. Elle le tend en tirant de toutes ses forces pendant que les garçons de piste plantent les piquets. Mais Dumbo remarque quelques nouvelles déchirures sur la toile.

– Vous, les clowns ! aboie Monsieur Loyal qui a repéré les dégâts. Reprisez-moi ça, et que ça saute ! Tout doit être prêt à temps !

Dumbo est terriblement gêné. Tous les employés du cirque, artistes, animaux et garçons de piste, tous ont travaillé très dur dans la tempête. Et lui, la seule chose qu'il ait réussi à faire, c'est de laisser la toile s'abîmer ! Pour couronner le tout, l'humeur de Monsieur Loyal est aussi orageuse que le temps, à présent !

C'est à ce moment qu'un coup de vent impétueux fait s'envoler son haut-de-forme.

– C'est le pompon ! crie l'homme en colère. Pas de spectacle, ce soir !

Dumbo n'en croit pas ses oreilles. La nouvelle est de taille et vaut d'être annoncée à Timothée !

– Le spectacle est annulé ? Incroyable ! crie Timothée, se réveillant en sursaut de sa sieste.

Personne ne semble y croire et le travail se poursuit en silence.

– Quelle guigne, cette histoire de chapeau ! grommelle Timothée. Le spectacle doit continuer !

Dumbo est d'accord avec lui. C'est alors qu'il aperçoit le haut-de-forme accroché à la pointe du mât. Pourra-t-il le récupérer ?

Courageusement, Dumbo s'élance. Le vent est puissant, mais le petit éléphant baisse la tête et bat fort des oreilles. Puis, à la faveur d'une accalmie, Dumbo saisit sa chance, attrape le chapeau et atterrit. Bravo !

Rougissant, il tend son couvre-chef au chef.

– Merci, Dumbo, dit celui-ci, embarrassé.

Monsieur Loyal a bien vu que tous ses compagnons avaient continué à travailler pour préparer le chapiteau. Alors, il coiffe son haut-de-forme et dit solennellement :

– Merci à tous ! Le spectacle doit continuer !

La nouvelle est accueillie par un tonnerre d'applaudissements. Évidemment !

Monsieur Poulpe

Touché ! Nemo attrapa Hippo.

– Oh, non ! dit Hippo en donnant un coup de queue. La prochaine fois, je t'aurai.

– Seulement si tu me trouves, le taquina Nemo.

– Ohé ! Ohé ! Vous pouvez sortir !

Tous les poissons qui jouaient à cache-cache retournèrent à la bernache géante, leur base. Une fois réunis, Hippo recompta.

Nemo s'éloigna à la nage. Pour trouver une bonne cachette. Il passa à côté d'une grande oreille de mer vide.

– Trop facile, murmura-t-il.

Il fonça dans une anémone.

– Beaucoup trop évident.

Finalement, il se dirigea vers une grotte sombre qui se trouvait dans les coraux.

– Trop sombre.

L'entrée le fit frissonner.

– Ça sera parfait.

En prenant son courage à deux nageoires, Nemo entra. Au départ, il ne vit rien. Puis, ses yeux s'étant habitués à l'obscurité, Nemo vit un grand œil ouvert contre le mur de la grotte. Qu'est-ce que ça pouvait être ?

Un autre œil s'ouvrit. Puis le mur tout entier se mit à bouger.

– M... Monsieur Poulpe ! bégaya Nemo.

Nemo et ses amis se racontaient des histoires sur Monsieur Poulpe qui se faufilait entre les petits poissons pour leur faire peur.

– P... pardon de vous déranger, Monsieur.

Nemo remarqua quelque chose d'étonnant. Les bras du poulpe changeaient de couleur... et de texture ! Au lieu d'être assortis au mur brun inégal de la grotte, ils ressemblaient à présent plutôt au corail rougeoyant du fond de la grotte.

– Tu ne m'as pas dérangé, petit. Dis-moi ce qui t'amène dans ce coin du récif.

La voix du poulpe était lente et gentille et la peur de Nemo s'évanouit.

– Cache-cache, Monsieur, répondit Nemo poliment.

Monsieur Poulpe se mit à rire.

– C'est un de mes jeux préférés. Le camouflage est bien utile mais rien ne vaut un nuage d'encre quand tu veux t'échapper !

– Vous pouvez aussi lâcher de l'encre ?

Nemo était si excité qu'il en oublia d'être discret.

– Je t'entends, Nemo ! cria Hippo.

– Tu es prêt à prendre la fuite ? murmura Monsieur Poulpe à Nemo, avec un clin d'œil.

Nemo hocha la tête et serra l'un des tentacules de Monsieur Poulpe. Puis, dans une explosion d'encre, il fila, doubla Hippo puis se dirigea droit sur la bernache. Sauvé !

LA PLANÈTE
AU TRÉSOR

Jim Hawkins, le cadet de l'espace

Le premier jour de son second trimestre à l'Académie Interstellaire, Jim Hawkins monta à bord d'un sloop solaire. Pendant un instant, il crut se retrouver sur l'Héritage, le vaisseau avec lequel il était devenu un vrai navigateur de l'espace. Mais cette impression fut de courte durée car ses camarades se pressaient pour lui passer devant.

Jim les laissa faire. Quelques jours auparavant, il brûlait d'impatience de regagner l'Académie et de reprendre ses études pour devenir capitaine. Mais il avait maintenant l'impression d'avoir perdu toute son ardeur.

– Attache-la ! lui dit un enfant couleur pourpre, muni de plusieurs jambes, en lui tendant une main courante. On y va !

Tandis que Jim fixait soigneusement la corde, l'instructeur montrait à l'un des étudiants comment quitter le port. Les autres attendaient leur tour à la barre. L'instructeur leur fit actionner le gouvernail.

Ils se débrouillaient bien. Vraiment bien. Soudain, l'instructeur aperçut Jim et l'invita à s'approcher.

– Toi, là-bas ! aboya-t-il. Arrête d'essayer de te cacher ! Viens prendre la barre !

Jim s'avança en traînant le pas. C'était le moment de leur montrer ce dont il était capable !

Il barra à tribord. Il voulait tenter une manœuvre difficile. L'embarcation fit une embardée.

Quelques étudiants se mirent à rire tandis que l'instructeur levait les yeux au ciel.

Le navire était peu maniable, très différent de ceux auxquels Jim était habitué. Et sa manœuvre maladroite les avait conduits en direction de la nacelle d'un gigantesque Orcus Galacticus !

– Attention ! cria un alien.

– Tourne ! dit un autre.

« Tiens bon la barre et garde le cap ! » la voix de Silver résonna dans la tête de Jim.

– Bordez les voiles ! cria Jim d'une voix forte, montrant ainsi que c'était lui qui commandait.

Il maintint solidement la roue. Il ne la tourna pas et, comme le bateau prenait de la vitesse, il réussit à manœuvrer entre deux énormes baleines de l'espace pour se retrouver de l'autre côté.

Ses camarades poussèrent un soupir de soulagement. Soudain, Jim sentit une main se poser sur son épaule.

– Pas très conventionnel ! dit l'instructeur d'une voix sévère. Pas mal pour ton âge, Hawkins ! Une chose encore : ne recommence jamais ! Tu m'entends ? Jamais !

LE ROI LION

Trempés !

Timon se frappa le torse et poussa un cri en se balançant au-dessus du lagon. Il lâcha la liane et se jeta dans le vide pour exécuter un magnifique saut de l'ange. Il remonta à la surface en criant :

– Ta-da !

Puis ce fut à Pumbaa.

– Attention à vous ! criat-il. Il prit son élan et chargea. Son plongeon fit un énorme geyser. Le lagon ondulait encore quand il refit surface.

– Pas mal, dit Simba. Je parie que Nala ferait mieux.

Il regarda Nala, qui prenait le soleil sur un rocher éloigné.

– Ha ! rit Nala. Tu sais que je n'aime pas être mouillée.

– Allez, Nala. Essaye. L'eau est bonne ! dit Simba.

– L'eau est bonne… à boire, dit Nala en se léchant la patte.

Pumbaa et Timon ricanèrent. Simba se renfrogna. Nala le ridiculisait devant ses amis. Était-il roi de la Terre des Lions ou pas ?

En prenant sa voix la plus autoritaire, Simba ordonna à Nala.

– Tu vas venir nager avec nous maintenant ! Sinon…

Nala ne leva même pas la tête et ferma les yeux.

– Sinon quoi, votre Majesté ?

Simba ne trouva rien à répondre et la dispute se termina là. Et, comme toujours, Nala avait gagné.

Acceptant sa défaite, Simba courut au bout du rocher, bondit dans les airs et rentra ses pattes pour faire une bombe royale.

Pumbaa et Timon étaient trempés. En sortant de l'eau, Simba leur fit un signe. Il désigna sa crinière dégoulinante, puis le rocher de Nala.

Timon lui fit un clin d'œil, puis il commença une bataille d'eau avec Pumbaa afin de distraire Nala. Alors qu'ils s'éclaboussaient, Simba grimpa jusqu'au coin chaud et ensoleillé de Nala. Il marchait vite, mais discrètement. Une fois qu'il fut près, il s'accroupit, prêt à bondir. Nala ne bougea pas.

Puis, dans un rugissement triomphant, Simba sauta sur le rocher de Nala et secoua sa crinière pleine d'eau. Nala était trempée.

Elle se leva d'un bond en grognant. Simba roula sur le dos en riant.

– T'es toute mouillée, Nala ! s'esclaffa Timon. Pumbaa riait tellement qu'il pouvait à peine respirer.

Nala essaya de jeter un regard féroce à Simba, mais elle ne pouvait pas. Elle devait rire, elle aussi.

– Le Roi de la Blague ! dit-elle.

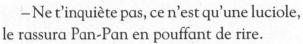

Bambi

La nuit, c'est fait pour... les explorations !

La lune montait au-dessus de la forêt lorsque Bambi se blottit contre sa maman. La journée avait été bien remplie ! Explorer de nouveaux sous-bois, apprendre de nouveaux mots, rencontrer de nouveaux amis… Bambi bâilla et ferma les yeux.

– Bambi ! Hé ! Bambi !

Le faon ouvrit lentement les yeux et murmura :

– Pan-Pan ? Tu dors ?

– Dormir ? Ah, non ! Nous n'allons pas dormir, alors qu'il y a tant de choses à voir et à faire, la nuit !

– Mais tout le monde sait que la nuit, c'est fait pour dormir ! déclara Bambi.

– Tu as beaucoup à apprendre, mon ami ! Suis-moi et je te montrerai que la nuit, c'est bien plus intéressant que le jour !

La perspective de vivre une nouvelle aventure effaça toute trace de fatigue chez Bambi ! Vite, il se dressa sur ses pattes et suivit son compagnon.

Pan-Pan avait raison : la nuit, la forêt débordait d'activité. Bambi découvrit une foule d'animaux, hiboux, opossums, ratons laveurs et blaireaux. Il pensait qu'ils passaient la nuit à dormir, et bien non ! Ils s'activaient à chasser dans la forêt !

– Que… Qu'est-ce que c'est ? s'exclama Bambi, en voyant une petite tache de lumière atterrir sur son nez.

– Ne t'inquiète pas, ce n'est qu'une luciole, le rassura Pan-Pan en pouffant de rire.

– Une luciole, répéta Bambi. Regarde, elle a disparu !

– Elle est là, sur ta queue ! Maintenant, sur ma patte !

Les deux amis restèrent longtemps à observer la luciole qui volait de l'un à l'autre.

– Je crois qu'elle nous aime bien ! s'écria Pan-Pan.

Un bruit étrange et inattendu interrompit soudain leur jeu. Des milliers d'ailes se mirent à battre au-dessus de leur tête.

– Baisse la tête, Bambi ! cria Pan-Pan. Et bien, elles volent bas, cette nuit !

– C'était des lucioles ? demanda Bambi, lorsque le calme fut revenu.

– Mais non ! répondit Pan-Pan en riant. Tu as bien vu qu'elles ne faisaient pas de lumière ! C'était des chauve-souris !

– Des chauves-souris… Elles ont l'air très occupées, la nuit !

– Tu peux le dire ! approuva Pan-Pan, avec un bâillement. Et comme les bâillements, c'est contagieux, Bambi bâilla à son tour à se décrocher la mâchoire.

– Nous nous sommes bien amusés, dit Bambi à son ami. Si nous rentrions à la maison, pour aller nous coucher, ?

Pan-Pan ne répondit pas. Il dormait déjà !

Disney
MULAN

Quelle honte !

Mulan poussa Khan au galop et regarda droit devant elle. Elle allait en ville faire le marché pour sa famille. Pour elle, c'était un déplacement ordinaire mais les gens qui travaillaient des deux côtés de la route ne semblaient pas de cet avis. Sans même les regarder, Mulan savait que des chuchotements s'élevaient sur son passage. Ils ne parlaient pas uniquement d'elle. Ils s'entretenaient au sujet du cavalier qui l'accompagnait, le capitaine Li Shang.

Le capitaine semblait n'avoir rien remarqué, même lorsqu'ils pénétrèrent dans la ville et qu'un groupe de jeunes filles se mit à pouffer de rire derrière leurs éventails. Mulan fit de son mieux pour l'ignorer. Depuis son retour du Palais Impérial, les langues allaient bon train. On disait qu'elle était un héros mais à l'intérieur d'elle-même, elle se sentait juste… Mulan.

Shang descendit de son cheval et proposa d'aller acheter le riz. Mulan faillit refuser. Elle n'avait pas besoin de l'aide de Shang pour faire ses achats. Si elle l'avait amené avec elle, c'était seulement parce qu'il voulait mieux connaître la ville de Mulan. Mais Shang était déjà à l'intérieur de la petite boutique.

Mulan soupira. Elle tenait le capitaine en haute estime. Elle l'aimait bien, vraiment. Mais elle était toujours en désaccord avec lui.

Une voix la tira soudain de ses pensées :
– Quelle honte !

Au milieu de la rue, une vieille femme désignait Mulan du doigt.

– Quelle honte ! répéta la femme. Ne crois surtout pas que je t'ai oubliée !

C'était la Marieuse ! Mulan baissa la tête, les joues brûlantes, même si elles ne l'étaient pas autant que le jour où elle avait rencontré la Marieuse la première fois.

La Marieuse traversa la rue en montrant Mulan du doigt.

– C'est bien toi ! cria-t-elle d'une voix grinçante. Ce n'est pas parce toute la Chine pense que tu es un héros qu'il faut oublier ton destin. Tu seras la honte de ta famille. Je le sens.

Mulan ne savait que répondre à la vieille femme.

– Aucune marieuse au monde ne te trouvera un mari ! cria la femme.

– C'est donc une bonne chose si elle n'en a pas besoin, dit Shang.

Comme il passait devant la Marieuse, il marcha par mégarde dans une flaque et l'éclaboussa de la tête aux pieds !

La Marieuse resta sans voix, son visage se renfrogna. Mulan n'aurait jamais osé dire une chose pareille. Mais son visage s'illumina d'un grand sourire.

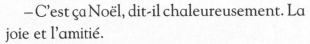

Le Noël de Mickey
Joyeux Noël

Joyeux Noël ! chanta Ebenezer Scrooge en regardant les enfants Cratchit ouvrir les cadeaux qu'il avait apportés.

– Un ours en peluche ! s'exclama Tiny Tim.

Sa sœur avait eu une poupée et son frère jouait avec un train électrique.

– Il y a un autre cadeau, dit Scrooge, une lueur dans les yeux. Je reviens.

Il réapparut avec un gros paquet enveloppé dans du papier rouge.

Les enfants déchirèrent le papier et poussèrent un cri de joie.

– Papa, c'est une luge !

– Je vois ça, répondit Bob Cratchit en regardant par-dessus la dinde qu'il découpait.

Scrooge avait apporté une dinde le matin même.

– On peut aller faire de la luge ? On peut ? On peut ? firent les enfants en chœur.

– Bien sûr, répliqua Monsieur Cratchit. Mais seulement après le dîner.

– Et le dîner est déjà prêt, dit Madame Cratchit.

– À table ! crièrent les enfants en se précipitant vers leurs chaises.

Madame Cratchit s'assit à table.

– Je ne me souviens plus du dernier festin qu'on ait fait, Monsieur Scrooge, dit-elle joyeusement. Merci.

Scrooge leva son verre.

– C'est ça Noël, dit-il chaleureusement. La joie et l'amitié.

Ils firent tinter leur verre et se mirent à manger.

– Et maintenant, si on allait faire de la luge ? dit Monsieur Cratchit.

Quelques minutes plus tard, ils étaient tous emmitouflés. Scrooge tira les enfants à travers la ville en chantant des chants de Noël à pleins poumons.

– Pourquoi tout le monde fixe Monsieur Scrooge ? chuchota Tiny Tim à son père.

– Parce qu'ils l'aiment bien, dit-il à son fils en lui souriant.

– Moi aussi je l'aime bien, dit Tiny Tim alors que Scrooge tirait la luge au sommet d'une colline.

Scrooge ramassa la luge et s'éloigna du sommet. Puis, prêt à partir, il bondit dans la luge et descendit la colline à toute allure.

– Youpi ! cria-t-il.

Puis Scrooge rapporta la luge en haut de la colline.

– À qui le tour ? demanda-t-il, haletant.

– À moi ! cria Tiny Tim.

Ils firent tous quelques tours.

Plus tard, en raccompagnant les enfants chez eux, Scrooge se sentit bien, malgré la fraîcheur de l'air. Il ne se rappelait pas avoir jamais passé un aussi joyeux Noël.

Sous l'arbre

Il s'approche de l'arbre !
Le rapport émis, le moniteur se mit à grésiller. Ce n'était pourtant pas les parasites ; c'était le bruit du papier cadeau que l'on déchirait.

En attendant le rapport suivant, Woody regarda les visages de ses amis les jouets, effrayés à l'idée d'être remplacés. Le matin de Noël était toujours difficile pour eux.

— Faites que ce soit un nouveau jeu vidéo ! dit Rex le dinosaure en se tordant les mains.

— Tant que ce n'est pas un autre ranger de l'espace, dit Buzz l'Éclair.

— C'est un… disent en chœur les jouets en se penchant. C'est un…

Sergent commença son rapport, mais Woody éteignit le moniteur.

— Qu'est-ce que tu fais ? cria Bayonne.

— Woody, on doit être prêt à affronter l'ennemi ! dit Buzz qui avait l'air paniqué.

Woody leur fit signe de se taire.

— Réfléchissez une seconde, les gars. Rappelez-vous le moment où vous avez été déballé et que vous avez rencontré Andy.

— Il m'a choisi lui-même dans les rayons, se vanta Rocky.

— Et c'était une journée merveilleuse, non ? demanda Woody.

— J'étais un cadeau d'anniversaire, dit Rex en souriant. J'ai même porté un nœud.

Tous les autres jouets intervinrent en souriant et rigolant pour raconter leur arrivée.

— Et on fait équipe, non ? interrompit Woody.

— Bien sûr, dit Buzz. On peut combattre les nouveaux ennemis tous ensemble.

— Non, Buzz. Ces nouveaux jouets ne sont pas nos ennemis. Ce sont nos nouveaux amis !

Les mots de Woody firent doucement leur chemin.

— Tu veux dire qu'ils sont pacifiques ? dit Buzz très étonné.

— Exactement ! cria Woody. Alors, si on préparait une fête de bienvenue, plutôt que de broyer du noir !

— Bonne idée, dit Rocky.

— Oh, Woody, fit la Bergère, j'adore quand tu montres ton côté tendre.

À ces mots, Woody rougit. Puis il ralluma le moniteur.

— Sergent, rompez les rangs. J'ai à présent de nouveaux ordres. Je répète, j'ai de nouveaux ordres.

— Oui, Monsieur. Que puis-je faire pour vous, Monsieur ? aboya le sergent.

— Rassemblez vos troupes et remontez. Les jouets d'Andy préparent un bal pour les nouveaux jouets. Ça va être notre première Fête de Bienvenue de Noël !

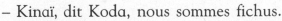

FRÈRE DES OURS
Les histoires de Koda

Koda adorait raconter des histoires. Mais parfois, il se laissait un peu emporter. Un jour, il raconta l'expédition à laquelle Kinaï et lui avaient participé la veille.

—Et puis on a attrapé une centaine de poissons ! Bien sûr, c'est moi qui en ai attrapé la plupart mais Kinaï aussi en a attrapé.

— Qu'est-ce que vous en avez fait ? demanda un petit ourson.

— On les a tous mangés. On avait vraiment faim après avoir tant travaillé, déclara Koda.

C'est là que Kinaï arriva.

—Eh, Kinaï, demanda l'un d'eux. C'est vrai que Koda et toi avez attrapé cent poissons ?

Kinaï lança un regard sévère à Koda.

— Et bien, pas exactement. Tenez les gars, je vous ai apporté des baies.

— Eh, tout le monde ! s'exclama Koda. Est-ce que je vous ai raconté quand mon corps est devenu violet à cause des baies que j'avais mangées ?

— Est-ce que ça peut vraiment arriver ? demanda un des copains de Koda à Kinaï.

— Et bien, pas exactement, répondit Kinaï. Mais ta langue peut devenir violette un moment.

Plus tard dans la journée, Kinaï et Koda allèrent se promener dans les bois. Au bout d'un moment, il était clair qu'ils étaient perdus.

— Kinaï, dit Koda, nous sommes fichus.

— Koda ! Arrête de toujours exagérer ! le gronda Kinaï. Nous ne sommes pas morts, on est juste perdus !

— Regarde… là… bas, dit Koda en gesticulant.

Un grizzly qui n'avait pas l'air sympa approchait.

—Tu as raison, dit Kinaï. On est fichus.

—Non, pas encore répondit Koda, soudain courageux, il partit à la rencontre du gros ours.

— Écoute, toi, le vieux schnock… Je suis une boule de poils enragée !

L'ourson avançait et reculait, donnant des coups dans le vide. Il hurlait et criait. Il sautait dans tous les sens et tourbillonnait comme un fou.

Le grizzly resta immobile, perplexe, puis se retourna et partit.

— Koda, c'est la chose la plus folle que j'ai jamais vue, dit Kinaï, incrédule. Merci de nous avoir sauvé la vie.

Cette nuit-là, de retour, en sécurité, au camp des ours, Koda relata leur aventure effrayante.

— Kinaï, est-ce que ça s'est vraiment passé comme ça ? demanda l'un des oursons.

— Oui, dit Kinaï en souriant. C'est exactement comme ça que c'est arrivé, que vous le croyez ou pas !

Les cadeaux parfaits

Les vacances de Noël ont toujours été la période préférée de l'année pour Cendrillon. Bien qu'isolée, dans une chambre froide et nue, par ses deux vilaines sœurs et sa méchante belle-mère, elle savait profiter des bonheurs de la saison hivernale.

Elle cuisinait quelques friandises et décorait la maison. Trouvant le temps, malgré les corvées dont l'accablaient Anastasie et Javotte, de fabriquer des cadeaux pour ses amis souris.

Aujourd'hui, la jeune fille vit dans un magnifique château et se réjouit encore plus de ces vacances si particulières. Elle a décoré le château, décidé d'un menu spécial avec le cuisinier et organisé un bal pour l'occasion. Cette année, Cendrillon a décidé d'offrir à ses compagnons quelques présents particulièrement choisis.

– Mes amis rongeurs aiment le fromage, dit-elle au pâtissier, pourriez-vous préparer un dessert à leur goût ?

Le cuisinier lui assure que son gâteau au fromage est le meilleur au monde.

– Mes petites souris mesurent environ sept centimètres de haut, dit-elle au tailleur. Je pense qu'une taille extra-extra-extra-extra mini conviendra !

Elle lui indique leurs couleurs favorites et le couturier l'aide à choisir quelques tissus.

– Je vais habiller vos souris comme jamais ! dit-il en se frottant les mains.

Cendrillon se rend chez le menuisier.

– Il n'y a pas de confort dans le minuscule intérieur de mes amis, explique-t-elle. Pourriez-vous m'aider à les meubler ?

Le menuisier leur construira, tables, lits et chaises joliment sculptées.

Le lendemain, le pâtissier, le tailleur et le menuisier livrent les cadeaux.

Cendrillon a un mot de remerciement pour chacun des artisans. Puis les jeunes époux admirent les présents destinés aux souris.

Le gâteau sent le bon fromage, les costumes sont bien coupés et les meubles élégants.

Pourtant, aucun d'eux ne semble convenir parfaitement.

– Je ne comprends pas, dit Cendrillon, attristée. Le pâtissier, le tailleur et le menuisier sont les meilleurs du royaume. Pourquoi ne suis-je pas conquise par leur travail ?

– Tu connais tes petits amis souris mieux que personne, répond le Prince. Peut-être devrais-tu leur préparer des cadeaux de ta fabrication ?

– Merveilleuse idée, dit-elle. Je vais leur concocter les plus jolis cadeaux qu'ils aient jamais reçus.

Et aussitôt dit, elle se met au travail !

Quelque chose de différent

Sulli s'installa dans sa chaise longue.

– J'ai encore trop mangé, soupira-t-il en se massant son gros ventre bleu.

– Oh, moi aussi, gémit Bob en s'installant à côté de lui devant le feu. Ce sont les vacances, ajouta-t-il avec un soupir. On ne fait que traîner et manger.

– Et manger et traîner, lui accorda Sulli. C'est pas génial ?

– C'est génial si tu aimes faire la même chose tout le temps, dit Bob tristement.

Puis il changea de ton.

– Ce dont on a besoin, décida-t-il, c'est de partir dans un endroit différent.

Bob était de plus en plus excité.

– Assieds-toi. Mange un autre chocolat.

Sulli agita une boîte de bonbons devant Bob.

– Un endroit avec de la neige ! ajouta Bob C'est ça !

Bob se dirigea vers le téléphone.

– Je vais appeler Yeti. Il saura où trouver un petit paradis enneigé.

– Vas-y, appelle-le, p'tit pote, bâilla Sulli en regardant le feu. Mais je ne vais nulle part… sauf faire une sieste après avoir mangé un autre chocolat…

– Je ne sais pas pourquoi tu m'as embarqué là-dedans, dit Sulli un peu plus tard.

Il se tenait avec Bob en haut d'une colline

abrupte, une planche de surf accrochée aux pieds.

– Je ne peux pas utiliser une luge plutôt ?

– Les luges, c'est pour les vieux monstres. Tu vas y arriver ! dit Bob.

Le monstre vert commença sa descente vers le bas de la colline. Il prit des virages, il décolla, il prit de la vitesse et, dans un nuage de neige, il s'arrêta.

– C'est ton tour, cria-t-il à Sulli.

– Comment savoir si je ne vais pas le regretter ? haleta Sulli.

Il glissa doucement à travers la montagne. Ce n'était pas si mal ! Mais il essaya de prendre un virage et la situation se compliqua. Il ne contrôlait plus sa planche… qui rentra directement au chalet !

Sulli s'installa dans sa chaise. Sa cheville foulée sur un coussin, il frotta son estomac.

– J'ai encore trop mangé, soupira-t-il.

– Moi aussi, gémit Bob dans la chaise longue à côté de lui.

En face d'eux, un feu étincelant crépitait.

– On ne fait que traîner et manger.

Il soupira joyeusement.

– C'est pas génial ? sourit Sulli, endormi.

– Bien sûr que si, dit Bob en prenant une gorgée de son chocolat chaud.

– Je t'avais dit qu'il fallait qu'on parte pour faire quelque chose de différent !

Le nouveau voisin

Pégase broutait paisiblement devant la maison d'Hercule et de Meg. Depuis qu'Hercule était un simple mortel, la vie était devenue un peu plus tranquille. Cependant, ce matin-là, le village était en émoi. De nouveaux habitants s'installaient.

— Allons leur souhaiter la bienvenue ! proposa Hercule à Meg. Ils cueillirent quelques fleurs et se dirigèrent vers la maison des nouveaux arrivants.

Quelques instants plus tard, Pégase entendit un petit hennissement. Se retournant, il vit approcher une splendide jument. Son cœur se mit à battre très fort. Puis il se souvint du jour où Peine et Panic s'étaient déguisés en pouliches et l'avaient capturé. Il n'allait pas retomber dans le piège ! Étendant ses ailes, il fonça sur la jument, et l'envoya rouler au pied de la colline.

— Pégase, en voilà des façons ! s'exclamèrent Hercule et Meg, en rentrant de leur visite. On n'accueille pas ainsi de nouveaux voisins !

Pégase sentit sa gorge se serrer. La magnifique jument, qui voulait faire connaissance avec lui, était une jument bien réelle !

— À ta place, j'irais la voir, proposa Hercule. Et j'essayerais de réparer tout ça !

Pégase traversa la prairie au galop, s'arrêta devant la jument, et prit une pose élégante. Aucune pouliche ne pourrait résister à son charme ! Mais la jolie jument y fut insensible. Elle lui tourna le dos.

Le cheval d'Hercule se dit alors que pour impressionner cette beauté, il lui fallait trouver quelque chose d'extraordinaire. Et il s'éleva dans les airs en battant des ailes, pour faire mille acrobaties dans le ciel. Et quand la jeune jument s'éloigna, il vola auprès d'elle et… fonça dans un arbre !

Hercule observait le spectacle du haut de la colline. Pégase avait absolument besoin d'aide !

— Un cadeau bien choisi devrait amener la jument à lui pardonner sa conduite, dit Meg.

Et elle remplit un panier de pommes et d'avoine et l'orna d'un beau ruban rouge.

Mais lorsque Pégase alla apporter son cadeau, le panier entre les dents, la jument l'écarta d'un coup de sabot. Puis elle se mit à pousser de petits hennissements et à frapper le sol de ses sabots.

Pégase trouva enfin la conduite à tenir. Il se dirigea vers la pouliche l'air penaud, la tête inclinée. Puis il lui donna des petits coups de museau. La jument hennit et blottit sa tête contre celle du cheval. Tout ce qu'elle exigeait de lui, c'était donc qu'il regrette son attitude. Elle découvrit alors que, même s'il était un peu irréfléchi, son nouvel ami avait un cœur d'or.

La Belle et La Bête
Disney

Une promenade hivernale

C'est si beau ! murmura Belle, en regardant par la fenêtre du château.

La neige était tombée pendant des heures et des heures, recouvrant tout d'un épais manteau blanc.

— Savez-vous ce qui me ferait plaisir ? Une…

— Une promenade ? s'enquit le Prince.

Belle lui sourit.

— J'étais justement en train d'y penser.

— Ah, ah, répondit-il espiègle. Mais avez-vous pensé marcher avec ceci ? demanda-t-il en tirant un sac de toile de sous une chaise.

— Des raquettes ! s'écria Belle, en applaudissant de joie.

Petite, elle allait faire des promenades en raquette, avec son père et elle adorait cela.

Quelques minutes plus tard, dans le jardin du château, Belle et le Prince attachèrent les raquettes à leurs bottes et prirent le départ. Belle marchait aisément, devançant son époux à l'orée de la forêt, distribuant des graines aux petits oiseaux.

Le Prince, lui, trébuchait à chaque pas, embarrassé de ces chaussures de géant.

— Quand j'étais une bête, je marchais comme je voulais même dans la neige la plus épaisse, dit-il, essoufflé. Je n'avais pas besoin de cette invention idiote.

Il fit un pas de côté et tomba tête la première dans un talus. Belle éclata de rire. Le Prince se renfrogna mais ne tarda pas à rire, lui aussi.

— Vous réfléchissez trop, expliqua-t-elle. Marchez comme avec de simples chaussures, en écartant un peu les pieds et vos raquettes ne se chevaucheront plus !

Le Prince posa une raquette dans la neige mais lorsqu'il souleva l'autre, son pied ripa sur une couche de glace et il tomba à nouveau de tout son long.

Belle étouffa un fou rire et l'aida à se remettre sur pied.

— Marchez plus lentement, suggéra-t-elle.

— J'essaie ! dit le Prince, rouspétant.

À pas lents cette fois, le Prince prit de l'assurance. Bientôt Belle le jugea capable de la suivre sur les chemins forestiers. Quelle merveilleuse promenade hivernale ! De retour au château, cookies et chocolat chaud les attendaient auprès d'un feu de cheminée.

— Mmmh ! s'écria le Prince. Manger ! Voilà bien une chose que je sais faire !

Il saisit un cookie qu'il brisa entre ses doigts et qui tomba dans sa tasse de chocolat !

— Enfin, fait-il découragé, à peu près !

— En fait, dit Belle avec un sourire taquin, vous n'êtes pas si différent de la bête maladroite dont je suis tombée amoureuse !

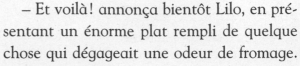

Le compte à rebours avant minuit

On ne dort pas avant minuit ! chantaient Lilo et Stitch en sautant sur le lit de la petite fille. C'était le 31 décembre et Nani leur avait donné la permission de veiller.

— Mais il n'est que 17 heures ! rappela la grande sœur de Lilo. Vous allez être épuisés, tous les deux !

Lilo et Stitch échangèrent un regard complice. Épuisés, eux ?

— Dis-moi, Stitch, nous n'avons que sept heures devant nous, que pouvons-nous faire ? demanda Lilo.

— Du surf ! cria Stitch.

— Du surf sous le soleil couchant, voilà qui est chouette ! s'exclama Lilo. Tu veux bien, Nani ? implora-t-elle.

Nani secoua la tête en souriant et alla chercher son maillot de bain.

Ils firent du surf jusqu'à la tombée de la nuit et prirent le chemin du retour.

— Et maintenant, qu'est-ce qu'on fait ? demanda Lilo à Stitch.

Il se lécha les babines et répondit :

— On mange !

— Ne t'inquiète pas, Nani ! Nous allons faire la cuisine ! assura Lilo.

— Et je nettoierai ! murmura sa sœur.

En arrivant à la maison, Nani s'étendit sur le canapé. Cinq heures ! Il restait encore cinq longues heures, avant la nouvelle année ! se dit-elle.

— Et voilà ! annonça bientôt Lilo, en présentant un énorme plat rempli de quelque chose qui dégageait une odeur de fromage.

— Qu'est-ce que c'est ? interrogea Nani avec prudence.

— Pizza façon Stitch ! Avec des anchois, du beurre de cacahuète, et de la salade de fruits ! Ne t'inquiète pas, Nani ! Cette fois, nous n'avons pas utilisé le tube de dentifrice ! Et pour le dessert, nous avons préparé un milk-shake !

Le trio passa à table et dégusta l'étrange pizza.

— Il est comment, ce milk-shake ? demanda Nani, inquiète.

En attrapant le mixer, Stitch reçut tout le contenu sur la tête. Furieuse, Nani entreprit d'aller réparer les dégâts dans la cuisine, laissant Lilo et Stitch dans le salon.

Il lui fallut un temps fou pour faire la vaisselle. Comment s'étaient-ils débrouillés pour utiliser autant de plats et de casseroles ? Elle avait toujours les mains dans la mousse quand elle ouvrit de grands yeux terrifiés. Il se passait quelque chose d'anormal ! Plus aucun bruit ne parvenait du salon… Et pour cause ! Lilo et Stitch s'étaient endormis !

— Cinq ! Quatre ! Trois ! Deux ! Un ! lança Nani, en jetant un coup d'œil à sa montre. Bonne année ! Et elle tira doucement la couverture sur les deux amis.

Sommaire

1 LA BELLE AU BOIS DORMANT, La laverie de la forêt
2 ALICE AU PAYS DES MERVEILLES, Les mauvaises manières d'Alice
3 LE LIVRE DE LA JUNGLE, Délire de singes
4 ROX ET ROUKY, En retard pour le dîner
5 LILO ET STITCH, Les trésors de Lilo
6 PINOCCHIO, Figaro est un génie !
7 DINOSAURE, Les amis, c'est très précieux
8 ROBIN DES BOIS, Robin donne un coup de main
9 1001 PATTES (A BUG'S LIFE), L'organisation de Princesse Couette
10 PETER PAN, Lili la Tigresse
11 LA PLANÈTE AU TRÉSOR, Docteur Doppler, terrible casse-cou
12 ALADDIN, Autour du monde
13 MICKEY MOUSE, Une journée avec oncle Mickey

SEPTEMBRE

1 LES 101 DALMATIENS, Le plan de Patch
2 LE MONDE DE NEMO, Premier jour d'école
3 LA BELLE AU BOIS DORMANT, Un peu de douceur !
4 OLIVER & COMPANIE, Une nuit dehors
5 ALICE AU PAYS DES MERVEILLES, Vive la diversité !
6 LE LIVRE DE LA JUNGLE, La sieste de Mowgli
7 ATLANTIDE, L'EMPIRE PERDU, Le pouvoir de la lecture
8 WINNIE L'OURSON, La rentrée des classes
9 LILO ET STITCH, Un excellent répétiteur
10 PINOCCHIO, Le meilleur ami de Pinocchio
11 ROBIN DES BOIS, À l'école de Robin des bois
12 1001 PATTES (A BUG'S LIFE), Les joyeux campeurs
13 MULAN, L'invincible Mushu
14 LES 101 DALMATIENS, Cruella voit des taches partout
15 ALADDIN, Jour de marché
16 DUMBO, La Grande Parade
17 LE MONDE DE NEMO, Quel crabe !
18 MICKEY MOUSE, Une journée merveilleuse ou terrible ?
19 BASIL, DÉTECTIVE PRIVÉ, La gaffe de Basil
20 LE ROI LION, La rencontre de Timon et Pumbaa
21 CENDRILLON, Le rêve du prince
22 MONSTRES & CIE, Les cheveux de Célia
23 LA BELLE ET LA BÊTE, Comment gagner à cache-cache ?
24 LES ARISTOCHATS, Chats des rues
25 LILO ET STITCH, Voyager à la vitesse Stitch !
26 KUZCO, L'EMPIRE MÉGALO, Les montagnes russes
27 LA BELLE ET LE CLOCHARD, Une nuit sous la pluie
28 PETER PAN, Le pique-nique
29 BERNARD ET BIANCA, Le voyage commence
30 LA PETITE SIRÈNE, Un bain inattendu

OCTOBRE

1 LE ROI LION, Les lions ont eu chaud !
2 BLANCHE-NEIGE ET LES SEPT NAINS, Le cadeau de Blanche-Neige
3 BAMBI, Sommeil hivernal
4 POCAHONTAS, Mission accomplie !
5 TOY STORY 2, Sors de là, qui que tu sois !
6 LA BELLE AU BOIS DORMANT, Une idée de génie !
7 ROX ET ROUKY, La vie sauvage
8 WINNIE L'OURSON, Un rêve gourmand
9 ALICE AU PAYS DES MERVEILLES, Une tasse de thé rafraîchissante
10 LE LIVRE DE LA JUNGLE, Tes manières, Mowgli !
11 LILO ET STITCH, Toc, toc ! Qui est-là ?
12 PINOCCHIO, Un peu d'imagination !
13 DINOSAURE, Un baby-sitting mouvementé
14 ROBIN DES BOIS, Une boue providentielle
15 1001 PATTES (A BUG'S LIFE), Un rendez-vous mémorable
16 LA PLANÈTE AU TRÉSOR, La limite du ciel
17 MICKEY MOUSE, Camping chez Picsou
18 LES 101 DALMATIENS, Un coup de patte bienvenu !
19 MULAN, Un nouvel ami
20 ALADDIN, Mystère au jardin
21 DUMBO, Un sauvetage audacieux
22 LE MONDE DE NEMO, Histoire de baleine
23 FRÈRE DES OURS, Le bon coin
24 LE ROI LION, Moitié hakuna, moitié matata
25 CENDRILLON, Le mystère de la pantoufle
26 HERCULE, Une réunion de famille
27 LA BELLE ET LA BÊTE, Un thé enchanté
28 LA BELLE ET LE CLOCHARD, Tel père, tel fils !
29 PETER PAN, La leçon de Clochette
30 L'ÉTRANGE NOËL DE MR. JACK, Que la peur domine !
31 MONSTRES & CIE, Joyeux Halloween !

NOVEMBRE

1 LA PETITE SIRÈNE, Le Stackblackbadminton
2 LES ARISTOCHATS, Le meilleur des chatons-sitter !
3 BLANCHE-NEIGE ET LES SEPT NAINS, Debout. Dormeur !
4 LE BOSSU DE NOTRE DAME, La fête des animaux
5 BAMBI, Premier givre
6 WINNIE L'OURSON, Maître Hibou l'orateur
7 OLIVER & COMPANIE, Les grands esprits se rencontrent
8 TOY STORY, Hors des sentiers battus

DÉCEMBRE

Pour tout renseignement concernant nos parutions,
nous contacter par téléphone au 01 43 92 38 88 ou par e-mail : disney@hachette-livre.fr
Imprimé en Roumanie par Canale Bucarest - Dépôt légal septembre 2012 - Édition 01 - ISBN 978.2.01.464194.3
Loi n° 49-956 du 16 juillet 1949 sur les publications destinées à la jeunesse.

Pour l'éditeur, le principe est d'utiliser des papiers composés de fibres naturelles, renouvelables,
recyclables et fabriquées à partir de bois issus de forêts qui adoptent un système d'aménagement durable.
En outre, l'éditeur attend de ses fournisseurs de papier qu'ils s'inscrivent dans une démarche
de certification environnementale reconnue.
Hachette Livre - 43, quai de Grenelle, 75905 Paris Cedex 15

Retrouve tes héros Disney
dans les autres tomes de la collection
365 Histoires pour le soir!

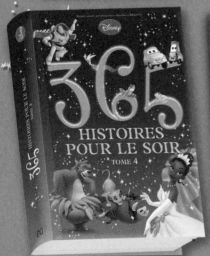

Nouveau !
Tome 100% Princesses
avec un CD

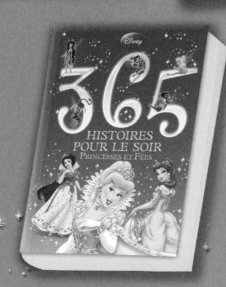

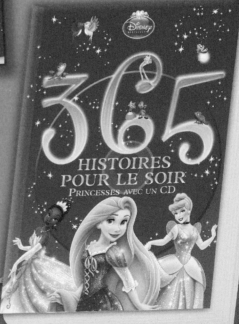